D1300282

COMO POLVO EN EL VIENTO

colección andanzas

Obras de Leonardo Padura en Tusquets Editores

LEONARDO PADURA
COMO POLVO EN EL VIENTO

Obra editada en colaboración con Editorial Planeta – España

© 2020, Leonardo Padura

© Tusquets Editores, S.A.– Barcelona, España

Derechos reservados

© 2020, Editorial Planeta Mexicana, S.A. de C.V.
Bajo el sello editorial TUSQUETS M.R.
Avenida Presidente Masarik núm. 111,
Piso 2, Polanco V Sección, Miguel Hidalgo
C.P. 11560, Ciudad de México
www.planetadelibros.com.mx

Diseño de la colección: Guillemot-Navares

Primera edición impresa en España: septiembre de 2020
ISBN: 978-84-9066-8610

Primera edición impresa en México: septiembre de 2020
Segunda reimpresión en México: octubre de 2020
ISBN: 978-607-07-7167-5

Impreso en los talleres de Impresora Tauro, S.A. de C.V.
Av. Año de Juárez 343, Colonia Granjas San Antonio, Iztapalapa
C.P. 09070, Ciudad de México.
Impreso en México –*Printed in Mexico*

Índice

Para mi Lucía, hija de la diáspora.

Para el querido Elizardo Martínez, que en el exilio siempre fue,
hasta su último suspiro, un niño aristócrata de El Vedado.

Perderás la guerra, no tienes otro remedio,
pero ganarás todas las batallas.

JOSÉ SARAMAGO,
El Evangelio según Jesucristo

Al fin llegó el esperado,
se abrieron las puertas de la casa
y de nuevo se encendieron las luces.
[...]
Fuimos pasando de nuevo a la casa.
Éramos los reconocidos de siempre.
Nadie había faltado a la cita.

JOSÉ LEZAMA LIMA, «El Esperado»,
Fragmentos a su imán

Dust in the wind
All we are is dust in the wind
Dust in the wind
Everything is dust in the wind
The wind...

Kansas, «Dust in The Wind»,
Point of Know Return, 1977
Letra de Kerry Livgren

1
Adela, Marcos y la ternura

... nada era real, excepto el azar.

PAUL AUSTER,
La trilogía de Nueva York

Adela Fitzberg escuchó el toque de trompetas que hacía de alarma para las llamadas familiares y leyó la palabra *Madre* en la pantalla del iPhone. Sin darse tiempo para pensar, pues la experiencia le advertía que resultaba más saludable no hacerlo, la muchacha deslizó el tembloroso auricular verde.

—¿Loreta? —preguntó, como si pudiera ser otra persona y no su madre quien la llamaba.

Solo tres horas antes, mientras desayunaba con su habitual desgano matinal el falso yogur griego, quizás realmente *light*, reforzado con cereales y frutas, y respiraba el aroma del café revitalizador que cada día Marcos se encargaba de colar, la joven había sentido la tentación de manipular su teléfono.

Siguiendo aquel impulso inusual en ella, había revisado el registro de llamadas y constatado que *Madre* no la había procurado ni una sola vez en los últimos dieciséis meses: en todo ese tiempo, según la memoria telefónica, siempre había sido ella, luego de combatir contra sus aprensiones, quien había establecido la comunicación con Loreta, a un ritmo promedio de dos veces por mes. Tal vez por el precedente de haber realizado una búsqueda tan inhabitual, que de pronto comenzaba a adquirir un sentido telepático, Adela no se había sorprendido demasiado. Quizás solo se concretaba una caprichosa casualidad. Por eso, sin permitirse pensar, había saltado al vacío. Si sobrevivía, ya vería qué había en el fondo.

—Ay, Cosi, ¿cómo tú estás?

La voz grave, propia de una persona adicta al tabaco y al alcohol —aun cuando su madre juraba que jamás había fumado y su hija nunca la había visto beber algo más fuerte que un Bloody Mary o un par de copas de vino tinto—, el uso del enfático *tú* del cual la mujer no había conseguido desprenderse cuando hablaba en español y el mote de Cosi con el cual la llamaba desde que era una bebé —solo cuando estaba muy molesta con ella le decía Adela, y *Adela Fitzberg,* con nombre y apellido subrayados, si llegaba a estar muy muy molesta— ratificaron lo evidente. Además, pronto añadirían la convicción de que el resultado de la comunicación abierta por Loreta, luego de tantos meses, sería joderle el día. ¿Para eso había quedado su madre?

—Bien... En mi trabajo... Acabo de llegar... Estoy bien... —Y no se atrevió a preguntar cómo estaba ella y mucho menos si pasaba algo. Ni soñar con decirle que no era el mejor momento para hablar, pues otra vez se había retrasado a causa del tránsito infernal de un *expressway,* que Loreta proclamaba que contribuía a envenenar al mundo y los pulmones de su hija.

—Me alegro por ti... Yo estoy fatal...

—¿Estás enferma?, ¿te pasa algo? ¿Qué hora es allá?

—Ahora... Las seis y dieciocho... Todo está oscuro todavía... Muy oscuro, un poco frío... Y no, no estoy enferma. Enferma del cuerpo... Te llamo porque soy tu madre y te quiero, Cosi. Y porque te quiero necesito hablar contigo. ¿Tú crees que pueda?

—Claro, claro... ¿No estás «enferma del cuerpo»? ¿Qué te pasa, Loreta?

Adela cerró los ojos y escuchó el suspiro largo, clásicamente trágico de su progenitora. Como una suerte de venganza de su inconsciente, mientras su madre la apodaba Cosi, desde niña ella llamaba a Loreta por su nombre y solo le decía *Madre* cuando tenía deseos de matarla.

—¿Cómo te va con tu novio?

Esta vez fue Adela la que suspiró.

—¿No habíamos quedado hace tiempo en que no querías saber nada de mi novio? No, tú no me llamas para eso, ¿verdad?

Otro suspiro, más largo, más profundo. ¿Real? En la última conversación que habían sostenido tras una llamada realizada por Loreta, la madre le había jurado que jamás volvería a interesarse por la vida íntima de su hija y le espetó de nuevo que, si quería revolcarse todavía más en la mierda, allá ella: además de oler a mierda, pues terminaría tragando mierda. Y Adela sabía que su madre era de las personas que solían cumplir sus promesas.

—Hay que sacrificar a *Ringo* —dijo al fin la voz trasnochada.

—¿De qué estás hablando, Madre?

Como una súbita avalancha, la imagen del caballo de brillante pelaje castaño, con una estrella de pelo blanco en la frente a la cual debía su nombre de *Ringo Starr*, se había armado en la mente de la joven, desplazando a la de su interlocutora. Desde que Loreta se había instalado en The Sea Breeze Farm, la granja equina en las inmediaciones de Tacoma, su primer y mayor amor había sido aquel hermoso Cleveland Bay. Porque el semental, ya adulto, de ojos siempre pálidos y algo llorosos, como los de una persona afligida y lúcida, muy pronto la había escogido a ella como su alma gemela.

A lo largo de los años —¿diez, doce?— que llevaba viviendo en aquel rancho del noroeste del país, Loreta había insistido en que la atención del semental constituía su misión personal, y cuidó de él como no se había ocupado de nada ni nadie en su vida. Sobre el lomo generoso del ejemplar de la estirpe de los corceles de tiro de la casa real inglesa, beneficiándose de su paso enérgico y de una docilidad no habitual para su carácter de caballo entero y sangre caliente, también Adela había paseado por la granja y los bosques de ese rincón del mundo en donde su madre se había confinado.

—No me hagas repetir esas palabras, Cosi.

—¿Pero qué le pasa? La última vez que hablamos... Bueno, fue hace tiempo... —se interrumpió la joven, lamentando haber pensado que su madre la llamaba por alguno de sus habituales incordios o para burlarse de sus relaciones sentimentales y la decisión de irse a vivir con su novio nada menos que a Hialeah. Aunque de todas maneras le jodería el día: de hecho, con lo dicho ya lo estaba haciendo.

—Cólicos... Rick y yo llevamos días lidiando con él... Buscamos otra opinión... El mejor veterinario de acá lo ha estado atendiendo. Pero hace dos días tuvimos un diagnóstico definitivo. Se le hizo la punción abdominal..., está grave. Y ya es demasiado viejo para una cirugía, pero demasiado fuerte y no queríamos... Yo ya lo sabía, pero el veterinario nos ratificó lo único que se puede hacer.

—Por Dios... ¿Está sufriendo?

—Sí... Hace días... Lo tengo muy sedado.

Adela sintió que se le dificultaba tragar.

—¿No tiene remedio?

—No. No hay milagros.

—¿Qué edad tiene ahora *Ringo?*

—La misma que tú... Veintiséis... Aunque no lo parezca ya él es un anciano...

Adela meditó la respuesta y tragó en seco antes de decir:

—Ayúdalo entonces, Loreta.

Un nuevo suspiro llegó por la línea y Adela esperó.

—Es lo que voy a hacer... Pero no sé si debo hacerlo yo o encargar a Rick. O al veterinario.

—Hazlo tú. Con cariño.

—Sí... Es muy duro, ¿sabes?

—Claro que lo sé... Eres como su madre —soltó la joven, sin segundas intenciones.

—Eso es lo peor... Lo peor... Porque tú todavía no tienes idea de lo que es ser madre y no poder... Lo que una disfruta y sufre por ser madre.

—Tú has sufrido mucho, ¿verdad? ¿Y no has podido qué? —preguntó Adela sin intentar contenerse. A pesar de la solemnidad del momento, otra vez había caído en la trampa, siempre caía, y se preparó para la descarga materna. Por eso se sorprendió con la salida de Loreta.

—Nada más quería decirte esto. Saber que tú estabas bien,

decirte que te quiero mucho mucho, y... Cosi, no puedo seguir hablando. Creo que voy...

—*I'm so sorry...* —dijo Adela, y solo en ese instante cayó en la cuenta de lo desatinado de sus últimas preguntas y de la magnitud del dolor que debía de estar sufriendo su madre: todo el tiempo le había hablado en español, siempre usando el delator *tú* cubano y, contra la lógica de la experiencia del último año y medio, había sido su madre la que había llamado y, más aún, quien había cortado la comunicación. Debía de estar devastada con la decisión a la que se veía abocada, al punto de ser incapaz de aceptar el duelo verbal que se había prefigurado.

Adela permaneció unos instantes mirando su iPhone y, sin poder evitarlo, imaginando el momento en que Loreta manipulaba la tremebunda jeringa metálica y pinchaba la piel castaña del cuello de *Ringo* para enviarlo al sueño eterno. Los ojos suspicaces y dulces de la bestia nacida con una estrella en la frente la miraron desde el recuerdo. Dejó caer el teléfono en la gaveta superior de su buró, la cerró con cierta violencia y se puso de pie. Avanzó por el corredor que conducía al vestíbulo del local destinado a *Special Collections* de la Universidad donde había logrado agenciarse una plaza como especialista en bibliografía cubana y, al pasar frente a la mesa de Yohandra, la referencista, le dijo que necesitaba coger aire y tomarse un café.

—¿Pasa algo? —le preguntó Yohandra.

—Sí... No, nada... —musitó Adela, sin deseos de explicar la revoltura de sentimientos que le había provocado la llamada de su madre y la visión de los ojos del caballo, pero se volvió hacia Yohandra—. ¿Me regalas un cigarro?

Yohandra la miró con las cejas enarcadas y luego sacó un pitillo de la caja que guardaba en su bolso.

—¿Tan jodida estás? —preguntó, y le tendió el cigarro y un encendedor.

Adela susurró un gracias, trató de sonreír y luego apenas afirmó cuando su compañera, señalando la pantalla de su computadora, le comentó que parecía que de verdad el presidente Obama iría a Cuba, qué tipo más bárbaro... Adela salió al jardín arbolado que rodeaba el recinto de la biblioteca, donde la recibió el empujón del calor húmedo de Miami que ya imperaba a esas horas de la mañana de abril. El cielo, nublado hacia el norte, advertía de las altas probabilidades de que cayera otro chaparrón vespertino en Hialeah y quizás también más al sur, en Miami, lo que convertiría su trayecto de vuelta por el Palmetto en una tortura física y psicológica siempre dispuesta a aplastarla.

Siguiendo la estela del aroma del café cubano recién hecho, caminó por el campus hasta el merendero ubicado en la planta baja del edificio de Arts and Humanities y pidió un café con poca azúcar. Con el vaso de plástico en la mano salió otra vez al jardín y buscó el banco más apartado y sombreado para beber la infusión y fumar a hurtadillas el primer cigarro que encendía en ni sabía cuántos meses. Para un día de mierda, una adicción mierdera, pensó, negándose a sentirse vulnerable mientras disfrutaba la invasión de nicotina. Adela Fitzberg tuvo en ese momento la convicción de que su mal ánimo no se debía al inminente sacrificio del viejo *Ringo*. O no solo a eso. Además de amargarle el día con una mala noticia, ¿por qué la había llamado Loreta?

La amenaza que habían anunciado en forma de vaguada en los niveles medios de la atmósfera se tradujo en una lluvia despiadada. Adela apenas había recorrido la mitad de su trayecto de vuelta a casa por el Palmetto, la autopista de diez carriles en la que cada día, de lunes a viernes, gastaba como mínimo dos horas de su vida, un tiempo exasperante durante el cual siempre tenía algún momento para preguntarse cuántos miles de automóviles podían estar a la vez sobre el asfalto hirviente. El cielo se partía una y otra vez con descargas eléctricas que aceleraban el pulso de la joven y ralentizaban el empuje de los motores recalentados de unos vehículos que se movían rueda contra rueda, desde Miami hasta el infinito. El mal humor que la embargaba, sostenido por la imagen de una aguja clavada en la vena del cuello de *Ringo*, la superó cuando comenzó a sentir la presión en el bajo vientre, inconfundible advertencia de la llegada de su menstruación. Casi con violencia apagó el reproductor donde sonaba en ese momento el disco de Habana Abierta que tanto le gustaba a Marcos: en aquel tapón enervante y lluvioso parecía una exageración pretender que todo el mundo fuera *happy*, como reclamaba la canción. Aún le faltaban tres salidas para abandonar el *expressway*, y Adela sintió deseos de llorar de rabia e impotencia. Su auto avanzó unos diez metros y volvió a detenerse.

Pronto se cumplirían dieciocho meses desde el momento en que la joven había accedido a mudarse con Marcos a Hialeah, una decisión que provocó varias de las más ruidosas discusiones entre Adela y Loreta, cuando la madre se declaró total, absoluta, definitivamente imposibilitada de entender las opciones de su hija, hasta que al final de uno de esos debates admitió que *Adela Fitzberg* la desbordaba y lanzó su juramento de olvidarse de la vida privada de su hija. Que con sus calificaciones académicas la joven se hubiera ido de Nueva York a estudiar a Miami, justo a Miami, en su momento le había parecido a Loreta un caprichoso dislate juvenil; que, unos años después, luego de terminar su *bachelor* en Humanidades en FIU, la Universidad Internacional de la Florida, optara y hasta consiguiera una plaza miserable en la biblioteca de la universidad mientras hacía sus estudios de maestría en algo tan inútil y con olor a subdesarrollo como Estudios Latinoamericanos, había sido calificado por la progenitora como un desperdicio de neuronas... Pero que en el colmo de su decadencia se enamorara de un balsero cubano y, para rematar, que apenas unos meses después se fuera a vivir con aquel tipo a un apartamento inmundo de la inmunda Hialeah, nada más y nada menos que Hialeah, resultó ser para la madre la prueba definitiva de la insania mental que afectaba a su hija y agregó otra dosis en una acumulación de afanes lamentables que, tiempo al tiempo, repetía, provocarían efectos devastadores en la existencia de la joven.

Adela aprovechó una fisura durante una de aquellas arengas de su madre y le gritó que se mudaba por la simple razón de que su trabajo y su futuro estaban en el sur de la Florida y que, además, por primera vez en su vida sabía que estaba enamorada. Al escucharla, Loreta rio y le preguntó qué cosa era aquello de estar enamorada o si en realidad la decisión solo tenía que ver con el tamaño de la pinga cubana de su novio. Porque pingas grandes es lo que sobra en el mundo, Adela Fitzberg, busca en la colección de la *National Geographic* que supongo hay en tu ridícula biblioteca, agregó y cortó, para volver a llamarla en veinte segundos y preguntarle si conocía a otra persona en el mundo dispuesta a mudarse de un apartamento de Coconut Grove para Hialeah, ¡Hialeah!, gritó y otra vez colgó. Al silencio materno abierto ese día, Adela respondió con la misma moneda y pasaron semanas sin comunicarse.

Adela había conocido a Marcos en The Hunter, la discoteca cercana a su apartamento de Coconut Grove a la que solía ir algunas noches de viernes con Yohandra y otras amigas solteras. El ambiente relajado, más cubano que gringo del lugar, siempre le resultó atractivo y Adela disfrutaba fumando los cigarrillos H. Upmann que Yohandra se hacía enviar desde Cuba y bailando incluso con la experimentada mulata si el *disc-jockey* colocaba alguna música llegada de una isla de la que aquellos exiliados renegaban las veinticuatro horas del día pero de la que a la vez no querían (o no podían) desprenderse. Cuando Adela no resistía más, le encantaba tomarse un descanso y disfrutar desde su mesa el espectáculo de ver danzar a su amiga, que dominaba todos los estilos y sus coreografías. La mulata sabía expresar con sus movimientos la sensualidad profunda de aquellos ritmos con una cadencia y naturalidad ancestral que, a pesar de sus concienzudos empeños, a Adela le resultaban inalcanzables.

Tanto disfrutaba de esas noches y de la compañía de Yohandra que Adela incluso tuvo el temor de que una sibilina inclinación lésbica estuviera proyectándose desde su subconsciente. Por ello, cuando viajó a Nueva York para asistir al sesenta cumpleaños de su padre (celebración a la cual, como en años anteriores, no asistió Loreta), como si no fuera algo importante se atrevió a comentarle su aprensión a la única persona a la cual podía acudir en el mundo por un asunto como el que la intrigaba, pues siempre se había sentido y sabido sexualmente definida, pero con la inquietante sensación de que algo no funcionaba bien en ella. Bruno Fitzberg, luego de la comida y el vino bebido en Blue Smoke, el restaurante de la 115 East y la 27 Street adonde siempre acudían, sonrió al escuchar la preocupación de su hija y la tranquilizó con algo parecido a un diagnóstico del psicoanálisis que practicaba desde sus años argentinos: el único problema de Adela radicaba en que todavía era muy joven y no había encontrado al hombre del cual se enamoraría, el varón encargado de despertar todos los instintos femeninos que varios amantes y pretendientes juveniles no habían logrado destapar del modo más pleno.

—Tiempo al tiempo —dijo, como hubiera dicho Loreta—. Y no lo busqués, él solo va a aparecer.

—Eso suena a príncipe azul de cuento de hadas, papá —ironizó ella.

Bruno Fitzberg le tomó las manos sobre la mesa y se armó de su mejor cara y acento porteños.

—Es lo que te merecés, nena. Vos sabés que eres una mujer hermosa y muy femenina. Con esos labios que matarían de envidia a Angelina Jolie y a su cirujano plástico, y esos ojazos negros de un raro fulgor —dijo, entonando la melodía del bolero, y le apretó más las manos para agregar—: Solo que no te ha llegado la conmoción... Porque será una conmoción... Pero al final... ¿Y qué si fueras lesbiana, piba?... Esa mulata también es bella, está buenísima... Aunque no le gustan las mujeres y es más puta que las gallinas, no te hagás ilusiones.

—¿Y de dónde vos sacás que es más puta...? —respondió ella, acudiendo al acento argentino que de manera natural usaba para hablar con Bruno.

—Uno sabe, uno sabe —dijo él, y sonrió.

—¿Cuando vos fuiste a verme a Miami y...?

—*No comments.*

Como si cumpliera un sino preestablecido, apenas unos meses después de aquella charla Adela conoció a Marcos en su discoteca favorita.

La noche pintaba para aburrida, porque Yohandra sufría de una faringitis con fiebres que la tenían enclaustrada. La insistencia de otras amigas y su mismo deseo de encontrar sentido a la diversión nocturna, con independencia de la presencia o la ausencia de Yohandra y sus cigarrillos negros, la habían empujado a arreglarse y salir. Pero muy pronto creyó descubrir que su rebelión carecía de sentido y, aun sabiendo que debía conducir de vuelta a su apartamento, por suerte cercano, pidió una segunda y luego una tercera copa de vino, acodada en su mesa, casi siempre sola, odiándose un poco a sí misma por su forma de ser y de vivir, siempre tan insulsa, y procurando a la vez distraerse observando la habilidad rítmica de los cubanos que acudían al local y se adueñaban de la pista de baile. Y entonces saltó la chispa.

El tipo, al que ella nunca había visto en The Hunter, parecía una caricatura facturada en Hollywood para una película de la década de 1950: vestía pantalón ancho y camisa de mangas largas, todo blanco, de lino. Llevaba abiertos los botones superiores de la camisa y, sobre su pecho lampiño o rasurado, saltaba la medalla refulgente de la Virgen de la Caridad del Cobre, pendiente de la cadena también dorada. Usaba un panamá, falso con toda seguridad (comprado quizás en el pulguero de Miami, junto con la cadena y la medalla demasiado brillantes), y cuando lo creía necesario utilizaba el sombrero como parte de su espectáculo particular: se descubría y lo movía del modo en que un matador pasa la capa ante el toro, o lo lanzaba al aire para capturarlo al final de un giro coreográfico —con certeza muy ensayado—. El pelo, ondeado, negro azabache, le brillaba por la mezcla del gel y el sudor que le sacaba el ejercicio, y sus pies, enfundados en mocasines marrones de suela fina, calzados sin medias, marcaban los pasos con una precisión milimétrica, sin levantarse apenas del suelo pulido, mientras dejaba a los brazos la ilusión de movimiento y entregaba a los hombros el pulso profundo y rector del ritmo marcado por el bajo.

Con tal atuendo y la soltura de sus maniobras, Adela, ida del mundo, llegó a pensar que el joven debía de ser un profesional contratado por los regentes de la discoteca para animar el ambiente del modo exacto en que llegó a lograrlo. Porque en un momento de clímax musical, cuando se imponía el ritmo de los tambores y los timbales, el resto de las parejas fue deteniendo la danza hasta formar un círculo alrededor del joven y de la negra de pelo chino y un muy ajustado vestido verde brillante que era su compañera de baile. La lascivia de las ondulaciones pélvicas, el desparpajo de las miradas, los rostros sonrientes y humedecidos por el sudor de los bailadores expresaron la sensualidad desbordada de una representación de altos voltajes sexuales. Con el fin del número, llegó el aplauso de los otros bailadores y mirones, coronados con el grito intempestivo del joven:

—*I love you, Miami!* —intentó decir, aunque lo que se escuchó fue algo como ai-lofyú-mayamíiii...

Adela comenzaba la tercera copa de vino de su aburrimiento cuando sintió cómo a su lado retiraban una silla y vio la figura disfrazada de blanco sentarse junto a ella.

—¿Y a ti qué te pasa, niña? ¿Te botó el novio o no sabes bailar?

Olía a colonia y sudor: a hombre, fue lo primero que percibió Adela, y miró al personaje que, sin pedir permiso, se acomodaba en la silla, bebía un trago largo de la Heineken que traía en la mano, se descubría del Panamá para colocarlo sobre la mesa, se enjugaba la frente con un pañuelo rojo y le sonreía con una dentadura saludable y perfecta.

—Ni una cosa ni la otra —fue lo que se le ocurrió decir.

—Ah, porque yo con la mayor gentileza y respeto estaba dispuesto a resolverte cualquiera de esos dos problemas. —Y sonrió más, mientras alzaba una de sus cejas, como para enfocarla mejor.

—¿Cuándo llegaste? —preguntó Adela, admirada por el desparpajo del joven.

—Hace dos meses... —Y bajó la voz—. ¿Se nota mucho?

—Se ve a la legua. Todavía estás cerrero.

El muchacho volvió a sonreír. Adela decidió que era lindo aquel ejemplar de macho cubano de producción insular, cargado con todos los atributos visibles de su condición y los lastres más comunes de su pertenencia.

—¿Meto miedo?

—No, das... ternura. ¿O se dice provocas ternura? —indagó Adela sin poder evitar la reacción de su subconsciente ante la confesión, motivada por una de esas dudas idiomáticas que la obcecaban.

—Estás acabando conmigo, niña... ¿Que yo provoco ternura?... Pa' su madre. Si sigo así, me van a deportar.

Adela al fin sonrió. ¿Cómo era posible lograr aquel ejemplar modélico, diseñado tal vez con una estudiada manipulación genética?

—*Sorry*..., perdona... Bailas muy bien —trató de arreglar las cosas.

—¿Y tú? Ahora en serio..., ¿de verdad no sabes bailar?

—¿Quién dijo que no sé?

—Ne, tú no sabes ná... A ver, demuéstramelo —dijo, volvió a pasarse el pañuelo rojo por el rostro y recogió el sombrero abandonado sobre la mesa. Se puso de pie (¿era más alto ahora?) y extendió la mano derecha en dirección a Adela.

Adela lo observó otra vez. No, no era posible, pensó, porque siempre pensaba. Pensaba demasiado: su padre se lo decía desde que era niña, y nunca le aclaró si constituía una virtud o un defecto. Pero el proceso de intento de ligue resultaba tan clásico que daba risa, y tal vez por eso evitó pensarlo más y se dejó llevar al terreno del juego. No perdía nada. Aceptó la mano del joven, se puso de pie, aunque antes de dar un paso lanzó su advertencia.

—Si haces una sola monería te dejo solo.

—Sin monerías —aceptó él.

—¿El sombrero lo compraste en el pulguero?

Él sonrió. La enfocó y se tocó la nariz.

—¿De dónde tú eres? Tú eres yuma, ¿verdad?

—Sí, soy americana... Estadounidense. De Nueva York. ¿Por qué?

—Es que ustedes los yumas se creen que todo es *Miky Maus*... No, chica, es ecuatoriano, auténtico, de verdad, de los buenos. Me lo trajo de allá un socio que llegó hace dos semanas. Lo estoy estrenando hoy porque desde por la mañana tenía, no sé, una cosa así...

—Un presentimiento —se apuró ella.

—O un anuncio de mi padre Changó. Yo sabía que algo bueno me iba a pasar.

—¿Tú eres santero?

—No, pero creo en todo... Por si acaso... —dijo, y le mostró el pañuelo rojo y luego la medalla de la virgen.

Casi tirando de ella la condujo hacia la pista, sosteniéndole la mano izquierda, para luego tomarla de la cintura con la derecha y atraerla hacia sí, y de inmediato alejarla, como si dudara de algo—. Pero pérate, pérate... Mi mamá no me deja bailar con desconocidas... *What is your name, baby?*

Adela sintió otro golpe de ternura. Sí, el personaje estaba cerrero, en estado puro, un diseño modélico.

—Adela Fitzberg.

Él le soltó la mano derecha y le tendió la suya.

—Mucho gusto, Adela-eso-mismo... Yo soy Marcos Martínez Chaple, y en Cuba me decían Marquito el Lince, a veces Mandrake el Mago... Y... bueno, naciste en Nueva York..., pero ¿de dónde tú eres? ¿Yuma de verdad, medio argentina, cubanita arrepentía?

—Todo eso a la vez.

—¡Ñó!... Un cóctel molotov... Bah, da igual... ¡Dale, arriba, a bailar!

Cuando dio los dos primeros pasos, Adela demostró que en realidad, lo que se dice bailar, ella no sabía bailar y su única alternativa decorosa fue dejarse llevar por su pareja. Luego la muchacha sabría que en esa decisión estuvo la clave: entregó a Marcos no solo las riendas de un baile, sino que lo hizo con una docilidad en la cual no se reconocía, más aún siendo ella la propietaria de un territorio donde el joven era un forastero, cargado con una muy notable lista de prejuicios y lastres. Pero sí, se dejó llevar: y Adela fue arrastrada más y más lejos, más y más profundo, hasta caer en las turbulencias del mundo desaforado y vertiginoso de Marcos Martínez Chaple, el Lince, y luego seguir rodando hasta caer en unos pocos meses en aquel gueto que se anunciaba al mundo como Hialeah, «la ciudad que progresa», por cuya 49 Street del West al fin se desplazaba ahora, avanzando por la llamada Palm Spring Mile, entre charcos, tapones, cláxones bramantes, dejando atrás más anuncios de los que era posible asimilar y más mal gusto del que era saludable contemplar.

En las dos citas concretadas antes del primer choque sexual, aquella conmoción física y psicológica (su padre habría aplaudido por la exactitud de su advertencia) que removió cada uno de sus huesos y neuronas (fue el 18 de agosto de 2014, imposible olvidar la fecha), Adela pudo descubrir que debajo del escudo protector de disfraces que no eran tales, poses exageradas que en verdad resultaron orgánicas e intentos más o menos exitosos de ingenio verbal criollo, el joven recién salido de Cuba era, en realidad, una persona que con su fusión de inocencia cósmica y picardía habanera podía inspirar lo que *le provocó* en su primer cruce de palabras: ternura. Y Adela se enamoró de Marcos Martínez Chaple.

En septiembre de 2007 el país vivía la euforia de su estabilidad económica, la fe en la victoria sobre el terrorismo y la esperanza de un cambio. En Nueva York ya se advertían los melancólicos prolegómenos del otoño, luego del agotador verano. En Miami, por supuesto, todavía el sol rajaba las piedras y el mar ofrecía sus mejores transparencias. Y Adela decidió disfrutar las cosas buenas y no quejarse de las posibles agresiones ambientales, ni amargarse por una siempre difícil relación con su madre, que andaba en ese momento en uno de sus puntos bajos. No tenía derecho al lamento. Había hecho sus elecciones, ejercitaba sus decisiones: trabajaría en lo que pudiera para la campaña del prometedor y muy carismático senador Barack Obama, seguiría apostando por el antibelicismo y el buen trato a los emigrantes, y se establecería en el sur de la Florida para comenzar allí sus estudios universitarios en FIU.

Cada uno de sus diecisiete años, cumplidos en abril de aquel 2007, Adela los había vivido en el apartamento de renta congelada de Hamilton Heights, en West Harlem, ocupado desde hacía casi veinte años por su padre, Bruno Fitzberg. En ese sitio había recalado su madre, apenas unos meses después de su salida de Cuba, a principios de 1989, durante lo que ella había planeado como una breve visita a Boston para asistir a un congreso de salud animal, al final del cual decidió no regresar a la isla, aun cuando sabía muy bien que en aquel país resultaba más fácil y barato ser astronauta que revalidar un título de doctor en Veterinaria obtenido en una universidad cubana.

La fulminante historia de la relación de la desertora cubana y el psicoanalista argentino había comenzado con una conversación trivial en una de las salas del Metropolitan Museum dedicada a los pintores impresionistas. La charla sobre las figuraciones de Manet, la alegría de los colores de Cézanne, la potencia de Van Gogh fue seguida por una invitación a un café, luego a comer algo y, al final de la tarde, Loreta Aguirre Bodes y Bruno Fitzberg hacían el amor en el apartamento de Hamilton Heights. Hasta donde sabía Adela, su madre siempre pensaría que la absoluta falta de asideros en que vivía había influido en el inicio de su relación con el psicoanalista argentino y, casi de inmediato y por un descuido para ella inexplicable, había provocado que quedara embarazada y que pronto se convirtiera en Loreta Fitzberg. Y unos meses después, ya corriendo 1990, en madre de Adela Fitzberg.

Tras la separación de Loreta y Bruno, en el 2005, los padres habían acordado que Adela permaneciera en el apartamento de Manhattan, siguiendo los estudios medios y sus cursos de artes plásticas, con la mirada puesta en la posible beca privada, o al menos en un benévolo préstamo estatal, que podría garantizarle la entrada en la Columbia University, como esperaban sus progenitores. Los meses de verano, según quedó acordado en el reparto de responsabilidades, la muchacha los pasaría con su madre, viajando por algún sitio del país y recalando en el apartamento de Union City donde se había instalado Loreta, luego de arramblar con sus libros, sus incensarios, su karma y sus neuras.

Los dos primeros años de lejanía de su madre, mientras cerraba su adolescencia, Adela practicó con mayor libertad su empecinada vocación de acercarse a sus orígenes cubanos, una relación de la cual Loreta se había distanciado de manera radical. Quizás la muchacha había recibido el influjo de una predisposición genética o todo respondió a una simple cuestión de rivalidades entre madre e hija, pero un persistente sentimiento de atracción por lo cubano había prendido con demasiada fuerza en la adolescente, que, en realidad, no podía ser otra cosa que una neoyorquina, si es que tal cosa existe. ¿Por qué no sentía lo mismo por el origen cultural de su padre o por la educación británica de su madre o por la cultura de los dominicanos que se iban apropiando de su zona y entre los que había crecido?, se preguntaría años después.

En el apartamento de West Harlem, Adela había sido educada como una planta sin raíces. Su padre, argentino de ascendencia judía, odiaba silenciosa y muy tozudamente todo lo relacionado con su país de origen (excepto a la selección nacional de fútbol, los cortes de carne, las novelas de Soriano y Piglia y el acordeón de Piazzolla), el sitio de donde había escapado por sus militancias políticas juveniles. A la vez, y con igual intensidad, Bruno también detestaba la tiranía de la cultura hebrea de sus padres, que él consideraba manipulada por el lamentable (fascistoide lo llamaba a veces) sistema político sionista. Mientras, su madre, de modo incluso más tajante, también había cortado cualquier relación con un país natal que le parecía un semillero de gente mezquina, orgullosa sin razón y por muchas razones frustrada. Y criticaba a su cultura de origen con la misma vehemencia con que aporreaba el estilo de vida inglés, sufrido en sus años de estudio y permanencia en Londres como hija de diplomáticos cubanos, entre gentes que solían tener la boca con forma de culos de gallinas y se dedicaban a destrozar el idioma que ellos mismos habían creado. Y Nueva York..., sí, estaba bien, pero tampoco era para tanto: mal clima, mucha mugre y droga, demasiada presunción.

Con sus furibundas negaciones, que incluían hasta sus orígenes familiares, Loreta le impuso a su hija la ruta de la asimilación: prefería hablarle en inglés, con el deje británico del cual no había logrado o no había querido desprenderse, la hacía leer autores norteamericanos, sentir que el suyo era un universo anglo aunque desinfectado de unos atavismos religiosos y morales que calificaba de hipócritas, y por ello, hasta intentaría inducirla hacia el conocimiento de otras sabidurías, según la mujer más nobles, como la del budismo. Ellos tenían la suerte de vivir en Nueva York y había que aprovechar lo que les regalaba Nueva York (que no regalaba nada y lo tenía todo), solía decir. De Cuba, mejor ni hablar.

Por fortuna, gracias a la insistencia de su padre, desde niña Adela hablaba con corrección el español —arrastrando a veces un desleído acento porteño—, aunque al principio lo escribía con alguna dificultad. Por eso se empeñó en el estudio de la lengua como asignatura básica de sus cursos académicos y, por su cuenta, quizás solo por espíritu de rebeldía, emprendió la aventura de leer la literatura y la historia de la isla de sus antepasados maternos, unos personajes difusos, de los cuales al principio apenas tenía unas pocas referencias y los inalterables juicios tremendistas y condenatorios de su madre. Desde que pudo hacerlo, Adela asistió a conciertos de música latina, donde se mezclaban ejecutantes y bailadores de todas las procedencias imaginables y siempre resultaba posible encontrar algunos cubanos. Entre ellos, la muchacha haría migas con su contemporánea Anisley, llegada a la ciudad cuando tenía once años y, para Adela, más cubana que *La Guantanamera*.

Con Anisley y sus padres —entrenador de beisbol y softbol, el padre; médico pediatra reciclada como enfermera, la madre—, Adela tuvo un curso intensivo de cubanidad, en el cual participó además el primo de Anisley, con el que se besuqueó varias semanas, hasta cumplir ambos la tardía pérdida de sus respectivas virginidades a los dieciséis (con más curiosidad que pasión por parte de ella). Aquellos fines de semana disfrutados en la casa de su amiga, en Queens, la introdujeron en recodos de una historia no escrita de actitudes, comportamientos, salidas verbales, en el conocimiento de lugares y de la densidad de una sociedad política a la cual ellos culpaban de su exilio.

En lugar del rechazo rotundo que afloraba de la actitud de Loreta o la negación fundamentalista de la más mínima tolerancia hacia la sociedad cubana siempre presente en el discurso de muchas figuras públicas de Miami y Nueva Jersey, la familia de Anisley le mostró perspectivas plagadas de matices. A pesar de sus opiniones contrarias al sistema de la isla, en voz baja agradecían a su procedencia las oportunidades que tuvieron dentro y, sobre todo, fuera de su país, donde gozaban de ventajas promovidas por un diferendo político que los hacía muy privilegiados respecto a la gran mayoría de los emigrantes latinos llegados a Estados Unidos, el país maravilloso donde ahora vivían y luchaban...

De manera natural, aquella tribu supuraba un orgullo desprejuiciado y la satisfacción sin complejos de una pertenencia a la cual se aferraban en cada actividad en que les resultaba posible hacerlo. Y lo expresaban desde la forma de cocinar los frijoles negros hasta la de cantar las lágrimas, también negras, del Trío Matamoros; desde el disfrute de las películas llegadas de la isla que cazaban en festivales neoyorquinos hasta la lectura de algún novelista cubano contemporáneo, pasando por las veladas en que se cagaban de risa escuchando los chistes de Guillermo Álvarez Guedes, unas historias picarescas en las cuales los de la isla siempre eran los tipos más ingeniosos y mal hablados. Si en las calles la familia y otros amigos cercanos también venidos de Cuba vivían en una ciudad abierta y multicultural llamada Nueva York, esos mismos seres, reacios al desarraigo, dentro de sus casas y en sus reuniones festivas, en muchos sentidos seguían habitando en el interior de su isla perdida. ¿Por qué su madre parecía venir de un planeta diferente, brumoso y sin contornos definidos?, se preguntaba a veces la joven.

Gracias a la cercanía con esa ferocidad cubana por preservar unas esencias propias, la adolescente se acercó un poco más a la militancia de una religión sin Dios, que en cambio tenía un apóstol llamado José, como el patriarca bíblico, poeta profético para más ardor. Entonces la joven comenzó a entender y admirar el credo de Anisley y los suyos: el de seguir siendo quienes habían sido y se negaban a dejar de ser. Solo que Adela sentía que si para ella resultaba posible comprenderlos, jamás conseguiría replicarlos: algo le faltaba o le sobraba para ser lo que ellos eran y querían seguir siendo.

Sin embargo, cuando se acercó el momento de elegir la universidad donde continuaría sus estudios, Adela, sin dudar, le informó a su madre que optaría por el *bachelor* en Humanidades en la Universidad Internacional de la Florida, donde, gracias a sus excelentes calificaciones, le ofrecían una beca que cubría un tercio del coste de la matrícula.

De inmediato, como no podía dejar de ocurrir, había comenzado una guerra en la que el padre se declaró neutral pero dispuesto a colaborar en lo económico, siempre y cuando la muchacha hiciera sus estudios superiores hasta obtener una maestría. Mientras, la madre, en un último y desesperado intento por rectificar el rumbo decidido por la joven, convenció a Adela para que fuera a pasar unos días con ella en la bellísima estancia equina donde ya vivía y trabajaba, en las afueras de Tacoma. Y allí, luego de cuatro días de tregua, cuando la muchacha se atrevió a pensar que saldría indemne, tuvieron una de sus más desagradables peleas, y por una temporada Adela dejaría de ser Cosi para ser llamada *Adela Fitzberg*. Fue justo en ese trance cuando la joven mostró una fortaleza de carácter que nadie le habría atribuido y se enfrentó al huracán de fuerza cinco que era Loreta Fitzberg (¿o volvió a ser Aguirre Bodes?), siempre llena de argumentos empeñados en demostrar que si su hija se lanzaba al estercolero político, cultural, urbano de Miami, con ese acto estaba convirtiendo su vida en lo que suele haber en los estercoleros.

Dos meses después del agrio debate, en septiembre del esperanzador otoño de 2007, un taxi dejaba a Adela en el 116402 SW, 35 Street, en el área de Westchester, donde había localizado por internet el *efficiency* de Miguel y Nilda Vasallo, donde viviría hasta instalarse en la residencia de la universidad. Los sesentones que la esperaban en la puerta de la casa principal empezaron por ofrecerle un jugo de guayabas hecho por ellos mismos, un dulcísimo flan casero de huevos y un café recién colado (también dulce), para al final darle las llaves del *efficiency* y explicarle las maravillas del local, la cuadra, el barrio, la ciudad, el condado y muy cubanamente reiterarle que su casa (la de ellos) ya era su casa (la de Adela).

Adela estacionó su Toyota Prius híbrido frente a la casa de la 53 Terrace y la 10 Avenida del West de Hialeah a la que Marcos y ella se habían mudado unos meses atrás. Allí habían conseguido una renta muy asequible cuando los últimos norteamericanos residentes en la cuadra, necesitados de una atmósfera menos cargada, la pusieron en alquiler. Los esfuerzos de Marcos habían dignificado muy pronto el aspecto de desaliño que, por el cansancio de sus propietarios, exhibía la vivienda. Ahora el jardín frontal, del cual Marcos también se ocupaba (y con ello descontaba un porciento de la renta), resplandecía bajo los rayos de un sol envalentonado que regresaba para recalentar una tarde hasta diez minutos atrás oscura y lluviosa y sacar de la tierra vapores infernales. Aquel rincón de Hialeah, con casas unifamiliares de techos a dos y tres aguas, algunos jardines floridos y hasta bien podados, funcionaba como un oasis dentro del abigarrado gueto cubano que, en cinco décadas de persistencia y ansias de conquista, se había armado en la ciudad.

Al llegar, la joven supo que su novio aún no estaba en casa: el espacio destinado a su camioneta en el *driveway* seguía vacío. Por una vez, la ausencia del hombre le provocó una sensación de alivio: prefería estar a solas un rato y, luego de beberse el último café del día, fumarse sin presiones ni prisas el cigarrillo que, previsora, le había pedido a Yohandra. Antes de entrar, fue hasta el borde del jardín y levantó el cartel de hule con la imagen de Hillary Clinton, quizás derribado por el vendaval o por un vecino fanático republicano. Adela sabía que podían estar provocando ciertas sensibilidades, pero la convicción en su libertad de opciones en el país de la libertad de opciones la había decantado por colocar uno de los pocos afiches en la cuadra con el cual se apostaba por el triunfo demócrata en las elecciones de noviembre (a Marcos, acostumbrado a que en esas cuestiones otros decidieran por él, le daba igual quién ocupara la Casa Blanca, siempre y cuando no se metiera demasiado con él: mejor si lo ignoraban, decía).

Apenas entró en la casa puso el aire acondicionado a toda máquina y se fue al baño para comprobar que llevaba la prenda interior manchada. Luego de meter toda su ropa en una bolsa, se lavó a conciencia —siempre le habían resultado repulsivas sus menstruaciones— y se colocó el tampón superabsorbente que utilizaba. Un sentimiento invasivo de su femineidad la detuvo ante el espejo vertical atornillado contra la puerta trasera del baño y observó su desnudez: sus caderas generosas, su monte de Venus oscuro, hirsuto aunque bien podado, sus senos pequeños, turgentes, coronados con los pezones color canela, su vientre terso, sus muslos de carne firme y sus glúteos prominentes. Marcos aseguraba que era hermosa, la hacía caminar desnuda por la casa y decía estar convencido de que en su sangre corrían glóbulos blancos, rojos y también unos cuantos negros, heredados de una perdida abuela oscurita a la que debía sus labios carnosos y su protuberancia trasera, entre otras virtudes apetecibles. Como si necesitara comprobarlo, Adela estudió la curva pronunciada de unas nalgas que habían merecido tantas miradas lascivas desde que sus atributos físicos comenzaron a madurar.

Vestida con un *short* mínimo y una camiseta cuya tela frontal resistía apenas el empuje de los senos liberados del brasier, la joven preparó el expreso y salió a la terraza techada, recién reparada por Marcos, adonde se accedía por el salón que los de la Florida insistían en llamar *flórida*. Buscó dentro del jarrón de vidrio repleto de caracoles y conchas el encendedor meses atrás depositado allí y comenzó a beber el café antes de darle fuego al cigarrillo. Sentía una pesada tensión aferrada a sus hombros y la difusa pesadez en el bajo vientre que la perseguiría al menos veinticuatro horas. Empujada por un impulso casi fisio-lógico, regresó a la habitación, sacó del cofrecito de la reserva estratégica un delgado cigarro de marihuana y, de vuelta a la terraza, le dio fuego.

Muy pronto Adela sintió cómo descendían las tensiones de la hora y media gastada en el *expressway* y comenzó a disfrutar de la dosis de sosiego que bajaba a su organismo y la aliviaba de la carga de las malas sensaciones potenciadas por el diálogo te-lefónico matinal. ¿Su madre la había llamado para hablarle del caballo enfermo? ¿Habría algo más, incluso más lamentable? ¿Por qué ella presentía que sí, que existían otros lodos en el fondo de aquella llamada? Lo intuía porque creía conocer a su madre...

Adela fumó hasta que la sacó del letargo el calor de la brasa muy próxima a sus dedos y mojó la colilla mínima en el poso del café para luego buscar dónde hacerla desaparecer, aun cuan-do sabía que el olor la delataría y provocaría el reproche de Mar-cos por haber incumplido el pacto mutuo de solo probar aquellos pitillos en ocasiones muy especiales y para divertirse juntos.

Adela se sintió culpable. Se supo débil. Se descubrió lúci-da y tuvo en ese instante la extraña sensación de verse a sí misma desde una perspectiva exterior: una mujer joven que fuma marihuana sin ser una adicta, que necesita estar sola aun-que se sabe bien acompañada, a la que le gusta planificar el fu-turo y vive convencida de alcanzarlo, pero se ha dejado conducir al tránsito de un prolongado presente sostenido con pinzas. Ella y su contrario, ella y su doble. ¿Qué demonios le pasaba, qué la alarmaba y, sobre todo, qué temía? ¿Se trataba del sacrificio de un caballo enfermo o de la existencia de una madre como la suya? ¿O de la posibilidad de haber equivocado sus decisiones? ¿A las complicaciones laborales, académicas y económicas a las que ella misma se había abocado? No tuvo respuestas o quizás no quiso dárselas. No, se decía, no se haría más preguntas ni buscaría alegatos para la invasiva desazón que la perseguía des-de la mañana, cuando le llegó un fuerte olor a sudor y tierra. De inmediato escuchó la voz:

—¡Fumaste, *Burt-Lancaste!*

38

El primer gran sueño frustrado de Marcos Martínez Chaple fue ser un famoso jugador de beisbol. Ese anhelo, en realidad, lo compartía con una cantidad tan exagerada de cubanos que enarbolarlo como un fracaso resultaba ridículo: han sido tantos los que han sufrido esa derrota y tan pocos quienes han conseguido el éxito —si nos atenemos a las proporciones, o, mejor, a los promedios, muy abundantes y reveladores en el juego de pelota—, que la frustración siempre ha sido más común que la realización. Luego, con los años y los vaivenes de su existencia, Marcos afrontaría otros descalabros, aunque los suyos siempre le parecerían menores en comparación con los que había visto padecer a muchas de las gentes que lo rodearon, comenzando por algunos de sus seres queridos, vapuleados en tantos terrenos de la vida. En cualquier caso, frustración aparte, Marcos le debía al beisbol muchos de sus recuerdos más entrañables y el origen del espíritu competitivo que siempre lo acompañaría y le abriría algunas de las puertas por donde transitaría.

En los días de su niñez y adolescencia, cuando en Cuba se vivían los tiempos devastadores de la crisis económica que arrancó con la década de 1990, el muchacho tuvo la noción de las dificultades que hundían al país por los constantes apagones que los asolaban, por la posibilidad de comer en el día solo una pequeña pieza de un pan medio arrugado y siempre ácido y por una permanente sensación de agobio térmico. Pero, sobre todo, sufrió por lo difícil que se hizo conseguir pelotas para practicar su deporte.

De aquellos tiempos turbios y oscuros Marcos conservaba en el rincón predilecto de su memoria la ocasión en que había decidido un partido entre el equipo de su barrio y el más potente (y por ende prepotente) piquete de Boyeros. En ese juego preciso de sus recuerdos, un desafío más de los miles jugados entre las dos novenas a lo largo de muchos años, todos los astros habían debido alinearse para que, en lo que presumía ser el cierre del partido con otra victoria de Boyeros, a Marcos le tocara su turno en el cajón de bateo con dos compañeros en bases, dos carreras abajo y dos *outs* en la entrada. Como se solía decir: él era la última esperanza de su equipo. Sin poder explicarse nunca de dónde sacó fuerzas, coordinación y velocidad de reacción, Marcos hizo *swing* a una recta con intenciones de cruzarlo a pura velocidad y enganchó la bola con la maza del madero: el contacto fue preciso, contundente, y la esfera de forro poroso, sorprendida por un encuentro perfecto, desplegó toda la potencia de aceleración generada por la reacción de las fuerzas puestas en juego y voló hasta más allá de los arbustos que servían de límites al terreno, para sellar la victoria de su equipo. ¡La apoteosis!

Veinte años después, si cerraba los ojos y se concentraba, Marcos conseguía recuperar aquel microsegundo de gracia: todavía escuchaba el sonido del impacto, sentía el corrientazo que a través de la madera recibieron sus brazos, y siempre podía ver cómo la pelota se alejaba, elevándose, hasta desaparecer en la distancia. El estado de la felicidad plena, del júbilo desbordado, de la más inmaculada satisfacción con la vida y con el mundo. El umbral de un sueño muy pronto frustrado.

El primer espacio donde alimentó su aspiración beisbolera había sido un terreno improvisado a la salida del reparto Fontanar, muy cerca de su casa familiar, un descampado al cual, desde hacía décadas, acudían los muchachos de los barrios de la zona. Aquel solar prestó sus mejores servicios a los jóvenes jugadores hasta el día en que —para ese entonces ya Marcos estudiaba en el preuniversitario— a Alguien se le ocurrió roturar esa tierra precisa entre muchas otras posibles para sembrar unos tubérculos traídos de Argentina, anunciados como ricos en proteínas y destinados a alimentar a millones de cabezas de un ganado capaz de inundar (siempre se hablaba de inundación) la isla de carne y leche. Al final, como en tantas otras ocasiones, no hubo terreno de pelota aunque tampoco tubérculos y mucho menos ganado, para el bien del colesterol nacional de un país donde el tío Horacio, uno de los amigos de sus padres, solía decir que las vacas habían entrado en la lista de especies en peligro de extinción.

Los más aventajados de los aprendices de peloteros tenían la posibilidad de un ascenso competitivo y un mejor adiestramiento si eran admitidos por alguno de los entrenadores asignados al estadio del cercano y eterno Hospital Psiquiátrico de La Habana, un terreno con medidas legales donde se organizaban torneos y se turnaban para jugar peloteros de diferentes categorías por edades y calidades. Marcos nunca olvidaría que una de las primeras ocasiones en que pudo practicar en el campo de los elegidos, él y sus compañeros de faena vieron llegar al mulato fornido y serio, con la cabeza afeitada, a quien de inmediato reconocieron, pues lo habían admirado por años en los estadios oficiales del país y del mundo, vistiendo el uniforme de los Industriales de la capital o el de la selección nacional, siempre exhibiendo en sus espaldas el número 26. Con sus bocas abiertas vieron acercarse al defenestrado, el mismísimo Orlando Hernández, alias «El Duque», quien en voz baja habló con el entrenador de turno, el hombre que años atrás había sido su maestro. Luego supieron que el jugador, campeón olímpico, dueño del mejor promedio de juegos ganados y perdidos del beisbol cubano, y condenado de por vida a no participar de ningún torneo oficial tras ser acusado de planear una salida clandestina del país (o de haber estado al tanto de la fuga de su hermano durante una estancia en México, también se dijo), le pedía permiso a su viejo profesor para jugar allí con sus amigos cuando el terreno quedara libre, y que el entrenador, atrapado en sus temores, le hablaba de la necesidad de consultarlo antes de darle la oportunidad al apestado.

Sin que se mellara su amor por el beisbol y a pesar de su estatura y un físico que se fue haciendo fibroso, a los dieciséis años Marcos debió aceptar que sus habilidades deportivas no eran suficientes ni siquiera para militar en el equipo juvenil del municipio. Aunque no dejó de jugar en sus ratos libres y seguir los campeonatos del país, su sueño infantil y su entrega al beisbol derivarían hacia lo que seguiría siendo cuando se estableció en Estados Unidos: una pasión que ya solo podía sostener como espectador o comparsa, nunca como protagonista.

Seis meses después de su llegada a Hialeah, cuando su situación económica se estabilizaba, Marcos había comenzado a dedicar dos horas de las tardes de los lunes, miércoles, viernes y sábado a ejercitarse de manera gratuita en el gimnasio cercano al Westland Mall, donde trabajaba uno de sus viejos compinches de los juegos de pelota en Fontanar, quien le había gestionado una tarjeta de cortesía para acceder sin cargos a la instalación. Mientras, los martes y los jueves había decidido invertir ese par de horas vespertinas (y en algunas ocasiones también las mañanas de domingo) sirviendo como entrenador auxiliar del equipo de beisbol de los Tigres de Hialeah. El *coach* principal y alma del conjunto era ni más ni menos que Agustín Casamayor, un expelotero cubano, primera base de los Industriales de La Habana, que, ya en sus tiempos de declive, había sido otro de los ídolos de la niñez de Marcos.

El terreno donde practicaban estaba en el área de unos muy poblados bloques de edificios, a la altura de la 76 Street del West. Casamayor, decidido a hacer algo por los jóvenes de la zona, había lanzado su convocatoria para muchachos que estuvieran entre los diez y los catorce años, y no solo con el propósito de enseñarles de manera correcta (científica, decía) los rudimentos y filosofía del juego mientras se divertían practicándolo, sino, y sobre todo, para evitar que anduvieran demasiado tiempo en la calle, tentados por atracciones menos nobles.

Casi todos los adolescentes que se acercaron, alrededor de dos docenas, resultaron ser hijos de cubanos emigrados en los últimos años, sin recursos para inscribir a sus hijos en una academia formal. Sus padres y madres, como solía ocurrir, trabajaban muchas veces hasta entrada la noche y los niños gastaban su tiempo libre encerrados en casa frente a una computadora o vagando por el barrio, coqueteando con un mundo soez que podía marcarles la vida de la peor manera. Entonces Casamayor, con los aportes de algunos de los jugadores cubanos establecidos en Estados Unidos y los padres que pudieron dar algo, había conseguido adquirir los implementos necesarios y hasta mandado a confeccionar los uniformes de los Tigres en una de las pocas factorías textiles sobrevivientes en la ciudad. En la época en que Marcos se incorporó a trabajar con ellos, ya el *team* participaba en una liguilla del condado, con más penas que glorias, pero con la pasión y el orgullo transmitido por su *coach* y la responsabilidad de representar a la zona más pobre de la decaída «ciudad que progresa».

Las horas que dedicaba de forma voluntaria a entrenar a los muchachos representaban para Marcos no solo un reencuentro íntimo con su pasión beisbolera, sino la mejor forma de relajar su mente, sometida a las innumerables tensiones de un proceso de inserción y supervivencia en un mundo que le exigía vivir con el cuchillo entre los dientes y mirando hacia los lados. En el instante en que se vestía con su pantalón de pelotero, calzaba sus *spikes* (los mejores que había tenido en su vida), se enfundaba el *pullover* blanco de mangas naranjas (casi siempre maloliente y sucio de tierra) y, sobre todo, en el momento en que se encasquetaba la gorra y salía a la grama rojiza del terreno, sentía cómo penetraba en una amable dimensión del tiempo y el espacio donde la vida se reducía a tratar de hacer lo mejor posible lo que era necesario hacer bien en un terreno de pelota: correr, lanzar, batear, fildear y, sobre todo, pensar como un pelotero. Y confiaba en que alguno de sus discípulos también soñara, como lo había hecho él, con ser un gran jugador, llenar estadios, ser querido por hacer con maestría lo que tantos cubanos habían hecho por más de un siglo. Tal vez alguno podría materializar el sueño. Llegar incluso a ser un Rey, como

El Duque, varias veces campeón en Cuba, oro olímpico y, luego de su fuga de la isla, triunfador en las Grandes Ligas norteamericanas.

Al final de uno de los primeros entrenamientos en que Marcos participó, Casamayor lo invitó a tomar un par de cervezas en su apartamento. El domingo anterior lo habían visitado sus hijos y algunas botellas habían sobrevivido a los embates de los bebedores de la familia y de los entusiastas que acudieron de otros apartamentos del edificio, siempre prestos a cooperar en esas actividades.

—¿Sabes que a mis hijos no les gusta jugar pelota? —le confesó el *coach* cuando le entregó a Marcos la botella de Corona. Casamayor había escogido el diminuto balcón de su piso para disfrutar de las cervezas y Marcos tenía ante sí, calle por medio, la mole de otro condominio, más deteriorado que el del viejo pelotero, con balcones llenos de tendederas, las paredes carcomidas y el jardín devastado. El edificio lograba ser tan feo y estar tan sucio como aquellos que habían diseñado sus abuelos arquitectos en Fontanar.

—Los hijos de los gatos no siempre cazan ratones —se le ocurrió decir a Marcos.

—El problema es que no les gusta casi nada..., pero quieren tenerlo todo. No saben vivir. No han entendido las reglas del juego. Incluso el que es ingeniero, como tú... No ha podido revalidar su título y como sabe mucho de computadoras y esas cosas, ahora anda en un negocio de clonar tarjetas, conseguir cosas y luego venderlas a domicilio.

Marcos prefirió no aventurar un comentario (varias veces le había comprado gasolina robada a Casamayor Jr.) y se limitó a asentir.

—Y a ti te va bien, ¿verdad? —le preguntó entonces el *coach*.

—Creo que sí. No me puedo quejar. Para el poco tiempo que llevo aquí...

—¿Piensas hacer el intento de revalidar tu título de ingeniero?

—Ahora mismo no puedo. Casi tendría que empezar de cero... Tú lo sabes, hace falta tiempo y dinero... Estos americanos son muy jodidos en eso de los títulos. Esto no es como en Cuba, aquí estudiar una carrera te cuesta un huevo y la mitad del otro...

Casamayor asintió, bebió, miró al horizonte que estaba clavado en la mole de concreto, solo calle de por medio.

—Qué desastre... Otro ingeniero que ya nunca va a ser ingeniero... ¿Cuántos ingenieros y cuántos médicos de tu edad se han ido de Cuba?

—Yo conozco a una pila... Te diría que la mitad de mis compañeros de la universidad... Mi hermano se fue antes de graduarse. Pero ese sí terminó la carrera, en Francia. Es que mi hermano es del carajo...

Casamayor se mantuvo unos instantes en pensativo silencio.

—Si no es una indiscreción... ¿Por qué tú te fuiste de Cuba? Hoy cualquiera se va, los jóvenes como tú se van, razones les sobran, pero tú...

—Tenía que irme... Bueno, quería tener una casa y un carro, y allá..., ni soñarlo.

—Una casa y un carro pueden ser una buena razón... Sí, claro... Yo me fui por seguir a mis hijos. Ellos también querían tener una casa y un carro. De tranca: una casa y un carro... Aunque tú eres distinto, lo puedo sentir...

—No, Casamayor, yo soy uno más... Un cubano cualquiera que vive ahora en Hialeah y...

—¿Por qué vienes a entrenar a los muchachos? En ese tiempo podrías estar ganando dinero o estudiando.

Marcos sintió que la conversación tomaba un cariz tenebroso. Cuando alguien le preguntaba mucho, no podía evitar la presencia de una presión en el estómago. ¿Efectos hereditarios de la famosa paranoia de su padre? ¿Contagio del miedo permanente de Irving, el mejor amigo de su madre, que hablaba incluso de agentes secretos encargados de vigilarlo? Marcos decidió que su verdad era tan inocua e imprecisa que podía decírsela a cualquiera.

—El dinero me hace falta, como a todo el mundo. El dinero me gusta, como a casi todo el mundo. Pero ser un león las veinticuatro horas del día me agota... Hacer algo con los otros o por los otros puede ser lo mejor que me inculcó mi madre, la pobre, la última romántica del mundo... Pero, bueno, en realidad yo no soy como ella. Claro que no... La verdad, viejo, es que me paso dos horas metido en ese terreno por mí, más que por ti o por los muchachos. ¿Me entiendes?... Mira, una vez vi una película en la que un hombre le decía a su hijo que una pelota de beisbol es el universo, y cuando oí eso... Bueno, si no entiendes esta trova, no importa: yo tampoco entiendo mucho. En el terreno me siento bien y pal carajo lo demás... ¿Me das otra cerveza y no me calientas la cabeza? ¿Hablamos de pelota? Dale, que todavía no te he hecho el cuento del día que decidí un juego con un jonrón. Tenía diez años y, te lo juro, di un palo que todavía me lo siento aquí, en las manos...

Por mar, por tierra, por aire, por fronteras del norte, del sur, del este y del oeste. Por el estrecho de la Florida, las cataratas del Niágara, los bordes mexicanos o, vía Moscú, en busca del remoto estrecho de Bering y las nieves de Alaska... En los últimos años de su vida habanera Marcos el Lince se había convertido en una enciclopedia de las estrategias, modos y artimañas a través de los cuales los cubanos podían ingresar en Estados Unidos y obtener el estatus que al año y un día les permitía adquirir la residencia legal en el país vecino. Y es que Marcos tenía demasiados amigos que habían practicado alguna de aquellas alternativas, muchos de ellos con éxito.

Aunque entre sus planes (al menos los más inmediatos) no había estado la urgencia de irse a otra parte, Marcos supo cuándo le había llegado su turno de hacer valer sus conocimientos y, además, que el tiempo lo apremiaba. Entonces había empezado por intentar la que, a la vez, podía ser la forma más expedita y compleja: llegar directamente a uno de los cayos de la Florida y, una vez en tierra, con los «pies secos», presentarse ante el primer policía que hubiera en los alrededores y revelarle su condición legal de cubano. El riesgo de ese tránsito radicaba en la posibilidad de que la embarcación fuese interceptada por los guardacostas estadounidenses y, como estaba pactado, sus tripulantes devueltos a la isla. Las ventajas, si llegabas a poner un pie en territorio norteamericano, radicaban en la rapidez del cruce y la reducción del número de intermediarios, unos tipos peligrosos de los cuales resultaba preferible estar lejos.

Como todos sabían, la garantía de éxito dependía en un cincuenta y uno por ciento de la calidad de la embarcación, y el resto, de la suerte.

En su primer intento de salida, a mediados del 2013, Marcos no se despidió de su madre, para no hacerla sufrir el trance de esperar hasta saber si su hijo estaba vivo o muerto, libre o preso. Como acompañantes en la travesía tuvo al padre de un amigo suyo con sus hijos adolescentes, dos verdaderos prospectos en la práctica del beisbol, aspirantes a ingresar algún día en las Ligas Mayores y ganar muchos millones. Pero a los navegantes les había fallado el porciento de la suerte, porque la embarcación contratada en Miami por su amigo resultó ser segura, aunque no más veloz que el guardacostas que los avistó. Para que el dueño de la lancha pudiera huir y no ser acusado de tráfico humano, Marcos y sus acompañantes (como estaba acordado) debieron colocarse los salvavidas y lanzarse al mar para que los vigilantes de la frontera tuvieran que dedicarse a sacarlos del agua y la lancha pudiera huir.

No obstante la fallida experiencia, Marcos no se dio por vencido, y cuando ya planeaba una segunda incursión marítima, otro de sus compañeros de estudios, ingeniero como él, lo llamó para decirle que acababa de descubrir un nuevo e inesperado sendero, al parecer expedito y, de contra, sin riesgos de ser devorado por los tiburones y sin intermediarios que pudieran joderlos.

Marcos y su amigo Maikel, luego de dos días de intensa búsqueda de los fondos necesarios, estuvieron listos para iniciar la aventura (Marcos, ante la inminencia de la posibilidad, consiguió que su madre le entregara, con lágrimas en los ojos, algunas joyas de la difunta abuela arquitecta, que el muchacho remató en unas horas). Temprano en la mañana se presentaron en la agencia de viajes que había tenido la loca ocurrencia de sacar al mercado la venta de un paquete turístico para cubanos con deseos de pasar diez días en Italia. ¿Qué disparate era ese? ¿Turistas cubanos en Italia? Aunque a los dos amigos les seguía pareciendo que aquella película estaba al revés, nueve días después, con sus pasaportes estampados con una visa Schengen, volaron a Italia. Como atestiguaban las fotos que subieron a sus perfiles de Facebook, los turistas cubanos la pasaron en grande en Roma (Leonardo da Vinci: aeropuerto de entrada), Florencia, Siena, Venecia y Milán (Malpensa: aeropuerto de salida), visitando monumentos, bebiendo vino, comiendo pizzas verdaderas y hasta disfrutando de una noche de amor a la veneciana gracias a dos desesperadas turistas españolas.

De regreso a Cuba (acompañados apenas por un tercio de los compatriotas turistas que habían salido con ellos unos días antes), los jóvenes se encaminaron de inmediato a las oficinas de Aeroméxico y, con el dinero enviado a Italia por Ramsés, el hermano de Marcos, sacaron boletos de ida y vuelta La Habana-Ciudad de México-La Habana, unos billetes a los cuales ya tenían garantizado el acceso gracias a su pasaporte adornado con la bendita y muy europea visa Schengen, que, como ñapa gloriosa, les confería a los cubanos la posibilidad de ingresar en México.

Y dos días después volaron a tierras aztecas, como solía decir Marcos, para comenzar el ascenso por carretera hacia «la inhóspita e inhospitalaria» Tijuana. En la misma estación de autobuses de la ciudad, luego de pagarle doscientos dólares cada uno al policía mexicano que los interceptó y pretendía retenerlos (a menos que pagaran la cuota ya establecida), los amigos tomaron un taxi (gestionado por el mismo y ya muy amable policía) que los llevó hasta las inmediaciones del puesto fronterizo. Allí se presentaron para pronunciar las palabras mágicas dotadas con la facultad de abrir las esquivas compuertas: somos cubanos, venimos de Cuba, mientras exhibían sus pasaportes y carnés de identidad. Así de fácil. Cuatro días después, con un documento que oficializaba su admisión en el país, Maikel y Marcos bajaban del Greyhound que los había llevado hasta Miami.

Mientras Maikel se instalaba en Fort Lauderdale con unos primos suyos, Marcos se acogió al amparo de Laura, la hermana de su tío Horacio, en el South West de Miami. Horacio no era en realidad su tío carnal, pero como si lo fuera: compañero de estudios y amigo íntimo de sus padres, Darío y Clara, Horacio había sido una presencia constante en la casa y en la niñez de Marcos, que, por alguna razón insondable y premonitoria, desde niño solía llamarlo tío, como si aquella cercanía fuese a resultarle útil en algún momento del futuro. En 1994, cuando Marcos tenía diez años, el tío Horacio (el mismo que le explicaba al muchacho misterios como la razón por la cual los mangos maduros se caían de los árboles y hasta por qué volaban los aviones que veían desde la casa de Fontanar) había salido de Cuba con otras decenas de miles de balseros y desde hacía mucho tiempo vivía en Puerto Rico, casado con una boricua, y trabajaba allí como profesor de Física en la universidad. El tío Horacio al cual, meses antes de salir de Cuba, Marcos había contactado por Facebook y, previsor, le había pedido todos sus teléfonos.

Sin embargo, solo había sido al llegar a México, a salvo de posibles escuchas cubanas, cuando el joven al fin había llamado a Horacio para pedirle una referencia en Miami con la disponibilidad de acogerlo por unos días. Sin dudarlo, el físico le facilitó el nombre, la dirección y el teléfono de su hermana Laura, que, le garantizó, lo esperaría en su casa de Miami y le entregaría un dinero para sus primeros gastos que él le estaría enviando apenas ingresase en Estados Unidos. ¿Y te gustaría venir a vivir a San Juan? Por cortesía Marcos le respondió al tío Horacio que debía pensarlo, pues en realidad él tenía ya muy claro dónde y cómo quería vivir. Porque teniendo a su padre Darío, a su hermano Ramsés y a tantos amigos fuera de Cuba, Marcos era también una enciclopedia de las estrategias, modos y artimañas de los cubanos para arreglarse la vida en el exilio. Ya estaba probado que el mundo era ancho, pero estaba más que probado que no tenía por qué ser total y jodidamente ajeno.

A las dos semanas de haber ingresado en Estados Unidos, Marcos rentó su primer apartamento, un espacio de apenas cincuenta y dos metros cuadrados en el condominio Hialeah Club Villas, en las inmediaciones del antes atractivo y ahora decaído Westland Mall. Su hermano Ramsés y el tío Horacio habían logrado que su padre, Darío —ahora muy bien de plata aunque reacio a soltarla, al decir de Ramsés; tacaño empedernido, en opinión de su amigo Horacio—, le enviara algún dinero desde Barcelona. La suma, bien administrada por Marcos, podía resultar al menos suficiente para varios meses de un alquiler discreto y la compra de un auto baratísimo, de segunda mano, con una mecánica decente, pues no era posible vivir en la Florida sin transporte propio.

Y en su Honda Civic del 2005 (el joven le colocó una luminaria sana comprada por centavos en un rastro cubano, le sacó el golpe del guardafangos delantero con las herramientas que le prestó un amigo chapista, y, preciosista, camufló el desastre aplicándole un espray de pintura), con una maleta de ropa y algunos cacharros de cocina aportados por la hermana de Horacio, Marcos abrió la puerta del apartamento 1621 del Hialeah Club Villas, y recibió el golpe de un vaho de nicotina y alquitrán concentrados que despedía algo que parecía haber sido una alfombra.

Mientras abría puertas y ventanas, vertía cloro en el inodoro, el fregadero, el lavamanos y rociaba todo con un desinfectante perfumado, sacaba el colchón viejo y acomodaba el recién comprado, Marcos se prometió que aquel sitio solo sería una parada lo más pasajera posible y tuvo la ganancia adicional de decidir que, en el país del aire acondicionado y los fundamentalismos sanitarios, parecía obvio que fumar constituía una mala práctica: después de orinar por primera vez en su nuevo alojamiento, lanzó al inodoro los cigarros que llevaba encima y descargó la taza cargada de cloro.

Gracias a otros amigos y conocidos, salidos de la isla en los últimos años y afincados en Hialeah, Marcos comenzó a internarse en el ambiente de una ciudad que podía funcionar como un barrio grande. A las dos semanas de haber llegado, recomendado precisamente por el amigo chapista que le había prestado sus herramientas, consiguió su primer trabajo. Su función consistía en ser ayudante de mecánico, lo que en realidad significaba limpia-toda-la-mierda-y-carga-todo-lo-pesado en el taller especializado en la reparación de las complejas cajas de velocidad de camiones de gran porte que regentaba Alipio el Narizón, un viejo amigo de la infancia del barrio donde había crecido su padre (¿en este pueblo todo el mundo conoce a todo el mundo?). Por fortuna para Marcos, Alipio acababa de despedir a un auxiliar salvadoreño, un tipo que, además de trabajar muy poco, practicaba el acto de magia de hacer desaparecer pinzas, destornilladores y juegos de censores. El salario de diez dólares la hora constituía en realidad una miseria, pero Marcos sabía que es mejor diez dólares que nada y que con sus conocimientos de ingeniero mecánico y sus años de vida en la jungla cubana pronto saldría del taller o terminaría por dirigirlo. Y se dedicó a estudiar el ambiente y a analizar los modos de apropiarse de él.

Su primera evaluación de la preferencia de muchos cubanos por la ciudad de Hialeah resultó superficial aunque en esencia acertada: allí era posible vivir «en cubano» y casi todo el mundo conocía a casi todo el mundo. En muchos sentidos el suburbio replicaba los modos y costumbres de la isla, con la notable y salvadora diferencia de que cada dos cuadras encontrabas un supermercado con las estanterías llenas. Aunque, si sabías dónde, como si estuvieras en Cuba, también encontrabas a un tipo vendiendo muchas de las mercancías que ofertaba el supermercado (carne, lateríos, chucherías) a mitad de precio (siempre era aconsejable fijarse en las fechas de vencimiento).

Una condición importante que había influido en aquella preferencia territorial de los cubanos venía avalada por la pasada facilidad para conseguir empleo en las llamadas factorías y por la coyuntura, esa sí todavía en funciones, de que en ese sitio, cada vez más feo y degradado (de donde, por supuesto, escapaban hacia otros lugares del condado o del país la mayoría de los que lograban algún éxito económico), se podían hallar los alquileres más bajos de las áreas cubanas del sur de la Florida. Y, sobre todo, mucho decidía en la elección el hecho de que allí no resultara necesario pasar por el arduo aprendizaje del inglés para realizar todos los actos de la vida, ni siquiera para adquirir la nacionalidad estadounidense.

En los restaurantes de Hialeah se comía comida cubana y en los cafés se bebía café cubano, en los locales de diversión se oía música cubana, en las barberías y peluquerías solo trabajaban cubanos y se hablaba mierda a la cubana (con cierta preferencia aparecía el tema de la cercana caída del comunismo en la isla), mientras en los hospitales el idioma universal era el español. Las iglesias, católicas o protestantes (con curas y pastores muchas veces hispanos), colindan allí con las «botánicas» cubanas que ofrecían todos los artículos necesarios para las ceremonias de santería, incluidos los animales requeridos en los sacrificios rituales —para espanto de los muy civilizados norteamericanos, aun los que se dedican a la caza o tienen un arsenal en sus viviendas y una pistola automática en la cajuela de sus autos—. Por supuesto, los condominios y edificios estaban habitados por cubanos y, para más ardor, el jefe de la policía, el de los bomberos y hasta el alcalde de Hialeah eran cubanos. La densidad de tal ambiente había hecho posible que en una cafetería de una cadena norteamericana, la dependienta cubana se negara a atender a una clienta porque no sabía hablar en español... «¡Esto es Hialeah, mija!», le había gritado a la gringa.

En alguno de los libros atesorados por su madre, Marcos había leído sobre un personaje emigrado que llevaba consigo su modo de vida como el caracol que arrastra su morada: ¿por qué había conservado esa cita en su mente? ¿Sería porque su destino era convertirse en un caracol, como su madre Clara, aunque de otra especie? ¿También él llevaría por siempre su casa cultural sobre la espalda?

Como la invasión isleña de Hialeah había desplazado hasta a las más resistentes de las familias de estadounidenses, cuando Marcos llegó a la ciudad comprobó que los pocos nativos resistentes se distinguían colocando una bandera de la Unión en algún punto visible de sus moradas, tal vez para recordarse a ellos mismos el país donde estaban viviendo. Por su parte, los centroamericanos, los boricuas y los venezolanos huían de allí en cuanto les era posible, pues apenas soportaban el peso del orgullo y la prepotencia de los cubanos, que hasta muriéndose de hambre se comportaban como si fueran seres superiores. Mientras, los afroamericanos del East de la ciudad (pronto Marcos había aprendido que en aras de la corrección política debía denominar así a los que en Cuba siempre habían sido negros, porque eran negros) solo se acercaban a los cubanos (o los cubanos a ellos) para realizar los tratos más turbios, y luego cada cual regresaba a su territorio, pues no parecía recomendable calentar las atmósferas en una ciudad donde la venta, el alquiler y el empeño de armas de fuego era uno de los más prósperos negocios.

Luego, una segunda evaluación de su entorno, más trascendental o metafísica, le reveló que la esencia de Hialeah radicaba en que allí resultaba factible vivir con un pie en un territorio colonizado dentro de Estados Unidos y con el otro en Cuba, y que la ciudad constituía el justo refugio de unos refugiados empecinados en seguir siéndolo y, para rematar, que esa circunstancia podía ser una mina de oro. Su gran descubrimiento, en cambio, fue comprobar que en aquel enclave hispánico, ubicado en un planeta anglo, hablar el inglés de forma correcta y fluida te convertía en un aventajado.

Cuatro meses después de su llegada al suburbio, cuando recién había comenzado su relación con Adela y estaba a punto de acercarse a hablar con Agustín Casamayor para ofrecerse como entrenador auxiliar de Los Tigres de Hialeah, Marcos ya había ascendido a socio comercial del Narizón. Su escalada había sido fulminante y comenzó a fraguarse cuando le pidió a su empleador que lo dejara a él hablar con sus suministradores norteamericanos, y quizás solo por hablarles en su lengua de algo que además Marcos conocía mejor que Alipio gracias a sus estudios, consiguió precios entre un diez y un quince por ciento más bajos de muchos repuestos. Incluso, para sorpresa del mecánico, comenzó a comprar partes por internet con un quinto menos del costo fijado en un establecimiento tradicional.

Fue poco después cuando se convertiría en imprescindible el día que salvó los ordenadores del dueño del taller de una infección viral empeñada en devorar toda su información técnica, laboral y financiera, pues, por ahorrarse quinientos dólares, el mecánico había comprado a un dominicano una copia pirata de un nuevo programa de evaluación del funcionamiento de las cajas de velocidad de las rastras GM. Cuando el Narizón, a punto del infarto, ya cargaba con la unidad central para llevarla a un técnico amigo, Marcos le pidió que lo dejara intentarlo. Auxiliado con la laptop de la mujer del mecánico, el joven salvó la información, desinfectó la máquina y, de paso, bajó de un sitio ecuatoriano que le recomendó otro amigo ingeniero radicado en Estocolmo (quien le facilitó una contraseña trucada) el mismo programa que su jefe había comprado con bichos dentro... Una semana después, de limpia-toda-la-mierda-y-carga-todo-lo-pesado derivó en encargado de la contabilidad, de las contrataciones y hasta de la realización de los exámenes técnicos de las cajas de embrague de los vehículos y de las tareas logísticas e informáticas que el hábil mecánico era incapaz de realizar del modo más fácil y efectivo... si sabías cómo hacerlo. Y desde entonces un hondureño recién llegado y sin papeles pasó a ser el limpia-toda-la-mierda-y-carga-todo-lo-pesado con un salario de ocho dólares la hora, mientras él comenzaba a ganar veinticinco y percibía un pequeño porciento de las incrementadas utilidades del taller. Su patrón lo quería, pero no era para tanto.

Ante tal despliegue de habilidades del joven ingeniero, Alipio el Narizón no lo pensó demasiado y aceptó aportar el capital inicial para el negocio que, luego de su ascenso laboral, Marcos le propuso. Así, en coordinación con otro de sus compañeros de estudios universitarios, pero este radicado en Moscú, Marcos comenzó a importar desde Rusia repuestos para Ladas, Moskvichs y motos alemanas y soviéticas, piezas que se vendían al menudeo o por lotes en las muy mejoradas oficinas del taller del Narizón, con el fin de ser reexportadas y vendidas en Cuba. Para hacer más fácil el cruce del estrecho de la Florida de los repuestos más pesados, Marcos se asoció con un exseguroso cubano, el Gordo Téllez, un personaje más turbio y sucio que el inodoro tupido de la estación de trenes de Manzanillo, que había montado una agencia de envíos a la isla, gracias a viejas relaciones hechas en su anterior oficio de cancerbero, a pesar del cual, o por el cual, había tenido que salir pitando de Cuba.

Seis meses después, cuando el negocio se encarriló y se amplió con la venta de piezas de autos norteamericanos de la década de 1950 (también para ser exportadas a Cuba), Marcos empezó a ganar un promedio de tres mil dólares al mes y su primer acto concreto de ascenso social fue abandonar el infecto apartamento del Hialeah Club Villas donde, al menos una vez por semana, por diversas razones (broncas, drogas, música a todo volumen), la policía hacía una visita.

Marcos rentó un apartamento más amplio, ventilado y confortable en la 1708 West y 17 Avenida. Allí, apenas le llegó de Cuba, colgó en la mejor pared de la sala su diploma de ingeniero mecánico, certificado por el Ministerio de Educación de la República de Cuba, y un par de meses más tarde, desde el cercano Miami, traía la mudada de Adela y a la propia Adela, aquella muchacha que no era cubana ni argentina ni miamense y a veces ni neoyorquina... La joven de quien, sintiéndose cómodo, arropado y en amables condiciones de provocar (¿o entregar, o transmitir?) ternura, el cabeza loca de Marquitos el Lince —o Mandrake el Mago— también se había enamorado.

A partir de la conmoción hormonal del 18 de agosto de 2014, Adela y Marcos empezaron a hacer el amor como desesperados. Cualquier hora les resultaba apropiada, cualquier sitio adecuado, todas las posturas los satisfacían. El sitio preferido para sus combates resultó ser la habitación del pequeño pero muy acogedor apartamento de Adela, en el edificio de Coconut Grove, beneficiado con amplios paneles de vidrio a través de los cuales se veía una parte de la ciudad y, al fondo, el puerto, el mar y, en el infinito y con imaginación, hasta las costas y playas de Cuba, que Marcos le describía a su novia como la materialización del paraíso terrenal perdido. Desde aquel piso elevado, los amantes sentían cómo flotaban por encima del mundo y comprobaban que siempre les quedaban fuerzas, deseos, fluidos para entregar. Allí tuvieron los primeros atisbos de cómo en sus vidas habían recorrido los más tortuosos y rocambolescos caminos solo para llegar a cruzarse, pues habían sido marcados por la fortuna y la historia para encontrarse, amarse y, sin saberlo aún, cerrar un rizo de la providencia más extravagante de lo que jamás hubieran sido capaces de imaginar. Otra conmoción que Adela pronto iba a recibir.

Cuatro meses después del inicio de aquel arrebato de los sentidos, el banco al cual Adela debía casi un tercio de su préstamo de estudios, le comunicó su preocupación por ciertos atrasos en los pagos de las cuotas. En 2007, antes de que explotara la crisis financiera, la joven había obtenido un generoso crédito con préstamos de bajos intereses para completar los gastos de su matrícula y subsistencia universitaria, con muchas ventajas prometidas. El mismo banco ahora le advertía del estado deplorable de sus finanzas, y un gestor a quien veía por primera vez le insinuaba que la morosidad podía estar relacionada con el precio del alquiler del apartamento ubicado en una de las mejores zonas de la ciudad.

La muy grosera intrusión del oscuro cerebro financiero en su existencia privada le pareció una verdadera agresión y Adela sintió la presión de saberse perseguida y macabramente controlada en las maneras en que organizaba y quería vivir su vida. Marcos, cuya experiencia cubana apenas le permitía entender los vericuetos del mundo bancario, le propuso a su novia que una posible solución sería encontrarse con el hijo de puta gestor del banco y darle un saco de patadas en el culo, por maricón y singao. Siempre después de cagarse en la reputa de su madre. En inglés, en español y hasta en sumerio.

Cuando analizaron con frialdad la situación, sin pensarlo dos veces Marcos le propuso que cancelara la renta del apartamento y se fuera a vivir con él a Hialeah, donde los alquileres resultaban más asequibles, él tenía su negocio, y donde tan bien se sentía. Y la muchacha, que por su educación con códigos en el fondo más norteamericanos que latinos no se había atrevido a proponerle tal salida o intentar el movimiento inverso de su novio hacia Coconut Grove para compartir gastos, sí lo pensó muchas veces, pero aceptó establecerse con Marcos. No era, para nada, se repitió hasta creerlo, la peor opción y de inmediato sintió cómo recuperaba una cuota de su libertad y a la vez tenía a su amante cerca todas las noches de todos los días.

Cuando anunció su decisión, la mulata Yohandra fue la primera que le preguntó si había enloquecido: ¿irte de un apartamento de Coconut Grove para la cochambre de Hialeah? Pero la amiga, ignorante de la tensión económica que atravesaba Adela, de inmediato le ofreció el beneficio de los efectos recónditos de una amable fatalidad: cuando una se enamora, se vuelve comemierda y hace cualquier cosa, ¡hasta irse a vivir para

Hialeah! La reacción de su madre, como resultaba previsible, fue mucho más contundente:

—Sigue bajando, Cosi, estás llegando al fondo. Lo bueno es que lo haces contenta —advirtió Loreta y, por supuesto, no colgó el teléfono. Aquella sentencia sería solo el principio de una avalancha de reproches que siempre iban a dar al mismo sitio: el proceso de desperdicio de su juventud y su ser excepcional al cual se sometía la muchacha—. Cosi: lo oscuro siempre genera oscuridad —le recordó, en plan budista.

—Loreta, por favor —había suplicado la joven, empeñada en no recordarle a su madre que desde los días en que tomó la decisión de irse a estudiar a la Florida, Loreta había dejado de enviarle cualquier ayuda económica.

—Mi amor, tu vida es mi vida. Pero recuerda que tú eres distinta. Tu familia es distinta. Todos nosotros somos distintos porque somos mejores.

—¡No vuelvas a decirme esa mierda, Loreta Fitzberg! ¿Qué familia? ¿Mejores que quiénes?

—Ya, ya... Pero siempre tengo que decírtelo: una persona como tú, que ha tenido la suerte de no haber conocido los más sórdidos comportamientos humanos, y no ha sufrido violencia, no ha pasado hambre, que solo ha sufrido contratiempos pasajeros como el que tienes ahora, debería entender que es mejor, que su vida ha sido mejor... Aunque haya decidido estudiar una carrera de mierda en un lugar de mierda...

En el fondo, Adela sabía que su madre tenía mucho de razón. Pero en ese momento lo que necesitaba era un punto de apoyo, una mínima aprobación para el salto que estaba dando en su vida y que, en realidad, solo en parte se relacionaba con su deplorable estado financiero, con la pasión amorosa que la dominaba o con el hecho de que su destino inmediato fuese trasladarse a residir en la devaluada Hialeah. Lo que arrojaba cifras inquietantes era la suma de todos aquellos factores, de los cuales no podía sustraer ninguno.

Para poder realizar del mejor modo su maestría, Adela había aceptado una plaza bastante mal remunerada en el departamento de la biblioteca universitaria que acogía las *Special Collections* con las cuales, ni más ni menos, trabajaba en su tesis para el título al cual aspiraba. Su tema de estudio se centraba en un complicado análisis sociohistórico de varios epistolarios y diarios personales cubanos del siglo XIX (Martí, Carlos Manuel de Céspedes, el padre Varela, Domingo del Monte, José Antonio Saco y otras figuras menores) y los conceptos sobre nación, soberanía e identidad que se intercambiaron por esa época sobre los principios filosóficos y prácticos de la fundación de una patria. El asunto, más de lo que ella esperaba, se había extendido en muchos tomos impresos y hasta en archivos no publicados, y su propósito inicial pronto se reveló excesivamente ambicioso. Pero ella no iba a cejar en un empeño que, estaba segura, la conduciría a una publicación en forma de libro de un estudio revelador y, con toda certeza, a la posibilidad de aspirar a una cátedra universitaria que, a la larga, le permitiera realizar sus sueños. Y saldar sus deudas. Pero todo eso quedaba en un futuro exquisitamente delineado aunque impreciso, y ahora la atenazaba su presente, este sí muy preciso.

Lo más enervante, quizás, era el hecho de que por primera vez viviría de manera más o menos formal con un hombre; también que resultaba la primera ocasión en que se sentía enamorada y, por tanto, desvalida; la primera en que hasta su padre le dijo que no le gustaba demasiado su decisión de mudarse y se ofreció a enviarle algún dinero, que la joven, en un arranque de dignidad, no quiso aceptar. La libertad, las ambiciones y el futuro tienen un precio, ¿no?, pensaba, y ella debía pagar el costo de los suyos, se dijo. Sería doctora (futuro), autora de un libro (futuro) y la mujer de alguien (¡presente!).

Cuando se trasladó a Hialeah, Adela al fin le había contado a Loreta la historia de su relación con Marcos, del que antes solo le había dicho que era «un muchacho cubano con el que estaba saliendo», mientras evadía cualquier otra explicación sobre un tema que le provocaría urticaria a su progenitora y generaría reproches y discusiones. Entonces le detalló quién era su novio, de dónde había salido, lo sorprendida que estaba de ella misma y de sus reacciones de mujer cada vez más dependiente.

—Está bien, está bien, no te lo digo más... Me cuesta trabajo, pero creo que te entiendo... Hay personas débiles como tú... A ver..., entonces, todo tiene que ver con el tamaño de la pinga de tu novio cubano, ¿no, Cosi? —soltó con su indomable sarcasmo y rio. Sí, por supuesto, a veces Loreta podía reír. Y Adela sentir muchos más deseos de matarla.

Fue en el momento más álgido de aquella catártica confesión de temores, un duelo verbal que ya sacaba sangre, cuando Adela mencionó el nombre de Marcos Martínez. Loreta, que había permanecido en un inhabitual y casi respetuoso silencio, escuchando los argumentos de su hija, al oír el apelativo del joven le preguntó:

—¿Cómo me dijiste que se llama tu novio? ¿El apellido?

—Martínez... Marcos Martínez.

El nuevo silencio que le llegó desde la otra punta del país le había resultado a Adela más extraño que el quizás hastiado de unos instantes antes, mientras le expresaba a su madre las diversas manifestaciones de su debilidad de mujer enamorada y en trance de iniciar una convivencia.

—Marcos Martínez ¿qué más? —La voz de Loreta fue más grave, su entonación más inquisitiva.

—¿Qué importa eso, Loreta?

Otro silencio. Uno de los suspiros telefónicos maternos.

—Nada, nada... Por saber... Un Martínez cualquiera... ¿Martínez qué?

—Martínez Chaple —completó Adela la información.

—¡Tú estás mal, Adela Fitzberg! —sentenció de inmediato Loreta, y la joven percibió que algo extraño estaba ocurriendo.

—¿Qué pasa, Loreta?

—¿Que qué pasa? Pasa todo... Juntarte con un balsero cubano muerto de hambre, sin oficio ni beneficio, con las uñas sucias de grasa...

—¿Otra vez con lo mismo? Ya te dije que no es balsero, pero eso da igual. Y que es ingeniero, casi cibernético... Que se gana bien la vida... Vende cosas para mandar a Cuba y... ¿Eso es lo que te molesta?

Más que un suspiro, la línea le entregó un bufido.

—*What?*... No puedo hablar más contigo...

—Entonces, ¿qué es lo que te pasa con mi novio?

Loreta soltó uno de sus mejores suspiros.

—Tú me desbordas, Cosi, siempre me desbordas. Necesito meditar y relajarme, relajarme en serio. Voy a sacar a *Ringo* a dar un paseo —dijo, y sin más explicaciones cortó la comunicación.

Adela sintió que la conversación le dejaba un mal sabor: justo como si hubiera mordido una fruta podrida. La reacción desproporcionada de su madre le parecía absurda, intrusiva, excesiva. Que Loreta no quisiera saber nada de Cuba ni de los cubanos constituía un respetable ejercicio de su albedrío, pero no le daba derecho a criticar de ese modo la decisión de Adela, que ya estaba muy mayor para necesitar de beneplácitos paternos respecto a sus decisiones vitales, más aún las sentimentales. ¿Por qué esa animadversión, esa repulsión orgánica hacia todo lo relacionado con su país de origen? ¿Pensaría Loreta que Adela se enamoraba de un cubano solo para molestarla a ella? ¿Y cómo era tan insensible para dejarla con la palabra en la boca y no darle el más mínimo apoyo, espacio de comprensión? La ríspida reacción materna le provocó un sentimiento de rechazo y una envolvente tristeza que le impidieron a Adela hacer una lectura más profunda de la actitud de Loreta Fitzberg.

Fue justo al día siguiente de aquel intercambio cuando Adela recibió la que, por dieciséis meses, sería la última llamada que le hizo su madre hasta la mañana de la primavera del 2016 en que le hablaría de la gravedad de *Ringo*.

—Te llamo para decirte algo, Cosi —había comenzado Loreta—. Voy a hablarte en español porque quiero ser muy precisa. Y solo quiero que me escuches, sin preguntar nada... Mira, la vida es algo muy muy complejo. Tú has tenido una buena vida, has podido hacer con ella lo que has querido, y la verdad, te envidio por eso. No todos tenemos la misma suerte. Yo no la tuve. Hay coyunturas que determinan muchas cosas de la vida, y lo hacen sin preguntarte si estás de acuerdo. Hay hechos que lo cambian todo. Uno a veces hace cosas esperando algo y luego ocurre lo contrario...

—¿De qué estás hablando, Loreta? —Adela se atrevió a interrumpirla—. ¿Otra vez con la cantaleta del karma y la oscuridad?

—Estoy hablando de mí. Sí, de mi karma... De mi vida de mierda y de las decisiones que tuve que tomar. De mis culpas y de mis pecados, algunos muy grandes... Y te digo esto porque necesito que sepas algo que a lo mejor has olvidado o no he conseguido demostrarte: tú eres la persona más importante de mi vida y por hacerte feliz sería capaz de hacer cualquier cosa. He hecho cosas. Algunas muy jodidas.

—Me estás asustando.

—*Sorry*... Lo siento. Pero ya termino: ayer hablé con tu padre y no tuvo más remedio que contarme lo de tus líos de dinero... ¿Cuánto te hace falta para salir del aprieto y no irte a vivir con ese hombre?

Adela sintió que la sangre le subía al rostro. Bruno Fitzberg no debió haberle contado a Loreta de sus problemas financieros.

—Mucho dinero. Pero no te preocupes. Ya lo resolveré.

—Yo puedo ayudarte, Cosi. Si hace falta voy a asaltar un banco, o una diligencia... De verdad, tú sabes que acá gano bien y casi no tengo gastos.

—Te lo agradezco, pero no... Por muchas razones no quiero. Déjame hacer mi vida, Loreta. ¡Como tú hiciste la tuya!

La madre guardó silencio unos instantes. Adela esperó una explosión y casi sintió alivio cuando la oyó decir:

—Ok, Cosi, haz tu vida como quieras. Yo soy la persona que menos derecho tiene de reprocharte nada... Que tengas suerte y pase lo que pase seas feliz, hija mía. Te quiero más de lo que puedes imaginarte —dijo, y cortó.

Adela sintió el clásico nudo en la garganta. ¿Qué había pasado? ¿Su madre había enloquecido o el «señalador de caminos» con quien ahora andaba en su profundización budista la había cambiado por otra persona? ¿Culpas y pecados? ¿Y aquella declaración de amor como colofón de las andanadas anteriores? Sin pensarlo más oprimió la tecla para devolver la llamada y escuchó la voz metálica con la advertencia de que el teléfono procurado estaba apagado y la invitaba a dejar un mensaje en el buzón de voz. Adela tuvo la intención de colgar, pero algo se lo impidió y dijo al aparato.

—Loreta Fitzberg, yo también te quiero... Pero, por Dios, vieja, qué difícil es quererte.

De asombro en asombro Adela había atravesado los primeros meses de relación con Marcos. Todo lo estudiado y asumido sobre Cuba, conocido en sus avatares vitales, leído en los muchos documentos con los cuales trabajaba desde su ingreso en la universidad y, por supuesto, vivido en la experiencia de su estancia académica de diez días en la isla durante el año 2010, apenas le sirvió en la práctica cotidiana. Porque con la existencia de algo tan esencialmente cubano como un amante cubano, toda su experiencia recibió una invasión de vivencias y descubrimientos que la descolocarían. Y, en su momento, el traslado a Hialeah funcionó como un curso superior de adiestramiento intensivo en una materia casi esotérica, una confrontación carnal con el ambiente que le reveló las proporciones de su ignorancia.

Instalada con Marcos, haciendo mercado una vez por semana y *footing* cada vez que podía, siguiendo a su novio en algunas de sus gestiones o visitas a viejos o nuevos amigos y algún partido dominical de los Tigres, Adela comenzó por comprobar que la relación sanguínea de su amante con su idiosincrasia y su cultura de origen parecía ser impermeable al territorio donde ahora vivía, aun tratándose de Hialeah. ¿Por qué una persona así sale de su país? ¿Por qué alguien se aleja de su país sin salir de él? (Bueno, también Heredia, Martí, Saco, Varela, Cirilo Villaverde, todos habían vivido sus exilios, muerto muchos de ellos en la diáspora, todos perseguidos por la pertenencia indeleble como lo revelaban los epistolarios y diarios con los que trabajaba.) Por haber vivido entre emigrados, Adela sabía que nadie se va del sitio en que es feliz, a menos que se vea obligado a hacerlo —y entonces suele haber perdido el frágil estado de la felicidad—. Estaba convencida de que Loreta y Bruno habían abandonado sus países porque en ellos no eran felices y por eso habían practicado sus renuncias, tan radical en el caso de Loreta y más dramática en el de Bruno. Y sus reacciones le podían resultar comprensibles. Pero el propio Marcos y otros compatriotas suyos, sobre todo gentes de su generación que fue conociendo, quebraban con demasiada frecuencia ese esquema a primera vista tan lógico.

Hasta donde Adela conocía —y ya era bastante—, Marcos no tenía ideas políticas tan radicales como para haberse visto obligado a optar por el exilio, ni había sentido en la isla la necesidad de cambiar su vida por un contexto cultural diferente, o decidido moverse en busca de nuevas experiencias. Por el contrario, a pesar de las muchas condiciones paupérrimas en las que había vivido, Marcos solía evocar con nostalgia su niñez y adolescencia en el barrio de Fontanar y sus años de estudiante universitario, marcados por unas ansias de conocimiento que, como si fuese una aventura, él y sus compañeros trataban de calmar a veces por caminos sinuosos ante la dificultad para acceder a muchas informaciones en un sitio donde faltaba todo, incluida la información. Sin embargo, en los relatos del joven, la gente parecía vivir vidas casi normales y él mismo solía hablar de sus días y noches en La Habana como de una fiesta permanente.

En un lugar donde mucha gente vivía hacinada y en precarias condiciones materiales, con poco o ningún dinero, Marcos ocupaba con su madre una casa de varias habitaciones cuya belleza él describía con orgullo. Había tenido, incluso, mucho dinero para gastar, si era cierto lo que contaba de sus diversiones, fiestas, ropas, motos y vacaciones en playas de ensueño. Todo resultaba tan desquiciado que, a su trabajo oficial en una empresa constructora donde dirigía el taller de mantenimiento, el joven ingeniero acudía si acaso un par de horas al día, el día que iba, y su jefe era además uno de sus compañeros de farra.

Adela escuchaba y se descubría sin herramientas que le permitieran entender bien cómo funcionaba aquel mecanismo rudimentario y peculiar, los engranajes de una sociedad en donde lo que no era ilegal estaba prohibido, pero la gente encontraba resquicios y se podía robar (al Estado) sin considerarse un delincuente, y vivir mejor sin trabajar que trabajando.

Ya sabía, por ejemplo, que gracias a un golpe de suerte, su novio se había convertido en un importante suministrador de queso blanco a los restaurantes y pizzerías privadas de La Habana: el queso tenía una alta demanda en la ciudad y él había encontrado el modo de capitalizarla, armando incluso un equipo de compra y distribución con ramas en las ciudades de Camagüey (desde donde era transportado oculto en compartimentos de difícil acceso de autobuses interprovinciales) y La Habana, donde se consumía. Pero a la vez no entendía que fuese necesario organizar una red de contrabando de queso como si se tratase de cocaína. Y menos comprendía por qué le había dado a Marcos por salir de Cuba y hasta lo había intentado en la siempre peligrosa travesía por el estrecho de la Florida, en cuyos fondos marinos habían desaparecido ni se sabía cuántos miles de cubanos.

El mal ánimo que la había acompañado todo el día, agravado por la conversación con su madre, la imagen de *Ringo* y la jeringa metálica, coronado con la desazón física provocada por la llegada de su período menstrual, resultaron tan avasallantes que hasta la habían puesto a fumarse en solitario un cigarro de marihuana, y luego, como si se tratase de una urgencia, la empujaron hacia el reclamo de una información que, ella estaba convencida, Marcos le había camuflado durante meses con historias de carencias, ausencia de perspectivas, aburrimiento, riesgos financieros, comerciales, legales, faltas de auto y casa propia. Unas justificaciones muy comunes que, en un hombre como su novio, a ella siempre le habían resultado incompletas. Esa tarde, porque lo necesitaba para recolocar sus pensamientos, exigiría la verdad.

Cuando Marcos la había sorprendido aún envuelta en los

aromas de la marihuana, Adela no había encontrado otra salida que sonreír ante el reproche.

—Tranqui —le había dicho entonces Marcos—, una vez al año no hace daño. Pero nunca me dejes fuera de una fiesta, chica —agregó, y se inclinó para besarla mientras deslizaba una mano por la bocamanga de la camiseta y con los dedos le hacía una pinza sobre el pezón que, a pesar del dolor que le provocó la presión, se irguió más con el contacto.

—No te aproveches de mis debilidades, chico —protestó ella cuando pudo volver a usar la lengua para comunicarse.

Marcos sonrió, se llevó las manos a la entrepierna abultada y la miró interrogativo.

—Hoy no... Ahora no —casi suplicó ella—. Ese Palmetto me dejó muerta... Y tengo eso... Y para colmo, hueles a rayos... A ver si acabas de lavar esa camiseta.

Marcos asintió y fue a sentarse en la butaca que estaba del otro lado de la mesa de la terraza, un mueble que el joven había rescatado de un basurero y revitalizado con dos tornillos y una mano de pintura. De inmediato se levantó, tocándose la sien, y entró a la casa para regresar con dos cervezas en las manos. Ya bebía de la suya cuando le alcanzó su botella a Adela.

—Yo también estoy molido —confesó mientras se quitaba la mugrienta camiseta de los entrenamientos beisboleros y la acomodaba en el respaldo de su butaca—. Y eso que por el aguacero que cayó no pudimos practicar. Nada más salimos al terreno, fuá, el cabrón aguacero... Y este domingo tenemos juego contra esos comemierdas de los Maristas, que se creen mejores... Volví para el taller y estuve ahí hasta ahora.

—Yo hoy me la he pasado pensando en cosas. Y una de esas cosas es que nunca me has dicho de verdad por qué saliste de Cuba.

—Te lo he contado mil veces, mi china.

—No. Me has dicho cosas... Pero no *tu cosa*... Ustedes los cubanos, tú, mi mamá, Yohandra, todos se pasan el día hablando pero nunca lo dicen todo...

Marcos la miró a los ojos, bebió un trago largo de cerveza y dejó la botella sobre la mesa. Con los dedos se alborotó el pelo, como si necesitara sacar algo del cuero cabelludo.

—En Cuba nadie lo dice todo. Nadie... Y eso lo aprendes desde que naces... ¿Quieres la verdad completa? Bueno... Pues allá voy... Total... La verdad es que iba a reventar como un ciquitroque... Se nos había ido la mano en los negocios.

—¿De qué negocios me hablas? ¿Del queso blanco?

Él negó con la cabeza.

—De los que había en la empresa donde yo trabajaba. Algo te he dicho... Pero es que allí se robaba todo y se vendía de todo: materiales de construcción, petróleo, piezas de repuesto de camiones, madera, juegos de baño..., lo que fuera, lo que hubiera. Y eso era así desde antes de que yo llegara, desde hacía años... Es lo normal, por eso no hacía falta decírtelo. Mira, había empresas que nos mandaban más mercancía de la registrada. Otras que no mandaban nada, pero igual se registraba. Había varios puntos a los que les entregábamos lo que les interesaba y ellos los colocaban con gentes que habían armado brigadas de construcción o talleres, qué sé yo... El petróleo se les vendía a tipos que se lo vendían a otros que tenían camiones, o taxis particulares... El dinero caía del cielo. Como si viniera por una tubería... Una locura. Todo el mundo robaba tanto que aquello no podía durar para siempre, y yo me pasaba la vida con miedo, aunque seguía cogiendo lo que me tocaba, y gozándolo. El Colorao, mi jefe, de ese sí te hablé, pues el Colorao tenía dos queridas, con casas montadas, y a sus dos hijos con su mujer oficial les había comprado unos carros modernos que costaban ni sé cuánto dinero... La gran cagazón... Pero, claro, él les pasaba dinero a los inspectores, a los jefes, a los policías... En Cuba se dice: Tiburón se baña, pero salpica.

—No entiendo, ¿cómo es posible? —lo interrumpió Adela.

—Ni trates de entender. Es así y ya. Siempre ha sido así. ¿O cómo tú crees que vive la gente allá? —preguntó, e indicó hacia el sitio donde suponía que quedaba su allá—. Pero yo tengo olfato... El ambiente estaba cambiando y... Bueno, aunque mi nombre no aparecía en ninguno de los papeles, y mi función era mirar para el otro lado y luego estirar la mano para coger lo que me tocaba, me olí el explote que venía y supe que tenía que ir echando, y rápido. No lo pensé dos veces y me encontré con lo de la salida del padre de mi amigo y pagué mi puesto en el viaje: diez mil dólares, casi todo lo que tenía. ¿Tú sabes lo que es tener diez mil dólares en Cuba?... ¡Como diez millones aquí!... Figúrate que mi salario era de cuarenta al mes... Pues, con todo lo que gastaba, yo los tenía... Pero lo del viaje salió mal, ya tú sabes. Dinero tirado al mar... Me viraron para Cuba y al otro día empecé a buscar otra vez cómo salir y Dios me tiró un cabo: Maikel me llamó y me dijo lo de Italia.

—¿Y ya la policía te estaba buscando?

—No, todavía no, pero en cualquier momento aquello reventaba, como reventó.

—De verdad no entiendo casi nada, pero sobre todo ahora no entiendo por qué no te quedaste en Italia, como otros que fueron al viaje, y te arriesgaste a volver a Cuba. ¿Y si te estaban esperando?... ¿No podías quedarte y después, no sé, irte a España con tu padre o a Francia con tu hermano?

—Podía, pero..., ¿perderme la vida de turista durante diez días por media Italia? No, ni loco... ¿Y vivir en España con mi padre o en Toulouse con mi hermano? Ni loco de remate y además prófugo de la justicia, de la mafia y del hombre lobo... Mi hermano es un obseso del orden. Y mi padre está más loco que una chiva: después que se fue del país, se destapó como un bastión de la lucha de clases y el socialismo del siglo XXI o de lo que sea, pero con casa en la ciudad y en la costa y una mujer gorda que se las da de progre. Imagínate, cuando yo estaba en Cuba ella, Montse, me decía desde Barcelona que debíamos resistir y vencer..., pero mi hermano Ramsés me contó que se viste con ropa japonesa y zapatos italianos para cantar *La Internacional* con un pañuelo amarillo de Dolce & Gabbana en el cuello. ¿Entiendes algo?

—No... El caso es que te la jugaste regresando a Cuba.

—Para cambiar de maleta, ¿no? Y aquí me tienes, *baby*...

Porque algo me dijo que aquí en la Yuma tú me estabas esperando...

En medio de su turbación, Adela tuvo que sonreír.

—¿Y pasó algo?

—Pasó. Como a los dos meses de estar yo aquí, al Colorao se le fue la mano con algo y se descubrió el pastel. Dicen que mi nombre no salió en nada, aunque no me lo creo... Pero al Colorao le partieron las patas, y eso que había limpiado casi todo su mierdero. Le soplaron tres años de cárcel por la cabeza y le confiscaron hasta los calzoncillos, aunque seguro tiene clavado en algún lado mucha plata... Lo siento por ti, pero, como te imaginarás, cuando tenga un pasaporte para viajar, no puedo arriesgarme a volver a Cuba. Así es la cosa, china: no hay regreso para Johnny. Estoy condenado al exilio eterno. Pero siempre nos queda París... o Casablanca... y Hialeah.

Adela se había echado en la cama. A su lado estaba la novela de Paul Auster que había comenzado a leer, aunque sentía un desánimo pernicioso. Desde su posición podía ver, a través de la puerta abierta del baño y de los vidrios de la ducha, el cuerpo desnudo de Marcos bajo la regadera. Esperaba el momento de verlo enjuagarse los genitales, a los que les dedicaba varios litros de agua y el empeño de las dos manos. Su madre tenía parte de razón: también estaba enamorada del miembro fibroso de su amante, de un tamaño y grosor considerables, coronado con un glande que unos días a ella le parecía el botón de una rosa, y otros, una fresa.

Mientras se frotaba con la toalla —también dedicaba su tiempo a secarse las entrepiernas—, Marcos le habló.

—Mira, china, como hoy estás así, yo voy a ocuparme de hacer la comida... ¿Qué menú me sugieres?

Adela lamentaba su condición menstrual. La desnudez de su novio y los efluvios de la marihuana la habían hecho olvidarse de sus malestares físicos y en ese instante sentía una humedad adicional en su vagina, sobrexcitada por el alboroto de sus hormonas de mujer fértil. Pero sabía que Marcos tampoco resistía el contacto con sus menstruaciones y trató de sobreponerse al deseo.

—No sé, algo ligero... Como estoy así...

—¿Algo ligero? —preguntó como si pensara, mientras se enfundaba el calzoncillo y luego se aplicaba el desodorante, se peinaba sus rizos ingobernables, repetía en voz más baja la pregunta, recuperaba su cadena de oro con medalla de la Virgen de la Caridad, se rociaba con colonia y por último se enfundaba la bermuda que había colgado de la puerta del baño y entraba en la habitación—. Yo me encargo. Date tu ducha y descansa un rato.

—Gracias... ¿Me das un beso?

Marcos se acercó a la cama y la besó en los labios.

—No te embulles... Tengo que cocinar...

—Hueles rico...

—Y deja que me pruebes... El sabor es lo mejor —dijo, y sonrió muy brevemente—. Mira, china, de lo que te conté ahorita, para que no te horrorices demasiado... Como te dije, hay un millón de gente que vive como vivía yo en Cuba, del invento. Algunos ganando mucha plata, otros sobreviviendo, pero siempre inventando algo... La gente de mi edad creció en una época en que no había nada y se crio sin creer en nada. Si acaso en sobrevivir. Hay de todo, la verdad, hasta comecandelas de la vieja escuela, pero la mayoría..., la mayoría ni se acuerda de que hubo un muro en Berlín y que los soviéticos eran nuestros hermanos. No les interesa la política y no se tragan los cuentos de los políticos de que habrá un futuro mejor, ni los oyen, y buscan eso mejor ellos mismos, como pueden... Los que se quedan en Cuba siguen inventando, y los otros, pues nos hemos ido, y somos muchos los que nos hemos ido. Y una pila los que se siguen yendo. ¿Tú sabes cuántos peloteros como el Duque se han pirado de allá en estos dos o tres años? ¿Cuántos ingenieros como yo?

Adela asintió. No sabía la cifra. Solo que habían sido muchos.

—¿Por qué me dices eso? No me hacía falta...

—Es que si te vas a leer la novela, tienes que llegar hasta el final. Y colorín, colorao, este cuento se ha acabao...

Del butacón que habían colocado en la habitación, Marcos tomó un *pullover* desmangado y con los pies buscó debajo del asiento las chancletas imitación de Birkenstock. Recogió del mueble del comedor las llaves de su camioneta Chevrolet del 2014, el celular y la cartera y, ya de salida, desenganchó del colgador que él mismo había atornillado detrás de la puerta su gorra de «salir». Era de un azul intenso, adornada al frente con una I blanca y gótica: la gorra de sus Industriales de La Habana. En el colgador quedó el sombrero Panamá y la gorra de «la suerte», de un azul más oscuro, ya algo desvaído, que exhibía la N y la Y blancas de los Yankees de Nueva York: la gorra que muchos años atrás le regaló su tío Horacio durante una visita a Cuba y que lo había acompañado durante la travesía hacia el sur de la Florida.

La fonda de Santa estaba en la 12 Avenida con 68 Street, frente al último establecimiento sobreviviente de los Morro Castel que por años habían inundado de fritas cubanas a Hialeah. Marcos había descubierto el sitio por recomendación de Alipio el Narizón, y desde entonces la fonda se había convertido en su lugar preferido para comprar comida casera recién hecha, en el mejor estilo cubano. El menú de El Pilón era elemental, confiable y contundente: siempre arroz blanco y congrí; dos tipos de potaje de frijoles y un par de veces a la semana una brutal sopa de ternilla de res; varias recetas de carne, que iban desde el bistec de ternera a las masas de cerdo fritas (las más suaves y jugosas de la comarca, se decía, gracias a las piezas compradas a un criador de cerdos de Homestead que los alimentaba al estilo cubano, o sea, el mejor del mundo), pasando por el bistec en cazuela, la ropa vieja, el rabo encendido y el picadillo con aceitunas, pasas y alcaparras; algún pescado no demasiado recomendable y pollo asado o frito; viandas hervidas y fritas (yuca, papas, boniato, malanga, plátanos) y ensaladas de verduras en las que nunca faltaba el aguacate. Los postres, igual de clásicos: cascos de guayaba, coco rallado, pudín de pan y flan de huevo. La clientela era también elemental y fiel: noventa por ciento de cubanos, entre los que se contaban buscadores de suerte con la lotería de las tarjetas rayadas, gentes de la tercera edad sin ánimos para cocinarse, empleados de los negocios cercanos —más abundantes a la hora del almuerzo, cuando Marcos y el Narizón a veces se dejaban caer por allí, sobre todo si era día de sopa de ternilla.

Por el negocio siempre rondaban varios amigos de los días cubanos de Santa y su marido Tito, un barrigón con cara de pingüino que, cuando no estaba borracho o raspando tarjeticas de la suerte junto a sus socios, se encargaba de llevar la caja y atender a los suministradores que podían aparecer con productos insólitos: ostiones frescos, cajas de tabacos llegadas de Cuba, bidones de aceite de oliva griego o turrones españoles en el mes de agosto.

Mientras esperaba su pedido, Marcos se bebió una Heineken conversando con Tito, que ese día estaba acompañado de sus socios el Bizco y el Mongo (ya perdidos en las brumas de su alcoholismo). Ese día a Tito le correspondía hablar de su decisión de vender el negocio, esto es una esclavitud, asere, pues estaba deseando comprarse un yate e irse a vivir a Key West. Marcos, que ya sabía que Tito llevaba veinte años vendiendo la fonda, comprando yates y casas y mudándose a Key West, Palm Beach y hasta a California sin hacerlo nunca, le preguntó si no era mejor vender, repatriarse y abrir un negocio más o menos igual en Cuba y pasar las vacaciones en Key West. ¿En Cuba? Ni loco, siempre saltaba Tito, con independencia de su nivel alcohólico. Con los ñángaras nunca estás seguro: lo de ellos es joderte cada vez que puedan. Por eso Cuba está como está, decía, asere, y Marcos reía.

Con sus potes de comida a cuestas, Marcos regresó a la casa y encontró que Adela había dispuesto la mesa y preparaba una limonada a la que iba cargando de hielo y azúcar oscura (ni el café ni la limonada se pueden tomar con Splenda, Stevia ni ninguno de esos inventos: siempre azúcar prieta, había reclamado Marcos). Mientras acomodaba los alimentos en platos y fuentes, el joven sintió cómo lo recorría un potente soplo de comodidad, allí estaba su nueva vida, a medio camino entre muchas cosas, aún en fase de construcción, y quizás cargada de demasiados sueños: hijos que vendrían; necesidad de más dinero para cambiar el auto de Adela, comenzar a pagar la hipoteca de una casa propia (pero no en Hialeah); el doctorado de la muchacha y poder alguna vez liquidar su deuda universitaria; la posibilidad siempre soñada de volver a Cuba para pasar unos días con su madre y con el pobre de Bernardo, ahora muy enfermo, o de viajar a Italia con su novia para mostrarle los sitios que había conocido y otros que ansiaba conocer; tal vez el intento de revalidar su título de ingeniero como le pedía Adela. No, no era una mala vida, se dijo en ese instante, pues Marcos sentía como si flotara en un cúmulo de compacta ternura que había llegado a un punto que rozaba la perfección de un diseño posible.

Por eso no lo sorprendió el ataque de devoción que lo llevó hasta la meseta de la cocina para tomar a Adela de las caderas y besarla en la nuca, y emborracharse con el perfume del jabón, el champú, el acondicionador que potenciaban su profundo olor a mujer. Su mujer. Allí, en Hialeah, de donde tanta gente quería huir y donde tanta gente había encontrado su lugar en el mundo, donde tantas personas se empeñaban en vivir como exiliados y revolcarse en odios y nostalgias que los ataban al pasado y otros muchos gozaban de su existencia —como podían, unos más, otros menos—, allí Marcos había descubierto un espacio que le pertenecía y un resquicio para otear el futuro.

Antes de sentarse a comer, el joven puso a correr su disco favorito de los últimos años, con su canción preferida, casi su himno de guerra como primera selección: «Siempre *happy*».

Faltaba media hora para el comienzo del capítulo de la noche de la serie *Better Call Saul* y Adela se acomodó en su butacón preferido y abrió la novela de Paul Auster. Marcos trajo su laptop de la habitación y la dispuso sobre un paño grueso que ella insistía en colocar bajo la máquina para evitar hacerle rayaduras a la madera de la mesa del comedor, ya despejada, donde se exhibía como único adorno un jarrón cargado con rosas negras desecadas y unas ramas oscuras rescatadas del mar, diseño de Adela. Encendió la computadora y fue directo al icono que lo conectaba con su perfil de Facebook y descubrió una solicitud de amistad: Clara Chaple. El joven sonrió para sí y decidió no interrumpir la lectura de Adela, enamorada perdida del dichoso Paul Auster y su mundo de Brooklyn. Marcos aceptó de inmediato la petición de amistad de su madre y accedió a su perfil público. La página de entrada mostraba una foto de grupo y, solo de verla, Marcos fue incapaz de contenerse.

—¡Coñó, qué bien!... ¡Mira esto, Adela, mira esto!

Dos semanas atrás Marcos había iniciado el procedimiento que le permitiría entrar esa noche en el muro de Facebook de su madre. Como todo lo relacionado con Cuba, aquel había sido un trámite con más complicaciones y condiciones de las habituales. Entre las cosas que Marcos no había querido vender para pagarse los viajes a Italia y la salida por México había estado su computadora, pues con ella su madre se mantenía en contacto por correo electrónico con Ramsés, su hijo residente en Toulouse, y amigos como Irving, en Madrid, y Horacio, en San Juan. Las llamadas telefónicas a Cuba podían resultar las más caras del mundo y la alternativa del email les permitía además el envío de fotos, siempre que se anexaran en la resolución baja que podían digerir los estreñidos servidores cubanos. Pero Marcos había insistido en la necesidad de ampliar las rutas de comunicación entre los hijos y la madre. Para lograrlo había decidido habilitarle un perfil de Facebook, mientras ella en Cuba abría la cuenta de correos —pagada en divisas, con dinero casi siempre enviado por Marcos, a veces por Ramsés— que le permitiría, si se trasladaba a uno de los puntos de la ciudad donde habían habilitado «zonas wifi», sostener encuentros y pasarse informaciones, fotos, comentarios entre ellos tres y con otras personas cercanas. Incluso, si era necesario e indispensable, podía comunicarse con su padre, Darío, cuyos mensajes, de seguro permeados por su nueva obsesión política, podrían invalidar el acceso de Clara a la muy controlada red cubana.

Lo que aceleró la determinación de Marcos fue la enfermedad de Bernardo, que mucho lo preocupaba y de la cual quería estar al tanto, y la reciente apertura de una de esas zonas wifi en su barrio habanero, con lo cual su madre, con su laptop a cuestas y gracias a la tecnología, podría estar más cerca de sus hijos y afectos dispersos por medio mundo.

Desde hacía varias noches Marcos chequeaba su Facebook, con la esperanza de que su madre hubiera echado a andar la maquinaria. Sabía que, como casi todos los cubanos de su generación, Clara era una muy competente graduada universitaria analfabeta tecnológica, y Marcos le había insistido en que le pidiera ayuda al cada vez más maltrecho Bernardo, que todavía debía de saber cómo preparar el terreno. Y al fin el milagro había ocurrido... desde la noche anterior, precisamente la única en varios días en que Marcos no se había ocupado de revisar su buzón de Facebook.

Como portada de su muro, Clara había colocado una imagen de la casa de Fontanar y, con su primer post, la vieja foto de grupo junto a la cual le había colocado una leyenda: «Nuestro Clan antes de la ventolera. 21 de enero de 1990». Marcos recordaba aquella imagen, que en una época estuvo en una de las repisas de su casa de Fontanar hasta que, en algún momento posterior a la salida de su padre de Cuba, Clara la había retirado. Pero allí estaban todos, jóvenes y sonrientes, el día que su madre había cumplido los treinta años.

Adela se había apoyado sobre el hombro de Marcos y todavía sonreía.

—¿Esos son tú y Ramsés?

—Claro... Ramsés con ocho y yo con seis..., sin dientes. Mira eso. ¡Qué feo estoy!

—Los que están detrás de ustedes son Clara y Darío...

—Sí... A ver..., de izquierda a derecha están Fabio y Liuba, los que se mataron en un accidente en Buenos Aires, los padres de Fabiola; al lado, Irving y Joel, los gays, que, tú los conoces, viven en España; luego Elisa y el que era su marido, Bernardo, que ahora, tú sabes, es el marido de mi mamá; esos otros son mi papá y mi mamá; el tío Horacio y la novia que tenía entonces, Guesty, que estaba buenísima y yo andaba enamorado de ella. Por cierto, después alguien empezó a decir que Guesty era una espía. Y la última es la Pintá, no me acuerdo ahora cómo se llamaba, la que andaba con Walter, el pintor... Tenía vitíligo y ese cabrón decía que le gustaba porque era de dos colores... Esto fue el día del cumpleaños de mi mamá, en el patio de mi casa.

—¿Guesty era espía?... ¿Espía de quién? —demoró en preguntar Adela, que observaba con detenimiento a la joven Elisa de la foto: el pelo con un corte paje, los ojos semicerrados en la instantánea, un poco ladeada hacia la izquierda y vestida con un camisón largo que, a todas luces, se proyectaba levemente a la altura del vientre.

—Bueno, no espía espía... Era trompeta, chiva, que los vigilaba... Pero seguro eso era uno de los delirios de mi padre. El pobre, era la paranoia en dos patas... Bueno, en Cuba la paranoia se da silvestre... La foto la tiró Walter.

—¿El amigo de tus padres que se suicidó?

—Sí, apareció muerto al otro día de esta fiesta.

—¿Al otro día?... No me habías dicho eso...

—Bueno, ahora no sé si fue al otro día, pero más o menos...
Se tiró de un edificio... Tampoco se supo bien por qué lo hizo,
y Horacio siempre dijo que Walter no podía haberse suicidado.
Mi padre decía que sí, porque...

—Marcos, ¿cuándo tu mamá subió esa foto?

—Hace dos días y, mira...

—Espérate, Marcos, ¿y esa mujer, Elisa? —Adela, desentendi-
da de los comentarios de Marcos, señalaba a la joven del vientre
algo abultado. Debía de estar entre los veinticinco y los treinta
años, de pelo negro o castaño oscuro y boca de labios finos.
Mientras la observaba, Adela iba sintiendo cómo las premoni-
ciones, malestares, frustraciones y disgustos del día comenzaban
a adquirir sentido, a entender la razón de la llamada de Loreta,
aunque en su mente rebotaba una maltrecha afirmación nega-
tiva: no, no puede ser.

—Ya te dije, esa es Elisa, la que era mujer de este, de Bernardo...

—¿Estaba embarazada?

—Sí..., y pasó algo extrañísimo con ella...

—¿Cómo se llama esa Elisa? El nombre completo...

Marcos seguía mirando la foto de grupo, pensó y al fin respondió.

—¡Correa! ¡Elisa Correa! —soltó, jubiloso por la capacidad
de recuperación de su memoria. Todos aquellos personajes de
la imagen subida por su madre habían sido presencias constantes en su niñez y adolescencia, hasta que se fueron desgajando
del grupo, unos hacia la muerte, otros salidos de Cuba por distintos caminos y hacia diversos destinos, incluido su padre Darío y su hermano Ramsés. De todos ellos, solo permanecían en
Cuba su madre, Clara, y Bernardo, que desde hacía como casi
veinte años vivía con ella y que, cuando se tomó la foto, era
precisamente el marido de Elisa, la que quizás había levitado,
comentó Marcos.

—¿Cómo que levitado? ¿Qué pasó con ella? —preguntó Adela, cada vez más confundida, pero a la vez más convencida.

—Te decía que con Elisa pasó algo extrañísimo... Un día desapareció y nunca se volvió a saber de ella... Nadie sabe si se fue, se murió, se escondió... Mi padre fue el que inventó que había levitado... —Adela se separó de Marcos y se mantuvo en silencio hasta que reaccionó.

—¿Elisa desapareció después que hicieron la foto? ¿A principios de 1990?

—Sí, todo fue muy raro... Hay cosas que no sé bien. A mi mamá no le gustaba mucho hablar de esa historia, la ponía mal. El tío Horacio es el que me contó algunas cosas, pero hace una pila de años. Y este, Irving, parece que es el que más sabía porque todo el mundo le contaba sus cosas, bueno, porque es gay, tú sabes cómo es eso... El pobre Irving, a mí me caía superbién, un tipo muy chévere. No sé si Elisa se perdió antes o después de que metieran preso a Irving... Parece que aquello fue una gran descojonación... Mirando ahora a Elisa, bueno, se me parece a alguien...

Marcos se volteó. Le sorprendió ver el rostro de Adela, con los ojos anegados en lágrimas que ya le corrían por las mejillas. Marcos sonrió más.

—¿Qué te pasa, china? No es para tanto... De todo eso hace...

—Veintiséis años. Los años que tengo yo... Es que..., mira bien, mira... No, Elisa no se parece... ¡Esa Elisa Correa es mi madre!... Y si esa foto la tomaron en enero de 1990 y yo soy hija de esta Elisa que es mi madre, Loreta... Por Dios, Marcos, lo que está en la barriga de ella..., ¡esa barriga soy yo!

Dos horas después, cuando terminó de exprimir la memoria de Marcos y al fin se fue a la cama, Adela sentía que no había tierra bajo sus pies. Solo recordaba un momento de su vida en que se hubiera hallado tan descentrada: el 11 de septiembre de 2001, en su apartamento de West Harlem. Ese día su percepción de la vida había cambiado. Pero aquel trance horrible había trastocado muchas existencias, alterado incluso el orden del mundo, y aun así no podía ser peor para Adela que el terremoto de revelaciones y preguntas que estaba sufriendo en ese instante, porque esta vez el ataque no venía de fuera sino de muy dentro de sí misma. Y porque ahora sí sabía que en adelante la agresión podría ser incluso más devastadora. Solo cuando la fatiga la venció y cayó en el letargo que la conduciría al sueño, Adela recordó que se había perdido el capítulo de esa noche de *Better Call Saul.*

2
Cumpleaños

Cada elemento estaba dispuesto como si la composición hubiese sido manipulada por un artista para fijarla en un cuadro o en una foto: al centro, una mujer arrebujada en la butaca de tela verde esmeralda, con las piernas levantadas y abrazadas contra el pecho, la barbilla apoyada en una de sus rodillas, la cara medio oculta por la cascada de pelo castaño oscuro que, por la iluminación y la distancia, se veía más moreno. La potencia de las luces de la terraza conseguía delinear su silueta, rodeada por unas tinieblas casi insondables, propias de un Caravaggio.

Desde su lugar en la cocina, a través del amplio corredor que conectaba con la terraza techada y el jardín trasero, Clara podía observar la figura de Elisa, enmarcada por la escuadra de la puerta y vuelta a enmarcar por las columnas de hierro fundido que sostenían el techo de la terraza e incrementaban la sensación de imagen construida. Con aquella postura, la mujer pretendía protegerse del relente de la madrugada, y la posición fetal adoptada la hacía parecer vulnerable, cósmicamente abandonada, y a la vez le permitía a Clara contemplar la pálida cara posterior de sus muslos y, más abajo, lo que debía de ser el contrafuerte de la tela oscura de la ropa interior ajustada contra la cañada profunda del perineo. Abstraída del tiempo, agredida por unos instintos palpitantes, siempre contenidos, Clara tuvo la nítida percepción de estar en el atrio de un escenario dispuesto para que, recibida la orden, ella irrumpiera, se arrodillara junto a la mujer y, con delicadeza, le tomara los brazos, le acariciara las manos y luego le apartara las piernas flexionadas para hundir el rostro en el centro de su intimidad y así bebérsela hasta el fondo.

La imagen entre idílica y sórdida, los acusadores deseos de transgresión que desde la vagina de pronto humedecida le alarmaban el cerebro y una potente sensación de extravío, quedarían en la memoria de Clara como una revelación de lo que podía ser su yo más verdadero, por años reprimido hasta por su propio subconsciente, y como una evidencia indomeñable de la cual, aun cuando la sintiera lejos, superada, incluso ajena, nunca en su vida lograría desprenderse del todo.

Los desesperados resoplidos de la cafetera italiana puesta al fuego se encargaron de romper el ensalmo y Clara cerró la llave del gas. Sin demasiada conciencia de lo que hacía, la mujer se pasó varias veces la mano por la cara, como si tratara de borrar de su semblante los posibles efectos físicos de unos cada vez más recurrentes apetitos que, solo en momentos específicos de encuentros con una parte sumergida de sí misma y provocados por un efluvio que emanaba de Elisa, solo de Elisa, se confabulaban para salir a flote desde las oscuridades de su ser.

—Dios mío, ¿por qué coño me pasa esto? —susurró, achacando al agotamiento físico y al alcohol bebido sus desvaríos mentales, mientras con gestos mecánicos colocaba dos cucharaditas de azúcar prieta en la jarra de loza para endulzar el café que, de inmediato, sirvió en dos tazas plásticas. Cuando ya salía hacia el patio con la bandeja cargada, supo que había olvidado algo, no conseguía precisar qué, y regresó a la cocina para intentar recordar. Solo cuando la vio, supo que se trataba de una pequeña manta, que se acomodó en el antebrazo.

Elisa permanecía en la misma postura, pero Clara procuró mantener la mirada a la altura de su rostro y desterrar el empuje de sus debilidades. Sin soltar la bandeja, con una inclinación del cuerpo, le acercó a la amiga el brazo del que colgaba la manta azul oscuro con unos ribetes rojos que la identificaban como pertenencia de Cubana de Aviación. Elisa le sonrió y se acomodó la tela afelpada sobre los hombros. Con la mano derecha, cerró sus bordes en el cuello y con la izquierda cubrió sus piernas y clausuró la visión de sus muslos.

—Me estaba congelando. Estoy que no me conozco, hecha una mierda —dijo Elisa, reacomodándose en la butaca.

—Tú sabes que aquí en Fontanar siempre refresca mucho de madrugada y que si cae una gota de agua en La Habana, cae en Fontanar —advirtió Clara, necesitada de decir cualquier obviedad, todavía temiendo que su voz la delatara, y volvió a inclinarse para que Elisa alcanzara una de las tazas, del mismo tono azul de la manta—. Deberías irte a dormir, no tomar café..., no coger este frío.

La primera madrugada del año 1990 estaba resultando más fresca de lo esperado, pues la tarde y la noche del 31 de diciembre habían sido agradablemente cálidas y los convocados a la cena de fin de año, otra vez celebrada en el patio de la casa de Clara y Darío, no se habían preparado para aquel súbito descenso de la temperatura.

Elisa levantó los hombros debajo de la manta y estudió la taza plástica.

—¿De dónde tú sacas estas cosas, Clara? La frazadita, las servilletas, los pozuelos para el postre... ¡Estas tazas horribles! ¿Todo esto es robado?

—Los vecinos del barrio... —Clara sonrió—. Hay varios que trabajan en el aeropuerto y se llevan hasta la gasolina de los aviones.

—¿Ya también se llevan la gasolina?

—Se roban todo lo que aparece... Los que son pilotos y aeromozas de Cubana traen todo lo que pueden cuando viajan al extranjero y luego lo venden. —Clara bebió un sorbo de su café—. ¿Te interesa comprar una videocasetera o un ventilador que de verdad eche fresco? Y esas tazas son una maravilla: son rusas y para que se rompan tienes que caerle a martillazos.

Las dos mujeres sonrieron y Clara sintió que volvía a ser quien debía ser. Eran cerca de las tres de la madrugada y ya solo ellas permanecían en el patio. Darío, el marido de Clara, luego de declararse muerto en vida, casi se había arrastrado hasta su habitación, después de conseguir que los pequeños Ramsés y Marcos, sobrexcitados por el ambiente festivo, al fin se fueran a la cama sin ni siquiera cepillarse los dientes. Bernardo, el marido de Elisa, también había muerto, pero sin declaración alguna: con su enésimo trago de ron en la mano dormía la mona desmadejado en un sofá de la sala frontal en donde amanecería a la mañana siguiente, o dos días después. El resto de los miembros del Clan habían comenzado a marcharse desde un par de horas antes, luego de cumplidos los brindis, los besos, las felicitaciones de la medianoche que inauguraba un nuevo año que, desde todos los puntos cardinales, se anunciaba tenebroso, pletórico de acontecimientos dramáticos. Un mal año que pronto empezó a quebrar todo lo que parecía sólido y sobrecumpliría con esmero y abundancia las peores predicciones.

Los primeros en irse habían sido Horacio y su novia más reciente, la rubia Guesty, varios años más joven que las otras mujeres y tan exuberante como todas las conquistas del mulato. Muy a su pesar los siguientes habían sido Irving y Joel, pues querían pasar un rato con la madre de Irving, en eterna queja de su soledad. Luego, bien pasada la una de la madrugada, les tocó a Walter, bastante borracho, y su mujer de los últimos tiempos, Margarita (alias «la Pintá», debido a las decoloraciones dérmicas del vitíligo que sufría), siempre aguafiestas, siempre con sueño o dolor de cabeza, con ganas de irse antes de que Walter pasara de la ebriedad alegre a la fase agresiva de sus borracheras.

Los últimos, casi recién salidos, habían sido Fabio y Liuba, con su hija Fabiola dormida, con su optimismo militante y con su fe en el futuro recargada para iniciar el año y todavía orgullosos del reluciente Moskvich Aleko que unos meses antes le habían asignado a Liuba en el Ministerio. Aquel automóvil feo, incómodo y pesado, pero nuevo, era un representante del lote de vehículos que, para muchos, podía ser el último envío solidario que el revuelto país de los soviets le hiciera a la todavía hermana isla socialista. Aprovechando la despedida de la pareja, Clara había pasado por la cocina para colar una cafetera, buscar en un clóset la manta reclamada por la amiga y, como inesperado tributo, tener la visión desequilibrante de las intimidades de Elisa.

—Cuando quieras te puedes acostar —insistió Clara, ya deseosa de estar sola.

—¿Tú quieres? —preguntó Elisa.

—Estoy muerta de cansancio, pero no tengo sueño.

—Yo tampoco. Y cuando tengo sueño, me acuesto y no me duermo.

Las tres semanas justas que corrían entre la despedida del año hasta la llegada de su cumpleaños, el 21 de enero, a Clara siempre le parecían un tránsito apenas soportable. Desde que ella y varios de los amigos más cercanos comenzaran los estudios en la universidad, y Clara decidiera regresar a Fontanar, la casa se había convertido en una especie de refugio colectivo y, de manera tácita, en el sitio perfecto para despedir el año y, por supuesto, para festejar cada 21 de enero a la dueña del inmueble... y celebrar cualquier cosa que se les ocurriera o sucediera.

En aquella casa de sueños, rodeada de espacios baldíos y ubicada en un barrio todavía apacible de la periferia de la ciudad, el Clan siempre podía reunirse y todos sentirse libres: para hablar de lo que en otros sitios no podían hablar, acomodarse en un rincón a leer un libro o disfrutar de una soledad total o acompañada, e incluso perderse por una hora en alguna de las cuatro habitaciones de la planta superior y desfogar deseos viejos o recién estrenados.

Pero Clara, con su denso sentido de la responsabilidad y su profunda propensión a la melancolía, todavía sin resolver sus diferendos afectivos con la casa, se sentía sin la capacidad de disfrutar de esos cónclaves con la misma intensidad que sus amigos. No obstante, hacía tiempo que se había resignado, pues sin duda alguna quien más gozaba de las posibilidades de la morada era su marido, Darío, y lo hizo desde la época en que, siendo todavía novios, trajo para la casa de Fontanar una prehistórica máquina de escribir, sus libros y los cuatro trapos que tenía, dispuesto a atrincherarse allí hasta la muerte. Para una persona como él, nacida en una cuartería de la calle Perseverancia, y en donde presumiblemente le correspondería pasar el resto de su existencia, la fortuna de irse a vivir a una mansión donde tenía baño propio, habitación privada, cuarto de estudio y hasta terraza y jardín, había sido asumida como el mejor regalo que podía haberle hecho la vida.

Impulsada por el gusto del café que cada noche bebía antes de irse a la cama, Clara tomó la cajetilla de sus cigarros y encendió uno. En algún momento había pensado que podía empezar el año dejando su vicio, pero el gusto del café le había exigido el complemento de la nicotina.

—Dame uno a mí —pidió Elisa, y sacó una mano de debajo de la manta.

Clara le tendió el cigarrillo.

—¿No deberías dejar de fumar?

—Voy a dejarlo —aseguró Elisa mientras le daba fuego al cigarrillo.

—¿Cuántas semanas me dijiste que tenías ya?

—Quince, creo..., como tres meses y medio. Ya me empiezo a notar la barriga. Y me están creciendo las tetas, parezco una vaca... Me estoy poniendo horrible.

—No digas eso, estás lindísima... Mira, te propongo un trato: en tres semanas es mi cumpleaños. Treinta años míos, cuatro meses de tu barriga... ¿Dejamos las dos de fumar ese día?

—¿Vas a poder?

—Creo que sí. Soy más fuerte de lo que tú piensas...

—Pues mira, yo voy a dejarlo ahora mismo —afirmó Elisa mientras daba una profunda calada al cigarro recién encendido y luego lo dejaba caer en la taza plástica con restos de café—. Se acabó... Pero tú tienes que cumplir también, ¿ok?

Clara sonrió. Sabía que la mujer era de las que ejecutaban sus propósitos y siempre la había envidiado por ello. En realidad, envidiaba muchas cosas de Elisa, incluso temía algunas de sus reacciones, a pesar de que la considerara la más cercana de sus amigas.

Se conocían desde hacía quince años, cuando Elisa regresó

de una estancia de varios años en Londres y coincidieron en un aula del preuniversitario de El Vedado, en el que Clara se matriculó y donde apenas tenía unos pocos conocidos. Elisa, aunque no se ufanaba demasiado de sus privilegios familiares y experiencias mundanas, llegó proyectando la mística de haber vivido seis años en Londres con sus padres diplomáticos (aseguraba haber estado en un concierto de Rolling Stones, visitado la casa de Sherlock Holmes y haber visto una representación de *Jesucristo Superestrella*), era inteligente, inquieta y fascinante, derrochaba seguridad y espíritu de rebeldía. Fue entonces cuando, casi con júbilo y algo de sorpresa, una tímida, más bien anodina Clara recibió el beneficio de su amistad. Desde entonces habían sido inseparables y engendraron el núcleo de un grupo de amigos, al cual ya pertenecía Irving (compinche de la niñez, gay de nacimiento, lo presentaba Elisa), y al que pronto se incorporó Liuba, también vieja amiga de Elisa y, tras ella, su nuevo enamorado, Fabio.

—Esto del embarazo me tiene loca —confesó Elisa—. Creo que me está cambiando. Me siento así, no sé, tan distinta...

—Porque estás distinta y porque una nunca está preparada. Y mírame a mí: salí ilesa y tengo dos chiquillos que no paran de joder todo el día. Sobre todo Marcos.

—Ramsés es bueno, pero Marcos es especial. Nada más hay que verlo para darse cuenta.

—Sí, Marcos tiene algo... —admitió Clara, con un brillo de amor en sus ojos—. No me gusta ni pensarlo, pero siento que Ramsés es hijo de Darío y Marcos es mío...

—Yo tengo mucho miedo, Clara... Hasta que no sale, una no sabe lo que tiene acá dentro —dijo Elisa señalándose el vientre, apenas protuberante—. ¿Cómo va a ser? ¿Qué carácter va a tener? ¿A quién se va a parecer?

—No pienses en eso. ¿Por qué piensas en eso? Tú siempre has sido la más positiva.

—Pues estoy pensando en demasiadas cosas.

—Elisa, si no estabas preparada, ¿por qué decidiste seguir?... Bueno, yo tampoco estaba preparada cuando me pasó... Ahora tienes que asumirlo y hacer lo que te digo: mente positiva, chica.

—Tú sabes por qué seguí...

—Sí, pero se equivocaron. Ni tú tenías nada atrofiado por allá abajo ni Bernardo es estéril... Eso fue un regalo de Dios.

—Yo no creo en Dios. Tú lo sabes. Como veterinaria, creo en la biología... y en sus caprichos. O sus locuras. ¿Y tú, camarada, ya no eres marxista-leninista?

—Ay, Elisa... Lo que sé es que la biología me dice que uno de los diez espermatozoides por metro cuadrado que tiene Bernardo llegó hasta donde había que llegar y... ¿Un espermatozoide de Bernardo, Elisa? —Clara había bajado la voz y se había inclinado hacia su amiga.

—Un regalo de Dios, tú misma lo dijiste, Clara. Un milagro. Y ya se sabe que Dios es grande y todopoderoso.

Durante los primeros veinte años de su vida, Clara Chaple Doñate había odiado su casa, y en los últimos diez la había tolerado como un bien inevitable. Pero su casa siempre la había perseguido y su relación con el sitio comenzó a cambiar cuando lo que ella había querido creer y le habían hecho creer que sería su vida, de pronto empezó a torcerse, agrietarse, derrumbarse. Entonces la casa, fiel y dispuesta, se convertiría en un complemento físico y existencial, en su mejor refugio, y Clara podría descubrir las proporciones de su larga injusticia doméstica y, por supuesto, cuánto amaba aquella casa, su casa: el caracol que arrastraría como una bendición y una condena, le diría a su hijo Marcos muchos años después.

El dilatado odio de Clara se había alimentado con dosis cargadas de geografía urbana, falta de perspectiva para valorar sus propias necesidades vitales y una agobiante sensación de desamparo. Pero, en realidad, sus sentimientos apenas respondían, como una reacción orgánica ante una infección, a lo que podía ser la esencia más raigal de su carácter, un rasgo que de manera dolorosa descubriría en su madurez: la necesidad o el deseo o la aspiración de ser una persona anodina, un miembro más de una manada de la cual obtenía compañía, complemento e incluso protección. No obstante, aquella cualidad que siempre se le había hecho esquiva, solo le llegaría con los años, cuando se vio amenazada por la más tétrica soledad y el abandono de los que, precisamente, ella había huido toda su vida. Una especie de orfandad con la que lidiaría en la pendiente de su existencia, lejos de la mayoría de sus amigos, luego de ver partir a sus hijos, aunque, para su fortuna, acompañada por el hombre menos pensado y más apropiado, gracias a quien, con retraso pero oportunamente, descubriría el más verdadero amor.

Durante su niñez y adolescencia la circunstancia de vivir en una casa ubicada en Fontanar, un reparto por años medio despoblado y siempre tan lejos del centro de la ciudad (lo que Clara consideraba un fatalismo geográfico), había convertido la residencia en una jaula de oro. Que la casa, levantada en una urbanización con ínfulas de modernidad, tuviera el diseño más atrevido y singular de todo el barrio, siempre dispuesta a provocar la admiración de cuantos la visitaban, funcionó por años como repulsiva evidencia de una distinción no deseada. En cada ocasión que alguno de los amigos que en proporción geométrica iría sumando visitaba la morada y se admiraba con su belleza, Clara asimilaba los elogios casi como si se tratase de una agresión. Por eso, durante sus tiempos más gregarios de estudios preuniversitarios se alejó todo cuanto pudo de la casa y, al ingresar en la universidad, incluso intentó oficializar como dirección particular la de su abuela materna, en El Vedado, para poder optar por un espacio en la residencia estudiantil, apenas a dos kilómetros de Fontanar, pero fuera de lo que en ese instante apenas podía ser llamado su hogar. La delación de un compañero respecto a la verdadera dirección de Clara frustraría el intento de obtener un espacio en el albergue estudiantil y ella volvió a su casa. Y fue entonces, de cierta forma buscando un remedio para su soledad, cuando le abrió a Darío las puertas de la morada.

La edificación había sido levantada en 1957, diseñada por sus propietarios, los arquitectos Vicente Chaple y Rosalía Doñate. Incluso en un barrio que pretendía distinguirse por la modernidad de sus construcciones, destinado a ser un coto privilegiado de profesionales de éxito, reconocidos artistas de la radio y la televisión y algunos comerciantes afortunados, la casa que soñaron y se construyeron Rosalía y Vicente sobresalía como un alarido desafiante. Para empezar, la forma de la planta era hexagonal y el piso inferior tenía tres entradas o salidas (según el sentido del tránsito): una por lo que debía ser una sala-recibidor, cuyos límites, de columnas y paneles de vidrios, armaban un enorme y acogedor vitral multicolor bosquejado por un pintor amigo de los arquitectos; otra, por la funcional cocina comedor que se conectaba con una terraza con horno de ladrillos refractarios, un espacio también utilizable para las comidas, y que se extendía hacia el jardín posterior, cubierto con pasto inglés; y un tercer acceso que corría a través de un salón con forma de triángulo decapitado, con paredes de ladrillos rojos, descubiertos, dispuestos como escalones y salientes con el propósito de formar nichos y estanterías de diversos tamaños y profundidades, en los cuales podían colocarse libros, discos, rollos de planos y cuadros enmarcados. Justo en el centro de ese espacio, como un esbozo de pirámide trunca, por años permanecieron ubicadas frente a frente las dos mesas de dibujo técnico de Vicente y Rosalía. Las habitaciones, en el segundo nivel, tenían cada una un diseño diferente y la de los dueños y creadores de la vivienda era una especie de cubo de vidrio con vistas a los jardines trasero y delantero.

Según Vicente y Rosalía, el atractivo de la edificación se debía, en primer y lógico término, a las singularidades de su planta, complementada con una atrevida utilización de vidrios, aceros y maderas, funcionales u ornamentales, en la que habían participado varios artistas cercanos a ellos, casi todos miembros del revolucionador Grupo de los Once. El secreto de su magnetismo, insistían en asegurar con toda seriedad, respondía a los atributos ocultos en las entrañas de los cimientos: una herradura de la suerte; una pequeña figura de barro cocida por los aborígenes taínos, que representaba al Huracán, un dios mayor; dos dientes de leche de Rosalía y los restos pulverizados de la tripa umbilical de Vicente; una llave de hierro que, juraban los arquitectos, había sido la de los grilletes que le colocaron al joven José Martí durante su condena en las canteras de San Lázaro; y un trozo de piedra brillante traído de las minas de El Cobre, cercanas al santuario de la milagrosa Virgen de la Caridad, que, para sorpresa de los arquitectos, los diseñadores, los constructores, y hasta un geólogo amigo, poseía unas inusitadas y potentísimas cualidades magnéticas.

Cuando Clara nació, sus padres eran dos de los jóvenes arquitectos más solicitados del país, en vías de convertirse en personas ricas y famosas, conectados con lo más renovador del arte y la cultura insular aun en tiempos de una dispersión provocada por los temidos coletazos de una dictadura enloquecida que ya se sabía condenada a muerte. Luego del triunfo revolucionario de 1959, justo cuando algunos amigos volvían del exilio y otros de sus colegas comenzaron a poner tierra por medio ante las primeras evidencias del carácter del proceso en marcha, ellos decidieron, como muchos otros, sumarse a los que trabajaban por el cambio social y el nuevo país. Con su romanticismo y su fe en estado de ebullición, renegaron sin traumas de muchos conceptos de su vanguardismo burgués y dispusieron su talento en la proyección de obras funcionales, de alcance social y destinadas a la solución de las necesidades colectivas.

Distinguidos con responsabilidades ascendentes en diversos institutos, ministerios, direcciones nacionales, en realidad los arquitectos apenas tuvieron tiempo para realizar nuevos diseños (algunos edificios al este de la bahía, unos supermercados que se levantaron en varios puntos de la ciudad), aunque viajaron por una isla en pleno fervor revolucionario transmitiendo experiencias y por los países socialistas adquiriendo más experiencias para luego también transmitirlas. Y, mientras, fueron colgando de las paredes de su estudio fotos en las que aparecían con Mao Tse-Tung (oportunamente sustituida por otra en la que saludaban a Ho Chi Minh), Jean-Paul Sartre (en algún momento también trocada por una en la que conversaban con Salvador Allende) o con un sonriente Yuri Gagarin (donde antes estuvo el testimonio de su encuentro con Nikita Kruschev). En los días más intensos del proceso de entrega social, sus mesas de dibujo técnico terminarían en un rincón del garaje de la casa. Y su hija Clara, también relegada ante tantas responsabilidades profesionales y políticas, pasó a ser cuidada y educada por los abuelos maternos y a vivir como nómada entre la casa tutelar de El Vedado y la propia de Fontanar.

En 1971, luego de pasar varios meses en los campos donde se cortaba la caña destinada a producir los prodigiosos diez millones de toneladas de azúcar, los arquitectos macheteros desentumecieron sus manos encallecidas para hacer el primer proyecto que les encargaban en años y que sería el último de sus vidas. Se trataba de unos edificios multifamiliares de viviendas que debían cumplir varios requisitos inviolables: muy modestos, muy funcionales, muy económicos. Sus diseños se propondrían concretar la más ajustada expresión de unas soluciones humanas y estéticas socialistas, las necesarias para un país en lucha por salir del subdesarrollo y empeñado en la construcción del comunismo como etapa superior y última de la evolución de la humanidad, y donde todos, todos los ciudadanos, debían tener una vivienda digna, tal como se les había prometido. En las mesas de trabajo recuperadas del garaje, Vicente y Rosalía, tomando como fuente de inspiración (sugerida de forma sutil desde altas esferas de decisión) unos edificios moscovitas que, con cierto esfuerzo, podían ser readecuados al clima del trópico, se empeñaron durante dos meses, y cuando entregaron los planos y las maquetas, fueron felicitados por su capacidad para interpretar las pretensiones de los gestores del proyecto. Los edificios, que terminarían siendo levantados en el mismo reparto Fontanar, urgido de más presencia proletaria encargada de disipar los aires burgueses de la urbanización, representaban la antítesis de su propia casa tan exultante y... burguesa. Aun así, al poner manos a la obra, los maestros constructores, en aras de la rapidez y el ahorro exigidos, desecharon algunas soluciones de los planos que les parecieron prescindibles, trabajaron con los modestos materiales a su alcance y al final se erigieron unos bloques cuadrados y oscuros que, levantados con toda prisa, exhibieron escaleras de pasos irregulares y cubiertas por donde pronto se filtraron las frecuentes lluvias que caían sobre Fontanar.

Vicente Chaple y Rosalía Doñate, de quienes ya se hablaba como candidatos a responsabilidades políticas y administrativas más elevadas, vivieron su vorágine de entrega ilimitada hasta el día de septiembre de 1974 en que, realizando un descenso de la cordillera del Escambray, donde se proyectaba fomentar una comunidad experimental de cultivadores de fresas y uvas, Vicente se quedó dormido al timón de un recién estrenado Ford Falcon argentino. Nunca se supo de qué hablaron los arquitectos en su último diálogo. Quizás de la felicidad de estar dedicados a la construcción de un mundo mejor que muy pronto, y según las estrictas leyes del desarrollo histórico y dialéctico, la humanidad disfrutaría. Pero Clara, a sus quince años, tuvo un motivo más para odiar una casa que, por temporadas, incluso estuvo cerrada.

Aunque los abuelos ocuparon un importante espacio afectivo que sus padres nunca llenaron y ya jamás podrían llenar, desde niña Clara había procurado entre amigos y compañeros de estudio el complemento necesario para sentirse arropada, protegida, para vencer su timidez y pertenecer. Por eso, cuando decidió dejar atrás Fontanar para vivir en la casa de los abuelos e iniciar sus estudios preuniversitarios en El Vedado, lejos de su casa, su fatalismo geográfico y su sentimiento de abandono, buscó entre unos jóvenes a los que hasta ese instante no conocía a la persona más adecuada para conectarla con un mundo nuevo al cual debía y quería integrarse. Clara pensaría después que todo estaba calculadamente organizado y dispuesto para que su necesidad encontrara la mejor solución en la amistad de la popular y bella Elisa, la muchacha que sabía el significado de las letras de todas las canciones cantadas en inglés. Una relación que luego Clara lamentaría no haberle reclamado de un modo radical a la otra, pues nunca llegó a ser completa.

Agitando las manos como si se quemara, Irving pasó frente a Clara, gritando:

—¡Macbea, Macbea, corre corre que te meas! —Y entró en el baño de servicio de la planta baja.

Tres minutos después, cuando salió, su rostro reflejaba el alivio de la evacuación.

—¿Qué tú venías gritando, muchacho? —le preguntó Clara, que ya se había desplazado hacia la cocina y terminaba de cerrar la eterna cafetera italiana comprada por sus padres en el Sears de La Habana en 1958.

Irving sonrió.

—¿Tú no te acuerdas de aquel flaco feo que estaba en el pre, de apellido Macbean, pero al que todo el mundo le decía Macbea?...

Clara sonrió y asintió, mientras acercaba el fósforo encendido a la hornilla de gas.

—Pues cuando nos mandaban a trabajar al campo y alguno de los jodedores quería ir a mear, gritaba así... ¡Macbea, Macbea, corre corre que te meas!... Y ahora cuando venía para acá tenía tantas ganas, que me acordé... ¿Tú sabes cuánto tiempo estuve esperando la cabrona guagua esa? ¡Más de una hora sin que pasara ninguna y ya tú sabes cómo vino: con gente hasta en el techo!... Esto está del carajo, mi amiga... ¿Adónde vamos a llegar?, ¿adónde?

—Pues dicen que se va a poner peor —remató ella—. La Unión Soviética se cae a pedazos... Quién lo iba a decir, ¿eh?

—Mi mamá lo dijo... Tú sabes que mi hermana fue a estudiar allá, y cuando volvió era más bruta que antes de irse y medio alcohólica... Y la vieja siempre dijo que estaba muy bonito eso de que los bolos fueran al cosmos y construyeran el canal Baikal-Amur..., pero que algo no funcionaba si las cuchillas de afeitar rusas no afeitaban y la pasta de dientes te hinchaba la boca...

—Gorbachov ha sido el que jodió la cosa.

—¿No sería que la cosa estaba jodida y Gorbachov lo sacó en los periódicos, como dice Walter? De verdad, Clara, ¿tú crees que se puede hacer la sociedad más justa dándole patadas en el culo a la gente y con tanto mal gusto y peste en los sobacos? Mira lo de Berlín, mira lo de Berlín... ¡Con lo felices que nosotros creíamos que debían de ser los alemanes que para colmo eran democráticos y todo!... ¿Tú sabes que después de lo del muro asaltaron los archivos de la Stasi y están descubriendo que todo el mundo vigilaba y chivateaba a todo el mundo? Un horror. Ay, qué miedo... ¿Yo también tendré un expediente? Seguro tengo uno y...

—Hoy estás acelerado... Estás peor que Darío. Oye, ten cuidado con lo que andas hablando por ahí.

—¡Pero si lo que digo es verdad!

—¿Y eso qué importa? —preguntó Clara, y bajó de la llama la cafetera y, como siempre, vertió la infusión en la jarra de loza donde ya había colocado el azúcar morena—. Alcánzame dos tazas de ahí...

Irving se volteó y tomó en sus manos las tazas de plástico azul oscuro y volvió a dejarlas en su sitio. Sin hablar fue hasta el comedor contiguo y abrió el mueble donde se guardaban los restos de la vajilla original de la casa y regresó con las dos únicas tazas de porcelana con diseño *art nouveau* sobrevivientes.

—¿Y por qué no fuiste a trabajar hoy, Clarita?

—Hay que ahorrar petróleo... El taller va a trabajar de lunes a jueves. ¿Ahorrar y no producir?... ¿Qué cosa va a pasar aquí?

—Una gran descojonación... En mi editorial ya no hay papel. Ni siquiera están aceptando originales... Dale, vamos a sentarnos allá afuera. Está rica la tarde —dijo el hombre mientras ella servía el café—. Como pasa siempre en este país, seguro que ahorita viene alguien y la jode...

—Eso no lo inventaste tú, descarao. —Y ambos rieron.

Salieron a la terraza y ocuparon dos butacones cuyos cojines mostraban el agotamiento de los forros. Las poltronas, de diseño sueco, fabricación británica y adquiridas en Miami, formaban parte del mobiliario original de la casa y habían prestado sus servicios por más de treinta años. Como todo, habían envejecido y su edad se hacía patente.

Clara observó a Irving beber el café. El hombre lo hacía con elegancia, tomando pequeños sorbos, con los ojos entornados. Hacía quince años que se conocían y Clara se sabía a la perfección el proceso del ritual: Irving no hablaría hasta haber terminado el café.

—Te quedó espectacular —sentenció el hombre mientras acomodaba la taza en la mesa baja de centro.

Irving había sido uno de los primeros amigos que hizo Clara cuando se matriculó en el preuniversitario de El Vedado. A diferencia de otros estudiantes homosexuales, Irving no ocultaba —o le resultaba imposible hacerlo— su amaneramiento y había afrontado con valentía todas las consecuencias de su preferencia sexual: el desprecio de sus compañeros y las miradas torvas de algunos de los profesores, quienes, de acuerdo a lo establecido y al machismo ancestral, lo consideraban un ser débil, poco confiable, enfermo física y mentalmente. Pero el hecho de ser algo así como un protegido de Elisa le había hecho más llevadera su condición. Al contrario de Irving, Elisa era fuerte, hermosa, combativa, seductora, muy femenina y a la vez dispuesta a rajarle la cabeza con un palo a quien tuviera que rajarle la cabeza con un palo, como proclamó más de una vez. Años después del tránsito preuniversitario, Darío les contaría a los otros amigos de las discusiones que Elisa había tenido en el comité de base de la Juventud por defender a Irving y hasta las amenazas de sanciones que por tal actitud había recibido la militante, tildada de protectora de maricones y otras alimañas.

—Bueno, ¿vas a ayudarme? —le preguntó Clara.

—¿Y por qué coño crees que estoy aquí, mi *amolcito*? Más de una hora esperando la dichosa guagua...

Clara asintió. Quizás la mayor virtud de aquel hombre que desde su niñez había sufrido desprecios, violencias y marginaciones radicaba en su limpia capacidad de entrega a los demás. Irving no era el más inteligente de ellos, ni el más culto, ni el más simpático, pero con diferencia siempre se comportó como el más solidario y dispuesto y, para colmo, el más discreto, y algunos de los hombres del Clan y todas las mujeres solían utilizarlo como confidente de sus cuitas y ambiciones. Y cuando cualquiera de ellos intentaba sacarle algo de otro, por lo general se encontraba con una resbaladiza nata de evasivas.

—Todavía estoy cansada por la fiesta de fin de año y ya estoy cansada nada más de pensar en la de mi cumpleaños y...

—Tranqui, Clarita. Mira, ya yo hablé con tu marido, y Darío se va a ocupar del tema de las bebidas con un paciente que puede resolverlas. A Fabio, que tiene carro nuevo y mucha gasolina, lo voy a mandar a Pinar del Río a buscar un puerco en la finca de los primos de Joel. Nos lo dan baratísimo, va a ser el regalo mío y de Joel... Bernardo y yo vamos a cocinar el resto de lo que aparezca, siempre aparece algo, tú verás: arroz, yuca... Creo que los padres de Liuba van a conseguir algunas cosas en el comercio militar ese donde las venden superbaratas... Y Elisa va a hacer uno de esos *brownies* de chocolate que ella sabe y...

—¿Lo mismo que comimos el fin de año y la Nochebuena?

—Iguales componentes... Los únicos que hay..., ¡pero con recetas novedosas!

—No jodas, Irving...

—¡Son treinta años, Clarita! Y... Ah, se me olvidaba, el abominable Walter consiguió una caja de doce rollos de negativos. ¡Los últimos rollos Orwo que llegaron de la moribunda República Democrática Alemana! Fotos también garantizadas... ¿Será verdad lo de la Stasi?

Clara se inclinó y le tomó las manos a Irving.

—Eres el mejor, tú lo sabes.

—Claro que lo sé... Oye, así por casualidades de la vida..., ¿Bernardo habrá dejado por ahí algún poco del ron bueno del otro día?

Clara afirmó y se puso de pie.

—Yo se lo escondí por la mañana. Lo quería para desayunar. Bernardo está como loco con los tragos...

De un estante de la cocina Clara bajó unos vasos pequeños, y del compartimento del desagüe del fregadero, la botella mediada de Ron Caney. Sobre la mesa de centro de la terraza sirvió los tragos y le alcanzó su vaso al amigo.

—Irving, tú que sabes tanto, ¿a Elisa le pasó algo con el abominable Walter, como tú le dices?

Irving enarcó las cejas.

—No, no sé..., ¿por qué?

Clara negó.

—Deben ser imaginaciones mías, pero creo que Elisa no le habla... El otro día iba a preguntarle a ella y me dio pena.

—Mi amiga, no cojas lucha con Walter. La verdad es que está inmetible. Siempre fue comemierda y ahora hace horas extras con trabajo voluntario. Y tú sabes cómo es Madre Coraje...

A su pesar, Clara sonrió.

—Bueno, yo también quería hablarte de otra cosa —se dispuso la mujer—. Por eso te pedí que vinieras hoy. Los muchachos están en casa de mi abuela y Darío tenía una reunión del Partido en el hospital.

—¡Cómo les gusta reunirse, por Dios!... ¿Y resuelven algo?

—Ay, Irving, por tu madre, deja la cantaleta... El lío es Darío... —Clara hizo una pausa, pero el otro no intervino. Ambos dieron un sorbo al ron y Clara sacó del bolsillo de su falda la cajetilla de cigarros y el encendedor—. No andamos bien, no sé qué nos pasa, yo estoy rara, él está raro y tengo un mal presentimiento... No, una sospecha.

Clara dio fuego a su cigarrillo, bajó el resto del ron y volvió a servirse.

—¿Vas a competir con Bernardo? —le preguntó Irving, indicando con la barbilla la botella de ron—. A ver, no entiendo un carajo...

—Es que el otro lío es precisamente Bernardo... ¿Tú has visto cómo está?

—¿Que está tomando mucho y hablando como un loco? Eso no es nuevo...

—El embarazo de Elisa. Los médicos le habían dicho que era estéril.

—No exactamente —rectificó Irving.

—Prácticamente estéril... Menos espermatozoides de los necesarios...

—¿Adónde quieres llegar, Clarita? ¿Darío o Bernardo? ¿Qué coño dijiste de una sospecha...?

—Quiero llegar al embarazo de Elisa..., a lo extraño que está Darío..., a que Bernardo no preña...

Irving, ya negando, se llevó las manos a la cabeza. Pretendía ser expresivo.

—¿Porque tú piensas que a lo mejor Elisa y tu marido...? —Irving ahora juntó los cantos de las manos y sonrió—. Ay, tú estás mal, chica. Sácate esa mierda de la cabeza y busca a ver qué es lo que les pasa a ti y a tu marido, porque tiene que ser otra cosa.

Clara probó el ron y dio otra calada al cigarro.

—Pues no puedo sacarme eso de la cabeza... Tú sabes que todos ustedes... Bueno, que a todos ellos siempre les ha gustado Elisa: a Darío, a Fabio, a Walter... Hasta a Horacio. Hasta a ti, coño.

—Pero todos ellos son amigos de Bernardo y no serían capaces... Además, si acaso ahora todos se están babeando con la Guesty esa, la novia de Horacio: con ese culo y esas tetas y esa bobería que tiene... ¿Te fijaste que siempre tiene los ojos así, muy abiertos, como si estuviera en un asombro permanente?... No, como el lobo de la Caperucita Roja: para verte mejor... Y mira, a mí me gustan una pila de hombres, pero no me acuesto con ellos. Son dos cosas distintas, y tú lo sabes.

—Sí, lo sé... ¿Y alguna vez te gusta una mujer? ¿De verdad no te gustó Elisa?

—Ay, ¿a qué viene eso?

Clara bebió de su trago, le dio una última calada al cigarro y lo aplastó en el cenicero de pie que tenía a su lado.

—No sé, curiosidad y... ¿Y qué tú pensarías si yo te digo que a mí me gusta una mujer?

Irving detuvo el gesto de llevarse el vaso a los labios.

—Ahora sí esto se pone raro... ¿A ti te gusta una mujer?

—No lo sé... Últimamente me cuesta más hacerlo con Darío y...

—¿Te gusta una mujer, Clara?

—¡No lo sé, coño! A veces... A veces sí, a veces no... Lo que sí sé es que yo no soy lesbiana...

—¿Desde cuándo te pasa eso?

—Hace años..., la verdad. Pero nunca...

Irving se mordió el labio superior y al fin preguntó:

—Clarita, ¿te gustan las mujeres o te gusta *una* mujer?

Clara miró a los ojos a Irving.

—*Una* mujer —dijo, poniendo ella también énfasis en el artículo y sintiendo cómo caía de sus hombros una carga con la que ya no podía avanzar. No quería cambiar su vida, no pretendía complicar otras vidas, se horrorizaba de pensar en consecuencias posibles, no deseaba hacer sufrir a nadie, sobre todo a sus hijos, menos cuando afuera el mundo amenazaba con derrumbarse y ella tenía la responsabilidad de apuntalar el suyo. Pero la carga que arrastraba ya le resultaba insoportable, y el solo hecho de revelársela a la única persona en el planeta a la que podía hacerlo la reconfortó con una sensación de alivio. Y sin poder contenerse, alargó las manos, tomó las de Irving, las apretó con fuerzas y, por primera vez en varios años, comenzó a llorar.

El Clan ya se hacía llamar el Clan cuando varios de ellos descubrieron *1984*, tres años antes del escogido por Orwell para ubicar en el tiempo su fábula distópica. Elisa, que lo trajo al cónclave, había accedido al libro (forrado con la carátula de una revista coreana) gracias a Irving, a quien se lo había prestado un amigo de Joel que lo había heredado de un amigo que unos meses antes había salido de Cuba gracias al éxodo masivo de El Mariel. Aún conmocionada por la lectura, Elisa, con el apoyo entusiasta de Horacio, se encargó de inducir a Clara a su lectura, y tantos años después, cuando del Clan solo quedaban restos y la novela al fin fue publicada en Cuba, Clara decidió volver a leerla.

Apenas vencida la relectura de las primeras páginas de la inesperada edición cubana de un texto siempre considerado subversivo por comisarios culturales soviéticos y cubanos, la mujer recordaría las setenta y dos horas de 1981 que le concedieron para devorar el libro. Había sido como emprender un tránsito revulsivo por un túnel de angustia al final del cual la esperaba Elisa, proyectándole en la cara y el alma una luz cegadora, aunque cargada de advertencias: ¿Orwell era un fabulador desbocado o un escritor realista?

Al parecer había sido Horacio, ya en el último año del preuniversitario, el de la idea de bautizar al grupo como «el Clan», aunque luego todos pensarían que la promotora del apelativo había sido Clara —y ella nunca rectificó el equívoco—. Quizás porque la célula germinal la conformaron la propia Clara,

Elisa e Irving, a los que luego se acercaron Liuba y Fabio, y porque después la casa de Fontanar, a pesar de su lejanía del centro, terminaría siendo el núcleo magnético de la cofradía.

Horacio también se había integrado muy pronto aunque siempre a su manera. Su acercamiento comenzó al regreso de la estancia de dos meses en un campamento de trabajo agrícola en el que ocupó la cama baja de una litera a la cual nadie aspiraba: la que el jefe de brigada le había asignado a Irving. En parte por sus eternos despistes de aprendiz de científico loco y lector precoz de autores que le calentaban el cerebro (Camus, Ortega, Burroughs y el resto de los beat, Solzhenitsyn, *La naranja mecánica* de Anthony Burgess, libros que nadie sabía de dónde sacaba) y, en buena medida, porque no le importaba la preferencia sexual del otro, pues tenía muy clara la suya, Horacio había aceptado el espacio despreciado por los demás. Así tuvo la ocasión de conocer al compañero declaradamente gay —en una época en que nadie los llamaba gay, sino maricón, pájaro, cherna, loca, pato, ganso, yegua, cundango— y por el cual no necesitó sentir compasión para aceptarlo: Irving resultó ser tan abierto y asequible que entre ellos se fundó el principio de una amistad que le tendió a Horacio un puente hacia el resto del grupo, aunque sin integrarse con la misma consistencia de los demás, pues siempre prefirió otros ambientes para realizar sus ligues (y consiguió muchos, con marcada inclinación por rotundas y experimentadas mujeres en sus veinte años largos, solteras, divorciadas y hasta casadas).

Tras Horacio llegó al grupo su amigo Darío, que estaba un curso por encima de los otros y ya se había fijado en Clara, aunque, con la timidez que el muchacho arrastraba en aquellos tiempos, demoró más de un año en pasar a la ofensiva y otro adicional en lograr la conquista. A diferencia de los otros amigos (con la excepción de Horacio), Darío no pertenecía a la casta de los que vivían en casas elegantes y buenos apartamentos de Kohly, Miramar y El Vedado. Algunos de ellos—Elisa, Liuba, Bernardo— eran vástagos de padres poderosos que viajaban al extranjero y les traían ropas, zapatos, grabadoras inexistentes en el país, y siempre tenían dinero para irse a gastar al final de las tardes disfrutando de helados en Coppelia y hasta de meriendas en El Carmelo y Potín. Darío no. Darío provenía de otro mundo. Había nacido en una cuartería de Centrohabana, donde aún vivía con su madre, empleada como cocinera, y debía ir a las fiestas con los mismos zapatos con que asistía al pre: los unicornios que tenía, solía decir. Y si a los otros las desventajas económicas y sociales de un estudiante tan brillante y afable como Darío no les importaban mucho, a él sí lo laceraban, y la forma que había encontrado para combatir sus carencias y su origen fue, desde su niñez, empeñarse en ser siempre el mejor, y lo consiguió.

Bernardo, mientras tanto, llegó cuando ya andaban por el segundo año y fue una aportación particular de Elisa: el joven estaba matriculado en la Escuela Vocacional Lenin, el concentrado de los estudiantes más aventajados de la ciudad, y se habían conocido durante las vacaciones de verano posteriores al primer curso, cuando con sus familias coincidieron en una de las exclusivas casas de la playa de Varadero reservadas a personajes de la nomenclatura (el padre de Elisa trabajaba en algo relacionado con el Ministerio de Relaciones Exteriores, y el de Bernardo era viceministro de Salud Pública y su madre directora de un instituto médico). Y Bernardo, ya aspirante a convertirse en cibernético matemático, resultó ser no solo inteligente, para muchos un estudiante excepcional, un tipo desenvuelto y seguro de sí mismo, sino que, para rozar la perfección, incluso era bello: alto, bien alimentado, con el pelo cobrizo y los ojos de un verde oscuro que le daban un aire de misterio. Y si hacía falta más, era un hábil jugador de baloncesto y voleibol. El novio que se merecía alguien como Elisa.

Con su llegada al grupo —todavía no bautizado por Clara o por Horacio como el Clan—, Bernardo aportó un sitio ideal para reunirse y fiestar los fines de semana: su casa del reparto Altahabana tenía un patio enorme; en la sala, un bar del cual podían sustraer alguna que otra botella de whisky escocés, y su equipo de música de última generación —importado de

Japón— podía proyectar a elevados volúmenes los muchos discos y casetes que poseían él, Elisa y Liuba —traídos de todas partes, incluido Estados Unidos—. Para más ardor, la casa tenía varias habitaciones que solían quedar por completo disponibles cuando sus padres salían a alguno de sus frecuentes viajes al extranjero o a provincias.

Años después, cuando fue posible ver el pasado y entrever el futuro a través de las grietas de las más sólidas murallas, a Clara la conmovería registrar el denso estado de gracia en que habían vivido aquellos jóvenes afincados en plena década de 1970. Unos seres pletóricos de confianza para quienes, incluidos Elisa, Bernardo y Horacio, los más inconformes con casi todo —el largo del pelo admitido por el reglamento, la escasez de cervezas, la avalancha de películas soviéticas—, el mundo se organizaba con una satisfactoria simplicidad vertical que ellos admitían y compartían sin cuestionamientos: su misión en la vida era ser obedientes prospectos del Hombre Nuevo y, por ello, estudiar hasta el final —el título universitario—, sin dejar de asistir a actividades políticas, trabajos voluntarios, marchas combatientes y luego ser buenos profesionales. Y, mientras, disfrutar de fiestas que en ocasiones se resolvían con apenas una botella de ron o del whisky robado (lo más fuerte que se fumaba eran cigarrillos marca Vegueros, largos y negrísimos), mucha música y baile, intensos besuqueos y alguna incursión a una habitación propicia entre los que ya formaban parejas que habían pasado a una fase superior de intimidad (Elisa y Bernardo los primeros). Complementaban sus aficiones con intercambios de lecturas (Elisa, Horacio, Irving y Bernardo aparecían con obras de difícil localización o reciente edición) y casetes de música, asistencias a funciones teatrales y conciertos, acampadas en algún sitio remoto, durmiendo en balsas inflables o con una manta tendida sobre la arena o la hierba y comiendo spam, carne rusa enlatada y pollo a la jardinera búlgaro.

El enclaustramiento físico y mental que padecían, sin tener conciencia de cuánto lo padecían (salvo Elisa, la *british),* los hacía ver el mundo exterior como un mapa de dos colores antagónicos: países socialistas (buenos) y países capitalistas (malos). En los países socialistas (a los cuales incluso resultaba factible viajar) se construía arduamente el futuro perfecto (aunque no estaba quedando muy bonito, decía Irving) de igualdad y justa democracia de la dictadura proletaria encargada a la vanguardia política del Partido en la fase de construcción del comunismo, con cuyo arribo se alcanzaría la culminación de la Historia, el mundo feliz. En los decadentes estados capitalistas imperaba la rapiña y la discriminación, la explotación del hombre por el hombre, la violencia y el racismo, la hipócrita democracia burguesa, se generaban guerras como la de Vietnam, se producían escándalos como el de Watergate, se instauraban dictaduras sanguinarias como la de Chile, aunque debían reconocer que de algunos de esos sitios venía la música que les gustaba escuchar, la ropa que preferían vestir y hasta la mayoría de esos libros que les encantaba leer (sostenía Bernardo).

Mientras, el futuro individual y colectivo lo asumían como una realidad diáfana y garantizada: si eran buenos, o mejor dicho, si eran *mejores,* pues tendrían la recompensa por el esfuerzo y el sacrificio con una existencia de plena realización personal, social, espiritual (afirmaban Darío y Liuba). Disfrutarían de un país donde cada vez se viviría con mayor plenitud, pues las metas para alcanzar el desarrollo y la prosperidad, salvo excepciones (muchas veces provocadas por la acción del enemigo, aseguraba Fabio), se sobrecumplían cada día, semana, mes, año y quinquenio, como lo refrendaban los discursos íntegra y puntualmente reproducidos en los periódicos y luego estudiados en los turnos de clase dedicados a la reafirmación ideológica. Por eso cada uno de ellos se empeñó de un modo orgánico (como el ejemplar Darío) en ese crecimiento que pasaba por la entrega incondicional y la aceptación sin cuestionamientos de cualquier limitación o sacrificio o encomienda. Y soñaban, soñaban, soñaban... Porque creían.

Cuando ya estudiaban en la universidad y se sentía más liberado de presiones, Irving había presentado en público a su novio Joel, un diseñador de revistas, negro, varonil, juncal. ¡Un negro que es asmático y no sabe bailar!, lo presentaba Irving como si fuera un fenómeno de circo. Ocurrió en la época en que ya se autodenominaban el Clan y la casa de Bernardo dejó de ser acogedora, pues a su padre lo habían sancionado por algún motivo nunca bien aclarado y se esfumaron sus privilegios y su orgullo (una caída que quizás provocaría su muerte temprana), y el grupo dejó de ser bien recibido en la casa de Altahabana, donde además ya no había whisky que robar. Pero a esas alturas Clara cursaba la Ingeniería Industrial en el instituto tecnológico cercano a Fontanar y, ante la imposibilidad de irse a vivir en la residencia universitaria, había decidido recuperar su casa y disfrutar en ella de toda la libertad a su alcance sin fiscalizaciones familiares. El Clan adoptó entonces la costumbre de reunirse en los predios de Clara en cada ocasión propicia.

Había sido allí, una fresca tarde de domingo de 1981, cuando Clara y Darío recibieron a Horacio, Bernardo y una Elisa entre eufórica y desasosegada por la inquietante lectura de Orwell. Los otros, cuyo semestre de estudio aún no terminaba, habían prometido sumarse más tarde, querían aprovechar el día estudiando y luego refrescar un poco las neuronas comiendo espaguetis y hablando mierda con los amigos, al decir de Irving. A Walter, el electrón suelto que desde hacía unos meses giraba en una órbita que a veces coincidía con la del Clan, un pintor que vivía como él suponía que debían vivir los pintores, lo mismo podían esperarlo que olvidarse de él, verlo llegar con alcohol en botellas o con alcohol en las venas, solo o acompañado por alguna de esas locas que solía echarse de novias, medio hippies, medio pintoras, por lo general muy gordas o muy flacas.

Sentados en la terraza, bebiendo de los rones que habían sobrevivido de la fiesta del reciente cumpleaños de Clara, Elisa sacó de su bolso tejido estilo latinoamericano el ejemplar muy manoseado de *1984* y se lo tendió a Clara.

—Les doy tres días para que se lo lean —dijo, incluyendo a Darío en la orden—. Es que tengo que devolvérselo a Irving, que tiene que devolverlo ya... Pero, pero es que ustedes no pueden dejar de leerlo.

—A mí no me cuadra la ciencia ficción —comentó Darío al leer el título borroso del volumen.

—No es ciencia ficción. O no la ciencia ficción que tú piensas —aclaró Elisa.

—Es literatura subversiva —intervino Bernardo—. Anticomunismo puro...

—No seas dogmático, compadre... —Horacio entró en el ruedo—. Es una historia sobre el control y la vigilancia. Sobre cómo se manipula a la gente y se le descojona el cerebro. Y la vida completa...

—¿Y dónde pasa? —quiso saber Clara.

—En una sociedad del futuro... —dijo Horacio—. Un mundo al parecer perfecto.

—¿Comunista o capitalista? —preguntó Darío.

Elisa saltó:

—¡Peor!... El problema es..., el problema es... que te hace pensar. ¡Y lo que piensas te da una angustia!...

—Por eso es buena literatura —apuntó Horacio—. Y no tiene paz con nadie: es la metáfora de una sociedad en la que gobierna el control y los individuos pierden cualquier posibilidad de libertad. Y todo el mundo vigila y puede delatar a todo el mundo y...

—¿Entonces no trata sobre el comunismo ni habla de la Unión Soviética? —preguntó sarcástico Bernardo, luego de bajar de un golpe un trago largo de ron—. No me jodas, Horacio, no me jodas...

—Ah, ya, porque tú piensas que el comunismo puede ser así, ¿no? —Horacio se inclinó hacia delante—. ¿Vigilancia, control, miedo y delación?

—Por supuesto que no..., pero la propaganda enemiga, el diversionismo ideológico existen, ¿o no? —Bernardo miró su vaso, enfermo de sequía, y negó con la cabeza—. El marinovio de Irving va a traer ron, ¿verdad? ¿Y Walter no viene hoy?

—A mí no me interesa leer eso, la verdad —intervino Darío—. Tengo mucha literatura de neurociencia que soplarme para perder el tiempo con esas boberías.

—Que no son boberías. Les juro que a mí me ha puesto mal —declaró Elisa—. Si Darío no quiere, que no lo lea..., pero léelo tú, Clara. Te lo digo yo: no puedes dejar de leerlo. Y luego hablamos...

Y Clara obedeció. Elisa no solo era la líder de la manada. Encarnaba el modelo de Clara, esa luz tan potente que la enceguecía. Como la iluminación que recibió al salir del túnel de la lectura de Orwell hecha en el manso invierno cubano de 1981, cuando el Clan estaba muy lejos de imaginar que su futuro sería el quebranto o la alteración de varios de sus pocos o muchos anhelos y el drama de la dispersión.

Más de treinta años después de aquella primera y conmocionante lectura de *1984*, cuando al fin cayó en sus manos la recién impresa edición cubana de la novela, una y otra vez Clara volteó los ojos de su memoria hacia los años de la inocencia y se volvió a preguntar qué era mejor: ¿saber o no saber? ¿Vivir en la oscuridad o descubrir que existen no solo las sombras, sino también la luz (o viceversa)? ¿Creer sin dudar o dudar y luego perder la fe, o mantener la fe y seguir creyendo a pesar de las dudas? Otra vez presa del desasosiego que provocaba la fábula orwelliana (o su realismo, habría dicho Elisa), la Clara de 2014 que acababa de despedir a su hijo Marcos sintió la necesidad de revolverse en sus memorias extraviadas y las convicciones sacadas de las respuestas halladas a lo largo y ancho de los años y de las pérdidas. Unas dolorosas evidencias que le habían inducido a que se hiciera más preguntas, que procurara incluso entender razones capaces de explicar tanto descalabro. Fijar causas y consecuencias cada vez más relacionadas con lo que había sido, con lo que era, incluso con lo que sería el declive ya iniciado de su propia vida y la de sus amigos queridos: interrogantes para las cuales no siempre obtenía respuestas.

De pie ante una de las estanterías de ladrillos rojos, Clara observó, como si los descubriera en ese instante, los dos gruesos frascos de vidrio dentro de los que flotaban en formol los ya maltrechos cerebros de estudio de Darío. Los recipientes habían quedado allí como testimonio de una obsesión y una prueba de la pertenencia del neurocirujano a aquel lugar. Desde hacía mucho, siempre que los veía, Clara pensaba en tirarlos, sin decidirse a hacerlo. En uno de los nichos dedicados a los libros, la mujer acomodó el tomo de la edición cubana de *1984*, y entonces ocurrió aquello que estaba deseando ocurrir, lo que tenía que ocurrir. Como una súbita necesidad se presentó la exigencia de bajar la gastada edición de *La insoportable levedad del ser*, regalo de Horacio antes de su partida, una novela que ella no había leído en más de quince años.

Clara sostuvo el libro en sus manos y recordó que la muerte en un accidente de tránsito de Teresa y Tomás, los protagonistas de la novela, se había convertido para ella en la imagen de la muerte de sus padres, también en un accidente. Tomás y Teresa, ya sin nada más que ellos mismos, habían encontrado en un borde remoto de la sociedad el esquivo estado de la felicidad. Y sus padres, que decían tenerlo todo y construían una nueva sociedad, ¿habían muerto también felices, convencidos de la validez de su empeño social? Con una concentración inquietante, Clara observó la ilustración de cubierta de la edición de la novela, una obra de Max Ernst, en la cual se ve una mujer desnuda y sin cabeza que flota a la deriva en una sustancia imprecisa, gaseosa o líquida. Mientras sacudía a manotazos el polvo acumulado en los cantos del volumen, presa de la sensación de abandono que le había dejado la salida de Cuba de su hijo Marcos, pensó que esa mujer mutilada y sin apoyos era ella. Entonces vio salir de entre las páginas del libro y caer a sus pies la foto perdida de la última cena del Clan y supo que sí, la mujer flotante y sin cabeza de Ernst era ella, y estuvo convencida de que sus padres no habían tenido la reparadora fortuna de Tomás y Teresa.

Darío sí amaba la casa. Para él resultó ser su Xanadú, un paraíso que, ni en sus más intensos y muy frecuentes desvaríos, el joven había concebido que alguna vez podría llegar a disfrutar.

Desde que, todavía siendo novio de Clara y poco después de ingresar en la universidad, decidieron irse a vivir juntos a Fontanar, Darío había asumido que *ese* debía ser su sitio en el mundo, el lugar merecido, al que debía estar destinado. A partir de entonces, como si cumpliera una necesidad orgánica o una cura mental, los pocos tiempos que le dejaban libres las prolongadas estancias en la Facultad de Medicina y los hospitales donde hizo sus arduos aprendizajes de insondables misterios neurológicos y donde luego practicó sus cada vez más notables habilidades hasta convertirse en un cotizado especialista; los días que no tenía reuniones partidistas, sindicales o laborales; los momentos que le restaban después de amar a Clara y, cuando llegaron, de disfrutar de sus hijos y complacerlos en todos sus antojos (siempre que resultara factible), a Darío Martínez le encantaba empeñarse en sostener y mejorar el sitio de sus ensueños materializados. Sí, definitivamente, creyó haber entrado en su paraíso.

Todos conocían la punta del iceberg de su historia personal, pero solo Horacio conocía una parte de la montaña oculta bajo la superficie. Hijo de una madre soltera embarazada durante una violación sufrida a los dieciséis años, analfabeta funcional y a duras penas cocinera en un restaurante de mala muerte, la mujer había nacido en un promiscuo y bullicioso solar de la calle

Perseverancia, en pleno centro de La Habana, y allí había criado al hijo que, a pesar del modo en que había sido gestado, ella se empecinó en tener. Aunque Darío prefería no hablar de sus orígenes, los amigos también sabían que había vivido hasta su juventud en aquel ambiente degradado, entre algunas gentes capaces de preservar su decencia y otras muchas envilecidas por generaciones de pobreza. Al principio solo Horacio y luego Clara sabían que Darío había crecido sufriendo muchas veces desprecio, vergüenza y hasta violencia por ser —siempre lo había sido— alguien distinto: un comemierda medio retraído que leía libros e iba todos los días al colegio. Que, aun con sus pantalones remendados, gracias a sus calificaciones siempre resultaba electo estudiante vanguardia en la emulación pioneril, y hasta le granjearon el privilegio académico de pasar de tercer a quinto grado sin cursar el cuarto.

La gran diferencia entre la madre y el hijo, comentó alguna vez Horacio, radicaba en que ella llevaba una cruz negra en la frente y el muchacho una estrella brillante. Según Bernardo, todo se debía a que la madre había sido una víctima del capitalismo, y el hijo, un beneficiario del socialismo. Para Irving, materialista de la escuela mística, todo funcionaba como la demostración terrenal de que a veces Dios existía y tocaba con un dedo la frente de algún elegido. En opinión del encartado, sin embargo, su suerte se resolvía con una ecuación más simple: él solo constituía el resultado ostensible de la emanación de sus esfuerzos y de una urgencia física y existencial cuya esencia nunca aclaraba. Porque lo que esos mismos amigos —incluidos Horacio y después Clara— no sabían era que, bajo la parte divulgable de ese pasado ya bastante doloroso, Darío ocultaba las cifras más sórdidas de su experiencia vital.

Con la convicción de que jamás volvería atrás, el joven vivía trazándose metas que dependían de su voluntad e implicaban su superación, en todos los terrenos en que debiera jugar, y a veces, incluso, las sobrecumplía: casi siempre utilizando su inteligencia pero, si era preciso, con los puños y la furia, la solución por lo general más efectiva a la que en su niñez debió acudir muchas veces para ganarse el respeto en su barrio de altas temperaturas humanas. Porque el retraído y estudioso Darío también era una persona vacunada contra el miedo al dolor físico y por ello capaz de liberar una violencia volcánica cuando alguien lo rejoneaba.

Como amaba la casa que desbordó sus sueños, Darío podaba y limpiaba el jardín con el mismo esmero y habilidad con que trataba una cavidad craneana. Reparaba cercas, pintaba paredes, limpiaba tanques y cisternas y, si estaba a su alcance, hacía labores de plomería, electricidad, carpintería y albañilería, pues tenía manos hábiles y una mente privilegiada: si puedo extirpar un tumor cerebral, ¿cómo carajo no voy a poder reparar un escape de agua o repellar un desconchado? Y la casa, durante tantos años descuidada por sus dueños originales, proyectados hacia la obra colectiva de la construcción de un mundo mejor (mientras el propio se descascaraba), y por épocas deshabitada después de su muerte, gracias a la pasión de Darío pronto recuperó la armónica belleza de la cual disfrutaron, hasta la explosión del desastre e incluso más allá, Clara, los niños, y los demás miembros del Clan.

En los días previos a la celebración del fin del año 1989, primero, y después para los festejos por el treinta cumpleaños de Clara, en enero de 1990, Darío se había esmerado en que todo en la morada estuviera en orden e, incluso, había ideado la formación de una Tropa de Choque en la que él fungía como especialista principal y sus hijos Ramsés, de ocho años, y Marcos, de seis, como sargentos auxiliares. Mientras, Clara, afectada por el habitual desánimo que le provocaban las celebraciones y un estado psicológico que su marido llegó a considerar como cercano a la depresión, quedaba en la retaguardia para asegurar la solución de alguna contingencia. En realidad, aquel año Darío se dedicó a las labores de preparativos incluso con más fervor del habitual en él, consciente de que le urgía hacer algo para despertar el entusiasmo de su mujer y, a la vez, que lo centrara a él mismo en una acción concreta, visible, rentable, en medio de tantas incertidumbres cuyos orígenes y consecuencias superaban su voluntad de hierro y se cernían tétricas sobre su ventura. Porque las convulsiones del mundo y de su intimidad comenzaban a prefigurarse como insuperables y amenazaban con golpearle la frente con un dedo (¿o un bate de beisbol?) para tirarlo de culo y cambiarle la vida.

Había sido en noviembre de 1989, mientras todavía flotaba en el cielo de Berlín el polvo levantado por el sorpresivo derrumbe del muro, cuando le comunicaron al médico que la discusión de su tesis de doctorado de especialista de segundo grado en Neurocirugía quedaba tan pospuesta como el resto de las actividades académicas en la prestigiosa facultad y el Hospital Neurológico de Leipzig, adjuntos a la Universidad Karl Marx. Por acuerdos interministeriales de los países del Consejo de Ayuda Mutua Económica, él debía presentarse a fines de marzo de 1990 en aquel reputado centro de investigaciones y recibir en unos meses un grado científico homologable en prácticamente todos los países de Europa y América Latina. Pero el hecho de que de pronto la universidad hubiera quedado como a la deriva, igual que los acuerdos de los gobiernos, había venido a alterar muchas vidas y a tocar, con alevosía, el centro de gravedad de un individuo específico: Darío Martínez. Como alternativa, el Consejo Científico del Ministerio de Salud había mencionado la posibilidad de hacer ciertas coordinaciones para que el médico intentara realizar los estudios de doctorado en el Instituto de Neurociencias de Barcelona, de cuya respuesta pendía su ánimo, aun cuando cada día se convencía más de que ese árbol no daría frutos.

Tres días antes del cumpleaños de Clara, Darío había logrado comprar cuatro cajas de cervezas a través de uno de sus antiguos pacientes, administrador de un hotel. Mientras, del comedor obrero donde trabajaba su madre, esta le consiguió diez libras de arroz y una bolsa de cebollas y cabezas de ajo. Sintiéndose eufórico, antes de volver a Fontanar con la valiosa cosecha, había decidido pasar por el hospital para revisar el programa quirúrgico que lo esperaba al día siguiente, su última labor de quirófano de la semana. En el casillero se encontró con la escueta nota firmada por el director de la institución: lamentaba decirle que el acuerdo científico con Leipzig había sido oficial y definitivamente cancelado por la universidad alemana, y que la posibilidad de obtener el grado en Barcelona no podía ser asumida por la parte cubana, pues la situación económica en que estaba entrando el país no permitía utilizar fondos para tales fines. Todo el dinero disponible se emplearía en sostener a flote el sistema sanitario y en la celebración, al año siguiente, de los Juegos Panamericanos (y las obras constructivas exhibían un notable retraso, advertía), un evento histórico, como sabes, en el que Cuba aspira a obtener el primer lugar en el medallero, por encima de sus prepotentes y ricos rivales yanquis, para demostrar una vez más la superioridad del deporte socialista sobre el deporte esclavo. «Lo siento, las prioridades son las prioridades.» Y agregaba el retórico director con un cambio de estilo: «queda la esperanza de que los catalanes asuman todos los gastos..., así que rézale a la Moreneta. De cualquier forma, con grado o no, tú eres el mejor. No pierdas la fe (mucho menos en la Moreneta)», terminaba la nota.

Darío sintió como si lo hubieran colocado ante una pared que, por primera vez en su vida adulta, no sabía cómo bordear para encontrar una salida. Tenía treinta y un años, le decían que era el mejor y le programaban dos delicadas operaciones de cráneo para el día siguiente, pero percibía cómo todo lo que concibió dando forma a un futuro maravilloso y merecido, lo que obtendría por sus esfuerzos y su talento, comenzaba a deshacerse.

Mientras conducía su Lada de regreso hacia el amparo de su paraíso personal, esa tarde Darío solo pensó en la inquietante conversación sostenida unos días antes con Walter, el maldito del grupo.

Walter Macías había sido el último elemento en integrarse al Clan, en la época en que ya estudiaban en la universidad, aunque lo conocían desde unos años antes. Antiguo amigo de Fabio, los entonces adolescentes habían coincidido en una escuela elemental de artes plásticas en donde Fabio comprendió que a su sensibilidad le faltaba el misterioso componente de la creatividad y por eso terminaría estudiando Arquitectura, mientras Walter demostraba que si algo le sobraba era creatividad, imaginación, demonio y falta de disciplina, pues era un artista. Con frecuencia Fabio y Liuba hablaban de él, siempre con admiración, y en algunas ocasiones Walter se sumó a reuniones y fiestas, cuando no andaba con sus compañeros de la Escuela de Arte.

Luego Walter Macías desapareció durante varios años, cuando por algún milagro de la naturaleza o una irresponsabilidad mayúscula fue enviado a estudiar Muralismo y Escultura Monumental en la Academia V.I. Súrikov, de Moscú, una institución que se proclamaba heredera de la estética y los métodos de varios de las grandes figuras del realismo y luego de la vanguardia rusa: maestros como Konstantín Mélnikov, Léopold Survage, Vasili Perov o el paisajista Alekséi Savrásov prestigiaban su historia. A pesar de los embates del realismo socialista, en cuyo apogeo político se fundó, la academia había logrado convertirse en una de las más reputadas del mundo por su riguroso programa de formación, según aseguraba Walter con orgullo. Y por la Unión Soviética anduvo un par de años el aprendiz de pintor, estudiando poco, aprendiendo mucho y practicando su libertinaje, ahora a la rusa —vodka, sexo con media academia, desapariciones de días con un compinche brasileño al que se le salía el dinero por las orejas y con el cual conoció Samarcanda, se bañó en las playas de Sochi y visitó un antiguo gulag cerca de Anadir, en las costas del estrecho de Bering—, hasta que, contaba Walter sonriendo, en las primeras vacaciones programadas los responsables políticos de los estudiantes cubanos decidieron que un indisciplinado como él, que se juntaba con extranjeros en el extranjero, no podía regresar a la Unión Soviética.

De vuelta en Cuba, Walter consiguió un trabajo como diseñador de portadas y carteles en una editorial, a la vez que comenzaba una errática carrera como pintor y fotógrafo: demasiado talento, demasiada falta de disciplina, algún desajuste de carácter. El grupo lo aceptó en esa época como si Walter siempre hubiera estado allí, pues se divertían con sus historias desaforadas (suponían, en ocasiones bien lo sabían, que muchas de ellas eran puras mentiras) y veían en él un practicante de la irreverencia que solo Elisa, con una historia personal también singular, lograba manifestar, aunque con otras maneras, y un aguante alcohólico con el cual solo Bernardo podía competir..., siempre para perder.

Walter había ido a ver a Darío al hospital porque, debido a unos frecuentes dolores de cabeza, se había autodiagnosticado que padecía de un tumor cerebral. Solo de verlo Darío había concluido que tal tumor no existía. No obstante, le realizó algunas pruebas físicas y luego otros exámenes más profundos que dieron el resultado ya esperado.

—Entonces..., entonces..., si no tengo un tumor y no me estoy muriendo, voy a emborracharme ahora mismo, para tener una buena razón para que me duela la singá cabeza y, de paso, para no pensar tanto —había dicho Walter al saber que solo tenía problemas cervicales y Darío lo remitiría a un ortopédico, aunque desde ya le recomendaba que tratara de hacer su trabajo con un collarín para limitar los movimientos del cuello.

La otra causa de su padecimiento, le dijo el médico, podía ser el estrés, que provoca las reacciones más increíbles...

—¿Estrés de qué coño? —se había reído Walter—. ¿Tú no sabes que a mí me da lo mismo ocho que ochenta y ocho, que venga la Guerra de las Galaxias o que se produzca el Armagedón? ¿Y no te has enterado de que cuando estoy muy mal, pues me meto un pito de marihuana y veo el mundo en tecnicolor?

Como había citado a Walter para el final de la tarde, Darío le aceptó la invitación a tomarse un par de cervezas en el bar del restaurante Rancho Luna, donde siempre había cervezas frías para Walter, pues el barman era su amigo y el pintor le solía pagar con pequeñas acuarelas y plumillas que copiaban la figuración de Servando Cabrera, y que el otro vendía a sus clientes rusos y búlgaros como originales del maestro.

Darío no podía precisar cómo una consulta médica, seguida por lo que debió haber sido una anodina conversación de bar, había llegado a tomar el cariz enervante y peligroso que recordaría en el trayecto de vuelta a Fontanar, justo el día que había marcado una tajante frustración de sus sueños. Un diálogo que reviviría muchas veces cuando se desató la tragedia de Walter.

—Quería decirte una cosa... Tú sabes que me importa un carajo morirme de un tumor en el cerebro, ¿verdad? —había comenzado el pintor—. Pero necesitaba saber si estaba muy jodido para hacer lo que quiero hacer, que es lo que me está dando estos dolores de cabeza.

—Hoy estás en forma: pura abstracción conceptualista... ¿Se dice así? El caos de los sistemas dinámicos del que le encanta hablar a Horacio —había comentado Darío, todavía sonriente—. Porque no te entiendo un carajo.

Walter comprobó la distancia que había entre ellos y los otros bebedores, y habló en un susurro.

—Me voy a ir... Me tengo que ir...

Las frases, con sus construcciones gramaticales y su ubicación espacio-temporal, no precisaban aclaración: Walter abandonaba el país. O al menos lo pretendía.

—¿Cómo? ¿Para dónde? —al fin preguntó Darío, luego de comprobar que nadie podía estar escuchándolos hablar de un tema estigmatizante.

—No lo sé, pero me voy... Y te lo digo porque me hace falta que me ayudes. Pero de esto no puedes hablar con nadie. Tú sabes cómo son las cosas aquí. Bueno, por eso mismo me voy...

—¿Puedo reiterarte que no entiendo ni cohete? ¿Por qué coño me dices eso?

—Hace meses que alguien me vigila. Y no es paranoia. Yo sé que a algunas gentes no les gusta cómo soy y cómo vivo, y quieren joderme... Es más, creo... ¿Me juras que no le vas a decir nada a nadie? A ver, júralo.

—Walter, Walter... Vamos, te lo juro, dale...

—Creo que la Guesty esa, la novia de Horacio, es la espía que me soltaron. Y que da informes de mí..., y ya que está en eso, de todos los otros, de ti también, seguro. Así sobrecumple el plan.

—¿Tú dices que no estás paranoico y no tienes estrés? ¿Qué fue lo que fumaste hoy, chico?... No sé de qué coño estás hablando, compadre... ¿Una espía para ti solo?... Ni que tú fueras el Solzhenitsyn ese que... —Y Darío supo que se había pasado.

—Está bien, no me creas... Da igual, allá ustedes... Yo soy un desquiciado, pero ayúdame.

—¿Cómo carajo te voy a ayudar a irte? ¿Te presto mi yate azul o el blanco con pespuntes grises?

—El diplomático checo ese que operaste de la columna y se hizo amigo tuyo. Dile que le quieres regalar un cuadro, me lo presentas y luego yo me encargo. Dile que es un Servando, vaya...

Darío tragó en seco. La conversación había entrado en terreno pantanoso.

—No sé si... Pero ¿te quieres ir porque te persiguen?

—También por eso... Es que yo no quepo aquí, compadre. Ellos quieren que yo sea de una forma y yo soy de otra. Me estoy asfixiando. ¡Me da dolor de cabeza!... Y si pasa lo que seguro va a pasar, esto se va a poner muy muy duro, y cuando las cosas se ponen malas, siempre aprietan las tuercas flojas. Y yo no estoy para eso. Ya me cansé... ¿Vas a presentarme al checo?

—Me estás pidiendo que juegue con candela. Si Guesty se entera y transmite, me muelen —dijo, y forzó una sonrisa—. ¿Estás seguro de que quieres irte? ¿Tienes que irte? ¿De verdad tú crees que la tetona de Horacio te vigila a ti y de paso a todos nosotros? ¿Y sabiendo eso me dices que te ayude?

—No estoy seguro de nada, mi socio. Quiero hacer algo y quiero quitarme esta presión de encima. Quiero que no me duela más la cabeza.

—¿Qué cosa vas a hacer por ahí? ¿Vivir como pintor?

—A lo mejor sí o a lo mejor no vuelvo a pintar en mi puta vida. Pero lo que más me jode es el encierro y la vigilancia. Aquí todo es malo... Darío, por tu madre, quiero irme porque quiero irme y eso es suficiente. Demasiado.

Darío pensó que quizás estaba siendo egoísta. Él también había querido irse, aunque para regresar siendo mejor. Soñaba con la posibilidad de asistir a congresos, ser promovido incluso a director del instituto, recibir en asignación un auto nuevo. ¿Por qué el otro no podía largarse para hacer su vida en otra parte y tal vez ser mejor pintor o persona? ¿Algo de aquel comportamiento compulsivo de Walter tendría que ver con el consumo de alguna droga más fuerte que la marihuana, como él sospechaba? Pero ser depositario de las pretensiones del otro lo enervaba. Le provocaba miedo.

—Sí, es suficiente... —admitió entonces el médico, que en ese instante hubiera deseado estar muy lejos de aquel sitio, lejos de Walter.

—Todo esto es una locura, compadre. Que querer irte a vivir a otra parte sea casi un delito... O sin el casi... ¿No debería ser un derecho? ¿No debería ser un problema personal y no una cuestión de Estado? Todas esas mierdas son las que me dan más ganas de irme pal carajo. Yo no soy un soldado, soy un artista y, de contra, soy de los imbéciles que creen en el derecho a equivocarse. Si me parto los tarros, problema mío, lo hago porque yo quise. ¿Me vas a ayudar o no?... Darío..., yo lo sé, ellos están puestos para mí, para machacarme. Lo sé...

Darío le había pedido un tiempo para hacer la gestión, pero desde ese mismo instante ya sabía que no propiciaría el contacto: Walter lo empujaba a que jugara con fuego y él no estaba dispuesto a quemarse. ¿Hablar con un diplomático checo? ¿Guesty informante? ¿Walter perseguido? ¿Una fuga del país? El pintor necesitaba un psicólogo, no un neurocirujano. O un pasaporte visado... Pero la charla había quedado flotando en su mente y subió a la superficie mientras conducía de regreso a Fontanar, cargado de cervezas, arroz, unas cabezas de ajo y toneladas de frustración.

El médico había llegado a la casa cuando ya comenzaba a caer la anticipada noche invernal, potenciada por una tétrica penumbra urbana, advertencia de los efectos de uno de los cada vez más frecuentes apagones. Su ánimo, ya anclado en un punto bajo, cayó un poco más con la existencia del corte eléctrico y, sin preocuparse siquiera por levantar las ventanillas de su achacoso Lada 1600, lo dejó arrimado junto al garaje en lugar de guardarlo. Darío cuidaba de su auto como de sus manos de cirujano: se lo habían asignado tres años antes, en estado de ruina, cuando al retórico director del hospital le habían concedido uno nuevo (un Aleko como el de Fabio), y con la ayuda de las piezas que de diversa forma resolvía Clara en los almacenes de su taller y con el concurso de las artes resucitadoras de un mecánico del barrio, el viejo Lada había vuelto a ser un objeto rodante al cual el médico mimaba y defendía.

Con una profunda sensación de hastío, Darío bordeó la casa y se fue al patio donde Ramsés, Marcos y otros muchachos del barrio intentaban terminar un juego de balompié con la última luz del día, y les pidió a sus hijos que bajaran las bolsas amontonadas en el maletero del carro. Antes de escuchar alguna queja, el padre les advirtió que no protestaran. El tono seco del aviso sorprendió a los niños, que salieron a cumplir la encomienda. Por la entrada trasera Darío se fue directo a la cocina, donde Clara preparaba la comida iluminándose con un viejo pero eficiente farol chino de queroseno.

El hombre se acercó y ambos se miraron sin decir palabras. Las muecas de sus rostros expresaban sus reacciones ante la situación: oscuridad, mosquitos, desasosiegos, miedos, incertidumbres. Él se acercó y la tomó por la cintura y la besó en el cuello.

—Estoy sucia —advirtió ella.

—Me importa un carajo —dijo él—. Me haces falta. Mucha. Me estoy derrumbando —añadió, y ella se volteó para ofrecerle los labios. Fue un beso tan normal y apasionado que ambos sintieron que era anormal y apasionado. Les gustó y lo prolongaron, mientras él le acariciaba los senos por encima del vestido.

—Si estuviera bañada, si la comida estuviera hecha, si no tuviera dos hijos con peste a mono que en tres minutos van a empezar a chillar porque están muertos de hambre... —enumeró ella.

—Olvídate de todo. No pierdas el impulso —casi le rogó él.

—Tienes una cara de mierda de campeonato... ¿Qué pasó ahora?

—Todo. Más de lo mismo. No me hagas hablar de eso —pidió, pero no pudo contenerse—. Lo de ir a Barcelona es casi imposible. Los fondos para esos proyectos están congelados. No hay dinero.

—No, no hay dinero... Ni petróleo, ni electricidad... Tú sabías todo eso.

—Pero te tengo a ti... y a esos dos salvajes con hambre... y esta casa... y vamos a tener una fiesta... Aunque quiero contarte algo que no te he dicho.

—¿Qué otra cosa pasa, por Dios?

—Walter..., Guesty..., los muros que se están cayendo... Pero primero sácame el demonio de dentro, anda. —Y volvió a besar a su mujer, con más pasión.

Darío y Clara recordarían por muchos años el choque carnal de aquella tarde como el último en que ambos se entregaron y recibieron lo mejor de sus capacidades sexuales. Quizás porque ambos soltaron las legiones de demonios que llevaban dentro.

Dos días después Clara cumpliría sus treinta años. Y cinco días más tarde se desataría la tormenta que alteraría de forma extraña y definitiva las vidas de cada uno de los miembros del Clan.

Luego de barrer el golfo de México, precedido por una lluvia fina, el 20 de enero llegó a la isla un frente frío. El descenso de las temperaturas fue inmediato, y la tarde del 21, con el cielo encapotado y una luz gris pero brillante, en el patio de Fontanar el termómetro marcó dieciséis grados, un frío del Ártico para la mayoría de los convocados.

Clara apenas había dormido la noche anterior. Al principio el cansancio logró vencerla y a los quince minutos de estar en la cama se le cerraron los ojos con la misma facilidad con que se le volvieron a abrir a las dos y treinta de la madrugada, sobresaltada por un sueño dentro del cual buscaba a unos niños perdidos que eran sus hijos pero no eran sus hijos y ella se asomaba a un abismo donde solo se veía una bruma espesa, asfixiante, como si se hubiera quedado ciega, congelada. Con la mente lúcida y en ebullición, supo que le costaría volver a conciliar el sueño. La súbita vigilia le llegó acompañada de un torrente de pensamientos perversos: el hecho de tener que organizar y, peor aún, protagonizar la fiesta; la compleja sensación de deseo y rechazo que le producían los encuentros íntimos con un cada vez más desilusionado Darío; el inclasificable enervamiento que ya le provocaba la cercanía de Elisa; los anuncios y hasta las primeras consecuencias de las dificultades materiales y espirituales que los envolverían y enturbiaban cualquier percepción de futuro. Podía sumar además las historias de la paranoia, los planes de Walter y su sospecha de la función de Guesty, que de pronto también se habían alzado en su mente para engrosar la avalancha de evidencias de que estaba asistiendo al principio del fin de muchas cosas. Y las que amenazaban con venir después quizás resultarían más graves y lacerantes de lo que nunca hubiera podido imaginar, maquinar, sufrir en el presente y en un porvenir familiar, nacional, universal que se fue prefigurando con sus colores más sombríos en la noche de desvelo. Como le gusta ocurrir en las noches de desvelo.

Observando el choque de las gotas de lluvia y las caprichosas formas que adquirían los hilos de agua en el paño de vidrio que daba al patio, la sensación de agobio al fin fue cediendo, arrastrada por una molicie física y mental. Casi al amanecer le llegó un sueño en el que, contra sus hábitos, se hundió hasta las nueve de la mañana de ese día destinado a ser el de su cumpleaños más memorable.

Con abrigos que olían a guardado, los miembros del Clan regresaron esa tarde al patio de Fontanar para festejar los treinta años de Clara. Los primeros en llegar fueron Bernardo y Elisa, seguidos por Fabio y Liuba, pues Fabio debía auxiliar a Darío en el proceso ya iniciado de asar el puerco con carbón, mientras Bernardo y Liuba hacían los preparativos necesarios para cocinar el arroz, los frijoles negros y las caprichosas yucas, que Elisa y Clara se encargarían de pelar. Para entrar en calor, Bernardo se sirvió el primer vaso de ron, y los otros se miraron, presintiendo que la capacidad culinaria del hombre desaparecería antes de concluir la tarea. Por suerte, Irving, y sobre todo Joel, siempre estarían dispuestos a sustituirlo, porque con Horacio y Walter —que solían llegar los últimos— apenas se podía contar, y menos aún con la rubia Guesty, con sus uñas arregladas, ni con Margarita la Pintá, más antipática que la madre que la parió, según el benévolo juicio de Irving.

Clara se regaló una larga ducha caliente y, sin ponerse aún los afeites del rostro, se reincorporó a las labores. Ya con un cuchillo en la mano, dispuesta a desvestir las yucas, se recostó sobre el fregadero para fumarse un cigarro. ¿De verdad podría dejar de fumar? Desde allí, gracias al diseño de la cocina concebido por sus padres, disfrutó de una vista panorámica de la terraza y el patio, en cuyo centro imperaba la mesa sobre la cual brillaba el *cake* de chocolate por el que se había decantado Elisa, ya asaetado por treinta velitas rojas. Mientras, para potenciar el ambiente festivo, del techo pendían unas cadenetas de papel y cuatro condones inflados en sustitución de los globos inexistentes en el país. Cuando comenzó la faena de pelar las yucas, sin poder evitarlo, la visión entre divertida y surrealista del ambiente le devolvió a la conciencia, como un boomerang perverso, la imagen de Elisa acurrucada y con las piernas abrazadas. Y como si el pensamiento la hubiera convocado, Elisa se acercó y le pidió un cuchillo para ayudarla en la faena.

—Ponte un delantal, mira cómo están de tierra estas yucas —le dijo a la amiga mientras le entregaba un cuchillo.

Elisa descolgó el delantal que permanecía junto al fregadero y lo volvió a dejar en su sitio. Se quitó el suéter de lana inglesa que la abrigaba y recuperó el mandil para cubrirse. En ese instante, Clara advirtió el moretón que la otra tenía en el bíceps izquierdo.

—¿Y ese morado, muchacha?

Elisa negó, y luego sonrió.

—Gajes del oficio... Una patada de un caballo.

—¡Por Dios, Elisa!... Te pasas la vida en eso... ¿Y si te llega a dar en el vientre?

Elisa asintió.

—Tranquila... Hoy pedí una licencia sin sueldo hasta que me llegue la licencia de maternidad.

—Menos mal —suspiró Clara y regresó a su tarea.

Desde su sitio, Clara podía oler a Elisa, ya también empeñada en la limpieza de las yucas. Y, como cada vez con más frecuencia solía ocurrirle, se sintió perdida, con la sensación de ser alguien distinto, sin saber quién y cómo, pero otra. Se exigió pensar en algo diferente.

—Oye, ¿qué le pasa a Bernardo? ¿No está tomando demasiado?

—Toma igual que siempre.

Clara negó con la cabeza.

—Y... ¿Bernardo y tú tienen algún problema con Walter? Elisa mantuvo la vista en su faena.

—No, ninguno. Que no lo soportamos y... ¡Ay, coño!... Esta yuca de mierda...

Clara escuchó la queja de su amiga y el tintineo metálico de un cuchillo en el fregadero que la devolvió a su realidad. Entonces vio cómo se enrojecía la yema del pulgar de Elisa con la sangre que comenzaba a brotar.

—¿Pero cómo...? Mete el dedo debajo de la pila.

—Me cago en... —soltó Elisa y colocó el dedo herido bajo el chorro de agua, que se enturbió con la sangre.

—No es grande, no es grande —comprobó Clara—. Espérate —le pidió a la otra, y de una gaveta sacó un paño limpio—. Apriétatelo y levanta el dedo.

Elisa obedeció. El dolor se reflejaba en su rostro. Clara la ayudó a sostener el paño.

—Puedo inseminar una vaca y operar a un toro, pero nunca voy a aprender a pelar yucas —se lamentó Elisa.

—Tú no naciste para pelar yucas... —comentó la otra, y sonrieron—. A ver...

Clara aflojó la presión y con delicadeza apartó el paño del dedo herido. Vio apenas una raya entre los surcos de la huella, pero aún podía sangrar.

—¿Tienes curitas? —preguntó Elisa.

—En el baño de arriba... Voy a buscarte una. Déjate el dedo tapado y no lo bajes.

—Coño, Clara... Acuérdate de que la que sabe de heridas soy yo...

Clara se despojó del delantal y subió hacia el piso superior por los escalones de madera incrustados en la pared. Entró en su habitación, fue al baño y en el estante con espejo registró hasta encontrar la caja de banditas sanitarias. La abrió: quedaban dos. Con la caja en las manos salió del baño, y al entrar en la habitación se encontró con Elisa, con el dedo pulgar erguido, como si pidiera un aventón hacia el cielo.

—No tenías que subir...

—Salí huyendo de la Pintá —dijo—. Acaban de llegar ella y su maridito... No puedo con él... ¿Tenías que invitarlo?

—A ese no hay que invitarlo..., aparece cuando hay que aparecer.

Clara sonrió mientras sacaba una de las curitas y dejaba la caja sobre un gavetero. Con cuidado de no echarla a perder, comenzó a separar las orejas de las que debía tirar.

—A ver, dame el dedo —le pidió a Elisa y, con mayor delicadeza aún, procurando no lastimarla, colocó la almohadilla absorbente sobre la herida que ya apenas sangraba y comenzó a tirar de las orejas de la bandita para fijarla del mejor modo posible. Mientras realizaba la operación, Clara sintió que el vientre ya protuberante de Elisa tocaba el suyo y respiró golosa el olor del perfume, el champú, los afeites de la amiga: olores de mujer. Cuando terminó de colocar la banda sobre el dedo, Clara se quedó unos instantes con la mano de Elisa entre las suyas. ¿Cuánto tiempo es un instante? ¿Qué cabe en un instante? Y no supo en qué fracción de aquel instante quizás desasido del tiempo o señor de todo el tiempo, mientras su abdomen plano recibía la opresión del vientre inflamado de la otra, se inició un movimiento (¿de ella?, ¿de Elisa? ¿de ambas?) y los labios de las dos mujeres se unieron. Clara percibió cómo sus piernas temblaban y su cerebro procesaba el sabor afrutado de la saliva de la otra, la pulpa de sus labios, el vigor de su lengua suave y afilada, sus dientes buscando carne. ¿Otro instante o más que un instante? ¿Qué pensó, qué sintió, qué degustó y tragó, dio y recibió? ¿Cuál de ellas había roto el equilibrio? Todas esas preguntas se las haría después, porque un llamado la paralizó y borró el intenso proceso de asimilación de sensaciones que alteraban sus pulsaciones.

—¡Mami, mami! —gritaba su hijo Marcos, ya asomado a la puerta de la habitación.

Clara aún sostenía en sus manos la mano herida de Elisa y quizás tardó más de un instante (¿el mismo u otro instante?) en volver la cabeza, sentirse mareada, recuperarse y hablarle a su hijo menor.

—¡No grites, Marquitos, por Dios! —gritó ella, alterada. ¿Qué había visto su hijo?

—¿Qué le pasó a Elisa? —preguntó el niño.

—Una cortadita... Ya está curada —dijo Elisa soltándose de las manos de Clara y avanzando hacia Marcos mostrándole el dedo vendado. Al pasar junto al niño le revolvió el pelo con la mano sana y Clara pensó que en realidad quería revolverle las ideas. ¿Qué había visto su hijo de seis años? Si había visto algo, ¿qué estaría pensando? Toda la noche Clara esperó algún comentario del niño, que no llegó, ni esa noche ni en los días siguientes. Y Clara no tuvo respuestas a sus preguntas hasta casi treinta años después, cuando muchas respuestas apenas le importaban o la afectaban de otras maneras.

Clara se incorporó al jolgorio, aunque procuró mantenerse lejos de Elisa. Saludó a los últimos amigos que llegaron —Horacio y Guesty, y al recibir el beso de la rubia de ojos asombrados no pudo dejar de pensar en la sospecha de Walter y en el beso de Elisa—, puso las yucas en el fuego, las roció con sal y se sirvió un vaso del ron Flor de Caña que había traído Walter: un vaso anestesiante. No quería pensar, no podía permitirse pensar: tendría que pensar demasiado, habría necesitado pensarlo todo.

Cuando los convocados ya estaban reunidos entre el patio y la terraza, bebían rones y cervezas, hablaban de cualquier cosa mientras la yuca hervía en una gigantesca cacerola de aluminio, el arroz se cocía en tres cazuelas térmicas, los frijoles perfumados por el sofrito y el comino se espesaban a fuego lento en las ya destapadas ollas de presión y el cerdo puesto sobre las brasas del carbón había sido otra vez volteado y expelía sus prometedores efluvios, Bernardo, vaso en mano, pidió atención. En voz alta reclamó la necesidad de un brindis e hizo un gesto a Ramsés, que apagó la música —rodaba un disco de boleros famosos cantados por Pablo Milanés que Elisa adoraba hasta las lágrimas— y realizó un cambio de disco en la reproductora.

Con paso ya inestable por los muchos rones bebidos, el matemático buscó entonces la losa de la terraza desde donde tendría una posición elevada respecto al jardín. Clara procuró evitar las miradas que, sabía, los demás se estaban cruzado, quizás con alguna sonrisa burlona en los labios, pues sintió que observar a Bernardo le provocaba una punzada de culpa. El *flash* de la cámara de Walter iluminó el espacio y Bernardo se aclaró la garganta mientras esperaba a que terminara de alejarse el avión que acababa de despegar del cercano aeropuerto de Rancho Boyeros.

—Por favor, Ramsés —dijo al fin Bernardo. El niño sonrió y oprimió la tecla del *play* del reproductor.

Los acordes de una guitarra acústica, inconfundibles, de inmediato reconocidos por todos, inundaron el patio de la casa de Fontanar. Algunos sonrieron, otros movieron las cabezas, observaron intrigados a Bernardo, que permanecía estático, con los ojos cerrados, cuando entró la voz diáfana de Steve Walsh, el intérprete de Kansas.

> *I close my eyes, only for a moment,*
> *And the moment's gone*
> *All my dreams pass before my eyes, a curiosity*
> *Dust in the wind*
> *All they are dust in the wind.*

Bernardo abrió los ojos y los recorrió con su mirada. Clara tuvo miedo de que algo muy grave sucediera. Sabía que Bernardo adoraba aquella canción, pero le costaba imaginar su pertinencia en una celebración. El melancólico solo de violín de Robby Steinhardt flotó entonces sobre el espacio, y entraron los versos y acordes finales de la canción.

> *Dust in the wind*
> *All we are is dust in the wind*
> *Dust in the wind*
> *Everything is dust in the wind*
> *The wind...*

Bernardo recorrió otra vez las caras de los asistentes, que habían quedado en expectante silencio.

—¿No es una de las canciones más bellas que jamás se han compuesto?... ¿Y no es una de las más verdaderas?... Sí, qué coño, todo es polvo en el viento... Y por eso, antes de que todos ustedes empiecen a llenarse las respectivas barrigas con puerco asado y arroz con frijoles, quiero decir algo. —Bernardo ahora sonrió, con los ojos otra vez brillantes, de aquel verde profundo siempre atractivo y misterioso—. No sé si han sacado la cuenta..., porque es a mí al que le toca sacar las cuentas, pues para algo soy cibernético matemático. Y las cuentas dicen que esta es la oncena vez que nos reunimos aquí para celebrarle el cumpleaños a nuestra querida Clara. La primera vez fue en 1980, y estábamos casi todos, menos el abominable Walter, como alguien le dice, que andaba por la Siberia cazando osos. Tampoco Joel, porque todavía lo tenían escondido; ni Margarita, porque no sabíamos que existía, y tampoco Guesty, porque estaba en la escuela primaria... Pero los que estábamos, ¿se acuerdan de cómo éramos en 1980? Del carajo, ¿no? Y ahora ven cómo somos en 1990. Ya casi todos nosotros cumplimos treinta años y los de entonces no somos los mismos, como dijo Martí...

—¡Burro!... Lo dijo Neruda —apuntó Irving.

—¡Un poeta!... El caso es que ya nunca seremos los mismos ni lo mismo, que no es lo mismo aunque se escriba casi igual... Porque somos eso: polvo en el viento... Pero con muescas y cicatrices... estamos juntos, y eso es lo que quería decir. Y estamos juntos porque Clara ha sido el imán que nos ha mantenido así, apretados, como el Clan que somos —asintió, bebió, sonrió—. Clara y esta casa. Clara y su capacidad de resistencia, ¡porque para resistirnos a nosotros!... Pero antes de brindar por Santa Clara de los Amigos, Mamá Clara, quiero hacer un primer brindis por mi mujer, Elisa, vida mía..., ¿qué más, Irving?

—«Cuando en aqueste valle al fresco viento / andábamos cogiendo tiernas flores...»

—Gracias, Irving... Al fresco viento..., un poco frío, ¿no?
—dijo Bernardo, y todos, menos Walter, Elisa y Clara, ya sonreían—. Decía... Elisa, vida mía, una mujer por la que soy capaz hasta de matar, porque tiene creciendo en sus entrañas el
hijo que, ustedes saben, tanto hemos luchado por tener. Un hijo
que, alguien ha dicho que gracias a Dios, a un milagro, pero
yo digo que gracias a mí y a mi mujer, al fin vamos a tener
y que, prometo, si es hembra se llamará Clara Elisa, y si es macho, pues le pondré Atila —sonrió, casi todos los otros sonrieron—, porque será un bárbaro y lo meteré a pelotero, a boxeador o a músico, que es lo mejor que se puede ser en este país
de mierda... ¡Brindo por Elisa y por su útero! ¡Y por la victoria
final! ¡Salud! —gritó y levantó el vaso, mientras los otros respondían e imitaban el gesto—. ¡Y brindo por que Clara cumpla
muchos años más y siempre, siempre, estemos todos unidos para
celebrarla! ¡Salud, Clara, felicidades! —Y se escucharon gritos,
aplausos, silbidos y reclamos de más ron y cerveza.

Incluso Margarita la Pintá se veía emocionada tras el discurso de Bernardo, mientras los amigos de tantos años se abrazaban
y besaban, chocaban copas y vasos, reían, se congratulaban. Clara, por su parte, evitó acercarse a Elisa, aunque observó con
preocupación que la mujer evadía a Walter (¿o Walter a ella?),
y con temor el momento en que Elisa e Irving se besaban y hablaban algo entre ellos, con toda seguridad del extraño discurso lanzado por un Bernardo que se declaraba hasta dispuesto
a matar por la mujer que, la mayoría de ellos lo presumía, llevaba en su vientre el hijo de otro hombre. ¿O no?

—¡Una foto de todo el Clan! —reclamó entonces Horacio,
pasando un brazo sobre los hombros de Clara mientras tomaba de la mano a Guesty para que no se sintiera desplazada.

—Dale, fotos...

—¡Vengan para el jardín, en la terraza tengo un contraluz!
—pidió Walter, moviendo los brazos como si arreara ganado.

Fabio, en el extremo izquierdo, tendió un brazo sobre los
hombros de Liuba. Irving tomó de la mano al tímido Joel y se
colocaron al lado de los arquitectos. Elisa y Bernardo ocuparon

el sitio junto a ellos y la mujer se dispuso de frente al fotógrafo. Clara enlazó su brazo con Darío y, sin quererlo, apoyó su hombro contra el de Elisa. Horacio, sin soltar a Guesty, se ubicó cerca de los dueños de la casa, y al extremo derecho se irguió Margarita, procurando disimular su postura habitual que le cerraba las rodillas. Ramsés y Marcos corrieron a ponerse al frente mientras Liuba llamaba a Fabiola, que no aparecía.

—Creo que Fabiola está cagando —advirtió Marcos, y todos rieron en el instante en que, desde su posición elevada, Walter, que los observaba detrás del visor de la cámara, pidió que se unieran un poco más. Entonces Bernardo tomó a Elisa por los hombros, la separó unos centímetros de Clara y la colocó de frente a él, en posición de perfil respecto a la lente.

—¡Pero sigan riéndose, coño, que Fabiola está cagando! —reclamó Walter con el ojo pegado a la cámara y la luz del *flash* los iluminó una vez, no se muevan, dos veces, y entonces Horacio gritó:

—¡Pal carajo, ¡se quema el puerco!

Y mientras Walter rebobinaba y sacaba de la cámara Zenith el rollo de película Orwo terminado, el Clan, sonriente, se dispersó. Como polvo en el viento.

3

¿Hace calor en La Habana?

Irving lo sabía, pero la realidad siempre se empeñaba en remacharlo: cada uno arrastra sus miedos. Solo que unos cargan más que otros.

Cuando al fin salió del edificio del aeropuerto, y recibió la bofetada del bochorno húmedo, pensó que ahora sí se iba a desmayar. ¡Qué cosa es esto! Catorce años lejos de la isla lo habían hecho mitificar y olvidar los efectos de una sensación térmica abrumadora. Cada uno de los poros de su cuerpo abrió sus compuertas y pudo sentir cómo otra vez le corría el sudor, desde la coronilla del cráneo hasta la punta de los pies, se le metía en los ojos y le daba más ganas de llorar. Pero Irving sabía que el calor pastoso y sucio no era el único causante de su cada vez más violenta sudoración, y mucho menos de sus casi incontenibles deseos de llorar: la culpa la tenía su miedo, los efectos permanentes del miedo del cual no podía evadirse porque formaba parte del oxígeno que él respiraba en la isla, el estado tóxico que lo había hecho alejarse. El mismo miedo que, luego de tantos años, había creído exorcizado y regresaba como un insidioso boomerang perdido en la cuarta dimensión para golpearlo con su presión envolvente, el miedo que lo mantuvo por horas atenazado a los brazos de la butaca del avión, sin hambre y con varias diarreas.

Dos horas y media antes, cuando abandonó el aparato ya anclado en su tierra natal, Irving debió pasar entre tres uniformados que miraban a cada pasajero como si fuera culpable de algo o de todo. Entonces aquel miedo persecutor había explotado, engordado hasta la fase superior cercana al terror, y sintió cómo seguía creciendo mientras caminaba hacia las abarrotadas cabinas de emigración, escuchando las pulsaciones de su corazón, tan fuerte, que temió desmayarse o que, cuando le tocara realizar el trámite de entrada, el guardia de fronteras pudiera escuchar sus latidos.

Para pasar inmigración, treinta minutos de cola: llegas a Cuba y te recibe una cola. «El País de las Colas Largas», pensó mientras leía en una publicidad que había llegado a «Un paraíso bajo el sol». Casi deshidratado por una sudoración nerviosa y las diarreas, con el cuerpo adolorido, temblequeante más que tembloroso, se paró al fin frente a la cabina de fronteras, murmuró un buenas noches y entregó su pasaporte cubano adornado con un permiso de entrada a su propio país, estampado en el consulado de Madrid.

—Ir... —comenzó el celador.

—Irving Castillo Cuesta —se adelantó el aterrado.

—Mire a la cámara —le pidió el oficial, y él miró a la cámara. Clic—. ¿En qué vuelo vino?

—Cubana.

—¿De dónde?

—Ah, de Madrid...

—¿Tiene también pasaporte español?

—Sí.

—Enséñemelo.

—Tome, compañero.

—¿Dónde se va a alojar?

—En casa de mi mamá, que está enfermita, la pobre, en El Vedado, calle K, número 312, entre 15 y 17... Ah, segundo piso... ¡Apartamento 24!

—¿Su pasaje de vuelta?

—Aquí está...

Irving hablaba y el otro no lo miraba. Sentía que la flojera de sus piernas iba en aumento mientras el funcionario, con distante rigor casi científico, leía, revisaba los pasaportes, examinaba con detenimiento el billete aéreo y luego, achicando un poco los ojos, comparaba la información con algo que debía de estar en la pantalla de su computadora (¿diría que había estado preso, o detenido, o como le dijeran a sus terribles días de encierro?) y volvía a mirar a Irving antes de seguir con el chequeo. ¿Por qué se demora tanto, coño? Sí, seguro ahí aparece que estuve preso, ¿o detenido?, tienen mi expediente digitalizado, un expediente gordo y saludable, se decía el recién regresado, con una amenazadora alteración de las tripas y los poros anegados.

En ese instante deseó que le negaran la entrada en su país y lo devolvieran a España en el mismo avión en que había viajado. Desde que había salido de Cuba, casi quince años atrás, prometiéndose que nunca volvería, Irving había tenido la misma pesadilla de todos los cubanos lanzados al exilio: alguna vez regresaba a la isla y... no lo dejaban volver a salir. Por mucho que explicara, por mucho que dijera que no había hecho nada malo, por más que suplicara... Estabas en la trampa sin posibilidad de escapatoria. Y de los que él conocía, todos confesaban no solo haber tenido un sueño similar, sino también un miedo como el que lo invadía a él en ese instante que se supondría del feliz regreso —temporal— a la patria.

—¿En qué año dice que salió de Cuba? —volvió a la carga el investido de poderes.

—En 1997..., no, perdón, en el 96. Casi quince años...

—¿No había venido en catorce años?

El hombre lo miró con más intensidad e Irving solo pudo negar con la cabeza, como si reconocer la cifra exacta de su ausencia, la tercera parte de su vida, lo pudiera culpar de algún pecado.

—¿Y el motivo del viaje?

El exiliado había pensado mucho en esa pregunta: tenía dos respuestas, una valiente y otra razonable, ambas verdaderas. Le hubiera encantado gritar la valiente: «¡Porque me sale de los cojones volver a mi país!». Obviamente optó por la razonable:

—Mi madre, ya le dije, está muy mal... Mi hermana me pidió...

El funcionario no asintió ni negó, pero por fin levantó un cuño, selló el permiso de entrada en el pasaporte cubano y le devolvió todos los documentos.

—Bienvenido —dijo el policía y ¿sonrió?

El miedo cedió unos grados, pero no desapareció. Al otro lado del control migratorio, los aduaneros, en cantidades incontables, acompañados incluso por unos perritos orejones que en otro ambiente hubieran podido resultar hasta simpáticos, recorrían el salón de espera de los equipajes que demoraron siglos en llegar a las esteras. Los uniformados miraban a los pasajeros, comprobaban las etiquetas de las maletas, volvían a revisar pasaportes, hacían preguntas a los que se disponían a salir, preguntas, preguntas, más preguntas. ¿Trae equipos eléctricos? ¿Alimentos? ¿Regalos? ¿Libros? ¿Me muestra su pasaporte? Los aduaneros de España nunca te preguntan nada, a menos que traigas en el avión dos elefantes pintados de azul. ¿Por qué los pintó de azul? Estos sí preguntaban: y metían miedo, pensó. En aquel carnaval de interrogaciones, registros, vigilancias, controles, requisas, miradas torvas y más interrogaciones (una mujer de bata blanca le preguntó si había tenido fiebres, si venía de África, cosas raras, y él estuvo a punto de decir: cagaleras, pero sonrió y negó a cada reclamo), Irving tuvo que hacer una escala en el baño infecto del aeropuerto y, mientras evacuaba un líquido quemante, comprobó que faltaba el papel higiénico y no le quedaría otra opción que usar su pañuelo para limpiarse el culo ardiente, casi en carne viva de tanto abuso defecatorio, y se preguntó a sí mismo, mil, dos mil veces, cómo era posible que un tipo tan pendejo como él se hubiese atrevido a regresar y meterse él solito en lo que podía ser la boca del cabrón lobo.

El taxi que lo llevó hacia la ciudad no tenía aire acondicionado, e Irving bajó las dos ventanillas traseras para recibir algún alivio de la brisa generada por la velocidad. Fuera reinaba una oscuridad casi tenebrosa, un agobiante vapor nocturno, y sintió un primer atisbo de que estaba en territorio propio cuando, en medio de la penumbra, la canícula y la persistencia del miedo, el auto pasó frente a la mal iluminada gasolinera de

Fontanar. Irving pensó entonces en cómo sería su reencuentro con Clara, con el nuevo Bernardo, los restos de un clan deshecho, marcado por las difuminaciones y hasta muertes concretas y muertes anunciadas, y con tantos recuerdos de los momentos buenos, malos y peores que habían pasado juntos a lo largo de veinte años de amistad compartida y otros veinte de amistad sostenida en la distancia y la nostalgia. Aquel reencuentro también le daba miedo. El que tendría con su madre, sencillamente lo aterrorizaba.

Sí, definitivamente: cada uno arrastra sus miedos. Solo que unos cargan más que otros.

¿Sería verdad que nadie abandona el sitio donde fue feliz, como siempre advertía un Horacio filosófico, cargado de lecturas inquietantes? ¿Y el sitio donde no lo fue, pero es su sitio y del cual nunca hubiera querido ni pensado alejarse? ¿Se puede marcar el instante preciso empeñado en torcer una existencia, ese quiebre funesto destinado a empujar una o varias vidas hacia inesperados derroteros? ¿Cuánto dura, cuánto pesa, cuánto decide un preciso o impreciso instante, visible o tal vez desapercibido en su momento de eclosión, como con esas u otras palabras lo habría formulado Clara? Y la felicidad: ¿cuánto dura la felicidad? Y después de los descalabros, ¿sería posible la existencia de una victoria final, como solía decir Bernardo? Pero, sobre todo, como alguna vez le había reclamado Darío: ¿hay que vivir haciéndose preguntas así, sin respuestas convincentes, a veces ni siquiera consoladoras?

Muchos años andaría Irving por la vida como un condenado, arrastrando la bola de hierro de unas interrogaciones que en cierta forma resumían su destino, pues jamás podría sacar de sus memorias el revulsivo despertar que había tenido la mañana del domingo 27 de enero de 1990 y que al final marcaría uno de los orígenes —a veces quería pensar que todos los orígenes— de la decisión de optar por una lejanía física, que quizás nunca implicaría el encuentro de la felicidad, aunque prefiguraba el hallazgo de un alivio reconstituyente y, en efecto, lo propiciaría.

Como ocurría en los últimos tiempos, aquella noche de sábado para domingo Irving había dormido en el apartamentico de su amante Joel, en el Cerro, y disfrutado de un sueño plácido, alimentado sin duda por la satisfacción de las horas invertidas en compañía de varios colegas de la ya moribunda editorial, luego de asistir a una representación teatral y beberse unos tragos en la casa de uno de ellos. A pesar de las carencias de las que todos se quejaron, la reunión posteatral había tenido los ingredientes espirituales y materiales (ron, cucuruchos de maní y galletas untadas con algo) que la hicieron satisfactoria y, para Irving, hasta necesaria, pues le había funcionado como una válvula de liberación de las tensiones que acumulaba desde hacía varios días. Por ello se empeñó en asumirla como un salto destinado a borrar una experiencia lamentable, aprovecharla como una extensión de la fiesta de aniversario de Clara, celebrada cuatro días antes. Porque el encuentro cumpleañero en Fontanar, él ya lo sabía —y una laceración verdosa en su cara se lo ratificaba—, había reunido por última vez a todos los miembros del Clan. Y porque muy pronto (y eso aún no lo sabía), esa luminosa y fresca mañana del domingo 27 de enero de 1990, la presunta reunión postrera de unos amigos empezaría a llenarse de connotaciones alarmantes, en puridad macabras.

El timbre del teléfono lo había expulsado del sueño profundo y vacío del que solía disfrutar siempre que se sentía en paz consigo mismo, una modorra viscosa que le gustaba prolongar en las mañanas de domingo, revolcándose en la desidia y la lentitud. Cuando abrió los ojos, reclamado por los timbrazos, el hombre descubrió que su cerebro aún flotaba en los remanentes de los ásperos alcoholes de la noche de juerga y, moviéndose con torpeza, pateó una silla (en el espacio mínimo de Joel, Irving se pasaba la vida pateando muebles) y apenas pudo acallar una reacción de rabia y dolor (¿qué coño hace aquí esta silla de mierda?), antes de poder alcanzar el maldito teléfono que no dejaba de sonar, mientras escuchaba unas protestas en sordina de Joel.

—Sí... —susurró cuando logró levantar el auricular, tratando de no molestar a Joel, que recuperaba la respiración gruesa de sus apacibles letargos.

—Irving, soy Horacio...

—¿Horacio?, ¿Quintus Horatius Flaccus? —pudo incluso jugar—. ¿Y por qué tú me llamas hoy domingo a esta hora, cacho de cabrón?

El otro demoró unos instantes en reaccionar.

—Es que... Son casi las once de la mañana y... ¿Pero tú no sabes nada? No, claro, no lo sabes...

Irving no entendió. Aún no tenía lucidez para entender cualquier cosa. Sin haber bebido café le resultaba difícil pensar, casi imposible asimilar nada, aunque se movió con el teléfono lo más lejos que pudo de Joel.

—Pero, chico, ¿qué cosa yo tengo que saber...? —Miró al techo del apartamento, cruzado de rajaduras, el reloj que marcaba las once menos diez de la mañana, la silla fuera de sitio con la que había tropezado y luego a Joel, otra vez despatarrado y rendido a pesar de timbrazos y voces, exhibiendo una erección magnífica que tensaba la sábana que lo cubría. Algo habría que hacer con aquel trozo de carne negra endurecida, pensó. También para buscar esas soluciones sirven las pastosas mañanas de domingo, todavía pudo pensar. Y luego pensaría que todo lo visto y sentido durante los segundos de silencio que había abierto Horacio, conformaban el último estado de una cotidianidad simple que se desvanecería para siempre cuando su amigo al fin soltó la bomba.

—Walter está muerto...

—¿Que qué cosa...?

—¡Que Walter está muerto, coño!

—¡Ay, mi madre!

—Se suicidó anoche.

Salvo por los malos sueños en los cuales siempre huía de algo y lo despertaban alterado y sudoroso, a veces dominado por unos avasallantes deseos de llorar e irse a cualquier parte o tal vez desaparecer en la nada, a Irving, después de todo, no le había sido demasiado difícil comenzar a construir su nueva vida en Madrid.

Las primeras semanas, como suele suceder, resultaron enervantes y complicadas, pues debía dormir en el sofá del pisito de Embajadores donde vivía la hermana de Joel, con su marido español y sus dos hijos, ambos nacidos en España. Para usar el baño siempre aguantaba hasta que los demás se hubieran ido a sus faenas, y los fines de semana rezaba por que salieran a dar un paseo o hacer las compras y entonces se regalaba largas duchas. Gracias a unos miles de pesetas que Darío le había enviado desde Barcelona, podía aportar una cantidad para los gastos de la casa (el agua de sus baños, la electricidad); o, cuando salía a la calle a ver a cada persona conocida o referida que pudiera conseguirle o prometerle un empleo, cualquier empleo, y sentía que estaba desfalleciendo, entrar en un bar y gastarse unas pesetas tomándose un café con leche con unas tostadas a las que les ponía toda la mantequilla y mermelada posibles. Mientras, para no gastar en transporte, mapa en mano caminaba muchos kilómetros que le aportaron la ganancia de comenzar a conocer la ciudad en la cual, aunque ni siquiera se atrevía a suponerlo, iba a vivir por el resto de su vida.

Desde que hizo las primeras gestiones, Irving había esperado en vilo respuestas de posibles empleadores dispuestos a arriesgarse a aceptarlo sin tener aún los permisos necesarios, sabiendo, además —todo el mundo se lo recordaba, Darío el primero cuando lo llamaba desde Barcelona—, que a sus casi cuarenta años y con la situación del mercado laboral del país, sus posibilidades no resultaban demasiado halagüeñas. Pero él tenía fe en los ripios que aún debía de conservar de su suerte y pronto había tenido un primer destello de que la fortuna no lo había abandonado del todo: a las dos semanas de estar en España empezó a ganar algún dinero cuidando a una anciana que vivía en la última planta del edificio de Embajadores cuando su hija, más o menos amiga de la hermana de Joel, salía de Madrid por tres o cuatro días en funciones de trabajo. Como además limpiaba el piso mejor que la ucraniana que solía hacerlo y, para más ardor, sabía cocinar unos platos que le encantaban a la anciana, su salario se duplicó y su labor se sistematizó. Unas semanas después, gracias a un diseñador cubano que había sido su compañero en la editorial, Irving (sin dejar de cuidar a la anciana las noches en que era requerido, gracias a lo cual disfrutaba de la ventaja adicional de no ocupar ni el sofá ni el baño de la hermana de Joel) consiguió una labor más estable en una imprenta donde debía supervisar la calidad de las estampaciones —lo mismo de libros que de etiquetas—, mientras lo explotaban alegremente, pidiéndole controlar todo el proceso, desde que se programaban los sistemas de impresión hasta que se realizaban los ajustes de colores y formatos en las máquinas.

Con aquellos dos salarios muy mínimos, Irving comenzó incluso a ahorrar para poder optar por la libertad y la urgencia de irse a vivir solo. Centrado en su necesidad, cuando pasaba frente a los escaparates de las tiendas seguía de largo sin detenerse a mirar tanta ropa linda en venta, en rebajas, en remate, en liquidación total. En los supermercados, entraba y miraba, estudiaba y aprendía, analizaba tanta comida, alguna incluso desconocida para él. Frente a las dulcerías, sufría, contemplaba los pasteles tentadores, estimulantes de una salivación que a veces resultaba más poderosa que su disciplina y con frecuencia terminaba cayendo en un pequeño derroche vencido por la tentación: como el de comprar aquel cruasán rutilante, el primero que probaba en su vida y que, acompañado de un café cortado, lo transportó a la mismísima gloria. Irving observaba, calculaba, proyectaba, ahorraba. Trataba de poner en orden sus cosas y, en su mente, de entender los funcionamientos básicos de la ciudad, exigido de aprenderlo todo de nuevo, como si fuera —así se veía— un alien lanzado a otro planeta.

Para comenzar aquel proceso de reubicación, la hermana de Joel lo había llevado a comprarle un teléfono celular (el marido español no se podía enterar de que ella le hacía ese regalo) que le permitiera estar localizable, y luego lo condujo a abrir la primera cuenta bancaria que Irving tendría en su vida y en la cual depositó las tres mil setenta y dos pesetas que tenía, pues había conseguido ahorrarse la compra de un abrigo, necesario para las noches todavía frescas de la primavera madrileña, gracias a que Darío, junto con un cheque por tres mil pesetas, le había enviado desde Barcelona una chaqueta, un par de jerséis y algunas camisas, todo casi nuevo, que, le confesó el amigo, ya no le cubrían bien la barriga.

Todavía en los primeros meses de su exilio lo que más asediaba al hombre era el sueño perseguidor de su estancia de seis días y siete noches en una unidad de investigación criminal donde estuvo recluido a raíz de la muerte de Walter. Algo o alguien lo había señalado, creando sospechas de posibles conexiones con una tragedia rodeada de oscuridades, posibles motivos y conocidos odios personales. Y aunque el resto de los amigos tuvo sus propios encuentros con la policía, los de Irving resultaron mucho más intensos, y ni siquiera el tiempo, primero, y la distancia, después, habían logrado curarlo del todo del trauma agobiante de verse obligado a responder una y otra vez las mismas preguntas, hechas con delicadeza o gritadas en su oído. Y del miedo que desde ese instante lo atrapó con un potente abrazo.

Joel, que había quedado en Cuba esperando encontrar algún resquicio en un consulado europeo para viajar a reunirse con él, le pidió, antes de lo que Irving esperaba, que acelerara la búsqueda de un alojamiento. Y es que su muy generosa hermana —una negra bellísima, la versión femenina de Joel— le había suplicado que le pidiera de forma muy discreta a su novio (así lo había llamado, reía Joel al otro lado del teléfono y del mundo) que en cuanto pudiera se fuera de la casa, porque ella no quería perder a su marido, el hombre era más bueno que el pan pero tenía la misma mala leche que todos los españoles desde los tiempos de Mío Cid. Irving le dijo a su amante que entendía y esa misma noche —apenas ocho semanas después de su llegada a España— les comentó a sus protectores sobre la intención de encontrar un sitio al cual trasladarse.

Fue el propio cuñado de Joel, entusiasmado con la noticia de que el huésped pronto se esfumaría, quien le recomendó a un amigo suyo que sabía bastante de pisos de alquiler baratos pero muy buenos, muchos de ellos en la zona del centro. Unos días más tarde, por un precio razonable, subalquilado en un luminoso aposento con baño propio en el piso de una extrovertida diseñadora, lesbiana y andaluza (que, como debía ser, se llamaba Macarena e incluso recortó la renta a cambio de la limpieza de todo el inmueble), Irving se convirtió en ciudadano de la República Democrática de Chueca.

En el barrio de Chueca Irving asistió al espectáculo de ver cómo se besaban en plena calle dos hombres, bigotudos y musculosos; y también, horrorizado, presenció el cuadro grotesco de cómo un joven se inoculaba en vena un chute de heroína, en una concurrida plaza pública. Allí vivió su primer verano español y aprendió en su piel deshidratada qué cosa horrible es el calor madrileño. Pero, sobre todo, conoció de la existencia de un estado casi agobiante de libertad y ausencia de prejuicios como jamás concibió que pudiera existir. Muy pronto sintió que quizás había encontrado su lugar en el mundo. ¿Había descubierto su propio paraíso un expulsado del paraíso propio?

Apenas el regresado pisó la ciudad que había sido la suya, lo sorprendió la sensación de estar penetrando en un mundo cuyos planos y señales conocía, pero que no re-conocía. En principio, todo estaba donde debía estar: el mar, más allá del muro del Malecón, y, del otro lado, la avenida por la cual circulaban los vehículos. En sus lugares de siempre, los edificios altos de El Vedado, el barrio arbolado donde había nacido y vivido hasta que partió al exilio, una zona con muchos parques también arbolados y ciertas calles aún tapizadas por los adoquines con que en su tiempo fueron pavimentadas. Se cruzó con gentes de movimientos armónicos, ataviadas con ropas ligeras, jóvenes sonrientes, rostros sensuales, la imagen de una vida normal que pudo, debió haber sido la suya. Pero, al mismo tiempo, como una reacción sibilina, comenzó a percibir una densidad ambiental desconocida, como si se desplazara por un territorio exhausto, donde todo estaba en fase de demolición, carcomido, vencido por la desidia más que por los años, un universo percudido, fétido, como a la espera de un milagro salvador. Se topaba con otras gentes que le parecían estrafalarias, gastadas, criaturas brotadas de la exultante precariedad circundante, unas malas caricaturas de las personas entre las que él había vivido, a las cuales perteneció durante los primeros treinta y seis años de su vida sin haberlos visto con aquel prisma sombrío, forjado por la distancia, la ausencia, los descubrimientos, los recuerdos, los olvidos y el abandono.

¿Cuál era su mundo? ¿Dónde estaba? ¿Qué le había pasado? ¿Todavía lo que en su retorno recorría constituía *su mundo* o solo atravesaba una holografía degradada del sitio al cual había creído que pertenecía y ahora se le revelaba ajeno, dispuesto a rechazarlo? ¿Era ya, de forma irreversible, un hombre partido en dos mitades empeñadas en repelerse, un hombre en sus cincuenta años que no lograba recolocarse en el que durante treinta y seis años había sido su lugar y que jamás se reconocería en el territorio que desde hacía casi quince había comenzado a serlo sin jamás llegar a conseguirlo del todo?

El reencuentro con su madre había sido demoledor. Aunque la anciana solo se quejaba de achaques normales, como si estuviera más allá de dolores y penas, de alivios y esperanzas, el ser estrujado cuyas mejillas besó y mojó con sus lágrimas le pareció la imagen de un cadáver todavía caliente (apenas caliente). Todo en ella se había reducido, consumido, como si se hubiera gastado, y el hombre lloró, empujado por la culpa de no haber compartido con ella los que iban a ser, eran, sus últimos años, quizás sus semanas finales.

La impresión más devastadora, sin embargo, se la entregó su única hermana, cuatro años mayor que él, que podía pasar por la gemela de su madre. Prematuramente envejecida, el pelo blanco y escaso, la boca desdentada y medio contraída por el ictus sufrido dos años antes, ahora solo parecía en condiciones de proferir lamentos y quejas, reclamos y maldiciones, acusaciones y carencias, amontonadas en unas frases pastosas, envueltas en lluvias de saliva y vapores de mal aliento, imprecaciones repetidas una y otra vez, como si la moviera una noria verbal desequilibrada. Doscientos veinte pesos, doscientos veinte pesos, era lo que más remachaba, refiriéndose al monto de su jubilación, equivalente a diez dólares al mes... ¿Pasaban hambre su madre y su hermana?

La misma noche de su llegada Irving tuvo la punzante impresión de que estaba viendo por última vez a dos seres apenas reconocibles, que solo habían aguantado la respiración hasta allí, hasta esa sumergida, braceando durante sus años de ausencia gracias a las ayudas que él se sacaba de sus magros bolsillos. Unos dineros insuficientes que, no obstante, les habían garantizado a las mujeres la supervivencia justa a la cual habían llegado casi a rastras, confinadas en un apartamento que alguna vez tuvo un toque de gracia, un aire de hogar, y ahora parecía un depósito de detritus: desbordado de frascos vacíos de medicinas, aparatos inservibles, muebles destripados, libros empolvados, paredes sin memoria de la última ocasión en que recibieron una mano de pintura, oleadas de fetideces interiores y exteriores. La que había sido su casa se le presentaba ahora como la antesala de todas las muertes, el panteón de sus recuerdos. El golpe había sido tan brutal, tan empecinado en superar las más fatalistas expectativas que le habían llegado a Madrid por la vía de Clara y Bernardo, a través de la visita que unos años antes les hiciera Joel, que sin darse cuenta Irving perdió la sensación persecutora del miedo para recibir con plenitud de conciencia la de una consternación infinita por la agonía visible de dos seres a los cuales a duras penas ya lograba reconocer.

Lo peor fue que él, cargado con la experiencia de haber dormido en literas de campamentos agrícolas durante muchas temporadas de su vida, con bastidores de sacos de yute, sobre colchonetas llenas de pústulas, ahora descubrió que no podía evitar sentir asco al echarse sobre la sábana agrisada de la cama que le habían preparado con lo mejorcito que tenían, según le informó la boca desdentada de su hermana, ingeniera nuclear graduada en Moscú y jubilada antes de tiempo por sus padecimientos físicos (polineuritis generalizada, parálisis facial) y su deterioro mental (ansiedades y depresiones alternas). Doscientos veinte pesos, doscientos veinte pesos... Y lloró casi toda la madrugada, agobiado por sus mezquinas pulcritudes, por el peso de una impotencia sideral que lo hacía sentirse egoísta y descastado, un tipo de dolor repugnante que inauguraba con un tétrico panorama filial la noche del regreso a su patria, hasta que el agotamiento físico y mental lo venció. En cuanto amaneció y abrió los ojos (doscientos veinte pesos, doscientos veinte pesos...), huyó de su casa en un intento de escapar de sí mismo para perderse en la ciudad, propia y ajena a un tiempo, el territorio de sus mejores y peores recuerdos. La tierra agreste de su otra vida, ya sin remedio muerta y enterrada, como otras vidas, literalmente muertas y enterradas.

Frente a un hotel que no existía cuando él salió de Cuba abordó un taxi.

—A Fontanar, por favor. ¿Cuánto cuesta?

—Usté es cubano, ¿verdá?

—Sí...

—A ver, por ser a usté... Diez fulas... O doscientos veinte pesos...

Si solo tres días después de la fiesta de cumpleaños, Walter no hubiera aparecido en Fontanar con las fotos de la celebración y, con toda certeza, para insistir en los reclamos que le había hecho a Darío; si el pintor e Irving no hubieran coincidido allí y tenido una amarga y violenta discusión durante la que sería la última visita de Walter a la casa de Clara y Darío; si las jornadas anteriores y posteriores al 26 de enero de 1990 no hubieran estado repletas de malas y hasta peores noticias y de acontecimientos extraños que se empeñaron en formar un cúmulo de vivencias enrevesadas y dolorosas... Si todas aquellas fricciones no hubieran caldeado el ambiente y, sobre todo, si Walter no hubiera muerto reventado contra el pavimento luego de volar desde un piso dieciocho esa maldita noche del 26 de enero, entonces ciertas actitudes y acciones del occiso y de varias de las personas que estuvieron cerca de él, comenzando por Elisa y siguiendo por Irving, con toda seguridad habrían tenido otras lecturas. Más o menos dramáticas o memorables, aunque sin duda diferentes. Incluso, algunas de aquellas coyunturas no hubieran merecido ninguna lectura y habrían terminado en el limbo del olvido.

Contra lo que a varios de los amigos les chocaría como una actitud inusual, pues conocían la indolencia de Walter, el hombre había aparecido en la casa de Fontanar la tarde del 24 de enero con dos docenas de fotos impresas de las muchas que había tirado solo tres días atrás, durante la celebración del cumpleaños de Clara. Walter explicó que acudía a ver a la recién homenajeada antes que al resto de los amigos para darle la oportunidad de escoger las fotos con las cuales ella quisiera quedarse y luego él repartiría las sobrantes entre los demás. Clara, en un primer momento sorprendida por la eficiencia de Walter (además de los rollos, también había conseguido papel fotográfico; no solo había tomado fotos, sino que hasta las había impreso) y por la posibilidad de elegir, seleccionó varias instantáneas, entre ellas la imagen en la que aparecían, sonrientes, todos los miembros del Clan.

Después de pasar las imágenes y de beberse un café, Walter y Darío se fueron al fondo del patio, donde el neurocirujano reparaba una cerca perimetral, y allí hablaron durante un largo rato. Por supuesto: Walter se había apresurado con el revelado y la impresión de las fotos para propiciar aquel diálogo con Darío, se dijo Clara desde su punto de observación en la cocina. ¿O lo pensó después, cuando se hizo sus propios interrogatorios?

Irving, que sí había anunciado su visita, llegó a la casa mientras los otros dos permanecían en el patio y se sentó con Clara en la sala recibidor. Allí bebió en una taza de porcelana el café aún tibio (no quedaba polvo para hacer más) y pasó un rato contemplando las cartulinas escogidas por su amiga y las destinadas a la repartición entre los otros fotografiados. Al principio hizo comentarios, incluso se burló de cómo habían sido fijados algunos de los invitados (los ojos de «para verte mejor» de Guesty; la cara de borracho de Bernardo), pero en algún momento continuó el proceso en silencio.

Irving se había movido hasta Fontanar porque lo preocupaba un ensimismamiento, una especie de retracción incluso física que había advertido en la actitud de Clara durante la fiesta de cumpleaños. Aunque él bien sabía que tal comportamiento podía resultar normal en la mujer, tan reacia a los jolgorios, esta vez podía estar relacionado con la inquietante confesión que ella le hiciera varios días antes: una revelación capaz de estar engendrando unos vientos que, de llegar a liberarse, con seguridad se convertirían en una tormenta de proporciones devastadoras.

O no tan devastadoras, se dijo Irving luego de pensarlo mejor y se decidió a ir a hablarlo con Clara: al fin y al cabo no sería la primera vez que dos matrimonios de apariencia perfecta se fueran al garete por la presión de una relación emergente, imposible de domeñar. Porque cada cual —como él— tenía derecho a practicar sus deseos del modo en que quisiera, aunque el trance provocara dolores y rupturas hirientes, curables o no. Nadie iba a morirse por eso, había pensado. Muy pronto sabría que quizás estaba equivocado.

Tal vez por traer semejantes ideas en mente, Irving dedicó más tiempo a observar la foto del grupo, la única en la que aparecían todos los amigos, incluidas Guesty y Margarita, y donde solo faltaba Walter por estar detrás de la cámara.

—No sé por qué..., pero esta foto me da tristeza —dijo, y al fin se la devolvió a Clara, con el resto de las cartulinas.

—A mí me parece patética, más que triste. Mira cómo Bernardo exhibe la barriga de su mujer. ¿Qué le pasa a Bernardo? Ese espectáculo que montó...

—A mí..., a mí..., es que creo que esa foto no va a ser posible repetirla... Porque..., ay, Clara, esa noche Horacio me dijo que quiere irse.

—¿Horacio? —se alarmó Clara.

—Sí, Horacio.

Clara lo pensó un instante antes de atreverse.

—Pues Walter también quiere irse. Lo está hablando con Darío allá atrás. Vino por eso, las fotos fueron el pretexto.

Irving volvió a mirar la imagen.

—¿Ves?... De pronto todos quieren irse, algo se jodió, o siempre estuvo jodido y ahora está explotando...

—Irving, te pasas la vida diciendo que cada cual tiene derecho a hacer con su vida lo que quiera. Si alguien decide largarse, que lo haga... Lo que me preocupa es que Walter no deja tranquilo a Darío. Quiere que lo ayude a conseguir una visa —dijo, y le contó la conversación sostenida unas semanas atrás entre Walter y su marido, y de la que ella solo tuvo los detalles dos o tres días antes de su cumpleaños. Con las intenciones de Walter, Clara había sabido de sus paranoicas sospechas sobre la posible razón de la presencia en el grupo de la rubia Guesty.

—Eso es una locura, Clara —comentó Irving al recibir la información—. Pero... si Walter sabe que esa muchacha es una chivata, como él dice, ¿por qué no se lo ha dicho a Horacio, que fue quien la trajo? ¿A Horacio, que quiere irse y...? ¿Y Walter no sabe que si alguien se entera de que Darío habla con un diplomático para que él pueda irse...? Chica, ¿no sabe requetebién que puede descojonarle la vida a tu marido, y de paso la tuya y la de tus hijos? ¿Que en este país no se juega con eso? ¿No está abusando de la confianza y la amistad?

Clara asintió.

—Sí..., creo que sí. Porque Walter sabe que Darío está moviendo cielo y tierra para poder hacer su doctorado en Barcelona. Esa es su única, a lo mejor su última posibilidad..., y si da el más mínimo resbalón, lo van a crucificar.

Irving suspiró.

—¿Qué coño nos está pasando, Clara? ¿La gente se ha vuelto loca? Eso que tú decías de Bernardo exhibiendo la barriga de Elisa y hasta poniéndole nombre al niño que va a nacer... Un tipo con la cabeza de Bernardo, ¿qué pretende, qué le pasa? Porque no, eso no es borrachera...

—Pasa que muchas cosas se están derrumbando... y los trozos del desastre nos están cayendo en la cabeza... Y voy a decirte algo que no me he dicho ni a mí misma... Si Darío consigue ir a Barcelona a hacer su tesis, estoy segura de que él sí que no va a volver a Cuba.

—¿Qué tú dices? —El asombro de Irving fue explosivo—. ¿Él también?

Clara se frotó las manos en la falda antes de responder.

—Todos los días me dice que está cansado. Que no aguanta más. Que va al hospital por sus pacientes que están jodidos y lo necesitan, pero que se siente en el borde de algo... y que se va a caer. Y como pareja... ya no funcionamos. Nos pasamos la vida discutiendo... No sé cuánto vamos a resistir así. A veces tenemos una bronca y luego Darío se pone a llorar, me pide perdón... Está mal, Irving, está mal.

Irving negó, mirando hacia donde Darío y Walter, olvidados de la cerca, hablaban y gesticulaban.

—¿Y lo de ustedes de verdad no tiene que ver con lo que me dijiste de Elisa? —musitó Irving.

—No sé, no sé —admitió Clara—. Ya no sé nada... No me hables de eso.

—Yo solo quiero advertirte algo antes de que sea tarde o peor. Tú también puedes hacer lo que te dé la gana con tu vida, pero mira hacia los lados, Clarita... Elisa es Elisa... Y es capaz de cualquier cosa: lo mismo de salvarte que de matarte. A veces es muy rara...

—¿Rara en qué sentido?

Irving se tocó la sien: rara de aquí, de la cabeza.

—Tú sabes, Clara... Por eso ella se acostó con Horacio, y parece que también con Walter, y se dejó preñar por no sé quién y decidió parir, sabiendo que su marido es estéril. Yo creí que conocía mejor a Elisa, pero...

Los ojos de Clara permanecieron abiertos y brillantes mientras Irving volvía a tocarse la sien. ¿Había oído lo que había oído?

—¿De qué tú estás hablando ahora?

—De los desastres de Elisa..., de los que sé y que tú debes saber. Puede haber otros. Pero esos dos los sé. Se acostó con los dos, ¡con los dos! ¿Y no viste cómo se puso Liuba con Fabio el otro día cuando salió el tema del embarazo de Elisa?

Clara, atónita, negaba con la cabeza.

—¡Por Dios, Irving! No puede ser... ¿De verdad Elisa se templó a Walter y a Horacio? —logró al fin hablar—. ¿De verdad? ¿A los dos?

—Después te cuento bien lo que me dijo Horacio... Tranquilízate ahora, que ahí vienen estos dos... —pidió Irving al ver que Darío y Walter comenzaban a acercarse a la casa. Fuera, caía la tarde fresca de finales de enero, una tarde hermosa que, sin ellos saberlo aún, pronto se jodería y marcaría las memorias y destinos del Clan. Por el cielo de Fontanar cruzó en ese instante un avión que se alejaba de la isla.

Darío y Walter entraron en la sala con cuatro vasos y la botella de ron que el fotógrafo había traído.

—Para que no digas que estamos en la miseria —le dijo Darío a Irving y, luego de entregarle los vasos a Clara, le dio la mano al amigo. Walter e Irving se saludaron, apenas estrechándose las manos, y Darío comenzó a servir el ron.

—A mí no, hoy no —lo detuvo Clara—. Me quiere doler la cabeza. Tengo que cocinar... ¿Ustedes dos se van a quedar a comer? —preguntó, y miró a los visitantes.

—Yo no..., me tomo un trago y me voy —dijo Irving—. Vengo otro día, Clarita...

—Si alcanza lo que tienes, yo me quedo —intervino Walter—. No tengo ganas de verle la jeta a la Pintá. El otro día por poco la ahorco...

—¿Qué pasó, muchacho? —preguntó Clara.

—Pasó que no la resisto y que no me resisto. Pasó que le dije que se fuera y me dijo que no se iba. Le dio como un ataque de histeria y me fue encima y..., por fin anoche se largó pal carajo. A ver si no vuelve más...

—Walter, Walter... Ten cuidado con lo que haces —le advirtió Clara—. Mira, quédate a comer, siempre alcanza. A menos, pero alcanza. —Y salió hacia la cocina, desde donde gritó—: Quédate tú también, Irving, anda, me hace falta hablar unas cosas contigo...

Los tres hombres permanecieron unos instantes en silencio. Un aire denso flotaba en el ambiente y de alguna forma los envolvía con su oscuridad.

—Walter, compadre, disculpa que me meta en algo que no me importa... o que sí me importa —Irving empezó a hablar, respondiendo a un impulso recóndito, casi sin pensar, quizás sin proponérselo, y no pudo dejar de hablar—. No sé en qué líos tú andas ni por qué, pero... ¿no te parece un abuso de confianza lo que estás haciendo con Darío?

La primera reacción de Walter fue sonreír. Y eran justo

aquellas reacciones del fotógrafo lo que siempre le había molestado a Irving de él. Una cierta expresión de superioridad, una alardosa autosuficiencia que alimentaba con su cultivado comportamiento de genio irreverente y maldito, de persona ingobernable y mundana, de pragmático para quien el resto del mundo integraba una legión a su servicio, pensaba Irving. La segunda respuesta de Walter fue tajante, aunque la soltó en voz baja, como calmado, y, por tanto, resultó más amenazante.

—¿Y a ti quién coño te dio vela en este entierro?

Darío se quedó como congelado al oír la salida de Walter. Irving tragó en seco, pero saltó:

—Me la dio la amistad que tengo con este hombre y con su mujer hace casi veinte años. Me la dio la decencia y el sentido común. Me la dio tu prepotencia de mierda. ¿Quién tú te crees que eres? ¿El centro del mundo?

Walter volvió a sonreír.

—Pues todas esas velas te las metes en el culo, donde tantas pingas te has metido, remaricón de mierda —explotó Walter al fin—. ¡A mí no me hables así! ¿Me oíste?

Darío, que conocía mejor que todos los otros amigos de las ebulliciones de los comportamientos violentos, se preguntaría muchas veces cómo no vio venir lo que se acercaba y se mantuvo paralizado ante el agrio intercambio que estaban sosteniendo los otros dos. Cuando Clara, alarmada por las voces, salió de la cocina, cubierta con un delantal y con un cuchillo en la mano, Darío se estaba cuestionando si aquel hombre descontrolado era el Walter que ellos conocían (y, sí, lo era) o si la paranoia lo había desquiciado (y, sí, lo dominaba). Porque era el mismo Walter que hasta unos minutos antes, casi lloroso, otra vez le había estado implorando por su ayuda.

—Caballeros, por favor. —Darío al fin reaccionó y trató de mediar—. Dejen eso...

—¿Qué pasa aquí? —preguntó Clara, siempre cuchillo en mano.

—Pasa que este maricón metiche no quiere... —comenzó

Walter, exhibiendo una media sonrisa, y se detuvo en el instante en que Irving le lanzó a la cara su trago de ron.

A lo largo de los años Irving reconstruiría en su mente aquellos minutos de su vida. ¿Ese había sido su instante de quiebre? Irving conseguiría incluso seguir la escena como si presenciara una película, por momentos proyectada en cámara lenta, y lograba verse desde fuera, como una representación esperpéntica de sí mismo. En muchas ocasiones reconstruyó el escenario en su mente y fue dándole varias explicaciones a su comportamiento y al de Walter, y casi llegó a entender el suyo: una carga de tristeza, ansiedad y frustración con lo que estaba viviendo lo hicieron comportarse como un ser diferente al que siempre había sido y sería por naturaleza. Irónico y burlón, tal vez, como escudo para resistir las agresiones a las cuales lo exponían sus preferencias sexuales. Tímido y comedido, quizás, porque se sabía en eterna observación y enjuiciamiento. Pero jamás violento y agresivo como para actuar del modo en que lo hizo (¿por qué no me detuve, por qué?) cuando, como si llevara años deseando hacerlo, y tal vez por eso, le había arrojado el trago a la cara a Walter. ¿O solo había sido porque el pintor se le había revelado como un posible provocador, cargado de muchas papeletas para ser él mismo el hijo de puta que los vigilaba mientras desviaba la atención hacia Guesty y por eso tentaba a Darío para lo que Clara había calificado como su crucifixión?, también pensaría, sin poder precisar después si tal idea lo había movido en ese instante climático.

Sorprendido por la agresión, Walter había permanecido unos tensos segundos mirando su propio vaso, como si buscara en el recipiente la respuesta adecuada, hasta que, con delicadeza, lo colocó en una mesa auxiliar y, con la mano, se limpió el rostro, como si apenas se secara el sudor. Al fin levantó la vista y su mirada, enrojecida por el alcohol que le irritaba las pupilas y la ira en ebullición, se clavó en su agresor. Entonces, como un resorte liberado se abalanzó sobre Irving, con un brazo tendido hacia atrás que proyectó con velocidad y fuerza y se convirtió en una brutal bofetada que le volteó la cara a su contrincante. Luego, sin que mediara tiempo mensurable, pateó al otro en la entrepierna y, cuando se doblaba de dolor, descargó las dos manos sobre la nuca de Irving para terminar de derribarlo en una estrepitosa caída.

Clara había comenzado a gritar, con las manos en la boca, el cuchillo junto a una de sus mejillas, cuando Darío, sorprendido por la velocidad de los movimientos de Walter, al fin reaccionó y se lanzó sobre el hombre, que ya se disponía a volver a patear al caído.

—¡Pero cojones! —gritó el médico—. ¿Tú estás loco, coño? —seguía gritando luego de darle un violento empellón a Walter para impedir el puntapié que pretendía alcanzar la cabeza de Irving. Con el tirón, Walter perdió el equilibrio y tropezó con la mesa baja donde había dejado el vaso y cayó sobre ella, para ir a golpearse la cara contra la pared sin poder amortiguar el golpe, mientras el vaso se hacía añicos.

Por unos segundos todo quedó como una secuencia congelada, en la que lo único audible eran las respiraciones de Darío y los quejidos de Irving. Pero de pronto, como en cumplimiento de un mandato, el escenario volvió a ponerse en marcha. Irving, con una capacidad de recuperación desesperada, se puso de pie y corrió hacia Clara para arrebatarle el cuchillo que tenía en la mano y darse la vuelta e ir en busca del aturdido Walter, que ya intentaba incorporarse mientras con una mano se tocaba el arco de la ceja donde se había hecho un corte del que manaba la sangre. Clara, por puro reflejo, aferró a Irving por la camisa hasta que la tela se rasgó y el hombre quedó libre, pero Darío, que también se movía hacia él, aprovechó la oportunidad precisa para hacer un barrido de pie. Irving perdió el equilibrio, se fue de lado y, para evitar el golpe de la caída, debió soltar el cuchillo, que se deslizó hacia los pies de Clara. Entre Irving tendido y Walter reincorporado, Darío escogió a Walter y, tomándolo por las axilas con un agarre de inmovilización, empezó a sacarlo de la casa. Por su parte Clara, lívida y llorosa, tiraba el cuchillo hacia la cocina y, sin saber qué hacer, se levantaba la falda y se sentaba a horcajadas sobre el pecho de

Irving tratando de mantenerlo contra el suelo o dificultarle al menos la incorporación.

Con los muslos de la mujer muy cerca del rostro, Irving aflojó el cuerpo y comenzó a llorar. Unos sollozos sordos, profundos, de dolor y vergüenza más que de ira.

—Por Dios, Irving, por Dios —dijo Clara, y con sus manos tomó la cara del amigo y se inclinó sobre él, para llorar juntos los dos.

En esa posición entre ridícula y lasciva los encontró Darío cuando regresó a la casa e informó:

—Walter se fue... Manolo, el de aquí al lado, lo llevó al hospital para que le vieran la herida de la cara... Creo que lleva dos o tres puntos. —Y entonces preguntó, ya en voz alta—: ¿Qué fue lo que pasó aquí? ¿Qué cojones es lo que nos pasa?

Darío se inclinó sobre su mujer y el amigo. Intentó rodearlos en un abrazo protector y sintió que también él podía llorar: sí, ¿qué coño, qué carajo, qué cojones les estaba pasando?

Los últimos dos días de su vida, Walter Macías Albear fue un fantasma.

El breve velorio del difunto debió esperar cuarenta y ocho horas para efectuarse y el entierro se realizó la tarde lluviosa, oscura y muy fría del 29 de enero de 1990. El mal estado del tiempo pudo haber contribuido a que fueran pocos los asistentes al sepelio. Tal vez actuaron otras razones. La madre de Walter y sus dos hermanas —su padre, oficial de la reserva militar, había muerto unos años antes combatiendo en Angola— más que adoloridas parecían enfurecidas, quizás con el joven que había tomado la determinación de matarse, quizás con el mundo que lo había impelido a tomar la tremenda decisión. O tal vez con la vida, en general, que podía propinar esos golpes devastadores, empecinarse en una familia.

Los investigadores policiales y de medicina legal habían retenido día y medio el cuerpo del occiso, dedicados a realizar algunas investigaciones que, para los atónitos amigos del muerto, solo tenían un sentido: justo la falta de sentido del acto suicida que, según todas las evidencias conocidas, el hombre había cometido.

Poco a poco fue posible rescatar algunos de los hechos. La noche del 26 de enero Walter había entrado en un edificio alto de la calle E, en El Vedado. Nadie sabía cómo consiguió tener acceso al bloque, cuya puerta frontal debía de estar cerrada ante la ola de robos desatada en el país. Nadie lo había visto entrar. Nadie se explicaba cómo logró abrir el candado que, según los vecinos, custodiaba la puerta de hierro, el único acceso posible hacia la azotea de la torre de dieciocho plantas desde donde, según todo lo indicaba, había caído su cuerpo. Un candado que, para hacer más inexplicable y alarmante el panorama, la policía parecía haber encontrado cerrado en su pestillo, del lado interior del edificio, y que, de no ser por una cajetilla de cigarros abandonada en un banco de madera y una colilla aplastada en las baldosas de la azotea, hubiera podido poner en duda que el presumible suicida hubiera estado allí. Nadie sabía tampoco, por supuesto, si iba solo o acompañado. Pero si su último vuelo había sido desde la azotea y era cierto el comentario de que el candado de la escalera de acceso había aparecido cerrado (durante muchos años ninguno de ellos pudo establecer el origen del dato, ni su veracidad o superchería), el hecho implicaba la existencia de una compañía que enturbiaba —y mucho— el suceso. Nadie encontró una nota, un indicio, una evidencia delatora de las tremendas intenciones del hombre que poco después de las ocho de la noche se había reventado contra el pavimento. Los forenses informaron que en su organismo existían rastros de alcoholes recientes (¿estaba borracho?), pero no de otro tipo de drogas.

De las personas más cercanas a Walter, ninguno lo había visto en los últimos dos días, muchos de los más allegados, incluso, desde la noche del cumpleaños de Clara, mientras varios de sus colegas pintores, como los del taller donde solía imprimir sus grabados, declararon que no tuvieron noticias de él en semanas. Margarita, la mujer que más o menos lo acompañó durante los últimos meses, había decidido dejarlo la noche del 23 de enero (no mencionó discusión alguna, solo que el hombre estaba como deprimido o iracundo o más loco que de costumbre), y lo había hecho sin despedirse, cuando él estaba encerrado en el cuarto oscuro montado en el antiguo garaje de la casa. Margarita negaba haber tenido ningún contacto con él posterior a su traslado a los predios de un hermano suyo que vivía en Guanabacoa, en el otro extremo de la ciudad, donde estaba a la hora del suceso. Eran dos días huecos que comenzaban con una pelea en Fontanar, pasaban por un hospital donde le dieron dos puntos de sutura en el arco superciliar derecho y luego se sumergían en la oscuridad, y solo volvían a iluminarse con el salto mortal desde un piso dieciocho.

Mientras, en las conversaciones que comenzaron a tener los allegados que habían compartido con Walter las jornadas previas a esas últimas cuarenta y ocho horas de su vida, empezaron a aparecer indicios de comportamientos extraños del difunto, incluida, como era de esperar, la pelea con Irving. Pero ningún suceso bastaba para justificar la decisión: porque de comportamientos extraños estaba plagada la existencia de un joven que había pasado por la vida barriendo con todo y ahora se esfumaba de ella, como un huracán tropical.

La revelación de Darío de que Walter se sentía acosado (no dijo por quién) y por ello buscaba una vía para salir de Cuba, constituyó la mayor novedad para los que aún no sabían de tal pretensión. Pero, si planeaba irse, empezar otra vez, en otro sitio, ¿por qué matarse? ¿Solo porque resultaba difícil salir de Cuba? Eso lo sabía cualquiera, lo sabía Walter... ¿O se había caído o lanzado al vacío porque estaba borracho, si es que estaba borracho? Y todos, más o menos asombrados, más o menos conmovidos a sus personales maneras, se repitieron la pregunta que los había comenzado a perseguir: ¿qué nos está pasando?

Antes y después del sepelio, cada uno de los miembros del Clan, por separado o por dúos o tríos, fueron interrogados por los investigadores, primero como si solo representasen fuentes de información, luego como potenciales involucrados en alguna fase con elementos que permitieran alumbrar las intenciones de realizar tal acto, conocedores de algún indicio revelador, conectado con su muerte.

El carácter ya de por sí muy procaz de la situación, que se hacía más exasperante por la inquisitiva intervención policial, fue envolviendo a los jóvenes, provocando sus peculiares o imprevisibles reacciones. Elisa se negaba a hablar del tema, decía que la afectaba; Bernardo, como le correspondía, bebía todo lo que le cabía en el cuerpo, como si persiguiera más que nunca la inconsciencia alcohólica; la Pintá tuvo varios ataques de histeria y precisó de tratamiento psicológico pues se culpaba de lo ocurrido, Walter estaba cada vez más raro, aseguraba, como loco, repetía, y ella debió de haber advertido aquel posible desenlace; Darío, acosado por un sentimiento de culpa, se retrajo hasta no querer hablar con nadie y pidió dos semanas de licencia, no se sentía en condiciones de hacer cirugías; Fabio y Liuba, a pesar de ser los más viejos amigos del difunto, incluso de cierta forma amigos de su familia, se distanciaron y, en su mejor estilo, ni siquiera asistieron a los funerales; Joel, después de conocer de la muerte de Walter, se avergonzó de la furia que había cargado desde que supo de la pelea del suicida con su amante, mientras Irving, tan combativo, cayó en una modorra depresiva y empezó a sentir el acecho del miedo, pues creía ser de todos los amigos cercanos el único con motivos fehacientes y conocidos para desear o incluso provocar la muerte de Walter: y su miedo resultó justificado.

Por su lado, Guesty le exigió a Horacio que no volviera a buscarla, y cuando Clara y Darío supieron de ella, varias semanas después, ya armados con la nueva evidencia aportada por Irving respecto al posible papel de la rubia como informante policial, la muchacha les gritó que se fueran todos a la mierda y advirtió que no pensaba volver a acercarse al grupo. Mientras, Horacio, seriamente afectado, fue presa de una melancolía culposa, pues se acusaba a sí mismo de no haber sabido ver las intenciones de Walter y no haber tenido la perspicacia de advertir la razón atroz por la cual un tipo como Walter, incluso borracho, podía tomar una decisión así. Y por esa falta de lógica, Horacio, un hombre que solo creía en causas y efectos decodificables y expresados en fórmulas, se hacía las preguntas más inquietantes y repetía su convicción de que algo muy extraño había ocurrido. No obstante, a diferencia de las actitudes de los otros, su reacción fue moverse hacia delante, como si rompiera la inercia, y por su cuenta comenzó una obsesiva investigación sobre los motivos que pudieron haber inducido la decisión de Walter..., si es que había sido una decisión de Walter.

Gracias a esa actitud, dos semanas después de la noche fatal, Horacio pudo proyectar una claridad en las tinieblas desplegadas. A los amigos reunidos en la casa de Fontanar durante una desvaída celebración del día de San Valentín (asistieron en esa ocasión Fabio y Liuba) les contó que dos días atrás lo habían citado en el tétrico cuartel colonial que servía de oficina central del Departamento de Investigaciones Criminales, y esa misma tarde había tenido otro encuentro con los policías, muy breve, esta vez en su casa. A diferencia de las anteriores entrevistas o interrogatorios, en las dos últimas ocasiones Horacio pudo advertir un cambio en las estrategias de los investigadores: en ambas oportunidades las preguntas ya solo estaban dirigidas a saber sobre la personalidad y las actuaciones de Walter y los presumibles motivos de su cada vez más seguro acto de suicidio, mientras dejaban de preguntarle por las relaciones del occiso con otros miembros del Clan y con algunos de sus colegas pintores. ¿Sabían algo los policías que separaba de forma definitiva la acción de Walter de cualquier posible conexión con los asiduos al grupo? ¿Tenían ya explicación para el candado cerrado, quizás por algún vecino eficiente o despistado (¿quién fue el primero en mentar el dichoso candado?), y la convicción de que se trataba de un suicidio y por ello habían perdido todo interés por otras personas? Horacio estaba convencido de que algo había cambiado, sin atreverse a aventurar qué podía haberlo motivado, cuando Elisa, tan apagada en los últimos días, levantó otra vez su vuelo de águila y le dio a gritos una respuesta que congeló al resto de los amigos:

—Pues es fácil, Horacio... Lo que ha pasado es que al fin alguien ha aceptado que Walter era un redomado hijo de puta, loco, drogadicto, borracho, histérico y sin escrúpulos, y que tipos así pueden hacer cosas así... —dijo como si hubiera recuperado su carácter y, como si lo hubiera perdido un momento después, la mujer empezó a llorar. Fue la primera y única vez que varios de los amigos la vieron llorar.

A la mañana siguiente de aquella reunión, las conclusiones de Horacio rodaron por tierra cuando Irving recibió en su apartamento a dos oficiales de la policía que le pidieron que los acompañara a sus oficinas. Sería la cuarta vez que lo interrogarían, solo que en esta ocasión no fue un diálogo de un par de horas. Una orden fiscal autorizaba la detención indefinida de Irving Castillo Cuesta por la investigación en curso de la muerte de Walter Macías Albear.

Irving nunca resistiría escuchar la canción de Joaquín Sabina *19 días y 500 noches*. Solo de escuchar ese estribillo paradójico e inteligente, su memoria lo remitía a los seis días y cinco noches que, para Irving, fueron cientos de días y de noches que permaneció detenido en el antiguo cuartel militar de la populosa calle habanera del Ejido. Aquellas jornadas, mensurables o incontables, fueron un tránsito por el infierno del cual Irving jamás se recuperaría del todo, pues saldría de él enfermo de hipertensión y de miedo. En lo poco que en los primeros días les contó a algunos de sus amigos sobre la experiencia vivida, y lo mucho que les confió a su pareja Joel y a sus queridas Elisa y Clara, Irving nunca mencionó que lo hubieran sometido a algún tipo de violencia física. Al contrario, lo conducían con hermética amabilidad a los diversos cubículos de interrogatorios por los cuales transitó y donde debió hablar con los dos oficiales, Rodríguez y Fernández, que, juntos o por separado, se encargaron de interrogarlo más de veinte veces, en ocasiones por apenas diez minutos, otras por varias horas al cabo de las cuales el detenido se sentía al borde del colapso nervioso.

La celda del edificio colonial donde lo habían colocado tenía una cama con bastidor de alambre cubierto por una colchoneta, era húmeda y fría en esa época del año, y en un nicho del techo había una lámpara fluorescente que nunca se apagaba y muy pronto lo hizo perder la noción de las horas y los días. Recibía sus comidas con intervalos que a veces le parecían más cortos, en ocasiones más espaciados, y siempre con iguales componentes (un plato plástico con arroz, un poco de potaje de chícharos o frijoles colorados, dos croquetas y un pedazo de pan), lo cual tampoco contribuía a saber si desayunaba o comía. Nunca le dieron café, y la falta de cafeína le provocó una permanente cefalea.

Los primeros encuentros con los investigadores replicaron los que antes había sostenido. Irving tuvo que repetir varias veces sus movimientos durante la noche del 26 de enero: estancia en el teatro (ubicado a apenas siete cuadras del edificio mortal), visita a la casa de un amigo, tragos de ron y siempre, todo el tiempo, en presencia de otras personas. Irving pensó que buscaban una grieta en lo que constituía su coartada, como si no les bastaran los testimonios de Joel y otras tres personas o se tratara de un verdadero complot.

En una oportunidad, luego de repetir la misma historia por quinta o enésima vez, uno de los investigadores (fue Rodríguez, el mulato; el otro, Fernández, era rubio) le pidió que no se moviera de su silla hasta que él se lo ordenara. Las manos sobre los muslos, la cabeza mirando al frente, los pies firmes en el suelo. A los veinte minutos de resistir la posición, Irving sintió cómo su cuerpo se entumecía, empezaba a dejar de pertenecerle, pero, muerto de miedo, no se movió. A los cuarenta descubrió que era su cerebro el que estaba entumecido y chorreante. A los cincuenta minutos —creía, suponía, especulaba con minutos imprecisables—, se desmayó. Varios años después, cuando ya Irving llevaba mucho tiempo viviendo en España, Horacio le envió la descripción literaria del procedimiento: la había encontrado, con los pelos y señales referidos por Irving, en una novela de un tal Vasili Grossman. Sus interrogadores parecían haber asistido a la misma academia que los personajes soviéticos de un novelista muerto en la compacta marginación típica de la escuela política soviética.

El detenido también debió contar muchas veces la historia de su pelea con Walter y, por supuesto, como mecanismo de defensa, desde el principio reveló como origen de la disputa la obsesión de Walter por abandonar el país, con lo cual suponía demonizaría al suicida. Confiaba en que Darío no hablaría del empeño de Walter ni mencionaría al diplomático checo, pues sabía que revelar la petición del pintor podría complicarle la vida a Darío por no haber denunciado policial o políticamente el propósito del ahora difunto Walter Macías. Pero cuando los interrogadores le hablaron de esa idea de Walter como vía de escape hacia el exterior, le fue fácil deducir que Darío la había confesado (¿o había sido otro de los que lo sabían?), quizás convencido de que lo salvaba el hecho de no haber accedido a la súplica del suicida. Y si era así, él ya no podía hacer nada más que ratificar la información.

El otro tema escabroso del cual Irving había tratado de escapar tuvo que ver con la posible adicción de Walter al consumo de drogas. Sin embargo, los policías sabían tanto del tema que en un momento de lucidez comprendió lo insensato de su actitud y admitió que alguna vez lo había oído hablar de que había fumado marihuana. Aunque nunca jamás la había probado delante de él, advirtió Irving, que solo ratificó la afición alcohólica del difunto. Y, por supuesto, no tenía ni idea de dónde podía sacar Walter lo que consumía, si de verdad consumía alguna droga.

Lo que más lo sorprendió en sus diálogos policiales fueron las preguntas sobre la presunta relación carnal de Elisa con Walter. Irving especuló sobre el origen de una información tan íntima, y concluyó que alguno de los enterados (¿Darío, Clara, Horacio, la propia Elisa?) podía haber soltado aquella prenda. Teniendo la coartada que tenía, ¿lo interrogaban a él para sacarle algo que los condujera hacia Elisa, Bernardo u otro del grupo? Aterrorizado por esa posibilidad nada desechable, siempre repitió que había oído el comentario, pero que ni Elisa ni mucho menos Walter le habían hablado de una relación carnal entre ellos. Eso era lo que él sabía. ¿A quiénes Horacio les había contado esa historia y de dónde la había sacado? ¿Cuál de los que sabían de la turbia conexión entre el muerto y la joven embarazada se la había soltado a la policía? Irving ya presumía por su propia experiencia que, bajo presión, cualquiera podía haber entregado esas y otras informaciones.

En la medida en que soltaba algunas posibles confidencias y volvía a responder las mismas preguntas, en lugar de alivio Irving comenzó a sentir cómo se quedaba solo, vacío, ciego. A partir del momento en que no había nada que ocultar, todo se redujo a él, su impotencia y su miedo, que apenas se protegían con el escudo de su inocencia. Porque los interrogatorios no se detuvieron.

Lo peor fue que las preguntas se repetían una y otra vez, en tonos y formulaciones diferentes, obligándolo a tratar de recordar qué había respondido para intentar no caer en contradicciones, hasta que su estrategia dejó de importarle: él era inocente porque era inocente, y si querían algo que los condujera hacia Elisa o Bernardo, él no podía darles nada. El investigador Rodríguez insistía en que en la muerte de Walter había intervenido otra persona y, por tanto, se trataba de un asesinato. Y ellos no pararían hasta encontrar al culpable. Mientras, el oficial Fernández le reiteraba que todo se trataba de pura rutina, había casos de suicidio que, por diversas razones, debían quedar completamente establecidos como tales (más tratándose de un artista, ya se sabe cómo son los artistas), y le daba confianza, prometiéndole que en cuanto todo se aclarara, de inmediato volvería a su casa y su trabajo. Si Irving no se equivocaba (aunque nunca podría jurarlo), jamás ninguno de los policías le acusó de haber asesinado a Walter... ¿Por qué lo retenían y lo hostigaban entonces? ¿Se encarnizaban con él porque, conociendo su inclinación sexual, lo consideraban débil, pusilánime, artero, capaz de señalar a otros?

Fue en uno de los traslados a un cubículo de interrogatorios, durante el que podía ser el quinto o centésimo día de su detención, cuando Irving tuvo una visión fugaz que no supo si se debía a un delirio o a la realidad: avanzaba por el pasillo en forma de túnel en el instante en que se abría la puerta de un local y él volteó la cabeza. Entonces vio, o creyó ver, o soñó que veía sentada tras un buró, con unos papeles en la mano, a una joven rubia, de ojos como asombrados (¿le vio los ojos?)... que debía de ser Guesty, la novia de Horacio que el mismísimo Walter aseguraba que era una infiltrada policial en el Clan. Tras esa imagen veloz pero demasiado inquietante (¿qué cosas había dicho delante de ella, qué le había confiado Horacio, cuánto sabía Guesty de él y de sus amigos?), el temblor en las piernas que lo atacó le impidió seguir andando y, ya casi desmadejado, Rodríguez debió ayudarlo a sentarse en el suelo para de inmediato llamar al médico. Cuando le tomó la presión, el doctor ordenó que lo trasladaran a la enfermería, donde le aplicó una inyección en la vena luego de colocarle una píldora debajo de la lengua, para ponerlo a reposar por algunas horas.

El cerebro de Irving no paró de girar cuando se recuperó del sueño vacío al cual lo condujo el fuerte tratamiento relajante e hipotensor aplicado por el médico del cuartel. Si en realidad la mujer entrevista era Guesty, y si como todo parecía indicar, Guesty trabajaba para la policía, entonces él y sus amigos podían considerar que andaban desnudos por el mundo: muchas de sus intimidades habían estado en exhibición y sabían de cada uno de ellos lo imaginable y lo inimaginable, y tendrían muchas respuestas para lo que le habían preguntado en los interrogatorios. Y, para colmo, ahora sabía que sí, por supuesto, tal como presumía, cada uno de ellos poseería su flamante expediente. El único alivio que vino en su ayuda fue la conciencia de que él y sus amigos no tenían nada lamentable (o demasiado lamentable) que ocultar en un país donde casi todo el mundo ocultaba algo, y que él solo había dicho verdades en sus conversaciones policiales de los seis días y cinco noches más negros de su existencia.

Irving nunca tendría la posibilidad de saber con total certeza si la rubia entrevista había sido Guesty, y ninguno de los miembros del Clan, incluido el persistente Horacio, lo sabría de manera inequívoca. Ni siquiera estarían convencidos cuando, años más tarde, Darío se topó con la rubia asombrada en el Ponte Vecchio de Florencia y le preguntó si se había dedicado a vigilarlos...

Al día siguiente del colapso nervioso (¿o fueron mil días después?), luego de un par de interrogatorios mucho menos tenaces, un oficial desconocido por Irving fue a buscarlo a la celda para comunicarle que podía irse a su casa y pedirle disculpas por las molestias que podían haberle provocado. Al salir del edificio le darían un documento para que justificara sus ausencias laborales, y así su salario no se vería afectado por ellas. Le dijo que los investigadores esperaban que el retenido comprendiera que él, Irving, por obvias razones se había visto envuelto en la investigación por un posible homicidio, un proceso aún en curso, y confiaba en que sus colegas lo hubieran tratado con el debido respeto a su integridad física y psicológica. El hecho de que al fin supieran cómo el difunto consiguió tener acceso a la azotea del edificio clarificaba muchas cosas, agregó, sin dar más detalles. Fue en el instante en que el oficial le tendió la mano cuando Irving, que permaneció asintiendo con vehemencia durante toda la explicación de rigor, tuvo la noción exacta de su indefensión cósmica y comenzó a llorar, con unos sollozos que le salían del alma más que de los pulmones, y adquirió la perversa percepción de que el miedo vivido en los que resultaron ser solo seis días y cinco noches lo acompañaría, como el padecimiento crónico de la presión arterial alta, por el resto de su estancia en la tierra.

Siempre, hasta el final, incluso más allá del final, en la realidad física o en los recuerdos, en la cercanía o en la distancia, a ellos les quedaría Fontanar. El caracol de Clara. El Aleph. El centro magnético generado quizás por una piedra cobriza imantada, sacada de la tierra y devuelta a ella.

Al día siguiente de haber regresado a la calle, todavía con la sensación de que en cualquier momento podían volver a requerirlo y retornarlo al infierno, Irving se sobrepuso a sus miedos. Acompañado por Joel, viajó hasta la casa que en tiempos había odiado Clara, el sitio donde tantas veces se sintieron felices, pues Irving sabía que le debía a sus amigos la crónica de su paso por los cuarteles policiales donde había perdido diez libras de peso y ganado la revelación de la desnudez en que, así lo aseguraba, estuvieron viviendo por meses (¿o años incluso?) los actos y pensamientos de todos y cada uno de ellos.

El Clan que se reunió esa tarde era un equipo conmocionado hasta los cimientos, en el que se mezclaban los miedos con los sentimientos luctuosos, la ira con el desasosiego. Junto a Irving y su fiel Joel estaban Clara y Darío, los anfitriones, y también Horacio, los reaparecidos Fabio y Liuba, y Elisa, con el anuncio (¿verdadero o falso?) de que Bernardo no vendría pues sufría de una gripe invernal, con fiebre incluida. De algún lugar ignoto Horacio había logrado sacar un pollo, canadiense y pechugón, troceado por Clara para que a cada cual le tocara un fragmento en el arroz con pollo que se dispuso a cocer, mientras Liuba aportaba una caja de croquetas de carne, *Made in Viet-*

nam, que habían entregado en el Ministerio como premio por el cumplimiento de unas metas que nadie recordaba haber conocido ni cumplido. Como por fortuna la reserva secreta de botellas recibidas por Darío como regalo de sus pacientes parecía no tener fondo (aunque siempre advertía que la provisión se agotaba), el médico aportó un litro de White Horse que presentó como el mejor remedio para la ansiedad de los presentes, recomendable incluso, con confianza médica, para los hipertensos... y suficiente, en virtud de la ausencia de la sed insaciable del ahora enfermo Bernardo y la voracidad ya para siempre calmada de Walter.

Acomodados en la terraza, a ninguno le importó ver cómo el sol se ponía con prisa invernal y un magnífico despliegue de colores ígneos, pues Irving narraba su experiencia, sin poder renunciar a los énfasis y silencios dramáticos que tan bien manejaba y que, con conciencia o sin ella, le hizo reservar para el momento climático la revelación de su fugaz visión de la rubia Guesty (¿estaba uniformada o vestía de civil?) y su derrumbe físico y psicológico.

—La vi de refilón, dos segundos, pero juraría por mi madre que era ella. Esos ojos... —afirmó, mirando a Horacio.

—«El miedo devora el alma», como dijo Fassbinder —sentenció el físico, que había comenzado a negar con la cabeza.

—¿Fas quién? —preguntó Fabio.

—No importa, un tipo que hace películas... Y, y... —Horacio parecía haber perdido el hilo de sus razonamientos—. Sí, y el terror hace ver visiones o lo que sea... Eso de que Guesty es una superespía era un cuento de Walter... Porque ¿saben qué? Bueno, lo he pensado mucho y creo que si alguien aquí era policía, o mejor dicho, informante, ese podía ser Walter...

—Voy a hacer como tú, Horacio —intervino de nuevo Fabio—. «El ataque es la mejor defensa», como dijo otro que decía cosas...

—¿Napoleón? —terció Darío, buscando liberar tensiones, y dio un sorbo al trago que tenía en una mano y un mordisco a la croqueta vietnamita que blandía en la otra. El sabor indefinible del artefacto le provocó una extraña reacción química en su memoria afectiva—. ¿O lo dijo Nguyen Sun, el guerrillero? —Y sonrió con la evocación del héroe de la radio novela que derribaba aviones yanquis con las flechas de su irredenta ballesta de vietcong.

—En serio, caballeros —regresó Fabio—. Yo conocía a Walter hace una pila de años y podría ser cualquier cosa menos policía. Cualquier cosa... Hasta suicida.

—¿Y no era un provocador? —entró Irving.

—O un hijo de puta —remachó Joel—. Irving se lo dijo y miren cómo se puso. ¿Por qué? Porque era un hijo de puta aunque ahora esté muerto. Y nadie me diga que no se habla mal de los muertos... Un tronco de hijo de puta...

Horacio no dejaba de mover la cabeza. Algo arcano, como la oscilación del péndulo de movimiento eterno, parecía empujarlo.

—No quiero defender a nadie, Fabio. Quiero ser racional... ¿Para qué coño alguien querría vigilarnos a nosotros?

—No lo sé..., pero...

—A lo mejor nos vigilaban por oficio, por deformación, por vicio, por si acaso... —saltó Elisa, hasta entonces en un inhabitual mutismo—. Olvídate de ser racional, Horacio. Yo sé bien que a veces todo eso es irracional y ya. Lo mismo podía ser Guesty que Walter que...

—No me gusta hablar de esto —la interrumpió Liuba—. Me pone nerviosa...

—Pues ponte nerviosa —regresó Elisa—. Yo lo sé. Por mi padre lo sé bien. Cualquiera aquí puede ser un hijo de puta espía. Y yo creo que era Walter. Si no, ¿por qué tanta investigadera de la policía?

—Está bueno ya, Elisa... —casi suplicó Liuba—. ¡Cambien de tema!

—Siempre se puede hablar de pelota —admitió Horacio. Al fin y al cabo, lo aliviaba la petición de Liuba de abandonar un terreno pantanoso, en donde se había hundido hasta la barbilla. Pero se dijo que debía pensar e iba a pensar: ¿por qué

Liuba rechazaba el tema con tanta vehemencia?, se preguntó para comenzar. ¿Sería ella la informante? Y también se dijo que quizás Irving había visto a Guesty, todo era posible. De lo que no tenía dudas, como le confesó semanas más tarde a Irving, cuando para el grupo de amigos comenzaron a sonar nuevas alarmas con mucha mayor estridencia, era de su convicción de que en todo lo ocurrido había algo mucho más turbio que una simple y siempre dudosa vigilancia de oficio por parte de quien fuera que, como bien decía Elisa, podía ser cualquiera. Definitivamente, en alguna parte se acumulaba mierda, mierda de verdad, y él podía olerla, aunque no estuviera en condiciones de verla. Pero encontraría la fuente de donde emanaba el mal olor.

—¿Y saben lo último que me dijo el oficial que me soltó? —preguntó Irving, y muchas cejas se enarcaron: ¿qué dijo?—. Pues que ya sabían cómo Walter había entrado en la azotea.

—¿Cómo lo supieron? —indagó Elisa.

—¿Tenía la llave del candado? —se extrañó Fabio.

—Supongo... —admitió Irving.

—¿Y de dónde la sacó? —quiso saber Clara, e Irving levantó los hombros.

—Entonces te soltaron porque ellos creen que se suicidó, ¿no? —concluyó Fabio.

—¿Y te dijeron si de verdad el candado estaba otra vez cerrado por dentro del edificio? —intervino Horacio, y ante la falta de respuesta de Irving, la interrogación quedó abierta.

Irving, que por su nuevo padecimiento solo aceptó un trago del whisky, y Elisa, que había dejado de beber y de fumar por su estado de gestación, en algún momento, ya caída la noche, se apartaron del grupo cada vez más achispado y salieron a la penumbra del patio. Quizás necesitados de hablar, o atraídos por el imán de una compenetración que siempre los acercaba o porque simplemente se habían hastiado de la discusión que otra vez había recalado sobre la verdadera catadura ética y humana del difunto Walter y las posibles razones de su ya casi certificado suicidio.

En las últimas semanas el vientre de Elisa se había hecho más notable, aunque ella lo estimaba pequeño para los casi cinco meses de embarazo que ya contaba. Su condición de gestante, que la mujer consideraba agresiva y la iba tornando cada vez más gorda y lenta, a Irving le pareció que la embellecía y se lo confesó, acariciándole la protuberancia del vientre.

—Lo peor no es lo físico —le confesó Elisa—. Es lo que me provoca aquí dentro —dijo, y se tocó la frente—. Me siento distinta...

—Porque estás distinta, con todas las hormonas revueltas —reafirmó el otro—. Y porque tienes un problema que resolver.

Elisa asintió.

—Más de uno... Pero olvídate ahora de mí o de mi barriga y vamos a mis problemas... Porque no entiendo que si los policías creen que Walter se suicidó te hayan metido allí tantos días... No sabes cómo pensé en ti y por lo que estabas pasando.

—Es que no te lo puedes imaginar... Ahorita lo conté muy por arriba... Lo que dejé de decir es lo peor.

—¿Qué no nos dijiste, Irving?

Con el dorso de una mano se limpió los ojos humedecidos, suspiró y dirigió la vista hacia la oscuridad insondable. Así se veía por dentro: envuelto en unas tinieblas amenazadoras.

—Que yo creo que los policías me interrogaron para que les dijera algo de ti o de Bernardo. Si tenían líos con Walter. Ellos saben algo.

—¡Por tu madre, Irving! No saben un carajo... Porque no hay ningún lío entre nosotros y Walter. Si te soltaron es porque no saben nada.

—Pues no estoy tan seguro, de verdad que no.

—Pero ¿qué tú crees que pueden saber?

—Más o menos lo mismo que nosotros, pero con más detalles, Elisa, vida mía... Que puede haber algo turbio en el suicidio de Walter. Esa historia del candado que estaba cerrado...

—No jodan más con el candado, Irving. Donde había algo

turbio era en la mente de Walter y en la borrachera que debía de tener. Por eso se tiró de allá arriba o se cayó por comemierda, da igual...

—¿Y si de verdad Walter era policía y por eso los policías están tan preocupados? Tú misma lo dijiste...

—¡Qué coño iba a ser policía el infeliz ese! ¡Yo sé lo que es un policía! ¡Me crie con uno de verdad! Y Walter no era ni un carajo... Y creo que Guesty tampoco.

Irving se detuvo y la miró.

—Tú sabes que no era policía ni nada..., lo sabes porque tú te acostaste con él, ¿no?

Elisa lo miró fijo a los ojos y casi logró sonreír.

—¿De qué tú hablas?

—Horacio piensa que sí, no sé por qué, pero lo piensa. Y no sé si él o alguien al que él se lo comentó se lo dijo a los policías... Ellos me lo dijeron. Y a lo mejor también se lo dijeron a Bernardo. ¿Él te ha dicho algo de eso?... Elisa, ¿Bernardo pudo haber matado a...?

Elisa se había detenido y observaba al otro. A las preguntas de Irving respondió negando con la cabeza. Por un momento cerró los ojos e Irving notó que había palidecido, pero volvió a mirarlo y reaccionó:

—¡Pero qué clase de locuras son esas, coño...! No, yo nunca me acosté con él... Te lo juro por lo más sagrado..., por esta barriga que ando cargando —dijo, y el otro sintió cómo aquella afirmación lo aliviaba—. Además, todo el mundo sabe que la noche que ese imbécil se mató Bernardo estaba conmigo, en mi casa, y... borracho como un perro. Dejen tranquilo a Bernardo.

—¿Entonces...? ¿Tu barriga?

La respuesta de la mujer se dilató unos segundos.

—Es un regalo de Dios, ya lo dije...

—Ay, Elisa, por lo que más tú quieras... Mira, yo también pensé mucho en ti cuando estaba allá adentro... Pensaba en tu fuerza. Hubiera querido tener tu fuerza para resistir mejor lo que estaba viviendo.

Elisa negó otra vez con la cabeza.

—Allá dentro ninguna fuerza vale... O nada más vale la que tú tenías: saber que no hiciste nada. Eso es lo único que te puede sostener.

—Pero ni eso te ayuda a soportar el miedo.

—Pues ahora mismo todos tenemos miedo.

—¿Bernardo?

—Él también tiene miedo, aunque no sabe si me acosté con nadie y mucho menos mató a nadie. ¿Cómo coño te lo voy a repetir? ¿Te imaginas a Bernardo matando a alguien?... Yo también tengo miedo.

—Pero tú sigues siendo fuerte.

—No, no lo creas... Esto —tocó su vientre abultado— me hace vulnerable. Ya te lo dije: me siento distinta. A veces ni yo misma me conozco. Hay días que me miro en el espejo y no me veo: no encuentro a Elisa... Y cuando todo esto pase, la que va a matar a Horacio soy yo, te lo juro —dijo, e Irving vio unas lágrimas correr por el rostro de su amiga, su ídolo, su modelo que de pronto hizo un puchero y a duras penas logró decir—: Porque nunca ni se me ocurrió acostarme con Walter... Con el que sí me acosté fue con Horacio.

—Por Dios, Elisa, por Dios... ¿Qué tú estás diciendo?

—Lo que oíste, coño —susurró y soltó un sollozo.

—Ay, mi madre... Pero no te pongas así —dijo el hombre y la abrazó, la besó en la frente, le limpió las lágrimas, la sintió real y cercana. Su Elisa.

Irving no sospechaba que esa noche fresca de Fontanar, mientras penetraba en uno de los secretos que son capaces de alterar varias vidas, también estaba hablando, abrazando, besando por última vez en muchos años o por todos los años a su amiga Elisa Correa.

Otra vez el mar. Desde el portal de aquella cuarta planta, por encima de algunos pinos, palmeras y otras pocas viviendas, con el favor de la elevación que trepaba hacia unas discretas montañas, se podía contemplar a placer la extensión hipnótica, de un azul desvaído, del domesticado Mediterráneo. El mar, otra vez el mar que hacía un año justo él no veía, luego de haber vivido toda su existencia cerca del océano. Y el mar ahora le transmitía sensaciones equívocas que iban desde la paz interior y el goce estético hasta la turbulencia de la lista de sus muchas pérdidas y ausencias (su amante, su madre, sus amigos, su mundo, quizás irrecuperables). Y fue esa mañana, viendo un mar que sentía suyo pero que no era el suyo, cuando Irving tuvo la más insidiosa convicción de que su desarraigo iba a ser un padecimiento de largos efectos o tal vez incurable, como su hipertensión arterial. Su opción, una suma de ganancias y pérdidas.

La noche anterior había volado desde Madrid al aeropuerto del Prat, en las afueras de Barcelona, donde lo esperaba Darío, y luego, a bordo de un reluciente Citroën Xantia del año que exhalaba amables perfumes de cuero, habían viajado por carreteras oscuras hasta Calafell, aquel antiguo pueblo de pescadores, cada vez más invadido de segundas residencias y, en los meses propicios, de veraneantes, que se hallaba en la costa del Baix Penedès, equidistante entre Tarragona y Barcelona. Allí, en la urbanización de Segur de Calafell era donde el afortunado Darío y Montse, su mujer catalana, recién habían comprado su segunda residencia.

El piso ocupaba toda la cuarta planta, una especie de ático o *penthouse,* como lo llamarían en Cuba, y coronaba un edificio que, como el Citroën, todavía olía a nuevo. Con razón el apartamento debía de ser el más flamante y justificado motivo de orgullo de Darío, que, apenas llegados, con el pretexto de mostrarle el cubículo de los invitados, lo obligó a hacer el recorrido de la morada —habitaciones, baños, amplia cocina comedor y hasta un cuarto de trabajo, donde vio entrelazadas una banderilla del Barça con otra de Cataluña—. La exhibición terminó en la generosa terraza orientada hacia la costa, un telón oscuro a esa hora de la noche, en cuya profundidad se presentía la promesa que a la mañana siguiente, despierto antes que sus anfitriones, Irving disfrutaría en solitario, con la taza de café en la mano.

Desde su llegada a España, un año atrás, Irving había sostenido varias conversaciones telefónicas con Darío, había recibido del médico algunas ayudas materiales —abrigos que se le quedaban pequeños, tres o cuatro envíos de dinero—, pero solo ahora se reencontraban, pues el viejo amigo —que ya llevaba cinco años fuera de Cuba— le había advertido de su animadversión por Madrid, a la que llamaba la Capital del Reino, prepotente y dictatorial. ¿De qué coño hablaba? ¿Era ese Darío el mismo Darío? ¿De qué cosas de dictadura se quejaba ahora, apasionado, iracundo, incluso por teléfono y en voz alta?

Por supuesto, Irving no se había sorprendido demasiado cuando Montse lo llamó para preguntarle si podía viajar a Cataluña a pasar con ellos el fin de semana largo que se acercaba, alojados en el piso muy poco antes estrenado de Segur de Calafell. Darío ya no aguantaba los deseos de verlo, dijo la mujer, y si Irving aceptaba, esa misma tarde le enviaban un pasaje para un vuelo por el Puente Aéreo. Y por supuesto que un Irving ahora sí asombrado por las proporciones de la invitación —que incluiría, Montse *dixit,* y todo parecía catalanamente organizado: paseo por Tarragona y sus ruinas romanas y, por supuesto, un día para visitar Barcelona y conocer el piso que ocupaban en la ciudad— aceptó y de inmediato se dispuso para el viaje que tanto lo tentaba, al cual de cierta forma temía, y que de otro modo no tenía medios para realizar.

Cuando abandonó la sala de llegadas del aeropuerto y salió al vestíbulo, Irving tuvo la primera de las conmociones que sufriría a lo largo de sus cuatro días de estancia catalana: un señor que le resultaba familiar, completamente calvo o rapado, de rostro redondo como una galleta, cubierto con un elegante gabán de Burberry y acompañado por una rubia carnosa diez años más joven que él, le sonreía con los brazos abiertos y demasiada alegría. Debió esforzarse para aceptar que aquella era la estampa actual del hombre entrañable a quien había despedido en el aeropuerto de La Habana casi siete años atrás, flaco hasta los huesos, con la cabeza todavía poblada por una cabellera que comenzaba a encanecer y lloroso en el instante de la partida, asumida (en el mayor secreto) como un viaje sin retorno.

Sin haber superado la sensación de extrañamiento físico, el recién llegado se sorprendió un poco más con la alteración fonética y de entonación que ahora sostenían las palabras y frases del viejo amigo, poseedor de un deje catalán en su pronunciación, como si hubiese nacido en una aldea de Gerona. Sin sentirse preparado para la radicalidad de las variadas y pasmosas transformaciones sufridas por Darío —¿se movía distinto, gesticulaba de otro modo?—, Irving sintió la rara incomodidad de estar frente, cerca, entre los brazos de una persona a la cual, al mismo tiempo, conocía y desconocía.

Una hora después, mientras le mostraba el piso de Segur de Calafell (un *chollo*, lo llamaba, y no una ganga) con Montse tomada de la mano, como si se tratara de dos jóvenes novios en pleno disfrute de una triunfal complicidad (entre ellos, por cierto, solo hablaban en catalán), Irving tuvo la perversa idea de que la invitación de Darío se debía a la necesidad de que precisamente alguien como él, Irving, fuera testigo y posible divulgador de su éxito, representado de manera estrepitosa por una casa de ensueño. ¡Darío y las hermosas casas a través de las cuales materializaba su invencible empeño de alejarse del solar sombrío y violento de sus orígenes! Sí, debía de ser esa la razón, pensó Irving, y todavía sonreía divertido a la mañana siguiente de su llegada, mientras disfrutaba de su soledad matinal. Como bien se sabe, se decía Irving, para un cubano resulta más importante que los demás sepan que se está acostando con una mujer apetecible que el mismo hecho de hacerlo... ¡Cómo no iba a funcionar esa seña de identidad tratándose de Darío y una casa nueva, frente al mar, segunda residencia por demás!

—Te quedó bueno el café, aunque ya está medio frío. —La voz a sus espaldas sacó a Irving de sus cavilaciones y se volteó para ver a Darío, que, taza en mano, cubierto con una sedosa bata de casa floreada, le palmeó el hombro antes de ocupar la butaca cercana—. Vamos a esperar a que Montse se despierte para desayunar. A ver a qué hora resucita la jeva esta con las pastillas esas que se mete...

Irving volvió a sentirse descolocado, o quizás recolocado donde siempre debió haber estado: el Darío de 1997 seguía medio calvo y gordo como la noche anterior, arropado ahora en un atuendo hogareño clásicamente elegante, muy burgués para sus códigos, pero volvía a hablar como el Darío que había conocido en Cuba. Y con su voz y entonación cubanas recuperadas, su imagen comenzaba a recomponerse entre el presente y el recuerdo.

—No hay lío, la esperamos —aceptó Irving y sonrió—. ¿Quieres que cuele un café nuevo?

—Sí, dale... Pero coge del Illy. En el estante de... la izquierda. ¡Me cago en, qué ganas tengo de volver a Italia!

Irving regresó a la cocina y preparó la cafetera italiana con polvo de café también italiano. Sabía que a Darío, tan hogareño, nunca le había gustado preparar la infusión, y su mente lo condujo a pensar en la mezcla de granos apenas con sabor a café y siempre con el peligro de tupir la cafetera que, allá en Fontanar, tomarían Clara y los hijos de Darío. Si aún tenían café.

—Ahora estaba pensando... —comenzó Irving cuando regresó a la terraza cargando las dos tazas bien olientes.

—En Clara y el café —lo interrumpió Darío.

—¿Cómo coño lo adivinaste, tú?

—Porque te conozco..., y me conozco..., hace demasiados años y demasiado bien, recabrón. ¡Tengo que comprarte unas tacitas de porcelana! —dijo Darío, y antes de darle un sorbo al café recién hecho se puso de pie, dio un paso y abrió los brazos para estrechar a Irving contra su pecho—. Esto es de tranca, Irving, de tranca.

Irving, sorprendido por la explosión de afecto del viejo amigo, siempre más que comedido en ese tipo de manifestaciones físicas, se recuperó en un instante y respondió como él sabía y debía hacerlo.

—Darío..., la tranca es lo que me estás pegando... Andas encuero debajo de esa bata de maricón de carroza.

Y los dos amigos rieron. Rieron como hacía mucho no reían: y no por la intensidad, sino por la calidad de la risa.

Luego del desayuno, hablando su fluido catalán, Darío le propuso a Montse que aprovecharan una mañana tan esplendorosa (así la calificó: de *esplendorosa)* e hicieran una caminata por el paseo marítimo del pueblo. La mujer, también en catalán, se disculpó, pues quería terminar la revisión de unos trabajos de sus alumnos de la Universidad de Barcelona y hacer unas llamadas para concretar la venta de un piso, el negocio del que obtenía sus mayores ganancias.

—Id vosotros —agregó ella en español—. Yo os recojo allá abajo a las dos para tomarnos un aperitivo y de ahí vamos a comer a Tarragona, ¿vale? Le prometí a Irving ir a ver las ruinas romanas y...

—Vale, mi amor. *Adéu...*

Para la caminata Darío se había engalanado con pantalón y camisa de hilo, blanquísimos, unas sólidas sandalias de cuero y un sombrero de fibras tejidas (lo compramos en Creta, advirtió) destinado a resguardarlo del sol, a pesar de lo cual Montse insistió en colocarle una perfumada y viscosa crema protectora en las mejillas, la frente y el cuello. Al verlo con aquel atuendo y unas rayas blancas de jefe indio en la cara, Irving pensó que

Darío se le volvía a alejar o que en el mismo cuerpo ahora vivían dos criaturas parecidas aunque diferentes: el hombre que fue y todavía era y el nuevo que necesitaba ser. Recordó que el primer hombre, apenas unas semanas antes de salir al exilio, bajo el inclemente sol cubano que curtía el cuero, había estado cavando en el patio de la casa de Fontanar, empeñado en sacar algunos raquíticos boniatos para la comida, sin sombrero ni camisa ni el conocimiento de que existían cremas de L'Occitane en Provence como la que ya lo perfumaba y le daba aspecto de tigre domesticado. ¿El solecito de mierda de mayo en Segur de Calafell daba cáncer de piel y el furioso de Cuba no? Pero Irving no se amilanó y persistió en su bermuda y la camiseta sin mangas.

Los amigos descendieron la cuesta en busca del mar y, en su léxico y entonación cubanas recuperadas, Darío le habló a Irving de su satisfacción con su nueva vida. Hacía el mismo trabajo que en Cuba —abría cabezas y manoseaba masas encefálicas, rajaba espaldas y rectificaba con tornillos columnas vertebrales—, y obtenía por su labor recompensas nunca soñadas.

—Irme de Cuba fue lo mejor que me pasó, mi socio. Y se lo agradezco a los que me empujaron a hacerlo. No sé cómo estaría viviendo allá, pero seguro que cada vez peor. Aquello no tiene arreglo, no tiene arreglo...

Irving asintió. No encontraba nada que responder a la satisfacción de Darío con su exilio y a sus juicios sobre su previsible vida cubana y las posibilidades de recomposición nacional. Decidió que no valía la pena maltratar un estado de euforia, real o fingido, o con una mezcla de ambos condimentos. Por eso se abstuvo de hablarle de Clara y de sus hijos Ramsés y Marcos, dejados atrás, en otra vida a todas luces insatisfactoria y peor, según las propias opiniones del médico.

—Además, mira la mujer que me he encontrado —siguió Darío—. Me trata como si fuera Dios... Está un poco *creizy,* la verdad, pero es un ángel. Y no es tacaña... ¡Y en la cama...! Ni te cuento. Así gordita y todo como la ves... —y luego de una pausa agregó—: me pone como ya no me ponía Clara.

Irving recordó sus conversaciones sobre el tema con Clara y le pareció que lo habían hablado mil años atrás, y decidió mantenerse en el presente.

—Me alegro —dijo Irving y no pudo morderse la lengua—. ¿Y tiemplan en catalán?

Darío rio.

—Tú como siempre...

Habían llegado al amplio paseo marítimo, a cuya vera se levantaba una hilera de palmeras que se perdía en la distancia y, al otro lado, una extensión de arena pulcra y un mar apacible pero intratable por su frialdad invencible.

—Irving, mi hermano, tú no sabes bien lo que han sufrido los catalanes por querer ser catalanes —comenzó Darío—. Pero yo los entiendo. Yo que viví en Cuba y les vi los colmillos a los americanos, los entiendo. Y por eso comparto sus pretensiones. Tú lo verás..., no va a ser mañana ni pasado, pero algún día esto va a explotar, te lo digo yo... Y si vivo y trabajo aquí, me siento bien aquí..., ¿por qué no ser como los de aquí?... Esos señoritos de Madrid son...

—Qué raro —intervino Irving—. Allá tú eras de los que no hablaban de política...

—Porque no se podía hablar de política... Nada más obedecer. Tú lo sabes bien, no te me hagas...

—Nosotros hablábamos de política. En voz baja, pero hablábamos... Y tú eras del Partido...

—Es verdad... —admitió Darío—. ¿Y qué resolvieron hablando? Además de quejarse, ¿cambió algo?... Mira, Irving, ¿sabes qué es lo mejor de todo lo que me ha pasado aquí?

—¿Mejor todavía? —ante la pausa, Irving se sintió empujado a preguntar.

—Pues que puedo hablar de lo que me dé la gana con quien me dé la gana. Puedo vivir sin máscara, mi socio, sin máscara. ¡Y sin paranoia, chico! Y no me hagas acordarme de cómo eran las cosas allá, por favor...

Irving asintió, mientras desistía en su empeño de intentar fijar una imagen de un Darío ahora dispuesto a disparar en todas direcciones, porque, además, comprendió que no tenía potestad para hacerlo: cada uno tenía el derecho de pensar y vivir como deseara, con el único límite de que sus decisiones y actos no perjudicaran a otros. Él mismo siempre había clamado por esa posibilidad y no era el más indicado para criticar a Darío por el disfrute de sus satisfacciones materiales y espirituales.

—Me alegro por ti, Darío. De verdad que sí..., y discúlpame si a veces me pongo un poco soquete... Mi mamá me decía así, soquete...

—¿Sabes qué, Irving?... No tengo que disculparte nada... Ayer te leí en la cara lo que pensabas... —dijo mientras se tocaba la cabeza cubierta con el sombrero de paja—. Y como te conozco hace ni sé cuántos años... Sí, es verdad, quise invitarte para que vieras cómo vivo. Antes de que te vayas te voy a enseñar también el piso de Montse en Barcelona, y mi biblioteca. Quiero llevarte al hospital donde trabajo, parece un hotel de cinco estrellas. Allí me tratan de señor y doctor y profesor, y no de compañero... Y quiero que veas todo esto —abrió los brazos como si la playa, el paseo, los edificios colindantes también fueran parte de sus pertenencias—, no porque me haya vuelto más comemierda de lo que siempre fui. Eso ya no es posible...

—Ñó, me acordé de aquel lema que debíamos gritar en la secundaria... «¡Siempre se puede más!»...

—¿Vas a seguir dándome cuero?... A ver, la verdad verdad es que tengo que trabajar como treinta años para pagar este piso aquí en la playa, y que si no fuera por Montse y la plata que tiene, yo no estaría, y de paso tú y yo no estaríamos donde ahora estamos, gozando de la parte bonita del mundo. Y no se me ha olvidado gracias a qué hijeputadas históricas esta es la parte bonita del mundo y no Bolivia o el Congo... Sí, le pedí a Montse que te invitara para que vieras todo esto tú, Irving, que sabes que mi vida completa ha sido una lucha por alejarme de la mierda en que nací y crecí, aunque ni te imaginas las cosas que pasé... Lo estoy haciendo para que tú, que eres mi amigo, y cuando me iba de Cuba me diste la mitad de todo lo que tenías, y eso no se me va a olvidar nunca jamás, aunque ahora hable en catalán, te decía, coño, para que un hermano como tú me diga que no me equivoqué... Porque ya te conté lo bueno de mi vida, pero lo jodido también existe, y es eso: cuando miro todo lo que tengo y lo que puedo tener, hay días que pienso que a lo mejor nada de eso es importante, o que sí lo es, no sé. Pero también pienso a veces que no es más importante que lo que ya no tengo porque lo perdí... o porque me lo quitaron. Incluidas las compañeras trapeólogas, sí, las que limpian el piso, que allá me colaban el café que a veces me regalaban mis pacientes y me pedían un par de malangas si me habían traído malangas... ¿Tú me entiendes, Irving?

—Yo te entiendo, Darío... Y si alguien no entiende..., pues que se vaya al carajo, compadre.

—Sí, a que le den por culo...

—Y, bueno... —Irving miró el mar, distinto al suyo, pero mar, inabarcable, tentador—, y... no, Darío, yo no creo que te hayas equivocado. Allá en Cuba nos pasaron demasiadas cosas que a algunos nos jodieron la existencia... Y de contra Walter, Elisa, no saber o saber que alguien nos vigilaba, los líos que sé que tenías con Clara... Hiciste lo que creías que debías hacer, y ya... Ah, y por cierto, perdona, pero debo recordarte que a algunos nos encanta que nos den por el culo.

La mañana del 15 de febrero de 1990 Irving había ido a no hacer nada a la moribunda editorial que por tiempo indefinido no editaría más libros por la escasez nacional de papel. Al mediodía se disponía a almorzar su bandeja de arroz, chícharos aguados, unas hilachas de col y un par de croquetas de masa inclasificable cubiertas de una especie de pústulas reventadas, casi la misma dieta que recibió en sus días de confinamiento policial. Un régimen que, alternando los huevos hervidos con las croquetas o con el fétido picadillo de soya, se había convertido en el sustento nacional. Fue entonces cuando le avisaron de que tenía una llamada en recepción y no se la podían pasar, pues otra vez por la falta de electricidad, la centralita había dejado de funcionar. Maldiciendo su suerte, cuchara en mano, Irving bajó las escaleras y levantó el auricular para recibir el golpe de una ráfaga de un resucitado huracán.

—Irving, por fin, viejo... Soy yo —dijo Clara.

—Ah, dime, ¿cómo estás?

—Irving..., ¿tú sabes algo de Elisa?

—¿De Elisa?... Bueno, yo la vi anoche igual que tú y...

—¿Y después?

—¿Después? —Irving sintió que se encendían luces de alarma—. ¿Qué pasó, Clara?

—Que Bernardo no sabe dónde está Elisa. Y los padres de ella tampoco... No fue a su trabajo, no está en ningún hospital... Nadie sabe dónde está...

—¿Y tú no sabes cómo es Elisa?... Esa está donde le dé la gana... No, Clara, no cojas lucha con Elisa. ¿No está en ningún hospital? Pues no ha pasado nada —dijo él, tratando de creérselo. No, no quería creer otra cosa.

—Está bien..., si tú lo dices. Pero ahora viene lo que más me preocupa... Lo difícil.

—¿Lo difícil?...

—Es que Elisa está loca. Irving... Anoche, después de que ustedes se fueron, cuando estábamos nada más que ella, Darío y yo..., llegó Bernardo. Medio borracho, el pobre, como era de esperar... Y Elisa le soltó que no estaba embarazada de él.

Irving cerró los ojos antes de exclamar:

—¡Se lo dijo! Ella me juró que no le iba a decir nada... Si casi que me dijo que la barriga podía ser de Bernardo.

—Pues se lo soltó delante de nosotros.

—¿Y le dijo quién era el padre? —casi gritó Irving.

—No, eso no lo dijo... ¿Pero sabes lo más raro? Que Bernardo se quedó como si nada. Yo sí creo que él lo sabía... Porque se quedó así, hasta que terminó su trago y luego se levantó y se fue, sin decir una palabra... Ay, Irving, ¿Bernardo no le habrá hecho algo a Elisa y por eso es que ella no aparece?

Irving sintió cómo un temblor más profundo le recorría el cuerpo. Las posibilidades que ahora advertía Clara parecían un disparate tratándose de un hombre como Bernardo, en el fondo demasiado débil y, desde que se había alcoholizado, casi pusilánime. Pero de hombres débiles y pusilánimes que son capaces de tomar decisiones drásticas y cometer actos terribles también estaba lleno el mundo. Y el alcohol no ayuda en esos casos.

—¿Dónde está Bernardo?

—¡Qué sé yo, chico! —Clara ahora parecía alterada—. Él me llamó hace un rato para preguntar si yo sabía algo.

—Voy a llamarlo ahora mismo... Voy a buscarlo... Y tú estate tranquila, Clara, todos sabemos cómo es Elisa —repitió la frase como si aquel conocimiento del carácter de la mujer fuese un protector universal contra toda adversidad—. Dale, nos vemos...

—Ay, Irving, ¿qué cosa es esto?

—Tranquila, chica —trató de calmarla él.

—¡No me digas más que me esté tranquila, coño! —explotó de pronto la mujer, por lo general apacible—. ¡No puedo estar tranquila!... Irving, tengo miedo —admitió la mujer—. Esto no es normal...

—Clara, tranquilízate..., digo, cálmate..., déjame ir a buscar a Bernardo y ver qué se sabe. Te llamo en cuanto pueda, o voy luego para tu casa. Tran... Bueno, tú verás que no pasa nada, ya tú sabes cómo es Elisa —dijo otra vez y colgó.

Poco después de las cuatro de la tarde, cuando un Irving derrotado por la imposibilidad de hallar a Bernardo al fin entró en la casa de Fontanar y se topó con una Clara cada vez más exaltada, encontró que, en la terraza posterior, junto a Darío estaban allí Fabio, Liuba y Horacio, como si hubieran sido convocados a una cita. Joel llegaría al anochecer. Y cuando los amigos habían agotado las cuotas de especulaciones, sobre las ocho de la noche, al fin apareció Bernardo.

Había sido un par de horas antes, en los minutos muy breves en que el sol de febrero desaparece en el horizonte, cuando Horacio había procurado apartarse del grupo y llevarse a Irving hacia el frente de la casa.

—Irving... —comenzó, y abrió un paréntesis de silencio que utilizó para comprobar que nadie podría escucharlos—. En estos días... ¿Elisa te habló de mí?

Irving maldijo en ese momento ser el depósito de las dudas y pecados de sus amigos. Molesto, soltó sus amarras.

—Sí, Horacio..., que te acostaste con ella. No sé cuántas veces.

Horacio resopló.

—Dos veces. Y más bien fue al revés, compadre. Ella se acostó conmigo. Tú sabes que yo jamás le haría algo así a un amigo.

—De la castidad de tu pinga yo tengo muchas dudas, mi socio. ¡Te la templaste!

—Te lo juro... Yo no la busqué, fue ella, tú sabes cómo es

197

y... Pero eso no importa ahora... Ahora..., dime la verdad, Irving, ¿Elisa te dijo si pensaba que la barriga era mía?

—Después de lo que pasó anoche... ¿De quién más podía ser, chico? Si Bernardo no preña...

—Yo no estoy tan loco. Yo siempre usé preservativos...

—¿Entonces de verdad era un regalo de Dios?

—O podía ser un regalo de Walter —dijo Horacio.

—Ella me juró que no se había acostado con él.

—¿Y tú la creíste?

—¿Qué me quieres decir, Horacio?

—Que..., nada, yo no digo nada. Yo más nunca voy a decir nada —musitó el físico y regresó al interior de la casa mientras Irving le advertía.

—Elisa quiere matarte por andar diciendo que ella se acostó con Walter...

Irving lo vio alejarse y, por primera vez desde que Clara le telefoneara al mediodía, el hombre tuvo la convicción de que algo tremendo podía estar ocurriendo. ¿Qué había pasado con Elisa? La Elisa frontal, sin miedos ni dobleces que había conocido, que creía seguir conociendo, ¿cómo alguien así podía enredarse en aquel laberinto de ocultamientos, traiciones, negaciones, incluso mentiras? Que le hubiera confesado a su marido que él no era el padre de la criatura que crecía dentro de ella podía considerarse una reacción todavía normal, el único modo de no vivir en una falsedad absurda y cruel, pero la manera en que lo había hecho le parecía inapropiada, en esencia humillante, un ataque que el bueno de Bernardo no se merecía. ¿Y por qué precisamente delante de Clara y de Darío? ¿Qué podían creer de lo que le había dicho Elisa? Tal vez actuaba impulsada por la acumulación de acontecimientos extraños, que a Irving empezaban a resultarle reveladores de algunas actitudes recientes de la amiga, más ríspidas de lo habitual, como si cargara con ella una ira, una desesperación empeñada en empujarla y hacerla chocar contra las paredes, mientras agredía a quienes la rodeaban. ¿Qué cosa está pasando, qué nos está pasando?, también empezó a cuestionarse Irving.

Poco después, cuando llegó Bernardo, Clara fue la primera en saltar.

—¿Qué se ha sabido? —preguntó apenas lo vio entrar.

—Nada —dijo Bernardo—. No se sabe nada...

—¿Tú estuviste tomando? —lo interrogó Irving.

—Un trago..., nada más que un trago. Todavía no me he podido ni emborrachar.

—A ver, ¿qué pasó? —preguntó Darío.

Irving aprovechó el diálogo para observar las reacciones de Clara, Horacio y Bernardo: hasta donde sabía eran los miembros del grupo con relaciones más íntimas, pasadas o presentes, con Elisa y, tal vez de alguna forma, causas o consecuencias de la desaparición de la mujer. Aunque después de su conversación con Horacio y la confesión de Elisa de que el físico no era el padre de su hijo por venir, una duda lo laceraba y lo hacía pensar que cualquier habitante conocido o desconocido del planeta podía tener alguna relación turbia con ella. ¿Con cuánta gente se había acostado Elisa?

—Estoy descojonado... ¿Me dan un minuto?... Me hace falta otro trago. Y algo de comer —dijo al fin Bernardo—. Nada más me he tomado un café en todo el día... Darío, ¿puedo darme una ducha? Estoy sucio. Me siento sucio.

Mientras Bernardo se bañaba, Clara y Liuba se empeñaron en preparar unos platos con los restos de la comida del día anterior y del almuerzo que algunos ni habían tocado. Y, con un par de botellas de ron sobrevivientes de la pálida celebración de la víspera, día de San Valentín, fueron a sentarse todos a la terraza. La temperatura había vuelto a subir y resultaba agradable estar en aquel sitio, aunque lamentable el motivo, cargado de electricidad el ambiente. En algún momento Ramsés y Marcos habían pasado entre los reunidos y Marcos se acercó a su madre y le preguntó si se había muerto alguien más, provocando una ríspida respuesta de Clara.

Apenas probó el primer sorbo de ron, Bernardo dejó sobre una mesa auxiliar la toalla con que había salido del baño y comenzó a hablar.

—Ustedes saben lo que me dijo Elisa anoche, ¿les contaste, Clara?... —Y la mujer asintió—. A mí no me sorprendió, yo sabía que ese embarazo no era mío... Esperaba que en algún momento me lo confesara. Pero que me lo dijera así, delante de otra gente..., delante de Clara y de Darío... Eso fue una bajeza.

—Creo que estaba un poco alterada —intervino Darío—. Desde hace días todos estamos alterados. Y ella, en su estado...

—No, me lo dijo así porque quería que todos se enteraran. Para humillarme...

—¡Por favor, Bernardo! —saltó Irving—. ¿Tú no sabías que ese embarazo no era tuyo?

Una piedra de silencio cayó en la terraza. Bernardo terminó el ron antes de responder.

—Lo sabía, sí, por mí..., pero no por ella. Le pregunté mil veces y me decía que no podía ser de nadie más... ¡Eso me decía ella!... Así que no les voy a negar que cuando me soltó que no era mío me dieron ganas de caerle a golpes, aquí mismo... —dijo, y marcó el territorio de la terraza donde estaban—. Lo que pasa es que yo seré un borracho, y no preño, pero soy mejor que ella. Por eso la esperé allá afuera, y cuando nos fuimos, la dejé en la casa y le dije que me iba pal carajo, que hoy por la mañana pasaba a recoger algunas de mis cosas, y que no quería volver a verla en mi puta vida, que ella era un imán para la desgracia... Y esta mañana cuando llegué, como a las diez, Elisa no estaba en la casa, y me alegré. De verdad no quería verla, ni que me dijera nada, porque podía sacarme de mis casillas... Cuando fui a recoger lo mío, busqué un maletín de cuero que teníamos y no lo encontré. Pero no me preocupé. En esa casa se pierde todo... Cogí algunas de mis cosas, pero tampoco encontré un crucifijo mexicano, pintado a mano, uno que compré cuando fui a México y siempre estaba sobre mi buró y que a ella le encanta... Por eso, antes de salir llamé a casa de sus padres, a ver si andaba por allá, y ellos me dijeron que no sabían nada de Elisa. Ahí fue cuando llamé para acá y Clara tampoco sabía de ella. Entonces me acordé del maletín, volví a buscarlo y no apareció por toda la casa. Y registrando me pareció que faltaban algunas cosas de ella. Había menos ropa interior, seguro..., y faltaban dos o tres cosas más.

—Entonces no está perdida..., se llevó cosas y está escondida —afirmó Horacio, e Irving notó un tono de alivio en la voz del hombre y lamentó contradecirlo.

—Elisa no se esconde de nadie, Horacio. Yo creo que Elisa se fue...

—¿Pero adónde se fue? —clamó Clara—. ¿Qué tú sabes, Irving?

—¡No sé nada!... Estoy suponiendo y...

—Irving tiene razón —volvió a hablar Bernardo—. ¿De quién y por qué se iba a esconder? De mí no tenía que esconderse... Elisa se fue... Seguro...

Fabio carraspeó antes de hablar.

—¿Y seguro no está en un hospital?... Un aborto, un dolor... A lo mejor no pudo dar su nombre.

—Fui a Maternidad y no está allí. Tampoco en el hospital de Marianao ni en el de Luyanó... Entonces llamé a Mojena, el que estudió con nosotros, porque él le estaba siguiendo el embarazo y tampoco sabía nada. Si hubiera tenido algún problema con la barriga, Elisa lo habría localizado a él...

—Ayer ella me dijo que todo iba bien con la barriga —susurró Liuba, sabiendo que el tema resultaba doloroso.

—¿No estamos haciendo una tormenta en un vaso de agua? —trató de apaciguarlos Darío—. Yo sigo pensando que está en algún lado y en cualquier momento... ¿Cómo coño alguien se va a largar así como así de Cuba?

—Entonces me fui a casa de su padre —siguió Bernardo, como si no hubiera oído los últimos comentarios—. Ustedes saben las conexiones que tiene Roberto Correa... Bueno, el caso es que me dijo que no tenía idea de dónde podía estar Elisa, que no la veía hacía días. La madre sabía menos, está cada vez más perdida. —Y se tocó la sien—. Yo le propuse a Roberto que fuéramos a la policía a denunciar que estaba desaparecida...

—¡Coño, Bernardo! —protestó Irving.

—¿Coño qué, Irving? —Bernardo estaba alterado.

—Nada, meter a la policía en esto... Otra vez la policía... ¡A ver si dicen que la tienen secuestrada!... ¿Qué te dijo tu suegro? Ese camaján sabe mucho...

Aunque Elisa nunca lo había confirmado, todos los otros tenían la sospecha de que su padre, Roberto Correa, no había sido un simple diplomático con las elementales funciones de inteligencia que por oficio cumplen los diplomáticos, ni tampoco el director de empresas que había representado en los últimos años. La confirmación les había llegado en los últimos meses cuando, a raíz del proceso del verano anterior contra oficiales del ejército y la inteligencia, acusados de delitos que llegaban al narcotráfico y la traición a la patria, Roberto Correa había sido enviado a su casa luego de ser alejado de las funciones que cumplía en el Ministerio de Exteriores, por las cuales debía viajar al extranjero con frecuencia y, en los últimos años, sobre todo a Panamá, uno de los epicentros de la trama de las drogas y las cuentas bancarias abiertas con los dólares obtenidos en diversos negocios. Y si Elisa había desaparecido de forma voluntaria, no resultaba desatinado pensar que aquel personaje oscuro, que aun marginado debía de conservar algunas influencias, podía estar detrás de la evaporación de su hija.

—Me dijo que iba a hacer unas llamadas... Y, para que estés tranquilo, Irving..., me advirtió que ni se me ocurriera ir a la policía, que eso podía ser peor. Que me fuera a la casa, él me llamaba.

—¿Y fuiste o no fuiste a la policía? —insistió Irving. La revelación que antes le había hecho Horacio de una segura relación carnal de Elisa con Walter le agregaba morbo a una trama que cada vez descubría más y más dobleces.

—No..., me fui a la casa..., me sentía, no, me siento como la mierda que soy. Y porque creo que no me importa demasiado dónde se ha metido Elisa. Mejor si se fue pal carajo... Seguro se fue pal carajo...

—Tú no tienes culpa de nada, Bernardo —intervino el cauto Joel y soltó su sentido elemental de la verdad—. Porque si alguien aquí es una mierda, esa es Elisa.

—Mejor no hables, querido, por favor —lo atajó Irving.

—¡Hablo y bien!... Es que no resisto las hijeputadas —se revolvió Joel, empujó su plato, se levantó de la mesa y caminó solo hacia el fondo del patio.

—Pero vino a verme un policía —dijo Bernardo.

—¿Roberto llamó a la policía? —Irving volvía a sentirse alarmado.

—Es un amigo de mi suegro... Me hizo preguntas... Ni sé, cosas de Elisa, de nosotros... Hablamos como media hora, y al final me dijo que no me preocupara, ellos se ocupaban de encontrarla. Por culpa de ese policía es que me demoré en llegar, y gracias a él no me emborraché...

Sobre la mesa cayó un silencio denso. Bernardo bebió hasta el fondo su trago y deslizó el vaso hacia Fabio, que volvió a llenárselo de ron.

—Elisa se fue de Cuba —dijo entonces Fabio, y los demás, con excepción de Bernardo, volvieron la mirada hacia él.

—¿Tú sabes algo? —le preguntó Liuba, mirando a su marido con las cejas muy alzadas.

—¿Qué voy yo a saber, chica?... Claro que no sé nada..., pero pienso lo mismo que Bernardo y que Irving. Me juego la cabeza a que Elisa no está escondida ni un carajo. Que se fue. Que su padre la ayudó y se fue.

—¿Pero cómo? —volvió a insistir Liuba—. ¿Se fue así como así, por su cara linda? ¿De qué me estás hablando?... ¿Llegó al aeropuerto y se montó en un avión? No jodas, Fabio... ¿Y por qué se fue? Si Elisa tenía ovarios para decirle a Bernardo lo que le dijo... ¿Pero cómo y para dónde se fue?

—¿En una lancha? ¿Con su barriga? —Las preguntas de Clara llevaban una carga de ansiedad.

—Hay otras maneras de irse —apuntó Fabio—. Complicadas, pero posibles. Porque, sí, Liuba, a lo mejor Elisa salió por el aeropuerto. —Y con la mano señaló en la dirección donde todos sabían que se ubicaba la terminal de Rancho Boyeros—. Ella tenía pasaporte, ¿verdad?

Irving asintió y entonces intervino.

—Si se fue en una lancha, en un avión, en un cohete..., eso no lo decidió así de pronto. Lo debía de tener pensado y preparado. Claro, claro, por eso ayer le soltó a Bernardo lo de su barriga... No fue para humillarte, Bernardo, fue para ser sincera... Y no le dijo nada a nadie... porque no quería que lo supiéramos. Y porque tenía miedo de algo..., y no me miren así..., cualquiera tiene miedo alguna vez, hasta Elisa Correa, coño. ¡Ella misma me lo dijo!

¿Qué les había pasado? ¿Qué cosa les había pasado? Irving también se lo preguntó desde aquellas revueltas semanas de inicios del año 1990, y se lo preguntaría tantas tantas veces por muchos años más. Algo se había quebrado y, muy pronto, él tuvo la convicción de que se trataba de una rotura definitiva. Habían llegado al punto en que los de entonces ya jamás volverían a ser los mismos ni lo mismo. Más o menos así lo había formulado un poeta. Y de ese modo lo pensaba Irving.

Unas jornadas oscuras sucedieron a la desaparición de Elisa, mientras nada señalaba aún cómo y hacia dónde había escapado la mujer. Y aunque barajaban hipótesis, tampoco lograban tener alguna certeza de las razones de su desaparición. O si alguien sabía algo, no lo decía. La falta de noticias alimentó incluso la especulación, al principio desechada, de que Elisa pudiera estar muerta. Porque al hecho de que Walter se hubiera suicidado y el misterio que todavía envolvía las causas de su decisión (si en verdad había optado por el suicidio como parecía haber aceptado la policía), lo ocurrido con Elisa añadía una sobredosis de sordidez a los sucesos anteriores y posteriores.

Horacio, más que el resto, empujado por su mente acostumbrada a las estructuras lógicas, siempre necesitada de razones, causas para consecuencias, se hacía preguntas: ¿había alguna relación entre un hecho y otro? ¿Walter y su muerte tendrían que ver con el embarazo de Elisa, con su evaporación? Y en el extremo de su perspicacia y para indignación de Irving y Clara,

205

el físico se preguntó, les preguntó: ¿y Elisa no tendría que ver, indirecta o incluso directamente, con el destino de Walter?

Las veladas en la casa de Fontanar a duras penas sobrevivieron a los embates interiores y exteriores que desde entonces comenzaron a producirse. Un Clan ya disminuido, dentro del cual habían aparecido sentimientos de culpa, abandono, traición, vergüenza, se resintió con semejantes agresiones, entre las que tampoco faltó la venenosa sospecha de la presencia de un delator. ¿Guesty? ¿Walter? ¿Y no sería otro de los habituales?

Durante los meses indetenibles que llegaban y seguían de largo, con muchos signos de interrogación pendientes sobre sus cabezas, se incrementaron para los miembros del Clan, como para todos los habitantes del país, los pesados humores de la desesperación y el desencanto, los de angustia y desasosiego. Una gigantesca incertidumbre ahora lo cubría todo, mientras un mundo conocido y estricto se deshacía. El presente los asfixiaba con sus carencias y dilemas dolorosos, y el futuro se fue difuminando en una bruma impenetrable.

Irving quiso creer que el más dañado afectiva y psicológicamente por la desaparición de Elisa y la muerte de Walter había sido él. El trauma de su experiencia policial y la cercanía que siempre tuvo con la líder de la manada, su amiga y protectora en los años más difíciles, avalaban la presunción. Pero el lanzamiento de un humillado Bernardo en los fosos del alcohol, la patente tristeza de Clara, los asomos de depresión de un luchador como Darío, las obsesivas pesquisas de Horacio, el distanciamiento paulatino y silencioso de Fabio y Liuba, podían disputarle la supremacía del dolor.

Lo que más afectó a Irving fue, en verdad, aquel miedo que se había instalado en su alma. Resultó un miedo superior, ingobernable, y mucho más corrosivo que el temor tanto tiempo presente a las reacciones sociales, políticas y hasta personales respecto a su sexualidad o a ciertas formas de entender y querer vivir la vida. Ahora le temía a todo o a casi todo. Medía cada una de sus palabras, vigilaba sus actos, hasta volvía la cabeza en las calles. La enfermedad de aquel nuevo miedo total y envol-

206

vente le robó a Irving un porciento importante de su alegría, su desparpajo, su ironía vital. Empezó a convertirlo en otro, y no precisamente mejor.

Y a su alrededor, mientras tanto, la demolición continuaba a un ritmo cada día más acelerado y el país se quedaba sin aliados políticos, pero sobre todo sin alimentos, petróleo, transporte, electricidad, medicinas, papel y hasta cigarros y ron, y se decretaba la llegada de un nuevo momento histórico que con amable eufemismo fue bautizado como Período Especial en Tiempos de Paz. ¿Un período? ¿Cuánto dura un período? ¿Lo componen instantes, momentos, días, años, décadas, siglos? Para la única vida fugaz e irrepetible que tenemos, ¿cuánto de ella cabe en un período sin límites previsibles? ¿El Paleolítico y el Neolítico, con miles de años a cuestas, no eran períodos?...

Lo evidente resultó que la realidad de la isla entró en un túnel oscuro cuya salida no se vislumbraba. La editorial donde trabajaban Irving y Joel fue prácticamente cerrada y ellos y muchos de sus compañeros enviados a un taller donde, no se sabía bien con qué fines comerciales (si existían), se tejían colgajos con la técnica del macramé (¿o era parte de un tratamiento psiquiátrico colectivo?). Liuba y Fabio, los arquitectos, fueron reubicados en unas oficinas donde, cuando se podía trabajar, debían contabilizar las viviendas existentes en la ciudad con afectaciones notables y hasta peligro de derrumbe, y, por primera vez, tuvieron noción de las proporciones de una crisis constructiva y habitacional (así la llamaban ellos) alimentada y a la vez silenciada por años (decían bajando la voz): un conocimiento que les reveló de modo cuantitativo y cualitativo la certeza de que vivían en una ciudad al borde del colapso, en un país con un cuarto de sus construcciones en estado de agonía, muchas de ellas apuntaladas con muletas y horcones.

Clara, por su lado, ante la imposibilidad de su empresa de continuar con las obras abiertas, recibió la condición laboral de «interrupta» y fue enviada a su casa con el setenta por ciento de un salario, que, de pronto, se convirtió en nada ante el precio de productos que se valoraban de acuerdo al cambio del peso cubano con respecto al dólar: ciento veinte pesos por un dólar, la moneda del enemigo que no era legal poseer y cuya tenencia se condenaba con años de cárcel. Clara ganaba ahora tres dólares. Y un pollo, arañado en el mercado negro, costaba entre un dólar y un dólar cincuenta, según el tamaño. Clara ganaba dos pollos al mes...

En algún momento en los discursos oficiales se comenzó a hablar incluso de una forma de resistencia nacional llamada Opción Cero. Consistiría, en lo esencial, en vaciar las ciudades y enviar a las personas a zonas rurales del país para vivir en una economía de subsistencia bastante parecida a la de una comunidad de indígenas agricultores-recolectores (¿período paleolítico o neolítico?). Y fue ante aquella perspectiva y el cúmulo de sus agobios, cuando Irving, de acuerdo con Joel y sin comentárselo a nadie, también decidió que su mejor opción era largarse, sin saber en ese momento cómo ni adónde.

Cuando más profunda comenzó a ser la crisis nacional, a principios del año 1992, los miembros sobrevivientes del Clan, incluidos por esos días los cada vez más esquivos y derrotados Fabio y Liuba, se reunieron en Fontanar por un motivo justificadamente festivo. Por obra de un milagro divino —pensaban varios— el Colegio Médico de Cataluña le había concedido a Darío una beca en Barcelona con todos los gastos cubiertos para que terminara sus aprendizajes de nuevas técnicas quirúrgicas y realizara sus exámenes como especialista de segundo grado en Neurocirugía.

La cercanía entre la posible fecha de partida de Darío y el día del cumpleaños de Clara fue la razón para que recuperaran la tradición quebrada el año anterior, 1991, cuando todavía el fantasma intranquilo de una Elisa esfumada y el espíritu vagante de un Walter muerto y enterrado habían pesado demasiado en ellos como para sentirse animados a organizar un jolgorio. Pero había pasado el tiempo y la suerte de Darío merecía una celebración.

El cumpleaños treinta y dos de Clara resultó un evento pobre aunque imaginativo. Darío aportó unos pollos flacos que estaba criando en el patio de la casa de Fontanar y Joel pudo hacerse enviar desde Pinar del Río unas libras de malangas, yucas y boniatos, y con las viandas, los pollos flacos y unas patas y un par de orejas de cerdo que Horacio había logrado comprar, prepararon un potente ajiaco como plato único. Cervezas no hubo; vino, muy poco y de contra casero; ron apareció alguno y Darío sacó del baúl de los recuerdos otra botella mágnum de whisky White Horse. Esta vez aclaró, con juramento incluido, que gastaban la última reserva de guerra. Ramsés, que ya tenía diez años y exhibía unas habilidades más que notables para alcanzar lo que se proponía, había conseguido un rollo fotográfico con el padre de un amigo del colegio y lo montaron en la cámara de Fabio para que el muchacho, entrenado por Joel, se convirtiera en el encargado de dejar el testimonio gráfico del cumpleaños de su madre y la despedida de su padre. Y así tuvieron la fiesta, se emborracharon, cantaron, se divirtieron porque necesitaban emborracharse, cantar y divertirse para no llorar o cortarse las venas.

Dos semanas después, cuando la salida de Darío parecía inminente (¡al fin habían enviado el pasaje de avión!), Irving, al borde del desmayo, logró llegar hasta la casa de Fontanar a bordo de la bicicleta china en la que ahora se movía. Él no podía permitir que Darío se fuera de viaje sin despedirlo y hacerle un regalo muy especial.

Cuando se dejó caer en el primer asiento de la casa que encontró, Irving supo que Clara estaba sola. Darío aún no había llegado de unas últimas e infinitas gestiones que debía hacer para obtener los permisos que necesitaba tener antes de viajar. Marcos y Ramsés, en sus bicicletas, habían ido a un reparto vecino donde a esa hora había electricidad para ver la transmisión televisiva de un juego de pelota. Mientras masticaba una galleta zocata y bebía el vaso de agua con azúcar de urgencia que le ofreció Clara, Irving tuvo una noción del avasallante silencio que imperaba en la casa: ni una voz, ni un motor, ni una radio quebraban una atmósfera que se le antojó casi sepulcral. Beneficio o lastre del apagón.

Acomodados en los ya destripados cojines de las butacas de la terraza, Clara e Irving tuvieron toda la casa para ellos. La mujer había preparado un té de hojas de naranjas, también muy azucarado, que contribuyó a apuntalar la recuperación del agotado ciclista urbano.

—Cuando hablaste con Darío, le dijiste que le traías un regalo... ¿Qué tienes tú para regalar, niño? —preguntó Clara sin poder evitar una sonrisa, que Irving, más repuesto, intentó devolverle.

—Pues te vas a caer de culo, mi *amolcito*... —comenzó a decir mientras sacaba un envoltorio del bolsillo del pantalón y lo abría, sin dejar de hablar—. Antier salí en mi bicicleta de donde hacemos esos macramés espantosos, y cuando doblé la esquina... ¿qué vi?... Una billetera tirada en la calle. Metí tremendo frenazo, miré para todas partes y no vi a nadie y la recogí... Y dentro, ¿qué había dentro? —Y terminó de abrir lo que llevaba envuelto y movió delante de Clara varios billetes de veinte dólares...

—Pero ¡Irving!

—Dios puso allí esa billetera. La puso para que yo la recogiera. Porque, además de estos ciento veinte dólares..., ¿sabes la única otra cosa que había en la billetera?... Pues una estampita de la Virgen María. Ni una identificación, ni un papelito, ni un teléfono... ¡Nada!... ¡La Virgen y ciento veinte dólares!...

Clara no salía de su asombro, pero su mente de pronto recuperó la capacidad de raciocinio.

—¿Y qué regalo...?

—Como es una donación divina, enviada directamente por la Virgen María, le voy a dar la mitad a Darío para que tenga un dinerito más cuando llegue a España.

—Pero... ¿tú estás loco?... A él allá le dan un estipendio y con este dinero aquí tú puedes...

—Clarita, ya lo hablé con Joel y él está de acuerdo. Con este dinero podemos comprar cosas que en dos días van a ser más mierda que se trague el inodoro. Así que coge, guarda allá arriba estos sesenta dólares y que Darío los disfrute en Barcelona.

Clara tomó los tres billetes que le tendía Irving, los miró, golosa, asombrada, casi aturdida y luego levantó la vista hacia el amigo.

—Coño, Irving, tú... —y no supo qué más decir para valorar el gesto de un desprendimiento casi inhumano.

Cuando volvió de su habitación, Clara cargaba en las manos dos sobres de papel Manila y le comentó a Irving que el día anterior Ramsés había traído las fotos de la tarde del cumpleaños-despedida. Entonces le entregó a Irving el más abultado de los sobres. El hombre lo abrió y comenzó a pasar las fotos.

—Ay, Clara, tu hijo no tiene futuro como fotógrafo —dijo, y debió sonreír al ver que de las veinticuatro fotos impresas había varias medio desenfocadas, otras en las que las cabezas aparecían cortadas. Fotos de parejas, tríos, grupos y de todos los asistentes reunidos fueron pasando por las manos de Irving, quien las observó en silencio, serio por momentos, sonriente en otros.

—Esa del grupo no está tan mal, ¿verdad? —le preguntó Clara.

—No..., hasta diría que es la mejor.

—Sí, yo lo creo..., pero ahora mira esto. —Y sacó una cartulina del sobre que había conservado en las manos. Era la foto del Clan tomada dos años antes por Walter y en donde también aparecían Elisa, Guesty y la Pintá. Al verla, Irving sintió una invasiva tristeza y un ramalazo de sus miedos.

—Del carajo —logró decir.

—Compara ahora las dos fotos y dime algo. Creo que del carajo es poco.

Irving realizó el ejercicio al que lo invitaba Clara y de inmediato se debió llevar una mano a la boca.

—¡Coñó!... ¿Qué nos ha pasado? —gritó.

Entre el momento en que se había tomado una imagen y la otra solo mediaban dos años. Pero había sido un lapso tan intenso y feroz que a simple vista se observaban sus efectos nocivos. No es que faltara Elisa, o que Marcos hubiera crecido lo que suele crecer un niño entre los seis y los ocho años y ahora pareciera una lombriz con ojos saltones y una boca descomunal con dientes de caballo. Lo notable resultaba la devastación de los adultos repitentes. Aunque en ambas imágenes casi todos sonreían, los rostros eran muy diferentes, como fuelles desinflados, pues en cada uno de los cuerpos fijados en las cartulinas más recientes debían de faltar entre veinte y cuarenta libras. Además, Bernardo parecía morado, Horacio tenía los ojos hundidos en una cara de delgadez extrema, a Liuba el vestido parecía quedarle grande, la barriguita de Fabio era un hoyo abdominal, las caras de Irving y Clara, dos paisajes después de una cruenta batalla. Entre uno y otro Darío, lo que había sido una cabellera negra, orgullosa, bien peinada, se había transformado en un territorio en proceso de desertificación y decoloración. Solo el negro Joel, quizás por la capacidad de resistencia que le aportaba su genética, parecía el mismo en las dos cartulinas... Los demás resultaban evidencias alarmantes del paso de dos años que habían erosionado tantas cosas, no solo los aspectos físicos, sino también muchas de las esperanzas de un grupo de jóvenes que ya, definitivamente, no lo eran ni lo parecían.

Irving, que desde su experiencia policial se había vuelto llorón, sintió cómo le corrían las lágrimas por el rostro ahora enjuto, de mejillas hundidas.

—Pobres de nosotros —logró decir.

—Yo también tuve ganas de llorar cuando comparé las fotos. Es tremendo.

Irving asintió.

—En esta —movió la más reciente— faltan Elisa, la Pintá y la cabrona esa de Guesty. Ah, y Ramsés...

—Porque falta Walter.

—Porque falta Walter —ratificó Irving.

—¡Cómo han pasado cosas en dos años!

—Sí..., el otro día estaba pensando... Si Elisa parió, debe de tener un hijo de un año y medio. ¿Habrá sido hembra o varón?

—Yo también estaba pensando —intervino Clara—. Walter

se mató, Elisa desapareció y empezó el derrumbe. ¿O fue al revés: primero empezó el derrumbe y luego...?

—Yo no puedo dejar de pensar en Elisa. A veces intento imaginarme cómo vive, dónde, y no puedo...

—A mí me jodió la vida —admitió Clara—. ¿O me la salvó? Porque te voy a decir una cosa antes de soltarte otra. Pero no quiero que nunca se las digas a nadie...

—Déjate de misterios, chica... Tú sabes que ni cagado de miedo y con la presión en cuatrocientos con doscientos les dije a los policías que Darío sabía que Walter quería irse con el checo. Se enteraron de lo que pretendía Walter por tu marido, no por mí, y yo tampoco fui el que soltó que Elisa y Walter habían tenido algo, si es que lo tuvieron...

—Disculpa, Irving... La paranoia es contagiosa.

Irving asintió.

—Y el miedo devora el alma..., como dijo no sé quién... A ver, suelta...

—El día de esta foto —y le mostró al amigo la imagen de 1990—... Elisa y yo nos besamos...

—¡Yo lo sabía! —soltó Irving colocándose la palma de la mano en la frente, y Clara lo miró con las cejas en postura interrogativa.

—¿Ella te lo dijo? —Irving negó y Clara titubeó—. ¿Marcos te dijo algo? —Irving negó moviendo la cabeza con más vehemencia.

—¿Marcos?

—Entró en el cuarto cuando nos besábamos y no sé lo que vio... ¿Cómo tú lo sabías entonces?

—Lo sabía porque lo sabía. Por la cara que tenías y por la de Elisa... Mírate en esa foto, mi *amolcito*...

—¿Se me notaba?

—Yo lo noté..., pero acuérdate de que yo tenía ventaja.

—Por Dios —musitó Clara—. Fue la mejor y la peor noche de mi vida... Y cuando desapareció..., imagínate. ¿Sabes qué? Yo pensé que todo se iba a complicar cuando delante de mí le confesó a Bernardo que el embarazo no era de él, que a lo mejor Elisa me pedía venir a vivir conmigo, no sé ni qué pensé. Estaba cagada de miedo... Tú sabes cómo era Elisa...

—Cómo *es* Elisa... Capaz de cualquier cosa.

Clara negó, luego asintió.

—Lo que no me imaginé fue que todo se enredara como se enredó. Al principio hasta estuve pensando si Elisa no se había escondido por eso que hicimos...

—No, no lo creo... ¿Por eso?... Elisa siempre fue Elisa... y seguro lo sigue siendo, esté donde esté... Tú sabes cómo yo la quiero... Pero a veces pensaba que tenía el demonio dentro. Que nunca la conocimos de verdad —sentenció Irving—. Bueno, me ibas a decir otra cosa.

Por un instinto aprendido hasta por las últimas y más lentas de sus neuronas, Clara oteó a su alrededor. Debía de saber que no había nadie cerca, pero el impulso del miedo y los empujes de la paranoia suelen ser incontrolables y veloces en sus manifestaciones. Y sobre todo, contagiosos.

—Bueno, es que... Darío se va...

—¿Se va? —Irving musitó las dos sílabas, aunque en su mente resonaron como un alarido. En Cuba aquella construcción solo tiene una lectura: se va.

—Sí..., se va. Se quiere quedar en España.

—No quiero irme. Yo no quiero irme —había dicho Irving.

—¿Qué cosa? —le preguntó Clara—. ¿No vas a irte?

—Sí, claro que me voy. Pero no quiero. Que no es lo mismo ni se escribe igual.

El último día de su vida pasada Irving lo había consumido, como no podía dejar de ser, en la casa de Fontanar, muy cerca del aeropuerto por el cual, si nada se torcía, saldría esa noche de 1996 al encuentro de un futuro impredecible aunque quizás menos incierto que su presente. Un porvenir pretendidamente liberador, pero plagado de oscuridades, desgarramientos, sentimientos de culpa y otros miedos. ¿Resistiría la distancia, vencería a la nostalgia ubicada en el futuro pero que ya estaba sintiendo?

Los restos maltrechos de lo que fuera un abultado clan, ya convertido en un muestrario de últimos ejemplares de una especie amenazada con la extinción, hacían más difícil y a la vez más amable el trance de otra despedida, el acto de un nuevo abandono decidido como la exigencia de un cansancio invencible o irreversible. Antes Irving había pasado por la experiencia de las partidas de Darío, Horacio, Fabio y Liuba, todos en circunstancias diversas, con bulliciosas despedidas o a hurtadillas. También habían sufrido la traumática desaparición de Elisa y el suicidio de Walter, sentidos siempre como desgajamientos, como capítulos finales que, todos, engordaban el dilatado epílogo de una historia colectiva.

Sin embargo, el recuerdo más arraigado de la jornada de su propia despedida, apenas acompañado por Clara, Joel y un Bernardo por fortuna sobrio, también fue el miedo: el miedo a que no lo dejaran irse y el miedo a irse, a querer volver y a no poder volver, incluso a que las diarreas nerviosas que le regalaba su colon sospechosamente irritable no cedieran y viviera el trance humillante de cagarse en los pantalones antes de que alzara el vuelo el avión que lo sacaría de su país, según presumía, para siempre jamás.

Durante cuatro años Irving había planeado su salida y buscado las más disímiles estrategias y vías para realizarla. Antes del quiebre dramático de su vida, y de la vida del grupo de amigos que se nucleaba en la casa de Fontanar, Irving nunca se llegó a plantear con seriedad la idea de marcharse a algún sitio. Como cualquier ser humano normal y con inquietudes intelectuales, la posibilidad de viajar siempre lo había tentado. Pero entre viajar y emigrar existe un pozo insondable. Y entre emigrar y adquirir un oneroso permiso de «salida definitiva», con la transmutación de ciudadano en apátrida, un horror parecido al destierro.

Una explosiva mezcla de felicidad y tristeza había dominado el espíritu de Irving. Pero lo empujaba, sobre todo, una determinación más poderosa que la pertenencia o el desarraigo, la familia o los amigos: el deseo de vivir sin miedo.

Como siempre le había gustado, Irving había declarado las mañanas de domingo sus horas de asueto y de soledad consigo mismo. Y el sitio que terminó por escoger para disfrutar de ese ritual había sido el parque del Retiro.

Desde que en 1999 al fin Joel había llegado a Madrid y, varios meses después y gracias a un enchufe de su cuñado, comenzado a trabajar como supervisor de un servicio telefónico de la Comunidad de Madrid, la pareja se había despedido de la amable diseñadora andaluza lesbiana (Irving y Macarena lloraron en la despedida, pues ambos eran llorones y, como les correspondía, un poco dramáticos) e instalado en un muy modesto piso en la calle Santa Brígida, en el mismo barrio de Chueca donde Irving se sentía tan a gusto. El local era apenas algo más que un estudio, con un baño de dimensiones aceptables, una habitación generosa, una cocina-comedor-salón de buenas proporciones y un pequeño balcón a la calle. El ingenio de Irving y las habilidades manuales de Joel muy pronto lograron convertir el espacio en un sitio acogedor y funcional. Ahora en el pisito cabía todo lo que necesitaban (aprovecharon los tramos muertos del alto puntal para, con un sistema de roldanas y cables de acero subir cosas: libros, sillas plegables, baúles con ropa de invierno) y la cocina-comedor-salón estaba concebida como un espacio donde podían recibir a los amigos cubanos y españoles que con cierta frecuencia los visitaban y ayudaban a Irving a combatir sus nostalgias y a Joel a aliviar su melancolía ancestral de negro trasplantado.

Sin importar si Joel tenía que acudir a su trabajo o si estaba en casa, según el turno rotativo de labor que le correspondiera, cada mañana de domingo Irving salía de la mínima calle de Santa Brígida —una cuadra de apenas cien metros de largo— y, haciendo un recorrido sinuoso pero tranquilo, buscaba la calle del Barquillo, a la altura de las Infantas, para salir a Alcalá casi junto a la Cibeles. Antes, en un bar de la placita de Vázquez de Mella se comía un cruasán y una ración de churros, que mojaba en una taza de café cortado, y en el kiosco de la plaza del Rey compraba la edición dominical de *El País*. Con el periódico bajo el brazo y el sabor del café en el paladar, cruzaba Recoletos o el paseo del Prado, subía la pendiente y miraba la Puerta de Alcalá —que ahí está, ahí está, tarareaba siempre— y entraba en el parque por la intersección de Alcalá con la calle de Alfonso XII.

En sus muchas caminatas y estancias en el parque madrileño, Irving había terminado por encontrar su sitio predilecto: desde el Estanque Grande del parque, avanzando por la vereda que no por casualidad se llamaba Paseo de Cuba, se llegaba a la plazoleta en cuyo centro se alzaba la fuente de *El Ángel Caído* con su dramática escultura de bronce, inspirada en el conjunto clásico de *Laocoonte y sus hijos*, y dedicada al demonio, ni más ni menos. Allí, las mañanas de verano se acomodaba en algún banco discreto donde los árboles del jardín lo protegieran del sol y, en invierno, en otro en el cual se beneficiara de su calor, mientras se dedicaba a ver pasar la gente, el tiempo, sus ideas. En algún momento abría la voluminosa edición dominical del periódico y, luego de hojearlo, se decidía por la lectura de algunos artículos de fondo y, salvo casos excepcionales, por algún comentario noticioso de actualidad. Total, pensaba Irving, lo más probable era que la mayoría de las noticias reseñadas, por lo general tremebundas, dejarían de serlo al día siguiente empujadas por otras igual de tremebundas, porque así andaban las cosas en el mundo.

Antes de la lectura, o durante ella, Irving siempre dedicaba un tiempo a observar la extraña escultura de *El Ángel Caído*, creada por el escultor Ricardo Bellver en 1885 y colocada sobre un pedestal, diseñado por el arquitecto Francisco Jareño, que no demeritaba la calidad de la pieza que sostenía. Al paseante dominical le atraía el dramatismo y el movimiento del conjunto, el rostro aterrorizado del ángel lanzado al infierno por su vanidad, condenado a convertirse en morador de las tinieblas; el desplazamiento de las serpientes que atrapaban sus brazos y piernas para provocarle dolor y potenciar su remordimiento por haber equivocado sus capacidades; la forma atrevida de sus alas, una proyectada hacia el cielo perdido, otra a las entrañas de la tierra de su condena; y las caras diabólicas de los monstruos que rodeaban el octágono del pedestal, lanzando agua por las comisuras de sus fauces hacia el estanque.

Una impresión enigmática, de cierta forma sórdida, conseguía transmitirle a Irving la contemplación de la representación del mito luciferino. Resultaba como un imán, o un mensaje misterioso, empeñado en comunicarle algo que él se sentía sin recursos para descifrar, intuyendo que por alguna razón lo convocaba. Irving no se consideraba religioso y por eso había descartado cualquier vinculación mística, aunque se aseguraba que en alguna parte de la escultura los fundidores franceses habían colocado un 666, la más demoníaca de las cifras —Irving tardaría un tiempo en hallarla—, y estaba probado que la fuente se asentaba justo a seiscientos sesenta y seis metros sobre el nivel del mar. Él prefería pensar que la potencia estética de la obra debía de ser la causante de la atracción, o la recóndita relación que se había empeñado en establecer entre la escultura y cierta poesía de Lezama Lima que en algún momento le había dado por leer sin conseguir descifrarla. No obstante, una inquietante convicción le decía que faltaba un elemento más, existía un dato con mayor capacidad de hechizo en aquella preferencia y comunicación personal entre el símbolo de la más alta traición y la lección del más terrible castigo, entre él y la noción de la pérdida de la gloria y la condena al suplicio sin fin: un deambular eterno entre los hombres que, según había leído, constituía la verdadera pena sufrida por los deportados celestiales. Hasta el advenimiento del Juicio Final.

Mientras observaba el bronce, la mente de Irving siempre terminaba por soltar amarras y llevarlo a otras reflexiones e ideas que lo acompañaban o, mejor, lo perseguían. Su experiencia madrileña podía considerarse más que satisfactoria, ya premiada incluso con la compañía de Joel, el amor de su vida, y con las amistades creadas a lo largo de varios años con cubanos, españoles, incluso gentes de otras procedencias, entre las cuales ya se sentía tan cómodo que había comenzado a considerarlos sus amigos. Sus segundos amigos, en verdad. Y había podido conocer sitios que siempre fueron lugares de sueños y estimados como inalcanzables: Berlín y Ginebra; París y Aix-en-Provence; la costa catalana donde Darío tenía su segunda residencia y él y Joel un sitio siempre dispuesto para gastar algún fin de semana, que solían aprovechar sobre todo cuando el verano convertía Madrid en un horno panadero. A su alcance cotidiano tenía la cuesta de Moyano, donde por poco dinero podía comprar, de segunda mano, la literatura que quería leer y hasta la que no sabía que había querido leer y, más allá, pues más allá tenía todo Madrid.

No obstante, la sensación de estar habitando un espacio ajeno y un tiempo equivocado nunca había dejado de perseguirlo. Sentía que su condición de exiliado, o de emigrante, o de expatriado —daba igual, el resultado para él llegaba a ser lo mismo— negado a planificar siquiera un breve regreso, lo había condenado a vivir una existencia trucidada, desde la cual podía imaginar un futuro pero en la que no podía desprenderse del pasado que lo había llevado hasta allí y a ser quien era, lo que era y como era. La convicción de no pertenecer jamás lo abandonaba.

Desde su salida al exilio, el trasplantado sufría incluso de cierta hipocondría, una sensación de distanciamiento entre su cuerpo satisfecho (en Chueca, en Madrid) y su alma a la deriva (en el infinito purgatorio de los ángeles caídos). El hecho de haber superado muchos de sus miedos, de creer sentirse a salvo de ellos, había sido su mayor ganancia, pero la ausencia de una verdadera capacidad de adaptación y de una habilidad de apropiación lo rejoneaban. Envidiaba la facultad —la que al menos exhibían en público— de un Darío que decía sentirse cada día más catalán y negado a pensar en Cuba, o la de Horacio, que se proclamaba ya casi boricua. A Irving, en cambio, lo perseguía un proceso de búsqueda de identificación de códigos reveladores de lo ajeno que nunca había sido necesario establecer en lo propio, pues se nacía con ellos, o incluso, contra ellos o a pesar de ellos.

Quizás por su carácter de nadador contra la corriente, Irving ni siquiera tenía el consuelo de revolcarse en el odio. No era capaz de practicar la búsqueda e identificación de culpables, el ejercicio de lanzar acusaciones en el cual se empeñaban algunos de sus compatriotas exiliados, anclados en un lamento eterno y un repudio visceral por la pérdida sufrida o las laceraciones recibidas en la realidad o forjadas por su imaginación. Aquella algarabía de diatribas le sonaba en muchas ocasiones a estrategia defensiva contra el desarraigo; y en otras, a modo de ganarse la vida exhibiendo los martirios sufridos o inventados, como el de cierta escritora muy limitada literariamente que, para hacerse un espacio, se había apropiado de todas las condenas posibles cuando, en verdad —él bien lo sabía, todos lo sabían—, antes de autodesterrarse había vivido en Cuba y fuera de Cuba como una privilegiada, bajo la sombrilla de un poder que, para más ardor, hasta la había ayudado a salir al exilio.

Él, por su lado, procuraba acumular satisfacciones y disfrutar sus ganancias, las paladeaba tanto como el ritual de sus mañanas dominicales, y así huía de un resentimiento que en su caso habría estado justificado. Pero nada le resolverían los lamentos, lo enfermarían, aunque en el fondo de su más íntima intimidad (solo en alguna ocasión se abría con Joel, en algún comentario con Darío o en alguna de las cartas que enviaba a Clara, a Horacio y ahora también al renacido Bernardo) se sentía atrapado por una tristeza impermeable: aquel calor no era su calor, sus nuevos amigos eran solo eso, nuevos (o segundos) amigos, no *sus amigos,* sus pérdidas resultaban irreparables y los mangos y aguacates que comía no lo satisfacían. Y volvía a preguntarse: ¿qué coño les había pasado?; ¿por qué habían caído en un estado tan lamentable de satisfacciones e insatisfacciones cruzadas?

Una calurosa mañana de julio de 2004, cuando ya llevaba casi ocho años viviendo en Madrid y varios con la posibilidad de practicar su entrañable rito dominical, por alguna o ninguna razón había dedicado más tiempo del habitual a observar la escultura de *El Ángel Caído* y a revolcarse un poco en sus álgidas reflexiones, pues desde Cuba le habían advertido de los deterioros de la salud de su madre y de los patinazos de la mente de su hermana. ¿Debía volver, resistiría volver? Atrincherado en su banco con sombra, Irving debía mantener la cabeza en un ángulo que le permitiera la observación del grupo escultórico y, en un momento, siempre por alguna razón (por supuesto, tenía que haber una razón), había inclinado la cabeza y bajado la mirada. ¿Una atracción magnética? ¿Un cruce de ondas cerebrales afines? ¿Las maniobras del destino?

Ella estaba allí, del otro lado de la fuente. De inmediato el hombre sintió cómo su corazón daba un vuelco: sí, hacía casi quince años que no la veía, pero no tuvo dudas. La mujer rubia que, con *El Ángel Caído* a su izquierda, tendía un brazo sobre una adolescente de pelo oscuro para dejarse fotografiar por un hombre robusto, calvo y sonriente..., esa mujer era Elisa Correa.

Con el pulso acelerado, Irving se puso de pie sin dejar de mirar al trío, a todas luces familiar, que volvía a observar la escultura, casi de frente a él, fuente por medio. Sentía un latido en sus sienes, síntoma inequívoco de que estaba sufriendo una subida de su presión arterial. Pensaba, o quería pensar y apenas lo conseguía: Elisa, un hombre y una adolescente bellísima, de pelo negro y labios carnosos. ¿Su hija? ¿El regalo de Dios? Irving no lograba procesar lo que estaba sucediendo ni lo que quería, o debía o necesitaba hacer, todo cuanto había pensado, especulado, soñado durante tantos años si alguna vez volvía a encontrarse con Elisa. Al fin logró dar un paso al frente, sin dejar de mirar al trío.

Y fue en ese instante (un preciso instante, solo un instante: un tiempo casi inmensurable) cuando los ojos de la mujer bajaron de la figura de *El Ángel Caído* al nivel de los humanos y las miradas de Irving y la que no podía ser otra que su querida Elisa se encontraron. Irving, sosteniéndose el rostro con las manos, sonrió, a punto de echarse a correr hacia ella. De forma casi imperceptible, al otro lado de la fuente, la mujer rubia hizo un gesto con la cabeza que marcaba una negación. Para no dejar margen a las dudas, la mujer repitió el movimiento y le retiró la mirada. Irving dejó de sonreír. Los oídos podían explotarle.

Entonces Elisa, porque era Elisa Correa, su Elisa vida mía, dio media vuelta y comenzó a alejarse de la fuente, seguida por el hombre calvo y robusto que tendió su brazo derecho sobre los hombros de la adolescente de pelo muy negro en la que Irving creyó advertir rasgos para él familiares. Muy pronto el trío en retirada se confundió con la gente que paseaba por el parque del Buen Retiro y luego se esfumaron en la distancia y la luz reverberante del sol madrileño. Como si nunca hubieran existido. Irving, casi en estado de *shock*, retrocedió el paso dado y se dejó caer en el banco que había ocupado. ¿Acababa de ver a Elisa y esa mujer que había sido su amiga del alma y protectora en los tiempos más arduos le había prohibido acercarse? ¿Aquello podía haber ocurrido?... «¿Acuérdome, durmiendo aquí alguna hora, / que despertando, a Elisa vi a mi lado?»...

A sus pies, doblada por la mitad, estaba la edición dominical de *El País*, en cuya portada se destacaba un titular: GRECIA GANA LA EUROCOPA, y un bajante de antología que añadía: «Los griegos, codo con codo como un solo hoplita, aguantaron el primer tiempo y apuntillaron en la reanudación a Portugal».

4

La hija de nadie

Hasta el 11 de septiembre de 2001 Adela había tenido una vida. Ese día, a las nueve y dos minutos de la mañana, a sus once años y cuatro meses de edad, la adolescente comenzó a transitar otra vida, la que desde entonces fue la suya. Aquella mañana, ella había adquirido la perniciosa sensación del miedo a lo que no somos capaces de controlar, la invasión de los fardos pesados del dolor y de la muerte donde antes hubo solo levedad e inocencia. Incluso había aprendido a odiar, a sentir rabia e impotencia y había querido huir, sin saber aún cómo ni adónde.

Su padre, Bruno, había salido hacia su trabajo antes de las ocho, pues tenía un primer paciente a las ocho y treinta en la consulta que compartía, ubicada en Tribeca, en el Lower Manhattan. Su madre, Loreta, acababa de darse una ducha, y podía tomarse las cosas con calma. Los martes no comenzaba a trabajar hasta las doce en el turno de guardia de la clínica veterinaria donde era médico auxiliar, una larga tanda que se prolongaba hasta la medianoche. Adela, por su parte, la tarde anterior había traído de la biblioteca del colegio los volúmenes que necesitaba consultar para el *paper* que debía entregar esa semana —el primero del curso— y decidió quedarse en casa, donde siempre trabajaba mejor.

Loreta había puesto sobre el fuego la segunda cafetera de la mañana y Adela esperaba por la colada para irse al pequeño cubículo que servía de estudio a su padre, cuando una algarabía fuera de horario, más estridente de lo habitual, había empezado a recorrer el barrio y subido desde la calle hasta el apartamento, en el tercer piso del viejo pero amable edificio de la 568 West y 149 Street, en Hamilton Heights. La gente gritaba, en inglés y en español, preguntándose qué cosa es eso y pidiendo que todos pusieran la televisión.

—*What the hell is going on with these lunatics now?...* Te lo juro, Cosi, estos dominicanos me tienen hasta el último pelo —murmuró Loreta, se acomodó en el cuello la bata de felpa y sujetó las solapas con las manos para asomarse al pequeño balcón. Cuando regresó a la sala, tomó el mando a distancia y encendió el indestructible Sony Trinitron y buscó un canal local—. *Oh, my God! Oh, my God!* —exclamó la madre, y Adela se dirigió a la sala.

En la pantalla del televisor se veía la Torre Norte del World Trade Center convertida en una siniestra antorcha. La madre y la hija, sin palabras, miraban la imagen y leían el cintillo que corría por el borde inferior: un accidente aéreo. Un Boeing había impactado contra el edificio a las 8.46 a.m.

—Pero, pero... *What are they talking about?* —se preguntó Loreta.

—Ay, Loreta, ay, Loreta —dijo Adela.

La mujer y la adolescente, de pie, observaban la ruptura de todas las lógicas, el cine de Hollywood convertido en realidad cercana, cuando unos minutos después sus ojos recibieron las imágenes de lo inimaginable: por el borde de la pantalla había entrado un avión (¡otro avión!) que fue a desaparecer en el interior de la Torre Sur, provocando una nube de polvo que pronto estalló en llamas. La madre y la hija, con las manos contra la boca para evitar dar alaridos, sintieron que además de las lógicas se estaban quebrando los equilibrios, las creencias, el último límite de la razón, y Adela sintió mucho miedo. De la calle llegaban gritos de «ataque, ataque», y la muchacha comenzó a temblar y a llorar, mientras un hilo de orina le corría por las piernas. ¿Qué venía ahora? ¿Más aviones, bombas, explosiones? ¿La guerra? ¿La muerte? ¿Y su padre? ¿Dónde estaba su papá?

Quince años después, cuando vio la foto subida por la madre de Marcos a su perfil de Facebook y tuvo la evidencia patente de que Elisa Correa era la mujer que siempre había conocido como Loreta Fitzberg, o Loreta Aguirre Bodes de soltera, y que, con casi total certeza —al menos una certeza, por Dios—, debía de ser su madre, tenía que serlo, Adela supo que su vida había vuelto a cambiar. De nuevo las lógicas se rompían, la razón se alteraba y otra vez tendría que luchar contra sus miedos e incertidumbres. Un avión había impactado contra la torre de su identidad, un ataque se había perpetrado contra la esencia de su ser.

Azul infinito. Volvió a levantar la mirada. No recordaba haber visto alguna vez un cielo de un azul tan diáfano, sin la traza de una nube y con tal capacidad de provocar la sensación de prefigurar lo inabarcable, la perfección misma, la representación de la morada del Creador. Esta vez era ese cielo impoluto quien la recibía y le comunicaba algo, quizás trascendente o solo tranquilizador, que aún no estaba en condiciones de descifrar. En otras oportunidades habían sido los bosques de coníferas, los fiordos, las montañas coronadas de glaciares y nieves eternas de aquellos parajes, las marcas empeñadas en revelarle de modo muy ostensible la pequeñez del ser humano ante la naturaleza. Esa conmovedora fragilidad frente a la creación divina que habían sentido el gran poeta José María Heredia y también la insignificante Adela Fitzberg, años atrás, en la contemplación del espectáculo de las cataratas del Niágara, ante las cuales la joven volvió a leer los versos del primer poeta cubano grabadas en una tarja con la que se recordaba su existencia tumultuosa y su obra magnífica.

Ahora, bajo un cielo tan apacible y por alguna razón inquietante, Adela estaba dejando atrás la ciudad de Tacoma y cruzando el siempre impresionante y ahora duplicado puente Narrows, sobre el brazo de mar del estrecho de Puget. Mientras, la flecha del GPS de su celular le indicaba seguir luego la carretera 16 para atravesar en diagonal la Península Olímpica y llegar al pueblo de Gig Harbor, donde más de una vez había ido a cenar con su madre en un restaurante que se levantaba al borde de la garganta de la Henderson Bay.

Hasta Gig Harbor, Adela conseguía conducir auxiliándose solo de su memoria y las indicaciones de las carreteras. Recordaba que a la salida del pueblo debía cruzar el pequeño puente Purdy, sobre un recodo de la bahía y, ya en la Key Peninsula, continuar por la carretera 302, dejando atrás el colorido mercado de frutas y productos regionales que tan atractivo le resultaba, para luego hacer una especie de arco en la 118 Avenida del NW. Desde allí, siguiendo ya las indicaciones del GPS, buscaría la dirección de Minter, y procuraría ver el primer cartel que indicaba la ruta hacia el pueblo The Home, que siempre le había servido como referencia para saberse en las inmediaciones de The Sea Breeze Farm, el rancho donde desde hacía más de diez años trabajaba y vivía Loreta. O, en palabras de su madre, el mismísimo y bellísimo *back arse of nowhere* o el culo del mundo, según le viniera a la mente, un rincón remoto adonde únicamente solían llegar los que hasta allí se empeñaran en llegar.

En las anteriores ocasiones que había visitado a Loreta (la última había sido dos años atrás, unos meses antes de conocer a Marcos), siempre su madre la había ido a buscar al aeropuerto Sea-Tac, que servía a las ciudades de Seattle y Tacoma, pues la mujer sabía que debía arropar a su hija, incapaz de superar del todo el trauma que, después del 11-S, había comenzado a sufrir: cada avión que tomaba no podía dejar de parecerle una bomba volante y salía de ellos tan fatigada como si hubiera llegado corriendo desde su punto de origen. Pero en esta ocasión la vieja camioneta Ford que solía conducir Loreta no había aparecido y Adela había debido arreglárselas por su cuenta. A la violencia mental provocada por el vuelo desde Miami con escala y cambio de avión en Dallas, la muchacha sumaba ese día los temores a las necesarias revelaciones que buscaba.

La noche que vio la foto tomada el 21 de enero de 1990 por un fotógrafo que, para más ardor, aparecería muerto unos días más tarde y donde figuraba la mujer que tenía que ser su madre, embarazada de ella y junto al que era su marido y quizás su padre biológico, rodeada por sus viejos amigos, Adela no se sintió con fuerzas ni claridad mental para intentar hablar con Loreta, y decidió esperar hasta la mañana para establecer la comunicación. Pero cuando lo intentó, el celular de su madre estaba apagado. Cada una o dos horas volvió a marcar el número y el resultado fue siempre el mismo. En la noche había optado por llamar a su padre y, sin hacerlo partícipe de lo que había descubierto, le preguntó si él sabía algún modo alternativo para localizar a Loreta en caso de urgencia: el teléfono de la finca, o el número personal de la señorita Miller, dueña de la estancia. Pero Bruno tampoco tenía otra forma de ubicar a su ex, con la que ya tenía muy esporádicos contactos, aunque había advertido que algo importante le ocurría a la joven.

—¿Y vos estás bien, nena? —le había preguntado el hombre que hasta entonces ella había considerado su padre.

—Sí, un poco cansada. Nada más...

—¿Y por qué tanto interés en localizar a tu madre? Vos sabés cómo es ella...

—No, no sé cómo es. Por eso quiero hablar con ella. Cuando la localice te llamo, padre. —La palabra padre había estado a punto de deshacerse en su boca, y Adela sintió como si el diálogo la quemara—. Con vos también tengo que hablar. Pero tranqui, no es nada urgente. —Y colgó, antes de echarse a llorar.

Sin pensarlo más, Adela había buscado y comprado un vuelo hacia Sea-Tac para la mañana siguiente y le comunicó a Marcos la decisión de ir en busca de respuestas con una determinación inapelable. El joven le propuso las alternativas de localizar el número telefónico de la granja equina, la de llamar a La Habana y hablar con su madre para intentar saber algo que pudiera aclarar el presunto misterio, o hacer el intento con San Juan, para conocer la opinión de Horacio, mejor quizás hablar con Irving, allá en Madrid, el más enterado de todo. Sin embargo, Adela se lo impidió: se trataba de una cuestión entre ella y su madre, no quería que existiera ninguna interferencia.

Luego de llamar a su jefa en la universidad y pedirle una semana de baja sin sueldo, la joven se dedicó a preparar el equipaje necesario para irse a unos parajes del norte donde, según

232

verificó en internet, las noches todavía primaverales andaban por los diez grados centígrados.

Desde la puerta de la habitación, Marcos la veía buscar y empacar.

—Con todo esto de la foto... Me he acordado de una de las últimas veces que vi a Elisa allá en Cuba... En la foto tiene un dedo vendado... Mi madre se lo vendó en el piso de arriba de mi casa. Cierro los ojos y las veo a las dos, una frente a otra, muy cerca una de otra... Había olvidado eso...

Marcos abrió los ojos y negó con la cabeza.

—¿Y cómo era esa Elisa? ¿Cómo la recuerdas?

—No sé, Adela, ya te dije, yo tenía seis años... No era rubia como Loreta, tenía algo distinto, por eso no la relacioné con las fotos que tú tienes de ella... ¿Cómo coño voy a pensar que alguien que se llama Loreta podía ser la Elisa que conocí hace... ni sé cuántos años? Mi madre, el tío Horacio, mi padre... Yo sí creo que debes hablar con ellos. A cada rato hablaban de Elisa... O pregúntale de una vez a Bruno...

—No, primero hablaré con ella. Por favor...

—¿Y si Elisa es una mujer que se parece mucho a tu madre pero no es ella?

—Es ella, Marcos. Y ella sabe quién eres tú... Ya te lo dije.

—¿Y si le pasó algo y por eso no responde al teléfono?

—No le pasó nada. Yo lo sé.

—¿Y si ya no está en la granja?

—Pues salgo a buscarla... No sigas, voy a ir de todas maneras.

—Está bien... Pero déjame decirte algo que... —Marcos dudaba—. Bernardo, el marido de Elisa, no podía tener hijos... Oí decir varias veces que el embarazo de Elisa no era de él.

Adela intentó asimilar la información. Demoró unos instantes.

—¿De quién entonces?

—No lo sé. Creo que nadie lo sabía. Creo... Si quieres, llamo...

—No, no... Coño, ahora mismo me siento como si fuera la hija de nadie.

Según el GPS, Adela ya avanzaba por el camino de Vipond, que corría muy cerca de un brazo de mar y la acercaba a su destino. Su recuerdo del sitio donde había estado en varias ocasiones, incluso hasta una semana completa en veranos anteriores a su traslado a la Florida, iban ratificándole el acierto de la información del satélite, hasta que, con alivio, vio la puerta metálica por donde se accedía a la hacienda, justo al inicio de una curva cerrada que trazaba el camino de Vipond, ya hacia su final, en la bahía de Minter.

El sitio siempre le había regalado a Adela una pesada sensación de paz y equilibrio. La combinación de prados y bosques de pinos, abetos y cedros, la proximidad de uno de los brazos de mar que bajaban desde el estrecho de Juan de Fuca, en la cercana frontera con Canadá, y las edificaciones de madera de la casa principal, los establos, los silos para el forraje y los piensos, con sus tejas oscurecidas por los musgos perpetuos de la región, formaban un conjunto empeñado en expresar una magnífica armonía y provocar el más compacto sosiego espiritual. Según Loreta, aquel enclave preciso, quizás por desconocidas y profundas concentraciones de minerales, por estar tan cerca del pico Tahoma, «la montaña que fue Dios», poseía unos poderes magnéticos especiales, una fuerza oculta aunque tangible capaz de afectar de forma directa los ánimos y la conciencia de las gentes. Por su proximidad con el mar y porque el primer semental Cleveland Bay que cuarenta años atrás había comprado Miss Miller se llamaba así, el rancho había sido bautizado como The Sea Breeze.

Desde la década de 1970 la granja, entonces casi en ruinas, había pasado a ser propiedad de una joven originaria de Chicago, amante de los caballos, ahora viuda por dos veces y ya sexagenaria, a la que todos llamaban la «señorita» Miller.

Dueña de una tumultuosa historia de rebelde contracultural, vivida en las décadas de 1960 y 1970, la entonces joven Miss Miller se había trasladado con sus padres abogados a la costa oeste de Estados Unidos y allí se había vinculado con grupos de activistas por los derechos civiles, jóvenes contrarios a la guerra de Vietnam y había participado de la cultura hippie y disfrutado de conciertos en las playas de California, donde —contaba la mujer— se fumó un campo de marihuana y probó el LSD. Cuando su novio de aquellos tiempos decidió escapar a Canadá para no alistarse en el ejército, la joven, que en esa época llevaba el apellido familiar Sanders, había encontrado lo que solo debió haber sido un refugio provisional en aquel sitio al margen de la civilización, en un estado de preservación bastante deplorable, pero a tiro de piedra de la frontera canadiense. Quizás fue el poderío telúrico del lugar lo que la detuvo allí, viviendo en una cabaña aneja a la casa principal que los propietarios originales le alquilaron por unos pocos dólares.

Miss Miller nunca llegó a cruzar la frontera. La primera y última noticia que recibió de su amante, dos meses después de su fuga, fue que había muerto en una pelea callejera en Vancouver, ni más ni menos que a manos de un vietnamita al cual, al parecer, pretendía comprarle drogas. Paralizada por el trauma que le provocó el suceso y desencantada de sus ideales y militancias, Margaret Sanders decidió llamarse desde entonces Miss Miller y comenzó a procurarse el capital para la compra de la estancia. El dinero apareció casi de inmediato, gracias a la generosidad de sus padres, ricos abogados vinculados al mundo del espectáculo, que hacían la inversión a fondo perdido con la confianza de que la díscola joven, que se había acercado incluso a grupos neoanarquistas promotores de actos violentos, echara anclas en alguna parte, lejos de tentaciones peligrosas.

Y la eterna señorita Miller, ya casada con el joven inglés Tom Foster, también amante de los caballos y aún más desencantado del mundo, había fomentado en aquel lugar idílico y remoto una estancia en la cual la base de todo el sistema lo constituía la comunión con la naturaleza y con el universo. Mientras, su mayor tesoro era la posesión de dos yeguas jóvenes, llegadas unos meses después que el semental *Sea Breeze*, traído por Tom Foster desde Manchester, Inglaterra. Unos animales certificados todos como ejemplares puros de la cada vez más extraña raza Cleveland Bay, la especie que por dos siglos había servido de corceles de tiro a las carrozas de la realeza británica.

Adela penetró en su *jeep* de alquiler por el sendero de grava, teniendo cuidado de evitar a los curiosos pavos reales, que graznaban advirtiendo de la presencia de un forastero, y detuvo la máquina cerca de la trocha de los establos y los cuartones de los pastos. El olor a naturaleza —hierba, bosque, mar, animales, detritus orgánicos— la envolvió como un abrazo cuando vio salir de las cuadras a Rick Adams, el joven y atractivo entrenador que trabajaba allí con su madre. Junto a Rick (que siempre le había resultado físicamente parecido al Brad Pitt de los tiempos de *Fight Club)* trotaban dos labradores gigantescos, con sus inevitables miradas dulces de buenas personas.

Cuando Rick la reconoció, sonrió. Desde la primera vez que lo vio, Adela había sospechado que, a pesar de la diferencia de edades y de que tenía esposa e hijos en Gig Harbor, el *cowboy* Rick era el amante de su madre. El saludo fue afectuoso.

—¿Y qué haces por aquí? —preguntó Rick, como si esa fuera la interrogación de rigor.

—¿Qué voy a hacer?... Vine a ver a mi madre...

—¿Pero tú no sabías...?

—¿Saber qué?

—Que hace dos días se fue...

—Era eso... ¿Adónde se fue? ¿Hasta cuándo?

Rick sonrió y movió la cabeza. Algo no funcionaba.

—Dios mío... Ven, vamos a tomar café —la invitó y abrió la marcha hacia «la aldea», como solían llamar a las cuatro cabañas que se levantaban más allá de los establos y donde podían vivir los empleados permanentes de la estancia, incluida Loreta, acomodada en la mayor y más confortable. Adela sabía que, en más de una oportunidad, Miss Miller le había ofrecido a su madre habitación y espacio en un ala de la casa principal que en vida de su último marido funcionó como lugar para invitados y que, desde la muerte del hombre, permanecía desocupada. Pero Loreta había preferido conservar su espacio.

Adela vio a los peones que trabajaban en los establos y en el campo de entrenamiento. Reconoció al mexicano Andrés y el indio puyallup de nombre propio impronunciable, un apelativo del cual habían tomado las dos primeras sílabas y lo habían rebautizado como Wapo. Ambos eran empleados de la hacienda desde antes de que llegara Loreta, y había sido el indio, heredero de una tradición de nomadismo, quien le aseguró a la veterinaria que, según sus antepasados, el sitio que ahora ocupaba The Sea Breeze era magnético: física y emocionalmente magnético. Desde donde estaban, Andrés la saludó en español y Wapo trató de imitarlo, sonriendo los dos.

Rick la hizo pasar a la cabaña, le ofreció asiento y comenzó a preparar la máquina de café filtrado, tipo americano, mientras hablaba.

—Loreta me dijo que había hablado contigo... Que te había dicho cómo estaba *Ringo*.

—¿Lo sacrificaron? ¿Lo hizo ella?

—¿No te habló de eso?... Sí, ella misma lo hizo. No me quiso dejar a mí... Estaba sufriendo, el pobre *Ringo*. Con sus problemas y su edad... no había otra solución.

Adela sintió que el café comenzaba a oler a café. Pero sabía que el líquido resultante no sabría a café. Al menos a lo que ella consideraba un café desde que se trasladara a vivir en Miami y probó la contundente poción oscura que solían beber los cubanos.

—¿Cuándo lo sacrificaron?

—Hace tres días...

—El mismo día que ella me llamó... Hacía año y medio que no me llamaba... Luego traté de hablarle, pero ya tenía el teléfono apagado.

—No quería hablar con nadie. Lo de *Ringo* la afectó mucho. Todo el tiempo decía que era como su hijo.

—Eso me dijo a mí...

—Y luego habló con Miss Miller... ¿Sabes cuántos años lleva tu madre trabajando aquí?

—Doce —soltó Adela.

—Once..., y desde hace nueve no se cogía unas vacaciones. Lo más lejos que ha estado en estos años fue las veces que viajó a Seattle o Portland por cuestiones de trabajo, exhibiciones, casi siempre con Miss Miller... Y le pidió a la patrona un tiempo para estar lejos. La Miss le dijo que el tiempo necesario...

—¿Cuánto tiempo?

—Creo que no hablaron de cuánto. El necesario, ¿no?

—¿Y en qué lugar?

—Loreta no sabía. O no quiso decirlo... Al menos a mí. A veces decía que quería ir a Alaska. Ella contaba que una persona que había conocido en otra de sus vidas, sabes cómo habla ella, un hombre que era conde o algo así, le había transmitido el sueño de ir alguna vez a Alaska. Por eso digo que a lo mejor anda por Alaska...

—¿Sin teléfono?

—Sin su teléfono. Está sobre la mesa de su cabaña. Se fue con dos mochilas y la camioneta. ¿Tampoco llamó a tu padre?

—No —dijo al fin Adela. A su estado de ánimo de los últimos días, empezaba a sumarse ahora una perniciosa sensación de rencor y abandono. Loreta estaba huyendo de ella, no del dolor por la muerte de un caballo, por mucho que lo hubiera querido: huía de la hija a la que había engañado como antes había huido de Elisa Correa y de solo Dios sabía de cuántas otras cosas.

—Rick, ¿mi madre había sacado un pasaporte?... Tuvo uno cuando fuimos a España, pero luego no sé si lo renovó. Ella no fue conmigo y con mi padre a Argentina...

—Creo que lo sacó otra vez hace dos o tres años. Por si alguna vez iba al Tíbet o a Japón, ya sabes... ¡Vaya lugares: Alaska, el Tíbet, Japón! De todas formas, habla con Miss Miller... Y en Tacoma vive su maestro espiritual, el iluminado Chaq —sugirió Rick—. Quizás él sepa algo, si se fue a Japón... Loreta está cada vez más metida en lo del budismo y la meditación.

Adela asintió.

—¿Y de verdad no te dijo nada a ti sobre su rumbo? —Rick negó, mientras bebía de su alta taza de café—. ¿Ni siquiera porque son amantes?

—¿Quién te dijo que somos amantes? —sonrió Rick.

—Mis percepciones... Pero da igual.

—No somos amantes, querida... Tus percepciones son un desastre...

—Con Loreta nada es seguro... ¿Entonces no te dijo nada?

—Ella me preguntó si podía ocuparme de la hacienda. Me dijo que necesitaba estar sola... El día que se fue yo vine a despedirme, y cuando entré ella estaba en la ducha. Tenía varias cosas en la mesa y vi su pasaporte en una funda. Pero había otro y me dio curiosidad y lo saqué. Era un pasaporte cubano, de tapas rojas... Me dio más curiosidad, porque jamás había visto un pasaporte cubano y empecé a hojearlo...

—¿A nombre de quién estaba?

—Me fijé en eso... Elisa L. ¿Elisa Loreta, no? Y su apellido cubano... Claro, estaba soltera.

—¿Te acuerdas del apellido?

—No, porque no me pareció raro... Un apellido cubano... En la foto Loreta no se parecía a Loreta... Se veía distinta.

—¿Más joven?

—Sí, claro, más joven —confirmó el hombre—. Pero..., no sé, distinta.

—Creo que no se llamaba Loreta y no era rubia —dijo Adela, y miró a su alrededor. Algo se había movido, dentro o fuera de ella—. Rick, ¿tú me puedes autorizar o debe ser Miss Miller quien me dé permiso para estar uno o dos días aquí? En la cabaña de mi madre...

Adela observó el teléfono móvil en el centro de la mesa: abierto, con la batería fuera y la cavidad del chip de memoria vacío. Junto al aparato había una cruz de madera que Adela identificó: una artesanía mexicana muy coloreada que su madre solía tener en sus sitios de trabajo o en su habitación, que, afirmaba, era su talismán. Ni un vaso, una taza, una migaja de pan o la marca de una humedad, ningún rastro que revelara una cotidianidad o prisa: sobre el tablero pulido, solo el teléfono canibaleado y su talismán, como una advertencia, como la mejor señal. No quiero hablar con nadie, no quiero que nadie me hable, no quiero que nadie me encuentre, no tener pasado. ¿A quién estoy buscando, a Loreta Fitzberg o a Elisa Correa, a Loreta Aguirre Bodes? ¿Elisa L., tal vez Loreta? ¿De qué huye esta mujer, de quién, por qué? ¿Hacia dónde?

La muchacha sintió cómo la tensión, el miedo, la ira, la incertidumbre que la habían acompañado por tres días vencían su cuerpo y, con el crucifijo mexicano, se fue a la cama. La encontró tendida, con sábanas limpias, como si la esperara, y se dejó caer sobre el colchón. Con los pies se descalzó de las botas invernales y, con una almohada que en sus entrañas olía a Loreta, se tapó la cara para intentar ahogar los deseos de llorar de rabia e impotencia. En algún momento se quedó dormida, con el crucifijo entre las manos.

Cuando despertó, varias horas después, la noche anticipada del norte lo había sumido todo en las tinieblas. Encendió a tientas la lámpara de lectura colocada sobre la cabecera de la cama y se fue al baño, mientras levantaba luces en el camino. Tenía una sed corrosiva, como si sufriera de una resaca alcohólica, y atravesó el salón que también hacía las veces de comedor y cocina. Entonces vio la hoja de papel que alguien había deslizado por debajo de la puerta: Rick le decía que Miss Miller la invitaba a cenar a las siete de la noche. Adela miró su reloj: seis y cuarenta. Apenas tendría tiempo de ducharse, pensó, pero se sentía sucia, mancillada, y prefirió llegar a la cita con algunos minutos de retraso, aunque sabiéndose limpia. Necesitaba despojarse de lastres. Y deseó que la cena no fuera a base de algunos de esos salmones que era posible ver nadar en la riada, y mucho menos de los que se apelotonaban en el criadero cercano, donde se comían hasta su propia mierda.

Rick, duchado y con una camisa de vaquero limpia, la esperaba junto a la puerta de la casa. Le sonrió al verla llegar y le preguntó cómo se sentía. Mejor, dijo ella, y él abrió la puerta. Adela conocía la casa y lo siguió a través de un salón recibidor tras el cual estaba el comedor de la mansión. A la cabecera de una mesa de ocho sillas, cubierta con un mantel de hilo, vio sentada a Miss Miller, con su pelo blanco cayéndole sobre los hombros y su sonrisa de mujer satisfecha, quizás vistiendo el mismo traje camisero de mezclilla cruda con el que la viera dos años atrás, u otros dos años atrás. La dueña de la estancia que ahora valía varios millones de dólares se puso de pie y Adela se acercó para besarla en la mejilla ya flácida que la otra le ofreció, como un regalo.

Las copas de vino estaban servidas y Miss Miller le dio la bienvenida levantando la suya. Luego le indicó a Adela la silla dispuesta a su izquierda y Rick ocupó la de la derecha.

Cuando Adela se sentó, la señorita Miller hurgó en uno de sus bolsillos y extrajo un sobre de carta doblado por la mitad y se lo tendió a Adela.

—Tu madre me pidió que te lo diera si venías por acá.

—Gracias —dijo Adela. Vio su nombre escrito en el sobre y dudó si debía abrirlo. La señorita Miller le hizo un gesto, alentándola, y Adela rasgó el borde del envoltorio. En su interior solo había un cheque a su nombre, por la cifra de cuarenta mil dólares. Adela casi no se sorprendió.

En el estilo ahora más radical de Miss Miller, toda la cena tuvo carácter vegetariano, tal vez vegano, pues tampoco sirvieron queso o mantequilla. Adela no pudo evitar pensar en Marcos y su insaciable avidez cubana por la carne y recordó también que no lo había llamado. ¿Qué estaría haciendo su novio, allá en la caliente Hialeah? ¿Ya habría llamado a su madre?

—¿Y qué vas a hacer entonces? —le preguntó Miss Miller cuando bebían la segunda copa de vino y vencida la etapa informativa de la conversación.

—Necesito encontrarla. Me hace falta hablar con ella —repitió Adela—. Y la verdad es que no sé qué hacer... ¿Me puedo quedar un par de días antes de volver?

—¿Esperas que regrese en dos días? —preguntó la mujer—. Puedes quedarte cuanto quieras, por supuesto, pero no creo que Loreta vuelva a Minter en dos días.

—Gracias, Miss Miller... Pero ¿qué le dijo ella? ¿Dio a entender qué quería, adónde podría ir?

—Dijo lo que ya sabes. Necesitaba vacaciones y claro que se las merecía. Sí que se las merecía... Yo insistí en que fuera Rick o incluso el veterinario de Tacoma el que sacrificara a *Ringo,* y ella parecía de acuerdo. De pronto cambió de opinión. Tu madre es una mujer muy valiente, Adela. De las que enfrentan también las cosas difíciles de la vida. Y lo de *Ringo* fue terrible para ella.

La joven asintió y miró a Rick, que permanecía en silencio. La mirada de Adela lo empujó a hablar.

—Loreta estaba colaborando con el proyecto Agua Limpia, para descontaminar de sustancias nocivas o degradadas el agua que usamos en las haciendas. Hacía propaganda en toda la zona. Hace dos meses trajo a un músico inglés que canta las canciones de Los Beatles y organizó aquí un concierto por Agua Limpia... También quería denunciar a los criaderos de salmones. Estaba muy enfocada en eso.

—Normal en ella —admitió Adela—. Entonces..., ¿debo pensar que se fue por un tiempo a causa de la muerte de *Ringo?*

—Yo diría que sí —respondió demasiado pronto Miss Miller.

—Yo no estoy tan seguro —soltó Rick—. Nunca había visto a Loreta ansiosa, como alterada. No lo sé..., es una impresión.

Por algo en el modo en que Miss Miller se quedó mirando a Rick, más que una impresión, Adela tuvo entonces la certeza de que su madre de cincuenta y seis años debía de ser la amante de aquel hombre quizás un par de años mayor que Marcos. Y que lo había abandonado sin compasión, como antes lo había hecho con Bruno Fitzberg y, en cierta forma, con ella, su Cosi, y con una joven cubana llamada Elisa L. Correa.

¿De qué hablaría con Rick en la cama, en los establos, cuando iban a Tacoma a comprar algo, a cenar en un restaurante? ¿Alguna vez le había contado algo de su pasado en Cuba? ¿Quién era su madre, quién la conocía? Adela terminó la copa de vino y forzó una sonrisa.

Después de la cena, Rick llevó a Adela al sitio donde habían enterrado a *Ringo,* junto al túmulo de su padre, *Sea Breeze,* y su madre, *Paloma.* Loreta no había participado del entierro, le contó Rick. Él mismo se había encargado del proceso con la ayuda de Wapo y Andrés.

—Estuvo con él un buen tiempo después que murió. Cuando lo dejó, lo último que hizo fue cortarle un mechón de la crin y le tapó la cabeza con una manta —dijo Rick—. Loreta piensa que los caballos, además de memoria e inteligencia, tienen sentimientos.

—Siempre decía que *Ringo* era especial. O que tenía algo especial.

—Tenía algo especial —ratificó el *cowboy.*

A pesar de la diferencia horaria y de su mal ánimo, cuando Rick se despidió y se quedó sola, Adela llamó a Marcos. Por suerte esa noche había juego de beisbol en la costa oeste, y su novio no podía perderse una actuación de los Yankees de Nueva York, uno de los equipos con que simpatizaba porque justo con ese *team* su ídolo, el Duque Hernández, había alcanzado la gloria de ganar tres veces seguidas la corona de la Serie Mundial de Grandes Ligas. Adela le hizo un resumen de lo ocurrido y le dijo que se quedaría un par de días más por Tacoma, pues tenía alguna esperanza de poder averiguar algo.

—Pero no te demores, china... Hoy me llamó el tío Horacio... Parece que se va a caer una estrella, porque viene mañana y va a estar unos días en Miami. Yo voy a verlo, claro, y creo que también tú deberías hablar con él, ¿no?

—Creo que sí —admitió ella—. ¿Le preguntaste algo sobre mi madre?

—Me dijiste que no lo hiciera..., ni a él ni a mi madre. Aunque Horacio ya vio la foto y hablamos un poco de eso... También la vio Irving, que puso un comentario largo en el muro de mi madre... Adela, ellos vieron la foto, ¿qué importa que les pregunte lo que saben de Elisa... o de Loreta?

—No sé, no quiero... ¿Puedes respetar eso? Me hace falta hablar con ella, saber lo que me va a contar... Saber por ella por qué hizo lo que hizo, que no es cualquier cosa, es muy fuerte... Tener primero su versión.

—Dale, como quieras... ¿Sabes qué? Cuando te pones así pareces más yuma que otra cosa. Si fueras de verdad cubana-cubana hubieras formado una gritería y tremendo sal-pa-fuera...

—Ay, Marcos.

—Es verdad. Oye, ¿y me estás extrañando mucho?

—¡Pero si salí esta mañana de Miami, chico!

—Pues yo te extraño una tonga y... ¡coñó, coñó, qué clase de tablazo! —gritó Marcos, y Adela decidió dejarlo con su partido. En otro momento le hablaría del cheque y de sus especulaciones.

Había dormido tanto en la tarde que estaba segura de lo difícil que ahora le resultaría conciliar el sueño, aunque para su organismo fuera ya cerca de la medianoche de la costa este. Sabiendo que cometía algo así como un pecado, buscó en su mochila la cajetilla de cigarros comprados en el aeropuerto de Miami y, con su teléfono en el bolsillo, salió a la noche rotunda de la bahía de Minter a buscar el sitio más propicio para manchar sus pulmones. Decidió tomar una ligera pendiente entre los árboles que conducía al brazo de mar en forma de riada que desembocaba en la Henderson Bay y, más allá, en el océano Pacífico. Sentada en una piedra, envuelta por la compacta penumbra que permitía contemplar un firmamento cargado de estrellas, escuchó el movimiento de la corriente en el vigoroso proceso de ascenso de la marea. Adela sabía que con el agua del océano entraban por la riada los salmones adultos que, siguiendo un mandato grabado en su naturaleza, nadaban cientos de millas y luego subían a buscar su lugar de origen para realizar el desove en aguas apacibles, como cunas apropiadas para sus alevines. Los peces que volvían de sus vagancias por el mundo como hijos pródigos reclamados por el instinto más recóndito de la pertenencia saltaban, procurando salvar escollos, y sus lomos rosados destellaban con la luz de la luna. Al día siguiente, cuando comenzara a bajar la marea, esos mismos salmones se deslizarían en dirección al mar abierto y, agotados por el esfuerzo de tantos días, algunos quedarían encallados, sorprendidos por las drásticas mareas de la bahía, y serían presas fáciles de osos y águilas.

Adela encendió el cigarrillo y comprobó que su iPhone tenía cobertura. Abrió la conexión y siguió el camino desde el Facebook de Marcos hacia el muro público de su madre, y volvió a ver la foto que había alterado su existencia.

Debajo de la instantánea encontró pocos y muy sintéticos comentarios, algunos limitados a un simple «me gusta», como el de Horacio, o una exclamación de pretendido horror, colocada por Darío. Bajó y encontró al fin el texto del amigo de Clara llamado Irving. Entre la foto de 1990 y la imagen actual de Irving parecían haber transcurrido mil años y no veintiséis.

Ay, Clara de mi corazón, te felicito por haberte unido a Facebook, tú, la ingeniera más prehistórica y antiinformática del mundo. Pero ¿por qué para empezar nos das este baño de recuerdos cuando para vivir lejos es preferible el olvido? (Sospecho que para vivir cerca también a veces es preferible.) ¡Cuántos años! ¡Qué nostalgia! ¡Qué dolor!... Ver la imagen de la última noche en que todo nuestro Clan estuvo reunido y saber que ahora somos un clan disperso. ¿Qué nos pasó? ¿Por qué tenía que pasarnos? ¿Se puede culpar a alguien? ¿Sirve de algo culpar a alguien?... Unos por allá, otros por acá, otros en el cielo, como los pobres Fabio y Liuba, alguno más en camino de la Gloria, y Elisa... ¿Dónde estará mi dulce Elisa?????? Elisa, vida mía, quizás leas esto mientras sin mí recoges flores... Sé que estás viva. Lo sé. Tú sabes que yo lo sé, porque me lo dijo un ángel caído. ¿Y quieres que te diga algo? Creo que ya podría perdonarte todo. Todo. Sé que voy a entender tus razones, incluso si no las entiendo. ¿Y sabes por qué? Porque siempre te quise y todavía te quiero. Tú lo sabes... Y también te quiero a ti, Clara. Y a ti, Bernardo, cariño, cuídate mucho, todo va a salir bien... ¡Y hasta a ti, Horacio, que nunca me llamas porque eres más falso que un billete de cinco pesos con la cara de Alicia Alonso!

Adela leyó dos veces el comentario y se convenció de que en aquel párrafo debía de haber mucha información cifrada que ella no tenía modo de penetrar. ¿Un ángel caído? ¿Qué sabía ella de un ángel caído?... Pero la joven volvía a comprobar que había existido una vida de Elisa, con amigos, complicidades y secretos que por alguna razón su madre había clausurado y que, veintiséis años después, insistía en mantener cerrada. ¿Por qué antes, por qué todavía ahora? Su madre y la madre de Marcos habían sido íntimas amigas, y ellos, sin idea de que existía aquella conexión, se habían encontrado y se amaban. Adela comprendía que el mundo, como solían decir los cubanos, era del tamaño de un pañuelo. O, como le gustaba sentenciar a su madre, ya en plan budista: algo tan pequeño como el pico de un ave que, sin embargo, está predestinado y tiene consecuencias.

¿Qué había visto? ¿Había visto lo que creía haber visto? Marcos no quería pensar. Pensar lo enervaba, lo descolocaba. Había vivido siempre con un sentido de inmediatez adquirido desde los días de su niñez cuando aprendió que solo había que preocuparse por la comida que tragarían ese día, y, al día siguiente, empezar a preocuparse por la de la jornada en curso, y pensar demasiado implicaba un gasto inútil de neuronas. Pero con la foto subida por su madre a Facebook, se habían movido algunas columnas de su propia existencia.

Desde que esa mañana había despedido a Adela, ya cargaba con una rara incomodidad. Y a lo largo del día había sentido cómo crecía en su mente la presión de las ideas y las dudas. ¿Qué coño había visto? Molesto, apenas había podido concentrarse en su trabajo, y en la tarde, durante la práctica de los Tigres de Hialeah, corrió, lanzó, bateó como si se preparara para un campeonato cuando lo único que deseaba era maltratar el cuerpo, agotar su físico y embotar su mente. Vestido con la camiseta maloliente que aún no había tenido tiempo ni deseos de lavar, pasó por la fonda de Santa y Tito para cargar con la cena de la noche. Se bañó y, aprovechándose de la ausencia de Adela, lavó en la ducha la mugrienta camiseta de mangas amarillas cuya fetidez ya ni él mismo soportaba. Comió, bebió dos Heineken, se cepilló los dientes, encendió la televisión y comenzó a ver sin ver un juego de beisbol. Sacó de la cajita de madera el cigarrillo de marihuana que le había vendido el salvadoreño que había trabajado en el taller del Narizón y, contra todas las prohibiciones, lo fumó dentro de la casa, con la mirada clavada en el televisor y los pies sobre la mesita de centro donde reposaba una pieza de madera, pulida por las corrientes, recogida por Adela de la orilla del mar, y que podía recordar la cabeza de una tortuga o un falo prodigioso. En ese momento le dolió un poco más la ausencia de su mujer.

Sin pensarlo más, tomó el teléfono y le pidió a la persona que desde Hialeah hacía conexiones baratas con Cuba que le pusiera una llamada con el número de su madre. Le dijeron que esperara unos minutos y le harían una conexión por media hora. A la mañana siguiente debía pasar a pagar ocho dólares.

Cuando sonó el timbre que le anunciaba que los piratas telefónicos de la ciudad le abrían la comunicación con La Habana, Marcos dudó. Se sabía a punto de traicionar una exigencia de su novia, pero él necesitaba saber. Ya no por Adela, sino por sí mismo.

Los primeros compases del diálogo con su madre se fueron en las preguntas de rigor. Clara estaba bien, aunque la rodilla derecha le seguía dando problemas y le habían indicado un ultrasonido que se haría en el hospital ortopédico cercano a la casa de Fontanar, donde todavía trabajaba un colega de Darío. Marcos le pidió que le avisara enseguida si le recomendaban algún medicamento imposible de encontrar en Cuba, para buscarlo en una farmacia de Hialeah donde solían venderle ciertos productos a veces incluso sin la necesaria receta médica o exigírselo a su padre, allá en Barcelona.

El que andaba mal en esos días era Bernardo, le comentó entonces su madre, siempre los sueros citostáticos le provocaban reacciones muy fuertes que incluso alteraban ciertas afecciones fisiológicas (neuritis, prostatitis y otros itis) que, a pesar del largo tiempo transcurrido en sobriedad, le habían dejado como herencia sus años de trato cotidiano con el alcohol. Y Bernardo había decidido no someterse más a la tortura de los sueros. Clara sabía lo que entrañaba esa decisión, definitivamente las cosas iban cada vez peor y, como no podía dejar de hacer, ella se encargaba de cuidarlo del mejor modo posible.

—¿Por eso en lo que escribió Irving le dice que se cuide? —quiso saber Marcos.

—No sé —dijo Clara, demasiado rotunda—. Él no sabe de la recaída.

—Mami... ¿Está muy mal?

—Tiene tratamiento, no te preocupes... Yo tengo fe.

—¡Qué manía la de todos ustedes de no hablar claro!... ¿Se va o no se va a poner más los sueros?... Está bien, está bien. Dile al Bernard que yo le mando un beso... Y esta semana un poco de dinero para que coman mejor, para que cojan un carro si hace falta...

—No, tranquilo, no hace falta...

—Sí hace falta, mami. Allá siempre hace falta...

—Está bien... —Y en voz más alta, sin apartar la boca del auricular—: Bernardo, es Marcos, te manda un beso... Dice que él otro a ti..., ¿qué?... —Clara hizo una pausa—. Dice Bernardo que... que si ves a Obama le digas que, cuando estuvo en Cuba, no vino a verlo... Ah, y que no has escrito nada de la foto que pusimos en Facebook...

Marcos, que aún dudaba si debía hacerlo, decidió en ese instante aprovechar el comentario relacionado con la foto del Clan para entrar en el camino que tanto precisaba transitar y hasta ese momento había evadido. La madre le contó cómo la había reencontrado, varios meses atrás, después de que Irving, Horacio, Darío y Ramsés habían viajado para ver a Bernardo, y fue la misma Clara quien le preguntó a Marcos si él recordaba el día en que había sido tomada.

—Creo que me acuerdo de que Walter tiró muchas fotos... O me acuerdo del cuento que tú hacías.

—¿Y lo que dijiste de Fabiola?

—Verdad, verdad... ¡Que había ido a cagar!

La madre y el hijo rieron. Y Marcos se sintió mezquino, aunque sin posibilidad de retroceso.

—Pero ¿sabes una cosa, mami?... En esa foto vi algo que

me hizo recordar una cosa de la que no estoy seguro, o creo que no estoy seguro. O sí..., no sé...

—¿Qué cosa, mijo?

Marcos cerró los ojos.

—¿Podemos hablar? ¿Bernardo está cerca?

—¿Qué pasa...?

—Mami, Elisa tiene una bandita en un dedo...

En Fontanar Clara hizo silencio.

—Sí, porque se había cortado pelando unas yucas, me acuerdo.

—Mami... ¿Y tú le pusiste la bandita en el dedo?

—Sí..., yo se la puse.

—¿En el cuarto tuyo y de Pipo?

Otro silencio de Clara, más dilatado.

—De eso no me acuerdo, la verdad...

Marcos se llenó los pulmones de aire antes de sumergirse en el pozo que, desde hacía dos días, lo reclamaba como una exigencia malvada.

—Pues creo que yo sí me acuerdo. Que entré en el cuarto y estaban tú y Elisa, y tú le tenías agarrada la mano a Elisa... ¿Qué más vi, mami?

—Sería eso, que estaba curando a Elisa. —La respuesta llegó inmediata, y Marcos hizo una pausa.

—¿Y por qué yo creo que vi algo más?...

—No sé qué puedes haber visto.

—Mami, por favor, dímelo tú... No me hagas...

El joven no tuvo el valor suficiente para soltar la pregunta. Su madre demoró en volver a hablar: lo hizo en un tono más bajo, con el ritmo del que escoge cada palabra, y él ya supo la respuesta.

—¿Entonces tú nos viste?

Marcos asintió varias veces antes de responder.

—Se me había borrado de la mente..., no sé por qué coño regresó ese recuerdo. Las vi besándose, mami. En la boca...

El mutismo de Clara fue tan largo que Marcos tuvo tiempo de pensar que estaba siendo cruel, que invadía sin derecho una intimidad oscura.

—Por Dios, Marcos. Solo fue eso... Un momento, no sé, de debilidad. Cosas extrañas que le pasan a una... ¿Tú piensas que soy lesbiana?

—No, mami, no lo pienso ni me importa, tú eres mi madre y te quiero igual... Te quiero más que a nadie en el mundo, pero... Después de eso Elisa desapareció. ¿Tú crees que lo que hicieron ustedes tuvo que ver?

Clara necesitó pensar.

—¿Por qué me preguntas eso, Marcos?

El joven también necesitó su tiempo. Clara había tocado el verdadero punto neurálgico de la cuestión: ¿violaría la voluntad de Adela y le diría a su madre que había ocurrido algo tan loco como que Elisa había reaparecido en forma de Loreta y de madre de su novia?

—Por algo que todavía no te puedo decir..., pero lo que tú me digas puede ayudarme a saber...

—¿Qué no me puedes decir? ¿A saber qué?

—¡Algo que me hace falta saber, coño! —Marcos se exaltó.

—Marcos, no tienes derecho...

—Perdona, mami, sé que no tengo derecho... Perdona, por favor... No es por meterme en tu vida privada, sé que estás muy jodida con la enfermedad de Bernardo, allá, tú sola con él... Pero, por favor, vieja, nada más dime eso: ¿lo que ustedes hicieron tuvo que ver con que Elisa desapareciera...? Y... ¿con la muerte de Walter?

Clara guardó otro de los silencios que marcaban aquel diálogo lacerante. Marcos se llenó de paciencia y esperó.

—Saca a Walter de esto... Una cosa no tiene ninguna relación con la otra... A ver, Marcos, Elisa era una persona muy compleja... Llevaba muchas cosas encima...

—Un embarazo, por ejemplo.

—Un embarazo muy complicado... Bernardo no podía tener hijos, no puede y...

—¿Estás completamente segura de que la barriga no era de Bernardo?

—Completamente no... Yo creo que no y él también...

—¿Y Bernardo siempre supo que no era de él? ¿Ustedes ya sabían que él era estéril?

Marcos sintió cómo se adentraba en un territorio cada vez más lóbrego, donde las piezas en juego se descolocaban y hacían imposible los movimientos lógicos y legales.

—Al principio él quiso creer que era suyo —dijo Clara—. Lo decía... Una vez me dijo que de verdad llegó a creerlo.

—Y Elisa, ¿qué decía?... Con esa relación que tenían ustedes...

—¡No teníamos ninguna relación! —protestó Clara—. Eso pasó ese día..., pero solo éramos amigas desde hacía mucho tiempo. Nada más que amigas...

—Ok, ok... ¿Y ella no te contó nada?

—Me dijo que ese embarazo era un regalo de Dios. Un milagro... Se lo dijo a todos los amigos... Es lo que también dice Irving, que lo sabía todo de todos, porque se lo contábamos siempre a él.

Marcos deseó tener otro cigarro de marihuana. O al menos uno de tabaco negro. La ansiedad lo devoraba. Pero ya no podía detenerse.

—¿Y alguien pensó que Walter se había matado por algo que tenía que ver con Elisa o algo así?... No sé...

—A veces lo pensamos... Sobre todo después de que metieron preso a Irving porque se sospechaba que tenía alguna relación con la muerte de Walter.

—Sí, me acuerdo de eso... ¿Y qué pasó?

—Tuvieron a Irving preso unos días y luego lo soltaron, él no tenía nada que ver con lo de Walter... Lo de Walter había sido un suicidio. Raro, pero un suicidio... Después fue que Elisa desapareció.

—Y... ¿alguien pensó que Elisa..., no sé..., participó en ese suicidio?

—No te entiendo, mijo. ¿Participar en un suicidio?... Elisa no tuvo que ver con que Walter se matara. Ni Elisa ni nadie. Walter estaba medio loco...

—Está bien... A ver, por lo que sé, de Elisa nunca se volvió a saber, ¿verdad?

—No. Nunca hemos sabido. Por lo menos yo...

—¿Si estaba viva, muerta, escondida?

—No, nada.

Marcos sintió de pronto un soplo de alivio.

—Pero Irving dice que está viva, en alguna parte... ¿Y qué tú crees? No lo que ustedes comentaron en esos días o lo que yo oí después cuando ustedes sacaban el tema... Dime lo que tú crees de verdad... Dime la verdad, por favor... No quiero tener que enterarme de otras cosas por Irving o por Horacio... Y menos por mi padre...

Clara suspiró sonoramente.

—No, no hables de esto con Darío, por favor... Ni con nadie.

—Claro que no, mami. No te preocupes... Esto es entre tú y yo.

—Bueno, Elisa le confesó a Bernardo que su embarazo no era de él... Se lo dijo delante de Darío y de mí, y luego Bernardo se lo dijo a todo el mundo... ¿Tú no sabías eso?... Pero Elisa nunca confesó de quién era.

—¡Cojones! —exclamó Marcos—... ¿Y de quién tú crees que podía ser? Tú, Irving, mi papá, ¿a quién le echaban la culpa? ¿Qué piensa Bernardo?

—Ay, mijo...

—Mami, coño...

—Creemos que podía ser de Horacio... o de Walter. O de otro...

Marcos demoró unos instantes en procesar la información. ¿Quién carajo era Elisa? ¿Un demonio?

—Qué disparate —fue lo único que se atrevió a decir—. ¿De cualquiera de los dos o de ninguno de los dos?

—Sí... Bueno, Horacio... Horacio le dijo a Irving que él se había acostado con Elisa pero que no podía haberla embarazado...

—Coño, mami...

—Ay, Marquitos, yo estoy segura, no sé por qué, pero estoy segura de que Elisa está viva en alguna parte del mundo.

Hace veintiséis años que tengo esa idea clavada aquí, en esta cosa fea y gris que tu padre manipula como si fuera una masa de pan... La tengo aquí en el cerebro. ¿Y sabes qué?... Irving dice que está viva porque cree que una vez la vio en Madrid, pero Irving se pasa la vida viendo fantasmas... Pero no pudo hablar con ella... Lo que te pido, mijo, es que cuando puedas me digas lo que ahora no quieres decirme. ¿Es que sabes que Elisa está viva o que está muerta?

Adela dedicó parte de la noche a revisar a fondo la cabaña donde por más de diez años había vivido Loreta Fitzberg. No podía saber con qué cargó su mochila, pero no podían ser demasiadas cosas, y entonces le resultó revelador el hecho de que en aquel lugar hubiera tan pocos rastros de carácter personal: apenas un crucifijo de madera abandonado. La cabaña que en estancias anteriores ella había compartido con su madre, esta vez daba la impresión de haber sido solo un sitio de tránsito. En el estante de los libros únicamente encontró volúmenes de veterinaria, casi todos venidos con Loreta desde Nueva York, además de revistas y folletos sobre cuestiones ambientalistas y manuales baratos de práctica de yoga y sobre budismo, pero ninguna novela, aunque ella recordaba haber visto a su madre allí mismo leyendo novelas, sobre todo las de Philip Roth, Paul Auster, John Fante y Elmore Leonard, sus favoritos. Junto al clóset, un par de botas viejas y, dentro, unas pocas mudas de ropa informal, buena para el trabajo, y un par de vestidos más elegantes, pasados de moda, sin etiqueta, comprados en esas tiendas del Salvation Army que tanto le gustaban a Loreta. Ni ropa interior, ni perfumes, ni cremas, ni adornos femeninos en los sitios donde ella los había visto. Adela sabía que su madre nunca le había dado mucha importancia a los afeites y joyas, pero tenía algunas y desde niña la vio aplicarse crema humectante para las manos y los antebrazos, pues se le afectaba la piel por el uso de guantes y la frecuencia de los lavados cuando manipulaba a los animales. También productos de peluquería con los que

255

ella misma se aclaraba el cabello. O un collar de plata de eslabones muy tallados, un regalo de Bruno Fitzberg traído desde
Argentina, cuando Adela y su padre hicieron su único viaje juntos al país del sur.

En la cocina encontró unos pocos utensilios y algunos alimentos insuficientes: café, infusiones de hierbas, una bolsa de
quínoa peruana y un par de latas de frijoles fritos mexicanos
ya caducados. En sus visitas anteriores, Loreta prefería llevarla
a cenar a Gig Harbor o a Tacoma, y al mediodía comían con
el resto de los trabajadores los platos preparados por Miss Miller
y Mikela, la empleada griega de mal carácter pero excelentes
habilidades culinarias. En los gaveteros, ropa de cama, toallas,
mantas, edredones, todos bien doblados, al parecer no utiliza-
dos en mucho tiempo.

En la cabaña no había ni televisor ni radio, y eso Adela ya
lo sabía: su ausencia formaba parte del empeño de alejamiento
del mundo practicado por Loreta desde que dejó Nueva York.
¿Pero alguna vez no le había hablado de la serie *The Wire*?
La laptop que Adela conocía debía de haberse ido con Loreta,
y con toda seguridad el resto de las pertenencias importantes,
quizás reveladoras, pensó la joven: documentos personales, fotos, cartas, objetos de aseo y medicinas. Los pasaportes vistos
por Rick. Si no es que lo había lanzado todo al mar, para empezar sin lastres esa otra posible travesía de la que solía hablar,
y dispuesta a afrontar un nuevo naufragio, tal vez otro renacimiento que, desde su acercamiento al budismo, pretendía conseguir, recordó su hija. ¿Una travesía espiritual? ¿Buscando qué?
Sentirse leve, desasida, de ninguna parte, militante de un desarraigo total y absoluto, para ella quizás liberador. Libertad, *freedom*,
eran palabras comunes en su vocabulario. ¿Y para tal travesía
necesitaba pasaportes? ¿Sería capaz, como los salmones, de volver al lugar de origen aunque le costara la vida?

Decrépita y pretenciosa, atractiva y repulsiva, amable y agresiva, exótica y propia, todo eso le pareció La Habana. Y todo al mismo tiempo. Un sitio con cada uno de los ingredientes necesarios para satisfacer muchas de sus expectativas y, a la vez, para colmarla de angustias y preguntas. Era lo que esperaba y también lo contrario de lo que por años había construido en su mente. Entendía cada una de las palabras de los mensajes que le transmitía, pero no el sentido de muchas frases. Las gentes que vio en las calles, con los que se relacionó en la universidad, los que la atendieron en la Casa de Visitas contratada por el profesor organizador del viaje, todos le resultaron cercanos y ajenos, casi conocidos o por completo inconcebibles, seres humanos normales o posibles alienígenas. Nunca supo quién mentía o quién decía la verdad, y menos por qué. Tuvo la convicción, en cambio, de que su origen de estadounidense no constituía un estigma en un país con el que el Gobierno del suyo se había comportado asquerosamente agresivo, según ella lo veía. En la tierra mezquina de que solía hablar su madre, ¿podría ocurrir que nadie la odiara?

Para alguien que había vivido sus primeros diecisiete años en una ciudad tan inapresable como Nueva York, la existencia de un sitio con semejantes contrastes podía ser asimilado como un espacio con comportamientos singulares aunque comprensibles. Solo que en su caso, con un conocimiento armado con los prejuicios y estereotipos más favorables o más condenatorios, con lecturas literarias, conferencias académicas y leyendas urbanas, la realidad que constató o al menos creyó haber constatado durante sus días habaneros del año 2010 le permitió ver un panorama tan peculiar que terminó mostrándose blindado a sus pretensiones de decodificación. Parecía ser un territorio en cierta forma paralelo al resto del mundo, un planeta que solo viviéndolo se conseguiría llegar a entender —aunque años después, cuando le hablara a Marcos de aquella experiencia, él también dudaría de esa posibilidad.

El viaje académico había sido planificado por uno de los catedráticos de Estudios Cubanos de la FIU y pudieron sumarse a él veinte estudiantes del año final de *bachelor* en Humanidades que cursaba Adela. Solo cuando todo el programa estuvo montado, con visas estampadas y pasajes de avión sacados, la muchacha le había comunicado a su madre la decisión y ya presumía una reacción atómica. Loreta, para sorpresa de la joven y quizás por los efectos benéficos que parecía ejercer sobre ella el ambiente del rancho equino, un creciente acercamiento al budismo y la llegada a sus cincuenta años, apenas le había susurrado un qué coño vas a buscar a Cuba, Cosi, pero ya que estás en eso... disfrútalo. Y Adela, preparada para la gran explosión, no supo qué responderle: ¿un pasado desconocido y hurtado por su madre?; ¿satisfacer una curiosidad intelectual y humana?; ¿encontrar algo de sí misma que ella misma se descubría sin recursos para precisar de qué se trataba?

Loreta le había advertido que llevaba años sin saber nada de sus parientes, si es que estos aún existían y vivían en Cuba, y le recordó que de su familia cercana ya no quedaba nada: sus padres —los fantasmales abuelos cubanos de Adela— habían muerto en un accidente de tránsito cuando Loreta estudiaba en la universidad, y los abuelos maternos que la habían acogido también habían muerto hacía más de veinte, poco después de su salida de la isla, y esa había sido la última relación personal que sostuvo con su lugar de origen, le repitió. La casa de sus abuelos muertos, al no tener herederos, había pasado a ser propiedad del Estado, y Loreta había sabido que albergaba ahora unas oficinas que, como siempre ocurría, ya habrían destripado la mansión. Su centro de estudios medios había sido el preuniversitario de El Vedado, y su sitio favorito, una cafetería llamada El Carmelo, dos lugares de los que no estaba segura si le gustaría que su hija le trajese fotos para ver su estado veinte años después. Y en más de una ocasión le anunció que el país imaginado por Adela era mucho mejor que el que encontraría en la realidad y le advirtió que cometía un error provocando aquella desacertada confrontación. Y así cerraba el tema.

Años después, cuando Marcos le preguntaba por la experiencia vivida en Cuba, el joven se reía con la enumeración de lugares y conocimientos que podían aparecer en cualquier guía turística: la villa colonial de Trinidad, el daiquirí en El Floridita, los mogotes y valles tabacaleros de Pinar del Río, la casa de Hemingway, el deterioro de Centro Habana y la invencible elegancia de El Vedado, el barrio donde había vivido y estudiado Loreta, lo mismo que Clara, la madre de Marcos. Además, Adela le habló de las pretensiones de llevarla a la cama de cada uno de los cubanos de menos de noventa años con quienes se relacionó, lo cual le pareció al joven lo más lógico del mundo. Estás buenísima y allá eres extranjera, mi china, le dijo.

Sin embargo, Adela había realizado otras búsquedas y tenido otros encuentros con revelaciones inquietantes que ella no tuvo capacidad de aquilatar en su verdadera trascendencia. Porque aun cuando la joven comprobó lo arduo que podía resultar encontrar información en un país casi por completo ajeno al mundo digital y donde todo era manejado como secreto de Estado (incluida la lectura de ciertos periódicos en unas arcaicas bibliotecas públicas), gracias a los contactos del profesor guía, ella había logrado consultar algunos registros del Ministerio de Educación Superior. Y allí comprobó hasta qué punto su madre tenía razón en cuanto al desorden generalizado reinante en la isla: en la relación de egresados de la Facultad de Veterinaria de La Habana del año 1982 no aparecía nadie llamado Loreta Aguirre Bodes. ¿Tanta desidia y falta de profesionalismo resultaban posibles? Quizás sí, le dijo en aquel momento su profesor guía. ¿O a su madre le habían retirado el título por haber desertado? Todo se podía esperar en Cuba, le comentaría Marcos en su momento, y para ratificarlo le narró la historia de la evaporación civil y deportiva a la que había sido sometido el Duque Hernández, su gran ídolo pelotero. En el socialismo nunca sabes el pasado que te espera, sentenció el joven.

Por muchos meses el cúmulo de experiencias vividas durante su estancia cubana y la compacta ausencia de trazas de la vida pasada de su madre se movieron como un torbellino por su cabeza. Pero los tópicos y los vacíos debieron de ayudar a que el fracaso en la búsqueda de un ancla con la que fijar el origen remoto de su madre y, con ese origen, algo de su propia identidad, apenas la afectaran como una decepción más.

No obstante, su incapacidad de entender las tramas cubanas y de entenderse a sí misma le propinó un empujón definitivo: al regresar de la isla, Adela había tomado la decisión no solo de terminar su primer grado universitario, sino también de doctorarse en el conocimiento de un contexto y procurar abrir unas rendijas para penetrar en aquel mundo paralelo al cual una parte de ella pertenecía. Con los estudios de los orígenes del país, quizás entendería mejor sus propios orígenes.

Tal vez por haber tenido todas esas turbulentas percepciones y haberse visto abocada a grandes decisiones, la ausencia del nombre de Loreta del registro revisado y la imposibilidad de fijarla en algún sitio del país no la inquietaron como después pensaría que deberían haberla intrigado. Y Adela solo aquilataría las proporciones de su frivolidad y de su deplorable capacidad para advertir dobleces humanos cuando la verdad se abrió paso y, con ella, la luz. El reflector bajo el que ahora vivía y cuya iluminación caliente no le permitía ver otra cosa que rostros sin contornos definidos.

La música melosa y las frases de inflexiones largas y descenden-tes se filtraban entre las paredes de madera y llegaban al portal. El iluminado Chaq y sus discípulos estaban en plena faena me-ditativa en la Hongwanji Buddhist Church de Tacoma, donde se reunía la más populosa *sangha* budista de la ciudad. La mu-jer de edad indefinida y rostro plácido que hacía las veces de recepcionista o cancerbera del sitio informó a Adela y le comen-tó que, si ella también deseaba meditar, podía pasar al salón: era bienvenida, no tenía que pagar por el acceso, añadió. La paz del espíritu y la recepción de buenas energías estaban allí al alcance de todos. Adela dijo que solo quería hablar con el señor Chaq y prefería esperar en el portal del templo. Y, si no le mo-lestaba, fumar un cigarrillo. A la mujer sí le molestaba y la joven se abstuvo de encender su pitillo.

Adela pensó si ya sería el momento de llamar a su padre, Bruno Fitzberg, el hombre que las nuevas evidencias advertían que en realidad no era su padre, su padre biológico. ¿Cuánto sabría? ¿Cuánto no sabría? Adela albergaba la débil esperanza de que el tal iluminado o «señalador de caminos» le indicara alguno para rastrear a su madre.

Una hora después comenzaron a salir del templo los miem-bros de la *sangha* asistentes a la sesión de meditación. Había más mujeres que hombres, casi todos por encima de los cua-renta años, algunos quizás hasta de ochenta: gente que ha vi-vido y se descubre necesitada de una mejor relación con su mundo y con deseos de reparar una existencia de seguro insatisfactoria. Adela, dominada por su desasosiego, sintió envidia al ver sus rostros relajados de seres convencidos de estar recargados de energías positivas, de afortunados que han tomado el camino indicado y descubierto (o andan en el proceso) no una, sino cuatro nobles verdades capaces de aliviarlos a ellos mismos y hasta al resto del universo, tan exigido de verdades, de mejoras y de energías renovables. Esperó hasta que la mujer de edad indefinida le dijo que podía pasar, el iluminado la esperaba.

Adela entró en un salón de paredes blancas, cubierto por una moqueta verde como un césped inglés. En un rincón, una estatua de Buda de un metro y medio de alto, en posición meditativa, pintada con brillo de bronce sucio. Contra una pared vio varias sillas de tijera, cerradas, quizás poco antes utilizadas por algunos de los meditantes ya imposibilitados de tomar la postura del loto. En una mesa con mantel blanco, una cafetera y dos bandejas con algunas galletas. En el aire flotaba un olor dulzón y agradable, aunque no vio nada parecido a un pebetero o incensario. Al fondo, contra una ventana tapiada por una cortina que dejaba filtrar alguna luz, distinguió la figura del hombre sentado. El atuendo color Fanta de naranja con que se cubría, potenciado en tono y brillo por el efecto del contraluz, y la cabeza rapada con forma de bombillo, hacía que el hombre pareciera encendido, más que iluminado. Adela se descalzó para avanzar hacia el señalador de caminos y solo cuando estuvo muy cerca de él pudo tener una composición precisa de su aspecto: era un hombre blanco, de unos cincuenta años, de facciones muy regulares, aunque en la parte derecha del rostro exhibía una cicatriz oscura que le corría de la sien a la mandíbula.

—Buenas tardes, siento molestarlo —dijo ella al aproximarse.

—*Om Shanti* —la saludó el hombre, y le ofreció el suelo enmoquetado frente a él—. No es molestia... ¿O prefieres una silla?

Adela no lo pensó dos veces y se dejó caer, cruzando las piernas, procurando replicar la postura del anfitrión.

—Vengo porque estoy tratando de localizar a mi madre... Es discípula suya.

—Loreta —afirmó el maestro.

Adela asintió.

—Yo vivo en Florida y vine a verla, pero hace tres días pidió vacaciones y nadie sabe adónde puede haber ido... Quizás usted... Me dicen que eran muy cercanos. Que ella hablaba de ir alguna vez a Japón o al Tíbet o, creo..., a Alaska.

El iluminado sonrió. La cicatriz se tensó pero exhibió una dentadura perfecta.

—A Japón quería ir... A Kioto, a ver el templo de las mil deidades de Sanjūsangen-dō... Una maravilla de la fe y el ingenio humano... Loreta es una mujer de mucho carácter. Hablábamos mucho... de nuestra filosofía. Siempre quería aprender. Vencer la ignorancia, ¿sabe?

—Lo siento, no sé mucho de budismo. Ella hablaba de liberación..., de travesías espirituales... ¿No le dijo por qué se iba o adónde?

El hombre volvió a sonreír.

—No... Pasó a decirme que se iba, y no le pregunté adónde y si regresaba en algún momento. No tenía derecho a hacerlo. La vida individual de cada uno merece el respeto de los otros. Cada persona es responsable de sus actos... Solo te puedo decir que Loreta me confesó varias veces que deseaba vivir otra vida. No estaba hablando de un renacimiento budista. Hablaba de esta vida, de cambiar algo de esta vida... Y eso puede implicar irse. A Japón, al Tíbet. O a Seattle, aquí al lado. O no moverse...

—¿No estaba contenta en The Sea Breeze?

—Sí... Decía que allí había encontrado el sitio del mundo que más la equilibraba... Pero aun así no estaba contenta consigo misma. Y la enfermedad y la decisión de sacrificar a ese caballo...

—*Ringo*.

—*Ringo* —asintió el hombre—. Hablamos por teléfono de eso. Varias veces. Fue muy duro para ella... El sufrimiento siempre es duro.

—¿Y Loreta le contó algo de la vida que había vivido? Es que ha pasado algo muy grave que tiene que ver conmigo y con esa vida pasada de mi madre.

El iluminado deslizó las palmas de sus manos sobre sus muslos hasta abarcar las rodillas. Repitió varias veces el movimiento antes de hablar.

—¿Algo grave?

—Sí. Para mí... y creo que para ella.

El hombre volvió a frotarse los muslos.

—No creo que traicione la confianza de Loreta ni viole su intimidad. Tú eres su hija y... Loreta me contó una vez que estaba convencida de haber vivido otras encarnaciones. Hay muchos embusteros que hablan de ese tipo de experiencia, pero también existen personas muy especiales, capaces de tener esa percepción... Y ella... ¿me mintió? No, no lo creo... O mentía muy bien... —El hombre hizo una pausa—. Ella cree que en una de esas vidas había tenido alguna relación con la muerte de una persona... Y me contó que había pasado sus primeros treinta años como una persona y que un mal karma, en parte fabricado por ella, le hizo pagar como consecuencia comenzar a vivir otra existencia..., la que tiene ahora.

—¿La muerte de una persona?... ¿Le habló de Cuba? —Adela trató de cercar la información. En las vidas reales o imaginadas que Loreta había vivido, entre posibles verdades y presuntas fabulaciones, rechinaba aquel dato inquietante, tal vez relacionado con lo que la joven sabía e iba sabiendo ahora de la vida de su madre. ¿Sus huidas se debían a un acto tan irreversible como haber provocado una muerte? El tal Walter que había hecho la foto del grupo ¿no se había suicidado? Pero ¿por qué razón? Y, todo aquello, con muerte añadida, ¿tendría que ver con su radical renuncia a Cuba y a cualquier relación vital y palpable con su pasado? ¿Qué era verdad y qué mentira en lo que Loreta contaba de sus otras «vidas»? Adela se sentía sin posibilidades de precisar nada.

—Solo me dijo que venía de Cuba y que prefería no hablar de su país. Que le hacía daño y lo había enterrado... Al país, quiero decir..., y con él, su pasado. Y esa puede ser una actitud sabia. La gran enseñanza de Buda es que la única manera de liberarse por completo del sufrimiento es liberarse radicalmente del deseo; y la forma de conseguirlo es educar la mente para experimentar la realidad tal como se presenta. Ya sé que no es fácil... Una de las superaciones más importantes que nos indicó Buda es ni más ni menos la del pasado: no volver a vivir el pasado, porque ya se vivió, bien o mal, ya transcurrió y no es reparable. Y, a la vez, no intentar proyectar el futuro..., pues aún no ha ocurrido, y querer predecirlo es fuente de ansiedad y la ansiedad genera sufrimiento. Por eso alenté a Loreta en ese camino, a que emprendiera su viaje espiritual..., y siempre me preguntaba si lo que la dañaba eran los recuerdos o la nostalgia o la culpa. O el odio. Y ese es un tema, porque los cubanos suelen practicarlo bastante... —El iluminado hizo una pausa y Adela esperó—. En una ocasión se lo pregunté a ella, pues todos esos son lastres de los que la meditación nos ayuda a desprendernos... Según ella, aún arrastraba todas esas y otras cargas de las que necesitaba aliviarse. Y que la forma que había encontrado antes de descubrir las enseñanzas del Buda había sido la negación, el rechazo, a veces incluso la agresión...

Adela asintió.

—No creo que Buda haya podido ayudarla mucho.

El iluminado sonrió.

—Pues yo creo que sí... Cuando lo pienso, creo que quizás su actitud había sido una reacción hacia el exilio... Todos los exilios tienen un componente traumático. Para muchas personas salir de su tierra y llegar a otra es abandonar una vida y encontrarse con una diferente, ya comenzada, que tienen que aprender a armar desde el principio y eso puede ser fuente de muchos conflictos mentales... Pero ¿sabes?, a veces dudé si era cierto que Loreta viniera de Cuba...

—¿Por qué?

—Yo también viví en Florida y sé algo de los cubanos. En mi otra vida... —dijo, y señaló la cicatriz que le cruzaba el borde de la cara—. Tu madre no se parece a ellos.

—Bueno, es que hay muchos tipos de cubanos... ¿Y no le habló de mí?

—De ti..., pues me dijo que te quería mucho...

—¿Y algo más?

—Que le preocupabas... Pero Loreta me confía sentimientos, nunca historias. No sé las razones de su preocupación... Tampoco de esa relación suya con una muerte... Ya te dije, la meditación la ayuda a mejorar esos sentimientos. Meditar es bueno para cambiar el signo de nuestras energías, y yo me alegraba de poder colaborar. Creo que tu madre procura vencer su ignorancia, aunque no pretenda la sabiduría. A lo mejor ha perdido la ambición. Pero, sí, ella busca una liberación. Encontrar la plenitud del presente. Y sueña con esa travesía espiritual...

Adela asintió con mayor insistencia. La imagen de sí misma que su madre había ofrecido a aquel hombre en quien confiaba y al cual se entregaba espiritualmente parecía ser la más habitual en ella. Al menos hasta donde Adela ahora creía conocerla. Porque más de una vez la había oído decir que de lo único que no se arrepentía era de ser madre: todo lo demás hubiera querido cambiarlo. Ella misma era un grandísimo error, solía decir. Y siempre repetía aquella palabra: libertad, *freedom*. ¿Por eso se había exiliado?

—Mi madre y yo tenemos una relación complicada... Ahora mismo creo que usted la conoce mejor que yo... Entonces..., ¿ninguna pista?

—Lo lamento, muchacha, ninguna pista. De las que tú buscas... Porque si sabes escuchar, te he dicho mucho.

Adela volvió a asentir. ¿Cuánto sabía aquel hombre y cuánto le ocultaba? Todo su proselitismo budista le pareció un escudo alzado para evadir su indagación. Y pensó si tenía sentido hacer o no la pregunta que comenzaba a inquietarla. Se atrevió.

—Y usted cree que alguna vez, para alcanzar otra de sus vidas, el renacimiento budista..., no sé... ¿Piensa que Loreta pudiera pensar en suicidarse?

El iluminado recuperó su sonrisa. Adela sintió que había sido una reacción franca, sin trastiendas, y le provocó un inmediato alivio.

—Ya veo que de verdad conoces poco a tu madre. Yo jamás me preguntaría algo así. No de Loreta. Ella se considera una superviviente. Y si arrastra una ignorancia, una pena, un error... o varios..., pues cargará con todos ellos hasta el final o hasta liberarse. Y no creo que Loreta Fitzberg esté pensando en su final físico. Quizás sí en otros finales, pero no en el que me preguntas, muchacha.

Adela meditó las palabras del «señalador de caminos».

—¿Cree que haya vuelto a Cuba? —soltó, pues de pronto se había levantado esa posibilidad que hasta entonces no había considerado.

—Es posible. Todo es posible.

—¿Y si quería huir de sí misma? ¿Y si ha vivido su vida presente como una huida? ¿No se podía cansar de tanto huir sin liberarse de lo que la perseguía porque no hay refugio para algunas persecuciones?

—Vuelvo a lo mismo: todo es posible —dijo, salomónico, el hombre de la cicatriz y la túnica color azafrán, y volvió a sobarse los muslos antes de agregar—: Por mucho que camines, por más que te alejes, tu infierno personal siempre va contigo. Puedes despojarte de cargas, tener una vida mejor en un lugar mejor, tomar distancia de las malas energías. Buda es un buen sendero. Otros creen en Dios y en el cielo, algunos en la sociedad de los iguales... Pero para todos hay penas y culpas indelebles, y, si acaso, puedes aprender a vivir con ellas. Algo así le dije a Loreta la primera vez que hablamos...

Adela regresó al rancho sin respuestas para muchas de sus preguntas, o quizás con todas las respuestas, pensó, con las últimas frases del iluminado en su mente. Pero también volvía con una convicción: el cabrón iluminado sabía mucho más de lo que decía. Un tipo resbaloso como una culebra.

Como todavía era hora de faenas, pudo aparcar su *jeep* rentado sin que nadie se cruzara con ella. Recordó entonces que hacía horas tenía deseos de fumar y buscó el sendero del bosque que conducía al brazo de mar. La marea estaba en su punto más bajo y las gaviotas hacían su requisa de peces y ostiones. Adela vio en el cielo, siempre impoluto, el vuelo imponente de dos águilas en busca de salmones encallados. Mientras fumaba pensó que, con tanta confusión en su mente, tal vez no sería el mejor momento para hablar con Bruno Fitzberg. En la soledad del bosque del norte donde la vida podía resultar tan simple y tan cruel, tan sincera y dramáticamente equilibrada, donde todavía cada cual ocupaba el sitio que le correspondía en una organización que preservaba su lógica esencial, sintió, en cambio, que estaba en el mejor trampolín posible para lanzarse al vacío. Ella era como el águila que, en función de su lugar en el orden natural, vio bajar hasta el agua y salir volando con un enorme salmón entre sus garras. ¿O ella era el salmón atrapado? ¿La afectaba el potente sortilegio del lugar? ¿Su madre también habría sido beneficiaria de ese sentimiento en el rincón apacible del mundo que consideró su paraíso encontrado y donde resultaba tan fácil caer en tales trances de comunicación con la naturaleza y lo eterno? ¿Qué le había pasado a Elisa Correa, cuáles eran sus penas, cargas y culpas, el infierno personal del cual llevaba veintiséis años huyendo, procurando liberarse?

—Papa, ¿podemos hablar ahora?

—Sí, claro..., bueno..., si no es urgente, mejor te llamo en diez minutos. *Va bene?*

—*Va bene* —dijo ella y cortó.

Adela comenzó a imaginar qué podía estar haciendo Bruno Fitzberg para reclamarle diez minutos. En Nueva York eran las siete de la noche y quizás el hombre estaba regresando a casa de su labor cotidiana. Desde que vivía solo, muchas veces, si no quería cocinar, pasaba por el restaurante dominicano de la West 157 y Broadway, donde vendían bolas de yuca, quipes, empanadas y, por supuesto, arroz y habichuelas, como le llamaban los de Quisqueya a los frijoles colorados. Además, allí trabajaba una dominicana llamada Marisley, de unos cuarenta años y un culo de antología, orgullosa de la suave caída de su pelo tratado con químicos, de quien Adela sospechaba (más que sospechaba desde que vio la tira de Viagra en el botiquín de su apartamento) que le daba a Bruno algo más que alimentos para el estómago. Otras veces el hombre compraba algunos productos en la bodega de la 149 y Broadway y se preparaba algún plato con carne de res o de cerdo, pues hacía años había renunciado a las limitaciones de su origen religioso. Su sitio preferido del barrio era lo que sus moradores llamaban el «jardín comunitario», un pequeño espacio arbolado, con bancos y mesas de madera donde, cuando no había juegos de dominó, se podía incluso escuchar el trino de los pájaros en medio de la atiborrada Manhattan. En ocasiones se sentaba allí y bebía un trago de ron (o dos, tres...) con su compatriota Edgardo Sguiglia y su amigo, el actor dominicano Freddy Ginebra.

En la zona de West Harlem donde Bruno vivía desde hacía treinta años, donde Adela había crecido, el hecho de ser argentino o dominicano o cubano no implicaba ninguna distinción a favor o en contra: sus vecinos, blancos, negros, asiáticos, latinos, provenían de los cuatro puntos cardinales del planeta y cada uno de ellos sentía que aquel era su espacio en el mundo. Excepto cuando la mayoría dominicana estaba de fiesta y el ritmo del merengue invadía las calles del barrio y los otros vecinos deseaban desaparecer o que desaparecieran todos los dominicanos del planeta Tierra. ¿Bruno Fitzberg se sentía solo en tanta compañía? Adela creía que sí, y le dolía la soledad del hombre que hasta unas horas antes había sido su padre y al que seguía queriendo como si en realidad lo fuera. De hecho, se dijo, era la persona a la que más quería en el mundo, si exceptuaba a Marcos, al cual amaba de otro modo. ¿Cuánto sabría? ¿Cuánto no sabría Bruno Fitzberg? ¿Conocería quién era su verdadero padre? Las trompetas familiares de su celular la sacaron de la meditación y abrió la comunicación.

—Disculpá, nena, estaba en la calle —comenzó el hombre.

—¿Haciendo qué?

—El menú de la noche... Hoy los dominicanos tenían chivo guisado...

—Te encanta cómo Marisley hace el chivo...

—Y va muy bien con el Malbec que tengo acá... El gordo Edgardo y Freddy el Loco vienen a probarlo... Ojalá vos pudieras acompañarme también, piba... Siempre te extraño.

—Y yo te quiero. ¿Vos lo sabés?

—Claro que lo sé...

—Pero sabés que te quiero de verdad-verdad... Y que me gustaría estar con vos, acompañarte.

El hombre hizo silencio. Al fin respondió.

—Lo sé, lo sé... ¿Qué pasó, mi niña?

Adela no dilató su salto al vacío.

—Necesito que me digás quién es Elisa Correa. Y que me digás por qué, si vos no eres mi padre biológico, ni vos ni ella nunca me lo dijeron. Vine hasta la granja para verla, pero Loreta desapareció. Otra vez...

Bruno Fitzberg se mantuvo tanto tiempo en silencio que Adela temió que la comunicación se hubiera cortado.

—¿Papá? ¿Papá?

—Estoy acá, nena... Esperate... Bueno, entonces llegó el momento. Y como siempre, tu madre deja a los demás en la estacada... Huye y cree que así lo resuelve todo... Tira la mierda contra el ventilador y espera que le devuelva aire fresco... Adela, hija, esto no podemos hablarlo así... Luego te llamo para decirte a qué hora llego mañana al aeropuerto de Tacoma.

Adela pasó toda la noche y el día siguiente pensando en lo que podría decirle Bruno Fitzberg. Y descubrió que tenía mucho miedo. Pero necesitaba esa verdad: solo así podría iluminar los vericuetos de su vida pasada y quizás programar su existencia futura. Dispuesta a darle un espacio neutral o favorable a su padre, buscó en la guía de Tacoma un restaurante argentino cuyos dueños fueran argentinos y reservó una mesa para las siete de la noche.

En el trayecto del aeropuerto a la ciudad, Adela procuró no forzar la conversación y solo le preguntó a Bruno por cuestiones de trabajo, por su comentada jubilación, por su deseo mencionado en los últimos contactos de volver por primera vez en más de diez años a ese país remoto llamado Argentina, el mismo de donde había salido espantado de la capacidad de generar horror de los seres humanos y adonde solo había regresado para llevar allí por dos semanas a su hija adolescente. A Bruno le encantaría que, si al fin volvía, Adela hiciera otra vez ese viaje con él.

—Es que tengo miedo de todo... Creo que más miedo que antes —decía el hombre—. ¿Sabés? Siento que ya no soy de allá, pero también que no puedo ser de ninguna otra parte. Más que vivos, allá tengo muertos. Vos lo sabés: mis padres, además de mi hermano y mi primo asesinados por los militares. Y luego a mi hermana, tu tía Martina, se le cansó el corazón, la pobre. Pero ¿sabés qué? Todavía está viva la tía cordobesa, sí, ¿te acordás?, la que hablaaaa aaaasí, alargando las aaaaes. Ya tiene noventa años... Ay, nena, qué cagada... Aquí no sé bien de dónde soy. Allá estoy seguro de que nunca lo sabré.

—A veces a mí me pasa lo mismo... En tu caso lo entiendo, ¿pero en el mío?

El restaurante pretendía ser tan típico que se llamaba La Pampa, y Bruno sintió desconfianza, a pesar de las garantías ofrecidas por Adela.

—Che..., ¿carne argentina de verdad? —preguntó Bruno cuando se acercó el mesero y lo hizo en estricto español porteño.

—Te la garantizo, flaco —soltó el dependiente, un hombre de la edad de Bruno.

—¿Vos sos porteño?

—De La Boca...

—Me lo imaginaba... Te advierto, yo soy hincha de River... A ver, che, ¿entonces no es verdad que hace quince años el Gobierno de acá no deja importar carne de allá?

El mesero sonrió. Bruno tuvo la sospecha de que lo único argentino en aquel lugar era el mesero, porteño y de La Boca.

—Flaco, si lo sabés, ¿para qué lo preguntás? ¿Vos sos gil o no te habés enterado de que en este país todo es trucho?... Pero, bueno, de verdad te garantizo que es la mejor carne que se come en la ciudad. No es argentina, pero, vaya, casi casi como si lo fuera.

—Si me lo jurás por tu madre...

El mesero sonrió otra vez y Adela tuvo la impresión de estar viendo una comedia de los años cuarenta.

—Y por la memoria de Gardel, por la mano de Maradona y por el papa Francisco, ya que estamos en eso. ¡Qué tipazo el Papa!, ¿no, flaco?... De verdad es la mejor carne del pueblo...

—Entonces un asado para dos... Más bien abundante... Estoy en blanco desde el desayuno.

—¿Chorizo y morcilla?

—Pero no chinchulines..., aunque me los garanticés y me jures por... Y un Malbec de Mendoza. El que más bronca te dé, da igual el precio.

El mesero sonrió un poco más y miró a Adela. Quizás pensó que el viejo había levantado a aquella belleza de labios pulposos y Bruno supo interpretar su picardía porteña.

—La nena es mi hija, che... Dale, negro, movete...

—Como una flecha, flaco.

Adela y el mesero rieron y Bruno se sumó a la risa. Cuando el dependiente se alejó, Bruno miró a su hija y levantó los hombros: nada que hacer.

—Ustedes los argentinos, cuando se juntan..., ¿se vuelven más argentinos?

—Es una desgracia nacional. Mirá, hay que tener cuidado, porque a la segunda persona a la que quiere joder un argentino es a otro argentino... Porque al que más le gustaría joder es a un uruguayo.

—De verdad me encantaría volver contigo alguna vez...

Bruno asintió y suspiró.

—Sí, tenemos que ir..., aunque es un país hecho mierda —dijo, y cerró los ojos, oprimiéndose los párpados con el pulgar y el índice. Cuando retiró la mano, habló—: Nena, desde hace veintiséis años estoy ensayando este discurso. He hecho mil versiones, como te imaginarás... Desde ayer estoy revisando la última versión que tengo en la cabeza y es una novela lamentable, pero es la única que puedo armar, y la que es verdad, piba. Al menos la verdad llena de huecos que yo me sé. Porque lo otro que sé, por mi profesión, es que tu madre puede actuar como una embustera compulsiva. Lo más jodido, piba, es que clínicamente lo es.

Como el resto de los asistentes a las charlas de la convención celebrada en la Northeastern University que lo había llevado a Boston, Massachusetts, la tarde precisa del 6 de abril, Bruno Fitzberg estaba invitado a hacer un recorrido guiado por sitios históricos de la ciudad colonial, una de las cunas de la revolución de independencia norteamericana. El paseo incluía la contemplación de vetustos edificios, muy antiguos, aseguraban, de hasta unos trescientos años. Cuando ya se disponía a tomar el autobús que llevaría a los visitantes, Bruno pensó que hacía demasiado frío para una Historia tan corta y optó por acercarse al famoso Museum of Fine Arts de la ciudad, una estancia pospuesta por diversas circunstancias en sus varias visitas a Boston. Sabía, como todo el mundo, que el espléndido edificio neoclásico exhibía una de las colecciones más importantes de la pintura francesa del siglo XIX, en especial de los movimientos cercanos al impresionismo, o sea, justo la época de la Historia del Arte que más le complacía y había hecho de Orsay su preferido entre todos los museos del mundo. La posibilidad de contemplar de un golpe más de treinta Monet, pinturas y esculturas de Degas, obras de Renoir, Millet y Gauguin se le ofrecía como un mejor empleo del tiempo, a salvo además del viento gélido del Atlántico norte.

Esa fue la suma de coyunturas precisas que llevó a Bruno Fitzberg a recorrer, esa tarde y no otra entre todas las tardes del mundo, las salas de pintura europea del museo y, frente a un cuadro de Renoir, encontrarse, en pleno trance de ensimismamiento, a la joven de pelo castaño, cubierta con un abrigo rojo de lana ya demasiado estrecho para el momento de su avanzado estado de gestación.

Fue ella quien dio pie a la conversación. La mujer hizo lo que parecía un comentario casual, de admiración incontenida por las libertades cromáticas y de composición que se tomaba la obra, por la sensación de vida que conseguía transmitir, y luego cruzaron un par de comentarios de admiración por Renoir. Al escuchar su acento, él pensó que era británica, aunque tuvo sus dudas, y se atrevió a preguntarle su origen. Ella respondió: «No soy de ninguna parte». Y con esa respuesta demasiado cerebral, pedante y enigmática —que a Bruno le pareció hasta simpática, como si hubiera sido dicha por un personaje de García Márquez al llegar a Macondo— estuvo a punto de terminar el encuentro, todavía apenas un cruce sin consecuencias.

Sonriendo por la respuesta de la joven, Bruno se disponía a seguir su recorrido cuando leyó que aquel óleo de Renoir, titulado *Le déjeuner des canotiers,* estaba en esos días en el Boston Fine Arts como préstamo de la Phillips Collection de Washington, cuando él hubiera jurado haberlo visto en Orsay. La información lo hizo regresar de nuevo a la pintura, para comprender entonces que no, en realidad no la había visto antes en ningún museo, solo la había fundido en su memoria con *Bal du moulin de la Galette,* otra de las obras maestras del pintor, esa sí devorada por él en la pinacoteca de París.

Lo que ocurrió en los minutos que corrieron entre el comentario pedante de la joven embarazada y la revelación de que el hombre había mezclado en su mente dos piezas cercanas de Renoir, pero, sobre todo, el modo en que el cruce fortuito de dos personas frente a una pintura se iba a llenar de consecuencias para los meses siguientes y hasta los próximos años, siempre le hizo preguntarse al psicoanalista qué hubiera ocurrido con su vida, con la de esa mujer y con la de la criatura que llevaba en el vientre si él no hubiera decidido visitar el museo en lugar de irse al recorrido histórico. Y si, por un recóndito azar, *Le déjeuner des canotiers* no hubiera estado a préstamo en Boston gracias a la Phillips Collection y él no se hubiera retrasado leyendo la información que calzaba el cuadro que nunca había pertenecido a Orsay y, claro, resultaba entonces la primera vez que tenía la oportunidad de observar de cerca, y en todo su esplendor, la obra original. Y, por supuesto, se devanaría los sesos pensando si algo habría ocurrido o no, de no haber escuchado, ya en su segundo alejamiento de la obra y de la sala, a la joven embarazada del abrigo rojo demasiado estrecho decir:

—La mujer que está recostada sobre la baranda soy yo.

Bruno sintió un corrientazo en la nuca. Se volvió y miró a la embarazada, luego otra vez al cuadro y sonrió. Que una mujer joven de 1990 pretendiera aparecer retratada en un cuadro de Renoir pintado ciento diez años antes era, más que una pedantería, una insolente socarronería o una manifestación de un posible estado de locura —aunque Bruno, conocedor de las alteraciones de la psiquis humana, se decantó por la primera posibilidad cuando observó con más detenimiento a la joven y comprobó que, en efecto, se parecía a la figura femenina creada por el maestro francés.

—No me mire así, señor... ¿Usted no cree en la reencarnación?... Esa joven soy yo, en mi vida anterior, y esos otros hombres y mujeres fueron mis amigos en esa vida y a muchos de ellos me los he encontrado en esta.

Divertido, Bruno optó por seguirle la corriente.

—¿Y usted se acuerda de sus vidas pasadas?

—De cada minuto de cada vida...

—Eso debe de ser tremendo —decidió darle más cordel—. Como Funes, el memorioso de Borges... ¿Y cómo usted se llamaba en esa otra vida?

Esta vez la joven pensó unos instantes antes de responder.

—Aline..., como la muchacha que llegaría a ser la esposa de Renoir.

—¿Y cómo te llamas ahora, en esta vida o encarnación?

La joven volvió a pensar.

—Loreta Aguirre Bodes.

—Con esos apellidos ahora mismo no pareces muy francesa...

—Eso no importa... En cada reencarnación, o mejor sería decir renacimiento, uno es lo que es y no lo que fue.

—Con esos apellidos quizás en esta vida de ahora hables en español.

Loreta sonrió.

—Sí —dijo cambiando de idioma—. ¿Y usted?

—También. Y sí sé de dónde vengo: soy argentino. Aunque no lo practico —acotó y se rio—. Y me llamo Bruno Fitzberg y... no tengo idea de si soy una reencarnación o un renacido...

Loreta y Bruno recorrieron juntos el resto de las salas dedicadas a los impresionistas, comentaron la delicadeza de Degas, la pureza de Monet, la energía de las pinceladas de Van Gogh y el alegre misterio que transmitían las coloridas piezas de Cézanne, y cuando Loreta se sintió cansada por el peso adicional que cargaba en su interior, aceptó la invitación de Bruno a tomar un café en el restaurante del museo. Sí, la apuraba orinar, necesitaba sentarse. Cada día orinaba más y se le estaban inflamando las piernas, dijo, estoy horrible, mientras se tocaba el vientre abultado y advertía que ya andaba por el antepenúltimo mes.

Sentados a una mesa, café por medio, hablaron un rato de los impresionistas (ella sabía más que él de aquellos artistas), del budismo y los renacimientos (algo elemental sabían los dos) y, a instancias de Bruno, que no tenía nada mejor que hacer, terminaron cenando en el sitio. Como conversaron por más de dos horas, el psicoanalista argentino de paso por Boston supo que la muchacha embarazada había nacido en Cuba y vivido varios años en Londres, donde había seguido cursos de artes plásticas y visitado muchos de sus magníficos museos. Loreta le confesó además que hacía apenas un mes que estaba en Estados Unidos, acogida por una amiga inglesa que hacía su doctorado en Harvard.

—¿Y su esposo?

—No hay esposo.

—¿Y eso? —Él señaló la barriga.

—Producción independiente —dijo ella.

—¿Un amigo de los que están en el cuadro de Renoir? —agregó él, y rieron.

—Quizás —añadió ella.

En la noche anticipada del norte, cuando salieron a la calle, caía una lluvia fina. En aquel mes de abril en Boston apenas despuntaba una primavera todavía muy fría y los árboles seguían desnudos, esperando una señal del clima para que su biología les ordenara refoliarse y florecer. Bruno, cuyo hotel estaba apenas a dos cuadras del museo, decidió pedir un taxi para llevar a Loreta hasta su alojamiento, resultaba peligroso en su estado caminar por calles ahora resbalosas. Cuando se despidieron, Loreta se quedó con el número de teléfono de Bruno y él con la promesa de que, si visitaba Nueva York, lo llamaría. Por su parte, Bruno Fitzberg cargó también con algo menos concreto, mucho más inquietante: el aura de la más absurda idea de que había encontrado en la realidad un personaje salido de un cuadro de Renoir, pues en su memoria veía a Loreta Aguirre Bodes, alias «Aline», pero de forma difuminada. Recibía una imagen completa y a la vez imprecisa, inacabada, con una belleza singular aun cuando le resultara imposible definir con precisión todos sus rasgos: con la sensación de que la mujer podía ser lo mismo real que una criatura escapada de una ficción o de un cuadro. Y con la convicción, en ese instante, de que nunca volvería a verla fuera de una obra maestra de Renoir.

Seis meses después ya era otoño en Nueva York y el Metropolitan Museum exhibía una muestra especial de la escuela de los impresionistas. Bruno Fitzberg, que apenas pensaba ya en la simpática, culta y a la vez pedante mujer embarazada que conoció en Boston, esperaba el mejor día para acercarse y contemplar la exhibición. Entonces, la noche del 8 de octubre, recibió la llamada telefónica: Loreta Aguirre Bodes estaría al día siguiente en Nueva York y pretendía ir a ver a los impresionistas en el Metropolitan. ¿La acompañaba? Quedaron en verse a las tres, en las escaleras del museo: a primera hora Bruno iría a reservar las entradas para evitarse la cola.

En un cargador con forma de camiseta, Loreta llevaba a su hija, nacida cuatro meses atrás: «Te presento a Adela», le dijo a Bruno. Era una bebé bellísima, de aspecto saludable, con unos enormes ojos negros y labios muy delineados. Loreta y Bruno se saludaron con un beso en la mejilla, como si su único contacto los hubiera llevado hasta ese nivel de cercanía, y Bruno Fitzberg se reafirmó en la convicción de que, sin saberlo, había estado esperando, con unas ansias cuyas proporciones solo ahora se le revelaban, un improbable reencuentro con la mujer imprecisa. Algún anzuelo lo había prendido y, al ver a Loreta, sintió el fuerte tirón de la pita. Aunque Bruno deseaba mucho hablar, durante la hora y media que dedicaron a recorrer los salones de la antología apenas dijeron algo sobre las obras y se sorprendió otra vez por el conocimiento que acumulaba la joven mamá del mundo estético de los impresionistas, entre quienes distinguía a Monet, Renoir y Manet, mientras detestaba —lo dijo así— a Gauguin. De Van Gogh le gustaban los retratos y los cielos, y de Cézanne el dramatismo de los colores. Pronto supo que Loreta, además de estudiar artes plásticas, había practicado la equitación en sus años londinenses, mientras en su vida cubana terminó decantándose por la veterinaria. De todo aquello Bruno no entendía bien cómo una joven de la Cuba revolucionaria que no fuese una exiliada había podido andar por años viviendo en Londres y hasta montando a caballo, y Loreta le dijo que Cuba era más compleja que una consigna, pero se trataba de un tema del cual no quería hablar: por eso estaba refugiada en Estados Unidos. «¿Huiste de Cuba?» «Sí, en cierta forma hui... Con Adela dentro.»

Al salir del museo, Loreta le propuso a Bruno ir hasta el edificio Dakota donde había vivido John Lennon y frente al cual había sido asesinado el ex-Beatle. Bruno no tenía en mente que era 9 de octubre, día del cumpleaños del músico, y Loreta quería conocer el sitio y, si era posible —fue posible—, poner en la acera contigua una flor junto a la montaña de flores y velas colocadas allí en memoria del hombre que, le recordó Loreta, había asegurado que la felicidad es una pistola caliente.

Bruno conocía un restaurante del Village que le encantaba: Blue Smoke, se llamaba, la carne que vendían como argentina era realmente argentina, y siempre había mesa para él. Y allí cenaron esa noche Loreta, Bruno y Adela, a la que, entre el primer y el segundo plato de los mayores, le correspondió succionar las tetas de su madre y Bruno recordó el chiste: «Niña, te cambio mi comida por la tuya». A las diez de la noche, sin haber bebido alcohol y sin que mediaran muchas más palabras y explicaciones, los tres entraron en el apartamento del hombre en West Harlem, donde esa noche Loreta y Bruno harían el amor por primera vez y, en los próximos años, crecería Adela.

En los días siguientes a aquel catalizador encuentro neoyorquino, mientras Loreta conseguía la plaza de auxiliar en una clínica veterinaria de Brooklyn, que era la razón que la había traído a Nueva York, Bruno Fitzberg descubriría posibilidades, potencialidades, dependencias insospechadas en una relación sexual muy satisfactoria, cálida e imaginativa, tremendamente adictiva, y unos vínculos personales con una mujer enigmática y una niña muy bella que lo hacían sentirse anclado de un modo que jamás había conocido.

Con el paso de los días y el incremento de la intimidad, Loreta al fin le reveló a su amante algunas de las que, por años, él creyó que eran sus verdades, las razones de la existencia de una Loreta Aguirre Bodes que en realidad se llamaba Elisa Lucinda Correa —Lucinda por su abuela, reducida por ella a una simple L desde su niñez—. Elisa le confió que había debido ocultar su nombre real para poder salir de Cuba con el pasaporte a nombre de Loreta, estampado con un visado inglés que, años atrás, le había entregado su padre. Con ese pasaporte (auténtico a todos los efectos, solo que con el nombre cambiado) ella había llegado a Boston, donde de inmediato pidió el asilo político estadounidense. La posesión de aquel documento falseado se debía a que su padre, el de Elisa, había sido un alto oficial de la inteligencia cubana que realizaba su labor de espía bajo el manto de *attaché* comercial de la embajada de su país. Elisa había vivido en Londres por seis años con el progenitor, codeándose con adinerados niños británicos que estudiaban pintura y ejercitaban la equitación (como la amiga que la acogió en Boston). Y, por si resultaba necesario un escape de territorio británico, Elisa, su padre y su madre tenían esos otros pasaportes con nombres cambiados.

Un año atrás su padre se había visto envuelto (injustamente según Elisa) en un proceso de investigación que incluía a decenas de altos mandos militares y policiales de la isla, acusados de cargos que ascendían hasta la traición a la patria. Aun sin que pudiera probársele ninguna felonía o acto de corrupción, al padre de Elisa le habían retirado sus grados y confinado en su casa, lejos de toda actividad oficial, aunque su nombre no aparecería en ninguno de los procesos celebrados. (Bruno sospecharía que la indulgencia con el espía se debió a un arreglo a cambio de la revelación de secretos que inculpaban a sus excompañeros, o de otros tratos oscuros, como suele ocurrir en esos tinglados.) Mientras, el padre de la pequeña Adela, un joven oficial de la contrainteligencia cubana llamado Rafael Suárez del Villar, ante la inminencia de una detención, se había suicidado lanzándose del octavo piso (más o menos) de un edificio.

Cuando completó el rocambolesco relato, Loreta le advirtió a Bruno que jamás volvería a hablarle de aquella historia tenebrosa que prefería olvidar, de una experiencia de vida y relaciones que no pretendía mantener, de una existencia que había sido la suya y ya no volvería a serlo y de la cual lo único que conservaba era a su hija. Una niña sin padre, sin patria, sin pasado familiar a la que pretendía dar una existencia lo más alejada posible de una trama nefasta de fidelidades turbias y de dudosas o reales traiciones con la cual había cortado cada hilo conector: renunciando incluso y para siempre a su propio nombre, negándose a evocar cualquier recuerdo, a sufrir la más leve nostalgia. Y si le había confiado a Bruno su historia solo se debía a que, si por fin decidían vivir juntos, él merecía saber quién era ella antes de tomar una decisión mayor.

¿Cuánto había creído Bruno Fitzberg de aquella historia rocambolesca que, vista en perspectiva, parecía digna de John Le Carré? Bruno lo creyó todo. O quiso creerlo todo. Estaban en las semanas finales de 1990, cuando las noticias que llegaban del destino de la Unión Soviética resultaban cada vez más alarmantes y reveladoras del estado de agonía de aquel país y del proyecto político que practicó, mientras de los otros países ya exsocialistas del Este se conocían novedades sorprendentes de crímenes, corrupción, vigilancias, férreos ocultamientos de verdades que ahora comenzaban a divulgarse. Y entre esas historias a veces hasta truculentas flotaban las más diversas y extendidas tramas de espionaje y control practicado por órganos como la KGB y su más aventajado discípulo, la Stasi alemana. O los desmanes de la Securitate de Ceauşescu. Crónicas desquiciadas, por las que Ian Fleming hubiera pagado para regalárselas a James Bond y Orwell para incluirlas en *1984* (un libro que Loreta adoraba), y que se convertían en noticias cotidianas de los periódicos. Y Bruno quiso creer porque, con independencia de juegos políticos, redes de espionaje, traiciones programadas, en él actuaba una fuerza más poderosa y letal: se había enamorado de Elisa Correa, ahora llamada Loreta Aguirre Bodes, y ya pretendía vivir con ella. Y aunque su perspicacia profesional le advirtió de que se trataba de una persona dañada, su exigencia sentimental se impuso.

Unas semanas más tarde, en un juzgado de la ciudad, Elisa Correa Miranda, alias Loreta Aguirre Bodes, alias Aline en otra existencia vivida en la *belle époque*, aceptó el anillo que la enlazaba con Bruno y pasó a llamarse Loreta Fitzberg, y su hija, reconocida por el ahora esposo de la madre, fue legalmente rebautizada como Adela Fitzberg, hija de Bruno y Loreta, e inscrita como nacida el 27 de mayo de 1990.

Bruno Fitzberg no podía negar que por años había sido un hombre feliz con su esposa y su hija. Y que le había resultado saludable, incluso satisfactorio para él, ofrecerle a esa hija una fábula amable con la cual vivir una existencia sin las cargas de un pasado sórdido, quizás traumático. Por eso no se sentía culpable de haber engañado a Adela. Él había actuado convencido de que hacía un bien y, veinticinco años después, ante la joven que al fin había descubierto una parte de la verdad —¿o una parte de una gran mentira?—, mientras revelaba secretos exagerados y tanto tiempo tapiados, seguía pensando que él había hecho lo correcto y esperaba que su hija —pues Adela era su hija aunque no llevara su sangre— lo entendiera. Bruno no pretendía que Adela Suárez del Villar Correa, a todos los efectos legales norteamericanos llamada Adela Fitzberg, nativa de New York, lo perdonara si es que había algo que perdonar, solo que lo entendiera. Y que, si podía, lo siguiera considerando su padre y queriéndolo como tal.

Marcos no se consideraba un ser humano simple, aunque era amante de la simplicidad y del equilibrio. Y si en su juventud habanera había vivido una vida loca, sin pensar demasiado en consecuencias, se debió en buena medida a la entropía ambiental que dificultaba establecer una coherencia. Pero el ingeniero Marcos Martínez, el Lince, Mandrake el Mago, en realidad adoraba la estabilidad, aunque muchas veces no la hubiera podido alcanzar.

Tal vez por exigencias de su carácter, ahora quería escapar del foso de incertidumbres en que había caído. La falta de asideros firmes, el refrenado pero pujante deseo de entender, la explosiva develación de un secreto que lo hacía pensar y seguir pensando, lo enterraban cada vez más en un estado de ánimo pernicioso. Además, quería proteger a Adela de una convulsión que amenazaba con descentrarla, o ya la había descentrado. Y el único escudo posible era armarse de conocimiento y saber cómo manejarlo después.

Aun cuando sabía que desobedecía un deseo de Adela, la necesidad lo venció. Al día siguiente de la conversación con su madre, había abierto en la pantalla de su computadora la foto subida a Facebook y pulsó el número de su tío Horacio, en San Juan. Luego de cruzadas las formalidades, Marcos entró directo en el camino que se había propuesto transitar.

—¿Por fin llegas acá mañana?

—Sí. Voy por dos días. Nos vemos, ¿verdad?

—Sí, ya te estoy esperando... Oye, tío, ¿qué me dices de la foto del grupo que publicó mami?

—Que me ha hecho pensar tantas cosas... Cosas en las que me gusta pensar y otras de las que no quisiera acordarme.

—¿Cosas como cuáles?

—Muchas —suspiró Horacio—. La muerte de Walter... La enfermedad de Bernardo... De la locura en que viví... Historias de aquella época. De lo que era y de lo que soy. Es que me miro a mí mismo y me parece que veo a otra persona demasiado distinta a la que fui. Y no sé si mejor...

—¿Por qué dices eso? A ti te va bien...

—No, si yo no debería quejarme. Tengo una buena vida. Hago lo que me gusta. No me arrepiento de casi nada. Dios me protegió... ¿Sabes que cuando nos tiramos esa foto yo no creía en Dios?

—¿Y de verdad ahora crees?

—Pienso que sí. No sé bien... Aunque ni me asomo por una iglesia... La física lo explica casi todo. Pero no todo... Tú lo sabes.

—Ni la religión tampoco... Aunque parece que ayuda mucho. ¿Tú sabías que mi hermano Ramsés se hizo santo antes de salir de Cuba?

—Sí, tu madre me lo dijo. Yo no me lo podía creer. Pero parece que allá eso ahora es casi una moda: todo el mundo quiere creer en algo. Clara y el pobre Bernardo también son creyentes.

—Aunque lo jodido es que una pila de gente ya no cree en nada...

—Cuando hablo con la gente que va a Cuba, me parece que han estado en otro país. Bueno, las veces que yo he ido también me siento como perdido.

—Porque es otro país... Oye, tío, disculpa mi ignorancia... ¿Cuántos hijos tú tienes?

Horacio debió de sentirse sorprendido por la interrogación.

—Dos. Las jimaguas... Tú lo sabes.

—¿Seguro?

—Seguro... ¿Qué te pasa, muchacho?

Marcos había movido el ratón auxiliar de su laptop, pinchado el icono de envío y lanzado al ciberespacio una imagen ya seleccionada.

—Mira ahora en tu computadora la foto que te acabo de mandar...

Horacio, en su acogedora casa de una urbanización de San Juan, en cuyo jardín a esa hora croaban los diminutos coquís, abrió su cuenta de correos y clicó el mensaje de Marcos y luego pinchó la imagen recibida.

—Ya, la estoy viendo. Tu novia Adela —dijo el hombre.

—¿No vas a decirme nada? —tanteó Marcos.

—¿Qué quieres que te diga, Marquitos? ¿Que tu novia es preciosa?

—¡Lo evidente, cojones!... Que tienes otra hija. O por lo menos dime que yo estoy loco.

—Estás loco... Mira, mejor hablamos mañana, cuando aterrice en Miami.

—Acá te espero, con el guante abierto, para cogerte de *fly*... ¡Y no me metas cuentos, por fa!

—Marcos, tú no eres ningún ignorante comemierda..., pero, dime, ¿tú sabes lo que es la verdad?

—La verdad es la verdad. Lo que no es mentira.

—Está bien eso... La verdad es lo que uno cree. Que Dios existe, por ejemplo... Yo nada más te voy a poder decir lo que creo. Pero recuerda que lo útil no siempre es dulce.

Adela terminaba de meter sus pertenencias en el *carry-on* colocado sobre la cama de la cabaña cuando recordó que había dejado su cepillo de dientes en el baño. Fue en su busca y, cuando estuvo frente al lavamanos, miró otra vez su rostro reflejado en el espejo. Y volvió a preguntarse quién era ella.

5
Quintus Horatius

Para cada acción, hay una reacción, igual
y de signo opuesto.

Tercera Ley de Newton

Quintín Horacio nació en La Habana el 8 de noviembre de 1958 y fue bautizado con ese nombre porque su padre era admirador de Quintus Horatius y sus *Odas* y *Epístolas,* en especial la titulada *Epístola a los Pisones,* la famosa *Ars Poetica.* Su padre, Renato Forquet, masón, librepensador y contador graduado, empleado de una empresa importadora norteamericana radicada en La Habana gracias a la cual ganaba un excelente salario, salió de Cuba hacia Estados Unidos el 8 de enero de 1960 por lo que consideraba una breve estadía mientras se calmaba el ambiente y la vida recuperaba su curso normal, algo que, inevitablemente, tenía que ocurrir, repetía Renato. Dejaba en casa, con lo que estimó sería dinero suficiente para vivir al menos un par de años, a su esposa Eslinda y a sus hijos Laura (de cuatro años) y al pequeño Horacio. Se separaba de ellos solo por un tiempo y porque Eslinda era una mestiza apenas lo suficientemente oscura (o solo lo suficientemente clara) para ser considerada negra por los estadounidenses, con el riesgo de verse expuesta a lamentables reacciones de marginación racial. También conservaba en su sitio su muy querida biblioteca, de unos cuarenta o cincuenta volúmenes, muchos de ellos dedicados a la literatura latina: César, Plutarco, *La Eneida* de Virgilio, y solo se llevó consigo, a un exilio que no consideraba exilio, las obras de Horacio.

El rumbo de los acontecimientos no resultó ser el previsto por Renato Forquet al salir de su país y su estancia comenzó a dilatarse. Los meses se convirtieron en años. En Miami había alquilado un apartamento y, gracias a su dominio del inglés, pronto consiguió un nuevo trabajo como contador. Estaba decidido a seguir esperando y no volver a su patria mientras la vida no recuperara lo que para él debía ser su curso normal, tal como dijo al partir. Renato, que había estudiado en Estados Unidos durante los albores de la década de 1950, consideraba el comunismo una aberración política, y pensaba que él, en un país comunista, aun siendo un hombre apacible, solo tendría dos destinos: la cárcel o el paredón de fusilamiento.

Por diez años, a través de cartas que demoraban en llegar y a veces no llegaban, de difíciles y esporádicas llamadas telefónicas, Eslinda y Renato conservaron en la distancia su relación de pareja, hasta que la misma separación los venció o los convenció de lo absurdo de su decisión.

Cumpliendo mandatos de su padre, el niño Horacio había hecho cosas no muy comunes en la Cuba de 1960, como asistir con profesores particulares a cursos de inglés, clases de taquigrafía y mecanografía y a estudios de la historia nacional norteamericana, para tener consigo esos apoyos si tenía que emigrar. Horacio creció con la imagen de Renato Forquet que le ofrecía su madre, mientras leía varias veces cada carta suya, en especial las oraciones en las que se dirigía a él y le daba consejos o recomendaciones o se interesaba por sus estudios. Hasta que en un momento dado Renato Forquet al fin asumió su condición de exiliado con un difícil o improbable retorno y, un mal día, se esfumó. El padre se convirtió entonces en un ser invisible pero todavía latente, una presencia cada vez más difusa, de quien su hijo no conservaba ningún recuerdo vivo, solo las imágenes de algunas fotos de su vida cubana y de sus primeros años en el exilio.

Cuando se produjo el silencio de su padre —finales de la década de 1960—, Horacio incluso se alegró de la difuminación de su progenitor, pues en las planillas escolares que con frecuencia debió llenar al fin pudo aceptar que SÍ tenía familiares en el extranjero (Padre-Estados Unidos), pero, sin temores a mentir, pudo añadir que NO mantenía relación alguna con él, tal como se esperaba de un joven estudiante revolucionario.

Los exiliados eran apátridas, y la Patria, encarnada por el proceso de la Revolución, siempre debía estar por encima de todo, incluida la familia.

Cuando en 1994 salió de Cuba hacia Estados Unidos, Horacio indagó por el destino de su padre entre algunos viejos cubanos residentes en Miami, en especial masones como él. Varios lo recordaban, ninguno lo ubicaba. Lo que poco después encontró Horacio al fin de su progenitor, aquel fantasma insondable, tan amante de la literatura latina como temeroso de la ideología comunista, fue una tumba discreta en un cementerio de Tampa, coronada con una lápida casi miserable, grabada con la insignia masónica, y en la cual se aseguraba que Renato Forquet Sánchez, padre y esposo querido, hermano masón, había muerto en mayo de 1994, a los sesenta y cuatro años de edad. Justo tres meses antes de que Horacio saliera de la isla y comenzara a buscarlo en el exilio. ¿Padre y esposo querido de quién, por quién? Horacio, que como físico empírico siempre intentaba conocer el origen de las acciones que generan las reacciones, lamentaría que por apenas unas semanas nunca conseguiría saber cómo y por qué su padre se había hecho admirador de un poeta latino, y si en verdad se había ido de la isla con la convicción de que regresaría a vivir con su familia en cuanto la sociedad recuperara lo que aquel hombre debía o podía considerar su curso normal. Pero, sobre todo, jamás conocería si había dejado atrás a su mujer por amor o por desamor, por protegerla o por no avergonzarse de ella... y de su hijo ostensiblemente mulato. Quería saber su verdad, pero decidió que lo mejor era no conocer los detalles del modo en que su progenitor había vivido su exilio y si, como sospechaba por la inscripción de su lápida, había tenido una nueva familia y unos posibles hermanos de Horacio.

Frente a la tumba, el recién llegado sintió deseos de llorar, pero también de patear el túmulo: una mezcla de amor, odio, resentimiento y vergüenza llevaban sus sentimientos de un extremo a otro. Como átomos enloquecidos por haber extraviado su órbita.

Horacio sí sabía lo que era el curso anormal de una vida, porque la suya siempre lo había seguido. Para un hombre como él, con un elevado coeficiente de inteligencia y un pensamiento organizado según leyes de inexorable cumplimiento, el mundo era —o debía ser— un sistema lógico de causas y efectos, acciones que engendran reacciones. Un estado dentro del cual palabras como *siempre, nunca, posible* o *imposible* y *necesariamente* suelen tener significados precisos y valores por lo general absolutos, para no pecar de absolutos, según solía decir. Y él lo sabía muy bien porque su propia existencia había sido un eterno e infructuoso combate contra un comportamiento de la naturaleza —y Horacio incluía en ella la naturaleza humana— en permanente *caos* y *desorden,* que él lucharía cada día por estabilizar y conducir a una situación de *equilibrio.*

Tal vez como compensación a esa exigencia vital y gracias a su proverbial inteligencia, Horacio había penetrado en el universo de la física, aunque le gustaba pensar que su más verdadera vocación siempre había sido la filosofía, como en los tiempos de los grandes griegos clásicos. Solo que, en el país caluroso, a la vez leve y predestinado en donde creció y estudió, intentar ser filósofo y hablar de lo intangible y lo necesario podía conducirlo al colmo de la anormalidad práctica y existencial. Además, en un sitio donde se practicaba una ideología con principios indiscutibles, suprahumanos, cánones ya establecidos por la Historia, la opción de pensar mucho en ocasiones no resultaba demasiado saludable.

Los días y las semanas que siguieron a la muerte de Walter, que pronto se complicaron hasta oscurecerse con la desaparición de Elisa, fueron tiempos de un enorme desasosiego para Horacio. En medio de tan desequilibrantes sucesos, el hecho de que su novia Guesty también se esfumara mientras se revelaba su posible función de chivata dentro del Clan, empeoraba su estado de ánimo y deterioraba su relación con la verdad, esa ancla sin la cual Horacio pensaba que no podía vivir. Por eso, con espíritu científico se dedicó a tratar de esclarecer evidencias que le permitieran explicarse qué coño había sucedido a su alrededor y qué carajo había hecho o dejado de hacer él mismo para que aquellos acontecimientos desequilibrantes ocurrieran. ¿Puro efecto clásico de acción y reacción? ¿De causas y consecuencias?

Por supuesto, la tan extendida sensación de paranoia provocada por la real o imaginada vigilancia de que habían sido objeto también lo afectó, aunque no con la misma intensidad que a Irving o a Darío, por no hablar de Walter. En todo aquel torbellino de acontecimientos lo que menos preocupó a Horacio, en puridad, fue la posible filiación laboral de Guesty, que desde el principio él insistía en desestimar como presunta informante. Porque, sin confesárselo a nadie, la ausencia de Guesty lo alivió: la verdad era que si bien resultaba evidente que la joven tenía un cuerpo espectacular y una cara de campeonato, su comportamiento sexual podía considerarse poco imaginativo, casi insatisfactorio, según su abundante experiencia en el tema. Y Horacio pensaba: si el hecho de que tuviera sexo con él formaba parte de una misión de inteligencia, ¿por eso la cumplía cabal aunque desangeladamente? Si era una misión laboral, ¿incluiría su salario recompensas por nocturnidad y horas extras? ¿O simplemente era mala en la cama porque era mala en la cama?

Cuánto la muchacha había averiguado y podía haber informado sobre él y sus amigos tampoco lo intranquilizó demasiado. Horacio y los miembros del Clan, como casi todos los integrantes de su generación, habían aprendido desde niños cómo y dónde hablar (Horacio, afectado por el exilio de su padre, tenía una maestría en el tema), aunque jamás pudieran asegurar con quién lo hacían (el verdadero carácter o intenciones del interlocutor o escucha). Aun así, la mayoría de ellos trataban de tener —y algunos hasta lo lograban— comportamientos no excesivamente maníacos y se permitían hablar, opinar, disentir incluso más allá de ciertos límites de lo considerado permisible, aunque dentro de lo legalmente no punible (si Alguien no decidía lo contrario, lo cual podía ocurrir, pues la política funciona como una ciencia arbitraria y la maquinaria del control como un mecanismo en movimiento perpetuo, sin fronteras definidas, con apetito voraz).

El grupo, por lo demás, resultaba bastante inocente en sus apreciaciones de la realidad político-social y, quizás con la excepción de los desmanes de Walter, algún desahogo alcohólico de Bernardo, un chiste de Irving o una salida cáustica de Elisa, poco se podía decir de ellos que todo el mundo no conociera por ser parte de su vida y proyección pública. La falta de «densidad» de las posibles inconformidades políticas del Clan hacía dudar a Horacio de la filiación policial achacada a Guesty, pues, ¿para qué vigilar a unos tipos tan poco interesantes que, en realidad, ni siquiera se merecían tal empeño y de cuyas vidas cualquiera que lo deseara podía saber todo lo que habría que saber? ¿El Ejército de Espionaje al Ciudadano (Orwell lo habría llamado así, pensaba) tenía tantos efectivos disponibles como para dedicarles a ellos un miembro profesional, asalariado y a tiempo completo?

Pero mientras Horacio les repetía a sus amigos que se olvidaran de Guesty y su posible labor, sin comentarlo con nadie y como no podía dejar de hacer, el mulato salió en busca de la muchacha porque él necesitaba *su* verdad.

Una tarde atravesó toda la ciudad hasta los confines del oeste, donde se levantaban los edificios en serie del barrio de San Agustín. En dos ocasiones Horacio la había acompañado hasta allí, siempre tarde en la noche, y ni su afilado sentido de la orientación lo ayudó demasiado a ubicarse en el dédalo de cubos de bloques y concreto de un solo estilo (feo) que conformaban el barrio. Luego de mucho preguntar, llegó al apartamento de un quinto piso donde vivía alguien que debía de ser Guesty. Solo en ese momento Horacio supo que Guesty no se llamaba Guesty sino María Georgina, y tuvo un sobresalto: ¿era Guesty su nombre de guerra? El físico sabía que la joven vivía con su padre, pero fue una mujer de unos cincuenta años quien le abrió la puerta del apartamento donde pernoctaba María Georgina y le informó que la muchacha ya no vivía allí: se había mudado con un novio al otro extremo de la ciudad, al aún más laberíntico y desangelado enclave de Alamar. Y no, no tenía su dirección ni quería tenerla. Total: cuando el novio la soplara, dijo la mujer, seguro aparecería por allí de nuevo, como otras ni sabía cuántas veces. Y a la pregunta de Horacio, la mujer le aclaró que sí, Guesty había optado por presentarse con un apodo porque la hacía parecer moderna. La muy puta, agregó la mujer y cerró la puerta.

Mientras salía de San Agustín, con su autoestima ya bastante lastimada (había sido uno más en la, a todas luces, larga lista de Guesty), Horacio pensó que quizás podría intentar localizar a la muchacha en la empresa donde le había dicho que trabajaba (una de las encargadas de las obras en marcha para los Juegos Panamericanos de 1991), y al día siguiente llegó a las oficinas de la constructora, donde nadie conocía a Guesty..., pero sí a María Georgina, la auxiliar de economía.

Apostado en una esquina, Horacio esperó a la conclusión de la jornada laboral y al fin vio salir a Guesty (sus ojos en permanente asombro, su culo magnífico, sus senos protuberantes) del edificio de la empresa. Notó entonces que las manos le sudaban. ¿Llegado el momento tenía miedo de saber la verdad? Horacio quiso irse, pero no pudo. Entonces trotó para alcanzar a la joven, que, al sentir la proximidad del corredor, se volteó. Sus ojos parecieron aún más asombrados al ver a su examante.

—¿Qué tú haces aquí? ¿Qué coño tú quieres? —dijo con rabia mal contenida.

—Disculpa... Preguntarte... —comenzó Horacio, pero ella se revolvió.

—No tienes que preguntarme ni cojones... Desaparécete... Por culpa de ustedes me tuvieron un día presa y ahora tienen preso a mi hermano por dos cigarros de marihuana... Locos, hijos de puta, no quiero saber de ti ni de ninguno de los otros cabrones y maricones.

—¿Y qué les dijiste, Guesty? —Horacio adoptó un tono de súplica.

—¡Todo! ¡Todo lo que se me ocurrió y una pila de cosas más! Uno de ustedes dijo que yo decía que era policía y... ¡eso empingó más a los policías! Dijeron que si yo me estaba haciendo pasar por...

—No entiendo, bueno, Walter pensaba que tú...

—¡Así que el loco de mierda ese que se mató decía eso de mí!... Ya, ya... Y ustedes le creyeron... ¡Partía de comemierdas! ¡Vete, dale!

—¿Entonces tú...?

—¡Que te desaparezcas, cojones! —gritó con todas sus fuerzas y comenzó a correr alejándose del físico, que solo en ese instante se vio críticamente observado por otros trabajadores de la empresa.

Media hora después, mientras realizaba el milagro de poder beber una cerveza en el Bar de los Perritos del Hotel Colina, un sitio para él plagado de recuerdos difíciles de definir como buenas o malas experiencias, Horacio decidió que iba a suprimir el capítulo Guesty de su vida y de la del Clan cubriéndolo con un manto de silencio. Se sentía culpable, abochornado, herido de muerte en su orgullo. Le resultaba degradante que al final sí hubiera servido como conducto hacia muchas intimidades de sus amigos y que, de contra, lo hubiera propiciado a través de una mujer que estaba buena, pero templaba mal, que era más puta por vocación que informante policial por oficio y que podía soltar tantos insultos por segundo. La inexistente castidad de su pinga —habría dicho Irving— había sido la responsable del desaguisado. Además, si Guesty no era la delatora, ¿quién era? ¿Walter? ¿Otro de ellos?... ¿Fabio?... Horacio tuvo más razones para procurar no tocar nunca más el tema.

La revulsiva desaparición de Elisa, en cambio, arrastraría a Horacio hacia otras preocupaciones y recovecos más complicados, menos factibles de rechazar, pues él mismo podía tener alguna implicación directa en el suceso, fuera cual fuese el motivo y proporciones de la evaporación: ¿un ocultamiento, una fuga, incluso un asesinato con cadáver desaparecido?

El gran problema de Horacio radicaba en que, desde que se conocieron en el preuniversitario de El Vedado, él se había sentido atraído por la desenfadada muchacha. Quizás porque era más fuerte y atrevida que él y que casi toda la gente que por esa época conocía; quizás porque en su mirada y en sus gestos encontraba una inquietante lascivia; quizás porque Elisa apareció pertrechada con una educación y una cultura casi superiores a la suya y, sobre todo, con saberes poco habituales en esos tiempos (¡la pintura impresionista!); e, incluso, por ser una manipuladora y calculadora nata que, con muchos argumentos, se había decantado por Bernardo, el bello, inteligente, bien situado socialmente Bernardo, y no por un mulato muerto de hambre, sin padre poderoso, ni casa en Altahabana, ni automóvil los fines de semana, y mucho menos vacaciones garantizadas en casas especiales de Varadero.

Con los años, las cercanías y sus éxitos sexuales, los deseos de Horacio se habían sumergido y dejado espacio a una amistad en confiable equilibrio estático y térmico. Pero no habían desaparecido (la energía jamás se destruye, solo se transforma). Y en un momento de tensión dinámica, el demonio de Elisa se había despertado y había ocurrido lo que de algún modo y alguna vez iba a tener que ocurrir.

Ya Horacio había comenzado su relación con Guesty, que era siete, ocho años más joven que los miembros originales del Clan, y tanto hombres como mujeres se sintieron retados con la presencia física de la rubia cubana de ojos azul caucásico, párpados siempre abiertos y nalgas de negra mandinga. Y aunque Horacio no disfrutaba demasiado de sus prácticas sexuales, sostuvo la intimidad con Guesty porque sí gozaba, y mucho, de lo que los otros presumían que debía de ser esa relación con una joven tan atractiva, aunque bastante elemental. Luego él lamentaría haber practicado la deplorable actitud cubana de anteponer lo que piensan los otros a lo que uno prefiere.

Aquella tarde espantosamente calurosa y húmeda de principios de septiembre de 1989, Horacio había salido de la universidad, donde, gracias a su excelente expediente académico, cinco años atrás se había convertido en el profesor más joven de la Facultad de Física, donde impartía el curso de Física Experimental y, como no tenía nada mejor que hacer, había comenzado a preparar su tesis de doctorado en la especialidad de ciencia de los materiales, su territorio preferido. Con tiempo libre, agobiado por el calor y deseos de no hacer nada, Horacio había decidido tomarse un par de cervezas —si por fortuna había— en el cercano Bar de los Perritos del Hotel Colina, donde mucho le gustaba refugiarse. Antes, también porque le sobraba tiempo y desidia, había optado por pasar por la librería de L y 27 a ver si había llegado alguna novedad interesante. Fue allí donde Horacio y Elisa se encontraron.

Hacía varios días que no se veían y se saludaron con el afecto de siempre. Elisa le comentó que andaba por allí camino al apartamento de una compañera de trabajo, enviada por un mes a atender unas pocas vacas que aún pastaban en las llanuras de Camagüey (y no es una ironía, aclaró Elisa, las vacas en Cuba son una especie en peligro de extinción, dijo, y a Horacio le gustó tanto la frase que se apropió de ella), y Elisa se había comprometido a alimentar al gato de la colega. Mientras hablaban, recorrieron juntos las estanterías del local sin hallar nada apetecible, recordaron sus casi clandestinas lecturas de Orwell, Kundera, Cabrera Infante y Burroughs, y luego, como no tenían prisa y sí mucho calor y hasta deseos de hablar, cruzaron juntos la calle en busca de las posibles cervezas a las que la invitó Horacio. Y algo se estaba preparando para ocurrir, pues en la penumbra refrigerada del bar, increíblemente despoblado en una tarde tan bochornosa, encontraron una mesa apartada y un barman sonriente que les anunció que sí, todavía quedaban cervezas y estaban bien frías.

Si Elisa no hubiera dado el primer paso, ¿él se habría atrevido? Horacio siempre pensaría que no. Pero aquella pregunta solo comenzó a incordiarlo de forma cáustica cuando Walter se mató y poco después la mujer desapareció, y por eso él mismo dudaba del valor de sus ya prejuiciadas respuestas y hasta del alcance de sus actos. Pero, se considerara desde el ángulo que se considerase, lo cierto es que al final de las segundas cervezas, muy lejos de un posible estado de embriaguez y más cerca de una sensación de relajamiento, los demonios habían salido de sus cuevas.

El tiempo se les había ido en comentar la gravedad del panorama en que vivían. Recién se habían celebrado las Causas 1 y 2 de 1989, con fusilamientos incluidos y, por alguna razón desconocida por Elisa —que rehuía hablar del tema—, su padre poderoso había sido enviado a su casa, quizás ya castigado, tal vez todavía en investigación. Mientras, en la Alemania Democrática subía la temperatura política de un modo sorprendente y, en la Unión Soviética, Gorbachov permitía explosiones acumuladas y controladas durante siete décadas y que ahora se publicaban en revistas como *Sputnik* y *Novedades de Moscú* (cuya circulación se cortaría en la isla). Y, por supuesto, hablaron también de algunas tonterías que incluyeron (justo cuando liquidaban las segundas cervezas) la relación de Horacio con Guesty, algo que le daba risa a Elisa, que calificó a la joven de culona fronteriza... Por ahí andaban cuando el amable camarero trajo las terceras cervezas y, antes incluso de probar la suya, Elisa lo miró a los ojos y le preguntó:

—¿Y todavía a ti te gustaría acostarte conmigo?

Tomado por sorpresa, Horacio pensó que había oído mal. En especial por la inclusión del adverbio de tiempo en la interrogación: ¿*todavía*?

—¿Qué me estás preguntando, Elisa? —logró decir sin haber podido aún organizar sus pensamientos.

—Lo que oíste, Horacio... Hace años que quieres y no sé si todavía... Antes te gustaban las jamonas, pero como ahora te gustan las más jóvenes...

—No jodas, Elisa —soltó él y dio un sorbo largo a su cerveza.

Horacio, por supuesto, *sabía* que *todavía* quería acostarse con ella, siempre lo había querido, aunque también había interiorizado la imposibilidad de hacerlo o de desearlo, hasta el punto de casi olvidarlo. Al fin y al cabo, Bernardo era su amigo y en la ética de Horacio las mujeres de los amigos *necesariamente* perdían su condición de objetivo sexual y pasaban a ser solo parte del paisaje.

—Yo pensé que tú eras más consistente —dijo ella.

—¿Consistente?

—Sí, consistente... En la Física la consistencia se asocia a la coherencia..., ¿no?

Horacio sonrió.

—No..., pero suena bien.

—Pues en la vida sí... Y si fueras coherente, todavía querrías. Porque sé que desde hace años andas con eso metido aquí —dijo ella, le tocó con un dedo la frente a Horacio y de inmediato desató el vendaval: bajó la mano abierta por la cara del hombre, le recorrió el cuello y el pecho y la depositó sobre su muslo. Horacio siguió el movimiento del brazo y recibió una potente sensación de alarma que le invadió todo el cuerpo y terminó de desorganizarle el cerebro.

En la penumbra del bar, sin que mediaran más palabras, se dieron los primeros besos e intercambiaron termodinámicas caricias. Por encima del pantalón, Elisa le aferró el miembro y sonrió al comprobar su consistencia y dimensiones. El resto fue entrar en la selva.

—¿Tienes preservativos?

Horacio indicó su carpeta.

—Siempre ando armado.

En el cercano apartamento de la compañera de trabajo de Elisa tuvieron la primera sesión de sexo, bastante desajustada por las prisas, las ansiedades, los desconocimientos. Horacio trató de llevar la iniciativa, pero Elisa sabía dominar a sus contrincantes y el contacto tuvo algo de combate cuerpo a cuerpo. Cuando ya se vestían, él le preguntó a ella por un hematoma que tenía en el brazo y la mujer le contestó que eran gajes de su oficio: la patada reflejo de un caballo al que pretendía curar. Y Horacio pronto olvidó ese diálogo. O creyó haberlo olvidado.

Dos días después tuvieron un encuentro más satisfactorio para ambas partes, sobre todo para Horacio. Dejándose arrastrar por la mujer, él descubrió y disfrutó de las capacidades, desinhibiciones y mañas de Elisa, con habilidad incluso para enfundarle el condón con la boca mientras le acariciaba los testículos y le tentaba el ano hasta el fondo, provocándole prostáticos gemidos de placer. Fueron dos asaltos tan intensos que por el resto de su vida Horacio conservaría el recuerdo de esa tarde como un referente para su abultada vida sexual. Al final, agotados, conversaron sobre lo que estaban haciendo. Horacio se sentía exultante, pero a la vez culpable (por Bernardo) y manipulado (por Elisa), satisfecho pero con deseos de más. No obstante, el hombre sabía que se había colocado al borde de un barranco sin fondo y que el próximo paso quizás implicaría una caída mortal, aunque las causas del fallecimiento podrían ser muy diversas. De momento dejó en manos de Elisa la decisión de futuro.

—¿Nos vemos otra vez pasado mañana? —preguntó él cuando Elisa, todavía desnuda, comenzó a rellenar de comida el pozuelo del gato.

—Si tú quieres —dijo ella inclinada ante el pozuelo.

—Mira lo flaco que estoy de querer —dijo él, y aprovechó la postura de la mujer para abrirle las nalgas y luego deslizarle varias veces el pene por el surco del perineo, frotando la vulva e hincando el ano, hasta que ella se alejó, sonriendo, dando un paso adelante.

—Está bueno por hoy... Dale, lávate y vístete... Pasado mañana. Me esperas allá abajo —dijo y lo besó, mientras lo empujaba hacia el baño.

En el trayecto hacia la parada de las guaguas en la calle 23, Horacio deseó caminar llevando a Elisa del brazo, pero se supo contener. Cuando llegó la ruta que ella tomaba, se despidieron con un beso de amigos. Dos minutos después, cuando el físico ya empezaba a resentirse por la ausencia de la mujer, se dio cuenta de que había olvidado su reloj sobre la mesita de noche del apartamento de la amiga de Elisa. Cerró los ojos y consiguió ver, abandonado a su suerte, junto a la pata de bronce de la lámpara auxiliar, su pequeño y viejo Patek Philippe, herencia de su padre. Y se consoló con la convicción de que en el próximo episodio recuperaría aquel objeto del tiempo y la memoria.

Como habían acordado, dos días más tarde Horacio esperó a la mujer en los escalones que daban acceso a los apartamentos. Cayó el sol, se instaló la noche, la ansiedad devoró a Horacio, y Elisa no llegó. Cuando decidió que ya había esperado lo suficiente, al bajar a la calle miró hacia el balcón del apartamento de la compañera de Elisa y se sorprendió de verlo con sus puertas abiertas e iluminado. ¿Elisa había estado allí todo el tiempo y él había gastado la tarde esperándola abajo como un imbécil, muriéndose de ganas? Horacio volvió sobre sus pasos y atacó la escalera del edificio, y tocó la puerta que en dos ocasiones había traspuesto. El hombre enmudeció cuando la puerta se abrió y tuvo frente a sí a la mujer desconocida... ¿La misma mujer que había visto entrar al inmueble una hora antes con una mochila a las espaldas? Ante el silencio de estupefacción de Horacio, la mujer movió las fichas:

—¿Dígame?

Horacio necesitó unos segundos más para recomponerse.

—Disculpe, buenas noches... Yo..., disculpe. —Y cuando

iba a dar media vuelta y huir del ridículo, una fuerza de gravedad lo hizo detenerse, ya armado con una decisión arriesgada y pronto sabría que fatal—. Mire, yo soy amigo de su compañera Elisa y... el otro día la acompañé porque había un salidero en el baño y se me quedó aquí mi reloj. Es un Patek Philippe, cuadrado, con una manilla de piel de cocodrilo muy gastada y...

La casi segura dueña de la casa negó con la cabeza.

—¿Cómo se llama usted?

—Horacio..., ¿por qué?

—Espere acá un momento —dijo la mujer, dio media vuelta y cuando regresó venía con un teléfono inalámbrico pegado al oído—. ¿Elisa?... Sí, soy yo... Elisa..., ¿tú conoces a Horacio?... Anjá... Está aquí buscando el reloj que se le quedó en mi casa... No, no, no me expliques nada... ¡Que no, Elisa!... Mañana hablamos. —Y colgó, a todas luces molesta.

Horacio, en el vano de la puerta, sintió cómo el sudor le corría por la frente y las mejillas, el estómago se le estrujaba, el escroto se le arrugaba. ¿Hasta dónde había metido la pata? La dueña del apartamento, luego de colgar, dio media vuelta y se perdió en el interior de la casa. Cuando regresó traía en las manos una pequeña bolsa de nailon.

—Dentro están su reloj y su fosforera..., estaba debajo de la cama —dijo, le entregó el sobre a Horacio y añadió—: Buenas noches. —Y le cerró la puerta en la cara.

Sin abrir la bolsa, Horacio salió a la calle. Sentía en el rostro el ardor de la vergüenza y en la boca el sabor mezquino de sus debilidades. Caminó hasta la esquina y, bajo la luz de la única lámpara del alumbrado público existente en la cuadra, abrió el envoltorio y vio su reloj, junto a una fosforera gruesa y larga. Extrajo el encendedor de bencina y sintió que algo se detenía dentro de él: eran un par de cilindros soldados entre sí, de un color ocre desvaído, manchados por algunos destellos de su original barniz dorado y con unas letras en caracteres cirílicos grabadas en un costado. El encendedor de Walter.

Al regresar a su casa, después de las nueve de la noche, Horacio sintió cómo sus frustraciones y su ira descendían mientras lo invadía una benefactora sensación de alivio. Porque a pesar de los deseos que lo habían acompañado hasta una hora antes, lo mejor era que Elisa nunca volviera a aparecer en su vida y no correr riesgos tan mortales como el de enamorarse de ella. Y ahora tenía todos los motivos para no hacerlo. Con una mezcla de ira y distensión, de pronto se sintió muy necesitado de desfogarse, llamó a Guesty y la muchacha acudió en su auxilio y Horacio se satisfizo lo mejor que pudo.

Tres semanas más tarde, cuando volvió a ver a Elisa, ella estaba acompañada por Bernardo y la mujer se comportó como si sus encuentros íntimos nunca hubieran sucedido. *Kaputt.* Alivio.

Unos meses después, cuando Elisa se esfumó y él procesaba sus conclusiones despechadas, el significado y consecuencias de la desaparición de la mujer le comenzarían a parecer *necesariamente* siniestros. Sobre todo porque si Bernardo no era capaz de engendrar y él había usado preservativos en sus dos únicos encuentros con Elisa..., sacadas las cuentas y cotejadas las fechas, Elisa se debía de estar acostando con el hombre que la había embarazado justo en los mismos días en que tenía sexo con él. Y ese hombre debía de ser Walter, el dueño del encendedor de bencina con unas letras del alfabeto cirílico grabadas que había aparecido debajo de la cama donde, dos tardes de su vida, Horacio había hecho el amor con la mujer ahora evaporada.

A pesar de las evidencias y de las conclusiones policiales, desde el principio Horacio no creyó ni creería jamás que Walter se había suicidado. Ni la vida desorganizada del pintor, más caótica en su anormalidad de lo que pudiera considerarse normal; ni su paranoia y delirio de persecución; ni la presumible frustración creativa y, por tanto, vital como artista, y muchísimo menos la posibilidad de que fuera el padre de un hijo en camino: ninguna le parecía razón suficiente para que Walter decidiera atentar contra sí mismo. Tendría que haber existido algo más que ni Horacio, ni los otros miembros del Clan, que incluso ni la misma policía habían descubierto (o comentado), para redondear la necesidad o la opción por el suicidio de un tipo como Walter. ¿O estaba más loco de lo que parecía, o completamente borracho, o se sentía tan acosado como para escoger ese camino?

Pero, si no se había suicidado, ¿quién lo había lanzado al vacío? ¿Podía ser cierta la historia policial del candado cerrado por dentro de la puerta que daba acceso a la azotea del edificio? Aquel dato le daba al suceso un cariz tremebundo: lo había lanzado alguien a quien Walter conocía tanto como para subir con él a la azotea desde donde voló hacia la calle. Y si era así y lo habían empujado, ¿por qué esa persona había cerrado por dentro el dichoso candado y creado una nueva evidencia cuando el suicidio podía pasar como una posibilidad factible? ¿O la historia del candado era solo una fábula policial para calentar el ambiente y sacar informaciones reveladoras? ¿Por qué los policías estaban tan seguros de que Walter había caído desde la azotea y no, por ejemplo, de un apartamento del último, penúltimo, antepenúltimo piso? ¿Solo porque encontraron algunas evidencias de su estancia en el lugar?

Con aquellas preguntas que se cruzaban y se anulaban y con muy pocas respuestas aceptables en mente, Horacio se empeñó en la búsqueda de algún indicio capaz de orientarlo hacia un descubrimiento que necesitaba y, a la vez, temía realizar. Porque, si Walter se estuvo acostando con Elisa, como lo advertía la presencia de la fosforera en el sitio preciso donde la había olvidado, y además la había embarazado (pues ni Bernardo ni él, Horacio, lo habían hecho), en aquella relación podían radicar los orígenes de la desaparición de Elisa (¿viva?, ¿muerta?) y quizás el final de Walter (¿suicidio o asesinato?).

Como era de esperar, Bernardo fue el primer blanco de sus sospechas. El alcoholismo galopante del hombre, la posibilidad de que se hubiera enterado de la relación entre su mujer y Walter, la humillación a la que lo había sometido Elisa, podían ser motivos suficientes para haberlo llevado a cometer algún acto desproporcionado. Por supuesto, el mismo conocimiento del carácter del matemático y su pérdida de orgullo y de consistencia —como habría dicho Elisa— hacían difícil considerarlo capaz de cometer algo tan brutal como un asesinato (o dos). Incluso la policía lo pensaba así y, para colmo, había dado por buena la coartada de Bernardo para la noche del presunto suicidio de Walter. Una coartada confirmada por Elisa. ¿O era Bernardo el que confirmaba una coartada de Elisa, que, al saberse amenazada por el curso de la investigación, se había largado sin decir adónde?

En sus pesquisas por otras bandas, Horacio fue obteniendo informaciones interesantes, algunas muy inquietantes, que sus amigos desconocían sobre un Walter que cada vez se revelaba como un mundo por explorar. Una de las más oscuras fue la historia de su relación, durante su estancia en la academia de artes plásticas de Moscú, con una joven angolana, mulata y hermosa, hija de un alto dirigente partidista del país africano, a la cual había embarazado y que había muerto en un hospital de Moscú tras la realización del aborto semiclandestino (o totalmente clandestino) al que Walter, al parecer, la había conminado. El episodio, según le contó a Horacio un pintor que había coincidido con Walter en la academia, había sido sepultado por las autoridades soviéticas —especialistas en ocultamientos—, pues hasta podía tener consecuencias diplomáticas internacionales. El suceso, por supuesto, terminó siendo la verdadera causa de la revocación de la beca de estudios de Walter decretada por los responsables de los estudiantes cubanos en la Unión Soviética, aunque nunca se reflejó como tal en el expediente del expulsado —quizás por exigencias también soviéticas, deseosas de borrar cualquier rastro hacia la verdad tapiada.

Otra de las revelaciones incómodas que llegó a conocer Horacio fue la relación de Walter con un presunto suministrador de marihuana. Decidido a hurgar por ese costado, llegó a saber de la cercanía de Walter con un individuo encarcelado por tráfico de drogas (¿también cocaína?) que, se llegó a comentar, las obtenía de alguien que, de alguna forma, tenía acceso a drogas confiscadas por diferentes procedimientos. ¿Había confesado el hombre quién lo abastecía de drogas y también a quiénes se las suministraba y, en el proceso, mencionado a Walter? Aquella delación era muy posible.

Cada uno de sus descubrimientos escabrosos y la aparición de otros detalles menores le sirvieron a Horacio para tener una imagen más completa del hombre a quien pensaba conocer con bastante profundidad y resultaba ser más insondable de lo que él y los amigos del Clan habían imaginado. Tal vez, pensaba, el inabarcable Walter tenía razón (alguna razón) al creerse perseguido, vigilado por alguien (¿por quién, si descartaba a la malhablada Guesty?). Pero si la policía espiaba a Walter..., ¿no sabían mucho más que Horacio y sus amigos? ¿Y lo que sabían no los había decantado por aceptar la solución del suicidio y el cierre de la investigación? ¿No pretendía Horacio encontrar lo que nunca había existido?

Entre las interrogaciones que seguían persiguiendo a Horacio saltó en un momento una que lo paralizó: ¿cuánto sabían él y sus amigos del pasado y de muchas cuestiones del presente de Walter? ¿Tenía algún fundamento la sospecha de que también consumía cocaína, algo tan explosivo en Cuba? De pronto las opiniones cáusticas y osadas del pintor, actitudes como la de tratar de involucrar a Darío en sus publicitados proyectos de fuga, sus periódicas desapariciones poco o mal explicadas, sus confesiones de que consumía marihuana (¿o había dicho que consumía drogas?), las mentiras sobre su pasado, todo sumado a su insistencia en que era vigilado (por Guesty) y perseguido (¿por quién?), ¿qué de todo aquello resultaba cierto?... Horacio llegó al punto en que se sintió abrumado por una opción cada vez más atendible: ¿no sería Walter un provocador, el verdadero espía infiltrado en el Clan? Y, como un peso adicional, lo asaltó otra pregunta: la desaparecida Elisa, ¿sabría algo de esa trama tan posible como escabrosa? Horacio se vio a sí mismo frente a una pared que no podía saltar, ni rodear y mucho menos penetrar. Y por fin decidió envainar su espada. Pero no la quebró.

Todo parecía indicar que se acercaba el Armagedón: en cualquier momento el mundo se podía acabar.

Faltaban todas las cosas y lo único que sobraba era el tiempo. Un tiempo atroz, dotado de una extraña capacidad de dilatación como reflejo de su relatividad: el plazo entre una y otra comida se abría como un páramo tenso e inabarcable del cual a veces no se sabía si se podría salir; las tandas de apagones se convirtieron en períodos exasperantes, interminables; las horas necesarias para desplazarse de un punto a otro de la ciudad, en lapsos agotadores sobre una bicicleta china o en intervalos casi siempre invencibles si se esperaba algún transporte público. Los horarios de trabajo en oficinas, fábricas y dependencias de cualquier tipo se redujeron, como los de la programación televisiva por los dos canales existentes, los de proyecciones cinematográficas si todavía se programaban y hasta los de clases en las escuelas. En consecuencia todo el mundo tenía ahora más tiempo, aunque para la mayoría la ganancia resultaba baldía, pues se trataba de un tiempo vacío o errático, deformado, como si atravesara un reloj blando de Dalí.

Sumaban tantas las cosas que escaseaban o habían desaparecido que la gente incluso dejó de echarlas en falta, como si nunca hubieran existido, mientras se malgastaba lo único que abundaba y que, sin embargo, no tenía posibilidades de preservación ni de recuperación y muchas veces ni siquiera de buen uso: el pantano de ese tiempo pastoso, vivido en cámara lenta, para el cual, además, tampoco se vislumbraba una solución, un posible reajuste de cronómetros y expectativas. Un tiempo empecinado en generar un extendido sentimiento de cansancio histórico.

Para Horacio ese tiempo dilatado y tenebroso resultó, en cambio, una bendición: fue el plazo útil durante el cual, para salvarse de la locura y la desesperación a que lo abocaba el ambiente, se empeñó en la preparación de su tesis de doctorado en Ciencias Físicas con un trabajo en el campo de la ciencia de los materiales. Se dispuso entonces a profundizar en un análisis sobre semiconductores iniciado como auxiliar de investigación en sus años de estudio para la licenciatura, y en cuya elaboración y redacción se sumergió con toda su pasión, inteligencia y entusiasmo. La labor lo absorbió durante casi dos años, y lo mantuvo benéficamente abstraído de muchos avatares del mundo circundante, incluso dedicado a reparar él mismo los equipos necesarios para sus experimentos, unos instrumentos soviéticos y alemanes gastados por el uso y el abuso que el físico devolvía a la vida con elementos extraídos de otros equipos más gastados. Y tal fue su empeño que logró tener lista la tesis para la primavera de 1992. Casi un récord.

Al entregar su estudio, el decano de la facultad pasó del asombro a la conmoción cuando vio que junto a la investigación venían dos artículos (Horacio los llamó «descartes» de su trabajo de doctorado) ya aprobados para su publicación en revistas académicas de México y España. El presidente del tribunal, apenas leída una de las tres copias del mamotreto de trescientas páginas redactado por Horacio, y tras comprobar que había cumplido con éxito los exámenes de Filosofía Marxista e Idioma Inglés, le prometió que, en la próxima reunión de la Comisión Nacional de Grados Científicos, exigiría la formación de un tribunal para que examinaran y validaran el trabajo del joven. La investigación era brillante, dijo, la mejor para un grado científico que había leído en varios años, y sabía que todos la aprobarían. Y así sucedió en los días finales del primer semestre del curso académico de 1992-1993, y Horacio se convirtió en doctor en Ciencias Físicas por la Universidad de La Habana. El estudio del joven provocó tal entusiasmo en el presidente que, a la salida del cónclave, como inesperada recompensa adicional, el catedrático le propuso al nuevo doctor que se uniera a un equipo de trabajo que él comandaba y tenía previsto realizar diversos estudios sobre semiconductores en colaboración con universidades brasileñas, sí, allá, en el Brasil.

En medio de las carencias e incertidumbres, apagones y cansancios nacionales, la obtención de su doctorado y la posibilidad de viajar, conocer, escapar, sobrevivir, fue la luz que, por varios meses, mantuvo iluminado a Horacio. Hasta que esa luz también agonizó.

Siempre que podía, Horacio solía asesinar algunas de las horas que le habían crecido también a sus días de doctor en Ciencias y solía hacerlo sentado en el muro del Malecón, dedicado a mirar el mar y, si sus neuronas se despertaban, a pensar. Contemplaba el mar y no tenía la certeza de que ahora el piélago azul tuviese los mismos colores, densidad y cualidades que tres, cuatro años atrás, o tres, cuatro siglos atrás. La sensación de impenetrabilidad que brotaba de la mancha líquida sin duda había crecido, potenciando la noción de encierro, condena, asfixia: la evidencia de un prodigioso cambio físico y químico o la más patente evidencia de una insuperable insularidad legal, geográfica y espiritual.

Los días de enfebrecido empeño en la elaboración de su tesis de doctorado, encerrado por tantas horas en el cada vez más paupérrimo laboratorio de la facultad o en las salas de la Biblioteca Central, comenzaban a parecerle remotos, como vividos por una persona distinta a la que ahora sentía ser. Y el sueño de saberse útil, recompensado, reciclado con el proyecto de colaboración universitaria con Brasil, en Brasil (¡cómo había soñado, cómo había prefigurado su futuro científico!), había desembocado en una aplastante frustración. Porque, en lugar de concedérselo a él —todos lo habían considerado el candidato ideal hasta poco antes del desenlace: sus compañeros de cátedra, el decano, el reconocido profesor que presidió su tribunal de doctorado, todos ellos de pronto esquivos—, el cupo le fue concedido «de a dedo» por Alguien del Ministerio a un viejo profesor de la Universidad de Camagüey, cargado de méritos laborales, militancias partidistas y publicaciones inocuas. Con la frustración de su proyecto científico y de vida, le llegó a Horacio un mensaje oficial de consuelo: él encabezaba la lista para la próxima ocasión. Y, como no podía dejar de hacerlo, constatando la parálisis extendida a su alrededor, Horacio se preguntó: ¿qué ocasión?

Necesitado de desafíos mentales, apenas terminada su tesis Horacio había comenzado por su cuenta y riesgo a estudiar griego clásico, con el viejo sueño de penetrar en las esencias de los fundadores de la filosofía y la ciencia física. Pero lo que él llamaba la entropía ambiental (calor, oscuridad, hambre incluso y pérdida de la noción de futuro) fue más poderosa y lo erosionó. Una sensación de derrota, un lastre de agotamiento terminó por adueñarse del ánimo antes exultante del físico y lo paralizó, como al país y a tantas de sus gentes. Por eso Horacio se iba hacia el Malecón, miraba y miraba el mar y siempre, siempre se preguntaba: ¿qué nos ha pasado? Miraba más hacia el mar y luego observaba a su alrededor y veía cómo la ciudad se quebraba, se oscurecía, se degradaba. Contemplaba de nuevo el mar y apenas encontraba un vacío tenebroso, lo dominaba un desánimo cósmico (del griego *kosmos;* universo concebido como un todo ordenado, por oposición al caos). Entonces volvía a dirigir la mirada hacia el mar y lo retaba: te voy a vencer, le decía, les gritaba a veces a las olas, si le alcanzaban las fuerzas. Y miraba y miraba y miraba el mar y soñaba con algo difuso, ubicado más allá, en otra orilla de ese mismo mar y se advertía: tengo treinta y cuatro años y no ochenta y cuatro: voy a resistir, no voy a volverme loco, no voy... Y al final volvía a preguntarse: ¿qué nos ha pasado? Y se respondía, como en un diálogo de sordos: tengo que irme, tengo que irme, no voy a volverme loco.

Fue en los primeros días de 1994, mientras salía del hoyo de la calle en que había caído con su bicicleta y veía en sus dedos la sangre que le estaba brotando de un corte en la frente, cuando se había cagado hasta en su madre y había dicho que ya no podía más y tomado la decisión definitiva de largarse, por la vía que fuese: él tenía una sola vida y quería vivirla, no perderla en la frustración, la locura o incluso en una furnia callejera, donde había dejado un pedazo de su piel y, de paso, sus últimas esperanzas. Como Darío en su momento: o se iba o de verdad enloquecía, concluyó.

Dos semanas después realizó el esfuerzo titánico de viajar en su pesada bicicleta china hasta Fontanar: no podía dejar de ir, era el 21 de enero, fecha del cumpleaños treinta y cuatro de Clara. Y lo que vio y asimiló ese día fue la más prístina imagen de un desastre de proporciones bíblicas. De los amigos que por años se habían reunido para celebrar la amistad, la juventud, las esperanzas, solo quedaban unos restos devastados. A la muerte de Walter y la desaparición de Elisa había seguido, unos meses más tarde, la fuga de Darío, apenas puesto un pie en la tierra española donde debía completar sus estudios de especialista. A fines de 1992 los escapados habían sido los confiables, optimistas y militantes Fabio y Liuba. Enviados como delegación oficial a un congreso de arquitectos en Buenos Aires, no participaron ni en una sesión del evento: con la ayuda de un primo de Liuba radicado en Argentina se esfumaron, dejando atrás a su hija Fabiola, con la promesa incierta de sacarla del país en cuanto les fuera posible, pues bien sabían que uno de los castigos a los desertores radicaba en la retención por años de sus familiares.

Los sobrevivientes persistieron en la costumbre de la celebración: Irving y Joel, que lograron cazar una guagua de los trabajadores del aeropuerto, pagándole un peaje al chofer del ómnibus; Bernardo, desde varios días atrás recluido en la casa de Clara, en uno de sus intentos de alejarse de los alcoholes que ya le habían dado un color violáceo a su rostro y diluido algunos miles de sus neuronas; el propio Horacio, pedaleando en la bicicleta china con la que sostenía una encarnizada relación de amor-odio: el joven doctor en Física, que de mulato lindo y consistente había pasado a ser mulato flaco y depresivo, con la piel requemada por el sol, una cicatriz en la frente y en pleno tránsito por un inusual y prolongado estado de castidad. Y Clara, la homenajeada, enclaustrada como un molusco en su caracol, sosteniendo la casa que en otros tiempos había detestado y desde donde hacía malabares para mantenerles el estómago funcionando a sus hijos Ramsés y Marcos, ambos ya al borde de la adolescencia, siempre hambrientos, cada vez más largos, flexibles como juncos.

Con los pobres recursos de que disponían, los sobrevivientes habían logrado juntar unas croquetas de entrañas inciertas (aportación de Horacio), unas galletas para untar con una pasta amarilla cargada de mostaza (obra de Joel) y una ensalada fría de espaguetis y briznas de pollo (preparada por Irving), y tuvieron la amable sorpresa de encontrarse sobre la mesa de la terraza unas salchichas mexicanas, un pedazo de queso holandés, unos tamales, una cazuela de las yucas cultivadas por la propia Clara, rociadas con mucha naranja agria y, para alegría mayor, dos botellas de ron decente. Varios de aquellos milagrosos y brillantes suministros Clara los había comprado en consideración muy especial a sus amigos, invirtiendo la quinta parte del salvador regalo de fin de año y por su cumpleaños que desde España le había enviado Darío: ¡doscientos dólares! (Con su cordura habitual, el resto de aquella fortuna Clara lo destinaría a la alimentación de sus hijos, y calculaba que, con los cinturones ajustados, rendiría... ¿seis, ocho meses?..., al menos hasta que Darío resucitara.)

Entusiasmados por la posibilidad de tener un banquete regio, los miembros de la diezmada cofradía disfrutaron una tarde que se convirtió en noche y luego en madrugada gracias al conocimiento de Bernardo (luego de decretar una moratoria en su cacareada cura alcohólica, comenzada seis días antes) del sitio donde vendían un ron casero que te quemaba la garganta pero te emborrachaba más y mejor que otras bebidas con solera. Como el tiempo era lo único que les pertenecía, al final de la jornada, ebrios hasta el límite de sus capacidades, todos se acomodaron en camas, sofás y colchonetas y durmieron la borrachera de alcohol, lamentos y hasta de júbilos a los que, a pesar de todo, los abocaba su juventud en disolución y sus capacidades de resistencia.

Antes de entrar en el estado de hipnosis festiva al que los conduciría la comida y los rones tragados con voracidad competitiva y alienante, Horacio había hecho uno de sus periódicos diagnósticos del estado de su vida y de la vida de unos seres con los cuales había compartido años de complicidad. Rememoró los tiempos en que habían tenido empuje y sueños, mientras explotaban sus capacidades y se hacían más aptos para entregar a la sociedad y a ellos mismos el fruto de sus esfuerzos y conocimientos. Vio en aquel pasado que cada vez parecía más idílico, hasta irreal, a unos seres tan entregados y vitales que ahora le parecían extraordinarios en la inocencia, la pureza y la confianza que habían destilado. Cada uno de sus deslices o desmanes de entonces le resultaron componentes vulgares de la existencia: celos, miedos, infidelidades, ambiciones, incluso ocultamientos y engaños (los de Elisa, incluso los de Walter, el presunto soplón). Vio en la distancia a unos seres que parecían felices, que eran felices, reunidos en aquella misma terraza, unos jóvenes que ni siquiera el más cáustico, inconforme, visionario de ellos habría estado en condiciones de prefigurar hasta qué punto se desintegrarían, provocando la desesperación, la abulia paralizante, la dispersión ya iniciada.

—¿Qué coño nos ha pasado? —La pregunta le salió del alma.

Clara, Bernardo, Irving y Joel miraron a Horacio, como si fuese un extraterrestre indagando en qué mundo había caído su platillo volador luego de extraviar su órbita.

—¿A qué viene eso, Horacio? —saltó Clara, y los demás asintieron, convencidos de lo inoportuno del cuestionamiento.

En ese instante Bernardo levantó su vaso, pero un impulso de su inteligencia le advirtió que aquel era el trago destinado a hacerlo cruzar su porosa frontera de alcohólico hacia el limbo de la inconsciencia etílica. Acomodó con cuidado el vaso en la mesita de centro y hasta sonrió, antes de hablar.

—Nos ha pasado todo, Horacio...

—Hablen bajito, por Dios —advirtió Irving.

—Nos ha pasado todo —siguió Bernardo, negado a bajar la voz—, y sin pedirnos permiso. Los sueños ahora son desvelos o pesadillas. Nos ha pasado que perdimos. Este es el destino de una generación —sentenció, y recuperó su vaso con mano ya temblorosa y de un solo golpe bajó el trago—. Y así vamos, compañeros, hermanos de lucha: de derrota en derrota... ¡Hasta la victoria final!

—¡Cállate ya y no tomes más, Bernardo! —reaccionó Irving, o el miedo de Irving.

—Pues voy a seguir tomando, mi socio... —musitó Bernardo—. Y tú, Horacio, no te quejes más. Estamos rodeados de mierda, pero también llenos de mierda... Nuestras mierdas. Como las tuyas, que eres un hijo de puta que se templó a mi mujer.

Un silencio dramático cayó sobre el grupo hasta que Horacio, que había desviado la vista hacia el patio, se atrevió a romperlo.

—No me perdones nunca, Bernardo. Sí, soy un hijo de puta... Una mala persona...

—Vete pal carajo —musitó Bernardo.

—Sí. Yo tengo que irme. Aunque sea pa' casa del carajo.

—Sí, vete, dale, acaba de irte —le gritó Bernardo, e hizo un intento baldío de ponerse de pie. Horacio apenas asintió, como si no hubiera escuchado un insulto, como si el otro hablara en un idioma incomprensible. Deseaba, incluso, que Bernardo tuviera fuerzas para levantarse y golpearlo, como él se merecía.

—¿Y para dónde vas a ir a esta hora, muchacho? —preguntó Irving.

Horacio reaccionó, miró al amigo y negó con la cabeza.

—¿Cómo coño es que no entiendes, Irving?... ¿El hambre te está paralizando el cerebro, igual que a mí, o estás borracho como el comemierda este que ni siquiera me escupe, como me merezco?... Tengo que irme de este país. ¡Tengo que irme, cojones!

La crisis dentro de la crisis se desató en el verano del muy sombrío año 1994, cuando ya Horacio había tomado la determinación que, tal vez como reacción opuesta a la decisión de su padre, él jamás había pensado tomar. Pero, como una obsesión perniciosa, aquella exigencia ya ocupaba cada una de sus meditaciones, abocándolo a la ansiedad y hasta la demencia. Irse, irse, irse.

A su alrededor la desesperación de mucha gente por escapar de la oscuridad y las carencias llegó a desbordar sus cauces y comenzó a subir una escalera hacia alguna o ninguna parte. Primero fueron las invasiones a un par de embajadas europeas por varias decenas de aspirantes a asilo en Estados Unidos o en Burkina Faso, daba igual, unos asaltantes a los que les fue negada la salida de la isla. Luego comenzó el secuestro de embarcaciones que bien arribaban a costas norteamericanas con su carga de desesperados, bien quedaban a la deriva o incluso naufragaban (o, peor, las hacían naufragar, incluso con métodos drásticos) y algunas de ellas dejaban hasta decenas de víctimas de las que casi no se hablaba, pero que existían. No obstante, la ansiedad no se calmaba ni siquiera con el aumento del peligro. Y de los secuestros oportunistas se pasó a los robos a mano armada de lanchas y botes, con violencias desatadas, y hubo más y nuevas víctimas.

El calor del ambiente, no solo atmosférico, se sentía en la calle, como una cazuela caldeada, cuando el 5 de agosto desde algunos medios de difusión de la Florida se propagó el anuncio de la inminente salida hacia la isla de una flotilla de embarcaciones con el propósito de recoger frente a las costas de La Habana a los cubanos deseosos de emigrar. La noticia o el rumor, que nadie se preocupó por comprobar, se convirtió en un hilo de pólvora que recorrió la ciudad, calentándose con la desesperación y la credulidad de muchos y, al fin, encontró la chispa encargada de generar la explosión.

La gente, convencida de que pronto llegarían las naves salvadoras, o al menos con deseos de saber si era cierta la información, o solo movidos por la curiosidad de presenciar el espectáculo prometido, se lanzó a las calles del centro de la ciudad en busca de un Malecón en cuyo horizonte no se vislumbraba ni se vislumbraría ninguna nave salvadora. Sin idea de qué hacer, muchos se sintieron empujados por la frustración, la impotencia, el agotamiento, la rabia acumulados. A los gritos de unos siguieron los de otros, luego las piedras oportunistas lanzadas que, muy pronto, se cebaron en las vidrieras de los establecimientos en donde había algo con que cargar. La policía se vio superada por la velocidad y la dimensión de la avalancha y, al parecer, los agentes recibieron la orden de no intervenir y dejar el trabajo represivo a unas brigadas de respuesta rápida que, con atuendos proletarios y palos o cabillas en mano, salieron a contrarrestar a la turba y se produjo el enfrentamiento en el que se rajaron cueros cabelludos, se quebraron brazos y costillas, hasta algún ojo saltó de su órbita, mientras se realizaban detenciones. Alguien gritó que venía Fidel, que se acercaba Fidel, y muchos gritos de protesta de pronto se trocaron por vivas al líder. Al final los exaltados se dispersaron, pero la tensión no: la energía no desaparece, pensaría después Horacio. Siempre se transforma.

Cinco días más tarde se levantó al fin el tapón de la válvula de escape cuando el Gobierno anunció, esta vez de manera oficial, que las fronteras del país quedaban abiertas para que todo el que quisiera salir, saliera como pudiera. ¿Lo imposible se hacía real, factible, así, por decreto?

La reacción funcionó como si se hubiera efectuado un disparo de arrancada. Desde el mismo día en que se lanzó el decreto las costas del norte de la isla, como por arte de magia —en realidad como respuesta ansiosa— se vieron inundadas de los más diversos objetos flotantes, identificados o inidentificables. Prácticamente ninguno de los pocos botes existentes en el país quedó atracado, y todos los que cabían en sus espacios se acomodaron y comenzaron a remar. Balsas construidas en unas pocas horas con tanques de metal, o con cámaras neumáticas, o solo con tablas viejas y trozos de poliespuma fueron lanzadas al mar y puestas a merced de un motor reciclado, una vela hecha con sábanas mugrientas, unos remos, el favor de la corriente o la fe en la voluntad divina. La gente corría hacia los litorales a comprar, exigir o mendigar un sitio en los artefactos flotantes, a despedir a los navegantes. Mientras, las siempre temibles lanchas guardacostas, que por décadas habían impedido tantas fugas, permanecían en sus embarcaderos y la policía solo intervenía en caso de trifulcas.

La esperanza de los navegantes improvisados radicaba en un rápido rescate en aguas internacionales por el cuerpo de guardacostas norteamericano, que también se vio desbordado por el vendaval. Se le había retirado el tapón a un champán previamente agitado hasta el límite de la posibilidad de contención.

En cuanto escuchó la noticia de que se abrían las fronteras, Horacio no lo pensó más, pues ya lo había pensado lo suficiente: demasiado. Esa misma tarde echó en una mochila unas pocas pertenencias (incluido el ejemplar de *Principios matemáticos de la filosofía natural* que había pertenecido a su padre y el encendedor ruso de Walter que, veintidós años después, al fin sabría para qué lo había conservado) y se fue al pueblo de Cojímar, donde había comenzado a aglomerarse la gente y a salir los primeros botes y balsas. Un excompañero de la universidad, físico como él, hastiado como él, decidido a emigrar como él, ya lo esperaba en su casa y juntos se dirigieron a ver a un pariente del amigo que alistaba su viejo bote de pesca. Los dos físicos, conocedores de los principios de la conservación de energía, de las leyes de la mecánica y de la entropía, entendidos en las cualidades de cualquier mecanismo dotado de la propiedad de generar energía o movimiento (al menos en teoría), se empeñaron en afinar y sellar un decrépito motor y en contrapesar unas rústicas hélices, con lo cual se ganaron un espacio en la embarcación, que, con ocho tripulantes a bordo (dos más de los que debía cargar), en medio de explosiones y toses provocadas por la combustión de un diésel medio adulterado, salió de las riberas del río Cojímar al atardecer del 17 de agosto.

Dos días después, mientras el Gobierno estadounidense anunciaba que los balseros interceptados en altamar serían llevados a bases militares norteamericanas como las de Panamá y Guantánamo, Horacio y sus compañeros de travesía, rescatados por un providencial yate de recreo, ya entraban en un refugio de Homestead, en el sur de la Florida, donde se les iniciaría el trámite para obtener el estatus de refugiados en territorio de Estados Unidos. Al pasar hacia la barraca de las oficinas, el físico vio del otro lado de una cerca metálica a un grupo de hombres negros cuya procedencia sabría luego: eran haitianos. Los negros los observaban en silencio, como a seres extraordinarios, resignados a no tener la suerte de los recién llegados que, por el solo hecho de ser cubanos, eran admitidos de forma expedita, incluso si tenían la piel oscura, como ellos.

Esa noche, en el catre que le asignaron en el centro de refugiados, Horacio sintió cómo lo abandonaba el flujo de adrenalina que lo había mantenido en pie durante cinco días en los cuales apenas comió ni durmió. Y entonces lloró, empujado por una mezcla explosiva de euforia y tristeza, hasta que el agotamiento lo derrotó. Horacio soñó que se encontraba con su padre, aunque la figura paterna tenía un evidente parecido con la más popular imagen del san Lázaro venerado por los cubanos: un anciano llagado, sostenido por muletas y rodeado de unos perros que, en lugar de lamer las pústulas del hombre, mostraban sus colmillos a quienes se aproximaban al lisiado leproso. Tras el santo y los perros caminaban unos hombres muy semejantes a los haitianos entrevistos esa tarde, solo que estos no tenían ojos en sus rostros negros. Al despertar, sobresaltado, Horacio tuvo la premonición de que nunca vería a su padre ni podría hacerle las preguntas que lo obcecaban desde hacía tantos años.

Horacio conoció a Marissa en Tampa, cuando la joven llegó a la ciudad de la Florida por encomienda de la compañía telefónica para la cual trabajaba, cuyas oficinas centrales radicaban en Nueva York. Marissa, puertorriqueña, de veintiocho años, informática, soltera, cargaba con un carácter cuya fortaleza podía paralizar a sus contendientes, a la vez que poseía una risa que contagiaba alegría y ansias de vivir, y había sido premiada con unos ojos negros empeñados en transmitir misterios que cualquier hombre desearía desentrañar.

Horacio llegaría a pensar que su encuentro con Marissa, precisamente Marissa, había sido un amable montaje de un destino empeñado en reorganizar su vida de extranjero, su destino de exiliado. De superar el caos. Llevaba apenas tres semanas en Tampa, en la costa oeste de la Florida, y aún no imaginaba siquiera que su padre estaba enterrado en la ciudad adonde, de manera aleatoria, él había sido enviado por una oficina para la ayuda a los refugiados. La dependencia federal, enterada de que el refugiado podía comunicarse en inglés, le había conseguido un trabajo de auxiliar en una agencia de renta de automóviles y le facilitó los medios para el alquiler de un pequeño apartamento.

Horacio, que nunca había tenido un auto ni una esperanza realista de llegar a poseerlo, de pronto se había visto rodeado de máquinas nuevas, potentes, brillantes, y por su espíritu de investigador, cada día, cuando terminaba de limpiar los pisos, botar la basura, desempolvar y abrillantar los autos en exposición en el parqueo al aire libre, dedicaba todas las horas posibles —ahora justo lo que le faltaba era el tiempo— a estudiar los modelos en renta y sus afinidades con los potenciales clientes, a leer manuales e informes técnicos. Su inteligencia y su formación —conocía todas las leyes que hacían posible la existencia de las máquinas rodantes y los secretos de su funcionamiento y eficiencia—, su capacidad para leer con notable fluidez el inglés e incluso de expresarse con la necesaria corrección (gracias a la orden del padre exiliado de hacerlo estudiar el idioma en su niñez), lo sacaron en tiempo récord de la labor de auxiliar, una encomienda para la cual la oficina de ayuda a los refugiados envió a cubrir la vacante a otro cubano, también recién llegado.

Ya instalado en el gabinete de administración del establecimiento, la misma mañana de su debut como agente de rentas, Horacio presenció la huracanada entrada de una joven morena vestida de ejecutiva. La mujer, con los papeles de un contrato en la mano, se quejaba, en inglés y con vehemencia, de que el auto alquilado por su compañía no se correspondía con el que le habían entregado el día anterior en el aeropuerto. La joven, coronada con una melena negra que, cuando se agitaba, se empeñaba en cubrirle el ojo izquierdo, argumentaba que su compañía era cliente habitual de la agencia y recordaba que ella viajaba todos los meses a Tampa y ella... El colega de Horacio en la administración al fin consiguió reaccionar al torrente de palabras y le pidió a la clienta que no se preocupara, su compañero atendería de inmediato su reclamación y resolvería el problema, y le hizo un gesto con la mano a Horacio: es tuya, arriba.

Mientras avanzaban hacia el parqueo, Horacio iba leyendo el contrato y tratando de explicarle a la joven que tal vez se podía hacer algo, pero que el auto entregado era el que correspondía a aquel convenio específico. Quizás su empresa en Nueva York había cometido un error y...

—*Sorry, were you come from?* —preguntó todavía en inglés la muchacha, quizás intrigada por el acento de Horacio.

—*I'm Cuban.*

—Ah, me lo imaginaba... ¿Y cuándo llegaste? —dijo ella ya en español, casi sonriente.

—Hace dos meses... y medio.

—¿Tú eres de los que están viniendo en balsas?

—Sí... Bueno, en un bote...

—¡Dios mío, pero todos ustedes están locos! —exclamó ella.

—Nos han vuelto locos... Y tú hablas muy bien el español...

—Claro, soy puertorriqueña... ¿No se me nota?

Horacio sonrió, la miró y se atrevió:

—La verdad es que..., no sé..., con ese disfraz que llevas...

Ella sonrió.

—Y mi padre es cubano, como tú... Él salió de Cuba hace treinta años... ¡en un bote! Es un balsero, como tú...

Y fue en ese instante cuando Horacio sintió que el dios en algún momento invocado por la joven parecía asomado a una nube en el cielo y quizás estaba dispuesto a bajar la mano para tocarle la frente.

Mientras buscaban el auto que Horacio había decidido darle (justo el que exigía la ejecutiva), Marissa supo de algunos detalles del viaje del balsero, de sus estudios académicos y conocimiento del inglés que le habían permitido un primer ascenso laboral. También de varios de los muchos temores que lo asediaban en el inicio de un arduo proceso de adaptación apenas iniciado («Aquí tienes que aprender todo de nuevo. Las puertas se abren hacia fuera; en Cuba, hacia dentro»). Y, antes de irse en su carro rentado, ella lo invitó a cenar para agradecerle su amabilidad y mostrarle algo de una ciudad con larga historia en la crónica de los exilios cubanos: su bisabuelo, habanero, había trabajado allí como tabaquero y, según su padre también balsero, en Ivor City había oído hablar a Martí y estrechado la mano del Apóstol. Tremendo, ¿no?

Dos días después, cuando se despidieron frente a la agencia de renta, Horacio y Marissa cargaban la extraña sensación de que se habían estado buscando sin saber que se estaban buscando y ella dio el paso definitivo.

—Quédate con mi teléfono, por si lo necesitas, no sé para qué... Yo vengo todos los meses dos o tres días a trabajar aquí en Tampa. ¿Nos vemos cuando regrese, me das este mismo carro y me cuentas cómo te va?

Tres meses después Horacio llegaba a Nueva York. Ya corría el mes de enero de 1995, el invierno estaba en su momento más álgido y el refugiado pensó que no sería capaz de vivir en aquel sitio turbulento y con un clima que para él resultaba extremo. Pero una mezcla tan potente como la de una necesidad de ternura y el instinto de supervivencia lo hizo reconsiderar sus opciones: en el distrito de Queens lo estaba esperando una mujer bella, joven y desenfadada que, como salida de la lámpara mágica, le había dado esperanzas de poder rehacer su vida. Y, a sus treinta y cinco años cumplidos, él quería rehacer su vida. Encontrar al fin, si existía, la normalidad.

Desde entonces Horacio estaría convencido de que el azar había convocado a una joven ejecutiva puertorriqueña hija de un balsero cubano y bisnieta de un tabaquero de Tampa, un auto bien asignado pero mal recibido, la maldad de su compañero de oficina que lo empujó al presunto foso de los leones y su cara de animal asustado para que todo funcionara como una insólita combinación de elementos dispuestos a condensar la suerte destinada a empujarlo por senderos que jamás había imaginado transitar.

La conjunción resultó ser tan fuerte y propicia que, un año después, Horacio Forquet se convertiría en el esposo de Marissa Martínez, tres más tarde en el padre de unas mellizas —Alba y Aurora—. Al cabo de cinco años, gracias al empuje de su mujer, a la posesión de un doctorado cubano reconocido por la academia norteamericana y a su inteligencia, el emigrado Quintín Horacio Forquet se iniciaría como profesor auxiliar de Física I y II en la Universidad de Puerto Rico, donde ingresaría con un contrato inicial de seis meses que, si su evaluación docente resultaba satisfactoria, de inmediato sería renovado. De ese modo había entrado en el camino empedrado pero transitable de exiliado que, a los diez años de haber salido de su país, le permitiría al físico cubano alcanzar el grado de catedrático de la Universidad de Río Piedras.

A Horacio le encantaba contar la historia de la primera impresión que había tenido su suegro de la ciudad de San Juan.

El exiliado Felipe Martínez, de veinticuatro años, fue recibido en el aeropuerto por un excondiscípulo de estudios en el colegio de los Maristas de La Habana que, antes de llevarlo a su casa, decidió mostrarle la ciudad al forastero. Felipe, habanero por los cuatro costados, al escapar de su isla cursaba ya el cuarto año de ingeniería y conocía mejor que su casa los *night clubs* de La Rampa, las sesenta salas de cine de La Habana, los fulgores de Tropicana y las penumbras pecaminosas de los antros de la playa de Marianao en donde tuvo ocasión de ver bailar a las Mulatas Bronceas y tocar al legendario Chori, el timbalero que había marcado con su firma centenares de paredes de la ciudad. Por eso Felipe observó desapasionadamente las calles de Santurce, los modestos cines y restaurantes de Río Piedras y los edificios carcomidos del Viejo San Juan, casi sin hacer comentarios. Cuando habían terminado el periplo, cervezas en mano y dispuestos a comer un mofongo con chicharrones de puerco en una fonda del Viejo San Juan, el amigo al fin le preguntó qué le parecía la ciudad, y con toda sinceridad el recién llegado sentenció:

—Sí, chico, está bastante bien. Se parece a Bolondrón.
—E hizo trizas el orgullo del anfitrión al escuchar cómo el otro colocaba la capital boricua al nivel de un pueblo perdido de la llanura de Matanzas.

Si a Horacio lo divertía la anécdota era porque al llegar a San Juan, a pesar de ser un hombre sin oficio ni beneficio, que había dejado atrás una Habana cada vez menos glamorosa y esperaba encontrar en Puerto Rico el camino para reconstruir sus aspiraciones, la capital de la isla también se le pareció a Bolondrón: un Bolondrón con supermercados bien surtidos, vendedores callejeros que ya no existían en La Habana y urbanizaciones de condominios cerrados, pero sin duda distante del esplendor que alguna vez había tenido su ciudad, de cuya larga decadencia él había sido testigo.

La inconformidad urbana de Horacio era, justo es decirlo, de pura raíz cubana aunque de proyecciones universales. Al habanero Horacio Nueva York le había parecido caótica, sucia, vulgar, con aquellas tiendas de ofertas porno en pleno Broadway y la 42, los tugurios de The Deuce, una megápolis plagada de *homeless* acurrucados en los portales de sus edificios pretenciosos, de estructuras agobiantes y plagada de unos negros con más cara de malos que los negros más malos de su barrio natal, en Centrohabana. Y qué decir de Miami, la ciudad por la que había entrado en Estados Unidos: no, tampoco era ni podría ser su lugar. Cada vez que por alguna razón Horacio debía viajar a ese enclave del sur de la Florida recuperaba la convicción adquirida en los pocos días de 1994 en que había vivido allí. Al llegar a Miami habían pretendido ubicarlo en un barrio de negros que parecía salido del fondo del Tercer Mundo (casas sin ventanas, gentes drogándose en las esquinas, mujeres cocinando en lo que fueron los jardines de las casas) y de donde huyó despavorido en cuanto se abrió la posibilidad de irse a Tampa. Además, en Miami siempre lo agredía la sensación de moverse en círculos infinitos o de recorrer un suburbio interminable (un Fontanar o una Altahabana gigantescos) que se revolcaba en su programada falta de personalidad y donde cada esquina podía ser una réplica de la anterior: una gasolinera, un McDonald's y un Walgreens en esta; otra gasolinera, un Wendy's y una farmacia CVS en la siguiente; otra gasolinera más, un Taco Bell y un Kentucky Fried Chicken en la próxima..., para luego recomenzar con el primer circuito vencido. Y siempre procurando no extraviar el rumbo e ir a dar al tórrido barrio de los negros.

No obstante, lo que en realidad más lo enervaba de Miami era una atmósfera sombría bajo la reverberación solar, como cubierta por un barniz espeso, tras el cual hasta la emigración cubana estaba estratificada por épocas y posiciones económicas —históricos, marielitos, balseros— mientras se encallaba en la vocación de replicar la intolerancia nacional de la que esos emigrantes decían haber huido. Existía en el ambiente una propensión al fundamentalismo al cual sus compatriotas apenas le habían invertido el signo político, aunque para Horacio lo más enervante fue escuchar las protestas de muchos de esos emigrados (incluidos algunos de los en su momento despreciados, llegados durante el éxodo del Mariel), preocupados en 1994 por el caos que podía provocar una nueva ola de emigrados en la que, aseguraban para justificar su mezquindad, venían muchos agentes castristas bajo el manto de balseros. Y aunque sabía que también era posible vivir allí de espaldas a esa atmósfera, a él nunca le pareció que ese pudiera ser su lugar. Aunque, en realidad, Horacio sentía que él no tenía lugar.

Había partido de Marissa la propuesta de trasladarse a Puerto Rico para que Horacio intentara revalidar sus grados científicos y optara a una plaza como el profesor universitario que había sido en Cuba. Sin comentarlo con Horacio, la joven, eficiente ejecutiva a tiempo completo, había pedido a su padre ingeniero que indagase por la posibilidad de tal reinserción. Felipe Martínez podía utilizar sus muy buenas conexiones con los círculos académicos de la isla, indagar entre sus amigos cubanos profesores y hasta decanos en la UPR, o la *Iupi*, como solían llamarla en inglés. La respuesta esperanzadora que llegó de San Juan (quizás, no es fácil pero posible, respondió Felipe Martínez) la empujó a pedir un traslado en su compañía. Así, con su flamante marido cubano, doctor en Física empleado como mecánico reparador de equipos de audio en el negocio de otro cubano en Queens, Marissa, ahora Forquet, volvió a la casa paterna y la isla de origen, aun cuando perdía un veinte por ciento de su salario. Como ganancia patente y consolatoria, los recién casados, como los animales tropicales que eran, se libraban del inclemente invierno neoyorquino de 1996.

Como su suegro, también Horacio encontró en Puerto Rico el espacio que le permitiría reconstruirse y, como él, tuvo dos hijas boricuas con su mujer boricua. Del mismo modo que Felipe Martínez y por causas muy semejantes, Horacio sufrió la condena del desarraigo. Ambos hombres, que tanto habían luchado por salir de Cuba, que habían renegado del ambiente cubano y arriesgado sus vidas cruzando temerariamente el estrecho de la Florida, resultaron ser dos seres con el corazón partido por una laceración que no tenía cura: un estado de ser sin volver a ser, un vivir en el aire, con las raíces expuestas (desarraigados), con demasiada propensión a idealizar un pasado glorioso (casi siempre exagerado) de noches de juergas, tragos, música, mujeres bellas, de días de aprendizaje y crecimiento. Más que unos exiliados, ambos comulgaron como refugiados perpetuos, alimentados por la memoria afectiva y el amable engaño de un soñado retorno. Vivos o muertos.

Sentado en la punta de la silla de hierro colocada en el portal de la casa de Westchester donde vivía su hermana Laura (una silla propiamente ornamental, en la que nadie nunca se sentaba), Horacio miraba el reloj cuando al fin vio llegar a Marcos con diez minutos de retraso: vestido de blanco, como le gustaba, y cubierto con una gorra azul marino de los Yankees de Nueva York.

—¡Pa' su madre, tío, no sabes cómo está ese Palmetto! —gritó Marcos por la ventanilla de su camioneta.

—¿Y esa gorra es...?

—Esa misma. La que tú me regalaste hace...

—Trece años. Cuando fui a enterrar a mi mamá —dijo Horacio, conmovido por lo que podía significar para Marcos y para él que el hijo de sus amigos Clara y Darío hubiera conservado durante tantos años aquel obsequio.

El joven y el hombre que lo había visto nacer volvían a encontrarse frente a frente por segunda vez desde que Marcos saliera de Cuba, casi dos años atrás. En el primer cruce, pocos días después del arribo del muchacho, Horacio había realizado una demostración de amor y concretado un esfuerzo supremo contra sus animadversiones: había viajado a Miami para congratular a Marcos y brindarle los apoyos posibles.

A Marcos no dejaba de admirarlo que, a sus cincuenta y seis años, Horacio conservara cada uno de sus cabellos negros y rebeldes de mulato claro (¿obra de un tinte Clairol for men, como tanta gente en Miami?) y que, a diferencia de su madre Clara, su padre Darío y hasta del presumido Irving, no hubiera engordado ni una libra de las que debía de tener en la foto tomada en Fontanar veintiséis años atrás, cuando todos eran tan jóvenes y formaban un Clan. En cambio, Horacio solo conseguía con esfuerzo colocar la estampa de un joven de treinta y dos años, desenvuelto y sin duda alguna muy bien parecido, en la imagen del niño flaco, de unos diez años, requemado por el sol e intenso en sus actitudes y pasiones que recordaba de sus últimos encuentros cubanos, siempre ataviado con una gorra de beisbol y un raído guante de pelotero en la mano izquierda, o del muchacho veloz e inatrapable que apenas vio en sus dos viajes de visita a la isla, varios años después. Pero la inteligencia de la mirada de Marcos lo reconciliaba con las visiones del recuerdo. Ahora, al reencontrarse, los dos hombres, mordidos por la ansiedad de las dudas, se fundieron en un abrazo y hasta se besaron en la mejilla porque, a pesar de la tormenta que se divisaba en sus horizontes personales, ambos estaban felices por la materialización del encuentro.

Horacio había llegado de San Juan esa misma mañana y, como siempre ocurría en sus breves estancias miamenses, se había instalado en la casa de su hermana Laura, con la que no tenía las mejores relaciones pero donde se obligaba a recalar para no empeorar la situación fraternal con la opción de irse a un hotel o a la casa de algún amigo. También volvía allí porque adoraba a sus dos sobrinos, unos años mayores que sus mellizas boricuas, unos primos que, esos sí, se adoraban y buscaban todas las ocasiones de pasar algún tiempo juntos, daba igual si en Miami, en San Juan o en las ocasiones que se reunieron en Nueva York o en sitios como el parque Disney de Orlando, cuando eran niños, o en Londres, ya adolescentes.

Luego de beber el inevitable café al que los invitó la hermana de Horacio —la misma que había acogido a Marcos en el momento de su llegada a la Florida—, los dos hombres se despidieron de la familia y se fueron en la camioneta del joven al restaurante peruano donde Horacio prefería comer en cada una de sus espaciadas visitas a la ciudad.

En el camino intercambiaron las últimas informaciones sobre sus respectivas existencias que aún no conocían. Sin confesarle el descubrimiento de Adela y, por tanto, quién era en realidad su novia (o al menos quién era la mitad de su novia), Marcos le comentó a Horacio que la muchacha había viajado a ver a su madre, Loreta, que vivía en las afueras afueras de Tacoma. El culo del mundo, dijeron los dos. Horacio, por su parte, amordazando su ascendente curiosidad —¿Loreta? ¿Quién era la tal Loreta, madre de Adela?— le confió que había viajado a Miami con el pretexto de una conferencia universitaria (el cónclave existía, pero él solo lo rozaría al día siguiente), pues en realidad había venido porque quería conocer a la famosa Adela y tratar de aclarar el disparate que le había soltado Marcos y, desde entonces, lo mantenía desvelado, rompiéndose las neuronas con las más locas elucubraciones. El joven, necesitado de tiempo y espacio, evadió en ese instante el tema álgido de la conversación.

—Entonces, ¿desde que yo llegué hace casi dos años tú no habías vuelto a venir a Miami? —preguntó Marcos, extrañado.

—Tú sabes que casi nunca vengo... ¿O crees que habría venido y no te habría avisado?

—No lo sé... La gente se va de Cuba y se pone más rara que el carajo.

—Yo no me llamo Darío... Yo sigo siendo el mismo —protestó Horacio.

—Que te crees tú eso —lo rebatió Marcos—. Por cierto, ¿sabes si pasa algo con Bernardo?

—¿Algo qué?

—Si está más jodido... Mi mamá me tiene compartimentado.

—Parece que sí. La mala vida le está cobrando un precio.

—Pero algo más grave...

—¿Más grave que el cáncer?... ¿Está peor entonces? ¿Qué dice tu madre?

—Mami no me dice nada, claro...

—Tu madre quiere protegerte. Clara siempre quiere proteger a todo el mundo... Ella sabe que tú quieres mucho al pobre Bernardo.

—Tío, no le digas pobre, por favor. Tú, no.

—Está bien..., yo la cagué con él. Pero Bernardo me dijo que él me había perdonado.

En el restaurante escogieron una mesa apartada, junto a un paño de vidrio que daba a un seto de buganvilias. Discutieron la carta y Marcos se dejó convencer: de entrada compartirían un ceviche de pescado y luego tomarían chupe de camarones, el de aquí es buenísimo, aseguró Horacio, casi tan bueno como los de Lima. Son raciones tremendas, pero si te quedas con hambre, pedimos más. Para beber, un Marqués de Cáceres, lo más recomendable en la escuálida carta de vinos que desmerecía la calidad de los platos.

Ya con las copas servidas, Horacio se lanzó al ataque.

—A ver, Marquitos... Lo que me dijiste el otro día, cuando me enseñaste la foto de Adela... ¿Qué coño es eso?

Marcos asintió, pero contraatacó. Había planeado el rumbo de la conversación y pretendía cumplir su programa.

—Antes dime una cosa, por favor... ¿Quién era Elisa?

El mulato sonrió con su dentadura perfecta e intacta, aunque de inmediato perdió la sonrisa.

—¿Por qué me preguntas eso?

—Porque quiero saberlo. Dale...

—Ok... Pues ahora mismo creo que no lo sé... Siempre fue un poco rara... Eso tú lo sabes. Y sabes otras cosas... Pero me estás poniendo nervioso, Marquitos... ¿Qué es lo que pasa? ¿Elisa?

—Sí, Elisa... ¿Quién era...? —insistió Marcos.

—Ya te dije que no lo sé. De verdad. Hace años yo también me lo pregunto... ¿Le preguntaste eso a Clara?

—Sí, se lo pregunté...

—¿Y qué te dijo?

Marcos no quería, pero él también tuvo que sonreír.

—Me tiró curvas, como tú... Que en una época creyó saberlo todo de ella, que había creído que era su mejor amiga, que después no sabía si lo que creyó era la verdad.

—¿Y por qué tú piensas que yo debo saber más?

336

Marcos dudó, debatiéndose entre varias respuestas posibles. ¿Horacio sabría algo de lo que había pasado entre Elisa y su madre? En ese momento decidió no ir por las ramas, pues, con lo que pretendía decir, bien sabía que podía estar abriendo una Caja de Pandora. No, no tenía alternativa.

—Porque tú te acostaste con ella. Y la preñaste...

Horacio negó con la cabeza y luego bebió de su copa de vino.

—¿Quién te dijo eso?

—No me lo dijo nadie —respondió Marcos, tratando de proteger a su madre, y en ese instante comprendió su error: debió haberle preguntado también a Irving, el que lo sabía todo, incluso a su padre Darío, miembro y testigo de las intrigas del antiguo clan. Su intento de obedecer a las exigencias de Adela y de preservar los secretos de Clara lo habían perturbado.

—Sí, me acosté con ella..., pero no la preñé... Es curioso —continuó Horacio—. Sí, muy curioso, con lo chismosos que éramos todos y con lo que nos gustaba hablar de lo que nos hacíamos y nos debíamos entre nosotros, y de pronto hubo cosas de las que dejamos de hablar. Yo mismo escondí algunas... Es que a veces pasan cosas tan jodidas que... De verdad, Marquitos, ¿quién te dijo que yo me había acostado con Elisa y la había embarazado?

—Ya te dije que nadie.

—No me jodas, Marcos. Seguro lo oíste decir en tu casa.

—Si lo oí, no me acuerdo. Te lo juro por lo más sagrado.

—¿Qué es para ti lo más sagrado?

Marcos sonrió. Sí, aquel hombre seguía siendo su tío Horacio, el físico racional y a veces frío, el tipo que siempre quería entenderlo todo. Causas y consecuencias. La acción que provoca una reacción. Las leyes de obligatorio cumplimiento. La verdad.

—Creo que mi madre. Desde que mi padre se fue..., bueno, tú lo sabes, mami se partió el lomo para sacarnos adelante a Ramsés y a mí en los tiempos más jodidos de allá. Me acuerdo de lo contenta que se ponía cada vez que tú le mandabas unos dólares y podía comprarnos algo que nosotros queríamos. A mí me compró una walkman, de aquellas de casetes. A Ramsés una camarita fotográfica... Lo que mandaba mi padre era para la comida.

—Tenía que haberles mandado más, más veces —se lamentó Horacio.

—No, no tenías... Ella siempre te va a agradecer tus ayudas. Yo también... Y discúlpame si te dije que la gente cambia cuando se va de Cuba. Tú seguiste siendo el mismo, por lo menos con nosotros... Volviste dos o tres veces nada más que para vernos.

—Sí y no. La primera vez fui al entierro de mi madre. Después para ayudar a salir a Laura y su marido... Y ahora fui por el pobre Bernardo..., perdón, por Bernardo.

Marcos sonrió.

—Irving y tú..., comparados con mi padre, ganan por nocaut en el primer round.

—Ni te lo creas. De verdad uno cambia mucho, y no siempre para mejor, aunque viva mejor...

—Es verdad —aceptó Marcos—. Pero no te me vas a escapar. ¿Cómo fue lo tuyo con Elisa?

La camarera llegó con el plato del ceviche y Horacio aprovechó la pausa obligatoria. ¿Adónde quería llegar Marcos?

—Me acosté dos veces con ella. Nada más que dos veces. Aunque mejor debo decir que ella se acostó conmigo. Luego pasaron cosas, ella salió embarazada y se empeñó en parir. Entonces le confesó a Irving lo que habíamos hecho y... de pronto pasaron más cosas y todo el mundo se enteró, incluido Bernardo. Un desastre. Todavía me da vergüenza... Pienso en Bernardo y me dan ganas de patearme la cabeza... Pero te juro que fue ella la que abrió esa puerta. Te lo juro por mis hijas. ¿Te dije que Bernardo me perdonó?

—¿Y cuándo fue que se acostaron?

—¿Eso es importante?

—Tú sabes que sí... por lo que vino después. El ciclón Flora, que se iba y volvía y acababa con todo, como decía mi mamá.

—En septiembre de 1989... ¡Nada más que dos veces!

Marcos hizo evidente su intención contando con los dedos frente a los ojos de Horacio.

—Septiembre, octubre, noviembre, diciembre del 89, enero del 90, febrero, marzo, abril y mayo: nueve meses. Adela nació a fines de mayo del 90... Bueno, eso es lo que dicen Loreta Fitzberg y su inscripción de nacimiento y...

—Olvídate de eso. Las dos veces yo usé condón... Siempre tengo alguno encima, por si acaso —dijo, extrajo la billetera del bolsillo trasero del pantalón y de un compartimento cerrado sacó un paquete con dos preservativos—. Siempre y... ¿Pero de qué coño estamos hablando? ¿Quién es la Loreta esa, quién es tu novia? ¿No me vayas a decir que Loreta y Elisa...?

—Tío, recoño..., ¿pero tú no lo ves? ¿Tú no te miras en el espejo?

Horacio se pasó la mano por la cara y luego alejó de sí la copa de vino.

—Marcos, Marcos... ¿Tú estás seguro de que la madre de Adela es Elisa y no Loreta Fitzberg?

—Adela va a matarme si se entera... Sí, Loreta Fitzberg es Elisa Correa...

—¿La que se llama Loreta es Elisa? —Horacio parecía un boxeador en *shock*—. ¿La madre de tu novia?

El joven asintió y Horacio hizo un largo silencio. Miró a Marcos, miró la copa, miró hacia las buganvilias plantadas a la vera del cristal del restaurante.

—¡Cómo diablos tú y la hija de Elisa...!

—Conjunciones cósmicas, se llama eso. —Marcos trató en vano de sonreír—. Karma..., creo.

—¿Y Adela no sabía que su madre era Elisa Correa? ¿Cómo coño...?

—No..., siempre la conoció como Loreta... Loreta Fitzberg desde que se casó aquí en Estados Unidos con Bruno Fitzberg, el hombre que Adela siempre pensó que era su padre...

—¡Cojones! —murmuró Horacio, y abrió otro silencio—. Me va a dar dolor de cabeza... ¿Y qué le ha dicho Elisa a Adela de toda esta historia?

—Nada.

—¿Cómo que nada, Marquitos?

—Bueno, todo esto es medio loco, pero... Cuando Adela vio las fotos de ustedes y supo quién era su madre, se fue a verla a la granja de por allá por Tacoma donde trabaja Loreta..., y ella se había ido.

—¿Para dónde se fue?

—No se sabe..., desapareció.

Horacio entonces sonrió:

—Me cago en su madre... ¡Esa es Elisa! Se va y deja el fuego detrás...

—¿Entonces no te parece muy claro que tú...?

—Las cosas no son tan sencillas, Marquitos —lo interrumpió Horacio—. Más bien son bastante oscuritas, por decirlo suave... Mira, aunque Elisa lo negó, yo sí sé que ella también se templó a Walter por los mismos días en que se acostó conmigo —dijo Horacio y metió una mano en un bolsillo de su pantalón y colocó sobre la mesa, junto al plato de ceviche, un mechero de bencina que más bien le pareció a Marcos un objeto de museo. Horacio lo había conservado durante veintiséis años quizás solo para tenerlo a mano en ese instante, pensó—. Se lo templó en el mismo lugar en que se acostó conmigo... Y pudo haberse acostado con otro, con otros...

—¿Qué tiene que ver Walter con esto...? —Marcos indicó el mechero.

—Lee lo que dice por un costado la fosforera esa...

Marcos levantó el encendedor, de un dorado sucio, formado por dos cilindros soldados entre sí, y vio unas letras grabadas en un costado.

—Está en ruso, ¿no? ¿Qué dice?

—No importa lo que dice..., sino el idioma en que lo dice... Esta fosforera era de Walter, la trajo cuando estuvo en Moscú y la dejó olvidada o perdida en la casa adonde Elisa iba a acostarse conmigo. Y también con Walter. Y si yo usé condones, siempre...

Horacio mostró las palmas de sus manos, vacías.

—Pero... —Marcos trataba de procesar la información que podía descolocar todas sus suposiciones, algunos de sus convencimientos—. Walter era medio rubio, Elisa es blanca blanca, tú eres medio mulato y..., por Dios, tío, ¿tengo que volver a enseñarte la foto de Adela?

Horacio bebió su copa hasta el fondo.

—Elisa decía que su barriga era un regalo de Dios... Un milagro... Sin pecado concebida... Y Cuba está llena de mulatos como yo...

—Pues yo sigo creyendo que fue un milagro tuyo. Y ahora nada más que con un pelo o un moco es facilito saber si el carpintero José fue el padre de Jesús y si tú eres el padre de Adela. Hay una cosa que se llama ADN y... —Marcos sacó del bolsillo de su camisa un sobre de nailon con un cabello negro dentro.

—Marcos, Marcos, no me jodas... No voy a hacerme ninguna prueba... Mira, hace como quince años Irving vio a Elisa en Madrid, y con ella iba una muchacha... que debía de ser tu Adela..., y el cabrón de Irving me metió el diablo en el cuerpo. Me dijo que la muchacha se parecía demasiado a mí... Pero yo sabía, o creía, que cualquier relación entre la hija de Elisa y yo era imposible y traté de sacarme eso de la cabeza... Pero el diablo siempre ha estado ahí, jodiendo... Más de diez años... Pero piensa, Marquitos, ¿tú sabes lo que puede implicar que tu novia sea mi hija? ¿Lo que tuvo o no tuvo que ver con el suicidio o lo que fuera de Walter? ¿Y con la decisión de Elisa de irse y desaparecer? ¿Y, más que nada, lo que tiene que ver con mi vida si de verdad Adela es mi hija? ¿Te haces idea de lo que significa todo eso, Marcos?

—Sí. O no.

—Una gran cagazón.

—La gran cagazón... Mira, Adela regresa mañana. ¿Por qué no nos vemos los tres y hablas con ella?

Cuando tenía once años y era, después de Darío, el estudiante más aventajado de la escuela primaria N.º 19 Carlos Manuel de Céspedes del regional Centro Habana, Quintín Horacio, que cursaba el séptimo grado y recibía por primera vez la asignatura de Física, se había atrevido a leer el volumen dejado atrás por su padre, titulado *Principios matemáticos de la filosofía natural [Philosophiæ naturalis principia mathematica]*, de Isaac Newton, en una sólida edición valenciana de 1932. Y esa lectura decidió su vida.

A pesar de su juventud y gracias a su inteligencia, desde entonces Horacio pudo colegir, con Newton, que para comprender el funcionamiento del universo resulta preciso encajar las observaciones del mundo material en teorías generales.

En 1687, después de que le cayera o no una manzana en la cabeza, cuando Newton publicó un libro que cambiaría la historia de la ciencia y hasta de la humanidad, el físico presentó una teoría general del movimiento con la posibilidad de explicar y predecir los desplazamientos de todos los cuerpos del universo. Y patentizó tres fórmulas matemáticas. Las famosas Leyes de Newton de las que Horacio había oído hablar por primera vez a su profesor de Física de séptimo grado.

Gracias a esas tres condensaciones elaboradas por Newton, pero que alguien más tarde o más temprano habría tenido que establecer pues existían de modo patente en la realidad, el mundo se hizo más sencillo y más complejo a la vez. Si sabías la medida de la masa, conocías la dirección y la velocidad de cualquier objeto; y si tenías en cuenta las fuerzas (gravedad, fricción) capaces de afectarlo, podías saber adónde llegaría, cómo llegaría, incluso cuándo. Porque siempre, siempre, estabas en condiciones de predecir su movimiento. Con Newton de la mano, podías hasta explicar supuestos milagros. ¿Un milagro? ¿Un regalo de Dios? ¿Los efectos de la más invencible de las leyes de Newton?

Horacio, con más ojeras de las que solía exhibir, tomó a las diez de la mañana el Uber que lo condujo al laboratorio clínico del Kendall Regional Medical Center donde, esa misma mañana, apenas abiertas las oficinas del laboratorio, había conseguido una cita para que le hicieran una prueba de ADN a él, y otra del cabello de Adela Fitzberg que la noche anterior le había entregado Marcos. El físico sabía que aquella resultaba ahora la única acción posible porque él mismo necesitaba develar de una vez por todas aquel misterio y librarse de una culpa que le achacaban. O asumirla. Olvidarse de todo o aceptar una responsabilidad que, hasta la noche anterior, se había empeñado en considerar un soberano disparate, a pesar incluso de la inquietante evidencia de los parecidos físicos en la cual Irving y Marcos insistían.

Casi toda la noche el hombre había estado en vela, otra vez empeñado en reconstruir en su memoria las fases de sus dos encuentros sexuales con Elisa, casi veintisiete años atrás. La intensidad de los aparejamientos, la mezcla de vergüenza y éxtasis que los adornó, la disposición siempre a la ofensiva de Elisa, todo fue colocado en el orden cronológico y dramático que pudo sacar de sus bien preservados y recurrentes recuerdos. En cada embate de penetración Horacio siempre se vio con el miembro cubierto por el condón y comenzó incluso a sentir una erección cuando rememoró el modo en que en uno de los asaltos Elisa se lo había enfundado con la boca mientras le acariciaba hasta el fondo el esfínter anal.

Durante la cena, Marcos le había hablado de la fiabilidad del 99,8 por ciento de aquella protección y, riendo, le recordó el episodio de la serie *Friends* en que Ross embaraza a Rachel por culpa del 0,2% de falibilidad que advierte la letra pequeña del envoltorio de los preservativos. Horacio lo había mandado a cagar, por supuesto, pero no había podido dejar de pensar, de volver a armar la dramaturgia de los acontecimientos, las llegadas al apartamento, las caricias, las ansiedades y las inmediatas precauciones.

Cuando entraba en un letargo y estaba a punto de dormirse, más allá de las tres de la madrugada, una flecha salida de la oscuridad de su memoria voló en busca de un blanco. Horacio vio las nalgas de Elisa, levemente abiertas, el cuerpo inclinado hacia delante para colocar más comida en el pozuelo metálico del gato de la dueña del apartamento. Vio la protuberancia velluda de su vulva, el botón estrellado del ano. Y también vio, con una nitidez pavorosa, el proceso de su acercamiento a aquellas nalgas. Recordó como él las abría con las dos manos, casi escuchó la sonrisa de la mujer, su voz, estate quieto, estás sucio, báñate, o algo así le había dicho, y su memoria respiró otra vez el olor dulzón de los fluidos. Entonces recuperó el placer vivido durante el acto de tomarse el miembro que comenzaba a resucitar mientras él se dedicaba a frotarlo por el carril que conducía del ano visible a la vulva y los labios genitales ya imposibles de observar desde su perspectiva superior, pero perceptibles en su suave humedad viscosa por la piel ultrasensible de su glande descubierto. ¿Se había lavado antes de aquella acción erótica que duró apenas un minuto? ¿Una última, predestinada gota de semen podía haber caído en el sitio preciso y cumpliendo con la ley inexorable de la gravedad, justamente universal, haberse deslizado por un plano inclinado hacia el imán del centro de la existencia y luego, a merced de la gravedad y del braceo de unas células persistentes, avanzado lo necesario hasta propiciar el enorme milagro del encuentro del espermatozoide furtivo con un óvulo dispuesto, maduro, voraz? ¿Un milagro? ¿Un regalo de Dios? Las ojeras que exhibía cuando entró en el laboratorio del hospital delataban el paso de la noche en vela.

Tres horas después, mientras el vuelo procedente de Dallas

en que viajaba Adela aterrizaba en el Aeropuerto Internacional de Miami, Horacio se dejaba caer en el asiento del avión que lo llevaría de regreso a San Juan. El físico que hubiera querido ser filósofo cerró los ojos, trató de relajarse y se dijo: lo que será, será.

6
Santa Clara de los amigos

Desde la barda que divide el salón del aeropuerto del laberinto de cintas y postes que conduce a las casillas de control migratorio, Clara musitó un protégelo, Dios mío, mientras lo veía alejarse, sintiendo cómo el estómago y la vida se le estrujaban. Observó, con el nudo de angustia que ya traía en la garganta, cómo Marcos entregaba el pasaporte y el pase de abordar al guardia de fronteras que los revisó, leyó, comprobó durante dos, tres minutos (¿siempre duran lo mismo los minutos?, ¿cuánto, cuánto duraron esos minutos exasperantes?) y respiró aliviada cuando el oficial le devolvió al joven sus documentos para indicarle por dónde pasar hacia el recinto de las salidas. En ese momento Marcos se volvió, sonriente, con esa seguridad en sí mismo capaz de rozar el desparpajo, una confianza que aterraba a Clara, y le hizo un amplio gesto de adiós a su madre. De inmediato alzó desde su pecho la medalla de la virgen, pendiente de la cadena de oro que, unos minutos antes, Clara se había quitado y colgado del cuello del hijo. Y al fin el joven traspasó la barrera: la misma barrera que en otras dos ocasiones y en diferentes diseños y salas de ese aeropuerto había visto cruzar a su marido y a su hijo mayor, siempre con la sensación agobiante de que los perdía, de que quizás los veía por última vez. Con la seguridad de que en el posible viaje sin retorno se llevaban consigo más que un pedazo de su vida, una parte de su cuerpo, con cada partida más disminuido por radicales amputaciones.

Gracias al nuevo diseño de la terminal ahora resultaba posible observar el proceso que seguía y, como se trataba de Marcos, el niño de su corazón, Clara permaneció en su sitio, alzándose a veces en punta de pies para otear mejor el tránsito del hijo por el control de seguridad y, ya del otro lado del arco del escáner, entre una decena de pasajeros, ver o creer ver la sonrisa del muchacho y el nuevo gesto de adiós, más amplio, más definitivo. Lo último que Clara vio fueron sus espaldas, cargadas con la mochila, mientras Marcos se perdía por las escaleras que conducían al área de las puertas de abordaje.

Con el corazón aún palpitante, la mujer permaneció en su lugar varios minutos, no hubiera podido decir cuántos y cuán dilatados, sintiendo cómo el ánimo se le entristecía todavía un poco más, siempre había espacio para la tristeza y, a la vez, cómo su conciencia se alegraba y se aliviaba con el convencimiento de que el hijo querido entraba en una dimensión insondable, inalcanzable incluso para ella, en la cual se pondría a salvo de los riesgos entre los que había vivido en los últimos años: la cárcel por sus desmanes, la locura por sus ansiedades o la muerte por sus intentos de evasión casi suicidas. Clara le dio gracias al Dios al que se había ido confiando desde hacía varios años, y le pidió que acompañara a su hijo y velara por él. Siempre, Dios mío. ¡Que tenga la casa y el auto que quiere, que tenga amores, familia e hijos, que sea feliz!

Por su mente pasó entonces la memoria de otras salidas al exilio vividas en el país en las últimas décadas. Las de los que salían casi como fugitivos en los años sesenta, luego de haber perdido sus trabajos, sus bienes, su ciudadanía y en muchos casos luego de haber pasado meses trabajando en campos de caña, como condenados. Los que abordaron las lanchas llegadas al puerto del Mariel, en 1980, mancillados por las muchedumbres que los calificaban de escorias, antisociales, maricones o putas y hasta llegaban a ser víctimas de agresiones físicas por parte de hordas de enfebrecidos revolucionarios. Por suerte para ella, ni su exmarido ni sus dos hijos habían atravesado por semejantes vejaciones, y su querido Marcos abandonaba el país como si en realidad fuera a dar un paseo por algún lugar del mundo. Gracias a Dios.

Cuando al fin escuchó el anuncio del abordaje del vuelo de Aeroméxico con destino a la Ciudad de México, Clara abandonó su puesto de vigilancia y atravesó el vestíbulo de la terminal en busca de las puertas deslizantes que daban acceso a la calle. Al salir al portal del edificio buscó con la vista a Bernardo y lo ubicó en el extremo de lo que había sido una hilera de sillas, de la cual el hombre ocupaba la única sobreviviente. Clara pensó que, ya en el tránsito hacia la cumbre de los cincuenta, y a pesar de ciertos achaques, Bernardo seguía siendo un hombre atractivo, agraciado con una sosegada belleza masculina y una renacida facultad de transmitir una serenidad que tanto la había ayudado a reconciliarse con la vida.

—Vamos a ver cómo se va —le ordenó Clara al pasar junto al hombre.

—Desde aquí fuera no se ve ni carajo. Ahora salen por eso que parece un túnel —le advirtió Bernardo, que ya la seguía.

—Yo lo sé, Bernardo... Pero se ve el avión. Quiero ver cómo despega.

—Ya está allá dentro, Clara, ya se va... Estate tranquila.

—Que quiero verlo, coño —insistió la mujer, sin duda alterada, y siguió avanzando en busca de la rampa que descendía hacia la salida del edificio central del aeropuerto y desde donde era posible contemplar los aviones estacionados en esa ala de la terminal.

Recostados sobre la baranda, como estatuas de sal, tomados de la mano, Clara y Bernardo esperaron hasta que la nave de Aeroméxico se puso en marcha, enrumbó hacia la pista de despegue y allí aguardó por la autorización de ponerse de nuevo en movimiento. Siguieron la maniobra del avión, parecía un juguete teledirigido que, rodando de nuevo, se perdió en un recodo de la pista para luego reaparecer, ya levantando el vuelo y dispuesto a esfumarse en la distancia y entre las nubes.

—¿Sabes qué? —dijo al fin Bernardo—. Todavía no me explico cómo esos tarecos pueden volar.

Clara asintió.

—Y yo no me explico cómo he podido resistir que me arranquen tantos pedazos... Tengo cincuenta y cuatro años y me parece que he vivido mil... Dale, cariño, nos vamos. Ay, Bernardo, qué ganas tengo de llorar...

La ausencia de Darío, que se prefiguraba como eterna, cargada de quiebres irreparables, había resultado para Clara una castración y, a la vez, un alivio.

En un primer momento se sintió liberada, pero sin saber qué hacer con esa libertad. Sin embargo, muy pronto descubrió que, sobre todo, derivaría en la posibilidad de disfrutar de una iluminación de su conciencia. Fue una adquisición que se le reveló como un efecto imprevisto generado por esa liberación que comenzó a sentir con el alejamiento del hombre con quien había convivido desde el final de su adolescencia. Clara percibió, a sus treinta y dos años cumplidos, cómo recibía una inesperada perspectiva, mucho más propicia para conocerse a sí misma de un modo que muy pronto le resultó revelador, aun cuando cargaba más preguntas inquietantes que respuestas sanadoras.

Darío se había marchado sin hacer despedidas festivas, disimulando cuanto pudo los fardos de la excitación y el miedo que lo atenazaban, casi agazapado, como el fugitivo que asumía ser y en realidad era. Su decisión de no regresar, mantenida en el mayor secreto, llegó a convertirse en una obsesión enfermiza, aun cuando tanto él como su compañera de quince años sabían lo que la determinación del neurocirujano significaba: entraría de modo automático en la categoría de desertor. Y, como desertor que abandona a su ejército y se suma a las huestes del enemigo, Darío se convertiría en traidor y, a efectos políticos y hasta legales, en un apátrida. Como apátrida perdería cada uno de sus derechos ciudadanos, incluida la nacionalidad, la profesión y la posibilidad de retornar de visita a su país por un período de expiación o condena que podía ser de siete, diez, mil años, hasta que Alguien le alzara la veda o llegara el presumible Armagedón del que solía hablar Horacio. Para su familia, convertida en rehenes o culpables de oficio, implicaba la imposibilidad de viajar a reunirse con él por los próximos cinco o dos mil años.

Al mismo tiempo Darío y Clara sabían lo que esos estigmas implicaban: el fin de una vida, y la posibilidad o la necesidad de construirse cada uno de ellos una nueva. Darío a partir de cero, con el apoyo de su empuje e inteligencia y la presión de las incertidumbres y la lejanía; Clara sobre las ruinas de la existencia hasta entonces consumida, agobiada por su cansancio y las carencias, más el peso multiplicado de sus responsabilidades, aunque por primera vez en su vida adulta sin estar bajo la sombra de otra persona. Sola. El principio de algo, el fin de muchas cosas.

Quizás por saber ambos todo lo que estaba en juego, la separación resultó mucho menos onerosa, sin escatimar nada de su dramatismo, en verdad mucho mejor asimilada por uno y por otro al asumir con conocimiento de causa (y efectos) cuánto implicaba... Y los niños, repetía, se repetía Darío atenazado por la culpa, los niños con el tiempo entenderán, hasta me lo agradecerán, si alguna vez quieren irse yo los voy a ayudar, siempre voy a ser su padre, y trataba de alejarse así de un persecutor sentido de evasión de su responsabilidad y la evidencia de su egoísmo, por justificada que él viese la resolución de renunciar al país natal en busca de su realización individual en el plazo efímero de su única vida humana y terrenal.

En silencio, sin ahondar en dolorosas heridas, Clara aceptaba lo que vendría, pues ella mejor que nadie conocía lo que movía la decisión del hombre: su necesidad visceral de alejarse del foso tremebundo de violencias y miserias de donde había salido, avanzar, distanciarse, ir cada vez más lejos y estar más alto, siempre sin mirar atrás. Aunque en el proceso se alejara también de esos hijos a los que, ella lo sabía, amaba a más que nada en el mundo.

En los meses posteriores a la partida de Darío, al fin concretada en marzo de 1992, cuando más densa y oscura se tornaba la crisis nacional que hizo desaparecer hasta los bienes más indispensables para vivir, Clara descubrió en sí misma fuerzas que nunca había creído poseer. La urgencia de sostener a flote a sus hijos la convirtió en una especie de guerrillera en condiciones de practicar todas las artes de supervivencia que se ponían a su alcance. Como su empresa de diseño y construcción de obras ingenieras en la práctica había cerrado sus puertas desde que entregó las últimas obras destinadas a los Juegos Panamericanos de 1991 —proyectos endebles aunque pretendidamente funcionales; construcciones muy celebradas, aunque apresuradas en su ejecución; estructuras cargadas de defectos de manual que pronto cobrarían sus cuotas, como casi todos lo sabían aunque nadie se atreviera a decirlo en público—, Clara adquirió la condición laboral de trabajadora «interrupta», con el salario reducido, en la realidad convertido en nada por los desbocados costes de la vida.

Mientras otros se dedicaban a lamentarse y matar el tiempo, la ingeniera Clara Chaple Doñate, nacida en cuna de oro y quizás en otra historia destinada a vivir como una privilegiada, se lanzó con todas sus energías a una búsqueda obsesiva de los medios necesarios para no morir de inanición. Entonces la mujer recorrió en una bicicleta china las fincas vecinas donde compró mangos, aguacates, guayabas, papayas, que luego pregonó en la calle; en su casa, a veces hasta con leña recogida de vertederos (faltaba el gas, la electricidad), cocinó y envasó dulces de frutas que vendió en la entrada del cercano Hospital Ortopédico y frente a la estación de gasolina, cuando había gasolina; con la ayuda de Horacio desvalijó hasta el último tornillo útil del auto de Darío antes de que vinieran a incautarlo cuando, a los once meses y veintinueve días, se hiciera oficial la deserción del médico, y después suministró piezas al menudeo a los mecánicos de la zona. Incluso retomó también el cuidado del huerto en que se había transmutado el jardín original de pasto verde y (en esta tarea con la ayuda de Irving, Joel y también de los niños) amplió sus dimensiones y diversificó los sembradíos con las especies más resistentes y generosas: calabazas, boniatos, ñames, papayas, plátanos, que crecieron abonados por la fe y la persistencia.

El huerto llegó a adquirir un aspecto tan próspero, que Clara adoptó a un dóberman para ahuyentar a posibles ladrones de papayas y boniatos. El perro era joven, escuálido y conmovedor, llevaba su cola y orejas intactas y Clara lo había visto un par de veces por las inmediaciones del hospital, deambulando en una improbable búsqueda de comida. Al verlo, ella concluyó que, como venía ocurriendo con dolorosa frecuencia, sus dueños se habrían deshecho de él por no tener cómo alimentarlo. En la tercera ocasión que lo vio, Clara le dio uno de los panes con croquetas que vendía junto con los pomos de dulce en conserva, y el perro lo devoró de dos dentelladas y luego la miró, en espera de más condumio. Conmovida por la mirada del animal, que no parecía entender nada de cómo funcionaba el mundo (o solo lo esencial: funcionaba mal), Clara le dio otro pan con croqueta y no lo pensó más. Decidió recoger al perro y llevarlo a casa, con la condición de que, en la repartición de funciones, se convirtiera en el guardián de su trigal, como ella solía decir. Para reafirmar la pretendida fiereza de un dóberman que resultó ser el más manso del mundo, Marcos lo bautizó *Dánger* y se encargó de su cuidado y alimentación por los doce años que el perro viviría con ellos (desde los primeros meses durmiendo en el sofá de la sala sin cuidar un carajo) hasta que murió, viejo, ciego y desdentado, en los brazos del ya por entonces joven Marcos.

La actividad de Clara resultó tan frenética que solo flaqueó en momentos de mucho agobio y cansancio, cuando creía que no iba a resistir un tránsito tenebroso cuyo fin no se avizoraba ni en los discursos más optimistas que reclamaban espíritu de lucha y más sacrificios, esfuerzos, resistencia, mucha confianza. En esos instantes de debilidad, alguna vez la mujer echó en falta la presencia del hombre con el que había vivido por tantos años, la única persona con la que se había acostado en su vida. No obstante, tal vez lo que la salvó de la desesperación fue que en muchos de esos instantes de sus reflexiones más pesimistas, Clara sintió que también disfrutaba de la paz aportada por la ausencia del marido, de su marido. Las frecuentes peleas que ya tenían por cualquier motivo, la tensión transmitida por Darío desde que sus planes de realización profesional se habían estancado y, más tarde, mientras esperaba y preparaba el viaje sin retorno, sumado a una paulatina y cada vez más creciente falta de apetito sexual por parte de ella, le dieron un sesgo más amable a su soledad. Y Clara empezó a disfrutar de esa ganancia pírrica, precisamente ella, la que tanto había luchado por no estar sola.

La muerte de Walter y la desaparición de Elisa habían sido por demasiado tiempo dos conmociones que enturbiaron su ánimo y la persiguieron como incisivas interrogaciones que, a pesar de las muchas especulaciones de sus amigos (o tal vez por ser tantas las especulaciones), no le ofrecían respuestas convincentes. Dos actos tan radicales no podían estar motivados por salidas intempestivas, por decisiones de un instante de desesperación. Pero sobre todo el hecho de su cercanía temporal, la sospecha de que hubiera existido una relación carnal entre el suicida y la fugitiva, lo cual podría implicar hasta la responsabilidad de Walter en el embarazo de Elisa y la de Elisa en la decisión de Walter, habían puesto mucha leña en aquel fuego que, con el tiempo, perdería calor pero no se extinguiría.

Presionada por sus pensamientos, durante meses Clara tuvo sueños en los que se le aparecía Elisa: sueños de argumentos y situaciones diversas, en ocasiones sin desaparición concretada, en otros con desaparición y regreso, incluso sueños dulces que pregonaban el poder de rebelión de su subconsciente y la despertaban sudorosa y con la vagina rezumante, o sueños amargos en los cuales afloraban unos celos hirientes y una exigente necesidad de posesión. Desvaríos y obsesiones que no le contó a nadie pues, se dijo en más de una ocasión, se trataba de emanaciones de una mente enamorada o quizás desquiciada. Y en esos amaneceres e insomnios, y siempre que se acariciaba, Clara se preguntaba: ¿soy lesbiana? ¿Cómo podría ser lesbiana y no haberlo sabido durante tantos años de mi vida? ¿Qué clase de lesbiana soy que no me atraen otras mujeres? ¿El desgaste de la relación con Darío fue una manifestación del lesbianismo latente y al fin soliviantado, o solo un proceso natural de agotamiento molecular, como el del metal que se quiebra? ¿Qué poder tenía Elisa sobre ella para haberla descentrado y, con su desaparición, haberle provocado una agobiante sensación de pérdida y vacío que luego no le dejaría la ausencia de Darío?

Cuando caía en tales trances y se interrogaba a sí misma sobre su más verdadero carácter, Clara intentaba recordar los tiempos en que había cargado con dos embarazos, muy próximo uno del otro, y cómo durante esos períodos su femineidad había alcanzado su más acabada expresión. A la vez que sentía la plenitud psicológica que implicaba la gestación, sus reacciones eróticas también se disparaban durante esos meses de alteración hormonal, a lo largo de los cuales, con casi enfermiza frecuencia, le pedía a Darío su contribución. Clara siempre se sentía dispuesta y siempre su apetito se veía premiado con continuos orgasmos que en condiciones normales rara vez alcanzaba. Tanta era la necesidad, y tan complaciente y eficaz había sido Darío, que el primer dolor que anunciaba la llegada de Marcos la sorprendió inclinada en la cama, con las piernas abiertas y penetrada desde atrás por su marido. ¿Esa misma mujer desenfrenada era la que luego de los partos recuperaba una rutina sexual apenas eficiente y con los años había llegado a sentir poca o ninguna atracción por su marido y mucha por la amiga que la había acompañado por tanto tiempo? ¿Quién soy, qué soy?, terminaba por preguntarse.

Seis años después de la salida de Darío, Clara alcanzó una respuesta física y emocional muy satisfactoria para sus íntimas inquisiciones. Tenía treinta y ocho años y un gigantesco cansancio. Cuando se miraba en el espejo solía verse avejentada, incluso gorda, aunque en realidad había perdido varias libras con sus trajines y la mala alimentación de los últimos años. En su pelo habían comenzado a verse unas canas delatoras y la mujer no recordaba la última vez que había ido a una peluquería de verdad, a mejorar su aspecto con productos de verdad. Casi toda su ropa eran modelos anteriores al año 1990, pues desde entonces apenas había entrado alguna prenda interior nueva en su vestidor... Desde que había tenido la última sesión de sexo con su marido, dos días antes de su salida (más por satisfacerlo y calmarlo a él que por deseos de ella, más por fraternidad que por atracción), en seis largos años no había vuelto a acostarse con un hombre y sus masturbaciones se fueron distanciando hasta olvidar entre una y otra cuándo se había acariciado por última vez..., y entonces tuvo la sensación cada vez más persistente de que aún gozaba de la capacidad de amar a un hombre; de hecho estaba convencida de que, por la manera en que se sentía, en realidad lo amaba.

Y Clara se dejó llevar por esa corriente dulce: amó de otra forma y con otras condiciones, con más años pero con su capacidad de respuesta todavía muy funcional, pues descubrió que sus fibras sensuales, tanto tiempo aletargadas, seguían vivas y con facultad de replicar a la exigencia de entregar placer y de sentirlo, pero no lamiendo el clítoris de otra hembra, como hizo en algunos de sus sueños, sino con un pene real entre sus manos, entre sus labios, clavado entre sus piernas, con la caricia de una lengua de hombre en el clítoris de ella y con el premio necesario de revitalizadores orgasmos. Fue la época en que, además, Clara descubrió la tranquilidad que aporta el hecho de tener un Dios particular del cual esperar consuelos inexistentes en otras partes. Y, como lo necesitaba, deseaba, podía..., volvió a sentirse acompañada.

El 21 de enero de 1995 Clara cumplió sus treinta y cinco años y tuvo con ella a sus hijos y a dos de sus amigos. Porque el invencible Irving, arrastrando a Joel, y armado con dos botellas de un vino peleón, se empeñó en realizar, a través de la ciudad moribunda, el viaje intergaláctico desde El Cerro hasta Fontanar, y celebrar lo que siempre había que celebrar: otro año más de vida y amistad entre los que aún tenían vida y podían expresar la amistad en la cercanía.

Por tratarse de una ocasión especial, Clara, desesperada y con justificada razón, se había visto enfrentada a la coyuntura de considerar que, si ese día cocinaba de cuerpo entero el único pollo que tenían, después no sabría qué cosa irían a comer durante el resto de la semana (del estricto salvavidas enviado por Darío para fin de año ya solo quedaba el pollo). La noche antes del encuentro, Ramsés, que había escuchado los repetidos lamentos de su madre, se sintió conmovido y, luego de mucho meditarlo, se apiadó de ella.

—Te advierto, mami —le dijo a Clara mientras hacía una turbulenta entrada en la cocina, con esa voz que comenzaba a rajársele con la llegada de la adolescencia—, ¡es por ser tu cumpleaños! ¡Y porque eres tú! —y le comunicó que había decidido regalarle uno de los conejos que criaba en el patio para realizar la comida festiva.

Desde hacía tres años el muchacho había fomentado en un rincón del jardín devenido huerto una cría de conejos que solía vender a muy buen precio. Pero, hijo de su padre, como aseguraba Clara, Ramsés disfrutaba más teniendo dinero que gastándolo y si lo utilizaba era para invertirlo en algo que pudiera generarle más ganancias, como la chiva que compró, llevó a embarazar y, ya parida y con la cría, vendió por el triple de lo que le había costado; o la máquina de moler granos medio oxidada y con el motor quemado de la que se había hecho por unos pocos pesos, para luego de reparar el motor, engrasarla y pintarla, poner el equipo en función de la alimentación de sus conejos y además vender su capacidad de molida a los criadores de gallinas, puercos y conejos de la zona, lo cual le reportaba nuevas ganancias.

Como los conejos de Ramsés siempre eran vendidos a otros criadores o a gentes que los buscaban para comerlos, en los tres años que llevaba sosteniendo la cría, en la casa de Fontanar no se había probado ni uno solo de los animales y, por supuesto, no se había sacrificado ninguno. Por eso, cuando a mediodía del 21 de enero llegaron Irving y Joel, se encontraron con un escollo de muy difícil solución: la comida estaba viva en una conejera, pues ni Clara ni Ramsés, y mucho menos Marcos, se atrevían a hacer lo que se imponía antes de meter el animal en una cazuela.

Al ponerse al tanto de la situación, Irving proclamó que él resolvería el problema y, con aire decidido, seguido por *Dánger*, se fue hacia las conejeras, de donde regresó cinco minutos después, negando con la cabeza, con el cuchillo impoluto en la mano, siempre seguido por *Dánger*.

—Creo que hoy no comemos conejo —sentenció.

Entonces Joel miró a su amante y Clara descubrió en sus ojos una ira asesina, que quizás se encaminaría de la mejor y más necesaria manera.

—¡Siempre me haces lo mismo, Irving! —gritó Joel, le arrebató el cuchillo y preguntó cuál era el animal condenado. Veinte minutos después, Joel lavaba en el fregadero el cuerpo largo y rojizo del conejo ya descuerado, decapitado y con las extremidades de las patas amputadas, mientras inquiría—: ¿También tengo que cocinarlo yo?

Del estofado de conejo que preparó Irving no quedaron ni siquiera los huesos, de los que *Dánger* se encargó. Apenas sosegados sus estómagos, Ramsés y Marcos se despidieron de la madre y los amigos: Ramsés iba a ver unos gallos de lidia recién traídos de Pinar del Río de los que quizás compraría alguno para fomentar una cría o para revender a los aficionados a las peleas, y Marcos salió corriendo, pues quería jugar un partido de pelota con sus amigos antes de que cayera la noche. Esa tarde Marcos decidió el juego con un batazo enorme, kilométrico como solían decir, el batazo que recordaría por el resto de su vida como uno de sus momentos de gloria.

Ya con la segunda botella de vino mediada, el silencio que dejó la partida de los muchachos y una envolvente abulia de la que disfrutaban en medio de tantas tensiones, Clara al fin se atrevió a preguntarle a Irving por el ausente Bernardo, de quien, según el otro le había dicho, traía noticias.

—Con lo bien que me siento... ¿Tenemos que hablar ahora de eso? —preguntó Irving, y Clara asintió.

—Y de otras cosas...

—¿De qué cosas, de qué cosas?

—No, tú primero... Dime, ¿viste a Bernardo? ¿Qué pasa ahora?

Irving miró a Joel, que reaccionó.

—A mí ni me mires... ¿O tengo que matar ese otro conejo?

—Está bien, está bien —saltó Irving y se dirigió a Clara—. Hace unos días pasamos por su casa de Altahabana y... descubrimos que ya no es su casa.

—¿Qué cosa tú estás diciendo, muchacho?

Irving entonces le contó la que podía ser la penúltima caída de Bernardo en su proceso de alcoholismo suicida: porque de la próxima no podría levantarse, pensaba.

—Llegamos a su casa porque habíamos tenido que ir al almacén de donde nos mandan las sogas con las que hacemos los macramés, que está por allí cerca, en la calle Perla, y decidí que lo mejor era aprovechar para verlo y de paso decirle que hoy íbamos a venir para acá. Cuando toqué la puerta me abrió

362

una mujer que yo no conocía y eso me extrañó. Cuando le pregunté por Bernardo, me dijo que ya Bernardo no vivía allí. Había permutado con ellos...

—¿Bernardo permutó la casa? ¿Quiénes son ellos? —Clara no daba crédito a lo que escuchaba. La casa de Altahabana, asignada a los padres de Bernardo luego de la salida hacia Costa Rica de sus dueños originales, era una verdadera mansión con un patio antes cuidado, un portal enorme, amplios ventanales de vidrios tintados. ¿Cambiada por qué?

—La permutó con ellos..., bueno, con esa familia, por un apartamento en Santos Suárez. Yo me quedé como estás tú ahora, no entendía nada, aunque, por supuesto, enseguida deduje qué había pasado... y fue lo que había pasado. Ahora Bernardo vive en un apartamento, en un pasillo de un segundo piso... y con dinero suficiente para emborracharse durante los próximos cinco o seis años, si es que dura tanto. Él y el dinero. Porque calculo que esa gente debe de haberle dado una buena cantidad por la casona de la que se han hecho...

—¡Por Dios!... Y... ¿fuiste a verlo?

—No, no quiero verlo. ¿Qué le voy a decir que no le hayamos dicho ya? Bernardo no tiene salvación.

—Pero..., no, no puede ser. ¿Por qué no me habías dicho nada?... Hay que echar atrás esa permuta, se aprovecharon de él...

—Si echas atrás esa permuta, el mes que viene Bernardo va a hacer otra. ¿Es que no entiendes, Clara? Bernardo lo que quiere es morirse..., y para conseguirlo necesita dinero, mucho alcohol, y nadie va a parar eso. Él ya estaba medio perdido, pero Elisa terminó de joderle la vida y él no quiere vivir. Y yo creo que no tenemos derecho a impedirle que se mate.

Clara asintió, aunque negaba por dentro. En cambio, Joel fue el primero en reaccionar.

—Irving, te juro que no te resisto cuando te pones maricotrágico. «Él no quiere vivir», «no tenemos derecho»... A Bernardo lo que hay que hacer es darle diez patadas en el culo y meterlo de cabeza en una clínica...

—¿Ingresarlo otra vez? —ironizó Irving—. ¿Maricotrágico yo?

Clara seguía asintiendo, cada vez con más vehemencia.

—Yo no puedo dejarlo... Hay que hacer algo, lo que dice Joel... sin las patadas. Es que... ¿En qué nos estamos convirtiendo? ¿Qué coño nos ha pasado?

La mujer se puso de pie, abandonó el comedor, atravesó la sala contigua y se perdió detrás de la pared de ladrillos descubiertos hacia donde se abría el espacio de lo que había sido la sala de estudio de sus padres y, luego, de Darío y de ella. Cuando regresó traía un sobre de carta en las manos.

—Lee esto —dijo, alargándole el envoltorio a Irving—. En voz alta, para que Joel lo oiga y oírlo yo de nuevo. A ver si acabo de entender...

—¿Qué es esto, el testamento de Darío?

—Ojalá —soltó Clara—. Si nos dejara algo...

Irving la miró intrigado y levantó la vista cuando leyó el nombre y dirección del remitente.

—¿Escribieron?

—Dale, lee...

Irving abrió los folios y comenzó la lectura:

—«Buenos Aires, 22 de diciembre de 1994. Querida Clara de los amigos: Ahorita es el fin de año y el día de tu cumpleaños y siento como una necesidad tremenda lo de escribirte esta carta. Como tú sabes, nunca se me dio esto de escribir, incluso lo de hablar mucho, porque dice Liuba que yo tengo el pensamiento organizado en líneas cruzadas y medidas calculadas, y que también por eso nunca pude ser lo que hubiera querido, un pintor, un artista, tú sabes, y debí conformarme con la consolación de la arquitectura. Y creo que es verdad. No, no creo, es verdad.

»Fíjate si es verdad que esta carta debió haber empezado diciendo, como se merece una carta: Clara, deseo que a su recibo tú, Ramsés y Marcos estén bien. Que Irving, Joel, Horacio y Bernardo, a los que seguro sigues viendo, también estén bien».

—Fabio ni siquiera sabía que Horacio se había ido hace seis meses —lo interrumpió Clara.

—Dime otra vez de qué fecha es la carta —reclamó Joel.

—Del veintidós del mes pasado..., hace un mes. ¿Cuándo llegó, Clara?

—Ayer..., pero dale, sigue.

—«Que mi querido y falso Darío —se enrumbó Irving—, allá en su Cataluña, también esté muy bien... Y decirte, claro, como debe hacerse en una buena carta, que nosotros estamos bien..., pero a ti no te puedo mentir. Yo estoy mal, muy jodido. No de salud física, no, no me voy a morir (por ahora), sino que mi enfermedad es otra, también muy cabrona, una enfermedad que está metida en esta cavidad que a tu marido le encanta abrir: en la cabeza, el coco, el güiro, la testa, el moropo. Porque sufro, como hubiera dicho mi abuela, de "mal de ausencias": la de mi hija Fabiola que me atormenta, ni sé cómo nos atrevimos a dejarla atrás; la de ustedes, mis amigos, de los que Liuba y yo nos alejamos y de los que ni siquiera nos despedimos por temor a que se nos jodiera el viaje, tú sabes. Hasta la de la pérdida de las cosas en que creí, pienso que creí sinceramente, y en las que ya no creo aunque me cueste trabajo pensar que alguna vez tenga deseos de creer en otras, aunque es muy difícil no creer en nada. La de la distancia de un mundo donde era quien soy, sabía quién soy, como se me hace evidente en otro mundo en el que no sé lo que seré. Del carajo, ¿no? (Fíjate si soy malo haciendo cartas que, pasándola en limpio, me doy cuenta de que me demoré tres días con esta, porque me parecía que siempre me faltaban cosas, y sé que seguro me faltan cosas por decir. Pero esta es la última copia, así mismo se va.)

»Bueno, te cuento: desde que llegamos a Buenos Aires hemos tenido la suerte de tener la hospitalidad de Oscar, el primo hermano de Liuba que hace veinte años vive acá. Vivimos en lo que fue su estudio de trabajo, un cuartón en el patio de su casa, con baño independiente, calefacción y todo, pero, a pesar de las amabilidades de Oscar y su mujer Camila, con la sensación de que somos unos huéspedes de paso.

»Desde que llegamos, hace ya catorce meses, hemos hecho todas las gestiones posibles para comenzar a trabajar y poder regularizar nuestra situación, pero acá las cosas tampoco son fáciles. Para lograr que alguien te dé un empleo siempre necesitas que esa persona te haga un contrato de trabajo y con ese contrato pues empiezas a ser persona: porque entonces puedes pedir un carné de extranjería y "regularizarte" (esa dichosa palabra que repito todo el día la aprendí acá)... El lío es que para hacerte ese contrato de trabajo el empleador te pide que tengas ese carné de residencia y entras en un círculo vicioso. (¿O será viscoso?) Pero, bueno, ya sabíamos que eso era así, aunque no que fuese tan duro, y que quizás nunca volveremos a trabajar como arquitectos arquitectos, de los que hacen y firman los planos. Por eso hasta ahora solo hemos podido hacer algunos trabajos por la izquierda, como dibujantes, hasta bien pagados, aunque tenemos la promesa de que el gabinete de un amigo de Oscar nos haga al fin el cabrón contrato de trabajo, aunque sea como dibujantes, y empecemos a ser regulares, como los peloteros que juegan todos los días. Mi madre, qué lío... ¡Cómo extraño la pelota!

»En cuanto tengamos esos papeles y un poco más de dinero queremos mudarnos solos. Y empezar los otros mil trámites necesarios para legalizar los títulos, eso no es fácil pero es posible. Y si lo conseguimos, pues volver a ser arquitectos, quizás a ser de verdad arquitectos por primera vez en nuestras vidas. Lo que pasa es que uno quisiera que el tiempo volara, tú sabes, que las cosas fueran arreglándose más rápido, que la vida de uno entrara en un carril y poder empujar hacia algún lado concreto. ¿Me entiendes? Por ejemplo, ahora mismo estamos trabajando los dos en una obra en lo que fue el puerto viejo de la ciudad, Puerto Madero, por donde salen los ferris que van a Montevideo, porque esta parte del Río de la Plata es como si fuera un mar, más que como un río, aunque por el color chocolate sucio del agua se sabe que es río. Es un edificio de doce plantas, y un amigo del amigo de Oscar, que es el constructor, nos paga para que seamos una especie de capataces o maestros constructores del proyecto, porque estamos más calificados (sabemos más) que un maestro constructor y nos pagan menos que a un maestro constructor de acá, pero nosotros felices de poder ganarnos esa plata hasta que... ¡nos regularicemos!»

—¿Estos tenían que irse? —preguntó Clara.

—Del carajo —musitó Joel, Irving asintió, pero siguió leyendo.

—«De Buenos Aires te diré que es una ciudad espectacular. Cuando tenemos tiempo, bueno, como a veces tenemos mucho tiempo y nos gustan las ciudades, pues salimos a caminar y hay días que vamos más lejos, a descubrir esta ciudad enorme, y tomamos (ya aprendí que aquí no se puede decir cogemos, *coger* es templar en argentino) el metro o algún colectivo, que son las guaguas de acá (por acá abajo les dicen guaguas a los niños: ¡imagínate lo que es *coger una guagua!)*» —Irving no pudo evitar sonreír y musitó: aquí ya superamos eso, no se puede ni coger una guagua, y siguió—: «y descubrimos cosas, como por ejemplo, que en el número trescientos cuarenta y ocho de la calle Corrientes no hay segundo piso interior, como dice el tango que cantaba Gardel, ni hay nada: solo una pared con el número famoso».

—¡Qué estafa! —soltó Joel.

—«Pero en esa misma calle Corrientes hay unas librerías preciosas, que están abiertas hasta medianoche y donde sirven café, como en una de la que me he enamorado y tiene un nombre que me encanta, Clásica y Moderna, que, bueno, está en la calle Callao y no en Corrientes, pero es igual de preciosa, o más, y donde están todos los libros que a ti y a Horacio les gustaría leer... Y al lado de Corrientes está la calle Lavalle, llena de cines con películas de estreno, y también teatros en los que hay obras que llevan diez años y más en cartel (no podemos darnos el lujo de ver ninguna), y en la calle Callao de que te hablé, que se cruza con Corrientes, hay ni sé cuántas pizzerías donde hacen unas pizzas que te mueres, con muchísimo queso, y siempre hay y se compran sin tener que hacer dos horas de cola. Por Callao hacia abajo llegas a La Recoleta, un barrio de los buenos de acá, donde está el cementerio con la tumba de Evita Perón y ni sé cuántas gentes famosas más (hasta la de Sarmiento, el de civilización o barbarie, ¿te acuerdas?), y muy cerca hay una cafetería que se llama, oye tú, La Biela, adonde dicen que iba mucho Jorge Luis Borges.

»Cuando caminamos por Buenos Aires y vemos todos esos lugares lindos (en la periferia, claro, hay villas miseria donde la gente vive entre la mierda, tú sabes), unos lugares donde todo parece tan normal, pues nos preguntamos cómo fue posible que acá mismo, en esta ciudad espectacular, con tantas librerías, cines, teatros, salones de baile que se llaman milongas, la gente viviera con tanto miedo a que los hicieran desaparecer, a que los torturaran, a morirse, a vivir así durante tantos años. Bueno, hasta hace tan pocos años. ¿Te acuerdas de la película *Hay unos tipos abajo*, la de Luis Brandoni, en la que hay unos hombres que no se sabe quiénes son y que el protagonista, que no ha hecho nada, los ve debajo de su casa y se caga de miedo porque piensa que vienen a llevárselo preso? Pues ese miedo que existió aquí nos da miedo por lo que fue, pero a la vez nos reconcilia con nuestros miedos de allá, que ahora nos parece que eran nada en comparación con los de acá. Aunque, cada vez lo pienso más, no debieron haber existido, no deberían existir tampoco. Sentir miedo te jode la vida. Provocar miedo, envilece al que lo provoca. ¿Eso lo dijo Martí?... Es que Martí dijo tantas cosas...»

—¿Este también tenía miedo? —Irving bajó los papeles y miró hacia el patio, donde comenzaba a caer la tarde.

—Es lo que dice —comentó Clara—. Tú vas a ver...

—Siempre parecía tan seguro, envuelto en la bandera roja y con el puño en alto. Hablaba del futuro luminoso y...

—¿Por qué tiene que comparar los miedos? —Más que preguntar, se preguntó Joel, y se respondió—: Todos los miedos son horribles.

—¿Se acuerdan de que por poco se caga cuando se enteró de que Guesty podía ser una informante? —recordó Irving.

—Coño, Guesty..., con todo lo que ha pasado ya casi ni me

acordaba de ella —confesó Joel, y reaccionó ante la mirada de Irving—. Yo no soy como tú...

—Hija de la grandísima puta, la Guesty esa —musitó Irving—. ¡Y Horacio que decía que no, que no podía ser! ¡Si yo la vi en ese lugar horrible donde...!

—Ya, dejen eso... Sigue, Irving, ahora viene lo bueno —lo alentó Clara.

—¿Hay algo bueno?... Ok, Sigo...

—«Bueno, Martí sí escribió una como esta: "Prefiero ser yo extranjero en otras patrias, a serlo en la mía. Prefiero ser extranjero a ser esclavo en ella"... ¡Del carajo el Apóstol!, ¿no?»

—Del carajo —admitió Joel.

—¿Qué le pasa a Fabio? ¿Está diciendo que aquí él se sentía esclavo? ¿Fabio? —Irving respiró varias veces antes de continuar la lectura—. Por mi madre que no entiendo nada.

—Hay gente que se vuelve como loca cuando se va de aquí —sentenció Joel y los otros asintieron—. Ahorita dice que fue preso político...

Clara miró a Joel: le encantaban las sentencias como axiomas del hombre.

—«Una cosa extraña que también nos pasa cuando damos esas caminatas (de extranjeros) por Buenos Aires es que siempre descubrimos cosas nuevas, como es lógico, pero nunca sentimos (lo hemos hablado y nos pasa a los dos) que alguna vez vayan a ser nuestras. A ver si me explico mejor: lo que vemos está ahí, nosotros lo vemos, estamos también ahí, pero no somos de aquí. Porque acá es como si no existiéramos, es como si fuéramos fantasmas, o los invisibles, y sabemos que nadie nos va a llamar para averiguar cómo estamos, dónde andábamos, qué hacemos, ningún amigo va a preguntarme quién ganó anoche en la pelota. No estamos en la memoria de nadie y nadie está en la memoria de nosotros. Somos y a la vez no somos, y van a pasar una pila de años para que empecemos a ser algo más que espectros. No sé si me entiendes, solo importa que sepas esto: acá no somos lo que allá éramos.

»Bueno, si después de diez meses te escribo ahora por segunda vez y largo y tendido por primera, no es para decirte las cosas que te he dicho, aunque también para decírtelas, y por eso voy a dejar esas cosas en esta carta, que ya es la más larga que he escrito en mi vida. Pero la verdadera verdadera razón de que te escriba ahora es porque quería pedirte perdón. En realidad, pedirles perdón a todos los amigos.»

Irving se detuvo.

—¿Qué coño es esto?

—Te dije que siguieras, chico.

—Ay, mi madre —musitó Irving, y devolvió la vista al papel manuscrito.

—«Porque si nos alejamos de ustedes, y casi no volvimos a verte después de lo que pasó con Walter y luego con Elisa, fue porque un día, como al mes de desaparecer Elisa, el viceministro que tenía que ver con el trabajo de nosotros citó a Liuba en su oficina, y cuando ella llegó había otra persona, que no dijo quién era pero que Liuba supo enseguida quién era, o más bien lo que era, que le preguntó cosas sobre Walter, sobre Elisa, sobre Darío y su relación con un diplomático checo, y sobre Horacio..., sobre ti también, Clara. Le preguntó mil cosas. Dice ella que el tipo lo sabía todo de todos, y cuando se iba a ir le dijo a Liuba que ella y yo debíamos tener cuidado con las amistades que frecuentábamos, que la situación del país era muy difícil y no se podían admitir...» —Irving tragó y musitó un por Dios, resopló para coger fuerzas y continuó—: «no se podían admitir ningún tipo de blandenguerías».

—¡Hacía años no oía esa palabra! —exclamó Joel.

—Terrible, ¿no? Las blandenguerías de que acusaban a cualquiera...

—Yo era el rey de los blandengues, y si no llega a ser por Elisa... ¿Y a Liuba no le preguntaron por mí?... Qué raro...

—Dice que lo sabían todo de nosotros —lo interrumpió Clara—. ¿Qué había que saber de nosotros?

—Yo siempre supe que tenía un expediente. ¿Ven que era verdad?... Bueno, déjenme terminar, queda poco —pidió Irving luego de voltear el folio y regresó a la lectura.

—«Cuando Liuba me contó aquello, ya tú sabes cómo me puse. Tenía ganas de buscar al tipo y decirle que cómo se atrevía a eso. ¿Quién se creía que era ese hombre? ¿Por qué le había dicho todo eso a Liuba delante de nuestro jefe? ¿Era una advertencia o una amenaza?... Y Liuba, que estaba aterrada, me dijo que lo mejor era no buscarnos un problema mayor. Porque podía ser mayor.

»Imagínate, esto no se lo había dicho a nadie, ni se lo dije a Liuba hasta mucho después, pero imagínate todo lo que pensé, porque como dos o tres meses antes de que pasara lo de Walter, él me había dicho que una persona que él conocía (no me dijo quién, y creo que yo no quise ni saberlo, incluso en ese momento tampoco quise creerle a Walter), pues esa persona le había dicho que se anduviera al hilo porque "están puestos para ti, te están cazando". Eso me dijo Walter y mira lo que hizo después. Yo creo que a pesar de su guapería de siempre, de hacerse el rebelde sin causa, la verdad es que estaba cagado de miedo. O medio loco, bueno, más loco que siempre...»

—Eso es verdad —comentó Clara—. Walter se lo dijo a Darío... Con Walter estaban pasando cosas raras...

—Sigo —advirtió Irving mientras asentía—. «Por todo eso, cuando ese tipo habló con Liuba, nosotros decidimos alejarnos de ustedes. Con dolor en el corazón, pero no podíamos hacer otra cosa, creo que cualquiera hubiera hecho lo mismo... ¿No es verdad?... Clara querida, espero que me entiendas, que nos entiendas, quiero decir. No podíamos hacer otra cosa. Y por eso empezamos a sentirnos como si tuviéramos unos tipos abajo. Así mismo. Sobre todo Liuba, que parece muy fuerte, pero no lo es. La pobre, empezó a tener problemas para dormir. Todavía los tiene. El miedo, tú sabes... Y sin pensar muy bien si nos estábamos equivocando o haciendo lo correcto, decidimos quedarnos aquí, incluso dejando a Fabiola allá hasta ni sé cuándo, aunque esperamos que no sea mucho tiempo, no sabes cómo la extrañamos. ¿Tú puedes perdonarnos?... Espero que sí. Y también los otros amigos.

»Mientras, desde acá, donde todavía no somos regulares y vamos a ser invisibles mucho tiempo, o quizás no y hasta podamos alguna vez construir algo... Bueno, definitivamente lo mío no es escribir, siempre me enredo y ahora mismo me siento como una mierda... Desde acá te mandamos muchos besos y nuestros mejores deseos en este fin de año y que tengas un lindo día de cumple, como te mereces, con tus hijos y nuestros amigos. Besos y abrazos. Tu Fabio.»

En silencio Irving dobló los tres pliegos de papel. Joel, ya de pie, parecía un animal enjaulado. Clara, en su asiento, mantenía la vista baja. Irving devolvió las hojas manuscritas al sobre y, cuando se lo fue a alargar a Clara, exclamó:

—¡Pero qué singao hijoeputa es este tipo!... ¿Saben qué? Que todo esto es mentira. Inventó todo esto...

—¿Por qué iba a inventar eso, Irving? ¿Inventar que alguien nos chivateaba? Guesty, Walter, qué sé yo... No, Fabio no tenía que escribirme esa carta ni inventar nada...

—Sí tenía, Clara, sí tenía... Porque es mejor tener un culpable que ser el culpable. Porque de todos nosotros ellos eran los que más miedo tenían porque podían perder las cuatro mierdas que les habían dado, miedo a dejar de ser unos personajitos que se creían importantes. Y cuando vieron que esas cuatro mierdas se les acababan y no había más, y que el carro ruso ese que les asignaron era un pedazo de lata que devoraba gasolina y siempre estaba roto y que de personajes no tenían ni carajo..., pues se fueron. Así de fácil es la cuestión, Clara, así de cínicos son estos dos, como otra pila igualitos que ellos que se pasaban la vida cantando *La Internacional* y, cuando les apretó el zapato, volaron... ¡Coño, yo siempre lo supe, siempre lo supe! ¡Y ahora creo que ellos eran los que nos chivateaban! Y ahora dicen que se fueron porque un seguroso les metió miedo... No me jodan...

Clara escuchaba a Irving y se sintió desarmada. ¿Tendría razón en alguna de sus afirmaciones? Y si tenía o no tenía razón, ¿cómo ellos podrían saberlo? Y de nuevo, en otra vuelta de la noria incansable, siempre dispuesta a darles peores motivos: ¿por qué les pasaba eso a ellos? ¿Solo a ellos?

Cuatro meses después, en el ya tórrido y muy lluvioso mes de mayo cubano, Clara recibió una llamada de María del Carmen, la hermana de Fabio. Con la voz tomada por el dolor, la mujer le dio la noticia que dejaba para siempre sin respuesta las acusaciones de Irving y sin posible esclarecimiento las revelaciones de la carta de Fabio, sus dudosas verdades y sus presuntos embustes y los motivos más reales que movieron su escritura y los que decidieron la deserción. Y al final, también la suerte de los arquitectos: Liuba y Fabio se habían matado en un accidente en Buenos Aires. El andamio colocado en un piso alto de un edificio en construcción se había abierto y los arquitectos, que no trabajaban ni cobraban como arquitectos, morían frente a un río inmenso que arrastraba aguas oscuras. Los contratistas ni siquiera pagarían por su muerte: como Fabio y Liuba eran irregulares, ningún seguro los protegía. Como si no existieran. Sí, pensó Clara, sus antiguos amigos habían muerto convertidos en irregulares, en extranjeros, o peor, siendo no-personas.

Desde su cama del hospital, Bernardo los vio entrar y, con las lágrimas, le llegó la tos que lo obligó a levantar la mascarilla a través de la cual recibía oxígeno. Sin hablar, uno por cada lado de la cama, Clara e Irving se acercaron, y mientras el hombre les tomaba las manos, la mujer le acariciaba el pecho mal cubierto por la camisa de un pijama dos tallas menor de la que, a pesar de su delgadez, reclamaba el cuerpo del hombre.

—Ay, Bernardo, Bernardo —susurró Clara mientras secaba las lágrimas que caían de unos ojos todavía inyectados de sangre y gas butano. Con su maltrecha lucidez, Bernardo les suplicó que por una vez le concedieran lo que más necesitaba: ningún reproche.

El propio Bernardo nunca consiguió decir qué había ocurrido ni cómo, pero concluyó que le habían salvado la vida entre Dios y la próstata inflamada del vecino del apartamento contiguo al suyo, un enviado del cielo que, mientras descargaba la vejiga a las tres de la madrugada, se alarmó con el olor a gas que invadía su baño. El hombre, luego de comprobar que sus hornillas estaban cerradas, había salido al pasillo de los apartamentos, olfateando como un perro, para descubrir que la fetidez parecía provenir del apartamento aledaño, en donde vivía el borrachín instalado allí hacía unos meses y donde había luces encendidas. El vecino se decidió a tocar la puerta y luego a patearla y dar gritos. A pesar de la insistencia, el hombre no recibió respuesta. Inquietado por los ruidos, el vecino del tercer apartamento abrió su puerta y preguntó qué coño pasaba, y el aquejado de prostatitis le pidió ayuda. Había un escape de gas en el primer apartamento y nadie salía, dijo, mientras volvía a patear la puerta para refrendar la información. ¡Esto va a explotar!

Los dos hombres tomaron entonces la determinación que le salvaría la vida a Bernardo: patearon al unísono la puerta hasta desprender la cerradura de su sitio y entraron en la vivienda, donde encontraron una hornilla de gas abierta, sobre la cual había una cazuela humeante, al rojo vivo. Y tirado en el sofá, sin conciencia, al borde de la asfixia o quizás ya muerto por la aspiración del butano y el alcohol que debía de llevar en las venas, al borracho que les había tocado en desgracia como nuevo inquilino de aquel apartamento.

Cuando intentó reconstruir el escenario encontrado por sus salvadores, Bernardo aseguró que no recordaba nada de lo sucedido. Además, él podía jurarlo, fuese lo que fuese, al menos esa noche él estaba tan ido de la realidad que no había considerado la posibilidad del suicidio, como tantas otras noches y, sobre todo, en esos amaneceres que lo sorprendían hediendo a vómitos, alcohol, sudor y orina en su cama o en un portal de cualquier punto de la ciudad. No, esa noche no. ¿Por qué colocó una cazuela en el fuego, a todas luces llena de agua que, al hervir, había apagado la llama de la hornilla? Bernardo no lo sabía ni lo sabría jamás. Tampoco recordaba que, unas horas antes, el dependiente del bar de mala muerte de la calle Lacret, el sitio cavernoso del cual el excibernético se había hecho habitual, en el momento del cierre lo había dejado sentado en el portal del establecimiento con las manos aferradas a una lata de refresco mediada de ron. Al lado de Bernardo, en el mismo portal, ya dormía Chancleta, su más encarnizado contendiente entre los parroquianos del bar. Menos podía decir cómo había llegado a la que ahora era su casa y conseguido entrar. Porque su última memoria se remitía al mediodía anterior, cuando sacó del cofre donde los guardaba unos billetes del dinero que había recibido en la permuta de su mansión por aquel apartamento de la calle La Sola.

La degradación de Bernardo había sido un proceso de caída libre que sus amigos presumían que terminaría del peor modo. Si en sus tiempos universitarios había ganado prestigio por su divertida capacidad para beber alcohol sin que sus efectos mellaran su inteligencia, con los años su dependencia se convirtió en una preocupación que, al agravarse, Elisa trató de resolver con un par de ingresos en clínicas para adictos que apenas tuvieron el efecto de alejarlo por varios meses de la botella de ron y recaídas más estrepitosas.

Para quienes lo conocían estaba claro que la recurrencia a la bebida se había incrementado desde el momento en que Elisa anunció su embarazo y Bernardo tuvo la convicción de que la criatura engendrada no era suya, pues no solo se sabía sin condiciones para procrear, sino que desde hacía varios meses su mujer apenas tenía sexo con él. Luego, la muerte de Walter, un episodio del cual se negaba a hablar por su problemática relación personal con el occiso, y la casi inmediata desaparición de Elisa lo aproximaron aún más al alcohol y lo arrojaron por una pendiente en cuyo descenso apenas tendría dos o tres paradas breves, con otro desaprovechado ingreso de cura alcohólica incluido. Un tránsito hacia el infierno que lo llevaría a perder el trabajo, su computadora y su colección de discos y casetes, luego el auto que había heredado de sus padres y, al final, su magnífica casa y buena parte del dinero recibido en la permuta de los inmuebles, hasta convertirlo en el ser de piel agrisada, ojos más rojos que verdes y labios cuarteados que había llegado al hospital el amanecer del 18 de septiembre de 1995 con graves signos de asfixia e intoxicación alcohólica y respiratoria. El fondo del abismo.

Al día siguiente de la visita de sus amigos, cuando le dieron el alta médica, Bernardo aceptó la decisión irrevocable de Clara, Irving y Joel: se iría a vivir por un tiempo indeterminado a la casa de Fontanar e ingresaría de nuevo en una clínica de cura alcohólica y psicológica. Entonces el hombre juró de modo solemne ante el Dios que según él lo había salvado, y de paso ante sus amigos que se lo exigían, no volver jamás a acercarse al demonio embotellado.

Gracias a un funcionario del Ministerio de Salud Pública que había sido compañero de los padres del cibernético cuando estos fueron personajes poderosos, Irving había conseguido la posibilidad de que Bernardo ingresara en una nueva clínica, bastante exclusiva, abierta en las afueras de la ciudad y especializada en terapias para la cura de adicciones. Solo que, como Bernardo no podía pagar en dólares la estancia en el lugar, debían esperar dos semanas para tener una cama disponible. Un Bernardo convencido de que Dios le había enviado el último de los botes destinados a su salvación, decidió que esta vez sí poseía voluntad para resistir sin volver a beber, ingiriendo solo los ansiolíticos recetados al salir del ingreso por intoxicación.

Clara fue entonces testigo del inicio del tránsito de Bernardo hacia la sobriedad. Cada mañana, la mujer bajaba a preparar el desayuno de sus hijos con las vituallas a su disposición: casi siempre había un pedazo de pan, a veces leche, otras yogur de soya —que Marcos, cuyo estómago le impedía tragárselo, vertía con disimulo en la cazuela de *Dánger*, el devorador—, en ocasiones helado derretido, un huevo para cada muchacho si habían llegado de los de cuota o Ramsés había rapiñado alguno, y hasta el lujo de un perro caliente mientras duraban los envíos de Darío y los que de forma aleatoria había comenzado a realizar Horacio, que incluían un cuarenta por ciento para Irving y Joel.

En la tímida claridad del amanecer, Clara se encontraba a Bernardo ya sentado en la terraza trasera, a veces estático, otras en un movimiento afirmativo con el torso, como si cavara un pozo de petróleo. El hombre solía rascarse los brazos y la nuca con las uñas comidas hasta las cutículas, que a veces le sangraban, sudoroso en ocasiones, mientras el color grisáceo de la piel había comenzado a exhibir rosetones morados, como si otra vez estuviera al borde de la asfixia. Y siempre, cada mañana, con las páginas abiertas o cerradas sobre sus muslos, Bernardo aferraba la Biblia que había sido de las pocas pertenencias que le pidió a Irving y Joel que le trajeran de su apartamento de la calle La Sola. La Biblia que lo acompañaría en los días más difíciles de su pretendida reconversión humana.

Más tarde en la mañana, cuando Clara se dirigía hacia el patio para regar el huerto y darle la primera carga de hierba a los conejos y el maíz molido a la cría de gallos de lidia de Ramsés, el hombre la seguía, intentando ayudar aunque muchas veces sin conseguirlo, pues por lo general se quedaba como embebido cuando se sumergía en los dos o tres temas que se habían convertido en sus obsesiones.

—¿Sabes qué es lo peor que me pasa?... —podía comenzar, y siempre abría una pausa—. El tiempo. El tiempo que ha crecido, ha engordado, y no se me acaba el día... Cuando estaba borracho, el día tenía menos horas, ahora tiene ni sé cuántas, y es agobiante, te lo juro. Quiero que llegue la noche para dormir, y cuando me acuesto, duermo dos horas y me despierto sin sueño y... me aterro porque sé que tengo más tiempo para pensar, un día más largo para vivir sin saber bien qué coño voy a hacer.

—Cuando te cures vas a poder aprovechar ese tiempo que tienes ahora —solía decirle Clara.

—Pero cuando me cure, porque sí, me voy a curar, el problema es que no sé qué voy a hacer con mi vida. Como cibernético estoy desfasado; perdí mi casa; no tengo mujer ni puedo tener hijos; tengo treinta y seis años y me siento como si tuviera mil; estoy vacío por dentro y no sé cómo voy a llenarme con algo, porque no sé si existe algo que todavía pueda llenarme. —Y en ocasiones lloraba.

—Vamos, vamos... Cuando te cures vas a encontrar qué hacer —volvía a intervenir Clara—. Mírame a mí, sembrando yucas y dándoles comida a unos conejos después de pasar cinco años rompiéndome la cabeza en la Facultad de Ingeniería... Pero tú, Horacio y Darío siempre fueron brillantes. Por eso Darío está trabajando como médico y ya va a revalidar su título de especialista. Y Horacio anda en lo mismo y se va a vivir a Puerto Rico. ¿Cómo no vas a poder tú, Bernardo?

—Lo único que me consuela es haber descubierto que Dios

existe. ¿Te acuerdas de aquellos seminarios de Ateísmo Científico que nos daban en el pre y en la universidad? —Clara siempre asentía, y si Irving y Joel participaban de aquellos diálogos, también asentían, a veces bromeaban—. Yo me lo creía todo porque estaba convencido de que era ateo, o agnóstico. Pero la verdad es que descubrí que nada más creía que era ateo porque sufría de una falta de fe, no por convencimiento. Y ahora sé que Dios existe...

—¿Tienes pruebas? —Por lo general era Irving quien le hacía esta pregunta, tratando de rejonear al amigo.

—Que yo hiciera todo lo que hice para matarme y estuviera a punto de joderme el día que no pensé en matarme, y que siga vivo... ¿Quieres más pruebas?

—¿Porque fue Dios el que te salvó el día del gas? ¿Mandó un ángel o un querubín con el culito rosadito?

—No jodas, tú... Fueron mis vecinos. Pero mandados por Dios... Y no se crean que estoy loco, aunque lo parezca y suene así. Ya sé que el alcohol me diluyó la mitad de mis neuronas, pero pienso con las que me quedan y creo que las cosas pasan porque tienen que pasar y que nosotros somos incapaces de cambiar lo que va a ocurrir. Algo, Alguien organiza el mundo...

—O lo desorganiza —intervenía Joel—. Mira cómo está de jodido...

—Verdad que sí —agregaba Irving—. ¿Leyeron cómo están las cosas en Yugoslavia? ¿Se acuerdan de lo bien que funcionaba todo en Yugoslavia? ¿Y qué me dicen de la extinta Unión Soviética y la mafia rusa?

—Estate tranquilo, Irving. Son dos cosas distintas... Yo sé que son dos cosas distintas, y aunque no tienen explicación, esa ausencia de explicación viene de esa fuerza superior que no necesita explicarse. Es porque es. Los judíos dicen así: lo que será, será.

—Así es muy fácil, Bernardo. No me jodas...

—¿Y por qué no lo aceptas si es fácil, como acabas de decir?

—Porque yo no creo en Dios. No creo que exista un Dios...

—¿Y te molesta que yo ahora crea que sí existe?

—Por supuesto que no. Estoy jodiéndote. O no... Bueno, de verdad me alegro mucho de que tengas a Dios contigo y que no solo te haya salvado de morirte, sino que además ahora te ayude a vivir. Entre tanta porquería que nos rodea, esa sería una buena acción divina.

—Lo es... y es el misterio... ¿Se acuerdan de que a mí siempre me gustaba entrar en las iglesias y sentarme un rato a mirar? —Clara asentía, Irving asentía, Joel se mantenía inmóvil pues no conocía algunos detalles del pasado del hombre—. Cuando fui a México por mi trabajo, me di gusto visitando iglesias, siempre estaban llenas de gentes, con unos santos que parecían vivos y muchos votos de promesas. Y cuando fui a Moscú visité algunas que quedaban, dentro había si acaso unos pocos viejos, pero eran tan bellas como las de México, aunque diferentes, claro. Y ahora pienso que las iglesias me atraían porque había algo dormido dentro de mí, y una fuerza maligna impedía que saliera y encontrara mi verdadera voluntad de creer.

—¿El Diablo? —preguntó un día Joel.

—El Diablo es la representación del mal. Nada más. Por eso es tan fácil culparlo de todo. Pero hay mucho más que el Diablo. Están también los hombres... Una vez leí que los maniqueos proclaman que el mundo es un campo de batalla entre el bien y el mal. Según ellos, una fuerza maligna creó la materia, mientras que una fuerza buena se encargó del espíritu. Las personas están atrapadas entre esas dos tensiones, y deben escoger... Entre esas personas están los hombres que nos manipulan, nos someten y nos obligan a hacer lo que ellos quieren y a pensar como ellos quieren. De esos yo conozco a muchos, no hay que ser maniqueo para conocerlos... Y están también los individuos concretos que tienen el mal dentro y actúan como él. Individuos como Walter. Personas como Elisa... Mis dos demonios particulares... ¿Les parece que todavía estoy borracho y hablando boberías?

La estancia de Bernardo en la clínica para adictos se había dilatado más de lo previsto en el momento del ingreso, pues los psicólogos —algo muy escueto les dijeron a Irving y Clara en un primer encuentro— consideraban que el paciente estaba profundamente dañado y preferían retenerlo hasta estar seguros de que la terapia había funcionado con toda la eficacia (o la falta de ella) posible en esos casos.

—¿Se volvió loco? —quiso saber Irving, y el psicólogo rio.

—No, loco no. Su amigo está bajo los efectos físicos y psicológicos de un trauma. Y la mente humana es un gran misterio. A veces, para resistir, encuentra mecanismos muy complejos.

Cuando se acercaba el momento del alta médica, los especialistas, ya más explícitos y al parecer confiados en su éxito, advirtieron que el paciente debía tener una vida lo más organizada posible y evitar los desequilibrios emocionales. ¿Existían condiciones para garantizarle esa estabilidad? De inmediato Clara les dijo que sí: ella se comprometía a asegurarle todo cuanto estuviera a su alcance en busca de la mayor estabilidad. Para intentar conseguirlo se llevaría a Bernardo a vivir a su casa, donde, en medio de las anormalidades cotidianas entre las que todos vivían desde hacía varios años, ella y sus hijos le podrían crear una atmósfera lo más parecida posible a lo que consideraban la normalidad, incluso la existencia de una familia.

Cuando Bernardo al fin regresó a la casa de Fontanar, a principios de diciembre, Ramsés y Marcos no pudieron controlar su asombro: el hombre al que se habían acostumbrado a ver casi siempre borracho, cetrino, vulgar y palabrero, con raptos que iban de la violencia a la depresión, o, antes del ingreso, a observarlo deambular y moverse como un zombi flaco y oírlo hablar de cosas extrañas, había sido sustituido por alguien más grueso, desempercudido y apacible. Para más ardor, Bernardo hacía ejercicios físicos todas las mañanas, asistía los domingos a misa en la vieja iglesia de Calabazar (acompañado por Clara, empeñada en tenerlo aún bajo estricta vigilancia), y además de la Biblia leía libros de computación y hacía llamadas a viejos colegas con la intención de encontrar un trabajo y recuperar su profesión. No obstante, para evitar tentaciones, Clara, los muchachos e Irving decidieron hacer unas cenas de Navidad y fin de año muy familiares (Darío esta vez había enviado con puntualidad la necesaria ayuda monetaria), sin alcoholes ni estridencias, a pesar de los reproches de Bernardo, quien les aseguraba que él no volvería a beber y no le importaba si otros lo hacían delante de él: porque no tenía intenciones de regresar al infierno.

La última noche del año, cuando ya Ramsés y Marcos se habían ido en busca de sus propias diversiones en una fiesta que se celebraba en la casa de la novia de Ramsés, en el cercano reparto de Boyeros, los cuatro sobrevivientes del muy disminuido Clan se sentaron en la terraza, frente al huerto de Clara, a cumplir con el rito de aguardar la llegada de 1996, que —así lo esperaban— no tenía más remedio que ser mejor (al menos no peor) que el lapso terrible que en unas horas iban a clausurar. Por insistencia de Bernardo, Clara había puesto a enfriar una botella de sidra para que ella, Irving y Joel brindaran, mientras él lo haría con agua, con la absoluta convicción de que, en otra vida mejor, a la cual ya estaba aspirando, alguien se encargaría de convertirla en vino.

—Y no es jodedera mía... Sé que voy a tener otra vida. Y no en el más allá, ni en el cielo, ni siquiera voy a ver convertirse el agua en vino... Estoy hablando de los años que me quedan... Y va a ser una vida mejor. Algo bueno me va a pasar. Lo siento aquí. —Y se tocó el pecho.

—Menos mal... —soltó Irving—. Porque así nosotros los ateos vamos a poder verlo...

—Búrlate todo lo que quieras, cabrón.

—Es que por más que quiero, no te veo creyendo en ángeles que preñan a vírgenes, en san Pedro con las llaves del cielo en la mano y esas cosas...

—Porque no creo en esas cosas. Pienso que existe un poder superior que llamamos Dios, una esencia dotada de una voluntad y fuerza superiores, solo eso.

—Pero lees mucho la Biblia —intervino el discreto Joel.

—Porque ahí hay una verdad. Solo que contada de forma cifrada, desde la sabiduría de algunos que conocieron la verdad cuando el mundo era más simple pero los hombres ya eran iguales a nosotros: los mismos defectos, las mismas virtudes, la misma necesidad de tener un apoyo. —Bernardo parecía convencido de su hallazgo y los otros decidieron respetar sus convicciones. ¿El alcohol lo había dejado medio turulato?—. Miren, desde que ingresé en la clínica, y en estas semanas que llevo aquí, me he dedicado a pensar mucho sobre lo que ha sido mi vida y en lo que puede convertirse, y ¿saben lo primero que descubrí?

—Que vamos de derrota en derrota... —Irving recitó la frase que tanto le gustaba a Bernardo.

—¿Que somos *dust in the wind?* —aportó Clara.

—Además de eso, claro... —Bernardo se miró las manos—. A mí todas esas cuentas se me jodieron. ¿Y saben por qué? Por lo que les decía, o quería decirles que descubrí. Bueno, si no comen más mierda y me dejan hablar. —Los miró y marcó a Irving, que se hizo una cruz en los labios: estaban sellados—. Pues descubrí que si me emborrachaba, que si desde hace como diez años he estado más tiempo inconsciente que lúcido, es porque no quería pensar. Así de simple. Y no quería pensar porque la sobriedad puede ser un estado espantoso para alguien como yo cuando se da cuenta de que no tiene nada a que aferrarse. Y yo lo fui perdiendo casi todo, excepto la fidelidad de ustedes, de Darío, incluso diría que hasta la de Fabio, el pobre Fabio...

¿Saben que un día Fabio quiso amarrarme debajo de una mata, como a Aureliano Buendía, para que no pudiera irme a beber?... De una parte de mis pérdidas yo fui el único responsable. De otras, pues tengo culpables a montones. Como mis padres, a los que yo no les importaba demasiado mientras ellos se comportaban por años como unos comecandelas revolucionarios. Hasta que les partieron las patas por prepotentes, engreídos, déspotas con los que los rodeaban y, para colmo, corruptos por minucias: cien o doscientos dólares de las dietas de viaje, un poco más de gasolina, traficar con su influencia y recibir regalos o viajes a cambio. ¿Por qué creen ustedes que en mi trabajo me mandaron a México si yo había sido el último en llegar?... Así mismo. Ustedes nunca supieron eso, me daba horror confesarlo, y por eso tienen ahora esas caras que tienen por estar oyendo cómo esos pobres diablos que se murieron ahogados en su resentimiento y su amargura no tenían nada que ver con lo que decían en público y con el carné rojo que llevaban en el bolsillo... Pero lo más jodido fue oír cómo ellos y otros iguales que ellos competían, se vanagloriaban de lo que hacían y tenían, para luego encasquetarse la máscara de comunistas íntegros y pasearse por el mundo, jodiendo de paso a cualquier infeliz. Por eso se murieron apestados, odiados y odiando. Entre gentes como ellos no existen fidelidades, se devoran unos a otros, los de arriba cagan a los de abajo.

—Bernardo, ¿tienes que hablar de eso? —Clara preguntó con tono disuasorio. Sabía que aquella confesión podía llegar a resultar escabrosa y, por supuesto, desgarradora.

—Sí, Clara, porque no se lo voy a soltar a un cura al que no conozco, que también puede ser un cabrón, y me va a decir que eso se resuelve con unas cuantas oraciones de penitencia. Solo puedo decírselo a ustedes... Porque entre gentes como mi papá y mi mamá vi y oí muchas cosas, pero tuve una sobredosis cuando conocí a mi suegro, el poderoso Roberto Correa... Si conozco a una persona cínica e hija de puta esencial en este país es ese viejo camaján. Es tan malo que volvió loca a su mujer, la madre de Elisa, ustedes lo saben, le rejodió la existencia, aunque ella también se portaba como una cabrona. Es más, Roberto fue malo hasta con él mismo y por eso se metió un tiro en la cabeza y debe de andar ahora mismo por el infierno con un látigo en la mano, de auxiliar del Diablo, jodiendo a quien pueda joder. Porque esa fue su vocación en la vida: joder a la gente, y para entrar en lo que me toca, le jodió la vida a su hija. Porque a pesar de que Elisa siempre trató de huir de ese mundo de engaños y prepotencias en que vivía su padre, con sus consignas heroicas y hasta sus medallas, ese mundo la alcanzaba y la afectaba. La alcanzó y la afectó. Llegó a creerse cosas, como se dice ahora... Y Elisa, la rebelde y buena amiga, se convirtió en una manipuladora de la gente y terminó haciendo algunas de las barbaridades que hizo... ¡No me miren con esas caras, coño! ¿No era una manipuladora, no era una líder?... Sé de lo que estoy hablando... Y por eso nunca pude saber qué fue lo que pasó entre Elisa y Walter. No, no estoy diciendo que se hayan acostado o no, o que él la haya preñado o no. Siempre he creído que no, que no llegaron a eso, aunque también pienso que fue posible, aunque tú digas que no hubo nada de eso entre ellos, Irving, porque Elisa te lo juró y tú siempre la creías. No, estoy hablando de algo todavía más oscuro, de lo que nunca les he dicho nada y tiene que ver con ellos dos y el padre de Elisa... y conmigo. Y no es que yo me haya vuelto paranoico como Darío, o que ande buscando justificaciones para nada ni para nadie, empezando por mí mismo..., es que sé que entre ellos había alguna relación que no pude descubrir pero estoy seguro de que tuvo que ver con todo lo que pasó.

—Disculpa, Bernardo, voy a romper el sello, porque no entiendo adónde vas... ¿Pasó algo entre ellos y por eso Walter se mató?

—No dije eso, Irving, no me malinterpretes... Digo que había una relación entre Walter y Roberto Correa. Sé que la hubo y de alguna manera Elisa estuvo involucrada.

Irving levantó una mano.

—Espérate... Yo me acuerdo de que Elisa le presentó a Walter a su padre porque Roberto quería saber algo de un cuadro. Si era auténtico o falso.

—No, eso fue mucho antes, cuando Walter empezó a estar con nosotros. Yo estoy hablando de otra cosa, otro tipo de relación —aclaró Bernardo—. La que tenían cuando pasó lo de Walter.

—¿Cuando tronaron a Roberto Correa? —quiso precisar Joel.

—Sí... Elisa no quería ni saber qué cosas había hecho su padre, hasta dónde estaba sucio en todo ese lío de las drogas y los dólares que explotó en el año 89. Creo que le daba vergüenza todo eso. Y en alguna parte de esa mierda aparecía la cara de Walter, y ella pudo sentir que era algo tan jodido que quizás por eso, cuando Walter se mató, ella decidió desaparecer. Y para crear una nube, empezó a tirarle mierda al ventilador... Y parte de esa mierda me la tragué yo. Me tragué mi mierda por ser tan débil o por no querer ser tan débil, o qué sé yo por qué..., o sí lo sé: porque ella me manipulaba... Pero el resto, la montaña de mierda, los tapó a ellos... Hubo cosas que nunca supe y otras que sí sé pero de las que nunca voy a hablar, ni aunque me pongan en la hoguera y... ya hablé demasiado, ya me callo, ya no soy el Bernardo que fui...

Esa última noche de 1995, Irving y Clara reaccionaron como si aceptaran sin dudar las revelaciones de Bernardo. Ambos compartían la intención de proteger al amigo y ser parte del apoyo que necesitaba en su proceso de reconversión. Por eso ninguno de los dos se atrevió a comentar algo que ambos pensaron mientras escuchaban la confesión del matemático: ¿qué papel había tenido el propio Bernardo en aquella trama sinuosa? ¿Qué clase de relación había existido entre el pintor y el padre de Elisa, distinta a la de un conocedor capaz de autentificar alguna pintura? ¿Podía ser cierto lo que les había contado Fabio de que a Walter en verdad lo vigilaban? ¿Quién y por qué? ¿De qué parte de toda esa historia se negaba a hablar Bernardo, incluso bajo tortura? ¿Sería la parte que daba sentido a todo lo ocurrido? Y aunque ambos conocían muy poco de las suciedades de los mundos de los poderes invisibles, bien sabían de lo abarcadores que pueden ser sus tentáculos y de qué modos podían atraparte, a veces sin tú provocarlos. Y luego cubrirte de mierda, como decía Bernardo.

—Lo que yo sé es que Elisa cada vez estaba más distanciada del camaján —se limitó a comentar Irving—. Ella sabía que era tan ladino que incluso podía escaparse de la descojonación que se formó ese año con los segurosos y los militares... Me acuerdo como si hubiera sido ayer de que cuando yo salí de los días que estuve preso y le conté lo que había pasado..., Elisa me dijo que ella también tenía miedo. Pero no me dijo por qué... Y me juró que nunca se había acostado con Walter. Y claro que yo se lo creí, Bernardo, ella no tenía que decirme una mentira a mí...

—El embarazo puede afectar mucho a las mujeres y... Elisa estaba muy confundida —salió al ruedo Clara—. Creo que también tenía miedo a perder el control, como su mamá, la pobre... ¿Está viva todavía?

—No sé —reconoció Bernardo—. Estaba loca perdida...

—Dios mío —dijo Clara, y se enrumbó—. Lo que no entiendo, Bernardo, es por qué ustedes no se separaron y ya... Estabas enamorado de ella, está bien, pero si te hacía tanto daño...

—Ahora yo tampoco lo entiendo. En aquel momento ya estaba tan perdido que le dejé a ella la iniciativa. Pero no sé por qué ella dejó correr las cosas cuando lo mejor hubiera sido cortar por lo sano, al menos conmigo y no involucrarme en sus enredos. Si se estaba acostando con otro, o con otros... Ese es un misterio importante... No sé... Lo que más lamento, y fue por ahí por donde empecé, es que nunca podré saber esa y otras verdades —dijo entonces Bernardo—. Lo jodido es que si hay una respuesta a lo que todavía nos preguntamos, ni siquiera Elisa la tiene completa. Ni Walter la tuvo... Yo creo que quien la tenía era Roberto Correa.

—¿Y por qué entonces no te olvidas de todo ese rollo, compadre? —al fin intervino Joel, adelantándose a Clara e Irving, y de inmediato sentenció—: El tipo se mató y bien muerto que está, y al carajo con él. Y de paso con Elisa y con Walter...

Bernardo miró a Joel y sonrió.

—Tú siempre tienes razón, compadre... Y ahora que lo he hablado con ustedes..., se acabó. No, no voy a volver a sacar esas historias, incluso voy a tratar de olvidarme de ellas... Sumar todo eso a mis abstinencias y empezar una nueva vida en 1996... Y ya nada más faltan diez minutos para las doce...

—Verdad, ni me había dado cuenta —admitió Irving.

—Este tiene que ser un buen año —siguió Bernardo—. Nos lo merecemos.

Joel sacó la sidra del refrigerador y la descorchó. La sirvió en tres copas, mientras Clara traía una con agua para Bernardo. Algún vecino disparó al aire para saludar el nuevo año y los cuatro amigos bebieron, se abrazaron, se besaron, se desearon un feliz 1996. Sí, se lo merecían.

Fue unos días después, cuando Clara e Irving hablaron en privado de la confesión de Bernardo. Entonces ambos llegarían a pensar lo que resultaba más lógico y conveniente concluir: que en realidad el hombre abandonado, engañado y humillado por Elisa necesitaba levantar una muralla de argumentos, quizás verdaderos, a veces incompletos, y no ya para proteger a la mujer, sino para apoyarse él mismo en la ardua reconstrucción de su vida en la cual estaba empeñado. Y por supuesto que su cercanía a la filosofía del pecado, la culpa y la redención estaban contribuyendo a alimentar su percepción de unos acontecimientos y actitudes que tanto habían incidido en su degradación: el mundo era una lucha maniquea entre el bien y el mal, la maldad venía de fuera y él había sido su víctima, parecía pensar Bernardo, porque era lo mejor para su salvación. Y también para los otros amigos, incluso para los muertos.

La posibilidad que apenas a las dos semanas de iniciado 1996 se le abriría a Irving de viajar y alejarse de sus miedos, resultó el primer indicio de las esperadas bondades del nuevo año.

Apenas tuvo la noticia, Irving llamó a Clara, que había estado toda la mañana expectante, y le informó que el consulado español se había tragado la falsa carta de invitación gestionada por Darío para que asistiera a un seminario de Diseño Gráfico en Madrid. ¡Al fin le habían dado la bendita visa por la que tanto había penado!, gritaba Irving, y la mujer había sentido cómo junto a la enorme alegría que significaba el júbilo del amigo, también la acechaba la tristeza por la inminente partida, otra más que debía asimilar en su ya abultada agenda de desgajamientos afectivos.

Por descontado, y como siempre solía ocurrir, para ellos todas las carreras tenían que ser de obstáculos. Luego de contar los ahorros que él y Joel habían hecho para el pretendido viaje, recortando gastos incluso a costa de la alimentación, el aspirante a viajero comprobó que apenas tenía la mitad del dinero para el pasaje más económico que la amiga de una amiga de Joel, con contactos en Air Europa, le había podido precomprar: le faltaban trescientos diez de los setecientos cuarenta y nueve dólares que debía abonar en unos días. La primera solución al alcance de Irving fue la venta de todo lo que tenía, sabiendo que, como apenas tenía nada, muy poco saldría del remate. Un primer alivio llegó por la vía de Bernardo, que de inmediato le regaló cien dólares del dinero que sobrevivía de la permuta de su casa. Pero seguían faltando otros doscientos para completar la cantidad necesaria. La opción que le quedaba era pedirle un préstamo a Horacio y Darío, por una cantidad de cien dólares por cabeza, una cifra que a todos les parecía más que razonable.

Una tarde, mientras en el comedor de la casa de Fontanar Clara, Bernardo e Irving sacaban cuentas que no daban, redactaban la lista de lo que todavía Irving podía vender, y hablaban del préstamo de urgencia que debía pedir, ocurrió lo que ellos consideraron un milagro. Un Ramsés que desde su silla había parecido concentrado en resolver los problemas matemáticos asignados como tarea, para cuya comprensión incluso había pedido la ayuda de Bernardo, abandonó el salón por unos minutos y regresó con un sobre que le tendió a Irving.

—Mira, está en pesos cubanos, tienes que cambiarlos. Esto es del negocio de los conejos y los gallos finos... Ahí debe haber como cien dólares. Así tienes que pedir menos. O lo mismo, pero entonces te queda algo para cuando llegues a España.

En un primer momento Clara e Irving no entendieron lo que decía el muchacho. Solo cuando Irving tomó el sobre y sacó del envoltorio un grueso fajo de billetes, muy manoseados, atados con una liga, todos pudieron sentir el peso de la conmoción. Apenas tuvo capacidad de reaccionar, la respuesta de Irving resultó la previsible.

—Por tu madre, Ramsés..., te lo agradezco en el alma, pero yo no puedo coger tu dinero. Por favor, guarda esto... —dijo y, mientras se ponía de pie, le tendió el sobre al muchacho.

—No voy a cogerlo, Irving. Ese dinero ya es tuyo. —Ramsés dio la espalda y volvió a ocupar su silla.

—Pero, mijo... —Clara intentó razonar, cuando Bernardo intervino.

—Clara, Irving..., ¿qué les pasa? ¿Les pueden pedir dinero a Darío y a Horacio y no pueden aceptar un regalo de Ramsés? Por favor, no le hablen más como si fuera un niño, que ya tiene quince años y sabe lo que hace.

—No es justo, Bernardo —insistió Irving—. A él le hacen falta mil cosas y por eso ha ahorrado este dinero...

—Todo lo que le hace falta a él, ahora mismo, su madre se lo ha garantizado. Esta casa, tres comidas al día, ropa limpia para ir a la escuela... ¿Qué teníamos nosotros cuando estábamos en el pre? ¿Y nos frustramos por eso?... Yo era el que más tenía y... me frustré de todas formas, pero por otras cosas que son más graves y ustedes las saben de memoria. Y métanse de una vez algo en la cabeza: Ramsés no es Darío. Es hijo de Darío y de Clara...

Sacudidos por el discurso de Bernardo, los otros dos se quedaron sin más argumentos que la convicción de que el muchacho no tenía por qué resolverles a ellos los problemas. Pero Clara sintió cómo la inundaba una sensación de orgullo, y a Irving, una invasión de ternura que necesitó expresar.

—Gracias, Ramsés. —Y tomando la cara del joven entre las manos, le dio un beso en la frente.

—Por nada, Irving —musitó el muchacho, y se hizo el empeñado en desentrañar los misterios de una operación trigonométrica.

Cada vez con más frecuencia, pero sobre todo conmovida hasta las fibras de su alma por la inminente partida de Irving, Clara se preguntaba por qué tantas de las gentes cercanas a ella habían optado por la distancia. De su entorno más íntimo ya se habían largado su exmarido Darío, luego Fabio y Liuba y poco después Horacio. Ahora le tocaba a Irving, al que en cuanto pudiera se uniría Joel. ¿Y Elisa? ¿También Elisa? Seguramente Elisa.

¿Por qué todas aquellas personas, que habían vivido de modo natural en una cercanía afectiva, aferrados a su mundo y pertenencia, empeñados durante años en una superación personal y profesional a la que en su país habían tenido acceso, decidían luego continuar sus vidas en un exilio en el cual, así lo presumía ella, así lo había sentido Fabio, nunca volverían a ser lo que habían sido y nunca llegarían a ser otra cosa que trasplantados con muchas de sus raíces expuestas? ¿O llegarían a ser otra cosa, cualquier otra cosa que no fuera extranjeros, refugiados, irregulares, exiliados, apátridas?

Varios de ellos, de forma coherente y, según la memoria de Clara, por inercia y también de manera orgánica, habían comulgado desde jóvenes con la ideología oficial y, por sus méritos y disposición, llegado a ingresar en sus exclusivas vanguardias: militantes de la Juventud Comunista, primero, y del Partido, después, como el propio Darío, como Liuba y Fabio. Un Darío siempre dispuesto a reconocer que en otra sociedad un tipo como él jamás habría tenido las mismas oportunidades, o unos convencidos y hasta dogmáticos Liuba y Fabio, los más combativos creyentes. Hasta que, por las razones que fuera, dejaron de creer o de creer que creían o de hacer creer a los demás que creían... Otros, como el rebelde Horacio, más de tres veces había abjurado en público de su padre exiliado en Estados Unidos, y por Estados Unidos andaba. ¿Y Elisa? La Elisa que recién llegada de Londres solía hablarles de la deshumanización y la enajenación —eran sus palabras— de las sociedades de consumo, pues, parafraseaba, en ellas el hombre era el lobo del hombre y unos pocos explotaban a muchos. Y recordó cómo todos ellos asintieron al escuchar tales discursos, pues les parecían justos sus principios y también sus finales.

Hasta donde Clara conocía a sus amigos cercanos —y creía conocerlos bastante— ninguno de ellos había sido un ser político, impulsado por motivaciones de esencia política, aun cuando la dichosa política afectaba cada una de las moléculas del país y, lo quisieran o no, a sus moradores. Por otro lado, salvo Liuba y Fabio, tal vez, solo tal vez, los otros nunca habían tenido aspiraciones de ostentar poder o de alcanzar algún éxito económico, intenciones de enriquecerse y vivir como ricos. ¿Por qué se iban tantos? Todos ellos sabían que, incluso soñándolo, con sus esfuerzos y talentos nunca llegarían a ser ricos ni realmente poderosos, si al final esas eran las aspiraciones que los alentaban desde el fondo de sus almas...

Clara podía entender las motivaciones de cada uno de ellos, incluidas las posibles aspiraciones a la riqueza económica. Conocía muy bien las razones personales de Darío, empujado por su visceral necesidad de alejarse de lo que había sido. Las de Fabio y Liuba, que se les revelaron como eternos enmascarados, oportunistas necesitados de representatividad, alguna cuota de poder, beneficios, y de pronto agobiados por una incapacidad para resistir los rigores de una vida pletórica de rigores. Horacio, por su lado y hasta donde sabía Clara, debía de haberse movido proyectado por su inconformidad existencial. El físico necesitaba como el oxígeno de un espacio para pensar, creer, trabajar, y esas exigencias elementales resumían su modo tremendamente racional de explicar la vida. Y sobre la opción de su querido Irving, poco tenía que razonar: escapaba de su enfermedad crónica, el miedo, aunque escapando también sentía miedo, y por esa relación con sus temores encontrados o emparentados, le parecía a Clara el más valiente de todos ellos.

En cambio, la otra cara de la pregunta también la obsesionaba, a veces más, y venía a complicar sus conclusiones: ¿y por qué otros se quedaban? ¿Por qué mientras tantos se iban muchos cientos de miles permanecían? ¿Por qué Bernardo? ¿Por qué ella y otros como ella? Unos confesaban su satisfacción y hasta su confianza en el futuro que llegaría (aunque entre esos satisfechos y confiados a cada rato se producían sonoras deserciones), otros su abulia inmovilizadora, otros su necesidad de preservar su pertenencia, etcétera, etcétera. Tenía ante sí todos los colores del espectro, los visibles y los invisibles, los verdaderos y los falsos.

Los tropiezos personales de Bernardo con toda seguridad habían mitigado cualquier impulso, si alguna vez lo tuvo, dejándolo lastrado y conforme con lo que tenía: antes el alcohol; ahora, aseguraba, su Dios tan peculiar, casi heterodoxo, medio maniqueo y más materialista que esotérico. Ella misma, por su lado, apenas sabía que permanecía donde siempre había estado porque allí estaban sus hijos, su casa, su memoria y treinta y tantos años de su vida: la forma y sentido de su caracol. ¿O la ataba la atracción de la roca de cobre imantada, venida del sitio más sagrado de la isla, y enterrada en los cimientos de una casa de la cual tanto había querido huir y al final la había atrapado? Quizás. Pero también permanecía allí porque cuando más agobiada se sentía y hasta cuando se atrevía a pensar que quizás en otro sitio saldría del túnel de carencias materiales y limitaciones profesionales en el que llevaba cinco, seis años sumergida, Clara siempre había sentido que, a pesar de todos los pesares, le resultaba más fácil resistir que rehacerse. El solo hecho de verse obligada a ser otra cosa, en otro sitio, la aterraba. Y ese, su miedo personal, la ataba a la tierra, la paralizaba. Y mientras, confiaba en que las cosas cambiarían, la vida mejoraría: porque los que resistían y permanecían y se jodían se lo merecían, se lo habían ganado, para ellos y para sus hijos.

La encrucijada en que se había visto colocada su generación le parecía demasiado dramática, definitivamente cruel y hasta inmerecida (¿o muy merecida?). Porque quizás nunca había existido en el país tanta gente empeñada en ser mejores, tanta gente pura y convencida, favorecida con los beneficios de una sociedad y, quizás por eso mismo, tantos conformes con la obediencia exigida y programada, con las múltiples renuncias que cubrían los más diversos niveles de las afinidades individuales y sociales: renuncias a bienes materiales, a creencias consideradas heterodoxas, a desavenencias políticas, a preferencias personales del más amplio espectro. Abdicaciones que iban desde la de tener fe en la existencia de un Dios a la de preferir el pelo largo, y que incluían la del uso sexual del culo y hasta aceptar no ver (qué remedio) en la televisión una actuación de The Mamas and the Papas porque Alguien decidía que su música era perniciosa para la ideología y ese Alguien les imponía su decisión como forma de protección decretada, nunca solicitada.

Y con las renuncias, llegó la aceptación del sacrificio: cortes de caña, trabajos agrícolas, colas para todo, la disposición a combatir y morir en guerras desatadas en sitios lejanos. Muchos de ellos, casi todos —así lo pensaba Clara— habían aceptado el diseño del mundo en el cual les había tocado vivir y además habían creído en él y trabajado para mejorarlo, y muchos habían participado sin asomos de disidencias de la unanimidad de criterios, convencidos de que lo necesario era esa unanimidad ordenada y a través de la cual, como proclamaba Bernardo, llegarían alguna vez a la victoria final. O al fin de la Historia en la sociedad perfecta, el maravilloso universo de los iguales.

Quizás el quiebre de un equilibrio precario disfrazado de normalidad a la cual se habían acostumbrado los descolocó de forma brutal, hizo a muchos ver su vida y el mundo de otras maneras. Una fractura profunda que terminó empujándolos en todas direcciones, luego de transitar por décadas en un solo sentido, recorriendo el camino que otras personas les habían trazado, asignado. Y ellos transitado, casi siempre sin reparos, pues no había espacio para reparos, solo para la obediencia. Por eso también Clara quería y podía entender a los que se iban, incluso a los que soltaban sus máscaras y renunciaban a sus antiguas militancias para comenzar a profesar otras, a veces de signo opuesto, pues esa actitud encarnaba una manifestación de la condición humana en sus expresiones sociales: la simulación camaleónica, la traición, el oportunismo o la más sincera reconversión provocada por el desencanto... Y por supuesto, quería y podía entender a quienes, por las razones que fuere, creyendo o sin creer, decidían permanecer y continuar sus vidas más o menos desechas, más o menos redefinidas, más insatisfechas o pregonadamente satisfactorias, enarbolando incluso su convencimiento de tener la suerte de vivir en el epicentro del mundo mejor, al cual debían profesar gratitud, fidelidad.

Comprendía, en fin, a todos: a los que negaban, a los que asentían, a los que dudaban. A los que no miraban atrás tanto como a los que volteaban la cabeza y les dolía lo que veían y lo decían. O se callaban. A los que persistían y a los que aplaudían igual que a los fatigados, a los discretos, a los vociferantes, a los movidos solo por la inercia.

Clara no se consideraba un ser político, como quizás lo habría sido Elisa, ni una filósofa esencial, como Horacio, ni una bala en busca de un blanco preciso, como Darío, ni siquiera una mística como el nuevo Bernardo. Tal vez por eso la dramática complejidad de la coyuntura histórica que les había tocado en suerte vivir en el instante en que alcanzaban su madurez vital y profesional justificaba para ella todas esas decisiones y las hacía por igual respetables. Y es que, pensaba, aquel debía ser el principio básico de la libertad esencial de la especie que había creado el universo social: el derecho personal a elegir, y el deber de respetar las elecciones de los otros, la libertad de tener voz y a decir lo que se piensa (a favor o en contra), la exigencia de que fueran aceptadas las decisiones de cada uno, con un único e inviolable límite marcado por la frontera donde la voluntad de unos no se convirtiera en la falta de opciones de otros, en que un bien individual o social no derivara en el mal individual o social de otros. Lo exigían los vetustos Diez Mandamientos entregados en el monte Sinaí y el Contrato Social que regulaba (o pretendía) y los protegía de la ley de la selva, la del más fuerte, la del más poderoso.

¿Todo podía ser así de simple? No, no era así de simple y al parecer nunca lo sería. Porque siempre habría otros, aquí o allá, antes y ahora, alegando que su fe resultaba la única verdadera, o porque detentaban el poder por su dinero o por su fuerza o por su odio, atacarían desde una trinchera o desde otra, desde dentro y desde fuera a quienes no vieran el mundo a través de su misma perspectiva. Siempre habría los videntes encargados de exigir que la sociedad se entendiera desde su prisma o que los demás fueran ciegos, sordos, mudos. Y esos presuntos iluminados se dedicarían, como se dedicaban (aquí y allá, por supuesto), a agredir, mancillar, descalificar a los heterodoxos, a dividir el universo en acertados o equivocados, en fieles o en traidores, en ganadores y perdedores históricos.

Al final sí, mira qué cosa. Pues de verdad todo resultaba así de simple: o me sigues y apoyas o te ataco. O aceptas lo que yo digo o te condenas con tu negación. Más elemental aún, maniqueo, como diría Bernardo: o estás conmigo o estás contra mí, con la razón o con la locura, con el bien o con el mal, con los tirios o con los troyanos. Aquí y también allá. A eso se había llegado y, para los fundamentalismos dominantes entre los que estaban viviendo, el resto de los senderos posibles resultaban inconcebibles, en puridad inadmisibles. Ser o no ser: esa era la máxima que casi todos aplicaban, en todas partes, para dominar a quienes constituían el objeto de su aplicación.

De este modo inquietante lo pensó y entendió Clara en 1996. Con toda seguridad en 1986, cuando vivía imbuida en realidades diferentes, no habría entendido la trama del mismo modo, incluso se habría aterrorizado de encontrarse a alguien con percepciones como las que ahora ella tenía y quizás lo hubiera calificado de inconforme sin causa, de desviado ideológico. Posiblemente en 2006 tampoco lo pensaría de igual forma, porque el mundo se movía, la gente cambiaba, sus hijos le dirían que no querían ser como ella. Porque nunca nos bañamos dos veces en las mismas aguas de un río, y si así fuera, resultaría demasiado aburrido, un pozo de agua turbia. ¿Y si llegaba viva al 2016? ¿Y a un 2026 con un diseño inimaginable hasta para los escritores de fantaciencia?

Pero ni su entendimiento, sus justificaciones y convicciones la salvaban de las laceraciones personales a las cuales se veía expuesta. Porque la Clara de 1996 sabía que sufriría (y lo sufrió a plenitud) la ausencia de un Irving que dejaría un hueco en su vida que tardaría mucho en llenar, o no llenaría nunca. Sería, y de hecho lo fue, un vacío ubicuo, inabarcable, empeñado en provocarle la sensación de haber perdido las muletas que más y mejor la habían sostenido. Por eso, la tarde de la despedida, organizada en la casa de Fontanar, ella anunció que prefería no acompañarlo al aeropuerto, con el pretexto de dejarlos solos a Irving y Joel, aunque en realidad aquejada por la inconfesada convicción de sentirse incapaz de resistir el instante de otra separación.

Porque Clara aún no sabía, aunque conocía las posibilidades prefiguradas en el horizonte, que la vida le depararía nuevos y más dolorosos desgajamientos. Por eso la mujer y el amigo más querido se abrazaron, se besaron, lloraron, se prometieron cartas y llamadas y maldijeron las tramas que los habían llevado hasta ese doloroso momento. ¿Por qué te vas? ¿Por qué no te quedas aquí, conmigo? ¿Qué hago con mi soledad?, hubiera querido preguntar ella, pero bien sabía que no tenía derecho a hacerlo, porque conocía las respuestas y su deber de aceptarlas.

Apenas un par de meses después de la salida de Irving, Clara fue convocada por su empresa para que se reincorporara a su labor como ingeniera, y el llamado reportó de muchas formas un alivio al ánimo de la mujer. Aunque económicamente regresar a su profesión no resolvería sus carencias, de pronto Clara, reanimada por la posibilidad de volver a ser un poco más útil y sentirse más plena, se vio abstraída de otras tantas preocupaciones y centrada en empeños como el de revisar su ropero, congelado por años, y luego pedirle a una costurera que le rehiciera algunas prendas con ajustes necesarios y soluciones más modernas. Asumió también la urgencia del gasto de pasar por la peluquería a hacerse un corte, un tratamiento y aplicarse el primer tinte de su vida, destinado a ocultar las canas furtivas nacidas en los últimos años. También desempolvó libros, folletos, conferencias por años arrumbadas, y sacó al sol sus neuronas. En el proceso la mujer sintió cómo recuperaba algo de su autoestima e incluso se atrevió a mirarse otra vez en los espejos.

El retorno de Clara a sus faenas profesionales provocó una lógica conmoción en el equilibrio que se había establecido en sus dominios. Por ello, luego de una reunión de familia en la que Bernardo participó como un miembro activo más, los cuatro habitantes de la casa de Fontanar consiguieron llegar a algunos acuerdos para sostener los horcones de la supervivencia, pues el hecho de que Clara recuperara su salario íntegro en verdad no apagaba las tensiones monetarias, crecidas desde que Darío comenzara su relación con una joven catalana llamada Montserrat, que parecía dedicada a absorber el grueso de su interés y volverlo hasta más olvidadizo de sus responsabilidades filiales.

Como Bernardo había descubierto que para él resultaba más rentable dedicarse a la reparación de computadoras e instalación de softwares a domicilio, y por lo general era dueño de sus horarios, se ofreció para la atención matutina de gallos de pelea y conejos, y en las tardes que le resultaba posible, cultivar y regar el sembradío, que poco a poco comenzó a reducirse con la lejanía de Clara. Marcos, el más joven y veleta de la familia, le juró a su hermano Ramsés que él también ayudaría..., siempre que pudiera. Mientras, Ramsés, ya concretado el ingreso en un preuniversitario que, como la mayoría de esas escuelas, estaba fuera de la ciudad, vendió su máquina de moler granos y la mitad de sus animales, con lo que obtuvo suficiente dinero para comprar a un vecino, piloto de Cubana de Aviación, su primera computadora personal.

Para aquellos meses del verano de 1996 la gente en el país empezó a sentir que algo mejoraba en sus vidas, a pesar de que muchas dificultades se mantenían intactas. Al menos los apagones se espaciaron, y en los mercados reabiertos para que los campesinos vendieran sus producciones resultaba posible comprar algunos alimentos si te alcanzaba el dinero para ello. Porque todo empezó a adquirir una nueva y más común lógica: cuanto más dinero tenías, mejor podías vivir.

Bernardo representó un sostén importante para Clara, cada vez más necesitada de puntales prácticos y emocionales. Pero, tal como habían comenzado a gestarse, los mutuos apoyos, la cercanía y las necesidades espirituales y afectivas habían empezado a horadar las murallas (el caracol de Clara) y la tarde en que la mujer regresó de la peluquería con el cabello beneficiado por una discreta decoloración en mechas y un corte elegante, vestida con una vieja falda remodelada que dejaba ver sus rodillas y marcaba mejor la curva de sus nalgas y caderas, Bernardo no tuvo más opción que dejar escapar su hasta ese momento contenida y creciente percepción.

—Coño, Clara, pero qué bonita estás...

A lo que ella respondió:

—Gracias..., y como no soy bonita, te lo agradezco más.

Las cartas estaban sobre la mesa. Solo faltaba levantar una y comenzar el juego.

Ese domingo de finales de la primavera de 1997, Irving hizo su primera estancia matinal en el parque del Retiro de Madrid y, mientras vagaba, tomó el paseo de Cuba y descubrió la escultura de *El Ángel Caído* que le provocaría una extraña atracción, nunca sabría si mística o estética, o si funcionaron ambas percepciones a la vez.

Seis horas después, en la mañana del meridiano habanero, Bernardo y Clara, recién salidos de la misa en la vieja iglesia de Calabazar, decidieron que, en lugar de regresar a la casa de Fontanar a hacer lo mismo que hacían cada domingo —atender animales y plantas, cocinar, limpiar pisos, reinstalar programas y desparasitar computadoras—, darían una caminata por los jardines del cercano parque Lenin, donde ninguno de los dos se internaba hacía ni sabían cuántos años. Como Ramsés y Marcos habían ido a pasar el fin de semana en una casa en las Playas del Este con la familia de la nueva novia del mayor, por una vez Clara no tendría la presión de hacer toda la comida posible para llenar los estómagos insaciables de los adolescentes y fue ella la que propuso el paseo, porque deseaba dar un paseo. ¿O buscaba más?

Como todo el país, el parque Lenin había sufrido el tránsito devastador de los años de aquella década, y sus instalaciones y jardines habían perdido su esplendor original. Los restaurantes y cafeterías estaban desabastecidos y el acuario era un recuerdo del pasado, mientras el anfiteatro flotante donde una noche memorable habían visto actuar a Joan Manuel Serrat, ni siquiera era eso. No obstante, el hecho de que la flora hubiera crecido de manera poco o nada controlada le daba un aspecto más humano al gigantesco pulmón del sur de la ciudad y desandar los caminos asfaltados o atravesar los pastos y arboledas conseguía transmitir una sensación de paz en un país que había vivido una larga guerra sin pólvora, feroz y devastadora como una buena guerra.

Habían avanzado quizás un kilómetro hacia el interior del parque cuando Clara y Bernardo optaron por sentarse junto a un bosque de cañas bravas que, al ser mecidas por la brisa, emitían un rumor como de animal adormilado y satisfecho.

En el trayecto habían hablado de trivialidades cotidianas. Clara de la imposibilidad de iniciar nuevos proyectos en su empresa, de la actual relación amorosa de Ramsés, de lo bien que le vendría una mano de pintura a la casa de Fontanar. Bernardo le comentó su decisión de comenzar a realizar ejercicios más fuertes que la calistenia, pues estaba engordando y le dolían un poco las rodillas, y quizás se acercaría a los jóvenes que jugaban baloncesto en una cancha improvisada en un descampado del barrio, pero debía hacerlo con cautela física, pues aunque él había sido mejor jugador que todos ellos, ya le pesaban sus casi cuarenta años.

—Nos estamos poniendo viejos —dijo él.

—Ya no somos tan jóvenes —aclaró ella, y ambos sonrieron.

Debajo de las cañas bravas, beneficiados por la sombra y la brisa, permanecieron largos minutos en silencio, observando los jardines casi desiertos, y se sintieron distendidos, embargados por la sosegada euforia de sentirse vivos. Tan fuerte resultó aquella sensación, por tantos años extraviada, que Clara necesitó expresarla, solo que a su modo.

—¿En qué estás pensando? —le preguntó a Bernardo.

El hombre sonrió antes de mirarla.

—¿Sabes que eso mismo te iba a preguntar yo a ti? ¿En qué estás pensando?

—Oye, yo pregunté primero.

—Ok. Ok... Pensaba... en que me siento bien. Y pensaba que me siento bien gracias a ti.

—¿Por qué gracias a mí?

—Porque tú me has salvado.

—¿No había sido Dios?

—Él fue el de la idea, el del proyecto. Pero tú fuiste la que ejecutó la obra... Y te puedo jurar que no voy a volver atrás. Así que si no quieres, no tienes que venir conmigo a la iglesia. No hace falta que me cuides más...

—Ya hace rato que no vengo por cuidarte. Vengo porque quiero.

—Yo no me atrevía a preguntártelo... ¿De verdad ya crees en Dios?

—Creo que sí, a veces, pero eso no es lo importante. Vengo a la iglesia porque me gusta estar allí contigo y con gente que, equivocada o no, cree en algo. Y yo necesitaba creer en algo. Aquí yo soy la creyente, Bernardo. Y ahora creo en ti... Yo sé que no vas a volver atrás.

Él sonrió un poco más.

—Eso no es ser creyente, sino crédula. Y el crédulo aquí soy yo...

Ahora fue ella quien sonrió.

—¿Estamos hablando boberías?

—No, para nada... Estamos hablando de algo tan importante como creer o no creer, en Dios y en las gentes, en uno mismo... Y tú dices que crees en mí. ¿Y sabes en lo que creo yo?

—En el todopoderoso que lo organiza o lo desorganiza todo.

—Sí, pero lo que pasa es que ahora lo estoy viendo de otra forma... Lo veo como un camino...

—¿Hacia el cielo? ¿El paraíso?

—Sí, pero en la tierra. Alguna gente tiene la suerte de encontrar ese camino, otras no. Yo estoy descubriendo que ni siquiera sabía que ese camino podía existir y que siempre había estado ahí, delante de mí.

—¿De qué estás hablando ahora?

Bernardo levantó la mirada hacia las copas de las cañas, luego la bajó hacia el prado y se decidió a mirar a Clara.

—De que creo que todo lo que ha pasado estaba dispuesto para que tú y yo llegáramos hasta este lugar, hoy, no otro día, sino hoy, a esta hora y entonces los dos pensáramos lo mismo. Porque estamos pensando lo mismo.

—¿Cómo sabes lo que estoy pensando yo?

—No lo sé, Clara. Yo lo siento —dijo, y llevó su mano derecha hasta la barbilla de la mujer y la sostuvo con delicadeza para comenzar a aproximar su rostro al de ella y besarla en los labios.

Aunque Clara también sabía ya que les iba a ocurrir lo que les estaba ocurriendo, nunca se atrevió a pensar que se concretaría con las proporciones en que se desarrollaría a partir de ese instante (¿cuánto dura un instante?), cuando recibió la saliva de hombre de Bernardo y entregó su saliva de mujer. El corazón le palpitaba de un modo que había olvidado, ¿o de un modo nuevo? Si bien ella estaba convencida de que aún era una persona con capacidad para entregar amor, hacía tiempo que dudaba de sus condiciones para recibirlo. Había amado a sus amigos y sus amigos la habían abandonado. Amaba a sus hijos, pero sabía que ellos amarían más a otras personas y que, por amor o por desamor, también la abandonarían. Había amado a Darío, aunque sospechaba que él la había amado más por lo que ella tenía, por lo que significaba, que por ser quien era. Había amado a Elisa, porque estaba segura de que había amado a la mujer, pero siempre con la aprensión de que jamás iba a recibir de ella algo semejante al amor, pues pensaba que Elisa no era capaz de amar a nadie. Y sus padres, ¿la habían amado a ella? Y sus abuelos, ¿solo la habían acogido o de verdad la habían amado? Las respuestas posibles resultaban turbias, algunas dolorosas. Y ahora, al borde de los cuarenta años, después de tanto tiempo sintiéndose sola, abandonada, cansada, confundida, luego de haber dudado tanto de su sexualidad y sus reacciones eróticas, Clara por fin descubría donde menos lo habría esperado veinte, quince, diez, cinco, un año atrás, la mina dorada del amor más pleno y satisfactorio, el que se suele calificar como el amor de la vida: ese que se da y se recibe en las mismas proporciones sin que se calculen medidas, el que se vive sin sobresaltos pero siempre con sorpresas, y exhibe el poder de abrir el camino hacia el paraíso en la tierra: ese pequeñísimo espacio físico y mental en donde apenas caben dos seres adornados con la necesidad de vivir uno para el otro, uno en el otro. Dos personas que se creían vencidas y que, en la complicidad y la cercanía, descubrían que todavía podían luchar y desandar un camino.

El recinto mortuorio olía a flores mustias, vapores humanos concentrados, tristeza, desamparo y muerte, y Clara sintió el acecho de unas náuseas furtivas que le hicieron recordar las primeras semanas de sus ya lejanos embarazos. La mujer volvió a mirar su reloj, tensa y ansiosa. Apenas faltaba una hora para vencer el plazo marcado y realizar el traslado del cadáver de la funeraria al cementerio. Y Horacio seguía sin aparecer. Con discreción, ella le tocó el brazo a Bernardo y con la mirada le indicó que la siguiera hacia el exterior.

—Estás pálida...

—Ese olor me mata —dijo ella, y respiró y espiró varias veces, y volvió a mirar el reloj—. Y el calor... Falta menos de una hora y no llega...

—Va a llegar. Tranquilízate tú —dijo el hombre, y le acarició una mejilla—. Ven, recuéstate aquí —ordenó, y le indicó el muro que dividía la entrada para las carrozas fúnebres de lo que debía de ser un jardín, ahora sembrado de colillas, latas vacías, papeles y una maltratada pero invencible buganvilia que en medio de las adversidades se empeñaba en florecer.

Clara bien sabía que no solo la ansiedad y el hedor de la muerte estaban actuando sobre ella. El hecho de que Bernardo y Horacio se volvieran a encontrar, a pesar de los años transcurridos y de las profundas alteraciones sufridas por el carácter de su amante, podía hacer explotar aquella pólvora mojada. Mucho la apaciguaba haber sido testigo de las preocupaciones del nuevo Bernardo por la decadencia física de la madre de Horacio, y el hecho de que hacía varios años, desde que lo prometiera en la despedida del año 1995, que no hablaba de los tiempos turbulentos previos a la desaparición de Elisa, con su polémico embarazo a cuestas. Sus estrepitosas caídas hasta el fondo del abismo y su casi milagrosa resurrección parecían haber cicatrizado en firme la tremenda herida y el Bernardo renacido había resultado ser no solo un hombre mejor, sino, para ella, el mejor de los hombres. Los misterios de la vida, la insondable profundidad del alma humana.

Apenas treinta minutos antes de la hora límite declarada como inamovible por los funerarios (¡no hay cámara refrigerada para el cadáver y a las cinco se van los sepultureros, esos no esperan!), Clara y Bernardo, desde el muro contra el cual permanecieron apoyados, vieron al fin llegar a Horacio en el taxi que lo trasladaba desde el aeropuerto. Y en cuanto vio al amigo acercarse a ellos, Clara se derrumbó. Un llanto agónico, malsano, le sacudió el cuerpo y el recién retornado luego de siete años de ausencia la abrazó sin decir palabras, mientras por sus mejillas corrían las primeras lágrimas que soltaba por la muerte de su madre y por todo lo que había estado sintiendo en los últimos días de agonía, hasta la consumación del desenlace esperado. Después, siempre sin que mediaran palabras, Horacio se acercó a Bernardo y también lo abrazó, y se cruzaron susurros de pésame y gratitud.

Varios meses atrás, su hermana Laura le había advertido a Horacio de la inminencia del final, que luego no resultó tan inminente y le dio al físico el tiempo necesario para enfrascarse en la engorrosa tarea de pedir a las oficinas consulares cubanas en Washington la emisión de un pasaporte habilitado con el visado en forma de permiso para entrar en su país natal, un salvoconducto que solo se otorgaba luego de que Alguien decidía si el exiliado merecía obtenerlo o no, en dependencia de sus actuaciones y filiaciones (en especial de carácter político) antes y después de la salida de la patria. Por fortuna, apenas seis días antes del cada vez más esperado desenlace, Horacio había recibido el documento con todos los cuños y permisos requeridos para viajar al sitio que alguna vez había sido el suyo. Y a toda prisa completó los arreglos del viaje.

La ceremonia de inhumación en el panteón familiar del cementerio de Colón fue breve y poco concurrida: unas cuantas amigas y vecinos de la difunta, algunos compañeros y amigos de Laura y su marido, y los únicos afectos verdaderos que a Horacio le quedaban en la isla: Clara, Bernardo y Marcos, pues Ramsés andaba fuera de La Habana, recluido en un campamento de estudiantes enviados a realizar un período de preparación militar.

Esa primera noche de su regreso, luego de siete revulsivos años de lejanía, Horacio decidió pasarla en compañía de su hermana, en busca de una estabilización de sus tensas relaciones. Un difuso sentimiento de culpa por no haber acompañado el final de su madre lo perseguía como una mala sombra que adquiría tonalidades muy sombrías con algunos comentarios, más o menos velados, que su hermana había deslizado con mayor insistencia en el tramo final. Para su defensa, Horacio tenía una única pero incontestable respuesta que solo se decía a sí mismo: gracias a sus ayudas monetarias y medicinales los años de decadencia de su madre habían sido menos lamentables, pues sus envíos proporcionaron alivio a sus dolencias y sostén alimentario en un país en donde todavía, y solo sabía Dios por cuánto tiempo, las carencias y la falta de recursos para superarlas siguieron y seguirían persiguiendo a la gente. Y aunque nunca lo mencionara, muchas veces esos salvavidas enviados desde Nueva York o San Juan significaban un recorte importante de sus fondos, no precisamente abundantes. Por suerte para él, Marissa lo había ayudado con su comprensión y apoyo y, desde que en 1998 habían nacido las mellizas y crecido los gastos, también su suegro, Felipe Martínez, lo había hecho con una sutil discreción.

Horacio tenía planeado permanecer solo cinco días en Cuba, pues la muerte de su madre lo había encontrado en pleno desarrollo de su primer semestre contratado como profesor auxiliar de Física I y II en la Universidad de Puerto Rico, en la que al fin había ascendido de categoría y donde ya pretendía acceder a una plaza fija como catedrático de plantilla, siempre gracias a su doctorado habanero.

Por eso solo en la segunda noche del obligado retorno había pasado por Fontanar para recoger a Clara, a Bernardo y a Marcos y llevarlos a comer en uno de los restaurantes privados que habían surgido a mediados de la década anterior y, con mucho esfuerzo y perseverancia por parte de sus dueños, logrado sobrevivir a la presión que generaban los pocos deseos políticos de que tales opciones existieran en un Estado de obreros y campesinos, según se decía. El restaurante había sido sugerido por Bernardo, enterado de la existencia de aquel sitio en el reparto de Rancho Boyeros, cerca de la casa de Clara, un lugar del cual se hablaba por la calidad y contundencia de sus platos. El tiempo que estuvieron en la casa de Fontanar, y luego en los primeros minutos en «la paladar del Gordo», como Bernardo llamaba al restaurante, se fueron en los comentarios de los motivos luctuosos que habían traído de regreso al balsero. Mucho le agradeció Horacio a sus amigos sobrevivientes de la dispersión que hubieran estado cerca de su madre y su hermana Laura cada vez que les fue posible y con el apoyo que les fue posible. Aquella muestra de solidaridad, que se correspondía con la que Horacio había tenido con Clara enviando de vez en cuando un dinero que la sacaba a flote, constituía para cada uno de ellos un deber forjado en los años de estrecha convivencia y complicidad compartidas. A pesar de varios pesares de los cuales nadie hablaría, como había exigido Clara.

Sintiéndose beneficiario de aquel estado, por primera vez Horacio contó a alguien que no fuera Marissa la historia del encuentro de la tumba de su padre, en Tampa, y recordó cómo había vivido en su niñez y adolescencia la vergüenza de tener un progenitor considerado un apátrida, un gusano.

Luego de devorar su enorme plato de brochetas de cerdo con arroz, frijoles negros, tostones y malanga hervida que bajó con dos latas de refresco, Marcos se disculpó con su tío Horacio y se despidió, dispuesto a ver un juego de pelota nocturno en la casa de un compañero de escuela que vivía en la zona. Clara le recordó que tenía colegio al día siguiente, Bernardo le preguntó qué equipos jugaban y Horacio quiso saber cómo le iba en su práctica del beisbol, antes de sacar de la mochila que lo acompañaba la gorra de los Yankees de Nueva York que le había traído como obsequio al muchacho. Marcos, con los ojos muy abiertos, recibió la gorra como un tesoro y se la encasquetó de inmediato, afirmando que estaba *cool,* o sea, volá.

—Te pasaste, tío... ¿Y cómo tú sabías que yo era de los Yankees?

—Me lo dijo el Duque Hernández —afirmó Horacio, y por primera vez en la noche sonrió.

Horacio le había preguntado a Bernardo si no le molestaba que Clara y él bebieran vino, y el hombre les dijo que ya la bebida no lo tentaba, aunque envidiaba a los que podían disfrutarla, como envidiaba a los astronautas. Horacio pidió entonces una botella de un tinto chileno que apenas estaba correcto, pero resultaba bebible.

—Es que yo sí necesito beber algo —comentó mientras probaba el vino—. Desde que llegué siento como si mi mente y mi cuerpo anduvieran separados. Como si no supiera bien quién soy.

—¿Porque te fuiste, porque regresaste, porque te fuiste y ahora regresaste? —lo ametralló Clara.

—Tenía que irme, Clara... Ustedes se acuerdan de lo que era este país cuando yo me fui, y de lo que era yo cuando me fui de aquí... Ahora el país y yo, los dos, estamos un poco más sosegados, ¿no?... Pero tengo una sensación rara... Cuando supe que mi madre había muerto, por primera vez sentí que dejaba de ser el hijo de alguien y eso me hizo darme cuenta de que empiezo a vivir otra etapa de mi vida. Algo se acabó. Ella tuvo un espacio demasiado grande en mi vida, bueno, ustedes lo saben. Darío lo vivió conmigo...

—Darío siempre te tuvo envidia por la madre que te tocó... Pero tú eres un tipo con suerte: ahora tienes a tu mujer y a tus hijas —dijo Clara—. Y un trabajo que te gusta.

—Sí, un hombre con suerte. Pero también he perdido demasiadas cosas.

—No saques esa cuenta —al fin intervino Bernardo—. A nosotros nos tocó ser unos perdedores.

Horacio sonrió por segunda vez.

—Pero mira tú lo que te ganaste —dijo, y tomó una mano de Clara—. Quién lo iba a decir, ¿eh? No saben cuánto me alegra que ustedes dos...

—Algo bueno me tenía que pasar... Después de que..., después de mi larga temporada en el infierno.

Ante el caos cósmico a que los abocaba el tema, los tres se decantaron por el silencio.

—Antier, cuando cogí el vuelo de San Juan a Miami, me sentía miserable —comentó al fin Horacio—. Sacaba las cuentas esas que uno saca de las cosas que ha perdido y me acordaba de cómo había vivido los últimos años aquí, a punto de volverme loco, sin nada a que agarrarme, pagando yo también por mis pecados... —dijo, y enfocó a Bernardo—. Me lamentaba por no haber podido conocer a mi padre y saber sus verdades, por no haber podido estar al final al lado de mi madre, la pobre, otra perdedora, a la que le debo tanto... Me sentía muy jodido, muy infeliz, y entonces parece que el Dios en que tú crees ahora, Bernardo, me preparó una trampa. La mujer que estaba sentada al lado mío, una muchacha de unos treinta años, muy bonita, a la que casi ni había mirado, me pidió permiso para pasar e ir al baño. Cuando salió, dejó sobre su asiento unas hojas impresas que estaba leyendo y no pude dejar de mirar los papeles. Ella, o alguien, había subrayado varias líneas del texto que decían cosas como que en el mundo hay doscientos cincuenta millones de niños entre cinco y catorce años que trabajan en condiciones miserables; que doscientos millones de esos niños viven en la calle; que en el mundo hay dos mil ochocientos millones de personas, sí, dos mil ochocientos millones que enfrentan la pobreza y mil trescientos millones son indigentes y..., volví a leer esas cifras horribles, que uno oye a cada rato y a veces le entran por un oído y le salen por otro, con tantos millones, miles de millones que son cifras sin cara, pero que son personas, como nosotros, aunque mucho más jodidos..., y la muchacha regresó del baño. ¿Por qué yo había tenido que leer esos números espantosos en ese preciso momento? ¿De verdad alguien lo preparó para mí? Yo sentía una presión en el pecho y de pronto me acordé de dos cosas..., de la mirada de un haitiano que estaba en el campo de refugiados cuando llegué a los Estados Unidos. El hombre me observaba como si yo fuera lo que era: un privilegiado, porque venía de Cuba, y no de Haití, como él. Y también me acordé de que gracias a mi madre yo no me acosté un solo día sin comer, y en este mismo país donde estamos ahora me pude hacer hasta doctor en Ciencias y eso me arregló la vida cuando me fui. Y tuve la convicción de que nosotros, que nos consideramos unos perdedores, porque lo somos, también somos unos afortunados... después de todo, ¿no?

La reflexión de Horacio les cayó encima como una roca. Contemplaron sus platos con sobras de una comida que ya no les cabía en el estómago (para alegría de *Dánger),* y Clara cayó en la cuenta de que no recordaba la última vez que había ido a un restaurante. Pensó en sus hambres de los últimos años y la de mucha gente que la rodeaba, y en lo que ella había hecho para que sus hijos no la sufrieran. Y recordó que esos hijos suyos, para aliviar el sacrificio materno, también habían trabajado como hombres, cultivando plátanos y boniatos, criando conejos y gallinas, cargando con ella sacos de mangos y aguacates, recogiendo leña donde la hubiera para cocinar las mermeladas que luego ella vendería a otros que calmaban su hambre con las jaleas dulcísimas.

—De ese caos a todos nos ha tocado un poco, Horacio. A lo mejor de un modo menos trágico, pero también jodido —logró decir, y volvió a beber de su vino.

—Sí, tienes razón —admitió el recién regresado—. Por cierto, Irving me llamó para darme el pésame... ¿Quién de ustedes le avisó?

Clara y Bernardo se miraron y los dos negaron, sintiéndose

culpables. De alguna forma podían haberle pasado un mensaje a Irving y a Darío, pero no lo habían hecho.

—Irving siempre se entera de todo —Bernardo trató de resolver el enigma.

—Y a él le pasa todo... —dijo, y siguió—: ¿Irving no les contó que hace poco vio a Elisa?

¿De qué hablaba Horacio? ¿Y por qué el físico mencionaba a Elisa cuando Clara le había pedido que no la mentara delante de Bernardo? Aunque Bernardo le hubiera jurado que había superado la circunstancia de que Horacio se hubiera acostado con la que todavía era su mujer, ni siquiera el tiempo y todo lo ocurrido le quitaban sordidez al desaguisado. La cicatriz siempre existiría y frotarla podía alterar sensibilidades latentes.

Bernardo, quizás más conmovido por la pregunta del físico que por sus propias memorias y humillaciones, fue el primero en reaccionar.

—¿Tú dices que Irving vio a Elisa? ¿En España?

Horacio bajó la vista. Clara supo que el amigo se lamentaba ahora de su error de cálculo, que su caos interior quizás lo había empujado por un camino que no debió haber transitado.

—Es una historia rara —dijo al fin, y comenzó a relatarles lo que Irving le había contado que le ocurrió, unos meses atrás, frente a la escultura de *El Ángel Caído,* en el parque del Retiro de Madrid. Pero el recién regresado tuvo la precaución de no entrar en el terreno de la especulación más enervante que lo asediaba desde que conoció la historia y con la cual Irving le había inoculado una persecutora preocupación que, aun siendo un absurdo, había despertado sus ansiedades: la mujer vista por Irving en Madrid, la mujer que no podía ser otra que Elisa, viva y coleando, y que le había prohibido acercarse, iba acompañada de una adolescente de pelo oscuro, piel morena y labios gruesos que, Irving casi lo gritó cuando se lo contaba, se parecía demasiado a Quintín Horacio Forquet, Quintus Horatius en latín.

El interregno luminoso de abril, ni frío ni demasiado caldeado, cuando todavía no hay amenazas de huracán, las mangas maduran sus primeros frutos y los flamboyanes comienzan a florecer, representa una especie de regalo de la naturaleza que, con las prisas y las tensiones, resulta un verdadero desperdicio dejar pasar sin ser paladeado, sin ser gozado. Definitivamente, en los trópicos abril no es el mes más cruel.

Clara siempre había tenido conciencia de la belleza de los amaneceres de abril y se imponía, ella sí, disfrutarlos. Sentada en la terraza de su casa, con una taza larga de café y el único cigarrillo al que había reducido su consumo diario de tabaco, la mujer solía regalarse el espectáculo de contemplar cómo la claridad del nuevo día iba abriéndose paso en las tinieblas ya en retirada, hasta que el reflejo encendido del sol comenzaba a dibujarse en el levante, coloreando un cielo que, por lo general, se ofrecía desprovisto de nubes.

Incluso en los tiempos más arduos de una crisis que los arrojó a la lucha por la supervivencia cotidiana, cuando Clara despertaba arrastrando todavía cansancios acumulados y nunca vencidos del todo, la mujer luchaba por reservarse aquellos quince, veinte minutos mágicos de los amaneceres (con más empeño si eran los de abril) para asimilar el componente amable de la soledad, una especie de sensación de armonía que, ofreciéndole sosiego espiritual, le restituía la fuerza y el empuje físico. Y en algún momento había empezado a pensar que si Dios existía, su mejor representación, la de su belleza y poder, debía ser una alborada de abril en la isla donde le había tocado nacer y vivir y en la que, así lo presumía, en su momento iba a morir.

Los primeros años del nuevo siglo transcurrían lentos, trabados, asentando una nueva normalidad en la cual, aun cuando parecían superados los tiempos desoladores de los apagones, la casi total desaparición de la comida, el transporte y las esperanzas, todavía no se vislumbraba una salida definitiva de las tensiones de las carencias y las insuficiencias de una economía nacional que afectaba la familiar. No obstante, desde que Clara había sido reincorporada a su trabajo y comenzado su satisfactoria relación de mujer madura, su vida se había conectado con un estado de superación que le había proporcionado muchos alivios. Con sus hijos cerca y empeñados en sus estudios, Bernardo convertido en el mejor amante y compañero que jamás hubiera soñado que podría llegar a tener, con su casa asumida como un refugio amable —al fin pintada de nuevo con cal teñida de verde, los cuatro moradores brocha en mano—, Clara se sentía más reconciliada consigo misma y con su suerte, dueña de esa estabilidad que, acompañada por el ya viejo y cegato *Dánger*, le permitía un disfrute más pleno de las auroras de abril. Y no fue una excepción aquel esplendoroso amanecer del 18 de abril de 2004.

El sol comenzaba a levantarse entre los troncos de unas palmas reales clavadas en el horizonte visible, y Clara, bebido el café, fumado el cigarrillo, se dispuso a enfrentar del mejor modo posible el nuevo día. Otro día.

Cuando ya colocaba en la tostadora que habían logrado comprar los panes que los tres hombres de la casa mojarían en la leche del desayuno —volvían a tener leche, en polvo, pero leche— y montaba la segunda cafetera de la mañana —aún había suficiente café—, escuchó en los pasos de madera de la escalera el seguro descenso de Marcos, el primer comensal de cada mañana, que ese día parecía haber anticipado quince minutos su salida hacia el preuniversitario donde remataba el último curso. Pero Clara se sorprendió al ver entrar en la cocina a Ramsés, en lugar de Marcos, todavía ataviado con el *short* y el *pullover* viejos que usaba para dormir y no, como solía, vestido para tragar lo que hubiera y salir corriendo hacia la universidad.

—¿Te caíste de la cama? —le preguntó ella, y Ramsés sonrió. El muchacho se puso de cuclillas para regalarle a *Dánger* unas caricias en el nacimiento de las orejas, que derretían al dóberman al que el muchacho adoraba y mimaba con más intensidad a medida que se adentraba en su vejez. Luego miró si quedaba café en el jarrito donde Clara depositaba los restos de la primera colada y directamente tomó un sorbo del recipiente.

—Es que quería decirte algo —habló al fin Ramsés.

—¿Vas a desayunar ya? —preguntó ella.

—Después, más tarde...

—¿A qué hora entras hoy a clases?

Ramsés abrió un paréntesis de silencio.

—De eso te quiero hablar. Es que hoy no voy a clases...

—¿Tienes práctica?

Ramsés negó con la cabeza.

—¿Me vas a dejar hablar?

Clara escuchó la entonación y no tuvo que pensar demasiado para saber que algo ocurría. Iba a preguntar qué, pero se contuvo.

—Nada, lo que quería decirte es que no voy a ir más a la universidad..., espérate, espérate —se apresuró el muchacho al advertir la segura reacción de su madre—. Voy a pedir la baja. Porque ya decidí que me quiero ir.

Clara pensó, o quiso pensar, que no había entendido, que había oído mal, aunque sabía que había oído bien y entendido con claridad lo que acababa de decir su hijo.

—Pero...

—Mami, si termino la carrera, tengo que esperar por lo menos dos o tres años para que me dejen salir del país. Si no me gradúo, puedo irme cuando quiera. Este es el momento. Tengo que hacerlo.

Clara miró al hijo y luego desvió la vista hacia el patio donde habían pasado tantas cosas en tantos años.

—¿Lo tienes planificado con tu padre?

—Él me va a ayudar, sí.

—¿Y por qué no me habías dicho...?

—Porque estaba esperando el último momento... No quería que te sintieras mal todavía.

Clara asintió. Volvió a mirar hacia el patio. Tuvo deseos de encender otro cigarro. Sintió que algo se le extraviaba en su mente o en su cuerpo. Un puntal que al caer le provocaba una sensación de pérdida, generaba un vacío y le cambiaba su esencia a un amanecer de abril. Porque ella lo sabía: no tenía derecho a hacer ningún reproche, ni siquiera a tratar de indagar por razones, pues las razones podían sobrar y ser todas válidas, incontestables. Ramsés sería uno más de los jóvenes que tomaban semejante determinación. Solo que Ramsés era su hijo, era brillante, responsable y centrado. El pan colocado en la tostadora comenzaba a oler, reclamando su atención.

—¿Cómo te vas a ir? ¿Por dónde? ¿Para dónde? —preguntó mientras colocaba las rodajas tostadas en un plato, para luego apagar la cafetera donde ya hervía el agua filtrada e invadía la cocina con su aroma.

—No lo sé, mami.

—¿Tú lo has pensado bien, Ramsés? Te falta un año para graduarte...

—Y me voy a graduar. No sé dónde ni cómo, pero me voy a graduar. Te lo juro... Lo único que sé ahora es que me voy. ¿Y sabes por qué?

—Puedo imaginármelo... Porque te gustaría vivir mejor que aquí, ¿no?

—Sí, por eso también... Pero sobre todo me voy porque aquí, cuando me gradúe, me van a dar el título de ingeniero, uno más o menos igual que el tuyo, de la misma universidad donde tú te graduaste y... porque no quiero que a los cuarenta y pico de años mi vida se parezca a la tuya, mami.

—¿Pero qué?...

—Perdóname si lo que te dije te ofende. Perdóname. Porque tú has sido la mejor madre que cualquiera pudiera tener, la persona que siempre piensa en los demás antes que en ella, que le puede dar a los otros hasta lo que no tiene..., porque eres la mejor persona que conozco. Pero tu vida se ha hecho mierda...

—¡Qué tú estás diciendo! —gritó Clara, al fin desatada su anonadada capacidad de reacción—. ¿Con qué derecho...?

—Claro que no tengo derecho a juzgar tu vida. Pero tú tampoco tienes derecho a decidir la mía. La cosa es simple... ¿Qué nos hubiera pasado a todos nosotros si el cabrón de mi papá no nos hubiera mandado lo que tú misma llamabas «los salvavidas»? ¿Y si Horacio y hasta el pobre Irving no se hubieran acordado a cada rato de nosotros? —Clara sintió que su hijo la lapidaba, con verdades incontestables más que con piedras pesadas—. Nada más te pido que no hagas de esto una tragedia y que me sigas queriendo igual y me perdones si digo algo que no debo... Sé que vas a sufrir ahora, estás sufriendo ahora mismo, pero también que me vas a entender. Y me vas a apoyar, porque tú eres tú y eres mi madre. ¿Verdad, mami?

7

La mujer que les hablaba a los caballos

... you're gonna carry that weight [...]
a long time...

P<small>AUL</small> M<small>C</small>C<small>ARTNEY</small>

La nube marcaba un trazo horizontal, aplicado como de un solo brochazo, de apariencia displicente, quizás para reforzar el carácter de su fugacidad cósmica y esencial. La estela fundía su blanco con el blanco de las nieves perennes, sosteniéndose como en un improbable reposo sobre el pico de la montaña que, aseguraban, fue Dios. Arriba, abajo, a los lados, el manto azul del cielo, sin más nubes a la vista, se perdía hacia lo insondable y proyectaba una densidad envolvente, como solo la pueden prefigurar lo infinito y lo eterno. Los árboles que cubrían el terreno todavía virgen en la ribera oeste del brazo de mar del estrecho de Puget parecían coloreados hoja a hoja, con los tonos más atrevidos de la paleta de Cézanne y la pasión furiosa de Van Gogh, pensó: del morado al rojo, del naranja al azul, todas las tonalidades posibles del verde y el ocre, duplicándose sobre el agua mansa como contra un gigantesco espejo de plata.

El conjunto de la imagen, de un poderío telúrico capaz de remitir a los orígenes del mundo, resultaba tan avasallante que parecía concebida para provocar ese efecto que Loreta Fitzberg asimiló como una premonitoria conmoción que, años después, en aquel mismo sitio, también afectaría a su hija. Ahora allí estaba ella, que hacía tanto que había perdido a Dios, que quizás nunca lo había tenido, frente a la obra de Dios o, como pensaron los primeros hombres de la creación, frente a *Tahoma,* el mismo Dios. Y supo que aquel era el sitio donde debía estar.

Ocho días le había tomado llegar desde Nueva York hasta un rincón del mundo que la recibía con un espectáculo empeñado en enviarle un mensaje de armonía, con códigos tan diáfanos que conmovían por su generosidad. Ocho días durante los cuales había devorado miles de kilómetros, siempre con la proa al oeste, en silencio o escuchando estaciones de radio locales que se desvanecían en el éter para ser sustituidas por otras estaciones de radio locales, comiendo en restaurantes de carretera, orinando en gasolineras, durmiendo en moteles de camioneros. Ocho días acompañada solo por sus muchas cargas interiores, huyendo, otra vez, sin tiempo que la presionara pero con meta definida, como si huir fuera su sino inapelable.

Si algo la complacía de la carrera que había emprendido en la agencia de venta de autos de segunda mano de Union City, con las dos mochilas de ropa, la caja de libros y tres o cuatro objetos que constituían todas las pertenencias atesoradas en cuarenta y siete años de vida, con el teléfono celular apagado y sus escuálidas cuentas bancarias canceladas, era la certeza de que nadie en el mundo sabía dónde estaba ni hacia dónde iba. Nadie en el mundo, incluida ella misma, sabía hasta unos minutos antes si llegaría a donde se proponía llegar y qué ocurriría si lograba llegar.

Por eso, al fin frente al conmovedor escenario de los cuatro mil cuatrocientos metros de altura del monte Rainier, en lengua lushootseed llamado *Tahoma*, la montaña divina que fue Dios, Loreta Fitzberg supo que sí, que había llegado a donde quería y que allí se quedaría. Hasta que volviera a huir. Buda lo advertía y ella lo sabía: las tres grandes realidades del universo son que todo cambia sin cesar, que ningún estado tiene una existencia perpetua y que nada sobre la faz inmensa de la Tierra o en el diminuto corazón de una persona resulta completamente satisfactorio.

Loreta había conocido a Margaret Miller en diciembre de 2001 en una granja equina del norte del estado de Nueva York. El director de la clínica donde trabajaba le había pedido que viajara hasta la estancia para hacer el examen médico de un semental Cleveland Bay que sería vendido por una cifra muy elevada de dinero. Loreta, a la que empleaban y le pagaban solo como auxiliar médico por no tener un diploma revalidado, era en realidad la especialista encargada de atender a los equinos de los clientes del establecimiento (algunos de ellos dueños de los caballos añorantes de praderas que recorrían en círculos alienantes el asfalto de las inmediaciones del Central Park). Como otras veces, Loreta examinaría al animal, el médico jefe firmaría el certificado y, por tratarse de una venta, la auxiliar recibiría una bonificación cuando se cerrara el trato.

La veterinaria nunca había tenido frente a sí un Cleveland Bay. En realidad, muy pocos criadores y doctores habían atendido a un animal de aquella raza, con más de mil años de historia, y en el siglo XX abocada a la extinción. Empleados durante mucho tiempo como corceles de tiro en la guerra y en la paz, los había salvado de la desaparición la coyuntura de que, gracias a su porte aristocrático, hubieran sido por dos siglos los animales de enganche de las carrozas de la casa real inglesa, que los había preservado para aquella faena y revitalizado su reproducción. No obstante, los Cleveland Bay puros apenas alcanzaban en el mundo unos pocos miles de ejemplares.

Loreta había llegado a la granja pasadas las diez de la mañana y, luego de presentarse, fue conducida por el dueño de la estancia a la cuadra donde estaba su paciente. En el camino el propietario le explicó que se trataba de un animal de diez años, en excelente estado físico, que solo se decidía a vender porque Miss Margaret Miller, regente de una hacienda de las afueras de Tacoma, le había hecho una oferta irresistible. El Cleveland Bay, llamado *Ringo Starr*, era hijo de *Sea Breeze*, un semental traído de Inglaterra con el que varios años atrás esa misma Margaret Miller y su marido británico habían fomentado su cría de ejemplares de la exclusiva raza, con los cuales, al parecer, el matrimonio había hecho un excelente negocio. Y *Ringo*, vendido cuando era un potro y en contra de la voluntad de la Miller, resultó ser, sin duda, el más hermoso de los descendientes de *Sea Breeze*, aunque su dueño actual podía atestiguar que también el más caprichoso y fuerte de carácter, algo poco frecuente entre los miembros de la variedad, buenos para todo: el tiro, el trote, el salto incluso.

—Además, él sabe que es hermoso —agregó el presunto vendedor—, y por eso es un animal orgulloso y presumido. Es muy inteligente, aunque le gusta hacer lo que le da la gana. Te va a gustar o lo vas a odiar. O al revés: tú le vas a gustar o él te va a odiar —añadió, y señaló hacia la construcción de madera de pino canadiense y techo de pizarra que hacía las veces de cuadra—. Y esa que está allí saliendo del establo es la señora Margaret Miller..., a la que no sé bien por qué le gusta que le digan Miss Miller.

Loreta, que asentía mientras asimilaba información, dirigió la vista hacia la mujer robusta asomada al albergue de los caballos. Cercana o quizás por encima de los cincuenta, la precisión resultaba difícil de hacer, pues estaba cubierta con un camisero de mezclilla y calzaba unas botas incongruentes, llevaba el pelo largo, suelto y sin teñir, y exhibía sobre el pecho, pendiente de un cordón, el símbolo de la paz y el amor.

—Miss Miller —dijo el dueño del rancho, y señaló a Loreta—, acá está la especialista...

Loreta se acercó a la mujer robusta y se presentó.

—Loreta Fitzberg.

—Margaret Miller, casada dos veces..., pero llámeme Miss Miller —dijo, y sonrió.

—Las acompaño —agregó el patrón, y penetraron en la cuadra, donde Loreta recibió la vaharada de aquel olor que tanto le gustaba. De inmediato, como atraída por un imán, la veterinaria pudo ver, en el segundo cuartón, la cabeza perfecta del Cleveland Bay, de un intenso color castaño coronada con una estricta estrella blanca entre los ojos.

Loreta se acercó al animal y le sonrió. Sin duda era bello. El semental también la miró, con una intensidad casi intimidatoria, y la mujer, que había visto y examinado tantos caballos en sus más de veinte años de experiencia médica, sintió una extraña alteración en sus percepciones: aquella bestia tenía una mirada acuosa y brillante, como con un dejo de tristeza, aunque con la fuerza de alguien armado con una inteligencia singular, seguramente superior. Sus ojos hablaban, y Loreta supo de inmediato que ella tenía recursos para entender su lenguaje.

—Hola, precioso —lo saludó la veterinaria y, antes de brindarle una caricia, le tocó con la punta del índice derecho la estrella blanca que le brillaba en la frente, para luego abrir la mano y deslizar la palma por uno de los costados de la cabeza y dejarse oler por el animal. Cuando lo creyó oportuno, el caballo estiró el cuello para olfatear la cabeza de la recién llegada, luego volver a su mano y, tras pensarlo un poco, colocar sobre ella los belfos, como si la besara. Loreta sonrió más, hizo una breve exclamación de agrado, y bajó la mano por la barbilla de la bestia para recorrerle el cuello, y desandar el camino hasta volver a la frente estrellada.

—¿Primera impresión? —soltó a su espalda Miss Miller.

Loreta siguió acariciando a *Ringo* y al fin respondió.

—Está estresado y un poco deshidratado, tiene los belfos resecos. Sabe que pasa algo con él. Mire cómo respira..., es la ansiedad.

—¿Y qué te dice ese estado de ánimo?

—Que no se siente bien. Como un niño entre extraños.

—¿Y qué más?

—Que necesita agua con sales hidratantes y... amor... Y que si yo pudiera lo sacaba de aquí y me quedaba con él —dijo—. Este lugar no le gusta...

—Muy bien... Pues haga su trabajo y empiece a darme segundas impresiones —propuso Miss Miller, y se volteó hacia el propietario de la estancia—. Por favor, ¿nos deja solas con él a la doctora y a mí?

El hombre sonrió sin deseos y musitó un como quiera no demasiado conforme antes de abandonar la cuadra. Loreta también sonrió: la tal señorita parecía una mujer de armas tomar, aun cuando fuera partidaria de la paz y el amor.

—Doctora, ¿me recuerda su nombre, por favor? —le pidió la mujer.

—Loreta Fitzberg. Y no soy doctora. Lo fui en otra vida, ya no.

—¿Puedo llamarla simplemente Loreta?

—Ningún problema...

—Gracias, Loreta... Mire..., a ver... ¿Sabe cuánto me piden por este caballo?

—Mucho dinero —respondió Loreta, mientras preparaba ya una solución hidratante.

—Eso mismo. Es una buena cifra. La mejor para ahora decirle esto: yo quiero llevarme a este animal. Acaba de entrar en su madurez y no parece tener ningún defecto... Además, es hijo del mejor caballo que he tenido, *Sea Breeze,* que significó mucho para mí... Solo si usted me dice algo tan terrible como para convencerme de que no debo comprarlo, no lo compraré. ¿Usted sabe por qué?

—Creo que lo sé, Miss Miller.

—Haga la prueba —la retó la otra.

—Porque *Ringo* tiene algo especial. Porque es especial.

Miss Miller sonrió, asintiendo.

—Es especial —ratificó la mujer—. Por lo menos para mí...

—¿Por qué lo vendieron?

—Yo no quería, pero necesitábamos el dinero. Ahora tengo dinero y quiero recuperarlo... ¿Prefiere que salga para que pueda examinarlo usted sola?

—No, usted puede quedarse..., solo le voy a pedir un favor.

—Dígame cuál.

—Que no me interrumpa, ni diga nada... Voy a hablar con él.

—Hecho —dijo Miss Miller, y retrocedió varios pasos para sentarse en una banqueta ubicada casi en la puerta de salida de la cuadra, a unos quince metros del cuartón de *Ringo*.

Miss Miller luego le diría a Loreta que en sus cerca de treinta años como dueña de caballos, a lo cual podía sumar el hecho de ser uno de los escasos criadores especializados en los Cleveland Bay, jamás había visto algo igual.

Loreta había abierto el portón y entrado en el cubículo ocupado por *Ringo,* que se movió hacia un rincón. Cargaba con un recipiente limpio y el agua enriquecida. Pero, desde que tocó el metal de la puerta, la veterinaria había comenzado a hablar con el animal, en voz muy queda pero audible, como si rezara una oración que se extendió por varios minutos, mientras vertía el agua en el bebedero limpio, sacaba del cuartón el que estaba usado, arrinconaba la paja seca. Cuando mujer y caballo al fin estuvieron frente a frente, luego de otro reconocimiento olfativo por parte del animal y de volver a mirarse durante un tiempo, se revelaron las proporciones del hechizo en curso: el Cleveland Bay bajó la cabeza y comenzó a beber casi con ansiedad la solución preparada. Cuando había mediado el recipiente, miró a Loreta, que seguía hablándole, y acercó su frente a la de la mujer y sus cabezas se unieron. Mujer y caballo permanecieron varios minutos en aquella posición, mientras Loreta continuaba su charla y *Ringo* bufaba y movía los belfos, de donde caían unas gotas de agua. Persona y animal unidos, como si estuvieran lejos del mundo o dentro de un mundo del cual ellos fueran los únicos habitantes. Miss Miller también le diría que había sido testigo de la más fulminante y conmovedora declaración de amor. Años más tarde Loreta precisaría que había sido el encuentro mágico de dos almas gemelas, que solo necesitan estar cerca para establecer sus conexiones.

Dos horas después, cuando Miss Miller terminó de leer el certificado de salud que la especialista había redactado y le llevaría al director de la clínica para validarlo e incluirlo en la hoja de vida del caballo, la casi nueva propietaria de *Ringo* la acompañó primero a despedirse del animal y, luego, hasta donde la veterinaria había dejado su auto. Miss Miller le contó algo de su juventud agitada, en honor de la cual llevaba el apellido Miller y en el pecho el símbolo de la paz y el amor. Loreta, por su parte, le comentó de sus días ingleses, cuando aprendió equitación y se hizo amante de los caballos, un amor que le llevaría después a estudiar veterinaria, en Cuba, aunque en Estados Unidos no pudiera ejercer legalmente como tal. Y antes de despedirse, Miss Miller le entregó un trozo de papel.

—Loreta, ahí tienes mi dirección y teléfono... Como sabes, vivo en el otro extremo del país, casi en una esquina del mundo. Tú vives en Nueva York que es el centro del universo... Pero nunca se sabe, nunca se sabe... Si alguna vez quieres visitarme, serás bienvenida. El sitio donde vivo es tranquilo y hermoso, para mí el mejor de los sitios posibles. Vale la pena conocerlo... Y como nunca se sabe, si alguna vez quieres venirte a trabajar conmigo y cuidar de *Ringo* y mis otros caballos..., creo que también serás bienvenida.

—Muchas gracias, Miss Miller. Siempre es bueno tener una alternativa así. Gracias.

—No hay de qué... Soy yo la que debo agradecerte por haberme permitido ver lo que vi hoy... Definitivamente creo que tienes un don.

—Es puro oficio, no se deje engañar. El que es especial aquí es *Ringo*. Y me alegro mucho de que se vaya a vivir con alguien como usted. Si usted le da una mejor vida.

—Te prometo que voy a cuidarlo como se merece.

—Y yo le prometo que alguna vez iré a verlos. A *Ringo* y a usted, Miss Miller. Algún día... Y siempre vigile que tome mucha agua, por favor —dijo Loreta, y extendió la mano para recibir la de la mujer robusta, la misma mujer que cinco años después, acompañada por un Cleveland Bay iluminado con una estrella entre los ojos, la recibiría en la entrada de una estancia de las inmediaciones de Tacoma bautizada como The Breeze Sea Farm.

En los días que siguieron a su establecimiento en The Breeze Sea, Loreta pensó muchas veces en las razones que podría darle a su hija Adela para argumentar su decisión de marcharse sin despedirse, sin decirle su destino a nadie, ni siquiera a ella, su Cosipreciosa. Pero siempre evadió cualquier explicación coherente, pues ella misma no tenía sus motivaciones del todo claras. El hecho de que en aquel rincón del mundo cargado de magnetismo —entre bosques de cedros y coníferas centenarias, mares de ascensos y descensos prodigiosos, montañas que se encajaban en el cielo, donde el sonido del silencio podía ser tan avasallante, rodeada por seis caballos Cleveland Bay y, para más ardor, enamorada de uno de ellos—, la mujer dispuesta a quebrar todas las anclas hubiera encontrado justo allí el que parecía ser su lugar en el universo, su paraíso particular, había sido una ganancia posterior, en cierta forma adicional, que en el momento de partir no sabía que recibiría. Era su karma. La consecuencia de las causas. Y aunque en las conversaciones telefónicas sostenidas con su hija esgrimió como alegatos el rechazo acumulado hacia el caos de la gran ciudad, el compensatorio hallazgo del paraje amable y el mejor salario que le habían pagado en su vida como buenos condimentos para su decisión, siempre le hurtó el motivo o los motivos que con más fuerzas la habían puesto en movimiento, dispuesta a alejarse de la vida y el ámbito en que había permanecido por dieciséis años de su existencia. Un foso de donde había salido como el buzo que, al borde de la asfixia, emerge de las profundidades en busca de oxígeno.

Un año antes de su partida, en 2005, se había concretado la separación de Loreta y Bruno Fitzberg. La muerte de la unión se había producido sin dramatismo, pues llegaba como resultado de un patente desgaste, quizás generado por la incapacidad de Loreta de sostener por tanto tiempo una fidelidad, cualquier fidelidad de las que hasta entonces había conocido. Aunque ella nunca lo admitió, Bruno sabía que la mujer mantenía relaciones sexuales con otro hombre, tal vez las había tenido con más hombres, en plural y por tiempo indefinido. Entre ellos, casi seguro, el director de la clínica donde trabajaba. Sin embargo, las posibles aventuras de la mujer no habían sido una causa: en realidad encarnaban el resultado de su necesidad visceral de rebelarse y romper equilibrios, aunque en su avance derribara pedestales. Y la vida en común con Bruno Fitzberg ya se había convertido en un lastre del cual ella precisaba desprenderse.

Gracias a un acuerdo que resultó satisfactorio para ambas partes, habían decidido que Adela permaneciera viviendo con su padre en West Harlem. Allí tenía las comodidades y la cercanía del colegio donde terminaría sus estudios preuniversitarios, dos condiciones que no encontraría en el apartamento de Union City adonde se trasladaría Loreta. Ambos aspiraban a que la muchacha, muy madura para su edad y dotada de una proverbial inteligencia y perseverancia, pudiera ingresar en la Columbia University, prepararse para estudiar Leyes y comenzar su vida independiente.

Con mucho alivio para Loreta, a su hija también le había parecido la mejor solución, pues, había reconocido con toda sinceridad, no le hacía ninguna gracia irse de su casa y su barrio, alejarse de sus lugares y amistades, de los salones donde bailaba salsa y merengue y el terreno donde jugaba al softbol cada domingo. Qué gustos los tuyos, Cosi, pero mientras sea nada más que eso y no te metas cosas raras en el cuerpo...

Durante todo un año, a partir de la separación, Loreta había conseguido mantener una relación civilizada con su exmarido y lo más cercana posible con su hija. Tres o cuatro veces a la semana pasaba las tardes en el apartamento de Hamilton Heights y a veces cocinaba para todos. Cuando estaba de ánimo, entraba en la leonera en que se había convertido la habitación de la adolescente, la organizaba hasta donde resultaba posible y ponía una tanda de ropa en la lavadora. Si era necesario, incluso, dedicaba algún tiempo a auxiliar a Adela en la preparación de los *papers* escolares que le llovían, y a buscar en la red los programas de ayudas estatales y federales para jóvenes como ella, con las calificaciones académicas de ella. El nuevo ritmo de la vida familiar parecía tan normal que incluso Loreta asumió que esa podía ser una nueva normalidad: días de trabajo en la clínica, horas de cercanía con su hija, viajes diarios de ida y vuelta, en metro y autobús, entre Union City y Manhattan. Pero, en el fondo (o no tan lejos), ella sabía que se autoengañaba.

El impulso de ponerse en movimiento se le reveló con toda su intensidad una noche en que hacía la guardia médica de la clínica. Tenía cuarenta y seis años, había comenzado a sufrir los embates de una precoz menopausia, su salario seguía siendo bastante discreto (no había mejorado la cifra el hecho de que se acostara con su jefe) y no le permitía disfrutar de las aparentes ventajas de vivir en el barullo de Nueva York. Mientras, para espanto de la mujer, su Cosi insistía con creciente interés en su exasperante cubanofilia, y ella se descubría cada vez más inconforme consigo misma, una condición existencial que no conseguía resistir pues podía sacar a flote lo peor de su carácter. La vida le exigía dar un golpe de timón e intentar alguna vez ser ella misma. Y sin darle más vueltas se había lanzado a la conquista de su *far far west*.

Dos semanas después de haber llegado a The Sea Breeze, al fin había creído oportuno despertar su teléfono celular y, luego de comprobar que tenía varias llamadas perdidas y mensajes de texto de Adela, incluso algunos de Bruno y de su último amante (un chef austríaco dueño de dos serpientes, practicante de yoga como ella), al fin había llamado a su hija y le había dicho dónde estaba, pero apenas habló de por qué estaba allí.

Loreta conocía que varias de las razones de su estampida resultaban francamente inconfesables para alguien con sus responsabilidades: ¿se había ido solo porque quería buscarse a sí misma? ¿O porque, en realidad, ella se sentía mejor rodeada de animales que le agradecían su existencia y afecto que de personas empeñadas en exigirle cuidados, palabras, fidelidades, compromisos? ¿O porque a Loreta Fitzberg no le gustaba Loreta Fitzberg ni la vida que llevaba, ni el ambiente que la rodeaba, como años atrás Elisa Correa, en la encrucijada más sórdida de su existencia, se había asqueado de ser Elisa Correa y vivir en el mundo peligroso y en descomposición en que habitaba, y por eso se imponía intentar, otra vez, una nueva encarnación? O, con más justeza, un verdadero renacimiento.

Dan Carlson, el simpático segundo marido de Miss Miller, murió cuando Loreta llevaba poco más de un año trabajando en The Sea Breeze. Un ictus poco previsible para un hombre con su físico y su buen carácter lo había dejado en un coma que duró cinco días y del cual solo salió hacia la muerte.

Dan Carlson había sido por doce años el compañero de Margaret Miller, que ya había enviudado de su primer marido, Thomas Foster, el padre de sus dos hijas, muerto en un accidente de carretera provocado por los efectos de un brutal encuentro cercano con su amigo Jack Daniel's. Con Thomas, inglés, amante de los caballos y dueño de una pequeña fortuna personal, la pareja había fomentado, a finales de los turbios años setenta, lo que sería The Sea Breeze cuando trajeron desde Inglaterra el primero de sus Cleveland Bay.

Cinco años antes de aquel primer matrimonio, en 1972, la joven Miss Miller de veintitrés años, entonces llamada Margaret Sanders, perdió al que había sido y seguiría siendo para siempre el hombre de su vida: el tormentoso Robert Miller, Bob, con quien había compartido cuatro años de loca juventud. Según contaba Miss Miller, el inconforme Bob, que se negaba a ir a la cada vez más cruenta guerra de Vietnam, había huido a Canadá, donde en un lazo macabro del destino terminó su periplo apuñalado por un vietnamita vendedor de drogas. Sintiéndose viuda sin haberse casado, Margaret Sanders había adoptado entonces el apellido del amante muerto y, por ser soltera, el *miss* que le correspondía. Desde entonces pediría que la llamaran Miss

Miller, mientras a todos los efectos legales —y hasta la muerte— pasó a llamarse Margaret Miller, la *femme fatale* que en su tránsito vital iría dejando atrás amantes y maridos difuntos.

Con la partida de Dan, la siempre dispuesta Miss Miller había caído en una especie de letargo, como si hubiera perdido interés por cuanto la rodeaba, incluida su magnífica hacienda. No admitió que sus hijas vinieran a acompañarla (en algún momento las calificaría de mujercitas burguesas) y mucho menos que la sacaran de la estancia para llevarla a sus lujosos apartamentos de Chicago y Pittsburgh donde vivían con sus respectivos maridos, abogados de bufetes famosos.

Fue en vista de la crisis que avizoraba la granja cuando Loreta Fitzberg sacó su casta de líder y, junto a los eternos peones, el indio puyallup Wapo y el mexicano Andrés, se echó encima el mantenimiento de los exigentes ritmos cotidianos del rancho, con el espíritu de organización y entrega que la mujer sabía desplegar, cuando decidía desplegarlo. Para Loreta, en realidad, salvar la estancia entrañaba una manera de salvarse a sí misma, pues ya había decidido que aquel era su lugar en el mundo. Y una de las medidas que tomó fue contratar al *cowboy* Rick, para que la complementara en los cuidados y entrenamientos de los animales *(Ringo* quedaba fuera del trato) y se encargara de los aparatosos y violentos procesos de monta o extracción de semen. Mientras, ella se dedicaría más a los asuntos financieros, médicos y logísticos.

Justo por esa época, en pleno verano de 2007 y poco antes de su ya confirmado traslado al sur de la Florida para ingresar en FIU, Adela visitó por primera vez a Loreta en The Sea Breeze Farm. Cuando la madre y la hija se encontraron en el aeropuerto de Seattle-Tacoma, hacía más de un año que no se veían y ambas constataron lo mucho que habían cambiado en ese tiempo. Adela, a sus diecisiete años, en muy pocos meses se había convertido en una bellísima mujer en la que los rasgos, antes exagerados, parecían haber alcanzado la mejor armonía: sus labios carnosos ahora eran gruesos y firmes, más oscuros que su tez morena, solo necesitados de un poco de brillo para realzar su belleza latina; sus caderas y sus nalgas dejaban de ser las de la niña y adolescente redondeada para destacarse como descansos del talle, que se había estrechado y en el que pugnaban los senos, pequeños, afilados.

—¡Pero qué linda estás, Cosipreciosa! —debió exclamar su madre al verla.

Adela, por su parte, se encontró a una mujer al borde de los cincuenta, más delgada, más morena, definitivamente más musculosa y mejor encajada en sí misma y con un aire de satisfacción brillándole en los ojos.

—Y tú estás perfecta... Mejor que antes —se atrevió a decirle Adela, cuando al fin se desprendió del abrazo en que la envolvía su madre.

—Gracias y... quita ahora la cara de mierda... Ya estás en tierra firme —sonrió Loreta, conocedora de las reacciones psicosomáticas que, desde hacía unos años, le provocaban a la muchacha los viajes por aire.

En el camino se pusieron al día sobre algunas de las cuestiones más trascendentes de sus vidas que no implicaban revelaciones íntimas. Loreta habló de la situación complicada que se vivía en la hacienda desde la muerte del esposo de Miss Miller, aunque ella había logrado mantenerlo todo bajo control. Por fortuna, la patrona de la estancia parecía que comenzaba a recuperar sus proverbiales energías, y ella lo necesitaba, pues la temporada invernal de la región solía ser muy exigente en un rancho equino. Adela, mientras tanto, solo habló de su padre, Bruno, de lo mucho que ella había extrañado a Loreta (hasta exageró un poco) y sus auxilios alimentarios, docentes e higiénicos, y evitó de momento hacerle algún reproche por el modo en que había desaparecido para evitar un previsible contraataque materno por la decisión ya tomada de irse a estudiar en la Florida, en lugar de hacerlo en Nueva York. De seguro tendrían tiempo de discutir y hasta de halarse los pelos.

Como ya las esperaban, el portón de la hacienda estaba abierto y Loreta condujo su camioneta hasta las inmediaciones de la cabaña —antigua oficina y reino del difunto Thomas Foster— que a su llegada Miss Miller le había ofrecido a la veterinaria para que tuviera un sitio privado. Adela observaba arrobada el lugar, las construcciones funcionales, armónicas, todas como recién pintadas, los espacios con césped por los que se movían pavos reales, unos caballitos en miniatura con estampa de juguetes de peluche y un par de perros labradores canadienses, todo delimitado por los espesos bosques circundantes. La primera impresión que regalaba el paraíso encontrado por Loreta Fitzberg era enérgica, sin duda magnética, como la mujer solía calificarlo.

—Deja tus cosas en el carro... Voy a presentarte —le ordenó Loreta, y Adela avanzó tras ella hacia la zona de las largas edificaciones de madera y tejas en las que, bien supuso, se encontraban las cuadras.

Del interior del recinto salieron a recibirlas Andrés y el indio Wapo, encantados de tener de visita a la hija de Loreta, quien les preguntó, sonriendo, luego de pasarle el brazo sobre los hombros a Adela:

—Me quedó bien, ¿verdad?

Con el brazo siempre tendido sobre los hombros de la joven, mientras le comentaba que el otro empleado, su colaborador Rick Adams, llegaría en algún momento luego de cumplir unos encargos, la hizo avanzar hacia el interior de la cuadra principal. Las cabezas color castaño de cuatro yeguas y un macho joven llamado *Cuore* por la mancha que llevaba en el pecho, todos Cleveland Bay, estaban asomadas en sus respectivos cuartones. Los animales habían oído las voces y, curiosos, buscaban contacto visual con su entrenadora y la posibilidad de identificar una voz que no les resultaba familiar. Llamándolos por su nombre, Loreta le fue presentando a cada uno de los animales a Adela, deteniéndose un tiempo con varios de ellos para comentar algo de su carácter y regalarles las caricias que exigían. Mientras hablaba, la entrenadora iba desarrollando su papel en la obra que había montado: de vez en cuando, con exagerado acento *british*, mentaba la existencia de un señor muy caprichoso *(sir* lo llamaba), que sabe que es el más bello del mundo, pero que puede ser muy presumido y desagradable cuando le da por serlo. Bueno, se comporta como el aristócrata que es.

Adela no pidió explicaciones al comprender el carácter de la representación en curso y se adelantó para asomarse al último cuartón, el más amplio, con una puerta abierta a un espacio de tierra de sacrificio, como le llamaban al terreno cercado, al aire libre, que le servía de complemento a los cuartones. Como estaba vuelto de espaldas al pasillo, Adela solo pudo ver las ancas magníficas del animal, redondas y potentes, la cola de un negro brillante destacándose en el tono bayo perfecto de su piel recién cepillada.

—¿Y qué me dices de este príncipe? —dijo Loreta al llegar a la altura de su hija.

El animal se mantuvo estático, como si no hubiera escuchado nada.

—Hoy no tiene un buen día, no, no... —añadió Loreta, y entonces la bestia lanzó hacia atrás cuatro o cinco coces suaves, muy marcadas—. Es que está disgustado porque no lo han llevado a pasear... Pero, pero... ¿*sir Ringo* no va a recibir a la visita? —preguntó, y le hizo un gesto a Adela para que hablara.

—Buenas tardes, señor *Ringo* —dijo Adela, y el animal, al escuchar la voz desconocida, cayó en la trampa y volteó la cabeza, para dejar ver su frente, coronada con la estrella blanca que iluminaba su cara y su alma—. Hola, hola...

El semental movió varias veces sus belfos antes de ponerse en movimiento y, con displicente dignidad, acercarse a la barda del cuartón y aproximar su cabeza a la de Adela y olfatearla a conciencia.

—Adela, ya lo conocías por fotos..., pero ahora te regalo de cuerpo presente a *Ringo Starr*... El rey de la hacienda.

Al final de la tarde, luego de que Loreta lo paseara por el descampado que estaba más allá de la pista de entrenamiento, Adela montó por primera vez el lomo generoso y potente de *Ringo,* el animal que le había disputado el amor de su madre. Y, en muchos sentidos, ganado en la competencia.

Loreta no se sorprendió demasiado cuando Mikela, la empleada griega de la casa, se acercó a la pista para saludar a Adela y decirles a la madre y la hija que Miss Miller las invitaba a cenar y, por ser una buena ocasión, le había pedido que preparara su especialidad suprema, el *souvlaki* cretense.

Mientras se duchaban y preparaban para la cena, Loreta le habló a su hija de las conjunciones cósmicas que le habían llevado a aquel lugar. Volvió a decirlo, como si necesitara dejarlo bien establecido: estaba segura de haber encontrado el sitio donde mejor se había sentido en su vida. Y en esa convicción mucho había tenido que ver la existencia de *Ringo*. Entre ella y el animal se había asentado una relación que a Loreta le costaba racionalizar, pero funcionaba de un modo que calificó de comunión espiritual. Como si ella y el Cleveland Bay hubieran estado destinados a encontrarse, a complementarse, a ser lo que llamó dos almas gemelas. ¿O es que en otras vidas el caballo había sido una persona, quizás muy extraordinaria?

No era la primera vez que Adela escuchaba a su madre hablar de relaciones difíciles de explicar, más aún de entender por los demás. Desde hacía varios años Loreta había comenzado su acercamiento a los preceptos del budismo y al principio a Adela casi la había asustado la afirmación de su madre de que tenía la impresión de haber vivido otras existencias (¿como fantasma, como espíritu vagante?, pensaba de niña) y la muy definida noción de que su condena sería que en otros tiempos viviría algunas más, hasta lograr el arribo a su nirvana. No especificaba cómo y cuándo había tenido sus encarnaciones previas, aseguraba que la sorprendían como flashazos de una memoria dormida, y cuando Adela trataba de despertar esa memoria en el sentido más real e intrigante —el pasado concreto, vivido por su madre en ese país tan cercano y lejano llamado Cuba—, Loreta solía decir con toda su seriedad que de esa vida precisa, de esa, no recordaba nada, y no quería ni necesitaba hacerlo.

A las siete las dos mujeres entraron en la casa principal de la hacienda y, sin esperar a que alguien las recibiera, Loreta se hizo seguir por Adela hacia un salón de paredes de vidrio asomado a la parte boscosa de la hacienda y, un poco más allá, al brazo de mar de la bahía de Minter.

Miss Miller ocupaba un confortable butacón de cuero verde, de espaldas al salón contiguo que hacía las veces de comedor y de frente al panel de vidrio, como si observara su gloria. En la mesa de centro, ante ella, reposaba una botella de vidrio labrado que resultó contener *tsikoudia* cretense y dos copas. La tercera estaba en su mano derecha, mediada de aquel aguardiente de uvas también conocido como *raki* que, decía la mujer, ella debía de ser una de las cinco personas sin ascendientes helénicos que lo bebían en todo el estado de Washington, y al cual se había aficionado por influencia de la eficiente Mikela, que se lo hacía enviar desde su isla griega.

—Buenas tardes, querida —se anunció Loreta, y la mujer volteó la cabeza para luego ponerse de pie.

—Buenas tardes...

—Buenas tardes, Miss Miller... Encantada de conocerla y gracias por la invitación —dijo Adela, y le extendió la mano a la mujer, que, sin soltarla, se aproximó a la muchacha y la besó en la mejilla, mientras ponderaba la belleza de la joven. Miss Miller se había puesto uno de sus vestidos camiseros y llevaba el pelo, sin duda recién lavado, más blanco que castaño, suelto sobre los hombros. A Adela le pareció que, a pesar de sus mentados achaques anímicos, la señora llevaba muy bien sus casi sesenta años.

—Gracias a ustedes por aceptarla... Hoy va a ser la primera vez en meses que me voy a sentar ahí —dijo, e indicó hacia el comedor, donde la mesa, de dimensiones que podían acomodar a unos ocho comensales, estaba cubierta por un mantel de hilo y con tres servicios de cubiertos, copas y servilletas ya dispuestos—. Me imagino que ya sabes por qué...

—Sí, y lo siento mucho —dijo Adela.

—Gracias. Pero hoy no vamos a hablar de cosas tristes... —pidió la mujer, y de inmediato trató de enrumbar por otros senderos la conversación—. Me dijo tu madre que venías a verla porque te vas a estudiar a la Florida... ¿Sabes que he recorrido casi todo este país y nunca he estado en Florida? ¿Por qué escogiste irte allá?

Adela, que hubiera preferido otro tema de conversación, intentó simplificar y condensar su respuesta: una buena beca, su interés en Cuba y los estudios latinoamericanos, el deseo de conocer un mundo que debía ser más complicado que los estereotipos con los cuales solían caracterizarlo. Fue entonces cuando Loreta, hasta entonces en silencio, intervino.

—Miss Miller, ¿no nos vas a invitar a una copa de tu *tsikoudia*?

La velada fue cordial y la comida deliciosa. Adela, que apenas bebía una cerveza o un vaso de vino, la disfrutó envuelta en una leve euforia etílica provocada por el potente aguardiente cretense con el cual, decía Miss Miller, se debían acompañar los platos preparados por Mikela. Las habilidades culinarias de la griega fueron alabadas por las tres mujeres, y Loreta tuvo la convicción, como le dijo más tarde a Adela, de que Miss Miller había salido de la parte más oscura del túnel al que la había arrojado la muerte de Dan Carlson y volvía a ser la mujer que siempre había sido: afable, buena conversadora, enamorada de la vida, con vocación de mando (o mandona, dijo en español).

Adela seguía sorprendida por el comportamiento comedido de su madre, y aquella actitud le ofreció la percepción más palpable de cuánto la había beneficiado el traslado a un remoto rincón del noroeste. Porque los otros casi tres días que Adela pasó en The Sea Breeze en ese verano de 2007 fueron uno de los momentos en que la muchacha disfrutó de una relación más distendida e intensa con su madre. Loreta, enfocada en sus responsabilidades, ahora incluso acompañada un par de veces por Miss Miller, asumió a Adela como parte de su equipo y la muchacha se sintió reconfortada con ello. Vestida con ropa de trabajo de su madre y unas botas de corte militar que le facilitó Miss Miller, por órdenes de Loreta y Rick, la joven ayudó a alimentar a los caballos, paleó estiércol, extendió grava en los potreros y hasta tuvo el honor de protagonizar el baño, limpieza de los cascos, peinado de la crin y la cola y el cepillado final de *Ringo* la mañana anterior a su partida, luego de una cabalgata en la que Loreta jineteó al semental y Adela a la dócil yegua llamada (en el mejor estilo *Sea Breeze) Mama Cass,* a la cual, luego del baño reglamentario, también ayudó a su madre a aplicarle el tratamiento para un hongo que le había atacado los cascos.

Al final de las tardes, mientras Loreta realizaba sus últimas faenas, Miss Miller y la citadina Adela, exhausta pero satisfecha, bajaban hasta la costa del brazo de mar de la bahía de Minter que limitaba por el norte con el territorio de la hacienda. El espectáculo de observar las vertiginosas subidas o descensos de la marea, sorprenderse por el salto de algún salmón, seguir el vuelo de las imponentes águilas reales y admirarse con las pesquerías de las gaviotas fueron verdaderos descubrimientos para la joven neoyorquina. Mientras, Miss Miller le contaba a Adela algunas de las peripecias de su vida, muy agitada hasta sus veinticinco años, cuando había sido alterada de forma muy radical por la muerte de su querido Bob. Y luego su vida cambiada, como si hubiera sido sustituida por otra persona, gracias a la construcción de su pequeño reino de The Sea Breeze, con el apoyo de sus difuntos maridos. Pero la mujer también le ofreció a la joven un retrato de su madre que en muchos aspectos difería del que ella había conocido y creía seguir conociendo.

—Loreta no habla mucho de sí misma —le había referido Miss Miller una de esas tardes—. Sé que está aquí porque quería cambiar de vida, pero eso es solo lo evidente. Entre Nueva York y una clínica veterinaria, y Minter y una hacienda de caballos Cleveland Bay hay una distancia que casi no se puede medir. No solo por las geografías, sino por los sentidos posibles de la vida. Allá se vive preocupados por el futuro; acá solo por el día que vivimos y los ciclos del clima, un presente que se repite y a veces parece eterno, como ese mar, esas montañas, estos bosques y sus ritmos orgánicos... También sé que tu madre dice que este es el lugar donde mejor se ha sentido, lo cual es más fácil de explicar. Por lo menos para mí, que sentí lo mismo hace cuarenta años y siento lo mismo todavía hoy. Por eso, siempre que viajo, y en una época viajé mucho por Europa y Asia (mi primer marido amaba las islas griegas y por eso Mikela está aquí desde hace treinta años), de pronto siento el deseo de volver demasiado rápido para lo que debería pedirme mi curiosidad por conocer otros mundos... Pero, hasta donde sé, el deseo que tiene tu madre es el de no moverse de aquí. Desde que contrató a Rick casi no va ni siquiera a Seattle. Nada más a Tacoma algunas tardes para sus tandas de meditación... ¿Y sabes qué? Pues creo que ya somos verdaderas amigas y que sin ella no hubiera podido empezar a superar la muerte de mi marido. Pero eso no me da otros derechos y yo no le pregunto qué buscaba aquí, qué ha encontrado aquí, más allá de esas cosas evidentes que te he dicho. Y mucho menos le preguntaría por qué vino. Ese es su secreto, o quizás su tesoro..., y los buenos secretos no se confiesan y los mejores tesoros están enterrados, entre más profundo, mejor. No es que ella quisiera cambiar cosas de su vida, es que necesitaba hacerlo. Yo sé de lo que te hablo...

Como el vuelo de regreso a Nueva York despegaba a las 21.25, a las cinco de la tarde del día de su retorno Adela se despidió con besos y abrazos de Miss Miller y de los trabajadores de la estancia, el mexicano Andrés, el indio Wapo y el *cowboy* Rick —un tipo cordial y además muy bien plantado, dueño de un notable parecido al más atractivo Brad Pitt—, mientras su madre colocaba su mochila en la camioneta y pateaba cada una de las gomas para comprobar su densidad. Según lo había dispuesto Loreta, cenarían temprano en un restaurante de Gig Harbor, frente al mar, para luego dirigirse al aeropuerto.

Sentadas a una mesa que se asomaba a la lengua de mar, ambas se decantaron por el bacalao a la plancha y Loreta pidió una copa de vino blanco que, dijo, se podía permitir. Hablaron otra vez de la favorable recuperación de Miss Miller, y Loreta le contó que la dueña de la estancia le había confesado que después de muchos años había vuelto a fumar marihuana y la invitó a probarla, pero ella no se atrevió: ella jamás había consumido ninguna droga que no fueran los cigarros que probó en su juventud y algún trago de alcohol, y les temía, pues sabía que semejantes evasiones, que al principio siempre se asumían como diversiones inocentes, podían ser el camino hacia desenlaces terribles. Adela le preguntó a su madre si el *cowboy* Rick era su amante, y Loreta sonrió negando con la cabeza, para asegurar que ya no estaba para esos afanes. Cuando esperaban los postres, Adela miró su reloj, necesitada de comprobar si iban bien de tiempo, y fue como si aquel gesto de inquietud diera la orden de arrancada.

—No te preocupes, Cosi, estamos bien... Te vas a Nueva York, te vas..., y en un mes estarás tirando tu vida por el inodoro.

—Por favor, Loreta, ¿a qué viene eso ahora? Voy a estudiar a una universidad tan buena como otra cualquiera y ya —se defendió Adela, sin intenciones de pelear, menos en ese momento y luego de haber gozado de unos días de cercanía con su madre y en un sitio de sabor tan auténtico—. Vamos a terminar la fiesta en paz, por favor...

—Mira que me lo pregunto y me lo pregunto... y no entiendo. ¿Qué cosa tienes metida en esa cabeza linda, mi Cosi? —siguió Loreta.

Adela suspiró. Había llegado el momento. Los beneficios espirituales de The Sea Breeze y su entorno no habían sido tan potentes como para cambiar la esencia del carácter de Loreta, como comprobaría unos minutos más tarde.

—Yo también me puedo hacer esa pregunta respecto a ti... ¿Qué cosa tiene en la cabeza una madre que deja a su hija de quince años sin decirle adónde demonios se ha ido y por qué se ha ido? ¿Cuántas veces me has preguntado por mi padre? ¿Quieres saber lo que sentí cuando desapareciste?... Tú, la ecológica, demócrata, humanista..., la que les habla a los caballos y dice que tienen alma... Aparte de los caballos..., ¿a ti de verdad te importa alguien que no seas tú misma?

—Tú sabes que me importas más que nada en el mundo. Y no compares el desastre de mi vida con la tuya, Adela. Yo apenas podía salir de un foso y arrastrarme. Siempre estoy saliendo de un foso... Tú puedes alcanzar el cielo... Pero viviendo en Miami y metiéndote en el mundo de los cubanos, en una ciudad de provincia de un estado provinciano... ¿Ya te dije que el que anda con mierda termina oliendo a mierda? Mira, yo huelo a caballo...

—¿Qué cosa tan jodida te hicieron los cubanos para que pienses así? ¿Me lo vas a decir alguna vez?

—Te lo he dicho mil veces... Cuba es un país maldito y los cubanos somos su peor maldición. Somos gentes que preferimos odiar y envidiar más que crecer con lo que tenemos. El caso clásico del que se alegra de quedarse tuerto si su vecino se queda ciego. Un país completo que piensa y vive así...

—Yo no creo eso, Loreta.

—Porque tienes la suerte de no haber nacido en Cuba y de no haber vivido allí más de la mitad de tu vida. Y no será el país completo, cada uno de sus no sé cuántos millones de habitantes, no. Pero siempre los que dan el tono son los más persistentes, los que gritan y enarbolan las banderas... Los mezquinos que se alimentan con odio y envidia. Y son muchos, créeme. Y en Miami algunos suelen empeorar. En un ambiente tóxico, te intoxicas... ¿Te acuerdas de por qué tenemos el presidente que tenemos?... Por los cubanos...

—En todas partes hay cínicos e hipócritas... Pero también gentes normales, y hasta buenas personas, ¿no?

—Sí, tienes razón. Yo conocí a algunas de esas buenas personas. Las quise. Ellas me quisieron. Algunas incluso hicieron cosas muy... complicadas, por mí.

—Ahora te entiendo menos con tu obsesión...

—Lo único que te hace falta entender es que yo he luchado mucho por salvarte de ser lo que fui. No sabes las cosas que he hecho.

—No, de verdad no las sé... ¿Cuáles fueron esas cosas terribles que te pasaron? ¿Todo eso que dices tiene que ver con el comunismo?

—Ojalá —soltó Loreta—. Sería más fácil culpar de todo al comunismo... Pero como siempre digo, el comunismo es una consecuencia, no una causa. Una consecuencia que puede agravar ciertas cosas, por muchas razones, pero la condición humana es la misma en cualquier sistema, porque es eterna... Una de las pocas cosas eternas... Lo que está en el fondo de todo es la vanidad, el más falso de los orgullos, una capacidad de hacer el mal que los desborda... Es una enfermedad nacional.

—Y tú dices y sabes esas cosas porque eres cubana, ¿verdad, madre? ¿Porque tú también eres así? ¿Por eso engañaste a mi padre y te aburriste de mí y te largaste sin mirar para los lados? —dijo Adela, y por el modo en que la miró su madre tuvo la percepción de que quizás se había pasado. Pero su madre se lo merecía.

Loreta apartó el postre que acababan de colocar frente a ella. Tenía varias respuestas para darle a su hija y pensó cuál sería la más hiriente, aunque no fuese la que, sin imaginárselo, Adela le estaba reclamando, la respuesta capaz de explicar tantas cosas y que, solo si llegaba el Apocalipsis, ella le entregaría.

—Adela Fitzberg —comenzó, marcando bien el apelativo—, tú no tienes derecho a juzgarme. De verdad no sabes nada de mi vida. Nada más has visto la punta del iceberg...

—Enséñame el resto, eres mi madre —la interrumpió Adela.

—Por decir la mitad, no, un cuarto de lo que me has dicho, el hijo de puta de mi padre me hubiera abofeteado y la cabrona de mi madre lo habría aplaudido, y después lo dos hubieran cantado el himno nacional o *La Guantanamera*... ¡Cómo odio *La Guantanamera!*... No, no voy a hablar más de todo eso... Tú has tenido mucha suerte y lo único que quiero es que no la desperdicies. ¿Y sabes por qué? Porque yo te quiero, Adela. A lo mejor yo no soy la madre que tú quisieras que fuera, pero te quiero y por ti he hecho muchas cosas, algunas terribles.

—¡No me saques más esas cuentas, coño! ¡No lo resisto!... ¡Y no te atrevas a decirme que nosotras somos mejores! ¡Somos una mierda! —gritó Adela, y se puso de pie. Varios comensales volvieron la vista hacia las dos mujeres, preguntándose qué se habrían dicho en una lengua incomprensible que quizás les sonara levemente identificable. ¿Hablaban en mexicano?

Loreta permaneció sentada, y apenas levantó la mirada para seguir la salida de Adela. Cerró los ojos un instante y luego acercó el postre y comenzó a comer, para, tras la segunda cucharada, mover la mano y reclamar la cuenta. Volvió a concentrarse en el dulce mientras se preguntaba por qué no había podido quedarse callada, por qué no había podido cerrar la visita de su hija como un encuentro feliz, destinado a acercarlas. ¿Sería cierta la enseñanza de Buda de que nunca jamás nada es completamente satisfactorio? Para ella no lo era, pues siempre daba un paso más y actuaba como el escorpión que se mata a sí mismo clavándose su propia púa venenosa: alguien cuya condición esencial la condena. Porque, al fin y al cabo, por más que huyera de todos y de sí misma, por más que negara y renegara, por más lejos del foso que procurara estar, por más que meditara y tratara de aliviar su mente de cargas onerosas, ella nunca dejaría de ser Elisa Correa, la cubana que había sido y, a pesar de todos sus empeños, siempre sería. Como un karma, como la maldición que, en la repartición de culpas, también atribuía a su origen nacional.

Diez minutos después, cuando salió del restaurante, Loreta buscó con la vista a su hija. La claridad dilatada de los veranos del norte aún imperaba, pero Adela no se veía por los alrededores. Entonces Loreta supo lo que había ocurrido. Se acercó a su camioneta y comprobó que la mochila de Adela no estaba allí. La muchacha se había ido, sabía Dios por qué medios. Al fin y al cabo, Adela era su hija, se decía cuando su celular le advirtió que había recibido un mensaje, y leyó: «¡Qué difícil es quererte, Loreta Fitzberg!».

Miss Miller había insistido en que era importante. No podían dejar de celebrar los primeros cincuenta años de vida de Loreta, el 20 de abril de 2009. Para Loreta Fitzberg, en cambio, el hecho de llegar a una cifra tan espeluznante no tenía otro significado que la ratificación de que entraba en el último tramo de su vida, y de que, a pesar de todo, lo hacía de la mejor manera que hubiera podido imaginar. La coyuntura que la había llevado a trasladarse a The Sea Breeze y encontrar allí su lugar en el mundo constituía un premio inesperado del cual trataba de disfrutar cada día, cada hora, como enseñaba Buda.

Dos semanas antes del aniversario, como prolegómeno de la celebración, Loreta había recibido una nueva visita de Adela. La joven había aprovechado el fin de semana largo de la Semana Santa y el buen pretexto cumpleañero para trasladarse hasta Tacoma por primera vez luego de la amarga discusión con que se habían distanciado, casi dos años atrás, y que, con subidas y bajones de intensidad, había continuado por vía telefónica durante varios meses, hasta que Loreta decidió aparentar que aceptaba su derrota. Y aunque ambas sabían que muchas de sus cuentas seguían pendientes, gastaron los cuatro días de la visita de la joven sin sacar a relucir sus resquemores, como si fueran una madre y una hija normales y amantes, como en algunas ocasiones las dos pensaban que les gustaría llegar a ser.

Para mostrar las proporciones de la reconciliación, Loreta incluso había permitido que Adela siempre cabalgara sobre *Ringo* en los paseos diarios que le regalaban al animal. El hermoso

Cleveland Bay se acercaba a sus veinte años de vida y todavía disfrutaba de su potencia sexual. Periódicamente le era extraído el semen, vendido a muy buen precio o conservado en un banco de Tacoma, y en primavera cubría a una parte de la yeguada de la hacienda, mientras el joven *Cuore*, su sucesor, ya se ocupaba de algunas hembras. En las épocas de celo las yeguas eran trasladadas a una estancia vecina, para que los machos no respiraran los inquietantes hedores de la menstruación. El día escogido, *Ringo* y *Cuore* eran llevados a aquel sitio donde existía un cuartón especial, preparado para los fogosos y violentos ejercicios de monta. Pero ahora *Ringo* parecía más apacible; su mirada, más profunda y melancólica y su crin negra estaba salpicada por unas hebras blancas, como si él y su alma gemela comulgaran también en sus alteraciones físicas.

Loreta había despedido a su hija en el aeropuerto de Sea-Tac con una enorme sensación de alivio y una profunda satisfacción por haber conseguido controlarse cuando la joven le contó del desarrollo de sus estudios de *bachelor* en Humanidades en FIU y sus planes de hundirse más en su pantano con la aspiración de realizar, en el sur de la Florida, también los ejercicios de la maestría y, lo estaba pensando mucho, incluso el doctorado. Hacía tiempo había desechado la idea de encaminarse hacia el campo de las leyes (como hubiera deseado su madre), pues pretendía dedicarse a los Estudios Latinoamericanos, especializándose en su pasión por la cultura cubana. La madre asumió que la hija insistía en tocar aquella tecla desafinada como una provocación, pero ella resistió a pie firme, incluso cuando Adela le confesó que había tenido un novio colombiano y que ahora andaba romanceando con un cubano. ¡Qué desastre, Adela Fitzberg!, pensó, pero no atacó. ¡Ni siquiera cuando Adela le confesó que estaba pensando hacer un viaje académico a Cuba! ¿Se estaría poniendo tan tan vieja, y más apacible, como su caballo?, llegó a preguntarse. ¿O debía su autocontrol al ascenso en el conocimiento de las enseñanzas de Buda y las influencias benéficas de su nuevo indicador de caminos, el iluminado Chaq?

La veterinaria sabía muy bien que los tres años vividos en The Sea Breeze habían provocado notables alteraciones en su carácter y su percepción del mundo, aunque sin imaginar que pudieran resultar tan radicales. Veinte años atrás, cuando atravesaba el momento más oscuro de su existencia y, con un embarazo a cuestas, se había lanzado a una aventura desesperada e incierta, si alguien le hubiera dicho que el paraíso existía y ella lo descubriría, Elisa Correa lo hubiera negado de plano. Y si ese alguien se hubiera atrevido a más, asegurando que esa Elisa Correa, ya transmutada en alguien llamada Loreta Fitzberg, encontraría el mejor de los mundos posibles en una hacienda equina en el mismísimo *back arse of nowhere*, rodeada de montañas cargadas de glaciares, mares gélidos y bosques impenetrables, hablando más con un caballo que con cualquier persona, hasta habría podido escupirle a la cara, por embustero, o de crucificarlo, por falso profeta.

En esos tres años, Loreta había comprobado que si la bondad humana constituye una cualidad difícil de encontrar, no era imposible hallarla y que ella había tenido la suerte de toparla varias veces. Su complicidad espiritual con Miss Miller se lo había demostrado de forma patente, y por ello sentía una consistente gratitud por la mujer, semejante a la que aún sentía por algunas figuras de su pasado cubano, tapiado con tanto esmero.

Lo que más satisfacía a Loreta, sin embargo, era percibir que con el paso del tiempo y en aquel sitio benéfico se estaba librando de muchos de sus demonios. Tanto se alejaba de ellos que a veces lograba olvidar por días su molesta existencia anterior y sentirse fuerte, liberada. Conseguía no pensar en su pasado, no tener en su mente el nombre de Cuba, la idea de Cuba, su vida en Cuba, no sentirse atada a ninguna otra cosa del pasado que no fuera su hija. Y, en el presente, enfocarse en lo que estaba en el interior de una estancia equina que constituía la mayor de sus ganancias, un milagro redentor. Y ese estado de satisfacción se lo debía a un caballo, a su profundización en las enseñanzas de Buda y, sobre todo, a la mujer generosa, extraordinaria en la especie humana, que la invitaba a festejar sus cincuenta años de existencia con una cena en un restaurante italiano de Tacoma, según ella el mejor de una ciudad con pocos restaurantes recomendables.

Para poder beber vino y champán, la dueña de la estancia había decidido que viajarían en taxis. La calidad de la comida, cocinada por un chef napolitano, fue más que correcta. El pinot noir californiano casi excelente. El champán francés, fiel a su origen. La conversación con Miss Miller —ataviada para la ocasión con un vestido negro, sobrio, un poco pasado de moda, casi elegante, sobre el que brillaba su joya de la paz y el amor, pendiente de un cordón de estreno— resultó animada, siempre inteligente, y le sirvió a la mujer para recordar, a sus sesenta años, su llegada a los cincuenta, cuando todavía se sentía con fuerzas para comerse el mundo. Pero la muerte de Dan Carlson, reconoció, había sido un mazazo devastador. Loreta, por su lado, le habló de su satisfacción por vivir en The Sea Breeze, de cómo el mundo puede reducirse a una hacienda y estar completo y ser mejor.

El vino, el champán y el colofón de las dos copas de *grappa* italiana con que cerraron la cena las tornaron más locuaces, les regalaron una alegría más desinhibida que disfrutaron un poco más dando un paseo hasta los jardines del museo de las esculturas de vidrio, donde fumaron los cigarrillos que Miss Miller había pedido al mesero italiano cuando le entregó su propina.

Cerca de la medianoche tomaron el taxi que las devolvería a Minter. La noche se había vuelto demasiado fresca y Miss Miller le pidió al conductor que encendiera la calefacción, sin elevarla demasiado. Transitar las calles casi vacías de la ciudad humedecida por la lluvia, ver el espectáculo de luces y cables tirantes del puente Narrows, la silueta oscura de los bosques cercanos, rota por la iluminación de alguna casa próxima a la orilla del estrecho de Puget, las sumió en un silencio contemplativo en el que se mantuvieron cuando ya recorrían la Península Olímpica en dirección a Gig Harbor y Loreta sintió que una mano cálida, rotunda, se posaba sobre su pierna, justo en el ecuador entre la rodilla y los genitales. Quizás un poco más al norte... Loreta no mostró reacción alguna, ni siquiera volvió el rostro, pero en su interior se movilizó un ejército de sensaciones al acecho.

Luego Loreta no sabría si pensó, qué pensó, cuánto pensó (¿había deseado, esperado, necesitado esa mano y lo que vendría con ella?). En ese instante solo sintió cómo el calor de la palma de Miss Miller se convertía en fuego, y ella, siempre con la vista dirigida hacia la ventanilla del taxi, colocaba su mano sobre la de la mujer y empezaba a deslizarla hacia su centro de gravedad, hasta unos minutos antes adormecido. Recibió una leve caricia y la recorrió un temblor, la percepción de que se humedecía con una rapidez artera. Solo entonces volteó el rostro y, en el asiento trasero del taxi, mientras dejaban atrás Gig Harbor, la mujer que acababa de cumplir cincuenta años y la que ya contaba sesenta se besaron en los labios, trasegaron sus salivas con regusto de alcohol y se sintieron vivas, a punto de entrar en un estado de éxtasis y satisfacción. Las palabras y las racionalizaciones vendrían después.

Aunque Miss Miller —o Mag, como ahora la llamaba Loreta— le había ofrecido varias veces que se trasladara a la casa principal de la hacienda donde muchas noches dormía, ella había preferido conservar la cabaña como su espacio personal. Si durante las primeras semanas las dos mujeres mantuvieron discretamente oculta la relación comenzada, muy pronto cada uno de los empleados tuvo la presunción de lo que ocurría entre la patrona y la entrenadora. Y se asombraron porque debían asombrarse, y poco más.

En esos primeros días del precario intento de clandestinaje, Loreta se hizo al fin muchas preguntas. El hecho de que desde su arribo a la granja se hubiera ido sintiendo más cerca de Miss Miller, y disfrutara de su proximidad, sus charlas, su inteligencia, no necesariamente implicaba una atracción de otro tipo. En algún momento de esas muchas conversaciones, Loreta recordaba que Miss Miller había hablado de su incapacidad para entender a las lesbianas: lo masculino había sido para ella un complemento necesario, no solo por lo sexual (y dio a entender que en sus tiempos finales Dan Carlson cumplía poco con sus funciones), sino también por el sentido de oposición, de una relativa dependencia femenina que siempre la había complacido, a pesar de la imagen de fortaleza y seguridad que podía proyectar.

Loreta, por su lado y a su pesar, no tuvo más opciones que recordar lo sucedido veinte años atrás con su amiga Clara, un proceso que se había enturbiado en su memoria, como casi todo su pasado. Recordaba cómo ella había admitido al fin que en su organismo y en su mente palpitaba una avasallante inclinación lésbica que, bien lo había comprobado, jamás había menguado su capacidad para satisfacer a los hombres mientras ella, a su vez, obtenía de los varones una compensatoria retribución, al menos orgánica. ¿Era o no era lesbiana?

Toda una serie de acontecimientos que calificó de complicados y turbulentos, ocurridos precisamente a partir del día en que ella y Clara rompieron el celofán que las asomaba a una complicada intimidad, había impedido el desarrollo de la relación erótica que se vislumbraba. Una relación que, Loreta lo reconocía, ella mucho había deseado, que en realidad había preparado de modos sibilinos, procurando que fuera Clara quien se atreviera a dar el primer paso, del mismo modo en que había ocurrido con Miss Miller. Lo extraordinario resultaba que, siempre sintiéndose mujer, en ella existía un espíritu dominante, quizás masculino, que no había tenido ocasión de crecer con Clara y que al fin había explotado con Miss Miller.

—Es que somos bisexuales, querida —rio Miss Miller cuando escuchó las dudas de su amante—. Y me gusta que tú seas el elemento Alpha de esta cosa que tenemos dentro y fuera de la cama. ¿Solo sexo y placer? ¿Compañía y complemento? ¿O... amor?

Los encuentros sexuales de las dos mujeres maduras habían tenido un primer momento de desenfreno casi juvenil, que con los meses se fue asentando hasta derivar en una placentera relación de pareja sostenida por la complementación y la desinhibición. ¿O tendría razón Miss Miller y se trataba de la existencia de lo que se llamaba amor? En la intimidad, desnudas sobre el elegante lecho inglés *king size* del aposento de Miss Miller, las dos mujeres se sintieron plenas y activas, compartieron cigarros de marihuana (a sus cincuenta años, Loreta al fin atravesó una valla que, por miedos y malas experiencias, tanto había temido cruzar), se excitaron con películas porno, experimentaron con penes de goma en consistente erección, se lubricaron con mantequilla, aceite de oliva griego, escupitajos y hasta se untaron mermeladas que se lamían. Ambas se confesaron en algún momento que jamás habían tenido tan intensos orgasmos ni explorado estrategias tan radicales y reconocieron que los hombres de sus vidas quizás habían sido potentes, fuertes, resistentes, pero poco creativos, hombres al fin y al cabo.

—Bueno, no, aunque te hayan gustado algunos hombres, no eres tan bisexual —en unas semanas, Miss Miller debió rectificar su juicio previo y calculó—: ¿setenta y treinta?

Aunque Loreta no abandonó del todo su cabaña, el recinto pasó a ser sobre todo su oficina y el refugio necesario para los días en que, a pesar de su amor, si era amor lo que sentía, las turbulencias de su karma le exigían estar a solas consigo misma. Loreta mantuvo la costumbre de almorzar con los otros empleados de la hacienda, pero cenaba con Miss Miller, para luego ambas, a veces con una copa de *tsikoudia,* acomodarse en el salón de la televisión, como un matrimonio asentado, a ver películas o las series a las que ambas se habían aficionado: *The Wire, Breaking Bad,* o *Fargo,* aquel maravilloso engendro de los hermanos Coen. Antes o después de la cena, antes o después de disfrutar lo bueno que les ofrecía la televisión, las mujeres hablaban del presente, menos del pasado y nunca de un futuro que no fuera el de la hacienda. Del pasado la que más hablaba era Miss Miller, encantada de evocar sus historias heroicas de rebelde contracultural devenida granjera y empresaria por uno de esos lazos caprichosos del destino (tu karma, la rectificaba Loreta). La mujer decía sentirse satisfecha con su vida pasada y muy complacida con su existencia presente, en la que los mejores componentes eran su relación con Loreta y la buena salud de la propiedad dedicada a la cría de los muy cotizados Cleveland Bay.

La otra, menos locuaz, solo hablaba con frecuencia de su hija Adela. Muy desde el principio la mujer le había pedido a Miss Miller mantener a la muchacha al margen del vínculo amoroso, no porque se avergonzara o lo creyera algo así como inadecuado, sino porque su relación con Adela siempre había sido espinosa, y no quería darle armas adicionales a la joven. A Loreta le preocupaban, en realidad le molestaban mucho, las inclinaciones de la joven por el mundo cubano del cual provenía y del cual ella se había empeñado en mantenerla alejada.

—Pero mientras más yo insistía en protegerla de eso, ella más se empecinaba en acercarse —comentó una oscura y fría noche invernal, varios meses después de iniciado el estadio apacible de su relación.

—¿Por qué dices «protegerla»? —había preguntado Miss Miller—. Ni que fuera una enfermedad.

—Sí, es una enfermedad. Porque ese es un mundo malsano, Mag, y no quería que se contagiara. Al principio no sabía muy bien lo que hacía, ahora sé que yo estaba realizando una de las enseñanzas de Buda: quería protegerla del sufrimiento.

—¿También sufrimiento?... Nunca hablas de ese pasado que parece tan terrible. ¿Qué te hizo Cuba?

—Te he contado mucho —la rebatió Loreta—. Que salí de allá embarazada, que recalé en Boston con una amiga inglesa y allí conocí a Bruno. Luego mi cambio de identidad... y todo lo demás.

—Pero antes, antes... ¿Te fuiste porque estabas embarazada de una especie de espía o de ránger cubano? ¿Huías de él? ¿Es cierto que el espionaje cubano es de los mejores del mundo?

Loreta no quería mentirle a la mujer que le había mejorado la vida ofreciéndole techo y la custodia de *Ringo* y luego le había devuelto el regocijo de sentir algo cercano a una alegría de vivir extraviada hacía muchos años. Pero toda la verdad no era divulgable, al menos todavía no lo era. Por eso Loreta le contó a su amante la versión de su vida que conocía Bruno Fitzberg, incluso más detallada, y mucho menos retocada y podada que la fábula ofrecida a su propia hija. Pero Miss Miller era demasiado perspicaz para no advertir que quedaban cabos sueltos, y otra de aquellas noches de diálogo, ambas desnudas en la cama *king size*, Loreta se sintió obligada a entregar algo más del pasado que había marcado su existencia y los rumbos que la habían llevado hasta aquel lecho.

—Mag, voy a contarte algo que no sabe nadie. Adela menos que nadie... Bruno tampoco lo supo... Los que fueron mis amigos apenas se enteraron de algo... Y te lo voy a contar hoy por única vez. No lo haré de nuevo porque nada más pensarlo me hace mucho daño...

—No, querida..., no tienes que decirme nada —se disculpó Miss Miller.

—Es mejor que lo sepas. Tú debes saberlo... Yo necesito que lo sepas.

—No, por favor...

—No te asustes, no es nada horrible... Bueno, un poco... Es que cuando un mundo se derrumba, hay dos posibilidades... Tratar de reconstruirlo o abandonarlo a su suerte y, si se puede, levantar uno nuevo. Esto fue lo que yo hice, o lo que intenté hacer. Y me empujaron el miedo, el dolor, el horror, el asco —comenzó Loreta, ya sin poder detenerse, y le reveló a su amante que en realidad ella no se llamaba Loreta Fitzberg, ni Aguirre Bodes de soltera, sino Elisa, Elisa Correa, y que el padre de Adela no era ningún espía ni nada parecido, sino un amigo, no importaba el nombre, un amigo de ella y del que entonces era su marido y que ya se había comprobado que era estéril. Aquel embarazo inesperado, le juraba que no buscado, casi increíble o milagroso, empezó a complicarlo todo. Un embarazo del que ella no quiso librarse pues algo le advertía que quizás fuera su única ocasión de ser madre en su vida, porque, además, cada día sentía con mayor fuerza una atracción por su amiga Clara, muy cercana a ella desde la adolescencia. Un embarazo que, en lugar de darle fuerzas, como a otras mujeres, la hizo sentirse vulnerable, tanto como jamás lo había sido ni lo sería otra vez...

Pero el drama escondía más ramificaciones. Desde un tiempo antes de que su gravidez pusiera un clímax dramático en su vida, Loreta había descubierto que otro de los amigos más o menos cercano de lo que ellos, esos amigos, llamaban el Clan, tenía una extraña relación con su padre, Roberto Correa. El pintor Walter era una bala perdida, un fracasado; su padre, por años diplomático y luego director de una empresa muy importante, un hombre del Gobierno. En algún momento ella había tenido la desafortunada idea de acercar al pintor y a su padre, necesitado de un conocedor que le pudiera confirmar la autenticidad de un cuadro de un artista cubano fallecido hacía unos pocos años y cada vez mejor cotizado, en cuya órbita se había movido Walter.

Fue por aquella conexión, asumida como una decisión inocente en su momento, y por ser hija de Roberto Correa y cercana a Walter, que ella se había visto asomada a una trama de drogas, contrabando de arte, vigilancias reales y supuestas, intentos de chantajes y hasta amenazas de muerte. Ella no estaba del todo segura, aunque pensaba que quizás aquella concatenación de acontecimientos y relaciones oscuras habían sido las que llevaron al suicidio de Walter. Y podía suponer que también llevaron al suicidio de su padre un tiempo después, cuando ya Elisa, gracias a un pasaporte trucado y con una visa británica habilitada, había huido de su país. Ninguno de sus amigos o parientes había vuelto a saber de ella desde entonces. Ninguno sabía quién era o cómo era Adela. El verdadero padre de su hija no sabía que él era el padre de su hija. Loreta Fitzberg había matado a Elisa Correa y esparcido sus cenizas al viento.

—*Dust in the wind* —dijo, citando a Bernardo—. Desde entonces me sentí obligada a vivir como otra persona, a negar la que había sido, a convertir a Adela en la hija de Loreta Fitzberg. Mag, como te imaginarás, esa decisión me provocó una tensión tremenda. Tenía que estar siempre alerta, no podía olvidar que yo era una nueva persona, con un pasado rediseñado. Porque para mí no había vuelta atrás, no existía la posibilidad de un arrepentimiento que podía ser catastrófico. El corte tenía que ser radical...

—Por Dios, querida... —había susurrado Miss Miller—. ¿Tenías que hacer algo así?

—En ese momento sentí que debía hacerlo. Ahora no lo sé... Creo que volvería a hacerlo. Tuve mucho miedo... ¿Te parece desproporcionado?

—El precio ha sido muy alto...

—O no, quizás solo el precio justo si quería salvar algo bueno de un pantano en el que había caído, o al que me habían lanzado... ¿Entiendes ahora por qué no quería hablar de esa historia con olor a podrido? ¿Por qué vine a vivir acá, donde estoy muy segura de que nadie me va a encontrar, ni siquiera por casualidad, como me pasó hace unos años en Madrid?

—Lo entiendo... —dijo la otra, y obedeció a un impulso avasallante, a una debilidad impropia en ella—. Lo entiendo porque hay cosas de las que una prefiere olvidarse, a veces hasta autoengañarse. Es la misma razón por la que nunca cuento que mi novio Bob Miller había aceptado al fin irse a Vietnam. Sí, es la verdad, Bob quería alistarse. Decía que no tenía derecho a hurtarle el cuerpo a lo que estaban viviendo otros hombres como él, algunos que habían sido sus amigos, su propio hermano Fred, que era su héroe... Fui yo la que casi lo obligué a desertar e irse a Canadá, quería protegerlo, como dices tú... Y luego..., mientras él me esperaba en Vancouver, lo mataron de la manera más absurda. Quizás de Vietnam y de la guerra hubiera vuelto... Y me sentí culpable, y he tenido que aprender a vivir con la carga por la muerte de Bob siempre conmigo...

Confesadas, exhibiendo sus pieles que ya no eran tersas, las dos mujeres habían sentido esa noche que una desnudez visceral las mostraba tal como eran por dentro y por fuera, de un modo en que ninguna otra persona en el mundo sabía que eran y cómo eran. Dos seres con las vidas cambiadas por la violencia y la muerte, las decisiones sin retorno, radicales y desesperadas. Loreta y Margaret Miller se reconocían fugitivas sin escapatoria de las culpas que engendraron y desde entonces arrastraban.

Procurando vaciarse por los conductos más propicios de las opresivas cargas de sus conciencias, se volvieron a amar esa noche, decididas a no hablar otra vez, ni ese día ni nunca más, de un pasado que merecía permanecer enterrado. Muerto como Walter Macías, Roberto Correa y Bob Miller. Un pasado cercenado por Loreta Fitzberg de sus componentes más sórdidos. Una cicatriz mostrada solo a medias por una siempre insondable Elisa Correa.

De las muchas enseñanzas de Buda, la que más conmovía a Loreta era el principio básico de que las buenas acciones hechas en este mundo siempre responden a algo y provocan algo. Y, por supuesto, también las maldades, las mezquindades, los egoísmos, las manifestaciones de odio. Todo lo que se hace conduce a ese algo, benéfico o perverso, que uno esperó o que uno no imaginó, pero forjó con o sin conciencia. A tal encadenamiento de causas y consecuencias muchas personas lo llaman suerte (buena o mala) o destino. Pero en verdad es karma: la causa que desata una suma de consecuencias, de alguna forma predecibles si se le siguen sus rastros. Gracias a sus aprendizajes, Loreta bien sabía que lo oscuro da como resultado lo oscuro; lo brillante, genera lo brillante; y lo que no es ni oscuro ni brillante no podrá fomentar nada que sea lo uno o lo otro. Así de simple y compleja a la vez resulta ser la vida, cada vida construida. Y, a pesar de la plenitud de que ahora gozaba, lo oscuro e inconfesable de la suya —también lo sabía, y lo temía— estaba destinado a terminar por conducirla a un estado sombrío. ¿Todo por haber puesto en contacto a un pintor, al que ni siquiera ella consideró alguna vez un verdadero amigo, y a su padre, un personaje siempre turbio, habitante de las tinieblas?

Como casi todos los miembros de su generación, educados en un férreo ateísmo oficial, Loreta había vivido sus primeros treinta años alejada de cualquier misticismo religioso, aceptando convencida el credo de que el materialismo histórico y dialéctico constituían la única explicación científica y válida del universo, de la sociedad, la Historia, hasta del comportamiento de cada uno de los seres que habitan el planeta. Y, claro, que la base económica determina la superestructura; que la lucha de clases es el motor de la Historia; que la religión es el opio de los pueblos y otras verdades de carácter tan indiscutible como mandamientos...

Ella, siempre tan liberal en sus pensamientos y opciones, había sido una de las más fundamentalistas en las críticas a la religión durante los seminarios estudiantiles celebrados a raíz de la revelación de que una compañera de estudios, aquejada de alguna enfermedad, se había involucrado en una ceremonia para recibir «el santo». ¿Changó? ¿Yemayá? ¿Elegguá?, daba igual. Solo se trataba de retrógrados ritos africanos traídos a Cuba por los pobres negros esclavizados por los ricos capitalistas del pasado. ¿A quién se le podía ocurrir que uno de esos santos primitivos y animistas tenía el poder de restituirle la salud a alguien, o resolverle un problema legal o familiar, darle alguna protección? La compañera en cuestión, a pesar de sus buenas notas académicas y su intachable comportamiento social, sin duda alguna arrastraba una inadmisible debilidad ideológica, una fractura en su fe política, y por tanto no merecía ser elegida Alumna Ejemplar. Y gracias al discurso de Elisa, no la eligieron. Peor aún, recordaba también la mujer, había resultado ser el caso que solía contar Walter de un joven pintor que, por practicar yoga y meditación, había sido expulsado de la escuela donde había estudiado y luego enseñaba, pues no resultaba confiable debido a sus patentes debilidades ideológicas.

Quizás los lastres de su formación la vacunaron contra la posibilidad de tener fe y creencias trascendentalistas, pero el conocimiento del budismo, comenzado como simple curiosidad intelectual gracias a la lectura de un par de libros de esos que no circulaban en Cuba y que de algún modo conseguía Horacio, le había revelado que, sin necesidad de aceptar la presencia de un Dios omnipotente, existían otras maneras de creer en algo que está en lo material, pero más allá también, y cuyo mayor objetivo radica en el conocimiento de verdades universales y la superación individual de nuestras limitaciones, con justicia calificadas de ignorancia.

Había sido en Nueva York, unos meses después del ataque terrorista del 11 de septiembre de 2001, cuando se sintió cada vez más motivada por un compañero de la clínica que, como el pintor cubano estigmatizado, practicaba yoga y meditación. Una Loreta por esos tiempos desbordada de ira, tuvo entonces su primer acercamiento militante a un universo con el que desde hacía años coqueteaba. Aunque Nueva York parecía el sitio menos propicio para cultivar una filosofía que propugnaba la búsqueda de la paz interior, la mujer, tan necesitada de algún alivio, se dejó tentar por su colega y comenzó a asistir en una que otra ocasión a la casa de meditación de Rutherford, el suburbio de Nueva Jersey donde, una vez a la semana, se reunía una *shanga* budista. Y muy pronto sintió los efectos benéficos generados por la compañía de un grupo de personas, casi todas hastiadas de sí mismas y del mundo en desintegración y desequilibrio en el cual vivían, gentes que al menos por dos horas se apartaban del caos circundante e interior, respiraban, se relajaban, dejaban vagar su mente y luego tomaban té verde.

Loreta tendría una de las comprobaciones del poder de su karma unos meses después de haberse establecido en The Sea Breeze. Atravesaba por esa época uno de los períodos más críticos de su relación con Adela, que ya insistía en irse a estudiar al sur de la Florida, cuando en uno de sus esporádicos viajes a Tacoma, gracias a una decisión que otros calificarían de casualidad, prefirió ese día preciso tomar una calle secundaria y no la avenida principal de la zona. Debido a esa (en apariencia) muy intrascendente elección, Loreta había pasado en su camioneta frente a la Hongwanji Buddhist Church, el templo budista cercano al centro histórico de la ciudad. Allí había visto el anuncio de la conferencia sobre ética budista que impartiría ese domingo el iluminado Stephen Kim, doctorado en religiones y lenguas orientales en Berkeley, una intervención a la cual seguiría la presentación del nuevo responsable del recinto, el también iluminado llamado Chaq.

Ataviada con el mejor de sus vestidos, Loreta llegó justo a las diez de la mañana del domingo al templo, que encontró abarrotado de público venido incluso desde Seattle y las pequeñas ciudades de los alrededores, pues la fama del doctor Kim se había extendido entre los practicantes de la costa oeste, como supo gracias a una búsqueda en internet. Desde la silla que alcanzó, al fondo del recinto, Loreta escuchó con atención las palabras del afamado doctor de Berkeley, que en realidad le dijeron poco nuevo sobre los orígenes y las esencias de una amable concepción de la vida, una especie de religión sin dios ni clero ni intenciones de librar guerras santas, pues apenas propugnaba el crecimiento personal, la superación de los pesares y la paz interior mediante el conocimiento de uno mismo y, a partir de esas ganancias, de una relación armónica con el resto de la sociedad y la naturaleza. Lo más interesante resultó la explicación de las fuentes filosóficas y religiosas de que había bebido Siddharta Gautama en su largo viaje espiritual en busca de la paz.

En cambio, cuando le tocó su turno al recién introducido iluminado Chaq, un hombre ya por encima de los cuarenta años, con el pelo rubio o más bien descolorido y una cicatriz oscura que le recorría la mejilla izquierda, ataviado con un camisón blanco y un pantalón del mismo color que le cubría sus pies descalzos, Loreta percibió una intensa conmoción benéfica. Aquel hombre, sin duda curtido, sin títulos ni doctorados, hablaba sobre los prodigios de la meditación y transmitía —o ella así lo percibía— una sensación de regreso de todo con la que Loreta sintió una excitante empatía.

—Con la práctica de las enseñanzas de Buda nos protegemos del sufrimiento —decía el iluminado Chaq con una voz de suaves modulaciones, de cierta forma impropia de su rudo aspecto físico—. Buda nos reveló que las tres realidades rectoras del mundo son que nada resulta permanente, que nada tiene ninguna esencia perdurable y que nada, nunca, llegará a parecernos totalmente satisfactorio. Y nos advirtió que nuestro sufrimiento aparece por la ignorancia de esos preceptos. La gente suele buscar una esencia permanente, firme: eso que llaman estabilidad. A veces en forma de Dios, de nación, de dinero: puras invenciones... Pero como esas gracias jamás consiguen satisfacernos, deseamos tener un poco más y nos sentimos desgraciados y sufrimos...

»Todos nuestros problemas se originan por nuestra ignorancia. Y la ignorancia solo se elimina con la práctica de *dharma*. *Dharma* significa protección. Protección. Protección —repitió, y Loreta ya no tuvo dudas de que el hombre se dirigía a ella, quizás solo a ella—. Todos la necesitamos porque somos débiles, vulnerables, aunque nos creamos fuertes. Por eso mucha gente que conocemos se apertrecha de armas... Por eso yo terminé en mi vida anterior en una cárcel, condenado por delitos muy repugnantes. Yo fui traficante de unas drogas que pueden haber matado a muchas personas. Yo fui... —Y en ese instante casi se le quebró la voz y se cubrió el rostro con las dos manos, para luego continuar, con más vehemencia—. Vivimos en una sociedad enferma que no nos deja ver lo esencial. La calidad de una vida no sólo depende del progreso material, sino de que cultivemos la paz y la armonía en nuestro interior y la proyectemos hacia lo que nos rodea. Sí, todos cargamos culpas. Todos hemos cometido errores, y algunos de ellos han herido a otras personas, no importa si de manera intencionada o sin conciencia. Pero cada uno de ustedes puede encontrar dentro de sí algo mejor, y aspirar a un renacimiento con menos ignorancia, con más verdad.

»A través de la meditación, del *dharma*, Gautama descubrió que había una manera de liberación. Nuestra libertad depende de que seamos capaces de aceptar que las cosas son como son, que la vida no tiene ningún sentido y que es un absurdo tratar de encontrárselo. Si lo sabemos y lo asumimos, entonces no hay sufrimiento —dijo, y su voz había subido unos grados más en su escala, sus ojos alcanzaron un brillo extraño, cuando concluyó—: *Om Shanti.* —Y se sentó, con la vista como perdida en el infinito, quizás sumido en un trance.

Esa misma semana Loreta se unió a la comunidad budista que se reunía en aquel templo de Tacoma. La mayoría de los miembros de la *shanga* era gente adulta, cercana a los cincuenta y por encima de esa edad, personas de las cuales fue sabiendo que arrastraban historias muchas veces dramáticas, como el propio Chaq.

Fue en la quinta o la sexta tanda de meditación y aprendizaje, cuando el iluminado le pidió a Loreta que lo esperara al final para hablar con ella. La mujer no se sorprendió: desde el primer momento sabía que aquel encuentro cercano iba a ocurrir.

Aunque la noche otoñal era fría, Chaq y Loreta se sentaron en el portal del templo, mientras uno de los colaboradores del iluminado, luego de servirles una taza del té bancha que prefería el señalador, se retiraba discreto hacia el interior. El hombre de aspecto rudo y con la cara marcada por una cicatriz le contó a Loreta, sin que ella se lo preguntara, algunas cosas de su vida pasada. Su participación como sargento de infantería en la guerra del Golfo, la cercanía que entonces había vivido con la muerte, el miedo y el odio; la experiencia posterior con las drogas y la pérdida de su familia y sus bienes, sus relaciones con narcotraficantes cubanos y colombianos de Miami, a las que debía la cicatriz de su rostro y su paso por la cárcel. Cinco años vividos en el fondo del abismo, o más allá del fondo, del cual trató de salir con el ingreso en un sanatorio para adictos, donde conoció al hombre que le abrió la puerta hacia la comunión con las enseñanzas de Buda. Casi media hora le habló de sus peripecias mundanas el ahora iluminado Chaq, y le dijo entonces a Loreta que le contaba su mala vida solo para que ella supiera que, con fuerza interior, casi todo se podía superar. Incluso los estigmas del pasado. Las cargas que, él lo sabía, no abandonaban a la mujer. Loreta lo miró, asintió y calló, aunque por primera vez desde su salida de Cuba sintió deseos de realizar una confesión.

Aquel fue el principio de una relación que ayudó a Loreta a sentirse mucho mejor consigo misma. En los primeros meses tuvo la persecutora sospecha de que ella y el señalador de caminos terminarían en una cama. Sin embargo, ninguno de los dos dio el paso y Loreta disfrutó más de la compañía del hombre que la ayudaba a crecer del modo que ella más necesitaba: liberándola de sus demonios. Por eso Loreta, sin tocar el fondo de las cuestiones, le fue confiando sus temores más persistentes, sus odios más invencibles, sus amores más enconados, sus gratitudes eternas. Vomitaba algo y sentía el alivio de la descarga.

Luego, cuando inició la relación amorosa con Miss Miller y encontró reservas de sí misma que creía agotadas, Loreta lo asumió como una señal de crecimiento espiritual. Después, cuando admitió que su hija tenía derecho a vivir su vida del modo en que la joven lo decidiera y de forma notable disminuyeron sus encontronazos, ella lo atribuyó a los efectos del proceso de su mejoramiento interior. Incluso, cuando se convenció de que la felicidad podía ser acomodarse en la silla de montar y dejar que *Ringo* decidiera el ritmo y el destino del paseo, supo que quizás estaba cerrando el ciclo de sus maldiciones y acercándose a la iluminación. Pero al final comprobaría que Buda tenía razón: por mucha luz que se intente proyectar, lo oscuro siempre genera oscuridad.

Ocho días antes de que Clara subiera a su muro de Facebook la foto del Clan tomada en enero de 1990 y se desatara la tormenta que durante veintiséis años Loreta Fitzberg había luchado por exorcizar, la mujer recuperó la convicción de que no existen los equilibrios eternos y tal vez ni siquiera la posibilidad de alcanzar el nirvana. El vértigo y el caos, como le había enseñado Horacio treinta años atrás, siempre terminan por imponerse. Cada acción provoca una reacción. Somos el resultado de un gran desorden. Vivimos en un carrusel que no se detiene y, con su fuerza centrífuga, siempre pretende expulsarnos al espacio. Por mucho que corras, tu pasado siempre puede alcanzarte.

Loreta vivió con esos temores desde que supo cómo un enrevesado rizo del karma se había confabulado con tantas decisiones y soluciones en apariencia azarosas para llevar a su hija Adela a conocer en Miami a Marcos Martínez Chaple, precisamente a Marquitos, y casi de inmediato a enamorarse de él. Loreta tuvo entonces la certeza de que la muralla que había levantado con la primera y más radical de sus fugas comenzaba a recibir un asedio que terminaría en su segura demolición.

El cruce que, casi quince años atrás, había tenido en el parque del Retiro con el que había sido su buen amigo Irving, y el modo en que ella decidió resolverlo, le había revuelto las entrañas, aunque también había alimentado su confianza en la posibilidad de que el silencio permaneciera, brindándole protección a Adela. Luego, la estancia habanera de su hija se le había presentado como una coyuntura peligrosa, pero la confianza de Loreta salió fortalecida de la prueba con el regreso de la joven con las manos vacías, tal como ella lo había programado con sus medias verdades y grandes embustes. Ahora, en cambio, sonaban las campanas que anunciaban el fin de un equilibro siempre precario. Y para hacerlo todo más doloroso, el primer tañido lo dio *Ringo*, su alma gemela.

Loreta conocía tanto al caballo que solo de verlo en la mañana supo que algo andaba mal, quizás incluso muy mal. *Ringo* movía en el mismo sitio las patas traseras, como en una marcha lenta, mientras insistía en llevarse el morro a los ijares y luego levantaba los belfos, mostrando los dientes. Ahí estaban a la vista las señales clásicas de que, aun cuando fueran ligeros, el animal sufría de los siempre temibles cólicos gástricos. Ya desde hacía varios días ella había tenido que insistir más de lo habitual para que el caballo bebiera toda el agua que requería para estar suficientemente hidratado. *Ringo* había cumplido veintiséis años, Loreta sabía que con suerte podría vivir dos o tres más, cuatro con mucha fortuna, pero el buen estado físico del animal y los cuidados que ella le dispensaba la hacían decantarse por el período más dilatado. Con la edad, como era de esperar, el carácter del Cleveland Bay había comenzado a sufrir alteraciones, y se había tornado más caprichoso pero a la vez más dócil, algunos días imprevisible, otros demasiado calmado, y la disminución del consumo de agua formaba parte alarmante y clásica del proceso de decadencia.

Como cualquier veterinario, Loreta sabía que estaba ante una situación delicada, y trató de asumirla de manera profesional. Hablándole a *Ringo*, preguntándole qué le pasaba, acariciando su cara, sus orejas, su cuello, dejándose besar por el animal, trató de transmitirle tranquilidad para luego hacer la prueba que daría un primer diagnóstico: colocó su oído en el vientre de la bestia y respiró aliviada cuando escuchó los movimientos gástricos. Antes de probar con un tratamiento invasivo, Loreta optó por la solución básica y sacó a *Ringo* a la pista de entrenamiento y lo hizo trotar en círculos durante una hora, hasta que le vio correr el sudor por la pelambre castaña. Luego, con la ayuda de Rick, le dio un baño, lo cepilló y mantuvo al caballo en observación. En el recipiente del agua vertió líquido fresco mezclado con un compuesto digestivo y antiespasmódico y retiró toda la comida. Si el organismo del caballo lograba eliminar el bolo que podía ser la causa de los cólicos, la recuperación quizás llegara a ser bastante rápida. Mientras, Loreta rogaba por que no se tratara de una peligrosa obstrucción provocada por una pérdida de vigor intestinal.

Aunque en el resto del día *Ringo* casi no se registró los ijares con el hocico, a la mañana siguiente volvió a hacerlo, incluso con más frecuencia, y llegó a patearse él mismo en el abdomen. Loreta se alarmó. Con la ayuda de Miss Miller y de Rick realizó entonces la operación de entubar al caballo por las fosas nasales para hidratarlo con un compuesto de agua y aceite mineral que ayudarían al desplazamiento del bolo si los movimientos peristálticos no desataban suficiente energía. Loreta tuvo la percepción de que las cosas no andaban bien al ver la docilidad con que el animal se dejaba pasar las mangueras de goma y constatar una pérdida de brillo en su mirada húmeda, más triste ese día, una mutación que solo ella era capaz de advertir.

El tratamiento de hidratación forzosa pareció dar resultados y, al tercer día, *Ringo* dejó de tener síntomas de molestias y, al escuchar su estómago, Loreta volvió a percibir movimientos. Esa mañana lo hizo cabalgar de nuevo, lo bañó y habló mucho con el animal. Pero en la cena le confesó a Miss Miller que tenía un mal presentimiento. La mujer trató de alentarla recordándole la salud de hierro del semental, la frecuencia con que los caballos solían sufrir de cólicos y toda una serie de argumentos que parecieron tener algún efecto en la entrenadora. Aun así, Loreta decidió irse esa noche a dormir en la cabaña. Necesitaba estar sola, pensar, meditar.

Al amanecer del cuarto día Loreta se encontró a *Ringo* revolcándose en el piso de su cuartón del establo y supo que había empeorado. Cuando logró levantarlo, le palpó el vientre y lo sintió tenso, inflamado. Y cuando lo auscultó con el oído no escuchó nada. Repitió la operación de escucha con el estetoscopio y entendió que la situación se había agravado: si el aparato digestivo del animal se había paralizado, los pronósticos se tornaban reservados. Muy reservados.

Poco después, cuando ya se había alzado el sol, Miss Miller entró en el establo y se encontró a Loreta sentada en una pequeña banqueta, junto a *Ringo,* aplicándole masajes en el vientre y con los ojos anegados en lágrimas. Al ver llegar a la patrona, Loreta salió al corredor de la cuadra y se abrazó a ella sin decir palabras. Ambas sabían que sobraban las palabras.

Los tres días siguientes fueron para Loreta un período negro que habría querido borrar, no solo de su memoria, sino de la realidad.

Desesperada, se decidió a buscar una segunda opinión. Hizo que Rick Adams trajera al mejor veterinario de la ciudad, quien repitió los exámenes físicos ya realizados por Loreta: comprobó que la encía del caballo estaba casi blanca, le palpó todo el abdomen, lo auscultó a conciencia. Y entonces optó por hacer la prueba definitiva de practicarle una punción en el vientre que Loreta había evitado realizar. Al terminar su reconocimiento, el veterinario dio el mismo diagnóstico que ya conocía la entrenadora: los intestinos de *Ringo* habían colapsado y entrarían en estado de necrosis. Con la edad del caballo, el especialista no recomendaba la intervención quirúrgica, pues aunque el animal se recuperara de la operación, debido a su edad la necrosis volvería a aparecer en muy poco tiempo y los sufrimientos no compensaban ni siquiera los resultados más alentadores. En realidad, solo había algunos remedios y una solución. Loreta se inclinó por los remedios, que incluyeron la ceremonia ritual de los indios puyallup, oficiada por un chamán traído a la hacienda por Wapo.

Loreta pasó tres días con sus noches cerca de su caballo. Incluso colocó un catre en el corredor para tenderse cuando estaba demasiado fatigada, aunque dormía solo a ratos. Necesitaba preparar su ánimo y su conciencia para lo que debía hacer. Mientras, trataba de mantener al animal sedado, sin mayores sufrimientos. Quizás un milagro... Pero, como si su karma oscuro hubiera decidido apagar todas las luces, la madrugada del tercer día posterior al diagnóstico fatal, el octavo de la enfermedad, Loreta emprendió una nueva búsqueda en internet que, muy bien sabía, no le ofrecería soluciones prodigiosas para la decisión que debía tomar. Fue en esa vagancia por la red cuando sintió el impulso de acercarse a su hija, a la que no llamaba desde hacía meses y con la que no hablaba desde hacía varias semanas. Entonces, desde el perfil de Facebook que meses atrás se había abierto con nombre e identificación falsas, accedió al muro de Adela. Y un enlace la llevó al otro para al fin encontrar en el Facebook público de Marcos la foto del Clan que, justo la tarde anterior, Clara había subido a la red.

En la cabeza de Loreta se produjo en ese instante un alud: al fin la muralla se deshacía. ¿Qué iba a hacer, cómo lo iba a hacer? Adela debía de haber visto la foto, le habría preguntado a Marcos y ya debía de conocer una parte de la verdad que ella había tapiado. La mujer comprendió que, como ocurriría con *Ringo*, antes de llegar a la agonía lo mejor era lanzarse al vacío y estrellarse en el fondo. Y, después de casi un año y medio sin hacerlo, esa mañana Loreta Fitzberg, en trance de volver a ser Elisa Correa, dispuesta a todo, llamó a su hija.

En vilo, sintiendo los latidos de su sangre en las sienes, escuchó siete, ocho timbrazos antes de que se abriera la comunicación, en el otro extremo del país.

—¿Loreta? —escuchó que preguntaba Adela, aunque debía de haber identificado el número antes de descolgar. Pero al oír la pregunta, la mujer volvió a respirar: si Adela reaccionaba solo con asombro, era que aún no había explotado la bomba.

—Ay, Cosi, ¿cómo tú estás?

Dispuesta a improvisar, Loreta habló en español, como si fuera la única lengua posible para aquel diálogo. Su voz le sonó grave, casi rajada por la tensión que la acechaba.

—Bien... En mi trabajo... Acabo de llegar... Estoy bien...

Por los titubeos de la muchacha, Loreta supo que le mentía, pero no en lo que ella temía. Por eso dijo:

—Me alegro por ti... Yo estoy fatal...

—¿Por eso me llamas? ¿Estás enferma?, ¿te pasa algo? ¿Qué hora es allá?

—Ahora... Las seis y dieciocho... Todo está oscuro todavía... Muy oscuro, un poco frío... Y no, no estoy enferma. Enferma del cuerpo. Te llamo porque soy tu madre y te quiero, Cosi. Y porque te quiero necesito hablar contigo. ¿Tú crees que pueda?

—Claro, claro... ¿No estás «enferma del cuerpo»? ¿Qué pasa, Loreta?

—¿Cómo te va con tu novio? —se le ocurrió decir mientras intentaba organizar sus pensamientos. ¿Se atrevería a dar el salto?

—¿No habíamos quedado en que no querías saber nada de mi novio? No, tú no me llamas para eso..., ¿verdad?

Loreta sintió que estaba a punto de comenzar a llorar y se le escapó otro suspiro, más largo, más profundo, casi un sollozo. Volvía a ser la mujer vulnerable que la había habitado con la gravidez y el miedo, un cuarto de siglo atrás. ¿Cómo iba a reaccionar su hija? ¿Qué otras cosas pensaría de ella cuando supiera la verdad?

—Hay que sacrificar a *Ringo* —fue lo que soltó cuando al fin pudo volver a hablar.

—¿De qué estás hablando, Madre?

—No me hagas repetir esas palabras, Cosi.

Loreta sintió que las lágrimas comenzaban a correrle por las mejillas. En su mente se formó la imagen del momento previo al final y debió morderse los labios, apretó la mandíbula hasta sentir dolor. ¿Qué pensaría su hija cuando supiera lo que muy pronto iba a saber? ¿Cómo empezar a contar aquella historia?

—Pero ¿qué le pasa? La última vez que hablamos no me dijiste... —comenzó la joven, sin duda alarmada y conmovida.

Loreta se impuso recuperar el control. Necesitaba pensar.

—Cólicos... Rick y yo llevamos días lidiando con él... Buscamos incluso otra opinión... El mejor veterinario de acá lo ha estado atendiendo. Pero hace dos días tuvimos un diagnóstico definitivo. Se le hizo la punción abdominal..., está grave. Y ya es demasiado viejo para una cirugía, pero demasiado fuerte y no queríamos... Ya yo lo sabía, pero el veterinario nos ratificó lo único que se puede hacer.

En Miami, Adela debía de estar asimilando la información.

—Por Dios. ¿Está sufriendo?

—Sí... Hace días... Lo tengo muy sedado.

Otro silencio.

—¿No tiene remedio?

—No. No hay milagros.

—¿Qué edad tiene ahora *Ringo?*

—Exactamente la misma que tú... Veintiséis... Aunque no lo parezca, ya él es un anciano...

Adela demoró la respuesta y al fin le habló a su madre:

—Ayúdalo entonces, Loreta.

Un nuevo suspiro se le escapó a la mujer. Estaba viviendo justo en ese instante el peor momento de su vida, pensó y volvió a morderse el labio antes de hablar. Se había olvidado de Buda, de respirar, de aligerarse.

—Es lo que voy a hacer... Pero no sé si debo hacerlo yo o encargar a Ricky. O al veterinario.

—Hazlo tú. Con cariño.

—Sí... Es muy duro, ¿sabes?

—Claro que lo sé... Eres como su madre —soltó Adela.

—Eso es lo peor... Lo peor... Porque tú todavía no tienes idea de lo que es ser madre y no poder... Lo que una disfruta y sufre por ser madre.

—Tú has sufrido mucho, ¿verdad? ¿Y no has podido qué? —preguntó Adela, y Loreta entendió que no solo ella tenía la sensibilidad alterada.

Su hija se había molestado, cuando era lo que ella menos habría deseado, justo ahora, cuando había saltado la chispa que provocaría el incendio. El llanto por su hija, por *Ringo,* por ella misma era inevitable, la asfixiaba, y a duras penas consiguió decir:

—Nada más quería decirte esto. Saber que tú estabas bien, decirte que te quiero mucho mucho y... Cosi, no puedo seguir hablando. Creo que voy...

—*I'm so sorry...* —escuchó que decía Adela en inglés, y Loreta colgó.

Casi mecánicamente, Loreta abrió su teléfono y retiró la tarjeta. Luego lanzó el aparato sobre el catre donde estaba su computadora portátil. Sin dejar de llorar entró en el cuartón de *Ringo*. El caballo, debilitado y sedado, reposaba tendido en el suelo, pero su ojo visible miró a su entrenadora y movió el labio superior, como si intentara sonreír y calmarla, decirle algo bueno. La mujer se arrodilló junto a él, cuando *Ringo,* con un esfuerzo visible, comenzó a moverse para incorporarse, como el borracho que intenta volver a casa. En ese momento, Loreta supo que *Ringo* sabía. Cómo, por qué lo sabía, podía ser un misterio o tener una simple explicación: sabía porque lo necesitaba, y buscaba hacerlo con dignidad. *Ringo* era un valiente. Como pudo, Loreta lo ayudó a incorporarse, y cuando al fin estuvo de pie en sus cuatro patas, tensas, temblorosas, ella le acarició el rostro y la cabeza, y el caballo apoyó su frente estrellada contra la de su alma gemela. Así permanecieron varios minutos, hasta que el animal, agotado por el esfuerzo, trastabilló.

Loreta no dejó de llorar mientras sostenía a *Ringo* y conseguía estabilizarlo y siguió llorando cuando fue en busca de la jeringuilla metálica que tres días atrás le había dejado lista el veterinario de Tacoma. Con el instrumento de la muerte en la mano, Loreta se ubicó a un costado de *Ringo* y apoyó la cabeza contra la mandíbula del animal. Allí respiró el aliento seco y caliente del caballo y esperó a que sus manos dejaran de temblar. Con la mano libre bajó un poco la cabeza de *Ringo* y le dijo algo en el oído. Luego lo besó, en la frente, en los ojos llorosos y ya no tan lúcidos, en los belfos resecos, y clavó la aguja donde sabía que corría la carótida del caballo. Loreta lanzó lejos la jeringuilla vacía y, haciendo su mayor esfuerzo físico, ayudó al enorme animal a hincarse de rodillas sobre las patas delanteras, hasta que le fallaron las traseras y *Ringo* cayó de lado sobre el suelo de su cuartón, levantando briznas de paja. Loreta se tendió junto a él y volvió a hablarle en el oído, mientras sus lágrimas mojaban la cara de la bestia. Le habló incluso cuando el caballo cerró su ojo húmedo y melancólico, incluso cuando, tras una leve sacudida de sus músculos, dejó de respirar.

Diez, quince, veinte minutos, Loreta permaneció tendida, acariciando la cabeza del animal. Lloró por *Ringo;* lloró por el mundo de The Sea Breeze Farm, donde gracias al caballo y a Miss Miller ella había encontrado un paraíso, ahora en disolución; lloró por el presente de Loreta Fitzberg, por el pasado de Elisa Correa y por el futuro de una persona que ella misma aún no sabía quién sería ni dónde lo sería. Lloró por lo que sentiría su hija, a la que tanto había querido proteger. Lloró hasta quedarse sin lágrimas.

Loreta al fin se levantó y con una tijera cortó un mechón de la crin del caballo, tomó la manta de *Ringo* y le besó la estrella de la frente.

—Adiós, mi príncipe precioso —le susurró, y le cubrió la cabeza.

Sin mirar atrás salió del establo que, así lo pensaba en ese instante, nunca en su vida volvería a pisar. Porque ahora solo tenía la alternativa de volver a huir. Ese era su karma. La consecuencia de sus causas. La oscuridad que solo genera oscuridad. Y decidió que antes de desaparecer en las tinieblas tenía que reparar una herida que llevaba en la conciencia.

Entró en la casa principal y, luego de darle la noticia de la muerte del caballo y llorar sobre el hombro de su amante, le pidió a Miss Miller que se sentara con ella en el salón. Se iba, le dijo, no sabía adónde ni por cuánto tiempo, pero antes debía cumplir una deuda de gratitud, de amor y de verdad.

Lo que parecía imposible comenzaba a hacerse posible. Por todas partes, en todos los frentes. El mundo conocido había enloquecido, cambiaban las reglas, se desajustaba lo que se creía mejor condensado, se producían milagros. Los alemanes democráticos echaban abajo, piedra a piedra, el muro de Berlín y nadie lo impedía, ningún policía o soldado disparaba. No se vieron las imágenes de los tanques soviéticos mientras barrían las calles de alguna ciudad, como en su momento habían arrasado las de Budapest y Praga, cerrando compuertas y aspiraciones a sangre y fuego para que el mundo fuera el lugar mejor tantas veces prometido: el paraíso de los humildes. Los habitantes de uno y otro lado de la frontera que marcaba los límites de dos universos irreconciliables quebraban el ritmo previsto y ascendente de la Historia según lo catequizaban los manuales de marxismo con que estudiaban en la universidad. Y esta vez la gente se abrazaba, cantaba y nadie los reprimía. ¿Y ahora qué? ¿El mundo empezaba a ser distinto? ¿Mejor o peor? ¿Y Cuba?

Aquel mes de noviembre de 1989 también Elisa pensó varios días, y lo haría por semanas, y luego por meses, años, que no era posible, en realidad que resultaba imposible. Pero su cuerpo insistió en gritarle otra cosa. Tres semanas sin período no es un atraso, una sensibilidad alarmada en los pezones no se debe a una alergia o dermatitis, una incontrolada reacción de rechazo o atracción de ciertos sabores y olores, con náuseas añadidas y todo a la vez, no es capricho mental o locura orgánica. ¿Cómo pudo haber pasado?

La infertilidad de Bernardo incluso podría ser un error de los exámenes médicos, pero el hecho de que apenas hubiera tenido sexo con su marido en los últimos meses constituía una realidad incontestable. El hombre que en tiempos de mayor actividad nunca la había embarazado, ¿dejaba de ser estéril justo en la única ocasión en que la penetró durante su último período fértil? Solo quedaba entonces una alternativa muy difícil de admitir: porque sus dos encuentros sexuales con Horacio habían sido hechos con la debida protección, ella misma se había encargado de colocarle el condón al amante. Pero, si ella no era una flor abierta sobre cuyo pistilo una mariposa extraviada hubiera colocado el polen fecundo prendido en sus patas, alas, boca... Elisa construyó y reconstruyó durante días —que se convertirían en años de interrogaciones— cada instante preservado en su mente de cada una de las acciones realizadas durante los dos topes sexuales. Una evidencia importante, no tenida en cuenta en aquellos días, era que en esas fechas precisas ella atravesaba sus días propicios del mes, lo cual resolvía una mitad imprescindible de la cuestión. La otra mitad, y más, se podría concretar en la forma de un semen cargado de espermatozoides, un semen salido de un pene y depositado en su vagina para, como en una carrera de fondo, lanzarse a recorrer la vastedad de su útero, escurrirse por el pasadizo sinuoso de las trompas hasta que el más aventajado de aquellos peces microscópicos reunidos en el semen lograra llegar a la meta del óvulo maduro agazapado en un ovario, perforarlo y...

Tanto desmenuzó cada minuto de los dos encuentros furtivos que Elisa al fin se había visto a sí misma desnuda, recién levantada de la cama, caminando hacia la pequeña cocina del apartamento de su amiga. El gato, que en ese instante se había dignado a aparecer, la reclamaba maullando como un loco, atraído por el olor contundente de los tronchos enlatados que media hora antes, a petición de ella, Horacio se había encargado de abrir con la punta de un cuchillo, pues seguía sin aparecer el cabrón abrelatas. Y los tronchos habían permanecido sobre la meseta en espera de la aparición del gato. Se vio tomar el envase, sentirse repugnada por el vaho del pescado entomatado llegado a la isla gracias a los estertores del comercio socialista y, luego, agacharse para verter en una cazuela plástica el contenido del recipiente, dispuesta a salir del trance de una vez. Y había conseguido ver también, como por su postura no podría haberlo hecho, el modo en que, aprovechando su posición, Horacio se acercaba a ella por la retaguardia, la tomaba con firmeza por las caderas y, empuñando su miembro todavía endurecido o vuelto a endurecer, delicada pero insistentemente le recorría con el glande cobrizo el perineo húmedo —quita que estoy sucia, había dicho ella; quiero más, reclamaba él, dale a bañarte, insistió ella, sonriendo—, en un movimiento deslizante que iba y volvía del ano a la vulva... Un pene descubierto, de cuya uretra podría haberse escurrido una gota remanente de semen que, por un enorme capricho biológico, al ritmo *in crescendo* del *Bolero* de Ravel, había iniciado el largo viaje hacia el inicio de una nueva vida. ¿Era posible?

Tenía que haber sido posible. No había otra explicación ni alternativa para un estado que, a fines de noviembre, cuando se saltó otra fecha de su menstruación, le habían anunciado como un embarazo de diez semanas. Elisa, que ya lo sabía aunque no se lo explicaba, percibió que si el mundo exterior se había descentrado, el suyo caía en un torbellino.

Sin hablar con nadie fue a consultar a un ginecólogo, excompañero de estudios, para pedirle que le realizara una interrupción. El aborto era la única salida, estaba convencida. El médico, discreto, le recordó que no solo Bernardo tenía problemas para engendrar: también ella tenía un aparato reproductivo con una morfología complicada. Debía meditarlo un poco más, siempre había riesgos, podía ser su única oportunidad, le advirtió el ginecólogo y le dio una cita para la segunda semana de diciembre, la fecha tope recomendable. Tiempo para pensar, el suficiente para tomar la tremenda decisión de tener a su hijo. Si se había producido alguna clase de milagro, si había sido embarazada por obra divina (aunque había concebido con varios pecados a cuestas), si era la primera vez en su vida que había sido fecundada y nada podía garantizar que volviera a serlo..., el día de la cita le informó al médico que iba a continuar su embarazo. Y le rogó discreción. Secreto profesional, dijo él.

La tormenta que se prefiguraba en la distancia podía ser de proporciones devastadoras, pero ella no le temía, podía enfrentarla. Al fin y al cabo, su relación con Bernardo estaba muerta. El joven bello, inteligente, competitivo, había resultado ser un pusilánime a punto de convertirse en un alcohólico, o ya convertido, sin intenciones de redimirse. Horacio, por su lado, nunca iba a pensar que el embarazo fuese suyo y, a pesar de haberse acostado con ella y traicionado a Bernardo, quizás le retirara su amistad por considerarla una puta que a la vez se templaba a por lo menos tres hombres: él, Bernardo y el que la había embarazado. Con eso también podía vivir, pensó. Del resto de las personas que le interesaban —Irving y Clara, sobre todo— se podía encargar sin problemas: ellos nunca la condenarían por decidir tener un hijo de un padre para ellos desconocido... o incluso conocido. Más aún: sabía que la apoyarían. El mundo estaba descentrado, sí, pero no se iba a acabar.

Ya decidida a continuar su embarazo, por fin habló con Bernardo de lo que le estaba sucediendo y quería hacer. Entonces se produjo el segundo punto de giro inexplicable de la trama que se estaba urdiendo. Bernardo le preguntó de quién era el embarazo y ella le respondió que jamás se lo diría, ni a él ni a nadie, solo que era de alguien a quien ella misma casi ni conocía, un mal paso. Luego de un dilatado silencio y en busca de lo que solo podía ser un intento de salvar algo de su maltrecha dignidad, él le dijo que ella era su mujer y, si lo aceptaba, la criatura también sería su hijo. Podía serlo incluso, afirmó. Un milagro, como ella había dicho. En cualquier caso, él lo asumiría como suyo.

Una Elisa, entre conmovida y confundida, sintió que no entendía y quizás jamás lograría entenderlo: ¿lo más digno no habría sido enfrentar la verdad y alejarse de la mujer que lo traicionaba y, por su conocida incapacidad para engendrar, lo humillaba? ¿La debilidad esencial de su carácter, cada vez más patética, lo dominaba hasta esos extremos? ¿Qué rayos había en la mente de Bernardo, solo alcohol? A favor del hombre había un desconocimiento que lo protegía: no importaba quién fuera el responsable si ella nunca lo revelaba, porque lo único que Bernardo no podía imaginar era que uno de sus amigos cercanos pudiera ser el padre de la criatura en gestación. Y Elisa, a su pesar, tuvo una reacción casi impropia de ella: sintiéndose débil, reconociéndose culpable y mezquina, sorprendida por la postura de su marido, también aceptó. Y lo hizo porque Bernardo había demostrado cuánto la amaba y reaccionaba como la buena persona que, aun alcoholizado, reblandecido y derrotado, seguía siendo. Casi un tipo de otro mundo. Y porque Horacio jamás pensaría que el embarazo podía ser de él...

Walter, en cambio —Elisa cambió el rumbo de su discurso, también el tono de su voz—, era una de las personas más seguras de sí mismas, con más autoestima y egolatría que ella hubiera conocido en su vida. Desde muy joven, el pintor hablaba de su persona y actos siempre en función de su talento, sus salidas ingeniosas, sus trampas y ardides. Un bárbaro cubano coronado con una aureola de genio maldito y dueño de un cinismo cortante.

Había sido Fabio quien había acercado al pintor al grupo de amigos, porque Fabio lo admiraba como si fuera Dios, o Van Gogh, Renoir, Picasso, tal vez por ser Walter el irreverente que en el fondo Fabio siempre hubiera deseado ser. Como la Elisa de aquellos años era también segura y egocéntrica, en los primeros tiempos de trato con el pintor, ella y Walter sostuvieron una especie de competencia que les permitió soportarse, incluso alcanzar cierta afinidad a través del puente que tendió el conocimiento de ambos del mundo de las artes plásticas. Pero aquel equilibrio de fuerzas no podía durar demasiado y muy pronto Elisa comenzó a rechazarlo: no por su autosuficiencia, sino porque le pareció que el otro se sostenía sobre una vanidad vacua, una pose vital construida con esmero, a la que ella le veía las costuras. Desde sus atuendos, a veces manchados de óleo o témpera, hasta su forma de hablar, todo constituía parte de una puesta en escena.

Corrían unos tiempos que luego les parecerían tan amables y a la vez extraños, como irreales, una época en la que Elisa pensaba de sí misma que era una persona auténtica, dispuesta a repeler todo lo que según ella no lo fuera. La joven de entonces era una creyente, y afirmaba que decir y practicar la verdad constituía la única postura ética admisible y, por tanto, revolucionaria. Lo había aprendido de los discursos públicos de su padre, el personaje confiable, lo había respirado en el ambiente de la época. Por eso nunca le importó tener choques frontales con varios de sus compañeros de estudio, profesores, guías políticos, si pensaba que tenía la razón y defendía una verdad. Sus amigos la respetaban, la admiraban, incluso (Fabio y Liuba) la envidaban por su carácter. Pero a Walter no le importaba, incluso se burlaba: ¿tú piensas que vas a resolver algo?, solía decirle, ¿cambiar algo?, ¿quieres ganarte una medalla o que te den una patada en el culo? Quizás por esa actitud del pintor, entre cínica y realista, todavía lograron convivir un tiempo en cierta armonía tribal que solo llegaba a que Elisa y Walter consiguieran soportarse, sin mayor intimidad. Y fue justo en aquellos tiempos de equilibrio de sus personalidades antagónicas cuando Roberto Correa, el padre de Elisa, le comentó que necesitaba a alguien con conocimiento de la obra de Servando Cabrera para autentificar una de sus piezas que por alguna vía había llegado a sus manos. Y Elisa tuvo la nefasta idea de presentarle a Walter, que se ufanaba de haber sido cercano al maestro, muerto en la marginación y la inopia. Sin ella imaginarlo, había puesto en contacto dos cables eléctricos del mismo polo.

A mediados de los años ochenta Walter desapareció por casi tres años. Primero en una escuela preparatoria, en las afueras de la ciudad (estudio de lengua rusa y cultura soviética, mucha filosofía marxista con historia oficial del PCUS incluida), y luego durante lo que ellos llamaron una estancia siberiana. Cuando lo expulsaron de la academia soviética, Walter regresó al grupo y pronto pudieron comprobar que nada en él había cambiado para mejor: a su seguridad se había sumado una prepotencia que en ocasiones resultaba agresiva, a veces hasta físicamente violenta. Era un maldito, un rebelde, un castigado que exigía ser el centro de atención, y se comportaba como el más cáustico e irreverente, el más mundano y epatante, el que se tragaba de un golpe un vaso de vodka y luego regurgitaba como un dragón y reclamaba otro vaso. Volvió como si se hubiera sumergido en las aguas del Estigia y salido más fuerte de la aventura. Con frecuencia hablaba de un artista ruso medio loco, un tal Limónov (años después Elisa sabría quién era, se leería un libro completo sobre su vida y lo consideraría un caso psiquiátrico grave), como su modelo de artista socialista incómodo.

Lo peor de la personalidad de Walter se revelaba en que si descubría que eras débil, él se cebaba en esa debilidad, te aplastaba, y luego se reía como si todo fuese una broma, aunque te dejara la banderilla de su agresión en el lomo. Maltrataba a quien podía cuando podía, incluso con acciones físicas. Despreciaba a los artistas cubanos de su generación. Hablaba de lo que nadie hablaba en voz alta, se autocalificaba de perestroiko, jugaba con fuego... ¿O solo se trataba de un provocador con una misión? ¿Era por eso por lo que Walter no recibía la patada en el culo que les podían propinar a otros, que les habían propinado a otros (el joven pintor que practicaba yoga, por ejemplo), la patada que él mismo le pronosticaba a Elisa? ¿Sería él quien aspiraba a una medalla? Luego Elisa sabría que para tipos como él no había medallas, solo desprecio.

Ya para entonces Elisa no se explicaba de forma convincente por qué Walter los buscaba a ellos. Y se preguntaba: ¿Walter los necesitaba como público? Sí. Y se preguntaría después: ¿a Walter lo habían mandado a estar cerca de ellos? Quizás...

Lo que Clara y Horacio hacía años llamaban el Clan resultaba en realidad una cofradía de buenas personas empeñadas en ser mejores, jóvenes obedientes, participantes en una hazaña histórica... Si hubiera sido necesaria la calificación, la peor de todos ellos había sido la rebelde Elisa, quizás por su espíritu competitivo y sus experiencias, que a veces disfrutaba exhibir: ella había conocido y probado lo que los otros ni soñaban. Un recital de Rolling Stones en Trafalgar Square, por ejemplo, y lo recordaba cuando quería reafirmar su liderazgo. Había visitado el teatro en el que trabajó Shakespeare. Contemplado los misteriosos megalitos de Stonehenge. Cruzado por la cebra de Abbey Road. Y, debía reconocerlo, hacía o decía algunas cosas que rayaban en la heterodoxia porque sabía que a sus espaldas se alzaba una muralla magnífica: su padre, Roberto Correa, hombre de poder y confianza, con tantos amigos... De aquel padre del cual ella tenía poco que decir: apenas que era la prepotencia hecha persona, un hombre con poder incluso para destruir vidas, y no solo por vía política. Un comentario suyo cambiaba una existencia. Y cambió varias, casi siempre para peor. Como la vida de su mujer, la madre de Elisa, con sus nervios y autoestima deshechos.

Gracias a su nueva función de director empresarial con facultades para importar y exportar diversas mercancías, en algún momento Roberto Correa había entrado en el círculo de los agentes encargados de montar ciertas operaciones comerciales discretas o encubiertas, destinadas a burlar el cerco del bloqueo comercial norteamericano a Cuba. Unas operaciones que terminaron poniendo en manos de algunas personas lo que precisamente esas personas nunca debieron haber tocado, del modo en que lo tocaron. Primero había llegado el dinero, más o menos limpio, del que tomaban pellizcos en forma de beneficios (botellas de whisky, equipos de música modernos), y como no les trajo consecuencias se lanzaron entonces en busca de más dinero y beneficios, un empeño que se fue ensuciando con cambalaches diversos (obras de arte sacadas de la isla, marfiles y diamantes angolanos) hasta caer en el tráfico de drogas, de las cuales salía más dinero. Mucho más dinero. Y hubo tanta plata volando que creció la fantasía de que como eran corsarios que regresaban con tesoros, una casta de redentores, ellos resultaban intocables.

El escándalo explotó cuando tenía que explotar y terminó su primer acto con fusilamientos y condenas carcelarias por cargos que llegaban a la traición a la patria. Tras las cabezas visibles, sumaron decenas los implicados en diversos grados en los más disímiles delitos, castigados con degradaciones, destituciones, expulsiones, mientras otros muchos resultaban afectados por la pérdida de confiabilidad.

Como tantos otros, Roberto Correa también fue barrido de sus posiciones, degradado, apartado de sus privilegios..., aunque él nunca resultó encausado. ¿Acusar y condenar a Roberto Correa podía desarmar una trama mayor de inteligencia? ¿O de verdad Roberto Correa, como él mismo le juró a Elisa, no se había manchado las manos con las drogas, cumplía órdenes y ahora pagaba solo culpas de desidia, falta de olfato para saber lo que ocurría muy cerca de él? O, quizás, ¿el diplomático que espiaba un poco más que casi todos los diplomáticos y debía de conocer muchos secretos había concretado uno de esos arreglos que tanto se ven en las películas y en la realidad norteamericanas? Esa era la explicación más plausible que Elisa había encontrado: tal vez Roberto Correa había cantado las arias necesarias para inculpar a sus antiguos colegas y obtener un castigo que no lo llevara a la cárcel. ¿Había sido el espía de los espías? En cualquier caso, al parecer los encausados en 1989 nunca implicaron a Roberto Correa en sus más turbios cambalaches. ¿Existió o no esa relación?, ¿tuvo su padre alguna cercanía con la droga o de verdad jamás se mezcló con ella? Elisa no lo sabía, nunca lo sabría, como muchos otros detalles de un tinglado perverso del que se impuso alejarse, porque cada nueva revelación la avergonzaba, la lastimaba, la asqueaba.

Elisa tampoco supo por qué vías Walter Macías y Roberto Correa volvieron a entrar en contacto y menos cómo se concretó una relación que no podía tener otro calificativo que el de macabra. Al parecer, el cada vez más oscuro Walter supo por alguna vía, o imaginó, o supuso, que Roberto Correa ahora podía resultar vulnerable y trató de aprovechar esa circunstancia. Pero calculó mal sus fuerzas. Con sus sesenta kilos y su guapería barata, impulsado por sus miedos y desesperación, pretendió subir al ring donde, aunque estuviera desarmado (y no era el caso), había un gladiador superpesado con todos los recursos para el combate y muchas peleas efectuadas en su larga carrera...

Luego de su estancia soviética y en su estilo de maldito e irreverente, alguna vez Walter les había confesado a los miembros del Clan que de cuando en cuando se fumaba una marihuana, y alcanzaba un estado mental y creativo muy especial. Varios de ellos ni le creían, aunque les hacía gracia la posibilidad y avivaba sus curiosidades. Pero, hasta donde supieron, si acaso Fabio probó algún «taladro» con Walter, su ídolo. El resto, no. Y jamás lo hizo en Fontanar. Para ellos, los buenos, esa transgresión resultaba algo impensable.

Estupefactos, supieron después que Walter también consumía cocaína. En Cuba, por aquellos tiempos, resultaba raro que alguien la probara y era muy difícil obtenerla, casi inconcebible la existencia de un gramo suelto en la isla. Una noche de muchos tragos Walter comentó que había comenzado a probar la droga fuerte con sus amigos de Moscú, árabes ricos, simpáticos brasileños, franceses liberales hijos de comunistas, jóvenes africanos vástagos de presidentes y dictadores aliados de la Unión Soviética. Con ellos se había iniciado en la coca, y a su regreso en Cuba, de alguna forma logró encontrar el camino hacia ella. Un camino que, por alguna razón, Walter llegaría a pensar (o saber) que terminaba en el circuito de Roberto Correa.

Cuando se desató la cacería que tendría su punto más álgido en el verano de 1989, Walter sintió que el fuego podía llegar hasta él y decidió que lo mejor era largarse. Pero en el ambiente que se había creado por todo lo sucedido, una salida clandestina en una balsa o en una lancha resultaba en esos momentos punto menos que imposible por los niveles de vigilancia existentes. Y ahí empezó la lucha de Walter por encontrar una vía de escape, un deseo que, sin conocer las más complicadas razones del pintor, al principio sus amigos asumieron como una simple inconformidad y luego como una manifestación de su paranoia, alguna especie de manía persecutoria. En realidad era miedo.

El timón comenzó a girar hacia el desastre cuando Walter le rogó a Elisa que tuvieran un encuentro en un lugar discreto. Necesitaba hablar con ella de algo muy importante. Ocurrió justo en los días en que Elisa alimentaba al gato de la compañera de trabajo y tenía a su disposición el apartamento de El Vedado

La tarde de septiembre de 1989 en que se vieron en el apartamento, Walter estaba alterado, quizás necesitado de drogas o solo aterrorizado. En ese momento Elisa aún no sabía si entre Walter y su padre podía existir alguna relación diferente a la que ella había propiciado varios años atrás. Lo que sí pensaría, con mucha insistencia, era que el pintor podía ser un provocador que la ponía a prueba y, a través de ella, a su padre, pues pretendía que Roberto Correa le propiciara un modo de salir del país. El perfil y la historia de Walter encajaban a la perfección con el comportamiento de un provocador. Por eso, sin pensarlo demasiado, Elisa se negó de plano a tener ninguna conversación con su padre ni con nadie y agregó las palabras mágicas: si Walter volvía a buscarla, ella lo denunciaría a la policía o a quien fuera.

La amenaza de Elisa provocó la reacción incontrolada del otro, que la tomó por los brazos, la zarandeó y empujó diciéndole que si se atrevía a denunciarlo, él denunciaría a Roberto Correa como traficante de coca: si Elisa volvía a amenazarlo, le juraba que lo lamentaría. Con el último empellón lanzó a la mujer en la cama del apartamento y salió repitiendo improperios... para volver a entrar, todavía descontrolado, con un cigarro que se le movía entre los dedos temblorosos y preguntarle a Elisa si había visto dónde coño había dejado su fosforera. Elisa le gritó que se largara de una cabrona vez, no quería volver a verle la jeta en su puta vida.

En la lista de errores que cometería Elisa entonces le tocó el turno al peor de todos: cuando Bernardo le preguntó por los moretones que tenía en los brazos, evidentemente provocados por la presión de las manos de una persona, ella le contó lo ocurrido con Walter, como si la confesión fuera un exorcismo. Y, sin imaginarlo ni pretenderlo, soltó a la fiera. El alcohólico Bernardo, el pusilánime Bernardo, salió en busca de Walter y lo confrontó: le dijo que si alguna vez volvía a tocar a su mujer, él, Bernardo, lo iba a matar. Walter se rio en la cara de Bernardo y Bernardo le dijo: ponme a prueba si te atreves.

Quizás como parte de su misión de provocador, si lo era, o quizás por su muy justificada desesperación, lo que ocurrió fue que, en lugar de alejarse, Walter se acercó más que nunca al grupo. Fue el momento en que comenzó a pedirle a Darío su ayuda para conseguir un visado. También cuando les repetía a todos que lo estaban vigilando y soltó en algún momento que la rubia Guesty era una informante, y muchos pensaron que tal vez lo fuera... Y para acabar de ensuciarlo todo, el pintor tuvo una pelea con Irving que pudo haber terminado en una desgracia mayor. Eso era lo que todos sabían, veían, comentaban.

Porque, además, hubo eventos decisivos que los amigos de Elisa nunca supieron. El primero fue que ella se había atrevido a confrontar a su padre respecto a lo que sucedía con Walter y el hombre se puso frenético. Dos días después Roberto Correa alarmaría a su hija con una información: Walter Macías era un tipo al que la policía tenía cogido por los huevos desde hacía años, cuando hizo algunos desafueros en Moscú, y pagaba su libertad contando chismes de todos los que se relacionaban con él. Funcionaba como un miserable soplón, un chivato de mierda, y, en cualquier caso, lo mejor era no alimentarlo y mantenerlo lejos. Y Elisa se horrorizó con aquella revelación por fin capaz de explicar tantas cosas y de enturbiar otras muchas.

La otra coyuntura que los demás no conocieron, nunca la conocerían, se tejió una tarde, tres días después del cumpleaños de Clara del año 1990. Elisa había vuelto a la casa de sus padres y se encontró allí precisamente a Walter, con un parche de esparadrapo sobre la ceja derecha y el ojo morado, discutiendo con Roberto Correa. Elisa se sorprendió y creyó entender algo cuando su padre le dijo que aquel hombre había llegado a la casa afirmando venir enviado por ella. ¿Cómo Elisa sabiendo lo que ya sabía se atrevía a mandar a aquel miserable a pedirle que lo sacara de Cuba, mientras lo acusaba de ni se sabe cuántas estupideces?, gritó Roberto Correa, y Elisa gritó que ella no había mandado a nadie y Walter también gritó: él sabía que Roberto sacaba cocaína de alguna parte y luego uno de sus secuaces la vendía en la calle. Él había comprado de esa cocaína. Roberto Correa le dijo que no hablara mierdas y le advirtió que él no le tenía miedo a Walter y sus amenazas. Que solo un loco o un comemierda podía decir esas sandeces, y le exigió que se largara de la casa. Que no volviera jamás por allí, o le juraba que él, Roberto Correa, le iba a meter un tiro en la cabeza y él, Roberto Correa, no lo iba a pagar. La policía sabía quién era Walter Macías, cuál era su historia: nadie paga por los chivatos, le recordó...

Los gritos de hijo de puta, maricón, corrupto, chivato, drogadicto comenzaron a cruzarse entre los dos hombres y la discusión se fue de control. Elisa se abalanzó sobre Walter para intentar sacarlo de la casa y Walter la agredió físicamente por segunda vez: le dio un empellón que la lanzó al suelo con tanta violencia que la mujer tuvo el temor de que el golpe le pudiera provocar un aborto. De algún lugar, con una velocidad que Elisa no se explicaba, vio desde su posición en el suelo a Roberto Correa con una pistola en la mano apuntándole a Walter, diciéndole en voz baja, pero con un tono de firme amenaza, que si no salía de inmediato de allí le metía un tiro en la cabeza. Y le colocó el cañón del arma justo sobre la herida vendada, y lo golpeó dos veces. Y Walter comenzó a llorar, a suplicar, a pedir perdón...

Después, Elisa sabría que había sido unas horas antes, esa misma tarde, cuando el pintor había tenido una pelea con Irving y por eso exhibía un ojo oscuro y un parche sobre la ceja. Y fue también esa noche la última vez que alguien del grupo de amigos vio al pintor... Fue ella, Elisa, la última que lo vio, encañonado por su padre. Los dos cables que ella había acercado lanzaban chispas.

Dos días después, sin que existieran más noticias sobre Walter ni la razón última de su decisión, el hombre que acumulaba dos amenazas de muerte, aparecería reventado en la calle, luego de volar los dieciocho pisos de un edificio. Y terminó de complicarles la existencia a los que lo habían recibido en su Clan y tratado como un amigo poco ortodoxo, pero amigo al fin y al cabo.

—Y, sobre todo, le jodió la vida a Elisa Correa —dijo Elisa como si en realidad ella fuera Loreta Fitzberg y evocara ante su amante y amiga Margaret Miller la historia de una persona que había conocido en alguna de sus otras encarnaciones, en tiempos muy turbios, muy lejanos. Tiempos de oscuridad.

8

Los ríos de la vida

Elegguá tiene veintiún caminos y sus caracoles son veintiuno.

NATALIA BOLÍVAR, *Los orishas en Cuba*

Osadas estructuras de Brunelleschi, campanario de Giotto, frescos de Giorgio Vasari, mármol blanco de Carrara. Esculturas y vitrales de Donatello, intervenciones de Miguel Ángel y grúas diseñadas por Leonardo, mármol rojo de Siena. Altares de Ghiberti, pinturas de Federico Zuccaro, más esculturas de Tino di Camaino, mármoles verdes de Prato. El poder de la Iglesia, de los Medici, de la fe y la inteligencia humanas, oro, bronce, ladrillos: todo dispuesto para componer un canto singular a la belleza y a lo intangible. Una explosión de lo sublime. ¿De verdad estoy aquí? ¿Todo esto lo estoy viendo con mis ojos? ¿Esta es mi vida real o es un sueño, una ilusión? ¿Hubo algún atisbo, alguna señal de predestinación para que una semilla tirada en un solar habanero de la calle Perseverancia, entre churres centenarios y pestes a mierda indelebles, pudiera ser una flor ante estas flores magníficas?

Darío devoraba con la vista el espectáculo de Santa Maria del Fiore y ni siquiera la evidencia física, la percepción sensorial de lo maravilloso le alcanzaban para asimilarlo. No era la primera vez que recibía una de aquellas conmociones, marcadas por la incredulidad de sí mismo: frente a la Sagrada Familia de Gaudí, apenas aterrizado en Barcelona, lo había sacudido una sensación semejante; las pinturas reunidas de El Bosco, Velázquez, Rubens y Goya en El Prado lo anonadaron en su momento con una existencia tangible, al alcance de la mano, su mano. La vigorosa sensación de ver el principio de tantas cosas lo había inundado también en el Monte de los Olivos, contemplando la puesta del sol sobre las murallas de Jerusalén, igual que entre las ruinas del Partenón o ante los frescos milenarios de Cnosos. La Calzada Imperial, la columna de Trajano y el Coliseo de Roma lo habían removido del mismo modo tres días atrás, y siempre, siempre, aquellas percepciones lo hacían preguntarse: ¿de verdad estoy aquí? ¿Soy yo el que está aquí? Aunque ese día necesitó agregar: ¿y para eso es que estaba yo aquí?

Desde su salida de Cuba, ocho años atrás, durante la primavera caliente de 1992, la existencia del neurocirujano había entrado en una dimensión mágica, como la de Alicia al atravesar el espejo y emerger en el mundo de las maravillas. Los primeros treinta y tres años de su vida, invertidos en la isla natal, siempre rodeado de agua por todas partes, pronto empezaron a parecerle remotos, casi ajenos y por completo superados, demasiados años invertidos día a día en una guerra por sacar la cabeza del cieno oscuro de un pantano y bracear, patalear. Y siempre procurar que no viniera nadie y lo hundiera de nuevo para obligarlo otra vez a tragar los detritus de los que en realidad provenía, a los que quizás estaba destinado a pertenecer por siempre: como el primer protozoo. La amenaza de un retorno a su infierno lo había mantenido en permanente alerta, dispuesto al combate y, llegada la ocasión, propulsado hacia delante, cada vez más lejos, hasta perderse, empeñado en pretender ser otro sin poder dejar de ser él mismo. Y *por eso* estaba allí, ante un prodigio de belleza y gloria magnificado en la catedral de las flores. *Para qué* estaba allí lo sabría unas horas más tarde, luego de beberse el que en ese instante consideraría el mejor café expreso que había probado en su vida.

Su eficiente mujer, Montse, había planificado cada etapa del viaje italiano de nueve jornadas que formaba parte de sus regalos por el cuarenta cumpleaños de Darío (había un Rolex, una Montblanc Toscanini y otras cosas así), y casi tuvo que sacarlo a rastras del Duomo para continuar el programa del primer día de estancia florentina, que esa mañana incluiría el palacio Strozzi y terminaría en la tarde con la visita a la

Galería de la Academia. Todo planeado con tiempos y horas precisas, dejando la jornada siguiente a la interminable Galería degli Uffizi, el Palazzo Vecchio y el Pitti, con sus cinco museos y, ya al final de la tarde, partir hacia la escala final del periplo, que ella había concebido como dos noches románticas en Venecia. Y Montse había reído al ver el arrobamiento de Darío, que la catalana apenas consideraba una clásica conmoción estética, por demás muy explicable en un caribeño con tan poca historia a sus espaldas, pues no tenía una idea cabal de las más recónditas y lacerantes razones que provocaban la turbación de su amante.

Cuando salieron del Palazzo Strozzi, la mujer le advirtió a Darío que era la hora de comer en el restaurante Il Latino, especializado en la famosa y contundente *bistecca alla fiorentina*, un sitio para el cual había hecho la necesaria reserva un mes antes. La pareja, ya bien comida y bebida (una botella de Brunello di Montalcino de ochenta dólares, unas *grappas* para el cierre), decidió buscar un café al aire libre para tomar el expreso, avanzar en la digestión de la *bistecca* y emprender la pautada exploración de la Galería de la Academia. El café escogido, en la ribera del Arno y en las inmediaciones del Ponte Vecchio, les permitía tener una vista privilegiada de la ciudad por la que habían caminado Dante, Leonardo, Miguel Ángel, tantos de los Medici, la urbe que un exaltado Darío Martínez, borracho de superlativos, calificaba de la más *bellísima* del mundo, mientras asimilaba el golpe del expreso estilo napolitano que celebró como el mejor que había probado en su puta vida, justo en el instante en que recibió otra visión, nunca esperada y capaz de paralizarlo.

La mujer, rubia, de pelo corto, entre los treinta y los treinta y cinco, avanzaba por la calle tomada del brazo de un hombre algo mayor que ella, con una inconfundible pinta de italiano, incluido el cuello alzado de su polo rojo tomate de Lacoste. Ella quizás había engordado unas libras que acumulaban más grasa de la necesaria en sus glúteos y caderas generosas, sin que su cuerpo dejara de resultar entre muy atractivo y espectacular, según los códigos estéticos de su lugar de origen. Lo que no había cambiado nada en los diez años que Darío llevaba sin verla, en otro contexto y circunstancias muy especiales, era la expresión como de asombro que le confería la elevación de los párpados de sus ojos de muñeca.

—Cojones, no puede ser —dijo el hombre en castellano y, sin explicarle nada a una Montse que lo observó extrañada, se puso de pie. Abriéndose paso entre una oleada de turistas japoneses, caminó hacia la pareja formada por el presunto italiano y la rubia culona, hasta conseguir colocarse frente a ellos. El hombre lo miró con curiosidad elemental, algo desconcertado, pero la mujer rubia de ojos asombrados abrió incluso más los párpados, tanto como para temer que sus desorbitados globos oculares cayeran en medio de la calle por la que también caminaron Giotto, Botticelli, Fra Angélico, Guido Cavalcanti.

—¿Darío? —preguntó ella, sonriendo.

—¿Guesty? —afirmó más que preguntó Darío, ella titubeó apenas un instante y de inmediato ambos dieron un paso al frente y, tomados por los antebrazos, se estamparon dos besos en las mejillas, a la usanza europea.

¡Cómo es posible! ¡Esto es increíble! ¡Quién lo iba a pensar!, decían, y Darío invitó a Guesty y a su marido, en efecto italiano y llamado Giovanni (ella lo llamaba *Amore)*, a que los acompañaran a él y a Montse a beber un expreso buenísimo. La pareja aceptó y el italiano y la catalana debieron asistir por quince minutos a un diálogo que, luego de las formalidades, los excluyó, como si no existieran. Se armó un intercambio intenso y nostálgico del cual a Montse y Giovanni les faltaban muchas referencias por estar remitido a tiempos anteriores a sus respectivas apariciones en la biografía de dos cubanos que se habían conocido en otra vida y que, por puro azar concurrente (o no), se reencontraban en una calle de Florencia, tan lejos de todo lo que habían sido, de lo que pudieran seguir siendo.

Darío le contó a Guesty sobre su salida de Cuba, su llegada a Barcelona y la suerte que lo había acompañado después: el doctorado obtenido en Barcelona, el trabajo en un importante hospital de la ciudad, la relación con Montse, a la que dio un beso de piquito. Guesty, por su lado, le reveló su encuentro con Giovanni en Cuba, seis años atrás, cuando más difíciles estaban las cosas en el país, y cómo había aceptado la propuesta del hombre de irse con él a Italia. Ahora vivía en la vecina ciudad de Prato, donde su *Amore* era dueño de una panadería famosa en toda la Toscana por sus *biscotti* para mojar en el café y en los licores dulces. Luego Darío debió hacerle a la mujer un resumen de los destinos de sus conocidos comunes, unos todavía en Cuba (Clara, sus hijos), otros en distintas partes del mundo, como el común amigo Horacio (Guesty también lo mentó como amigo), afincado en San Juan de Puerto Rico, padre de unas gemelas. Y fue entonces cuando Darío tocó la tecla que alteraría la afinación del concierto y le daría su verdadero sentido al imprevisible encuentro.

—Yo nunca me hubiera imaginado que tú te irías de Cuba, la verdad —dijo el médico.

—Cualquiera se va... Se ha ido una pila de gente... Aquello no hay quien lo resista... Aunque yo tampoco lo habría dicho de ti... —replicó ella—. Tenías casa, carro, tu familia, me acuerdo de que tus pacientes siempre te regalaban cosas... ¿Tú no eras militante del Partido?

—Sí..., era —admitió él.

—Y siempre decías que le debías mucho a la Revolución, que eras muy pobre y habías podido estudiar... Y mira tú, no te fuiste..., es que desertaste. De verdad yo tampoco me lo hubiera imaginado.

—Hice igual que otros —se defendió él—. La mayoría de los que viajaban y se quedaban eran militantes, o gente de confianza, como yo... o como tú. Porque tú eras de la Seguridad, ¿no? ¿O eras de la policía?

La mujer sonrió sin que sus ojos perdieran sus dimensiones de asombro.

—Tu amigo Horacio me preguntó lo mismo... ¿De verdad se lo creyeron? Eso lo inventó Walter, que estaba tan loco que mira cómo terminó. Yo nunca fui nada... Bueno, pionera cuando estaba en la primaria. —Y con una sonrisa imitó el saludo pioneril.

—Pues Walter estaba muy seguro de que tú te acercaste a nosotros para vigilarnos. Sobre todo a él.

—¿Vigilar a Walter? ¿Para qué? Walter decía cualquier cosa donde quiera. Pero al fin y al cabo era un loco infeliz. Y un mal pintor..., ¿no?

—Eso mismo pensaba yo... Pero el otro que decía que tú eras policía era Irving.

—¿Irving?

—Sí, porque te vio en el edificio de los investigadores de la policía donde lo tuvieron preso. Después del suicidio de Walter... Al pobre Irving lo metieron allí una pila de días, lo interrogaron...

—Verdad... De eso sí me habló Horacio.

—Irving te vio en una oficina —afirmó Darío.

—¿En una oficina? ¿A mí?... Ay, chico, Irving era un histérico... Tenía miedo de todo...

—Pero no decía mentiras... Y como tú desapareciste después de que Walter se mató.

—¿Entonces Horacio no te dijo? ¿No les dijo a ustedes que a mí me interrogaron también en ese cuartel horrible? ¿Y que por todo lo que se formó con Walter a mi hermano lo metieron preso por un cigarro de marihuana? ¡Un cigarro y dos años para el tanque!

—¿Qué cuento es ese, Guesty?

—Ningún cuento... Pero qué maricón es el Horacio este... ¿No les dijo nada de eso?

Montse y Giovanni movían las cabezas como si siguieran un encarnizado partido de tenis. Los ojos de la catalana y del italiano de pronto habían adquirido las dimensiones de estupefacción que caracterizaban a Guesty: ¿estaban hablando de suicidios, investigaciones criminales, filiaciones policiales, espionaje? ¿Dos años de cárcel por un cigarro de marihuana? Montse, tan habladora, había enmudecido, y Giovanni parecía incómodo en su butaca, fumando constantemente de su cada vez más desvencijado puro toscano.

—¿Tú hablaste con Horacio? —Darío ahora no entendía. Hasta donde recordaba, Horacio nunca había vuelto a mentar a Guesty—. ¿Y por qué te perdiste, así, sin decir nada?

—Porque el ambiente se calentó. Todo el mundo cogió miedo, y con razón. Con un muerto por el medio ya no era divertido. Qué va...

—No, ya no era divertido —admitió Darío—. Walter destapó un barril de mierda. Pero la mierda la sacó alguien de alguna parte.

—De eso yo no sé nada... Los disparates de Walter y los desastres de Elisa... Horacio era el que estaba obsesionado con eso. Había un rollo entre él, Bernardo, Elisa y Walter, un lío muy jodido. La policía también vino a verme, ya te dije, me llevaron a ese cuartel para preguntarme cosas, y yo no estaba para complicarme la existencia —anotó Guesty, negó con la cabeza, y luego de tomarle la mano a Giovanni inició un movimiento como si fuera a ponerse de pie—. Qué pena todo lo que pasó... Bueno, nosotros...

—Guesty, ¿Guesty?... Oye, ¿por qué cuando te llamé Guesty tu marido me miró tan extrañado?

Darío volvió a mirar a Giovanni, y Guesty sonrió más y terminó de levantarse.

—Porque Guesty era un apodo que usé allá y me gustaba porque tenía más onda... ¿A quién le gusta llamarse María Georgina?... Pero *Amore* me conoce por María...

—¿O no será que tú te llamabas Guesty porque ese era un nombre que te inventaron en tu trabajo?, ¿no? Eso era lo que siempre hacían, a los chivatos les ponían otro nombre...

—Ay, por Dios... ¿Vas a seguir con esa cantaleta? No, no estoy para ti, pariente... Todos ustedes siempre han sido unos paranoicos de mierda. Todos. Y ya veo que no cambian aunque lleven un Rolex en la muñeca... Que supongo es auténtico, ¿no?

Darío negó con la cabeza, aún ocupando su silla. Podía ser tan paranoico y delirante como decía la mujer, pero también podía haber ocurrido que en ese instante acabara de unir los dos cables que generaban la chispa eléctrica dispuesta a iluminar un espacio oscuro de su vida y de la vida de sus amigos. ¿De verdad alguien los vigilaba y los desnudaba con sus informes? ¿Un Alguien que, quizás, podría estar relacionado con los desastres que marcaron los meses turbios de los inicios de 1990? ¿Alguien que podía ser aquella mujer que siempre les había parecido elemental, un poco tonta incluso, esa mujer que se había esfumado y ahora se paseaba por Florencia con su marido italiano dueño de una dulcería famosa? ¿O debía creer que ella también había sido una víctima de la tormenta que desató Walter?

—Yo tenía dudas. Es más, yo no lo creía. Pero ahora sí creo que de verdad tú eras una cabrona informante —soltó Darío, y miró un instante a Giovanni y luego devolvió la mirada a la mujer para preguntarle—: ¿Y te jubilaste o todavía lo eres? ¿Cómo me dijiste que te llamas ahora?

—Oye, comemierda, estás loco, y hablando sandeces... Como Walter, loco de remate... ¡Vamos, *Amore!* No estoy pal comemierda este... Loco e' mierda.

Darío se puso de pie. Dentro de él, en ese instante, incluso por encima del hombre que se sentía timado en su confianza, bullía el niño violento que hacía muchos años había sido, el niño sobre cuyo destino increíble había estado pensando esa misma mañana ante el espectáculo de la prodigiosa catedral de Florencia. Porque, como solía hacer Olga, su madre, aquella Guesty o como se llamara la mujer que durante meses podía haberlos espiado o no, ahora lo había calificado de loco. Loco, estás loco, loco de mierda. ¿Qué sabía ella de su vida? ¿Cuánto? La mano de Montse se posó entonces sobre la suya y la apretó con fuerza, como un reclamo hacia la realidad de su nueva y tan satisfactoria existencia.

—Sí, vete —musitó al fin Darío, casi admirado de su capacidad de autocontrol, aunque necesitado de un desahogo—. Yo seré un desertor y un loco..., pero si tú nos vigilabas, entonces eres una gran hija de puta chivata y traidora. No, a lo mejor no lo voy a saber nunca... Pero si fuiste eso que pienso, y lo pien-

so mucho, ¡yo me cago en la resingá de tu madre, maricona!
—gritó, y las últimas palabras rebotaron en la espalda de la mujer rubia que, moviendo su culo magnífico, se alejaba deprisa y en el rostro del italiano anonadado que seguía mirando a Darío (¿de verdad era un loco?) y no entendía casi nada de lo que durante una de las horas más extrañas de su vida había ocurrido frente a él. Pero ni Giovanni ni Guesty (¿apodo o nombre de guerra?), en realidad llamada María Georgina, pudieron escuchar las palabras finales del médico—. Y si no lo fuiste..., de todas maneras me cago en tu madre, ¡hija de puta!

Convertirse en catalán. Vivir y pensar como un catalán. Hablar en catalán. Sufrir o gozar cada partido del Barça (*«Més que un club»*), desayunar *pa amb tomàquet,* ponderar el *fuet* y las butifarras catalanas como buen catalán. Odiar al opresor Estado español como un catalán radical, independentista, republicano, irredento. Pensar que ellos, los catalanes, no tenían por qué mantener con su trabajo a otros españoles vagos. Ser más catalán que los catalanes y esconderse hasta de sí mismo su escabroso origen, y a la vez intentar no decirse ni a sí mismo, bien lo sabía, que nunca sería un verdadero catalán (ni para él ni para los catalanes radicales e irredentos con los que se codeaba Montse) y que en realidad no le interesaba que lo aceptaran como catalán: porque, en verdad, él solo quería convertirse en otra cosa, otro Darío, daba igual si catalán o marciano, pero siempre más lejos del Darío original. Sepultar el pasado, contabilizar las ganancias, nunca las pérdidas. Derrotar cualquier asomo de nostalgia. ¿Qué palabra es esa, *nostalgia?* ¿Para qué sirve la nostalgia?

Que lo hubiera acompañado la fortuna (incluso económica), alimentada por su inteligencia y su perseverancia de acero, resultaba una recompensa merecida, se repetía. No reconocerse un burgués pero vivir con los beneficios del estatus económico y social de un próspero burgués le provocaba un manifiesto regocijo: por eso disfrutaba de sus casas, sus autos, los objetos bellos y brillantes que lo rodeaban. Ser un doctor, muchas veces El Doctor, incluso El Profesor, respetado y solicitado, que firmaba certificados e historias clínicas con el modelo de Montblanc diseñado para Toscanini, lo llenaba de orgullo y satisfacción humana y profesional. Mientras, para entender los fundamentos históricos que conforman una nación (como la catalana) leía el ensayo de Stalin sobre las nacionalidades, y a Gramsci para valorarse como intelectual revolucionario. O algo por el estilo.

Ciertas noches de clima amable, Darío abordaba su poderoso BMW 2003, con mejor porte que su ya desechado Citroën Xantia, nada que ver con el viejo Lada soviético que en su vida cubana había logrado reparar y recuperar. Aquel auto casi se manejaba solo y, disfrutando del paseo, solía escuchar alguna de las óperas a las que Montse lo había aficionado, se iba a los cafés del puerto o incluso a los de la playa de Sitges para tomarse un respiro del amor posesivo de su mujer («no me quieras tanto», a veces cantaba en un susurro) y librarse de las tensiones laborales del día. Pero sobre todo para estar a solas consigo mismo y sus más íntimos pensamientos. La cercanía de la llegada de su hijo Ramsés, al que no veía desde hacía casi quince años, cuando era un niño de diez, estaba alterando su ánimo con la recuperación de una parte de ese pasado del cual había escapado, como un verdadero fugitivo, como si hubiera huido de una epidemia mortal.

Con un trago de ron cubano y uno de los habanos, muchas veces llegados desde la isla (lo bueno es bueno, no importa de dónde venga), con que algunos de sus pacientes insistían en congratularlo igual que cuando estaba en Cuba, gastaba dos horas en alguna mesa de un bar, frente al Mediterráneo, examinándose a sí mismo, como si todavía necesitara convencerse de algo. Lo que había obtenido en sus años de exilio armaba una lista tan abultada que a veces le parecía mentira y formaban una montaña detrás de la cual quedaban, invisibles, las fealdades materiales y espirituales de su vida arduamente cancelada. Y fumaba, bebía de su añejo, celebraba su victoria.

Muchos años antes, Darío había decidido que moriría sin contarle a nadie los más macabros detalles del inicio de su tránsito vital. Ni a su viejo amigo Horacio, al que conocía desde niño y le había indicado el camino de la salvación; ni a Clara, su mujer por quince años, la persona que le había abierto las puertas de su primer tránsito hacia un mundo limpio y bien iluminado, con los atributos necesarios para desbordar todos sus sueños; ni siquiera a sus hijos Ramsés y Marcos, tan afortunados por haber nacido donde nacieron; mucho menos a Montse, criada en cuna de oro: a ninguno le reveló ni le revelaría los detalles de su horror. Los años de una infancia vividos a merced de una madre capaz de cualquier crueldad, que lo odiaba y veía en él el resultado de su humillación. La amargura, siempre dispuesta a regurgitar, de unos años vividos en el espacio mínimo del cuarto del solar con paredes y techo agrietados, rodeado por tanta gente degradada por la marginación y la pobreza, hombres y mujeres que lo veían sin verlo y ni siquiera tenían la capacidad de compadecerse de él: porque muchos de ellos habían perdido hasta la noción de la compasión, y para ellos el niño Darío, simple y lógicamente, debía de estar destinado a ser como su madre y como ellos, los miserables económicos y, sobre todo, morales.

Con el primer destello de inteligencia que le permitió empezar a entender su situación y a poder compararla con la de otros muchachos, como su amigo Horacio, Darío solía preguntarse por qué a él le había tocado aquella suerte. Su madre, Olga, había sido violada a los catorce años y en el acto la habían embarazado. Quién había sido el violador y, por ende, su padre, él nunca lo supo, aunque su madre solía decirle que era «igualitico» al hijo de puta de su progenitor. Luego, por qué motivo su madre, una ignorante casi analfabeta, no había interrumpido el embarazo no deseado, para más ardor, forzado, tampoco lo sabría, aunque podía intentar colegir las razones vinculándolas a esa ignorancia, al miedo o a una suprema irresponsabilidad.

Lo más tenebroso había sido que, como resultado de una procedencia violenta y mezquina, la mujer mancillada veía en él la encarnación de su desgracia y se complacía en devolverle al niño, multiplicada, la violencia y mezquindad de su origen. Fueron tantas las golpizas que por cualquier o hasta por ningún motivo recibió de ella desde que podía recordar la sensación de dolor, que en un momento el niño se hizo inmune al dolor. Los gritos, dejó de oírlos. El hambre llegó a ser un estado natural para él, una presión que apenas se saciaba con vasos de agua con azúcar, un pedazo de pan y las sobras para perros que la progenitora a veces le traía del comedor obrero donde trabajaba. Cada una de esas agresiones lo curtieron e incluso lo fortalecieron.

Sin embargo, lo más terrible, lo indeleble, resultaron las vejaciones a las que la mujer lo sometía, como su castigo predilecto de desnudarlo y sentarlo en una banqueta en el pasillo del solar y dejarlo allí, a sol y sereno, a lluvia o frío, hasta que se le olvidara la razón de la condena. O que a gritos lo calificara de loco y se burlara de él cuando insistía en ir a la escuela y le rogaba que le comprara al menos la ropa del uniforme y no usara su pañoleta de pionero para limpiar la mesa: eres un loco, estás loco, un loco de remate igual que tu padre, le repetía ella, y aquella agresión materna resultó ser la ofensa más dolorosa. La que luego, cuando lo rejoneaban, lo haría reaccionar como un loco.

Una negra muy vieja, casada con un gallego también muy viejo —así los recordaba Darío, aunque ninguno de los dos llegaba a los sesenta años—, vecinos del último cuarto del solar, fueron su más recurrida tabla de salvación y las personas que le aportaron la noción de que, al parecer, en el mundo también podía existir la bondad humana. Con ellos a veces comía y si su madre cerraba la puerta y lo dejaba fuera, más de una vez en cueros, ellos lo recogían como si fuera un perro callejero, y por años le guardaron las libretas y los lápices con que asistía a la escuela cercana.

Luego, cuando ya Darío andaba por los ocho años, apareció el providencial Lázaro Morúa, un mulato chofer de guaguas y santero que se juntó con su madre, canceló el castigo de la desnudez pública y lo protegió cuanto pudo durante los tres años que vivió cerca de él. Fue aquel hombre de muy pocas palabras y ningún gesto de afecto quien lo indujo a la práctica del judo y el aprendizaje de su técnica y filosofía. Lázaro Morúa también fue quien le dijo que él, Darío, era un hijo clásico del dios Elegguá, el orisha africano que cuida de los veintiún caminos de la tierra pues tiene las llaves del destino: con esas llaves, le aseguró, se abren o se cierran las puertas a la desgracia o a la felicidad. Solo hay que saber usarlas.

Cuando tuvo edad suficiente y pudo comenzar a analizar quién era, de dónde provenía y hacia dónde podría ir, a Darío siempre le pareció el resultado de un milagro el hecho de que su vida no hubiera terminado replicando la de su madre y los vecinos del solar, o las de sus amigos de niñez en el barrio, como Pepo, recluido a los doce años en un reformatorio juvenil, o el Beto, condenado a treinta años de cárcel por asesinato y asesinado él a su vez en la prisión, a los veintidós. Tal vez porque en las horas que había pasado en el colegio se había sentido a salvo de su otra vida y procuró permanecer en el edificio todo el tiempo posible, en clases o en la discreta biblioteca; quizás porque, debido a un fenómeno genético muy difícil de explicar, el niño tenía la capacidad de aprender y memorizar las lecciones solo con escucharlas una vez, y las lecturas, con realizarlas en una ocasión; a lo mejor porque la feroz directora de su escuela primaria, una obsesa de la disciplina, se sintiera conmovida por la delgadez del alumno, los moretones que con frecuencia exhibía en cualquier parte de su anatomía, y los zapatos con las suelas amarradas con alambres con los que un día llegó al aula y desde entonces la mujer se encargaría de vestirlo y calzarlo con atuendos que se le quedaban pequeños a sus hijos; sin duda porque había nacido en un país donde incluso un paria como él tenía garantizada una buena escuela primaria, una mejor secundaria, un acceso posible a la universidad, unas opciones que Darío aprovechó y exprimió.

Lo insólito fue su precoz capacidad para descubrir que en él mismo estaba su posible salvación (¿las llaves del destino que poseen los hijos de Elegguá?), y desde que tuvo esa percepción la practicó a conciencia. Y la practicó tanto que desde el tercer grado de primaria hasta su graduación en la Facultad de Medicina, cada año fue el mejor estudiante de su curso, y pronto combinó el respeto académico con el respeto físico que llegó a inspirar aquel «flaquito descojonao» con quien ya nadie se quiso pelear, no porque supiera algunas llaves de judo, sino porque a diferencia del resto de sus contendientes no le temía al dolor ni a la sangre y por ello resultaba invencible.

Fue en la pequeña biblioteca de su escuela primaria en la que Darío se refugiaba donde coincidió con el otro bicho raro del colegio: un mulatico claro llamado Horacio, que ya leía novelas y en las tardes estudiaba inglés y mecanografía. Con Horacio comenzó a compartir y comentar lecturas, a repasar las lecciones de idioma que el otro recibía, y pronto se hicieron amigos. La casa del compañero, donde vivía con su madre y su hermana, un sitio modesto, pero con baño propio y en el que no corrían las cucarachas por cualquier parte, se transformó en el nuevo refugio donde se guareció de varios huracanes, como el que provocó la ruptura de su madre con el mulato guagüero y babalao, una crisis que pasó incluso por un intento de golpiza materna a la que el niño, ya de once años, respondió con golpes defensivos que, además de la fractura del tabique nasal, le dejaron a su madre la convicción de que ya no podía ganar aquellas batallas porque su hijo era más fuerte que ella, en todos los terrenos. Curiosamente, su capacidad de respuesta física resultó ser el principio de una relación de tolerancia que, desde entonces, su madre tuvo con él y él con su madre, a la cual, a pesar de todo lo sufrido, Darío nunca sintió deseos de odiar, pero tampoco consiguió amar y menos aún perdonar.

¿Cuán lejos había llegado? ¿A cuántos años luz se hallaba el doctor de las Montblanc del niño desnudo en el pasillo de un solar habanero? ¿Quién cojones le podía criticar que, ante la inminencia de un derrumbe, se hubiera largado sin mirar atrás y viviera como ahora vivía y hasta pretendiera ser catalán y nunca más un cubano, incluso el cubano que él había sido y que gracias a esa condición de cubano pudo hacerse médico en ese país desproporcionado llamado Cuba? Se preguntaba, fumaba de su habano, bebía de su añejo destilado en

Santiago de Cuba, miraba al Mediterráneo y se decía que podía engañar al mundo, pero no engañarse a sí mismo, porque jamás dejaría de ser lo que siempre había sido: un advenedizo escalador. Un sobreviviente. Un afortunado al fin y al cabo. Y que quizás fuera cierto que en sus bolsillos los dioses hubieran colocado las llaves del destino y él había tenido la fuerza necesaria para abrir las más intrincadas compuertas.

Antes de que el portón metálico de la casilla de inmigración del aeropuerto de La Habana se cerrara a sus espaldas, lo último que había visto el emigrante Ramsés Martínez Chaple fue el rostro bañado en lágrimas silenciosas de su madre. Doce horas después, cuando se abrieron las correderas del aeropuerto de Madrid, lo primero que vio el joven emigrado fue el rostro de Irving, de inmediato húmedo de lágrimas. Y, a pesar de las muchas diferencias en la escenografía y de las evidencias de que se había trasladado en el tiempo, en el espacio (había montado en el avión el viernes y había bajado el sábado; en La Habana había veintiséis grados y en Madrid, diez y bajando) y hasta en su condición jurídica y nacional, lo acompañó una sibilina sensación de que no se había movido de sitio.

Catorce meses agónicos de gestiones, trámites y pagos le había llevado a Ramsés poder concretar su decisión de salir de Cuba. Antes del momento en que pidió la baja académica en el Instituto Tecnológico donde cursaba el cuarto año de Ingeniería Eléctrica, Ramsés le había consultado a su padre si estaba dispuesto a iniciar el trámite de reclamarlo por la vía de la reunificación familiar, la más expedita para él, y un Darío cargado de sentimientos de culpa de inmediato envió una respuesta afirmativa. Pero el proceso que el joven debió atravesar entre las oficinas del Ministerio de Educación, las de la Dirección de Inmigración cubana y el consulado español, a los cuales siempre les faltaba un documento, un sello, una firma, una legalización notarial, resultó todo lo arduo que solía ser, como si aquellas instancias trabajaran en íntimo contubernio para hacer más difícil un viaje que se prefiguraba sin retorno, con alevosa precisión calificado como «salida definitiva del país».

Cuando tuvo en las manos el visado español y el pasaje a Madrid comprado por él mismo con el dinero ahorrado y el que sumó con el remate de sus pertenencias, Ramsés pudo comenzar a hacer los preparativos finales del viaje. En la casa de Fontanar recibieron por esos días la llamada de Irving, que les informó a Clara y Ramsés que, de acuerdo con Darío, él se encargaría de recibir al muchacho en Madrid y, para que conociera la ciudad, lo alojaría durante diez días con él y con Joel en el estudio de Chueca (en un sofá cama comodísimo). Luego, el joven seguiría en tren su viaje hacia Barcelona. Y como estaban en pleno invierno, informó también Irving, entre él y Darío ya le habían comprado abrigos, botas y hasta unas bufandas así sin florecitas, muy masculinas, que él mismo había escogido, aprovechando además la coyuntura de unas segundas rebajas comerciales. Y ratificó lo feliz que se sentía de poder acoger a su querido Ramsés.

Apenas aterrizado, convenientemente abrigado, Irving y Joel condujeron al joven a hacer una primera prospección de Chueca para tomar unas cañas o unos vinos en el bar favorito de Joel, en la calle Pelayo. Durante el recorrido y a lo largo de la noche, Ramsés había mantenido una actitud neutra, casi distante respecto al mundo desconocido y muy animado que lo rodeaba. En cada ocasión que Irving, entusiasmado y feliz por tener al muchacho en los que ahora constituían sus dominios, le preguntaba qué le parecía algo (el metro de Madrid, una tienda, una dulcería, un bar, la abrigada bufanda de lana sin florecitas), Ramsés, que por primera vez en su vida usaba una bufanda y un jácket acolchado, viajaba en metro o bebía una cerveza sin temor a que la bebida se acabara, apenas había dado dos respuestas. «Está bonito(a)» y «Está bien (bueno)» fueron sus calificaciones, como si todo lo que en su momento había entusiasmado a Irving como grandes descubrimientos, para el joven formara parte de un paisaje conocido, más aún, trillado.

Como Joel tenía turno de trabajo la mañana del domingo, Irving decidió alterar una de las condiciones de su rito semanal e incluir al recién llegado en su visita al Retiro para luego invitarlo a comer en el muy impresionante (en especial para los cubanos recién llegados) Museo del Jamón, en las inmediaciones de la Puerta del Sol. Bajaron por Fuencarral y salieron a la Gran Vía, para seguir por Alcalá, rodear La Cibeles, darle un vistazo a Recoletos y el Prado, dejar a un lado la Puerta de Alcalá y entrar en El Retiro. Y a cada pregunta entusiasmada de Irving, Ramsés dio las mismas respuestas de la noche anterior: todo estaba bueno y bonito.

Con el pretexto de tomar un respiro y aprovechar el calor del sol, Irving le indicó el banco apropiado cerca de la fuente de *El Ángel Caído* frente a la cual recalaba cada domingo. Allí, con una locuacidad exasperada por los mutismos del joven, Irving le habló algo de la escultura de representación diabólica, del origen del parque del Buen Retiro, y exaltó con más insistencia las maravillas de un Madrid donde incluso en invierno podía brillar el sol en mañanas tan esplendorosas como aquella, la ciudad en la que él, Irving, había encontrado su paraíso particular (quizás un poco más frío en invierno y caliente en verano de lo que debía estar un paraíso). Y mientras, Ramsés asentía, sonreía, miraba y repetía que las cosas estaban buenas y bonitas.

—Y hablando como los locos —se dio por vencido Irving, que pretendía dar un rodeo del cual desistió de inmediato—. ¿Qué coño es lo que te pasa a ti, muchacho? Nada te impresiona, no dices si quieres algo, ¡ni siquiera parece que tienes frío, chico!...

Ramsés sonrió otra vez.

—Claro que tengo tremendo frío, Irving, y me impresionan estas cosas tan... bonitas... Acuérdate de que tengo veinticinco años y nunca había viajado ni a la isla de Pinos, y que crecí en un país que se caía a pedazos...

—¿Entonces qué? ¿Ya extrañas a Cuba y sus menudos pedazos?

—Yo creo que nunca voy a extrañar. Yo no me fui huyendo de nada, yo no estoy traumatizado por nada, ni siquiera por las cosas que pasamos cuando yo era un fiñe... Me fui porque quería irme y no sé si volveré alguna vez.

—No te adelantes a los acontecimientos. Nunca digas nunca —soltó Irving, y de inmediato se sintió ridículo prodigando sus frases hechas—. Por muy bien que llegues a estar, el exilio es una desgracia.

—Yo sé lo que quiero, Irving, y hasta creo que sé cómo conseguirlo... Yo no soy un exiliado, sino uno que vive en otra parte... De Cuba sé que voy a extrañar mucho a mi madre, a mi hermano, también a Bernardo, claro. Al viejo *Dánger*... Y más nada. Porque me metí aquí en la cabeza que yo no tengo nada más que extrañar y sé lo que quiero ganar y recibir. Voy a tener que joderme mucho, pero lo voy a conseguir. Y para eso lo mejor es no arrastrar lastres. Por eso ni siquiera dejé novia en Cuba. Hace un año me separé de la última que tuve... Yo no voy a ser como tú, yo no soy como ustedes.

Irving observó al joven y pensó en el peso tremendo de sus palabras. Él había visto nacer a Ramsés, y luego lo había visto crecer hasta que se convirtió en el adolescente de quien se despidió cuando salió de Cuba. Un muchacho incluso demasiado serio, siempre responsable, reconcentrado, lo opuesto a su expansivo hermano Marcos. También emprendedor, enfocado en lo que quería obtener, y a la vez dispuesto a ejecutar gestos de bondad como el que tuvo con él cuando le entregó sus ahorros para que Irving pudiera viajar. Pero solo en ese momento, al escucharlo hacer su desgarradora declaración de principios, tuvo la percepción de que en realidad no lo había conocido ni lo conocía. De que quizás nadie conocía a Ramsés. Y saber que un joven cubano como él podía pensar de esos modos lo aterrorizó. ¿Qué había pasado para que alguien llegara a hablar y pensar como Ramsés? ¿Los muchachos de su edad eran así de pragmáticos y fríos? ¿En Cuba o en todo el mundo?

—Tu padre va a ayudarte... Yo no puedo hacer más que esto. Joel y yo vivimos con lo justo. Tampoco aquí la vida es fácil, como se cree mucha gente allá... Bueno, ya viste el estudio y...

—Y te agradezco mucho lo que haces por mí. Y mi padre..., sí, quizás me ayude, pero él ya hizo lo que tenía que hacer. Me sacó de Cuba.

—Tu padre es un cabrón, pero los quiere mucho.

—Yo sé las dos cosas... Pero nada más voy a estar con él unos días en Barcelona. Sé que no puedo vivir con él. Y menos con la fronteriza de su mujer.

A su pesar, Irving tuvo que reír.

—Montse es buena persona. Un poco loca, pero generosa y nada de fronteriza..., parece que es un bicho haciendo negocios. Ella ayudó mucho a Darío. A los dos les ha dado por el peo ese del independentismo, pero no son peligrosos ni contagiosos, la gente no les hace mucho caso —añadió, y rio un poco más—. Mira tú que salir de Cuba donde todo termina en la política para a cada rato hablar aquí de política..., hay que estar loco.

—No me importa cómo piensen ellos. Creo que están en su derecho. Lo que no les puedo admitir es que me digan cómo debo pensar yo. Ni siquiera se lo permití a mi mamá..., ni se lo iba a permitir a nadie en Cuba. ¿Tú sabes que desde que tengo diez años yo me mantengo con mi trabajo y mis negocios?

Irving afirmó con un gesto y, luego de pensarlo unos instantes, se atrevió.

—¿Y ese pulso que tienes en la muñeca?... —preguntó, y acercó la mano para levantar la manga del abrigo del joven y dejar expuesto el cordón ensartado con cuentas redondas de azul Prusia y coral.

—Me hice santo hace seis meses. Ochosi... Mago, adivino, cazador y pescador. Pero sobre todo, guerrero.

—No lo sabía...

—No hay que pregonarlo —dijo Ramsés.

—Del carajo. Ahora en Cuba todo el mundo cree en algo en lo que antes no podíamos creer. ¿Tú crees en los milagros?

—No espero ningún milagro. Pero creer en algo te da confianza. Ochosi me da fuerzas... Y sé que voy a necesitarlas. A lo mejor por eso me hice santo.

Irving, que nunca había logrado creer, asintió y miró por unos instantes la escultura de *El Ángel Caído*. Desde que tuvo la certeza de haber visto a Elisa y a la adolescente que con toda seguridad debía de ser su hija, siempre que observaba las figuras de bronce pensaba en el muy sórdido momento en que su amiga del alma le había cortado el camino del reencuentro. ¿Ramsés también pretendía cortar con todo?

—A veces pienso que lo mejor es hacer como tú piensas hacer. Olvidarse de todo, no extrañar nada. Pero yo no puedo dejar de pensar en Cuba. Todos los días, siempre, hace diez años...

—¿Y eso te sirve para algo?

Irving miró al joven. ¿Todo lo tenía pesado y medido, todo calculado?

—La verdad es que no... A veces pienso que es como una maldición... ¿Se puede saber qué tienes tú en mente?

—Voy a terminar mi carrera de ingeniero. Pero antes necesito hacer unas investigaciones y unas llamadas.

—Eso no es fácil, Ramsés.

—No tiene que ser fácil. Está bien si es posible... De todas maneras voy a hacerlo.

—Estás muy seguro de ti mismo.

—Mi cabeza y esa seguridad son lo único que tengo. Si no nos morimos de hambre en Cuba cuando mi papá se fue a hacer lo que tenía que hacer y no había ni dónde amarrar la chiva... ¿A qué le voy a tener miedo? ¿A la oscuridad?

—¿No le perdonas a Darío que se fuera?

—No tengo que perdonarlo. Él hizo lo que creyó que debía hacer, lo que necesitaba hacer. Yo sé que él tenía sus razones... No es cuestión de culpas y de perdones. Es de responsabilidad, que es diferente, ¿no?

—Sí, creo —musitó Irving, lamentando haber abierto la trocha por donde se estaba moviendo una conversación que debió haber sido leve y festiva y había derivado hacia territorios intrincados. Porque Irving sabía que existía gente empeñada en blindarse en el odio y convertirlo en una estrategia de defensa. Otros, como él, que se sentían culpables por haber dejado atrás afectos, memorias, complicidades y no tenían defensas, solo justificaciones, reales o imaginarias. Unos más que se iban de Cuba pero nunca se iban del todo. Algunos que se comportaban de acuerdo a códigos distintos, como el mismo Darío y, al parecer, también Elisa. ¿Y Ramsés? Algo le decía que el joven tan radical y seguro de sí mismo definitivamente no era como él, o como su padre, ni como Horacio, y que su relación con el país natal sería distinta, mucho menos traumática. Y se reafirmó en la convicción de que él, Irving, se volvía a sentir sin recursos para asegurar cómo era, quién era Ramsés. ¡Santero para más ardor! Parecía cada vez más obvio que él no iba a lograr desentrañarlo, al menos de momento, y sacó la bandera de la capitulación—. Otra vez hablando como los locos... ¿Ya tienes hambre?

Ramsés lo miró y achicó los ojos, como si necesitara enfocarlo mejor.

—Cojones, Irving, ¿qué me estás preguntando? ¿De dónde coño tú saliste?... ¡Yo siempre tengo hambre, viejo!

La última vez que se vieron Ramsés era un niño de diez años y Darío un joven médico de treinta y dos. Los hombres de veinticinco y cuarenta y siete que se abrazaron en el vestíbulo de la estación de Sants resultaban ahora dos personas que apenas se conocían por cartas, mensajes, fotos y llamadas telefónicas, más frecuentes en el último año y medio debido a las gestiones migratorias del hijo. Darío, asediado por su vergüenza, lloró al verlo, al re-conocerlo, y con las dos manos le sostuvo el rostro para besarlo en las mejillas y en la frente, mientras repetía «Por Dios, por Dios» y sentía las punzadas de todas sus culpas. Ramsés había abrazado a un hombre maduro, enfundado en una chaqueta deportiva de lana escocesa con la identificación de alguna marca comercial visible en el pecho, con sobrepeso y la cabeza ahora rapada, y la memoria de sus brazos notó la diferencia con el cuerpo magro y preciso del adiós, ocurrido quince años antes, cuando el padre le pedía que cuidara mucho a su madre, a su hermano y el platanal sembrado en el patio de Fontanar.

En el bar de la estación donde tomaron un café y en el camino hacia el piso del Eixample, a bordo del BMW de Darío, el padre sometió al hijo a un interrogatorio de segundo grado sobre sus primeras impresiones de España —Ramsés resolvió las cuestiones casi siempre con la fórmula aplicada contra las reclamaciones de Irving— y, ante la escasa locuacidad del muchacho, descargó su ansiedad desbordándolo de información que transitó de lo turístico a la reafirmación nacionalista catalana, mientras hacía la lista de las bondades de Barcelona y de Cataluña que Ramsés iba a conocer de inmediato, pues había logrado sacarle una semana de vacaciones a la dirección del hospital.

Montse, vestida como para una fiesta, peinada y maquillada en la peluquería, los esperaba en el amplio y, para los códigos de Ramsés, muy lujoso piso desde cuyo salón se podían contemplar las cúspides de las torres de la Sagrada Familia. Luego de darle la bienvenida y de reiterarle que estaba en su casa, la mujer le informó que la mesa estaba dispuesta para la comida preparada por Helena, la señora rumana que se encargaba de las labores domésticas. Pero, antes de comer, Montse insistió en mostrarle el apartamento, en un recorrido que hizo tomada del brazo de Darío y terminó en la habitación que le habían destinado al joven, con baño propio y un pequeño balcón a la calle desde el cual, si se inclinaba un poco, también Ramsés podría ver las agujas del impresionante templo, como le mostró la amable Montse luego de soltar el brazo de su marido.

—Y tú no fumas, ¿verdad?

—No, no fumo.

—Menos mal... Es que soy alérgica al tabaco... y a los fumadores —dijo ella, miró de soslayo a su marido, y sonrió, quizás satisfecha de su ingenio verbal.

La semana de paseos, excursiones, cenas en restaurantes resultó intensa y por momentos extenuante, pues Darío insistía en que debían aprovechar al máximo sus días libres. Ramsés conoció los sitios emblemáticos de la ciudad, asistió a un partido en el Camp Nou, visitó pueblos y ciudades de las costas del Garraf y el Maresme, y dos noches durmieron en el piso de Segur de Calafell, uno de los orgullos de su padre y de Montse. En El Corte Inglés avituallaron al recién llegado de las ropas y zapatos que necesitaría y le compraron el primer teléfono celular que Ramsés tendría en su vida. El joven insistía en que solo compraran lo realmente necesario, y les agradecía los regalos, que calificaba de «buenos» o «bonitos».

A lo largo de aquellos días, como si hubieran tomado un acuerdo, el padre y el hijo trataron de evadir los asuntos pendientes del pasado, aunque resultó inevitable que rozaran algunos temas espinosos. Darío se empeñó en tratar de conocer a su hijo, saber de sus preferencias y expectativas, y le preguntó mucho por Marcos y nada por el pulso multicolor prendido de su muñeca. Al hombre todavía le parecía un milagro de la naturaleza el hecho de que Clara y Bernardo fueran pareja y, al advertir un dejo irónico en sus palabras, Ramsés lo fulminó con su opinión:

—Pienso que es lo mejor que les ha pasado a los dos en la vida. Creo que mami es feliz y eso siempre se lo voy a agradecer a Bernardo, que es la mejor persona que conozco. Después de mi mamá, claro.

Ramsés, por su parte, también trató de conocer al hombre en que se había convertido la imagen borrosa del padre consentidor y activo, que ni en los peores desmanes infantiles jamás había reprimido a sus hijos con agresiones físicas. Un retrato favorable de Darío que, a lo largo de los años y a pesar de todo lo ocurrido, el joven siempre había preservado, sobre todo gracias al empeño de Clara. Pero muy pronto descubrió lo lejos que estaba el recuerdo del presente.

El hombre que, en cada ocasión propicia, ahora se comunicaba en catalán, llegó a parecerle una mala caricatura de sí mismo. Su propensión a comentar temas de política local que por lo general derivaban hacia la militancia nacionalista republicana con pretensiones izquierdistas que profesaban él y su mujer, llegó a parecerle algo ridículo, una puesta en escena. El modo de vida de la pareja resultaba ofensivamente burgués para alguien con la experiencia vital plagada de carencias y sacrificios de Ramsés. Aquellos autorreconocidos revolucionarios se limpiaban el culo con el papel noruego más caro del mercado, se hacían traer el vino de una bodega específica y muy exclusiva de La Rioja, el aceite de oliva de Jaén y solo comían en casa el jamón de bellota Isidro González Revilla, uno de los más caros de la península, sin mencionar detalles tan simples como que La Rioja, Jaén y Salamanca, por no incluir Oslo, no eran territorios catalanes. Pero el muchacho decidió no juzgar, no quería ni debía hacerlo: su padre y Montse pensaban con sus cabezas y actuaban según sus deseos o convicciones. Además, al menos en lo que resultaba visible, su padre también parecía feliz, tenía lo que tenía gracias a su inteligencia, mientras su relación con Montse y su mundo quizás había sido también lo mejor que le había ocurrido a un hombre con una vida pasada que, el joven sí lo sabía, podía competir con la de algunos personajes de Dickens.

La última noche libre de Darío, el padre y el hijo fueron a cenar solos a un restaurante de la Villa Olímpica (Montse pretextó un oportuno dolor de cabeza), un sitio luminoso desde cuyo salón se presentía, más que verse, la extensión oscura del Mediterráneo, más allá de las arboladuras de los yates de recreo anclados en la marina. Antes de salir a la calle, Ramsés había tenido la sospecha de que el tiempo de la distensión llegaría a su fin, y casi lo agradeció: su vida no iba a ser unas vacaciones eternas entre lo «bueno» y lo «bonito» de Madrid y Cataluña, porque él necesitaba hacer su aterrizaje definitivo en un presente desde el cual perfilaría el futuro. Pero antes, bien lo sabía, era preciso clausurar algunas cuentas pendientes con el pasado.

Darío ordenó unos mariscos carísimos, unos bichos rojos cuya existencia zoológica Ramsés no conocía, y un Albariño blanco casi helado que limpiaba y disponía el paladar para el próximo bocado: un lujo que les hubiera alcanzado para vivir un mes, o más, en la casa de Fontanar. Casi al terminar el plato, Darío le recordó que a partir del día siguiente podría dedicarle menos tiempo, pues el hospital le consumía muchas horas y las jornadas en que tenía salón de operaciones solían ser extenuantes, a pesar de las inmejorables condiciones en que hacía su trabajo de abrir cráneos y hurgar en médulas y vértebras.

—Claro que no me quejo, es lo que me gusta hacer. Por eso me fui de Cuba —afirmó, y abrió las compuertas de la represa.

—En Cuba también lo hacías —le recordó Ramsés.

—Allá había llegado a mis límites y me iba a empantanar. O peor. Mira a tu madre, a Bernardo. Por eso Horacio se fue. Y Liuba y Fabio, los pobres...

—Todo el mundo tiene sus razones. Y no las critico.

—Todo allá se estaba haciendo mierda. Y uno tiene una sola vida, Ramsés, tú lo sabes... Y la mía en Cuba se estaba haciendo mierda como el país. Mi vida se iba por el mismo desagüe... En el hospital me trataban como a un soldado, no como a un médico. Yo estaba paranoico, desencantado...

—¿Desencantado de qué?

Darío lo pensó un instante.

—De cómo estaba viviendo mi vida... De tener que depender siempre de lo que otros decidieran. Eso. Estaba cansado...

Ramsés asintió y dio un paso.

—Ya sabes que no me interesa hablar de política. Yo no me fui por nada político, ni siquiera tenía nada por lo que desencantarme. Por eso entiendo perfectamente a los que se quedan allá, haciendo lo que creen que deben hacer... Y ahora perdóname que te pregunte esto, pero quiero saber... ¿Qué problemas tenías con mami? Me acuerdo de verlos discutir y gritar... Si no quieres, no me digas nada.

Darío se mantuvo en silencio, observando a su hijo. Como si no debiera una respuesta se lavó los dedos sucios de mariscos en un pozuelo de agua con limón que le había traído el mesero y luego se limpió con unas servilletas perfumadas. Se olió los dedos, no se sintió satisfecho, y sacó otra servilleta húmeda y escarbó debajo de sus uñas. Volvió a olfatearse los dedos y pareció más conforme con el resultado.

—Claro que no te voy a contar mi vida íntima... Bueno, tu madre y yo habíamos perdido..., a ver, vamos a decirle..., la pasión. Vivíamos juntos, dormíamos en la misma cama, pero ya casi no éramos una pareja.

—Nunca he hablado de esto con mami. Si me cuentas, tu versión es la única que voy a tener...

—¿Quieres que te cuente?

—Me gustaría. ¿También por ella fue que te fuiste?

Ahora Darío miró hacia donde estaba el mar.

—Sí, también. No íbamos a durar mucho más. Íbamos a separarnos...

—¿Porque no había pasión?

—Y por otras cosas que nunca supe bien y de las que no voy a hablarte. Cosas de marido y mujer. Nada más te voy a decir que creo que Clara ya no estaba enamorada de mí. A veces pienso y creo que quizás nunca lo estuvo. Lo que se dice enamorada enamorada... Como parece que está ahora de Bernardo, según me han dicho... Discutíamos mucho, empezamos a hacernos daño, y yo me obsesioné con salir a hacer mi doctorado, convencido de que a partir de ahí podía arreglar mi vida.

—¿Con otra mujer?

—No había ninguna en concreto... Pero yo sabía que si me quedaba en Cuba y me separaba de tu madre, tenía que irme de Fontanar.

—¿Estabas aguantando vivir con ella para no irte de Fontanar?

—Sí —admitió Darío—. Suena feo, pero es así. Si la dejaba, no tenía adónde ir. Tú sabes cómo es eso allá...

—Me imagino... O no me imagino verte viviendo otra vez en el cuarto del solar de la abuela Olga.

—Y haces bien. Yo nunca iba a regresar. Me hubiera colgado de una mata antes de volver a la mierda y a lo que había sido mi vida, o a eso de lo que había huido toda mi vida.

—Porque eras un médico, un neurocirujano.

—Sí, pero sobre todo porque había logrado ser una persona casi normal y no un monstruo, que era lo que me tocaba... O un loco... Mira, Ramsés, yo quería hablar de ti, no de mí, de lo que vamos a hacer. Por favor, no me interrogues más. Hay cosas que enterré hace mucho tiempo.

—Está bien... Pero antes yo necesito entender algunas cosas. De ti, de mí, de lo que decidiste hacer. No voy a juzgarte, te lo juro. Nada más quiero entender.

—Mira, mi hijo, para entender tendrías que saber lo que fue mi vida en ese solar y con esa vieja, que ahora a lo mejor inspira respeto y hasta lástima porque es una anciana, esa persona que es tu abuela porque es mi madre y que si todavía sigue viva es por el dinero que le mando desde aquí todos los meses. Un dinero gracias al que ahora vive mejor que nunca... No, tú no vas a entender, porque aunque con diez años tuviste que sembrar boniatos y plátanos y criar conejos, y comer esa cosa infame que era el picadillo de soya que vendían en Cuba, todo eso es, no sé, como una aventura, una diversión un poco jodida, la verdad, pero que ni se acerca a lo que yo viví... Confórmate con saber que yo sí sé lo que es estar en el infierno. Lo tuyo, lo de Marquitos, si acaso fue el purgatorio y estuviste ahí de la mano de Clara.

Ramsés advirtió que la voz de su padre arrastraba una ira profunda, un dolor visceral, y lo entendió, porque, aunque Darío ni siquiera lo imaginaba, su hijo conocía las razones. Aun así era su vida, lo que había sido su vida, y Darío tenía derecho a advertir que solo a él le pertenecía.

—Vamos a la terraza —propuso el padre y, en su fluido catalán, le ordenó al mesero dos cafés solos y dos chupitos de aguardiente de hierbas.

En una mesa que daba al mar, protegidos del relente de la noche por una generosa sombrilla, bebieron el café y Darío le dio fuego al Montecristo cubano escogido para la ocasión.

—¿Montse sabe que fumas?

—Sabe que de vez en cuando prendo un tabaco. Pero tiene que ser un tabaco bueno, mejor si es cubano. No están mal los dominicanos...

Ramsés sonrió y asintió.

—¿No me has preguntado por esto? —dijo entonces el joven, y levantó el brazo izquierdo, en cuya muñeca llevaba el pulso ritual de su iniciación religiosa.

—Porque es asunto tuyo... Aunque crea que todo eso son cuentos de camino. De verdad no me imagino a Clara y a Bernardo rezando arrodillados y creyéndose que el mar se abre para que la gente se vaya... ¿Te imaginas que el mar se abra frente al muro del Malecón? —Y sonrió por su ingenio.

—Pueden ser cuentos de camino. Sobre todo si uno no cree... Pero... ¿sabes quién es mi padrino de santo?

Darío rio.

—¿No me vayas a decir que Bernardo? ¿Ahora le dio también por el folclor?

—Papi, coño, me parece que en el fondo estás celoso de Bernardo... No, claro que no es él... Mi padrino es Lázaro Morúa.

Darío escuchó el nombre y perdió la sonrisa irónica. Un alarido llegado desde el fondo de la cueva de su pasado lo había alcanzado con el nombre del mulato chofer de guaguas y santero que por tres años había sido el marido de su madre, el hombre como venido del cielo que lo había protegido de los castigos y humillaciones a los que la mujer solía someterlo y le aportó algunas de las ganancias éticas destinadas a marcar muchos de sus comportamientos.

—¿Todavía está vivo? —preguntó entonces.

—Sí. Nada más tiene setenta y pico de años...

—¿Y él sabe que eres mi hijo?

—Lo sabe... Y me contó muchas cosas. Él pensaba que yo sabía...

Darío notó una opresión en el pecho. Volvió a sentirse desnudo en el pasillo de un solar habanero, de cuyos tragantes salían las cucarachas, con una radio a todo volumen que regalaba alguno de los boleros cantados por el ciego Tejedor y su segundo, Luis, aquella canción que lo persiguió por años: «Me abandonaste en las tinieblas de la noche / y me dejaste sin ninguna orientación...». Solo que ahora su humillación era observada por su hijo.

—Del carajo —musitó—. Pero si ya sabes, seguro entiendes. Todo lo que hice desde que pude pensar fue luchar por escaparme de lo que estaba viviendo, de lo que casi seguro me tocaría vivir. Lázaro Morúa es un hombre bueno y me dio una mano para sacarme de ese hueco horrible. Horacio y su mamá me enseñaron lo que podía ser una familia y una persona decente. Y luego Clara, tu madre, me ayudó a salvarme. Y eso lo voy a agradecer toda la vida. Sin ellos, no sé, no sé... Y a Clara también le debo que, a lo mejor sin estar enamorada de mí, me haya dado dos hijos como tú y Marquitos.

—¿Me vas a decir por qué crees que ella no estaba enamorada de ti y así y todo parió dos hijos tuyos?

—No, eso no te lo voy a decir... Pregúntale a tu madre. O a tus santos, a ver si te dicen algo...

—Está bien... Pero al final..., bueno, no al final, pero el caso es que no entiendo cómo alguien que pasó lo que tú pasaste nos pudiera dejar atrás cuando más jodidos estábamos. No es una acusación, es un hecho.

—Sí, un hecho. Yo tenía que irme... Como tenías que irte tú ahora y dejar atrás a Clara, ¿no, Ramsés?

Ramsés asintió. Nunca nadie podía tirar la primera piedra.

—Y te agradezco mucho que ahora me hayas ayudado. Cuando me hiciste falta, volviste a ser mi padre.

—Siempre lo fui. Y voy a seguir siéndolo. Aunque no haya hecho siempre lo que debía hacer y a veces no te guste como soy...

—Yo no dije eso.

—Pero lo piensas... ¿Y qué más piensas?

Ramsés miró a su padre. Clara y Bernardo aseguraban que era el hombre más persistente, inteligente y neurótico que conocían. Lázaro Morúa le aseguró que Darío era el niño más fuerte que había tratado en sus largos años. No tenía sentido pretender engañarlo o intentar evadirlo.

—Voy a estar un tiempo aquí en Barcelona porque necesito legalizar mi situación. Voy a tragarme a tu mujer catalanista republicana antimonárquica de izquierdas que se compra pañuelos y zapatos en esas tiendas de marcas que me enseñó el otro día y ni sé cómo se llaman... Voy a hacer gestiones con algunos de los que fueron mis profesores en la universidad y también se largaron de Cuba porque no resistían más vivir en un país que ni Dios sabe cuándo se va a arreglar y de donde la gente se va hasta por las ventanas porque allá están empeñados en arreglar las cosas con las mismas soluciones que nunca funcionaron...

Y voy a encontrar un hueco donde meterme, por donde colarme para llegar a donde quiero. Para encontrar ese hueco necesito el tiempo que te decía y papeles oficiales... y luego ponerme en movimiento. Movimiento rectilíneo uniforme, como decían Newton y Horacio: si no choco con algo, no voy a parar... Acuérdate de una cosa: hasta hace una semana, no, ahora mismo, tú y yo casi no nos conocemos, pero yo soy tu hijo, ¿no?

—Eres mi hijo y te voy a ayudar.

—Gracias..., pero se acabaron las vacaciones y ahora vamos a empezar por el principio. Consígueme un trabajo, el que sea, donde paguen lo que sea. Ayúdame a mudarme solo, para un cuartico, puede ser como el de un solar de Centro Habana, no importa, pero necesito vivir solo, con mi dinero. Y dime quién de tus amigos puede ayudarme a conseguir mis papeles de residencia lo más rápido posible. Tengo veinticinco años y antes de los treinta quiero tener un título de ingeniero. ¿Es mucho pedir?

Darío miró a su hijo. Luego, el tabaco que se había apagado. Volvió a mirar a su hijo y devolvió la vista al tabaco que de envoltorio de hojas selectas y perfumadas había pasado a ser un proyectil fétido.

—Me tupieron, este tabaco no es cubano... No, no pides mucho... Ramsés, es verdad que no nos conocemos bien y a veces me pareces un tipo muy raro. Pero si de algo estoy seguro en esta vida, es que eres hijo mío.

Los veranos son calientes en Segur de Calafell. El sol brilla desde antes de las siete de la mañana y su claridad se sostiene hasta las diez de la noche. Al mediodía la temperatura puede superar los treinta y dos grados y la arena de la playa reverbera. Gentes de toda Cataluña, de cualquier parte de España, incluso de países del norte y el centro de Europa se trasladan hacia esos pueblos de las costas del Mediterráneo para disfrutar del calor y del mar.

En playas como las de Segur de Calafell la potencia del sol y la plenitud del verano difuminan las inhibiciones y sacan al aire las tetas de las mujeres, desde jovencitas con senos turgentes y puntiagudos hasta ancianas con bolsas pendientes, con pezones como teteras mustias.

En las horas de comida y cena los restaurantes se abarrotan, con mayor éxito los que están frente al mar, con terrazas techadas. Muchos garantizan platos de pescado fresco, calamares, chipirones, pulpos, mariscos de muy variadas especies, desde langostas y gambas hasta berberechos, cigalas, centollos, percebes, navajas y bogavantes, mejor si venidos esa misma mañana de las otras costas, las del Cantábrico, donde el mar es bravo y los bichos del océano de masas más firmes y jugosas.

El espectáculo visual resulta un montaje perfecto. Los colores del mar, de la arena, de las sombrillas, de las velas de los botes de recreo, de los globos aerostáticos y paracaídas que en ocasiones cruzan el cielo azul, de las palmeras, las flores, incluso el de los anuncios comerciales arman todos una sinfonía caótica pero atractiva, que contribuye a la creación del ambiente relajado, festivo, de sólido bienestar, tan lejos de la pobreza, y alimentan la alegría de vivir que persiguen y pagan a buen precio los veraneantes en condiciones de pagársela. Un mundo a la medida, forjado por la naturaleza y por las obras de los hombres, un coto de felicidad y una prosperidad que se anuncia como indetenible, en donde todos se esfuerzan por sentirse plenos, realizados, a salvo de los horrores del mundo —miedos, miserias, hambre, plagas, crisis, guerras, cercanas o lejanas, cosas que existen en los periódicos—, en los que se imponen no pensar mientras disfrutan de su suerte, de sus privilegios nacionales, geográficos, de clase.

Todo parece tan perfecto que casi no se puede pedir más. Así lo ha considerado el doctor Darío Martínez desde que visitó por primera vez las playas del Garraf y del Maresme, dieciséis años atrás, recién salido de Cuba, y una tarde vio atracar en la marina de Sitges un bote que lo remitió de inmediato a una secuencia para él inolvidable de *A pleno sol*, ese momento en que Alain Delon, Maurice Ronet y la rutilante Marie Laforêt llegan a un embarcadero y bajan al espigón, todo tan bello. Y recordó que, en la película, Delon lleva unos mocasines sin medias, como él decidió en ese instante que siempre se debía ir calzado en esos sitios de ensueño existentes en la realidad. La realidad de la parte amable del mundo que desde entonces sería el escenario de su vida.

Y todavía consideraba que aquel era el mejor de los mundos posibles esa mañana de agosto de 2008, mientras los malos agoreros hablaban de la inminencia de una crisis económica nacional y sistémica que podía acabar con la colorida burbuja del bienestar primermundista y contabilizaban los miles de jóvenes que ya emigraban de España buscando mejorar sus vidas, conseguir al menos un trabajo.

Tendido sobre la estera de fibras con la que se resguardaba de la arena, protegido por las gafas de sol Ray-Ban de cristales como espejos, el hombre feliz había mirado a su lado izquierdo y observó unos segundos a su querida Montse, tan satisfecha como él, cubierta solo con la parte mínima del bañador que ocultaba sus genitales, mientras dejaba al aire y al sol las tetas enormes de aréolas también enormes, bolsas de tejido blando un poco caídas hacia los costados del cuerpo rollizo, una piel blanquísima que, incluso protegida por cremas perfumadas, pronto empezaría a enrojecer.

Pero, como el que no quiere las cosas y en realidad las quiere mucho, el veraneante doctor había volteado la cabeza para reorientar su mirada, pues a su derecha el espectáculo a su disposición mejoraba de modo muy considerable sus valores estéticos. Allí tomaba el sol Lena, la Vikinga, como entre ellos llamaban a la joven danesa, rubia, de uno ochenta de estatura y veintiún años, la muchacha con la que se había empatado Ramsés: un animal prodigioso, de piel tersa y dientes perfectos de ser humano bien alimentado por varias generaciones. Lena también se asoleaba con los senos al aire, pero las suyas eran dos protuberancias jóvenes, compactas, un par de tetas tan espectaculares que daban unos casi incontenibles deseos de acariciar, de sobar, de mamar. Unas ansias tan perturbadoras que el doctor Darío, a sus cincuenta años y con la experiencia de haber visto tantos torsos femeninos desnudos en las playas del Mediterráneo, sintió el agobio del deseo reflejándose en un progresivo endurecimiento del rabo y el tránsito alevoso de una gota furtiva de lubricación, qué rico, deslizándose por la uretra, obligándolo a colocarse la toalla sobre el regazo, mientras disfrutaba la recuperación de unos adolescentarios deseos de masturbarse allí mismo.

—¡Pero esto es una mierda, chico!

El ensimismado Darío, sorprendido por la exclamación y muy a su pesar, debió apartar la vista de los senos de la novia de su hijo y hasta levantar sus gafas de sol para observar al protestante, mientras percibía cómo su pene regresaba al estado de flacidez. Contra el sol consiguió ver a Irving, las manos en jarras apoyadas en la cintura y cara de pocos amigos.

Irving y Joel habían llegado la tarde anterior a Segur de Calafell, invitados por Darío y Montse a pasar una semana con ellos y con Ramsés y Lena, pues la becaria danesa regresaba en unos días a su país, mientras que Ramsés se trasladaría a fines de mes, y de manera más o menos permanente, a la ciudad francesa de Toulouse. Durante la cena, en una caseta muy cerca del mar, descamisado y descalzo, luego de que Ramsés le jurara que el agua no estaba fría, era pleno agosto, Irving había hablado todo el tiempo de sus tremendos deseos de meterse en el mar, porque una de las cosas que más le gustaba en el mundo era el mar. Y esa mañana, mientras preparaba el desayuno del grupo, insistió en su júbilo por poder bañarse en la playa, y hasta aseguró —ante la mirada crítica de Joel— que lo único que le faltaba a Madrid para ser la mejor ciudad del mundo era una playa como Santa María del Mar y un malecón, como el de La Habana.

Pasadas las diez, agitados por Irving, al fin todos se fueron a la costa, con este calorazo el agua debe de estar buenísima, y el hombre, en éxtasis, casi saltó de alegría al ver cómo Ramsés y Joel se mandaban una carrera por la arena y se lanzaban al mar, chapoteando, gritando, nadando. Pero él debía ponerse antes la crema protectora con la que Montse los embadurnó a él y a Darío —este sol es tremendo, decía la mujer, ya con las tetas descubiertas, que Irving prefirió no mirar, por sus altas exigencias estéticas—. Y cuando al fin se decidió y comenzó a caminar hacia el agua, fue respirando el aire amable, sintiendo el calor en la piel y...

—¿Qué coño es lo que te pasa, compadre? —soltó Darío, molesto por la interrupción, empleando su español cubano cargado de inflexiones extremas.

—Que esa agua siempre está helada, tú. Ahí no hay quien carajo se bañe...

—Ay, Irving, no jodas... Mira a Ramsés, y a Joel, están gozando en el agua. Mira cómo hay gente...

—Es que Joel no es un negro..., ¡es una foca! —dijo Irving, y de inmediato argumentó—: ¿Tú me vas a decir a mí, a mí, Darío Martínez, que esta playa con esa agua fría está buena? ¿Tú, que te bañaste en Varadero y en Santa María con el agua calientica y rica? ¡No me jodas, Darío!... ¡Las de Cuba sí son playas, y no esta mierda, chico!

Darío no tuvo más remedio que sonreír. Con la torpeza propia de su sobrepeso y sus cincuenta años se puso de pie y, devolviendo las gafas al puente de la nariz, le colocó un brazo sobre los hombros a Irving y lo obligó a alejarse un par de metros.

—Ahora yo voy a meterme contigo en el agua, tú verás mi técnica termodinámica —le iba diciendo, pero el otro se resistió.

—No, ni loco. De verdad no entiendo cómo con este calor esa agua puede estar tan fría.

Darío entonces se acercó al amigo y bajó la voz para hablar.

—Oye, yo sé que a ti no te interesa mucho el tema, pero... ¿viste que par de tetas tiene la Vikinga?

—Coño, Darío, que es tu casi nuera... Y tú estás muy viejo para eso...

—¡Pero es que está buenísima la cabrona esa!... Ay, ¡qué envidia le tengo a Ramsés! ¡Si fuera yo, no la dejaba irse aunque tuviera que amarrarla, te lo juro! ¿Será comemierda este muchacho? Nada, que la madre y el zonzo de Bernardo lo echaron a perder...

Casi un año y medio le había llevado a Ramsés obtener la documentación española y europea necesaria para reordenar su vida del modo en que lo había planificado. Aunque no lo supo en todos sus detalles, la ayuda de Montse y sus muchos amigos, quienes a su vez tenían otros amigos, desbrozó algunos de los intrincados senderos de la burocracia española y le facilitaron la obtención de los permisos y documentos destinados a legalizar su residencia y estatus laboral. A la vez, siguiendo los consejos de un antiguo profesor de sus años universitarios cubanos, radicado ahora en Valencia, se había empeñado todas las horas posibles en el estudio del francés y, a principios de año, había presentado una solicitud en la Universidad de Toulouse, para aspirar a uno de los llamados «cursos de alternancia», en los cuales se le ofrecía una matrícula que se pagaba «alternando» el estudio con un trabajo para el cual se requería cierta calificación. Gracias al resumen de notas y asignaturas aprobadas, la universidad había aceptado su petición e, incluso, le reconocía algunos de los grados vencidos y le garantizaba que en tres años pudiera obtener el título en una especialidad ingeniera dedicada a los semiconductores, una rama con mucha demanda en esa región francesa.

Durante aquellos meses el joven había realizado varios trabajos para mantenerse de forma independiente. Y fue desde camarero en un chiringuito de verano en donde servía tragos hasta las tres de la madrugada, pasando por las labores de auxiliar de un electricista portugués y pintor de brocha gorda con un «granaíno», mientras ayudaba a algunos colegas de Montse con sus webs inmobiliarias. Y nunca se quejó, a pesar de que los salarios fueron apenas suficientes para pagar el alquiler de una pequeña habitación en la Barceloneta y costearse algunos de los viajes que debió hacer a Madrid para realizar y agilizar trámites legales. En Madrid, como en el momento de su llegada a España, siempre ocupó el sofá cama (comodísimo) del estudio de Irving y Joel en Chueca e incluso insistió en invitar a la pareja a alguna comida en restaurantes con menús económicos y a beber unas cañas y vinos en el bar de la calle Pelayo que tanto le gustaba a Joel. A lo largo de todo ese año y medio, nadie lo escuchó nunca quejarse ni expresar desesperación o ansiedad, nadie le oyó decir que echaba de menos algo de su vida anterior. Ninguno de los que ahora estaban cerca de él supo que cada mes sacaba de sus escasos recursos unos cuarenta, cincuenta euros y los enviaba a su madre, allá en Fontanar, La Habana, Cuba.

En medio de trabajos extenuantes, esperas prolongadas, gestiones interminables y de todo tipo, de los alarmantes anuncios de una devastadora crisis que dispararía el desempleo, Ramsés tuvo como beneficio para su equilibrio físico y emocional la relación que había sostenido desde hacía casi un año con Lena, una joven danesa afincada en Barcelona gracias a una beca Erasmus. Lena era una rubia maciza, con un muy voraz apetito sexual y una infinita curiosidad intelectual. Se habían conocido en el chiringuito de verano donde Ramsés tuvo su primer empleo (irregular), y la joven danesa, en el español rígido pero correcto que hablaba al llegar a Barcelona, conversó algo con él y descubrió que el joven camarero de pelo azabache ensortijado y ojos de largas pestañas casi femeninas era cubano y, poco después, que, de contra, además, también, casi ingeniero.

Lena, estudiante de literatura latinoamericana contemporánea y decidida a doctorarse en el tema, tenía un conocimiento bastante amplio, aunque inevitablemente esquemático, de la vida en Cuba. Aun cuando había leído a varios de los escritores de la isla y pretendía viajar a ella en un futuro impreciso, su percepción del país arrastraba tantos estereotipos favorables como negativos, que se complementaban y, en ocasiones, se anulaban.

En sus primeras conversaciones, la muchacha casi le exigió a un Ramsés ya empeñado en acostarse con ella que le explicara por qué un joven como él, a unos meses de terminar su carrera como ingeniero, había preferido dejar sus estudios para poder viajar y emprender una «salida definitiva del país». Cómo funcionaba eso de que si se graduaba no le daban permiso para salir si no era en misión de trabajo, un trabajo por el cual, además, si lo hacía en Cuba ganaría lo mismo que su madre, también ingeniera, un estipendio que rondaba los veinte o treinta dólares al mes. Tampoco comprendía cómo la gente vivía con salarios así en un sitio donde una botella de aceite del más corriente costaba dos dólares y la mayoría de las personas había olvidado el sabor de la carne de res (¿vacas en peligro de extinción?), pero donde a la vez Ramsés no pagaba nada por sus estudios, mientras la electricidad de su casa costaba solo cuatro dólares (si no encendían un aire acondicionado, claro) y el teléfono apenas dos (todo eso era carísimo en Dinamarca), aunque mucha gente no tenía aire acondicionado ni teléfono en su casa y casi nadie un celular, porque Alguien había decidido que si eras cubano y vivías en tu país no podías tener un celular y muy difícil acceso a internet. No, Lena no concebía cómo se vivía sin internet y sin teléfono móvil, y sin una computadora personal si no era que la habías traído del extranjero (adonde, sí, sí, ya lo sabía, resultaba tan difícil viajar), pero solo podías entrarla en el país con una autorización especial firmada por un ministro o alguien por el estilo. O comprar la computadora en el mercado negro... ¡Mercado negro de computadoras! ¡Pilotos y azafatas cubanos traficantes de computadoras, calzoncillos y chorizos! Y aunque el aceite costaba dos dólares y la comida no alcanzaba y el salario que pagaba el Gobierno al noventa por ciento de los ciudadanos no daba para vivir (según el propio Gobierno), ¿no era extraño que la gente no se muriera de hambre y hasta hicieran ejercicios para bajar de peso y, según leyó en una revista, más de un millón de personas habían asistido en La Habana a la marcha por el 1 de Mayo, no para protestar por algo, como en casi todo el mundo, sino para apoyar al Gobierno? Porque en Cuba los sindicatos siempre siempre apoyaban al Gobierno (qué cosa más rara), mientras había gente de lo más orgullosa por tener que trabajar todos los días doce y hasta catorce horas, horario de contingente le llamaban, como los campesinos y mineros daneses del siglo XIX, condenados a dilatadas jornadas y a los que tampoco les alcanzaba el salario para vivir. Por cierto, esa misma gente de Cuba, trabajadora y humilde, tenía acceso a una salud pública plena y de calidad, pero en la farmacia más cercana casi nunca había aspirinas, a pesar de lo cual la gente bailaba, cantaba y luego hacía trabajo voluntario, coreaba consignas revolucionarias contra el criminal bloqueo norteamericano, pedía el regreso de unos héroes, mientras más o menos esa misma gente se iba en balsas hacia Estados Unidos o como fuera hacia donde fuera o se quedaban en Cuba viviendo de algo que Ramsés llamaba «el invento», y no es que fueran inventores con patentes ni nada por el estilo. No, Lena no entendía: Cuba no se parecía a nada y Ramsés se lo ratificó, añadiendo una respuesta que no satisfizo la curiosidad de la joven.

—Aquello no lo entiende ni Dios y no lo arregla ni Dios...
—Y evadió siempre que pudo un tema que lo desbordaba y

del cual prefería distanciarse, pues había decidido, de manera muy consciente, forjarse un futuro, solo mirar hacia delante.

A pesar de sus propósitos, gracias a la relación que inició con Lena, el joven pronto entendió y aprendió algo para él muy importante: por más que corriera sin mirar atrás, su pertenencia resultaba tan indeleble como el dichoso caracol del cual solía hablar su madre.

Y entre las primeras señas benéficas de su identidad indeleble se contaban las estrategias que podía emplear durante unos embates sexuales que enloquecían a su vikinga, unas habilidades con las cuales rompía muchos de los esquemas nórdicos de la joven (como unos meses atrás le había pasado con la muchacha asturiana con la cual tuvo una fugaz relación), pues eran el resultado de un ejercicio desenfadado que había comenzado a practicar con intensidad y esmero a los trece años. Su iniciación se había concretado con una novia, de igual edad, y con la aceleración en el aprendizaje aportado por la hermana mayor de esa novia, una contundente trigueña de dieciocho años que se templaba hasta los pepinos, por delante y por detrás, como le demostró un día al adolescente (y luego se comía esos mismos pepinos, lavados con esmero y rociándolos con sal, pues en Cuba no estaban como para botar comida).

Al salir de la isla, Ramsés hacía tiempo que había olvidado la cantidad de mujeres con las cuales había tenido sexo en sus diez años de actividad continuada. Mujeres de todos los colores y preferencias, entre los quince y los cuarenta años, un catálogo en donde hubo una de cincuenta y dos, que no estuvo nada mal, mientras entre sus conquistas más satisfactorias pudo contar su relación de varios meses con Fabiola, la hija de Liuba y Fabio, los amigos de sus padres muertos en Buenos Aires, una Fabiola que ya no era una dientuza con las cejas pelúas. Casi todas aquellas mujeres parecían empeñadas en las actividades eróticas como si fueran deportistas en preparación para obtener una medalla olímpica, y Ramsés aprendió que las más feas y flacas solían ser las más empecinadas aspirantes al podio.

Así funcionaba la desproporción nacional de la singueta, como la calificó un muchacho cubano que Ramsés conoció en Barcelona. Era un chino mulato con cara de diablo, al que le encantaba contar que cuando él vivía en Cuba, como no tenía nada mejor que hacer, pues se templaba tres o cuatro veces en el día a su novia (hubo jornadas de siete encuentros cercanos), mientras que desde su llegada a España tenía que trabajar tanto que apenas lo hacían las tardes de domingo, dos palos como mucho si estaban muy inspirados. ¡Cómo extrañaban a Cuba el chino satánico y su novia insaciable!

Había sido ese intenso intercambio sexual lo que había asentado y sostenido por un año la relación entre el cubano y la danesa, porque fuera de la patria común de la cama, en donde Ramsés había puesto las leyes, que la muchacha —olvidada de sus feminismos europeos— acató muy complacida, el resto de los códigos mentales y culturales de uno y otro solían tener frecuentes encontronazos. Mucho los ayudó en su convivencia el hecho de poder comunicarse en una lengua que Lena dominaba con notable eficiencia pero sin capacidad para captar muchos matices y modismos. ¿Por qué Ramsés a veces le decía «mi china» si ella no era asiática y la amenazaba con comerle el bollo y pelarle la papaya si ella no era un pedazo de pan ni una fruta tropical? En ocasiones incluso los jóvenes hablaban algo en francés, pues Ramsés necesitaba practicar el idioma que estudiaba y en el cual en cada ocasión que podía leía algo, aunque el sexo siempre lo tenían en español. Sin embargo, sus memorias afectivas más profundas solían tener resortes muy diferentes, y sus preferencias, a veces en cuestiones cotidianas o de menor trascendencia, andaban por caminos paralelos. Cuando comenzaron a vivir juntos en la habitación de Ramsés (la danesa insistió en compartir la renta), el muchacho descubrió, por ejemplo, que Lena no lavaba sus bragas. Una vez al mes iba a H&M y compraba cinco paquetes de seis unidades, baratísimas en España según ella, y usaba una por día que, al final de la jornada, depositaba en la basura. ¡A qué mujer en Cuba se le hubiera ocurrido hacer algo así! (Por años Ramsés había usado calzoncillos remendados; y su madre, blúmers con el elástico reciclado.) Y cuando la vio bailar salsa, poniendo en práctica las lecciones tomadas en Copenhague (por supuesto, con un bailarín cubano), comprendió que su cintura y oídos nórdicos jamás podrían entender las cualidades de una críptica cadencia.

No obstante, como Ramsés tenía la convicción de que por el resto de su vida sería un desarraigado en busca de cualquier apoyo, aprovechó la infinita curiosidad intelectual de la danesa y su desahogo económico y participó con ella en el conocimiento de algunas manifestaciones del mundo en donde de momento vivía. Ramsés siguió a su danesa por museos, monumentos y, cuando pudo, otras ciudades de Cataluña, Aragón y el País Vasco —Ramsés se enamoró de San Sebastián e inauguró el sueño de que, si alguna vez la vida se lo permitía, recalaría en aquella ciudad—. En Barcelona se dejó comprar libros de autores que le recomendaban Horacio e Irving, y examinó a fondo las obras de Gaudí y, a pesar de su desleído nacionalismo, lo hizo con más interés cuando supo que la riqueza del mecenas Eusebio Güell tenía su origen en Cuba, donde la había fomentado su padre, un tal Joan Güell, que al parecer fundó su fortuna con el tráfico de negros esclavos.

Pero siempre hubo barreras que ni Lena ni él pudieron cruzar y que ni siquiera el tiempo, mucho tiempo, les habría permitido vencer del todo. Por eso, al terminar la amable estancia en Segur de Calafell con su padre, Montse y sus viejos amigos (tanto le dieron a Irving que, sin dejar de maldecir, se había metido dos veces en el mar), Ramsés acompañó a la bella, generosa, inteligente muchacha al aeropuerto del Prat para tomar su vuelo de regreso a Copenhague. Allí se despidieron, con lágrimas en los ojos, deseos de acostarse una vez más (pélame la papaya, cómeme el bollo, mi chino, había reclamado ella esa mañana), pero ninguna esperanza o promesa de que volverían a encontrarse en lo que serían sus respectivas existencias de danesa mundana y latinoamericanista literaria y de cubano apátrida con una brújula en la frente que siempre marcaba un mismo destino —hacia delante— en cualquier lugar del universo, para terminar quizás, algún día, en San Sebastián, ¿no?

La última semana de su estancia catalana Ramsés la pasaría acogido en el piso de Darío y Montse. En la misma habitación que había ocupado al llegar a Barcelona, el joven había acomodado la maleta y el carro de mano en que cabían todas sus pertenencias, incluidos el abrigo acolchado y las bufandas que le entregó Irving al llegar al aeropuerto de Barajas y algunas de las camisas y libros que había traído de Cuba o adquirido en España.

La primera noche, luego de comer las milanesas preparadas por la rumana Helena, recién llegada de una estancia de un mes en Bucarest, el joven se despidió temprano de su padre y su mujer, pues quería revisar su email y escribirle algo a su madre, Clara.

Frente a la laptop que le había regalado Montse, Ramsés abrió el buzón de su correo Yahoo y vio en la bandeja de entrada dos nuevos mensajes de Lena. Como los anteriores, Ramsés los borró sin siquiera abrirlos. Había decidido cortar con aquella adicción que podía afectarlo y lo hacía como mejor se deja el hábito de fumar: de manera brutal y terminante.

Luego fue al mensaje remitido por su madre ese mismo día desde la cuenta que, en los últimos meses, ella podía consultar en su trabajo.

Mi hijito querido:
Bueno, ya dentro de unos días te vas a Francia. Cada vez que lo pienso me dan temblores. Sabes cómo soy de cobarde para esas cosas. Y cómo no dejo de admirarme por lo guapo que tú eres,

que no le tienes miedo a nada, y, sobre todo, una de las cosas que más admiro es ese carácter tuyo, porque siempre sabes lo que quieres, cómo lo quieres y qué hacer para conseguir lo que quieres. Bueno, al fin y al cabo, hijo de tu padre (al que me saludas de mi parte, con el deseo de que también estén bien, él y su Montse, a la que le agradezco con el alma todo lo que ha hecho por ti. Que Dios los bendiga).

Como yo no me atrevo a hacerlo aquí en mi trabajo, tú sabes, el otro día Bernardo pudo entrar en internet, en la casa de una persona a la que fue a descontaminarle el equipo y reinstalarle unos softwares, y bajó y me copió algunas páginas sobre la Universidad de Toulouse a la que vas a irte. ¡Qué suerte tienes, muchacho! Por lo que leí, los niveles académicos son altos y exigentes (eso ya lo sabía, y también sé que no es ningún problema para ti), pero lo que sí descubrí es que en esa ciudad ¡¡¡hay más de cien mil estudiantes universitarios!!!, y es la parte de Francia con mayor número de nuevos habitantes registrados cada año y donde es más fácil encontrar trabajo si estás bien cualificado en especialidades de la tecnología y la informática. Bueno, todo eso tú lo sabes mejor que yo. Así que, si como me dices, has adelantado mucho con el francés, seguro que sí, en tres años tienes el título y tu vida garantizada. Y me alegro mucho, porque tú te mereces eso y mucho más. No solo porque seas tan inteligente —creo que más que Darío—, sino porque tienes un empuje y una fuerza que a mí misma, tu madre, me dan envidia...

Pero te escribo hoy, sobre todo, para darte una mala noticia. Lo esperábamos, pero no deja de ser doloroso..., porque ayer por la tardecita se murió el viejo *Dánger*. Ya te había dicho que llevaba varios días muy malito, los riñones casi no le funcionaban, y que un amigo veterinario, el que fue compañero de Elisa del que creo que te hablé, le había puesto unos sueros, pero él mismo nos recomendó no prolongar más lo que era inevitable a los más de doce años que debía de tener *Dánger,* muchos para un dóberman casi puro. Antier el veterinario vino a verlo otra vez y nos habló de sacrificarlo, pero Marquitos se negó de plano y el médico le dejó unas pastillas para tenerlo sedado y sin dolores. Hasta ayer por la tarde.

Yo, tú sabes cómo soy, lo atendí todo lo que pude y hasta me atreví a inyectarlo. Pero fue Marquitos el que se encargó de darle agua con un biberón, unos pedacitos del pollo que compramos con los euros que mandaste y de darle las pastillas. También lo cargaba y lo sacaba al patio y lo levantaba con una tela que le ponía por la barriga y que amarraba de un gajo de la mata de mangos filipinos para que *Dánger* orinara lo poquito que orinaba. Hasta ayer por la tarde, que se murió en el sofá de la sala, sobre las piernas de tu hermano, que empezó a llorar como un niño, el pobre. Y te imaginarás cómo lloré yo... Luego Marquitos lo envolvió en la sobrecama que habíamos puesto en el sofá para que *Dánger* estuviera allí y se fue a abrir un hueco por la parte del patio donde tú tenías las conejeras, y Marcos, Bernardo y yo lo enterramos.

Perdóname por contarte esto, pero sé cómo tú querías a *Dánger*. ¿Te acuerdas cómo te ponías cuando tus amigos se burlaban de él porque era el único dóberman con orejas y rabo? ¿Y lo que te decía la gente cuando te lo llevabas contigo a cortar hierba para los conejos y se asustaban al verlo con esa cara de malo que a veces él ponía y tú le decías que *Dánger* era un dóberman buena gente? ¿Y la vez que te volviste como loco porque se perdió por andar enamorado de la perra...?

Ramsés había leído los últimos párrafos con los ojos nublados, secándose con el dorso de la mano las lágrimas, hasta que se le escapó un sollozo gutural y profundo, dejó de leer y se soltó a llorar. Toda su fuerza, sus convicciones, su coraza se habían quebrado en un instante, golpeadas por la noticia ya esperada de la muerte de un perro, de *su* perro, de una parte de su vida. Imágenes del pasado dominaron su mente y también de un presente del cual había estado ausente, y pudo ver a Marquitos dándole de beber a *Dánger*, cargando su cadáver, depositándolo en la tierra. Él debió estar allí, pensó. No para ver morir al perro, sino porque debía estar allí, en su lugar. Y porque él corría y corría, y siempre algo lo hacía volver allí.

Darío, que pasaba hacia su habitación, había escuchado el sollozo del hijo y, alarmado, se asomó a la habitación.

—¿Tú estás llorando? —preguntó mientras avanzaba hacia Ramsés, que se secaba las lágrimas y negaba con la cabeza—. ¿Qué pasó? ¿Clara, Marquitos...?

Ramsés siguió negando y cerró la tapa del ordenador.

—Se murió *Dánger* —logró decir.

—Coño, menos mal —exclamó Darío al saber que no se trataba de su hijo Marcos o de su ex Clara, ni siquiera de Bernardo.

—¡Cómo que menos mal, cojones!

—Habla bajito, Montse se acostó... Oye, ya estaba muy viejo... Tú sabías que en cualquier momento... Bueno, perdona por lo que dije... A ver, ven acá, vamos a tomarnos un trago, que te hace falta. Dale, vamos —casi le ordenó el padre, y, como cuando Ramsés era un niño, lo besó en la cabeza.

Ramsés se enjugó las lágrimas y sorbió los mocos mientras avanzaba tras Darío hacia el salón. El médico tomó de un mueble acristalado una botella de Johnnie Walker etiqueta negra y la colocó en la mesita del balcón, frente a Ramsés. Luego fue a la cocina y regresó con dos vasos de vidrio muy grueso y culos voluminosos y una hielera a juego, comprados en Murano.

—De verdad, perdona lo que te dije —comenzó Darío.

—No, no importa. Tranquilo —lo calmó Ramsés.

Darío movió un poco el whisky en el vaso y bebió un sorbo.

—¿Quieres llamar a Clara? Si quieres usa el teléfono de aquí de la casa, sin problemas. Así no gastas tu saldo.

Ramsés asintió.

—Gracias, Papi. Sí, creo que voy a llamarla más tarde. Ahora allá son las cuatro. A lo mejor no ha llegado todavía..., y tampoco Marquitos.

Ramsés tuvo que secarse más lágrimas. Darío, sin dejar de mirar al hijo, volvió a beber.

—¿Sabes que a veces sueño que estoy en Cuba, allá en Fontanar?

—Yo también, a cada rato.

—Esta cosa —Darío se tocó el cráneo, aunque indicaba hacia más adentro—, esta cosa es del carajo. Hace lo que le da la gana, no nos perdona, nunca nos deja tranquilos. Yo a veces me pregunto hasta cuándo me van a perseguir las cosas que viví. Porque siempre están ahí, las muy hijas de puta... Y las cosas buenas también, la verdad. Uno de los sueños que tengo es que estamos allá en tu casa...

—En *la* casa —lo rectificó Ramsés.

—Sí, allá... Y estamos todos en el patio. A veces tú y Marquitos, pero otras nada más que nosotros, el Clan de tu madre...

—¿Y son sueños o pesadillas?

—Las dos cosas... ¿Pero sabes qué? Sé que soñé algo, pero luego no me acuerdo de qué pasó en el sueño. Creo que es un mecanismo de defensa. Aunque siempre se me queda algo dándome vueltas... Es una cosa medio hipnótica, no sé... ¿Será verdad que tus abuelos enterraron una piedra magnética en los cimientos de la casa? ¿Será eso, el imán?

—No sé... Es que fueron muchos años de tu vida.

Darío asintió y miró hacia las agujas del templo interminable, todavía iluminadas.

—Y algunos fueron los mejores. Mira, yo llevo ya dieciséis años viviendo aquí, y ¿sabes cuántos amigos he hecho? Ninguno... Conozco a mucha gente, tú has visto que cenamos con algunos y nos reunimos a cada rato, gente del hospital, amigos de Montse..., pero ninguno es mi amigo... Mis amigos son Irving, Joel, Horacio, Bernardo, eran los pobres Fabio y Liuba... Con la gente que conozco acá no puedo hablar de sus familias, de los dulces que hacía su mamá, porque no las conozco. Y nunca fui con ellos a ver un juego de pelota y no saben quién coño es Rey Vicente Anglada ni Agustín Marquetti...

—¿Y mami? No la incluiste...

—Clara es otra cosa. Clara y Horacio son algo especial. Algo de lo que no hablo nunca porque es como la onda esa de los judíos que no mencionan el nombre de Dios. Ellos son sagrados.

A su pesar, Ramsés tuvo que sonreír.

—Está bueno eso... —dijo, y se detuvo—. ¿Y Elisa y Walter?

Darío apuró el resto del whisky.

—Tengo ganas, pero no voy a tomar más. Mañana tengo dos cirugías... Toma tú más si quieres... Mira, Elisa era un personaje muy complicado. Creo que nunca pude calarla completa, a pesar de que estuvimos tan cerca una pila de años. La que tenía una debilidad por ella era Clara..., y creo que eso me daba celos. Pero, aparte de eso, Elisa lo mismo podía dar la sangre por ti que tirársete al cuello y cortarte la carótida para que te desangraras. Y las mentiras que le gustaba decir... No sé, no, no sé si era mi amiga... Y Walter sigue siendo para mí un misterio.

—¿Porque se suicidó?

—También por eso. Aunque Horacio diga que no se mató, que no fue un accidente. Él todavía cree que lo mataron... Walter tenía algo malvado dentro. Podía ser un tipo encantador, divertido, generoso con el dinero, pero tenía algo de crueldad, sobre todo con la gente a la que podía aplastar. Eso nunca me gustó de él. Quizás porque entiendo mejor a los que son débiles, por esa vida mía que tú conoces. Y tenía historias turbias...

—¿Lo que Horacio descubrió de cuando Walter estuvo en Moscú?

—Y otras más...

—¿Nunca le perdonaste lo de la bronca con Irving?

—No..., aunque Irving lo provocó, la verdad. Irving se buscó esa bronca por defenderme a mí, o por protegerme. Y ese día vi clarito el demonio que Walter tenía dentro. Yo creo que ese demonio fue el que lo mató.

—¿Se mató o lo mataron?

—No lo sé, Ramsés... Pero, mira, hay una historia que a lo mejor tiene que ver con todo eso y que tú no sabes. Bueno, que nadie sabe porque no la he contado... ¿Te acuerdas de Guesty, la rubia novia de Horacio?

—Claro que me acuerdo, Papi. La que era espía. El otro día Irving se acordó de ella... Marquitos estaba enamorado de ella.

—Pues hace como diez años me encontré con Guesty en Florencia.

—¿También se fue de Cuba?

—Eso mismo le pregunté yo cuando la vi... Nada, se había empatado con un italiano y por allá andaba.

—¿Hablaste con ella?

—Sí..., y por algo que me pareció extraño cuando estábamos hablando, me atreví y le pregunté si de verdad nos había estado vigilando a nosotros.

—¿Y qué dijo? Dijo que no, claro...

—Dijo que no, por supuestísimo... Y yo no tengo forma de comprobarlo, pero creo que sí, que habló cosas de nosotros. Aunque a veces pienso que no era una espía, sino una comemierda a la que de alguna forma le sacaban cosas que oía o veía... ¡Qué desastre!

—Tienes que contárselo a Horacio. A Irving.

—Ese es el problema. La Guesty me dijo que Horacio lo sabía todo, que ella no era la que nos vigilaba... Pero Horacio no volvió a hablar de Guesty, creo que pensó que lo mejor era enterrar todo eso. Y Horacio tiene razón. Hay que enterrarlo todo... —Darío miró su vaso, donde aún había restos de los cubos de hielo, y vertió un dedo de whisky—. No, no todo... Ahorita, cuando llames a la casa y hables con ellos, dile a tu madre y a Bernardo que les mando recuerdos. Y a Marquitos, que lo voy a llamar el fin de semana. Hace más de dos meses que no hablo con él.

Ramsés asintió.

—¿Por qué eres así, Papi?

Darío bajó el trago mínimo antes de responder.

—Porque tengo que protegerme y para hacerlo a veces lo cago todo... Pero ahora estaba pensando..., ¿cuándo es que te vas para Toulouse?

—El viernes.

—¿No te es igual irte el sábado?

—Bueno, sí..., ¿por qué?

—Porque estaba pensando que yo podía llevarte. Tú y yo solos. Nos vamos en mi carro, almorzamos en algún lugar bonito, alquilamos un hotelito y dormimos la siesta, que sabes que me encanta, nos bañamos y luego seguimos hasta Toulouse. Allá comemos en un restaurante bueno con vino y quesos franceses, llamamos a Marquitos, y después te dejó en tu residencia de la universidad y me voy a un hotel. El domingo por la mañana desayunamos juntos, con *croissants* de verdad, y yo regreso y estoy aquí por la noche...

—Son una pila de horas manejando.

—Son una pila de horas para hablar tú y yo.

—Si tú quieres... La gracia te va a costar un montón de euros.

—Para eso sirve el dinero... —Darío sonrió—. Mira, te voy a llevar a ver la tumba de Antonio Machado... Y..., bueno, es que quiero contarte algunas cosas que seguro ni te imaginas... Tú te hiciste santo. ¿Ochosi, no? ¿El guerrero?... Pero tú no sabes de qué santo yo soy hijo. Yo tengo veintiún caminos, y puedo abrirlos o cerrarlos todos... Soy hijo de Elegguá y tengo las llaves del destino.

—*Oui?*

—Sapingo, que güi ni güi..., soy yo.

—Cojones... ¿De dónde tú me llamas? Es un número español...

—Desde mi plaza... Piazza San Marquitos... Venecia. El teléfono es de una jevita española que me jamé anoche y me lo prestó para llamarte.

—¿Pero qué coño tú haces en Venecia, Marquitos? ¿Te fuiste?

—Tranquilo, mota. *Non ancora, ragazzo...* ¿Se dice así? Estoy aquí de turista...

—¿Cómo coño...?

—Dime, *bro,* ¿cómo está el sobrín? ¿Y tú y «la pobre Fabiola»?

—El chama superbién. Jodiendo como loco. Nosotros, trabajando, bien... ¿Y cómo estás tú?

—En talla. Gozando la papeleta... Oye, ¿podemos hablar ahora?... El cuento es largo.

Ramsés miró su reloj. Eran las once y veinte de la mañana. En el laboratorio de investigaciones de heteroestructuras semiconductoras, donde desde hacía tres años era uno de los especialistas encargados de procesar y contrastar los resultados de los experimentos que realizaban los físicos, no estaba bien visto que se sostuvieran conversaciones privadas en tiempo de labor.

—¿De verdad estás bien? —insistió Ramsés.

—Sí, compadre...

—Entonces te llamo en cuarenta minutos. ¿A este mismo número?

—Bueno, si resisto a la gaita esta hasta esa hora. Si no, yo te llamo desde una cabina, ¿ok?

—Dale, hablamos. Un beso, tú. Cuídate. Te llamo.

—Un beso, *bro.*

Ramsés cortó la llamada y devolvió el teléfono al bolsillo de su chaqueta. Miró sin ver las plantillas con cifras, fórmulas, algoritmos y fechas que cubrían la pantalla de veinticuatro pulgadas de su Apple de última generación y, junto al equipo, la foto enmarcada de Fabiola dándole un beso de piquito a su hijo Adán, y musitó en voz baja: de madre este loco. Aun cuando sabía que le sería imposible, Ramsés trató de concentrarse en su trabajo, luego de mirar en el borde inferior de la pantalla la hora y fecha: 22 de abril de 2014, 11.24 a.m.

9

Los fragmentos del imán

... Sé que hay varios malheridos que esperan una señal.
¿Qué te puedo decir que tú no hayas vivido?
¿Qué te puedo contar que tú no hayas soñado?

Canta Ana Belén

¿Cómo sería? No, no, ahí no radicaba la cuestión, qué tontería, se reprochó. Sería una persona, con los mismos atributos que cualquier otra. Una cabeza con dos ojos, una boca, hablaría, caminaría, cantaría quizás, ¿qué cantaría? ¿Serrat, Pablo, Ana Belén? *¿La vida en rosa* de la Piaf o la de Bola de Nieve?... Lo importante, y era eso lo que de verdad resultaba demasiado importante, era que seguro sería alguien con más suerte que otros muchos, esos millones y millones de desdichados que alguna vez había mentado Horacio. Porque ella estaba convencida de que tendría en la frente la estrella de la dicha: había sido deseado, esperado, y sería querido. Tendría lo que un humano debe tener para estar completo y ser digno. Todo lo poco o lo mucho, pero tan esencial, que habían tenido sus propios hijos, gracias al país a veces agobiante y a veces generoso en que habían nacido y a lo que ella, incluso en los días más oscuros, luchó por obtener y logró garantizarles: un plato de comida, un techo, un par de zapatos, protección y amor. Y el esperado hasta tendría más...

Entonces, rectificó. Lo que debía preguntarse era: ¿qué sería? Aunque Clara bien sabía qué sería, le costaba concebirlo, se le hacía arduo admitirlo, a pesar de que la lógica de la vida conducía a tal conclusión, de que las evidencias físicas, legales, geográficas resultaban incontestables. Sí, sería eso, sería su nieto, el hijo de su hijo, sangre de su sangre como se solía decir, ADN de su ADN, y ya se había decidido incluso que se llamaría Adán, como el primer hombre que existió en la tierra o, cuando menos, el primero que tuvo un nombre memorable. ¿O no?

Porque bien sabía que Adán Martínez Fornés, su nieto, sería francés. *Un francés*. Y lo que Clara no podía ni podría dejar de preguntarse era cómo se habían organizado o desorganizado los caminos de la Historia y la vida para que un nieto de Fabio y Liuba, de Darío y de ella, no solo pudiera existir sino que, además, fuera *un francés*.

¿Ella, precisamente ella, lo había propiciado? Aunque algo más o menos parecido de cualquier modo iba a ocurrir (que cuando llegara al mundo el vástago que, se podía presumir, tendría su Ramsés, ya radicado en Francia y sin intenciones de volver, la criatura sería *un francés)*, aun así Clara no conseguía dejar de rumiar que había sido ella la generadora de la rocambolesca combinación de cruces (clásico juego de causas y efectos), empeñada en conducir a la existencia de Adán Martínez Fornés. «Nada es real, excepto el azar», había leído en algún libro. Y se empeñaba en pensar: quizás lo había propiciado para bien. Algo bueno entre tantas castraciones y derrotas.

Durante años Clara, Bernardo, Ramsés y Marcos —y hasta sus salidas del país, también Horacio, Joel e Irving— habían mantenido una relación constante, aunque en verdad no demasiado cercana, con la que al principio todos llamaban «la pobre Fabiola». Seis años menor que Ramsés y cuatro más joven que Marcos, «la pobre Fabiola» tenía solo cinco cuando sus padres habían viajado a Argentina y cumplía siete cuando murieron en un absurdo accidente que en muchos sentidos repetía la muerte de los propios padres de Clara, también arquitectos, y replicaba la de Walter, el suicida volador, como si aquellos calcos de la fatalidad los persiguieran y, en algún momento, proyectaran sus existencias hacia caprichosas coincidencias y extraños desenlaces confluyentes. ¿Los eternos retornos? ¿Los ciclos inquebrantables?

Cuando Fabio y Liuba salieron de Cuba con la secreta intención de no regresar y el empeño de sacar en algún momento a la niña —luego de cumplir el castigo de tres, cuatro y a veces más años correspondiente por la deserción—, Fabiola había quedado al cuidado de María del Carmen, la hermana de Fabio, y de su marido Arturo, quienes la asumieron como una hija más, apoyados de forma irrestricta por los padres de Liuba, exmilitares de alta graduación que se habían acogido al beneficio de una anticipada jubilación.

Fue sobre todo después de la muerte de los arquitectos cuando los amigos aún residentes en Cuba intentaron preservar algún nexo con la huérfana, «la pobre Fabiola». Pero, al cabo de los años y por los efectos de la dispersión, solo Clara y Bernardo tuvieron la posibilidad de verla y hablarle.

Como no podía dejar de ser, fue precisamente Clara, tan alérgica a las celebraciones propias, quien impuso la costumbre de que en cada cumpleaños de «la pobre Fabiola», ella, sus hijos y cuantos aparecieran de los amigos visitarían a la niña y le llevarían un regalo. Y, atravesando el tiempo, la vieron convertirse en una adolescente un poco arisca, flaca como un lápiz y con los dientes repletos de hilos de acero, y luego en una muchacha delgada, de cejas masculinas empeñadas en darle a sus ojos profundidad y misterio de gitana tropical, la Fabiola que, al decir de los abuelos y padres adoptivos, había salido tan inteligente como los padres biológicos y que, en opinión de Ramsés, siempre tan cáustico, solo era una pesada sangrona, dientuza, con las cejas peludas.

Cuando la joven cumplió sus quince años, en 2003, Clara y su tropa asistieron a la fiesta correspondiente, a la cual se presentaron con el enorme *cake* para las fotos, el regalo que habían asumido como su responsabilidad festiva, y le entregaron además un sobre con una fortuna: los doscientos cuarenta dólares que sumaron los envíos —exigidos por Clara— de Darío, Irving, Horacio y Joel.

Desde entonces los encuentros con la joven —a la que ya solo llamaban Fabiola y fue embelleciendo como una flor en su mejor momento— se hicieron más esporádicos, aunque Clara nunca dejó de llamarla en las fechas próximas a su aniversario y de visitarla alguna que otra vez cuando se le hacía camino. Así supo que en el 2006 Fabiola había ingresado en la Universidad de La Habana para estudiar Filología Francesa, que en el 2011 se graduaba de su carrera y que, gracias a su expediente y mucho de suerte, había obtenido una beca de la Unión Europea y salía en breve hacia Francia para hacer una especialización en traducción simultánea en la Sorbona, en un programa de dos años. Y fue entonces cuando Clara tendió el puente por donde avanzaría el destino: más por una formalidad apenas meditada que por una necesidad concreta, le dio a Fabiola el teléfono y la dirección electrónica de Ramsés, que ya estudiaba y trabajaba en Toulouse, por si algún día quería contactarlo o pedirle información. Y al desaparecer de su radar geográfico, Fabiola casi desapareció también de la mente de la mujer.

Un año y meses después, Clara recibiría la llamada de su hijo en la que el hermético Ramsés le soltaba de un solo golpe que él y Fabiola, que habían sido novios un tiempo en Cuba, estaban viviendo juntos. Ya hacía un año que, luego de encontrarse en París, «se habían empatado otra vez», en palabras de Ramsés, y la muchacha había conseguido un traslado a la Universidad de Toulouse. Y ahora ella estaba embarazada y había decidido quedarse con él en Francia, iban a casarse ese fin de semana y, por supuesto, querían tener al «chama». El nieto o la nieta, francés o francesa, de Clara, Darío, Liuba y Fabio. ¡Ramsés y la «pobre Fabiola», la «cejipelúa», habían tenido una historia en Cuba, se reencontraban en Francia y ahora le darían un nieto!

Tres meses después, todavía cargada con una mezcla de excitación y angustia, perseguida por las divagaciones y preguntas que desde el primer instante le había clavado en la mente la avalancha de noticias y decisiones de su hijo, Clara comenzó a realizar los trámites para su viaje a Francia. Fabiola y Ramsés lo habían dispuesto para que ella asistiera al nacimiento de su nieto, pues ya sabían que sería varón. La perspectiva de que realizaría el primer viaje que la sacaría de la isla aumentaba el desasosiego de tener que enfrentarse a realidades y encuentros que escapaban de sus posibilidades de control, pero la recompensaba la posibilidad de volver a encontrarse con Ramsés después de siete años sin verlo, vivir con él el júbilo del enamoramiento y la paternidad que parecía estar disfrutando el joven, y acompañarlo en el instante del recibimiento de su hijo, el nieto francés de Clara. ¿El francés Adán aprendería a tumbar mangos tirándoles piedras o a cortar hierba para alimentar conejos, como su padre, y disfrutaría de jugar pelota y andar perdido por ahí como un mataperros con las rodillas peladas y las orejas sucias como su tío Marcos?

Cuatro meses le había llevado a la inminente abuela la realización de los angustiosos trámites para obtener la licencia laboral y el permiso oficial firmado incluso por un ministro, solicitar el pasaporte que nunca había tenido, realizar la legalización cubana de la carta de invitación con cuños notariales franceses enviada por Ramsés, todos los engorrosos pasos que, con nerviosas comprobaciones y demoras mediante, al fin le dieron acceso a la llamada carta blanca de las autoridades migratorias que le permitía salir de forma temporal del país por un lapso de once meses y veintinueve días, vencidos los cuales, si no estaba de vuelta, se decretaba su condición de «quedada» y cerrada la opción de regreso a la patria.

Con la carta blanca en la mano comenzó entonces la pelea por el no menos exigente visado francés que concretaba la posibilidad del viaje y que solo le estamparían cuando se presentó en el consulado con el pasaje de Air France (solo podía ser Air France) con fecha de salida y un regreso cerrado para dos meses más tarde.

El mediodía en que Clara volvió a Fontanar con el pasaporte habilitado y visado, apenas dos días antes de la fecha marcada para su vuelo a París, Marcos y Bernardo la esperaban expectantes.

—¡Coño, pura, te nos vas para la Dulce Francia! —había exclamado Marcos, hojeando el pasaporte—. ¡Qué envidia! Y te vas a quedar, ¿verdad?

—¿Qué tú dices, muchacho? Claro que vuelvo.

—El problema va a ser resistir al pesado de mi *brother*. Si aguantas, por mí no lo hagas, y quédate allá si quieres —le advirtió Marcos.

—Por mí tampoco lo hagas —dijo Bernardo.

—Pues si a ustedes no les importa, a lo mejor me quedo allá.

—Claro... —empezó Bernardo, y se detuvo—. Claro, Clara... Claro que me importa. Tú sabes que me importa.

Ella se había acercado al hombre y, tomándole el rostro con las dos manos, lo había besado en los labios.

—¡Eh, eh! —los regañó Marcos.

—Y tú sabes que no te voy a dejar atrás... —le dijo Clara a Bernardo sin mirar al hijo, para luego voltearse hacia él y levantar una mano como si fuera a golpearlo—. ¡Pero este cabrón siempre con sus comemierderías!

Marcos tomó la mano levantada de la madre y se la besó.

—¡Ay, mami!... Tú estás loca... ¿Te imaginas lo que se va a formar en Toulouse? Mi papá y su catalana envueltos en la estelada, Irving y Joel, y parece que van a ir hasta Horacio y Marissa... ¿Viste lo que nos vamos a perder, Bernardo? ¡Coño, yo quiero ir!...

—Va a ser lindo, Clara —le dijo Bernardo, y volvió a besarla—. Te mereces esto después de tantas cosas como han pasado. Vas a ver a tu hijo... ¡y a tu nieto!

—Mi nieto francés...

Clara asintió y, desde el salón principal, a través de la cocina, miró hacia el patio donde crecían las papayas y los platanales descendientes de los que casi un cuarto de siglo atrás había sembrado Darío con la ayuda de Ramsés y el incordio de Marquitos. ¿Su nieto francés aprendería alguna vez a sembrar papayas y trasplantar y apuntalar los platanales?

—Nos han pasado casi todas las cosas. A veces pienso y no sé cómo hemos llegado hasta donde estamos.

—Fácil —dijo Marcos—, y aprende a decirlo ya: *C'est la vie!*

—Sí, la vida... Y ahora mismo esta es la vida de tres personas a las que les van a trinar las tripas porque dos huevones que son mi hijo y mi marido no han puesto una bendita cazuela en el fogón. ¡Cuando yo me vaya a conocer a mi nieto francés se van a morir de hambre! Del carajo..., un nieto francés.

Apenas despuntaba el 2015, un año más se había escapado como arena entre los dedos, cuando Yassier, unos de los amigos de Marcos de sus tiempos de pelotero, llegó hasta la casa de Fontanar. Clara lo conocía desde niño (a veces tenía que mandarlo a callar pues solía hablar a gritos) y Yassier, luego de besarla y felicitarla por el nuevo año que parecía que iba a ser mejor, de preguntarle cómo le iba en Francia al falso de Ramsés, que ni por Facebook le escribía, le entregó a la mujer cien dólares que, ni se sabía por qué extrañas vías, Marquitos le enviaba desde Hialeah para que, con esa plata, ella y Bernardo fueran a comer a algún sitio y celebraran su cumpleaños cincuenta y seis. Al ver el dinero, Clara sintió cómo se le encogía el corazón de conmoción por el gesto de amor de su hijo.

—Pero ¿por qué Marcos hace esto? Mira que le he dicho... Él casi acaba de llegar y no tiene para estar regalando...

—¿Tú no sabes cómo es Marquitos, vieja? —afirmó más que preguntó el joven en un tono más alto del necesario—. ¡Mandrake el Mago!...

—Sé cómo es Marquitos, claro que lo sé, pero no me digas vieja, no grites y no le digas esos nombretes. —Y, a pesar de las preocupaciones que la asediaban, Clara sonrió e invitó a café al mensajero, que, en espera de la colada, le contó los avatares de su reciclaje profesional: había dejado su trabajo como sociólogo, también clausuraba sus compromisos como maestro repasador a domicilio de Historia y Español, y ahora fungía como gestor inmobiliario. Vendía casas y ganaba más plata que nun-

559

ca en su vida... hasta que se jodiera el negocio, porque, seguro, como siempre pasaba, si funcionaba bien, alguien lo jodería. ¿Cuál de los amigos de Clara decía algo así: el día está bonito, ahorita viene alguien y lo jode? Clara y Yassier rieron.

Pero dos semanas después, el día de su cumpleaños cincuenta y seis, cuando Clara recibió las llamadas telefónicas de Marcos, Ramsés, Horacio, Darío e Irving y Joel para felicitarla por su aniversario, la mujer no tenía deseos de celebrar. Les había hablado sentada en un sillón junto a la cama del hospital donde tres días antes habían ingresado a Bernardo, y les respondió como si estuviera en la casa, sin comentarles una circunstancia que podía amargarles el día: con su preocupación era suficiente.

Desde hacía un par de meses, Bernardo había comenzado a sufrir unos problemas respiratorios, con toses cavernosas y falta de aire, además de cansancios y dolores corporales achacados a una gripe de cambio de estación (ese año le llamaban a la epidemia «el cariñoso», pues te agarraba, te molía de pies a cabeza y luego no quería soltarte). Pero, en lugar de remitir, los síntomas se fueron haciendo más profundos y preocupantes mientras transcurrían las semanas. Había perdido incluso varias libras de peso y se le veía en el rostro un color malsano. Solo cuando aparecieron unas fiebres persistentes Bernardo había aceptado las súplicas de Clara y acudido al hospital. De inmediato los médicos le diagnosticaron una neumonía aguda y decidieron ingresarlo por unos días para suministrarle ciertos antibióticos de última generación que solo se administraban en algunos centros hospitalarios. El pronóstico clínico aseguraba que en unos días volvería a estar recuperado, pero Clara albergaba un mal presentimiento.

Contra la voluntad de Bernardo, que juraba ir sintiéndose cada vez mejor, Clara había localizado al doctor Juan Gregorio Cuevas, el oncólogo primo hermano de Bernardo por vía materna, y le contó sus temores. El Goyo, como le decían en la familia, se movilizó de inmediato, y trasladó a Bernardo del hospital municipal hacia el de especialidades oncológicas donde trabajaba y lo sometió a exámenes más rigurosos. El 6 de febrero el Goyo convocó a Clara y le dio el diagnóstico: Bernardo tenía cáncer de pulmón. Y aunque debían hacer más exámenes, los pronósticos iniciales de los neumólogos eran reservados: la única solución parecía ser aplicarle una tanda de radiaciones para concentrar la tumoración y, de inmediato y en cualquier caso, operar. Solo tras la intervención quirúrgica se podrían hacer previsiones más certeras, hasta donde un organismo humano y una maldición caprichosa como el cáncer permitían tener juicios definitivos. Lo mejor era comenzar de inmediato el tratamiento.

—Es que Bernardo se ha maltratado mucho —sentenció el médico.

—Hace casi veinte años que no bebe... —lo defendió Clara—. Y nunca fumó. ¿Los pulmones?

—Sí, Clara, no fue el hígado sino los pulmones. Dime, ¿qué hacemos?

—Lo que ustedes los médicos decidan, claro.

—No, yo te hablaba de Bernardo... ¿Se lo decimos ya o esperamos?

Clara apenas lo pensó un instante.

—Se lo decimos. Bernardo no es bobo y va a saber... Yo lo hablo con él... mañana.

Clara había recibido la noticia con una entereza que a ella misma la sorprendió. Quizás porque ya venía cargada con el mal presentimiento, la premonición de una fatalidad. Pero al quedar sola frente a la oficina del Goyo, sintió los primeros efectos del derrumbe y la necesidad de escapar de aquel sitio sórdido, con azulejos, pisos, lámparas, olores tétricamente asépticos, donde tantas veces se luchaba en vano contra la muerte.

Salió del hospital sin pasar por el cubículo donde reposaba Bernardo y, sin proponérselo, vagó hasta llegar al parque Medina, por el flanco de la calle 25, entre C y D, frente al cual estaba el viejo edificio del instituto preuniversitario donde, cuarenta años atrás, habían coincidido unos muchachos que, por preferencias y seducciones de todo tipo, se habían acercado hasta conformar lo que ellos mismos llamaron un Clan. Allí ella había conocido a la joven de pelo castaño y estirpe de líder llamada Elisa, que, terminado el primer curso, había acercado al grupo al muchacho de ojos claros, alto y bien formado, alegre y talentoso, que había presentado como su novio y, de inmediato, había atraído a todas las jóvenes que lo conocieron: Bernardo el bello.

El edificio, siempre sólido y vetusto, había perdido el lustre que conservó hasta los años en que ella cursó allí sus estudios preuniversitarios y se hizo novia del estudiante más inteligente del instituto, llamado Darío, el hombre con el que se iniciaría en el sexo varios meses después, y con quien viviría por quince años y tendría dos hijos que serían los más gratificantes amores de su vida. Los dos jóvenes a los cuales ella había despedido, siempre con lágrimas en los ojos, cuando se sumaron a la dispersión que los perseguía, los signaba.

Clara sintió cómo cada uno de esos jalones de su vida, muescas de su memoria, parecían llegarle de un sitio remoto en el tiempo e, incluso, en el espacio, como cifras de otra vida extraviada. El edificio del preuniversitario de El Vedado, con sus paredes descoloridas y ventanas corroídas, se le ofreció como un reflejo de los difíciles tránsitos del país, pero, sobre todo, de sí misma, de su propia existencia. Un abandono ante otro abandono. De aquellos tiempos leves en que con su falda de kaki azul y su blusa blanca de poliéster franqueaba las puertas del colegio, con la mente en pleno disfrute de su presente y con total confianza en un futuro personal y colectivo pletórico de planes y oportunidades, quedaba muy poco. Para ella, casi nada: los años, la vida y la historia habían erosionado demasiadas cosas, devastándolas. Incluso la memoria sufría de una disolución generalizada que también envolvía las imágenes de posibles futuros.

La Clara que había estudiado allí y la Clara que ahora estaba allí eran dos seres que apenas conservaban alguna conexión, y ese día preciso, muchas de las relaciones sobrevivientes estaban entrando en crisis con una amenaza de muerte. La soledad de la que tanto había huido, el retraimiento que entre los muros de aquel local había conjurado con amigos, confidentes, novios, casi hermanos, parecían dispuestos a terminar de devorarla en su implacable persecución. Elisa, Darío, Irving, Horacio, lejos; Liuba, Fabio y Walter, muertos; Ramsés en su mundo, padre de un hijo francés al que ella no vería crecer ni aprender a cuidar conejos y gallos de lidia, y Marquitos encantado de la vida en Hialeah, con una novia neoyorquina que parecía volverlo loco, expatriado quizás para siempre jamás. Y ahora Bernardo, su último cabo atado a tierra firme, tendido en la cama de un hospital, esperando a que ella se acercara y le dijera que tenía más posibilidades de morir en unos meses que de llegar a viejo y acompañarla con su presencia, su amor y su bondad esencial en los años de la última decadencia, salvarla de la soledad sideral que descendería sobre ella, dispuesta a envolverla y, como flor carnívora, devorarla.

En Madrid el invierno se negaba a ceder, el sol no había aparecido ese domingo de finales de marzo y, como si pudiera lograr algún efecto protector, Irving se ajustó otra vez la gruesa bufanda de flores e intentó levantar aún más la cremallera del jácket acolchado, ya colocada en el límite posible. ¿Hasta cuándo lo atormentaría aquel cabrón frío del recoñísimo de su madre?

Desde su llegada a España el invierno había sido el mayor tormento para el cubano. Cierto que el calor seco de los veranos madrileños resultaba enervante y dañino, le resecaba las mucosas y le condensaba en las fosas nasales unos mocos oscuros y pedregosos, de hollín y sangre coagulada, aunque se consolaba diciéndose que, al fin y al cabo, él tenía un doctorado en calores agobiantes. En cambio, el frío lo superaba. Como en sus tránsitos por la ciudad caminaba medio encorvado, sobrecargado de ropa, al final del día tenía dolores en el cuello y la espalda. Luego, cuando entraba en sitios con calefacción, debía empezar a quitarse abrigos, pues solía sudar como si hubiera corrido diez kilómetros. Y, después de la sudoración, la perspectiva de tener que regresar al encuentro con las bajas temperaturas siempre lo aterraba, cada vez con más intensidad. Quizás respondía a uno de los efectos de la vejez a la cual se acercaba. Tal vez la evidencia, otra más, de que, veinte años después, aquel sitio que lo había acogido, donde había sentido que se satisfacían muchas de sus expectativas, seguía sin ser su lugar, peor aún, la constatación de que él era una especie de espectro en fuga que no tenía ni tendría ya *un* lugar.

A pesar del frío, empujado por su mal estado de ánimo, Irving se había sentido exigido de soledad y de una rutina que lo anclara a algo que mínimamente lo definiera. Al fin sentado frente a la escultura de *El Ángel Caído*, tras un árbol que apenas lo protegía de la brisa, con la torpeza a que lo obligaban sus guantes de piel cruda, volvió a mirar el reloj de su teléfono móvil y estimó que todavía no era el momento más adecuado. Una de la tarde en Madrid, siete de la mañana en La Habana. ¿Ella habría dormido esa noche? Mejor esperar una hora más. ¿Resistiría él una hora más? De la conversación telefónica que debía tener iban a depender muchas cosas, todas trascendentes, algunas irreversibles, y él debía tomar decisiones que se cruzaban, se contrapesaban, lo alteraban. Como diez años atrás le dijera Ramsés en ese mismo sitio, todo se reducía a una cuestión de responsabilidad. Para otros tal vez de culpas y perdones; para él, ahora, siempre, solo se trataba de responsabilidad.

Los últimos años habían sido difíciles y tensos para Irving, como para todo el país. La explosión de la burbuja inmobiliaria española había arrastrado con su efecto dominó toda la economía y de alguna manera afectado a millones de personas, él entre ellos. La imprenta donde trabajaba, luego de una alegre inversión en nuevas tecnologías, debió asumir que la amortización se dilataría mucho más de lo previsto debido a la pérdida de encargos, y el dueño había decidido prescindir de una cuarta parte del personal. Irving cayó entre los despedidos. Los dos años de estipendio que le garantizaba su condición de cotizante en paro significaban un alivio, pero no una solución, pues ya se advertía que la recuperación sería dilatada y no devolvería al país al estado de bonanza anterior, ilusoria según algunos, real para mucha gente, como él mismo.

Las intensas búsquedas de un trabajo fijo en los territorios de las artes gráficas y el diseño no dieron otro resultado que algunos contratos temporales que lo salvaban en lo económico pero alimentaban la ansiedad encerrada en su condición de provisorios. Y desde entonces el miedo, otro miedo, siempre corrosivo, comenzó a acecharlo, provocándole insomnios, ansiedad, agriándole el carácter. Si antes le había temido al presente, ahora lo aterraba otear el futuro y no poder precisar su forma. ¿Cómo terminaría aquello, cómo terminaría él? ¿Asistían a la crisis final del inhumano sistema capitalista, como advertían los apocalípticos? Un sentimiento de vulnerabilidad lo asediaba y lo hacía imaginar los peores escenarios para un inmigrante desempleado con una edad en la que menos demandadas resultaban sus capacidades. Como para tener miedo, ¿no?

En su desesperación, en algún momento Irving había barajado con Joel la posibilidad, ya practicada por otros exiliados cubanos, de recoger sus bártulos y trasladarse a Estados Unidos para buscar allí algún trabajo. Y como él mismo sabía que aquella sería la solución más desesperada, se alegró de que Joel no quisiera ni contemplarla. Con la bonificación por desempleo de Irving y su salario de jefe de turno del servicio telefónico podrían vivir muy ajustados, pero vivir. Joel sabía y lo decía: Estados Unidos, aunque tuviera un presidente afroamericano, como ellos lo llamaban, no era un lugar para un negro, ni siquiera un negro cubano y, sobre todo, un negro sin dinero. ¿Se metería en un barrio de negros de Miami luego de haber vivido como una persona digna en Cuba y haber disfrutado de la condición de ciudadano pleno de Chueca, de habitante de la noctámbula y cosmopolita Madrid? ¿Vivir todo el día, todos los días, pensando que eres negro, extranjero, pobre, una mierda? ¿Empezar de nuevo, aprender a manejar un automóvil a sus cincuenta años? ¿Alejarse otra vez de lo que con el tiempo habían logrado construir en lo material y reparar en lo sentimental? No, ni pensarlo, se aferró Joel.

—Si llegamos a un punto crítico, volvemos a hablar del tema —dijo al final Joel—. Pero, Irving, te lo juro, no tengo fuerzas para empezar de nuevo, menos para resistir otra pérdida más.

A fines de 2014 la suerte que, al fin y al cabo, siempre lo había salvado, iluminó el alma de Irving. Una academia de diseño recién abierta por el amigo de un amigo de un amigo le ofrecía una plaza como profesor, con un salario muy digno, aunque sin contrato fijo por el momento, pues el futuro dependía del éxito económico del proyecto. Además, el gestor de la academia, gracias al amigo de un amigo con conexiones, iba a recibir encargos de diversos tipos de diseños e impresiones para ciertas dependencias del Ayuntamiento de Madrid, e Irving podía trabajar también en ellos y ganar una plata adicional.

Irving ya disfrutaba de su nueva y apaciguadora situación cuando Marcos lo llamó para decirle que Bernardo había sido diagnosticado de cáncer y explicarle el proceso del tratamiento y la necesaria operación. De inmediato, Irving había llamado a Clara, el mismo día en que lo harían Ramsés, Darío y Horacio desde Toulouse, Barcelona y San Juan. Como los otros dos amigos y el hijo, Irving quiso saber cada detalle del proceso, reprendió a Clara por no haberle hablado antes y preguntó, como los otros, qué necesitaba Bernardo. Salud, respondió Clara en todos los casos, y en todos los casos la respuesta de los amigos fue la decisión, en ese momento, de enviar algún dinero para las muchas necesidades que se avecinaban.

Desde finales de febrero, además de los mensajes que cada día enviaba y a pesar del alto costo de la comunicación, Irving había llamado a Clara a un ritmo de dos veces por semana para conocer la evolución del amigo. En varias ocasiones había hablado con Bernardo y lo había sentido entre resignado y animado, sobre todo confiado, a partes iguales, en el poder de Dios y en la sabiduría de los médicos. Como seña de complicidad y de esperanza llegaron a establecer incluso una forma de despedida: «bicho malo nunca muere», indistintamente decía uno y lo ratificaba el otro.

En las noches, que habían vuelto a ser más apacibles desde que obtuviera la seguridad del nuevo empleo, la suerte de Bernardo y el futuro de Clara se convirtieron en el más constante asunto de meditación. Por alguna razón que no se explicaba, cuando Joel le preguntaba por Bernardo, Irving le daba apenas la información más importante y evadía profundizar en la situación. Sentía que le incomodaba hablar con otra persona, así fuera Joel, de lo que se vislumbraba como un desenlace fatídico. Asumía el trance como si recibiera una agresión o lo expusiera a una vergüenza, y recordó que algo semejante le había ocurrido cuando, al regreso de su único viaje a Cuba, algún conocido le preguntaba por el estado de su madre. Entonces apenas respondía con un vago «ahí va» o incluso con un falso «bastante bien» para salir del paso, sin dar más explicaciones empeñadas en enervarlo con un sentimiento de culpa por una falla de responsabilidad. Y era que Irving, con su personalidad tendiente a la alegría pero marcada por su propensión a sentirse desamparado y sufrir miedos, siempre había asumido que sus afectos cercanos constituían, en realidad, un escudo que lo protegía de una difuminación de su ser, de su estado espectral.

Incluso se olvidó del frío que lo engarrotaba mientras pensaba, otra vez, cómo habría sido su vida en Cuba si no se hubiera visto impulsado a lanzarse al exilio. Para los momentos de duda e incertidumbre, Irving se había creado una fábula de colores amables, armada con los buenos recuerdos de días de fiestas, playas, reuniones, complicidades, llegada y crecimiento de amores, la sólida sensación de pertenencia y cercanía: un caracol blindado o, mejor, una pompa iluminada por el sol que él ponía a flotar por encima de la peor cara de la realidad que había dejado atrás. Un ambiente también poblado de atenazantes miedos reales e imaginarios, carencias de todo tipo, incertidumbres sin límites ni fecha de vencimiento.

Entonces, incluso llegaba a dudar de haber tomado la mejor decisión, pero a la vez no se arrepentía. El destino y la Historia solían tener esa fuerza centrífuga que lo habían desplazado a él y a varios de sus amigos y los había convertido en otra cosa, otras personas (¿ciudadanos de Chueca, por ejemplo?, ¿revolucionarios burgueses catalanes?), y a los hijos de sus hijos en franceses, puertorriqueños, sabía Dios qué coño más. Y procuraba no sacar las cuentas de ganancias palpables y de pérdidas notables, no era lo esencial: lo más pesado radicaba en la condición de haberse visto empujado a convertirse en otro, en un Irving que ciertas mañanas se miraba en el espejo y no se veía. ¿Cuándo, cómo, por qué se había jodido todo? Eso debía preguntárselo a Horacio. ¿Se había jodido para que ellos se largaran y encontraran otros mundos y descubrieran paraísos insospechados, aunque siempre insatisfactorios?

Contemplaba *El Ángel Caído* y se preguntó hasta qué punto el alejamiento de Elisa había sido para él una causa de angustia, un mal trago empeñado en mezclarse de modo maligno con el miedo adquirido por los sucesos traumáticos vividos a raíz de la muerte de Walter. La cercanía con aquella amiga había sido, tal vez, la mayor ganancia en sus años de juventud, cuando sus preferencias sexuales aún se consideraban un estigma político, ideológico y social, y solían ser vistas por sus compañeros de uno y otro sexo como una debilidad o una desviación perniciosa. Por eso, para él había sido por muchos años tan doloroso, más aún, desgarrador, el encuentro que Elisa había guillotinado allí mismo, diez años después de su disipación. Hasta que, justamente frente a *El Ángel Caído,* un razonamiento de Clara le había cambiado la perspectiva.

Había ocurrido en los días posteriores al nacimiento de Adán, dos años atrás, y cuando varios de los amigos, incluidos Clara y Horacio, coincidieron en Toulouse. Aquel encuentro había resultado una amable posibilidad de recargar las baterías de la memoria y los afectos. Marissa, la mujer de Horacio, se había disculpado pues su madre andaba enferma y no quería endilgarle a las mellizas, en pleno período de pesca de opciones universitarias. Montse había demostrado su inteligencia práctica y arguyó negocios impostergables, ella podría ir en cualquier momento. Entonces tuvieron un mayor espacio para ellos: Horacio, Darío, Irving, Joel y Clara, todos alojados en un piso cercano al de Ramsés, alquilado por Darío.

Las noches de cenas, vinos y conversaciones en Toulouse y los días que pasaron en París, la visita a Chartres para admirar su catedral y a Auvers-sur-Oise para peregrinar hasta la desolada tumba de los Van Gogh, fueron como un premio a la persistencia de una cofradía que, aun disminuida y dispersa, preservaba los códigos de una complicidad a prueba de terremotos, tsunamis, cataclismos. O de ciclones que se iban y volvían, como el Flora. Una complicidad con fuerzas para derrotar el

Apocalipsis divino y la entropía de la materia. Según Horacio: la dinámica de la cohesión superando la disociación. Los fragmentos de un imán a los que su propia naturaleza ingobernable siempre reúne.

Como si hubieran tomado un acuerdo previo, los amigos hablaron poco de los temas dolorosos y menos de los más álgidos. Se imponía celebrar, y celebraron, sin cruzar más reproches de los indispensables. Clara, como siempre, estuvo a su altura, y apenas revolcó un par de veces a Darío, y él, Irving, en una sola ocasión le preguntó al médico si de verdad se creía toda la historia de la represión a la que seguía sometido el pueblo catalán y el argumento de que ellos mantenían al resto de los españoles, y no se sorprendió cuando Horacio apoyó a Darío, pues, como casi puertorriqueño, entendía a los catalanes y apoyaba las cada vez más comentadas pretensiones separatistas. Como solía suceder, el sentido de la realidad de Joel resolvió la cuestión mandándolos a los tres a tomar por el culo y prohibirles hablar de política.

Tres semanas antes de la fecha marcada para el regreso de Clara, Irving y Joel la hicieron ir a Madrid por diez días en los que la alojaron en el estudio de Chueca (le cedieron la habitación y los anfitriones ocuparon el sofá cama comodísimo), e Irving le dedicó, muchas veces acompañados por Joel, todo el tiempo libre de que disponía en el trabajo (temporal) que había conseguido el año anterior. Uno de los paseos fue, como no podía dejar de ser, una estancia matinal de domingo en el sitio donde ahora él estaba, al pie del grupo escultórico de *El Ángel Caído* en el parque del Retiro. Allí, como tampoco podía dejar de ser, Irving le narró a Clara, con precisión gráfica y movimientos sobre el terreno, el todavía enigmático cruce de miradas que casi diez años atrás había tenido con Elisa y la visión fugaz de la adolescente que debía de ser su hija. Y por primera vez, Irving dio un paso más allá en sus revelaciones.

—Elisa no se parecía a Elisa, tenía el pelo distinto, pero la muchacha, Clara..., la muchacha era idéntica a Horacio.

—Por Dios, Irving, ¿qué coño estás diciendo?

—Lo que dije, Clara... Que si esa muchacha era la hija de Elisa..., creo que también es hija de Horacio.

—Pero él siempre ha jurado...

—Yo nada más digo lo que vi.

Clara había clavado la mirada en la escultura.

—Si es hija de Horacio... —La mente de Clara había tratado de ubicar aquella posibilidad y sus significados, pero una revelación le torció el rumbo a sus meditaciones—. Mira, Irving, déjame decirte algo... Creo que lo mejor que hizo Elisa fue desaparecer... Sí, eso. Y no me mires así... Verdad que nos jodió a casi todos. A mí, a Bernardo, a ti que eras su amigo del alma, a Horacio si de verdad es el padre de su hija y le negó la posibilidad de saberlo, de conocerla... Pero que haya desaparecido al fin y al cabo nos dejó un espacio. Y algo hemos podido levantar en ese vacío... ¿Te imaginas adónde nos hubiera llevado Elisa si pasaban todas las cosas que podían pasar con ella? Saca la cuenta de las que pasaron sin ella y dime cómo habría sido con ella... A mí me había comido la mente y hasta creí, bueno, tú sabes lo que creí de mí misma... Y dime algo más, ahora, desde la distancia: ¿qué se le podía creer a Elisa de lo que decía? Cuando eres joven, eso parece un juego. Después, es una enfermedad.

Ni frente a Clara y su brutal razonamiento ni ese gélido mediodía de marzo de 2015, mientras esperaba y se cagaba de frío, Irving se sentía en condiciones de imaginar lo que habría significado la presencia de Elisa y sus lastres entre todos ellos: porque si en aquel grupo de personas había un ángel caído, ese había sido Elisa, concluyó. Y lo mejor es que estuviera lejos, en el infierno que ella misma había creado, o en el cielo, si se lo había ganado con su alejamiento.

Faltaban diez minutos para las dos y pensó que no podría resistir más el frío, la incertidumbre, el revoltijo de sus ideas. Marcó al fin el número del celular de Clara, a cuya cuenta le había colocado veinte euros el día anterior.

—Dime, querido —escuchó la voz de la mujer apenas dos timbrazos después.

—¿Estabas esperando mi llamada?

—Desde hace una hora, por lo menos.

Irving tuvo que sonreír.

—Y yo cagándome de frío... ¿Cómo fue la cosa?

—Lo operaron el viernes. Ayer me dejaron verlo unos minutos en cuidados intensivos. Si todo sigue bien, mañana lunes lo bajan a la sala.

—¿Cómo se siente?

—Hecho leña, imagínate. Lleno de tubos y agujas...

—¿Y qué dicen los médicos?

—Que la operación salió bien. Al parecer cortaron todo lo jodido, que estaba bastante localizado. Una limpieza general, dice el Goyo... Ahora van a hacer biopsias y esos exámenes. Todo esto es un proceso, hay que esperar.

—Pobre... —musitó Irving—. ¿Y tú? ¿Cómo tú estás?

—Muerta de sueño y de cansancio, pero creo que bien —dijo Clara, e hizo una pausa—. No, no estoy bien. Toda esta historia está acabando conmigo. Tengo el alma en los pies...

—Tienes que cuidarte, Clarita. Tienes que ser fuerte —dijo Irving, y de inmediato se sintió ridículo, incluso culpable. Él debería estar allí, en la guerra, en el dolor, en su sitio: esa era su responsabilidad. ¿Y por qué siempre le salían esas frases hechas?

—Es que esto es muy duro, Irving. Pero quiero tener fe en que Bernardo se va a recuperar. Otros se han recuperado. ¿Por qué no va a salvarse él? Porque, ¿sabes que...? Creo que Bernardo es el mejor de todos nosotros...

—Bernardo se va a recuperar...

—Sí..., mira, no te conté el otro día... El jueves, cuando lo estaban preparando para la operación, se apareció en el hospital un mulato viejo, como de ochenta años. Venía de parte de Ramsés...

—¿No me digas...?

—Sí te digo: el padrino de santo de Ramsés. El babalao. Lázaro Morúa... Ramsés había hablado con él y el viejo vino para pedirnos permiso y hacerle una ceremonia a Bernardo. Una limpieza. Una cosa que se llama rogación de cabeza y no sé qué más...

—¿Y, Clarita?

—Hablé con Bernardo y le dijimos que sí. Que hiciera lo que tuviera que hacer. Ahora hacen falta todos los apoyos, ¿no?

—Hicieron bien. Tú sabes que yo no creo en eso, pero a la vez creo que ayuda. No sé cómo, pero ayuda.

—El viejo le hizo unos rezos en yoruba y el padrenuestro, le pasó por el cuerpo un envoltorio chiquito de tela blanca con algo dentro, le frotó la espalda con unas flores, y le dio para que se tomara un vaso de agua con miel y hierbas... Le metió debajo de la almohada polvo de cascarilla y la estampita de un santo, este... ¿El que mata al dragón?

—Por Dios. —Irving imaginaba el proceso de la «limpieza», lo conocía, como cualquier cubano—. ¡San Jorge!

—Claro, coño, san Jorge... Luego le amarró un paño blanco en la cabeza...

—¿Y les dijo algo?

—Es tremendo ese mundo, Irving. Cuando terminó nos dijo que Bernardo estaba en manos de Dios y de los médicos.

—¡En las mejores manos, coño! —exclamó Irving, que se había olvidado del frío y se quitó el guante derecho para sostener mejor su teléfono móvil—. Ese hombre es un sabio... ¿Y dónde tú estás ahora?

—Aquí, en el hospital. A las nueve dan el parte médico y el Goyo a lo mejor me cuela en esa sala para que lo vea... Pero dormí anoche en la casa. Poco, pero dormí...

—Menos mal.

—Sí... El problema, Irving..., el problema es que si se muere Bernardo yo no sé qué voy a hacer. Me ha tocado perderlo todo, todo...

—Se va a salvar, Clarita. Tranquila... Dime, ¿qué les puede hacer falta?

Clara abrió un paréntesis de silencio.

—Oye, ¿estás ahí? —se preocupó Irving—. ¿Estás llorando?

—No, no estoy llorando. Todavía no... ¿Para qué? Ya lloré cuando tú te fuiste, cuando se fue Ramsés y después Marquitos... Y si soporté muchas cosas fue gracias a Bernardo. Él me salvó de la desesperación y de la soledad. Ha sido el mejor amigo, y no te pongas celoso. Me devolvió cosas que había perdido, me reconcilió con Dios o con lo que sea, me dio alegría, me hizo sentir... ¿Y sabes qué? Sí, tú siempre lo sabes todo, era él quien me daba las gracias por haberlo salvado. El pobre... Ojalá yo pueda salvarlo ahora. Con Dios y con los médicos y los babalaos... Eso es lo que nos hace falta... ¿Y sabes qué más? Nos hacen falta los amigos. Ustedes, la familia que nos queda...

Irving asentía con la cabeza, olvidado del frío que tanto lo martirizaba.

—Coño, Clara, me estás matando —dijo, y observó otra vez, otra vez, la imagen de *El Ángel Caído*.

En las mañanas que salía al barrio o iba a la ciudad en persecución de lo que necesitaban para vivir, Clara se encontraba con un mundo que le parecía cada vez más hostil, como si se hubiera decretado un estado de emergencia permanente. En los años de 1990, los más tétricos del llamado Período Especial, cuando faltó todo y la lucha cotidiana casi se redujo a la agónica obtención de lo que apareciera para atravesar el día, la gente se empeñó en esa guerra por la subsistencia o se dejó arrastrar por la desidia. El país vivió entre unos límites extremos por tanto tiempo que, al entrar en otro estado económicamente menos deprimido, la gente descubrió cómo ahora se habían establecido códigos más duros y elementales. Condiciones como la que funcionaba con la suerte de tener o la maldición de no tener, o el anuncio oficial de que igualdad no es igualitarismo y que se debía aceptar el hecho de que unos estuvieran más jodidos que otros y otros que otros... Y las personas comenzaron a asumir la realidad de un modo diferente: la larga convivencia con la miseria económica, como suele suceder, había engendrado palpables miserias humanas y morales, con toda seguridad más difíciles de superar que las carencias materiales.

Pero ahora, en sus peregrinajes por tiendas, mercados, farmacias, por fortuna para ella casi siempre con algunos dólares en la cartera gracias a los envíos salvadores de hijos y amigos, Clara topaba con las manifestaciones más diversas de un modo de vida que parecía decretado por el aviso del sálvese quien pueda. Si necesitabas una llave de paso, no la encontrabas en el establecimiento especializado, pero había alguien en la calle que te la ofrecía y podía resolverte tu problema o estafarte. Si buscabas aceite, pues podías topar con estantes vacíos en la tienda y alguien en la esquina que te lo proponía a sobreprecio. Cuando comprabas, a sumas cada vez más altas (pues cada vez había menos, se producía menos), carne de cerdo, malangas o boniatos o tomates, siempre, siempre, el peso era menor del convenido y pagado... En cualquier sitio estatal o privado los vendedores solían estar conchabados con los distribuidores y los distribuidores con los inspectores y estos con los administradores, y la cadena podía tener muchos más eslabones, ramificaciones hacia los lados y hacia arriba. Todos los que podían, robaban. Los que tenían dinero, compraban. Los que no podían robar y tener dinero, pues se jodían. A Clara le machacaba el corazón ver a los que buceaban en los tanques de basura para sacar algo, cualquier cosa, en un país donde nadie botaba nada que no fuera basura.

Incluso se hizo patente, o al menos perceptible, algo que para la conciencia y la educación de la generación romántica y sacrificada de Clara resultaba impensable. Porque hasta con las medicinas se montaron macabros mecanismos de búsqueda, captura y compra. Pero asistieron también al estallido de más de un escándalo de venta de exámenes escolares, fraudes colectivos o puntuales, con recompensas económicas, y aunque algunos resultaron tan explosivos que se habían hecho públicos, con la promesa de castigos ejemplares, todos sospechaban que quizás solo habían visto la punta del iceberg.

Para muchos, el colmo del drama de la desidia y la pérdida de valores que llegaban a la más mezquina deshumanización había tenido lugar en el eterno Hospital Psiquiátrico cercano a la casa de Fontanar. Justo allí se había producido el que podía ser el acontecimiento límite de un lamentable estado de degradación: alrededor de treinta enfermos mentales (¿o cuarenta?) habían muerto durante una noche de bajas temperaturas. La hecatombe de los infelices la ejecutó los efectos del frío (un frío cubano, no siberiano) que circuló a través de ventanas rotas, o inexistentes desde hacía meses, y se aprovechó de cuerpos enjutos por hambres acumuladas en largos períodos de mala alimentación y de la falta de atenciones necesarias por parte de quienes debían cuidarlos, protegerlos, y se dedicaban a robarles a los enfermos las comidas, las cobijas y quizás hasta las ventanas por donde penetró el aire gélido. Todo aquel cuadro siniestro, como imagen infernal de El Bosco, se había ido dibujando por meses ante muchas miradas, cómplices o displicentes, ojos, conciencias y responsabilidades de hombres y mujeres (cubanos, dirigentes, militantes comunistas incluso, médicos hipocráticos algunos) que no podían dejar de saber lo que allí había estado ocurriendo y terminaría por provocar el terrible desenlace. El Apocalipsis. Y Clara se preguntó: ¿este es mi país? ¿Cómo hemos podido llegar a esto?

Tras la tempestad y los castigos pretendidamente ejemplarizantes, volvió a reinar la calma. ¿O la desidia se había generalizado? Clara lo comprobó la mañana en que debía de realizarse unos análisis y en su policlínico le dijeron que no había reactivos para las pruebas indicadas. Entonces una conocida del barrio que salió del laboratorio luego de una extracción, la llevó a un rincón y la alertó: con un fula aparecen los reactivos. Y Clara, luego de abonar un dólar, pudo hacerse los análisis.

Ahora unos luchaban para sobrevivir, muchos para vivir y otros para vivir mejor e incluso exhibían en público sus éxitos con casas, autos y cenas con las que la mayoría no se atrevía a soñar o ni siquiera a soñar con que era posible soñarlo. Cada cual, como podía, con lo que podía, trataba de arreglarse la vida, reptando en un estado de descomposición, una especie de situación de guerra que, por el momento, era de baja intensidad pero abarcaba todos los frentes. A pesar de discursos triunfalistas, de llamados a la conciencia... ¿Después de tanta lucha, sacrificio, consignas repetidas se había desembocado en aquel pantano infectado de pirañas, una ciénaga de indolencia y oportunismo que no parecía tener linderos ni fondo? ¿Sería posible detener las iniquidades más exultantes atacándolas con arengas, incluso con controles que pronto se descontrolaban, al tiempo que se abrían otros boquetes? ¿Cuáles eran las proporciones de la corrupción de la cual ahora, al fin, se hablaba incluso en los discursos y periódicos, mientras se prometía luchar contra ella?... ¿Dónde se había colocado la frontera entre los dignos y los indignos?

Si la degradación moral de tanta gente la espantaba, lo que más le dolía a Clara era encontrar a los muchos que habían quedado fuera de aquel juego sórdido o sin la fortuna de recibir los salvavidas que mantenían a flote a gentes como ella y Bernardo. Esos que, como en alguna película de Buñuel, Clara veía pelearse entre ellos en el intento de comprar una bolsa de galletas de baja calidad pero de precios reducidos, contar unas monedas para acceder a un paquete de pescuezos y patas de pollo para ingerir alguna proteína, o unos cuadritos de sopa concentrada para darle algún sabor al arroz. Los que cargaban con unos espaguetis fracturados, hechos de harinas innobles, extraídos de una bolsa enorme y vendidos a puñados, esos espaguetis blandos que en los mejores días cocinaban con unas carnes molidas de olores y sabores turbios. Y más abajo, los que vivían en covachas de techos de zinc o de lona, sin alcantarillado, como aquellos que había visto en unos terrenos de las afueras de la ciudad, relativamente cerca de su casa, y que la hacían recordar los sueños y discursos de los tiempos de romanticismo, los años de credulidad en los planes para el futuro repetidos por gentes como sus padres arquitectos, con las habituales promesas de viviendas dignas para todos como parte del inevitable futuro mejor, prometido y en construcción. ¿O ella y todos ellos habían oído mal? ¿Alguien veía aquella realidad? ¿Alguno notaba que entre los más afectados había más negros que blancos? No, rectificó: ¿alguien podía decir que no la veía?

Para Clara aquel 2015 estaba resultando un año tenso y doloroso, y llegó a asumirlo como el inicio de su vejez y de su caída definitiva en el pozo sin fondo que la Historia real y el destino les habían deparado. Muy afectada aún por la partida de Marquitos, la enfermedad de Bernardo le había exigido el concurso de todas sus fuerzas físicas y mentales, disponerse para un largo combate. Y Clara peleó, movida por la resistente esperanza en la salvación de su hombre, y a la vez, también, perseguida por el fantasma de la capitulación y la derrota sin apelaciones que le daba todo su sentido trágico a la vida. Porque la muerte existía y al final siempre triunfaba; la supervivencia del alma, el premio del paraíso o incluso el horror del infierno eran solo consuelos con los que los humanos habían tratado de aliviar su gran derrota.

Un destello de ilusión había acompañado aquel difícil tránsito personal y familiar de los últimos tiempos, cuando a fines del 2014 pareció abrirse una brecha de distensión de un intenso proceso que había marcado cada uno de los días de aquella generación nacida en los alrededores de 1959. Desde entonces los gobiernos de Cuba y Estados Unidos conversaban, se cruzaban visitas, al fin recuperaban relaciones diplomáticas y poco después hasta abrían embajadas en La Habana y Washington donde se izaban banderas, mientras se suavizaban las retóricas habituales, siempre cargadas de electricidad y hasta de rayos y truenos. Incluso se comenzó a hablar de un cercano levantamiento de un embargo comercial decretado medio siglo atrás, en álgidos tiempos de guerra fría (o no tan fría).

Para gentes como Clara y Bernardo el nuevo estado de cosas, aunque de momento no cambiaba nada en sus vidas personales, les ofreció la ganancia de sentir algo como el despertar de una pesadilla colectiva en la cual habían pasado cada uno de los ya abundantes años de su existencia. Porque si para ellos todo seguía igual, a la vez se sentían mejor, al menos en ese recodo específico de sus relaciones con el mundo. ¿Una luz para iluminar lo que les quedaba de futuro? Y en ese futuro: ¿habría la posibilidad de que los cubanos dispersos por el mundo y los afincados en la isla forjaran una reconciliación? Ojalá, pensó, quizás demasiado optimista respecto a un elemento tan sensible de una disputa que funcionaba como una desgracia nacional alimentada con mucho esmero.

En aquel cruce de vivencias y coyunturas desgarradoras o ilusionadoras, Clara tuvo la satisfacción de ver cómo los esfuerzos médicos y quizás hasta las intervenciones esotéricas de babalaos afrocubanos, rezos a la virgen, jugos de troncos de plátano y veneno de alacranes (nunca se sabe) propiciaron una estabilización del estado orgánico de Bernardo que los especialistas observaban con cautela, pero con optimismo. Para atender al convaleciente en todo lo necesario ella había pedido una licencia sin sueldo en su trabajo (no es que su salario alcanzara para mucho), pues en realidad se sostenían gracias a los apoyos económicos que nunca faltaron. Unos salvavidas (por años los llamaría así) que rindieron más en virtud de una férrea administración de gastos y prioridades establecida por Clara, necesitada de salir a flote en un país donde el auto particular que te llevaba a una consulta médica, te esperaba en el hospital y luego te devolvía a tu casa, te cobraba por el servicio el monto del salario mensual de una ingeniera como Clara Chaple. Y si no caías en la categoría de «caso social», un taxi estatal, si aparecía, cobraría el doble: dos salarios, ¿no?

Cuatro meses después de su operación, ya en el verano, Bernardo pudo incluso empezar a realizar algunos trabajos para clientes que le traían sus equipos a la casa de Fontanar. Clara, en cambio, decidió que aún no era el momento de regresar a su ocupación en la empresa constructora, con un nuevo director incluido, ya que, como ocurría periódicamente, el anterior había sido defenestrado por la razón que fuese, pues razones siempre sobraban para tales decapitaciones. Pero sobre Clara rondaba, como la mosca que se niega a irse, un presentimiento negativo empeñado en hacerla presumir que la nueva normalidad comenzada a diseñar no tenía cimientos firmes y en cualquier momento se podía tambalear.

Y en octubre, cuando mejor se sentía Bernardo, luego de uno de los frecuentes chequeos que le realizaban, cayó la bomba: el cáncer había reaparecido y los pronósticos hablaban de que volvía como el huracán Flora, haciendo un lazo sobre un terreno ya debilitado y con su máxima intensidad.

Esa tarde, sentada en la terraza de su casa, luego de una conversación telefónica con Marcos durante la cual Clara se mantuvo todo el tiempo al borde del llanto, la mujer sintió que se derrumbaba. Sí, como solía decir Bernardo: definitivamente avanzaban de derrota en derrota y lo más jodido, se dijo, era que no se vislumbraba la victoria final.

Caminar: cuatro, cinco, seis kilómetros. Caminar: cada tarde que tenía tiempo. Caminar: bueno para el corazón, para sus rodillas envejecidas, mejor para la mente. Caminar: prefería hacerlo solo, aunque también le agradaba que su mujer lo acompañara. Quintín Horacio se acercaba a la cumbre borrascosa de los sesenta años, tras la cual empezaría el descenso y lo más aconsejable resultaba llegar hasta allí caminando, a buen ritmo, con las pulsaciones entre cien y ciento veinte le había dicho el médico y, si le resultaba posible, desde allí seguir caminando, ideal si bien acompañado.

En sus marchas en solitario, Horacio pensaba. A diferencia de muchos otros andarines que ahora parecían salir hasta de debajo de las piedras, como si marchar por la ciudad fuera una moda más, él nunca se colocaba audífonos. Así su mente se podía mover a su propio albedrío, vagando sin mayores interferencias entre ideas que a veces ya lo rondaban, las que lo asaltaban por algo visto u oído, o las que sin ser convocadas se deslizaban desde los rincones más extravagantes de su conciencia y su memoria. Durante un tiempo utilizó sus caminatas vespertinas para repasar las lecciones de griego clásico que había retomado, siempre con el sueño de poder leer en su propia lengua a los filósofos presocráticos y socráticos, Platón y Aristóteles, y sobre todo el *Tetrapharmakos* de Epicuro de Samos (físico y pensador: su favorito), y llegar a las esencias y matices que solo son capaces de revelarse en el idioma en que fueron pensados y escritos.

Con su pañuelo rojo ciñéndole la frente salía del condominio, buscaba las rutas de la costa y llegaba hasta Isla Verde. Siempre que había buen tiempo —y en Puerto Rico la temporada de invierno solo existía para que en las jornadas de navidades y día de Reyes la gente gastara plata, comprara pinos que salpicaban con algo que remedaba la nieve, bebieran más ron y cerveza y oyeran más música, con un calor casi igual que el de julio y agosto—, Horacio se hacía trampas y cortaba en dos el trayecto, pues se metía en la pequeña playita vecina al Hilton, que, gracias a una barrera artificial de rocas, siempre estaba cálida y apacible, como una gran piscina. Y nadaba y volvía a pensar. Siempre tenía cosas en que pensar. A veces demasiadas cosas.

Cuando Marissa lo acompañaba, entonces hablaban. Nunca les faltaban temas y ese había sido uno de los fundamentos sobre los cuales se sostuvo saludable su relación, que ya andaba por las dos décadas. Y si en algunas ocasiones hablaban de Cuba, de la vida anterior de Horacio y de la isla imaginada y hasta mitificada por la mujer, el tema se fue relegando cada vez más con el tiempo y a veces pasaban semanas sin mencionarla.

Marissa no siempre lo seguía, pues en realidad prefería asistir al gimnasio vecino a la urbanización, incluso ya de noche si atravesaba momentos de mucho trabajo. Por ello, a sus cuarenta y nueve años se mantenía con los músculos firmes y los senos tersos, y Horacio se lo agradecía. La mujer había sido una de las grandes ganancias de su vida y verla bella y atractiva lo reconfortaba, aunque no por tal recompensa había renunciado del todo a su implacable voracidad de comer de cualquier plato que se le pusiera a tiro. Ahora, por supuesto, con menos ansiedad o desenfreno: como lo ordenaba Epicuro. ¿Hasta cuándo?, pensaba. Hasta que pudiera y, mientras, caminar y nadar, mantenerse en la buena forma aunque la vida y el tiempo también caminaran a su ritmo implacable y lo acercaran a sus sesenta años de residencia en la tierra.

Como abril suele ser el mes más bello en los trópicos, con mayor frecuencia Marissa lo había acompañado en esos días para disfrutar ella también de la atmósfera de su isla. El ejercicio entonces se transformaba en un verdadero paseo, y luego de cumplir al menos cuatro kilómetros de marcha, solían quedarse un rato tendidos en la pequeña porción de arena de la playita del Hilton, disfrutando de la algarabía de colores del atardecer. Y hablaban.

Desde que se reveló la enfermedad de Bernardo, Cuba había vuelto de modo incisivo a la mente de Horacio. El físico se había mantenido en contacto con el enfermo y sobre todo con Clara, y había enviado frecuentes ayudas para que, al menos económicamente, el trance les resultara lo menos complejo posible. Pero Horacio no se engañaba. Había dos motivos que, junto a la vieja amistad y su sentido de la solidaridad, lo empujaban a sostener la asidua cercanía. Uno era de estricto carácter existencial: la gente de su edad, sus amigos incluidos, comenzaban a flaquear con el paso de los años. A Darío se le había declarado una diabetes; los largos años de padecimiento de hipertensión obligaban a Irving a revisiones por un endurecimiento arterial que quizás terminaría en el quirófano; Clara se quejaba de crisis cervicales y problemas circulatorios; y él, Horacio, sufría de un desgaste en los meniscos que le hacía cada vez más arduas sus caminatas, y recientemente había presentado desajustes gástricos que lo llevaron a colocarse con las nalgas al aire en una camilla mientras un tipo le pedía que se relajara, más relajado, y le metía una manguera por el culo para mirarle las tripas y hasta el alma, más o menos.

La evidencia de que Bernardo pudiera morir alteró el otro motivo que lo empujaba a la cercanía: sus sentimientos de culpa y traición, siempre a la expectativa, en un precario estado de hibernación. Durante años su consuelo fue achacar a Elisa la ruptura de un equilibrio que los hizo caer en la cama de un apartamento de El Vedado. Él había sido objeto, más que sujeto del acto, un personaje que había participado de forma utilitaria de un drama hacía tiempo iniciado por Elisa y Bernardo con sus propios problemas y desgastes. Pero Horacio sabía que en ningún caso debió dejarse arrastrar hasta el lodo indeleble de la traición, porque no solo tuvo sexo con una mujer que siempre lo había atraído, sino que lo había hecho con *la mujer* de alguien a quien consideraba su amigo y lo consideraba a él su amigo. Y aunque los años y las más extrañas peripecias de la vida de muchas formas se empeñaron en limar tan lamentables asperezas, y la relación personal entre él y Bernardo había vuelto a ser cordial, ya nunca podrían ser verdaderos amigos, porque él mismo sabía que nunca podría limpiar lo indeleble. Bernardo, sin embargo, quizás sí lo había logrado, por una causa evidente: era mejor persona que él y, gracias a su filosofía existencial, había desarrollado un espacio para el perdón, incluso para la redención, y adquirido la posibilidad de superar incluso un vejamen como el que había sufrido. Para Horacio, en cambio, siempre había y habría causas y efectos, acción y reacción: todo sucede porque antes sucedió algo.

Y existía, sibilino, hasta un tercer motivo, una sospecha, tal vez apenas una descabellada presunción, que no dejaba por ello de ser inquietante. Una duda demasiado razonable que en las últimas semanas había regresado con fuerzas renovadas para alterar su mente y la conciencia de sus pecados.

Había sido en los primeros días de ese espléndido mes de abril puertorriqueño de 2015 cuando Marcos le había enviado a su buzón de correo electrónico la foto de una celebración cumpleañera. Cuando abrió el archivo adjunto y vio la imagen de Marcos, ataviado con una gorra de los Industriales, y el brazo sobre la joven que le presentaba como su novia, Horacio había sentido una conmoción: la muchacha detenida en un plano medio resultaba una réplica viva de sus mellizas Alba y Aurora. La tez parecía un poco más clara, pero los ojos, el óvalo de la cara, la nariz y, sobre todo, la forma de la boca, con los labios carnosos delatores de su ascendencia étnica, resultaban tan semejantes que no podía ser algo fortuito, y si lo era, como debía serlo, como tenía que serlo, pues entonces se trataba de un milagro de la naturaleza.

Alarmado por el parecido, Horacio buscó en su archivo fotográfico digitalizado una imagen de su madre cuando andaba

585

por los veinte años y vio en el rostro más oscuro de su progenitora la réplica de los rasgos faciales que caracterizaban a Aurora, Alba... y a la tal Adela. Como un cuño persistente que se hubiera transmitido desde su madre mulata hacia el futuro de la humanidad.

Una desazón había acompañado a Horacio desde que observara la foto, y lo primero que se preguntó fue si el envío de Marcos implicaba una acción inocente o una decisión intencionada: «Esta es mi novia. Se llama Adela. ¿Qué te parece?». Horacio, quizás para empezar un intento de autoengaño, de no permitirse creer lo increíble, se decantó por el más absoluto estado de inocencia, y le había respondido en su momento: «Te felicito. Linda». Y en un mensaje posterior le preguntó a Marcos, como si no fuera importante, dónde y cómo la había conocido. Así Horacio supo algo de la historia de Adela, nacida en Nueva York, de madre cubana, una tal Loreta, y padre argentino, lo cual le dio al físico un generoso alivio momentáneo. Pero, prendido a aquel anzuelo, Horacio se desplazó entonces hasta el muro de Facebook de Marcos y contempló otras imágenes de Adela... ¿Cómo era posible que aquella Adela se pareciera tanto a sus hijas, a su madre y a él mismo sin tener una relación sanguínea? ¿En sus devaneos juveniles había tenido relaciones, una relación al menos con alguna Loreta? No, no la encontraba en su memoria, tampoco halló a la mujer en Google y no se atrevió a pedirle a Marcos más referencias de la madre de Adela.

Horacio se impuso no militar en el equipo de los paranoicos: el parecido tenía que ser una casualidad. Como la de esos tipos que, sin parentesco con Elvis, son como réplicas vivientes del cantante y compiten entre ellos a ver cuál se acerca más en las semejanzas. Y porque la otra posibilidad, la sospecha que se negaba a abandonarlo, resultaba tan retorcida y rocambolesca que, solo de pensarlo, se repetía que podía descartarla. Mas no lo lograba: la imagen de Adela lo perseguía y, con ella, la improbable novela de que aquella mujer que se llamaba Loreta Fitzberg fuera en realidad Elisa Correa y de que él fuese el padre del hijo que veinticinco años atrás esperaba Elisa. Ergo: Adela..., ¿la hija de la Elisa perdida y de él, de Horacio?... Un disparate de la peor especie. Debía aceptarlo: también él estaba definitiva y totalmente paranoico.

Desde entonces sobre sus hombros había comenzado a pesar con mayor fuerza la revelación de Irving, que unos años atrás le había comentado de su cruce en Madrid con una mujer que debía ser Elisa, acompañada por una joven que podía ser la hija de la presunta y que, cosas de Irving y su propensión a ver fantasmas, se parecía a Horacio. Una revelación que ahora cobraba un sentido inquietante. Pero ¿Elisa había aparecido en España? ¿Vivía por allá o estaba de visita y su hija era neoyorquina y no española?... Luego de pensarlo mucho durante la caminata posterior a la recepción del mensaje de Marcos, se había decidido y reenviado a Irving la foto de Marcos y Adela, como si estuviera interesado en saber si ya Marcos le había presentado «fotográficamente» a su novia, y si se le parecía a alguien. E Irving respondió con un cañonazo: «¿Que a quién se parece?...», le escribió en un mensaje de texto. «Se parece a la muchacha que vi en El Retiro hace unos cuantos años... La muchacha de que te hablé y tú te reíste de mí... ¿Te acuerdas?» Horacio no le respondió. Aún no podía ni quería hacerlo.

Esa tarde de fines de abril, días después de recibir los mensajes de Marcos e Irving, los caminantes Horacio y Marissa se sentaron en la arena, frente al mar. En unos quince, veinte minutos, el sol caería en el horizonte y ellos emprenderían la marcha de regreso. Y Horacio supo que no podía seguir avanzando él solo con aquella carga encima. Y dio el paso al frente.

—Mari... ¿Qué tú me dirías si resulta que yo tengo otra hija?

Marissa quiso sonreír y no pudo.

—¿De qué tú estás hablando, Horacio?

—Empecé mal, perdón. Es que esto es tan loco que nunca voy a poder empezar bien... Una hija que nació antes de que tú y yo nos conociéramos y que yo no conozco ni sabía que existía..., o que ni sé si existe.

Marissa al fin logró sonreír.

—A ver, a ver, que no copio bien... ¿Tuviste una hija en Cuba? ¿Por qué nunca me lo contaste?

—Porque no lo sabía. No, porque todavía no lo sé... Porque no lo creo.

—Horacio, ¿qué te pasa? ¿Y ese pa'tras y pa'lante? Te lo juro, no entiendo nada...

—Yo tampoco... Porque no sé cómo es posible que pueda tener una hija que yo no sabía que era mi hija y ni siquiera que existía. Una hija que nadie me ha dicho que es mía, y si lo es, no sé cómo puede serlo...

Horacio se abrió las venas frente a su mujer. Le contó de su traición y de la posibilidad de uno entre un millón de que, aun usando un condón, hubiera embarazado a la amiga, ni más ni menos esposa del amigo estéril.

—¿Estás hablando de la amiga de ustedes que se llama Elisa? ¿La mujer de Bernardo que desapareció? —preguntó Marissa, y él asintió. Ella lo había escuchado en silencio, como si oyera la confesión de un acusado que trata de salvarse y, por el contrario, revela todas sus culpas posibles e imposibles.

—Elisa estaba embarazada cuando desapareció. Si tuvo una hija, ahora tendrá veinticinco años. Y hasta donde sé, Bernardo no podía y yo no la embaracé. Entonces tuvo que haber sido otra persona, y por algo que supe, siempre estuve seguro de que había sido Walter, el otro...

—¿El que se mató?

—O lo mataron..., ese mismo. Pero el caso es que la novia de Marquitos... Tengo una foto... No se parece en nada a Elisa, ni a Bernardo, ni a Walter... Se parece a mí... A mi madre, a las niñas...

—¡Por Dios, Horacio!

—Anjá..., te parece una locura, ¿verdad? —preguntó entonces el hombre, y metió la mano en la bolsa donde guardaba la botella de agua, las toallas y el teléfono celular. Sacó el teléfono y buscó el archivo de fotos. Pinchó y amplió la instantánea que Marcos le había enviado. Le pasó el celular a Marissa.

—¡Ay, Horacio! —exclamó la mujer.

—¿Te sigue pareciendo una locura?

Marissa negó con la cabeza.

—¿Qué vas a hacer?

Ya el sol se hundía sobre el mar Caribe: Horacio pensó en ese instante que en La Habana todavía brillaría por una hora más. Y vio a Clara y a Bernardo sentados en la terraza del patio de Fontanar, observando la caída de la tarde, en realidad esperando a que la carta tapada fuera volteada y se revelara si su cifra era la de la vida o la de la muerte. Y se sintió miserable.

—No lo sé, Mari... —dijo al fin—. ¿Quieres que me haga una prueba de ADN y se la haga a la novia de Marcos? ¿Porque se parece a las niñas y a mí? ¿Para qué...? ¿Y con qué derecho puedo cambiarle la vida a una persona que no me ha pedido nada y que de ninguna manera puede ser lo que parece? Lo pienso y siempre me digo que es mejor saber que vivir con la duda. Pero creo que a estas alturas cualquier cosa que haga sería revolver la mierda, y cuando se revuelve, apesta otra vez... Nadie sabe nada de Elisa ni por qué desapareció. ¿Fue por mi culpa? ¿Pero quién carajo es Loreta Fitzberg, la madre de Adela? ¡Yo no conozco a ninguna Loreta, coño! ¡Qué desastre, por Dios!... No, no es posible —dijo, pero cada vez con más conciencia de que la negación escondía una lamentable estrategia de autoengaño.

Marissa le tomó la mano y lo obligó a mirarla.

—¿Qué vas a hacer, Horacio?

Clara pensó: ahora sí me voy a volver loca. Y tuvo deseos de correr, de esconderse debajo de la cama, hasta de llorar, pero a la vez sintió cómo crecía en ella, de día en día, un alborozo que creía extraviado ante una posibilidad, pronto realidad, que ya también pensaba irrealizable, más que perdida. Solo lamentaba que el motivo generador del milagro destinado a enfrentarla a sus casi olvidadas aversiones conmemorativas fuese el anuncio de un final y no la esperanza de una reparación, pues no había espacio para jolgorios ni cabía imaginar nuevos comienzos para ella y sus amigos. Y en medio de sus sentimientos encontrados, se descubrió reconfortada. Una exultante manifestación de amor y fraternidad le advertía que en un mundo donde se demolían tantas cosas, algunas esencias no se desvanecían. No, no todo estaba perdido.

Cuando supo lo que se gestaba, Bernardo insistió en que no lo hicieran: no tenía intenciones de asistir a su propio velorio. Aunque había superado el estado cercano a la depresión al que lo lanzó el diagnóstico fatal y se impuso comportarse con dignidad en el más indigno de los trances, su deterioro físico se reflejaba en profundos cansancios y deseos de estar a solas con Clara, la mujer que había resultado la persona más importante de su vida, una vida ahora en trance de disolución.

En esas semanas de lucha contra sí mismo, el cibernético había recordado con demasiada frecuencia los años más tétricos de su decadencia humana, cuando había pensado tantas veces en que lo mejor era morirse de una vez, cuando incluso había estado a punto de conseguirlo justo uno de los días en que su mente anegada en alcohol barato no había tenido capacidad ni para desearlo. Dios y sus vecinos lo habían salvado en esa ocasión y le habían abierto la posibilidad de disfrutar una prórroga que sería el mejor período de su estancia terrenal. Pero él sabía que ahora no habría intervenciones humanas o divinas capaces de prolongar ese tiempo satisfactorio, y tal vez la evidencia de que abandonaría a Clara, de que ya no disfrutaría de Clara, encerraba lo que más lo contrariaba de su suerte decretada.

Sus amigos, por su lado, asumiendo lo que consideraban una responsabilidad, pasaron por encima de la voluntad del enfermo y de las aprensiones de Clara. Todos sabían que la mujer lo necesitaba y ellos también. Bernardo lo merecía y ellos le debían esa y otras muchas recompensas. Por eso, entre el 21 y el 23 de diciembre de 2015 fueron entrando en la casa de Fontanar, por orden de llegada, Darío y Ramsés, luego Irving y Joel y, la noche del 23, Horacio y Marissa, la boricua que por primera vez pisaba la patria de un bisabuelo que en Tampa había conocido al apóstol Martí, y de su padre, balsero de los años sesenta, un exiliado empecinado que jamás se había atrevido a volver a la tierra natal. Y, a pesar de la razón lamentable que los reunía otra vez en Cuba, en la eterna casa de Fontanar, el ambiente se tornó festivo. Tanto, que después de colegiarlo con Clara y obtener su lógico beneplácito, Bernardo volvió a beber el primer vaso de ron que se llevó a los labios luego de veintidós años de abstinencia. Ya nada peor podía pasar, se dijeron, y cuando el hombre olió el trago de añejo y al fin lo paladeó, su comentario resultó dramático y revelador:

—Coño, coño —dijo, respiró y enfocó el vaso mediado de alcohol—. ¡Hijo de puta, cómo te había extrañado, carajo! —Y lo bajó de un golpe.

Para el neurocirujano Darío y para su hijo, el joven ingeniero padre de un niño francés, aquel era el primer regreso al país. Luego de los recibimientos, los abrazos, la dolorosa evidencia del estado físico de un Bernardo que encontraron enflaquecido y respirando con dificultad, a Darío lo primero que lo impactó fue ver el estado de la casa de Fontanar, tan necesitada de los cuidados que él le había dispensado cuando se convirtió en *su* casa. Sin duda lo que más lo conmovió fue comprobar que, en donde estuvo montado su cuarto de estudio, todavía ocupaban el mismo espacio que él les asignó los dos enormes frascos dentro de los cuales flotaban en formol unas oscurecidas masas encefálicas. Una parte visible de él seguía allí.

Con su conciencia alarmada, una de las primeras decisiones de Darío, que servía tanto para aliviar sus culpas como para hacer algo por los otros, fue ir a encontrarse con el vecino que unos treinta años atrás lo había ayudado a reparar el destartalado Lada soviético que le entregaron en el hospital. Darío le preguntó si estaba dispuesto a conseguir la pintura y la mano de obra para pintar toda la casa, por dentro y por fuera. El hombre, que seguía viviendo de hacer cualquier trabajito, siempre al margen del Estado (para lo que pagan, decía), le hizo un estimado (no importa lo que cueste, había dicho Darío, cometiendo un craso error) y aunque la cifra lo asustó (en la Cuba a la que volvía un refresco había ventuplicado su precio y pintar una casa costaba igual que en España), el médico aceptó y le pidió que, sin molestar a Clara y Bernardo, comenzaran la labor apenas los visitantes regresaran a sus destinos.

A Ramsés, mientras tanto, lo envolvió la extrañeza de una presunta desproporción, pues todo en la casa le parecía más pequeño, como si con el tiempo y la distancia se hubiera encogido lo que conservaba como fotos de la memoria. Lo emocionó más de lo esperado ver bajo el aguacatero que él mismo había plantado cuando todavía era un niño (este árbol sí más grande), un túmulo de piedras coronado por una losa blanca en la que, con letras negras ya un poco desvaídas, se leía el nombre de *Dánger*.

Para Ramsés y Darío, dos personas que habían hecho de la distancia un escudo más que una causa de lamentos y nostalgias, que habían reorientado sus vidas de manera satisfactoria y en muchos aspectos de forma radical, también se hizo evidente que el pasado puede ser una mancha indeleble.

Irving y Joel, apenas aterrizados, habían alquilado un auto y viajado a Pinar del Río, donde vivían los parientes de Joel, y regresado con una banda de cerdo, un saco de viandas repleto de malangas, boniatos y yucas y una bolsa de unos frijoles negros pequeños, brillantes, que prometían ablandarse y cuajar de la mejor manera cuando fueran cocinados, por supuesto que aderezados con el toque imprescindible del comino. Si iba a ser la última cena de Nochebuena de Bernardo, se imponía que resultara la mejor que ellos fueran capaces de realizar, y además de los comestibles contundentes comprados por Irving y Joel, disfrutarían de los vinos franceses aportados por Ramsés, los turrones, las butifarras catalanas y los quesos manchegos que habían sido la carga de Darío, las cervezas y rones comprados por Horacio y Marissa, que además encargaron a un vecino de Fontanar un pote de dulce de coco en almíbar y entregaron a Clara los paquetes del café La Llave que Marcos les había alcanzado en el aeropuerto de Miami, sabedor de que era el que más le gustaba a su madre.

La noche del 24 de diciembre de 2015, por primera vez en un cuarto de siglo, en la casa de Fontanar se montó una cena de Nochebuena con todos los frentes bien cubiertos, y la disfrutaron en la larga mesa armada en la terraza, envueltos en una temperatura agradable, que solo a la boricua Marissa le pareció un poco fría. Comieron, bebieron, hablaron, rieron, aunque también lamentaron las ausencias mencionables de Marcos, imposibilitado de viajar a Cuba, y de Fabiola, que no se atrevió a someter al pequeño Adán al largo viaje transatlántico. ¡Cómo le hubiera gustado a Clara tener allí, con ella, con Bernardo y con Darío, a sus dos hijos, a la «pobre Fabiola» y a su nieto francés!

Esa noche, como si se hubieran puesto de acuerdo, los remanentes del Clan mantuvieron a los demonios en el fondo de sus cavernas, pues más que celebrar el nacimiento de Jesús el Nazareno, lo que festejaron fue la permanencia de la amistad. La existencia de una cofradía, su Clan, aquel vínculo forjado por ellos muchos años atrás y que, a pesar de los dolores y golpes que siempre suele propinar la vida, de los rigores que la Historia se empeña en imponer, de las motivaciones personales y las coyunturas nacionales que los distanciaron en la geografía por varios lugares del mundo, ellos habían logrado preservar.

Por eso, en su mejor estilo, con un vaso de ron en mano y ya medio achispado, Bernardo propuso el brindis.

—Y hoy, cuando celebramos otra vez juntos una Nochebuena..., ¿se acuerdan cuando nos orientaron que no debíamos celebrar la Nochebuena y la Navidad?... Al carajo con eso y con todo lo otro que nos orientaron y prohibieron..., y después, dialécticamente, hasta desorientaron y desprohibieron, ¿no?... Del carajo... Y yo decía, decía... Ah... decía —hizo una pausa larga para recuperar aliento—: hoy yo me siento el hombre más feliz del mundo. Les juro que sí... Y quiero brindar con todos ustedes, que no son los mismos pero somos los mismos, como dijo Martí... Y no me mires con esa cara, Irving, ¡fue Martí!, ¡Martí lo dijo todo! —Sonrió, tosió, debió esperar a que se le normalizara la respiración todo lo que se le podía normalizar—. Decía: aunque ahorita ustedes van a tener sesenta años y serán unos viejos de mierda, van a ser los mismos, porque para los que estamos aquí hubo algo que nunca cambió, una ganancia que nunca perdimos, y que cuando la agredimos, luego luchamos por salvarla. —Y en ese instante miró a Horacio—. Y esa ganancia fue la fraternidad. Y no la perdimos sobre todo porque alguien luchó mucho para que sobreviviera y nos protegiera..., y esa persona fue esta mujer, la mujer de mi vida, Clara, el pedazo más fuerte del imán que siempre nos atrajo desde el fondo de la tierra y hoy tiene aquí unidos a los fragmentos que hasta ahora hemos sobrevivido, sentados encima de esa piedra de cobre magnética venida de tierra santa cubana, la piedra mágica sobre la que se levanta esta casa, que es mucho más que una casa: es nuestro refugio, nuestro caracol. ¡Por Clara, coño! —consiguió gritar Bernardo.

—¡Por Clara! —le respondieron los otros, que aún fueron capaces de sonreír y de beber, antes de que algunos de ellos, Irving el primero, comenzaran a llorar cuando Ramsés, como veinticinco años atrás, puso a sonar la canción de Kansas que tanto gustaba a Bernardo y que les recordaba qué cosa eran todos ellos, qué era todo en la vida: *Dust in The Wind*.

Todos tenían marcado el regreso para el 2 de enero y dedicaron el primer día del año a reponerse de la pantagruélica celebración gastronómica, etílica y sentimental con que también habían despedido el 2015.

Esa tarde del primer día del que resultaría un muy enrevesado año 2016, Darío (en lo que Horacio calificaría como su mejor estilo catalán), en lugar de buscar un taxi, le había pedido prestado a Irving el auto alquilado, antes de que lo devolviera a la agencia, pues quería dar un paseo por la ciudad con Ramsés. Al regresar, el padre y el hijo les dijeron a los otros que habían dado una vuelta nostálgico-turística por el Malecón y la Habana Vieja, y solo Clara sospechó que su exmarido y su hijo le mentían.

Y le mentían: porque en realidad Darío y Ramsés se adentraron en la vieja calle de la Perseverancia, en el deprimido centro de la ciudad. Darío, luego de años pensando que quizás nunca volvería a la isla que había sido suya y que, al concretar el regreso, solo en Fontanar había sentido cercana, había decidido que debía hacer un exorcismo definitivo. El neurocirujano necesitaba visitar con su hijo el lugar de donde había salido y donde, casi tres años atrás, había muerto su madre, la abuela de Ramsés, un desenlace del cual solo tuvo noticias cuando le devolvieron un envío de dinero hecho por vía bancaria.

El sitio mantenía intacto, quizás potenciado, su aspecto miserable: el mismo pasillo central con el cemento rajado; los cables eléctricos que, como tentáculos, salían de los contadores y corrían expuestos contra las paredes; las puertas de las habitaciones abiertas a la promiscuidad; los muros desconchados y cubiertos de moho y suciedades históricas. El ambiente sombrío, el vaho intenso de la mezcla de los tristes efluvios de la pobreza. En una bolsa, cerca del portón de entrada, se desbordaban las latas de cervezas vacías y contaron ocho botellas de ron, testimonio de la celebración que, a pesar de todo, debieron de haber tenido los habitantes del solar. De una de las habitaciones, como epílogo del jolgorio o parte de la identidad del lugar, escapaba a todo volumen el ruido de un reguetón de ritmo machacón y letra ininteligible.

Darío no sabía quién ocupaba lo que había sido la habitación en donde él había vivido hasta su juventud y, según presumía, su madre había habitado desde su nacimiento hasta su muerte, un par de años atrás. No le importaba: más aún, tampoco quería averiguarlo, pues de hecho lo sabía. Ahora allí se refugiaría algún infeliz sin posibilidades de tener un sitio más digno donde gastar su vida. El exitoso neurocirujano que ya había estrenado el nuevo modelo de BMW del año 2016 y planeaba vacaciones en Japón, lo que necesitaba en ese momento era mostrarle a su hijo aquel falansterio. Que su vástago viera con sus ojos y grabara en su mente, ya con pleno conocimiento de causas y efectos, un pasillo de cemento cuarteado e indicarle el sitio en que la madre, como castigo por el solo hecho de existir, solía sentarlo en una banqueta, muchas veces desnudo. Por lo general, después de haberlo golpeado con un cinturón, un palo de escoba, o abofeteado hasta con una espumadera de cocina mientras le gritaba su insulto preferido: que era un loco, que estaba loco. Darío quería mostrarle también el rincón del espacio cochambroso, junto a unos lavaderos, donde, si ella se tiraba a hacer la siesta o se encerraba con un hombre en el cuarto, él se acurrucaba y se cubría con lo que encontrara: un saco de yute, una frazada de limpiar el piso, una hoja de periódico. El sitio donde en una ocasión lo venció el cansancio y se quedó dormido para despertar gritando como un verdadero loco al sentir las manos del hombre que le acariciaba las nalgas flacas mientras exhibía junto a su rostro una sanguínea erección. El escenario de su vergüenza y humillación de donde lo rescató la bondad de un mulato chofer de guaguas y santero llamado Lázaro Morúa, y, unos años después, la madre de sus hijos.

—Del carajo. Esto está casi igual que la última vez que pasé por aquí... o peor —dijo Darío, y su voz arrastraba una mezcla de rencores, dolor, oprobio—. Es terrible... Esta gente, los padres, los abuelos de esta gente, llevan más de cien años viviendo aquí, en la promiscuidad, con esta peste a mierda. Y van a seguir así hasta Dios sabe cuándo... Cada vez que me veo tirado en ese rincón, pienso que soy un milagro de la naturaleza. Y aunque todavía haya tanta gente viviendo en la mierda, yo sería muy ingrato si no le agradeciera a este país que me haya dado la posibilidad de ser el milagro que soy.

—Es justo que lo hagas... —musitó Ramsés, con dolor en el alma, sin dejar de observar el panorama deprimente, animado en un momento por la mujer de edad imprecisa que salía de su cuarto y sacudía en el pasillo un paño con desperdicios, quizás un mantel, mientras los miraba a ellos con patente hostilidad, como si los registrara—. ¿Cómo llegó tu mamá aquí?

—Nació aquí... Su padre también nació aquí... Hay otra cosa que no sabes... El padre de mi abuelo, mi bisabuelo, parece que fue esclavo. De un barracón y un campo de caña vino a dar aquí cuando consiguió un trabajo como estibador en el puerto.

—¿Mi tatarabuelo fue un negro esclavo?

—Parece que sí. Tu bisabuelo era negro, de esos negros rojizos, ya mezclado, y tu bisabuela sí era blanca. Pero mi madre parecía blanca, y mi padre debió de haber sido blanco, por eso yo parezco blanco, tú pareces blanco... Pero somos unos blancos de mentira. Como yo soy un catalán de mentira...

Ramsés asintió y, a su pesar, sonrió. Una de sus novias le había asegurado que él tenía pinga y cojones de negro: no solo por las dimensiones, sino por el color del glande y por la textura de su escroto, áspero, oscuro, con unos vellos encrespados. Entonces la mujer tenía razón.

—¿Por qué nunca hablas de todo eso? ¿Porque tenemos de negro?

—No... Porque mentar este sitio es el infierno.

—¿Dónde vivían la negra y el gallego que a veces te recogían?

—Allí, en la última puerta. La que está pintada de verde.

—¿Qué pasó con ellos?

—Ni idea... Ellos eran buenas personas, pero este lugar me enfermaba. Cuando me mudé con tu madre traté de no volver. Si le mandaba algún dinero a tu abuela lo hacía por un giro postal. Si le llevaba algo, la iba a ver al comedor donde trabajaba. Te llevé allí dos o tres veces, ¿te acuerdas?

Ramsés asintió. En su memoria solo había una imagen difusa de la mujer que Darío le presentó como su abuela materna.

—¿Y qué sabe mami de todo esto?

—Casi nada... Mejor así. Y tú tampoco se lo cuentes nunca a Marquitos —le pidió Darío cuando dio media vuelta, dispuesto a abordar el auto y alejarse todo lo posible del falansterio—. Pero como tú sabías algo... quería que vieras y me dijeras si me entiendes por haber hecho algunas cosas que hice.

Ramsés, tan cauto en sus expresiones afectivas, tomó una mano de su padre antes de hablar.

—Gracias por todo lo que hiciste por nosotros. Dale, vámonos de aquí...

—Hice lo que tenía que hacer, no siempre bien, por cierto... Mira, si antes de irte hablas con tu padrino, le dices a Morúa que yo siempre lo recuerdo como lo que fue: un buen hombre... Pero que como para mí él es parte de todo esto, prefiero no verlo.

Ramsés asintió, y mientras se alejaban del solar, le preguntó a su padre:

—¿Me dejas que algún día se lo cuente a mi hijo Adán? A lo mejor a él no le importa, pero creo que debe saber de dónde salió su abuelo, de lo que se salvó su padre, lo que nunca voy a permitir que pueda sufrir él.

Irving y Joel, en su estilo madrileño, decidieron hacer una buena siesta. Clara, agotada por las emociones y las responsabilidades de tantos días intensos, se refugió en la soledad del estudio donde habían colocado el televisor y a los cinco minutos dormitaba frente a la pantalla que mostraba una película intrascendente. Marissa, que esa mañana había ido a conocer a los únicos parientes de su padre que aún residían en Cuba, al bajar un poco el sol y sin encontrar quién se atreviera a seguirla, decidió salir a caminar sus seis kilómetros, pues debía empezar a bajar ya mismo los kilos adquiridos en varios días de desenfreno alcohólico y alimentario.

Solos en la terraza, cada uno con un trago de ron en la mano, Bernardo y Horacio tuvieron la percepción de que les había llegado el momento evitado por veinticinco años. ¿Alguien lo había preparado o simplemente debía ocurrir? ¿Habían coincidido en la terraza por casualidad o por necesidad? ¿El azar insistente de Epicuro?

Fue Bernardo quien se atrevió a dar el primer paso.

—Te agradezco que hayas venido, que incluso hayas traído a Marissa. Tuviste mucha suerte en encontrarte a esa mujer.

—Sí, donde menos lo esperaba. Fue una cosa providencial... Pero tú también tuviste suerte, tú lo sabes... No conozco a ninguna mujer, a ninguna persona debo decir, mejor que Clara. Y lamento mucho lo de tu enfermedad, Bernardo, de verdad lo siento... Y aunque no pretendía hablar de estas cosas..., bueno, creo que ha llegado el momento de pedirte perdón. No tuve el valor para hacerlo hasta ahora, pero...

—Pero como me voy a morir... No, Horacio, no hay nada que perdonar...

—No jodas, Bernardo... Tú no tendrás nada que perdonar, pero yo necesito pedir perdón. Lo que hice fue una canallada, una traición. No tengo disculpas, Elisa era tu mujer.

—Ya casi no lo era..., sexualmente hablando, si eso te sirve de alivio. De todas formas algo así iba a pasar. Contigo o con otro...

—No me sirve porque yo no lo sabía —dijo Horacio, y probó un trago de su ron—. Para mí era tu mujer. Para mí debía ser sagrada, y yo...

—Lo que pasa es que hay muchas más cosas que no sabías. Cosas que nunca te iba a decir, y otras que tampoco te voy a decir ahora. Aunque como estoy de salida...

—No hables más así, compadre.

—Me estoy muriendo, Horacio, no hay que darle más vueltas... ¿No es por eso que todos ustedes están aquí?

Horacio no se atrevió a responder. No hacía falta responder. Solo repitió un axioma de inevitable cumplimiento.

—¡Las mierdas que nos hace la vida!

Bernardo bebió de su trago y casi sonrió.

—Mira, déjame decirte esto... si todavía tienes alguna duda, la hija de Elisa que Irving vio en Madrid hace unos años..., si de verdad eran Elisa y su hija. Bueno, esa muchacha puede ser hija tuya... Tú quisiste creer que podía ser hija de Walter, porque tú pensabas y todavía piensas que no podías haber embarazado a Elisa y creías que ella se había acostado con Walter.

—¿Quién te dijo todo eso?

Bernardo volvió a sonreír.

—Da igual... Bueno, Irving..., ¿quién si no?... Como él también piensa que voy a morirme y... Horacio, yo no sé si tú la embarazaste o fue otro, lo que sí sé es que ella no se acostó con él. Y no porque ella lo negara. Yo no puedo garantizar la veracidad de nada de lo que haya dicho Elisa. Pero sí puedo asegurar que no se acostó con Walter.

—Coño, Bernardo, ¿tenemos que hablar de esto?

—Sí, porque creo que tú tienes derecho a saberlo... Elisa no se acostó con él porque Elisa sabía quién era ese cabrón, un tipo que hasta podía ser informante de la policía, o lo era..., y Elisa trató de alejarse de él, y también de su padre, Roberto Correa, que estaba hundido en su propio mierdero...

—¿Entonces el que hablaba de nosotros era Walter? ¿Y Guesty?

—De Guesty no lo sé, a lo mejor sí, a lo mejor no, tú sabes cómo son esas cosas... Tú dices que no, Irving y Darío dicen que sí, aunque me parece demasiado que tuviéramos a dos chivatos trabajando entre unos comemierdas como nosotros... Y Walter..., tampoco lo puedo garantizar. El que lo acusó de chivato fue Roberto Correa, pero nada de lo que dijera ese tipo era trigo limpio... ¿Qué cosas podían interesarles a los policías de lo que pensábamos unos tipos como nosotros? De lo que sí estoy seguro es que Walter andaba como loco, quería irse porque sabía que si seguían tirando de los hilos de la cocaína iban a llegar hasta él, o ya habían llegado. Parece que a él sí lo vigilaban de verdad... Parece... Todo esto es muy turbio, nunca vamos a saberlo todo... Bueno, a lo que iba y que sí sé: en la casa de una amiga de Elisa donde se encontraron, ella y Walter tuvieron una discusión... Walter creía que podía chantajear al padre de Elisa y tuvieron una discusión. Walter perdió el control, zarandeó a Elisa... Ella tuvo que contármelo porque tenía unos morados en los brazos...

—¿Morados en los brazos? —Una luz brotó en el fondo de la mente de Horacio. Él había visto esos hematomas. ¿Qué le dijo Elisa? ¿Una patada de una vaca, de un caballo? ¿Entonces...?

—Cojones, Bernardo, cojones —decía, viendo en su mente cómo un rompecabezas soltaba piezas y aparecían otras, como una fosforera rusa, datos que empezaban a encajar y a la vez cambiar el sentido del relato que antes había funcionado.

—Después que tuvieron esa discusión, yo fui a ver a Walter. Llevaba un trozo de cabilla debajo de la camisa... Y le dije que si volvía a acercarse a Elisa, lo iba a matar. Por suerte, hasta donde sé, Walter no volvió a verla y... Él solo resolvió el problema cuando se tiró de ese edificio... Eso es lo que yo sé. ¿Ves por qué tenía que contarte esto antes de morirme? ¿Y entiendes por qué de todo lo que te he dicho y de todo lo que te voy a decir no puedes contarle una palabra a nadie, y a Clara menos que a nadie?

El 16 de abril de 2016 Clara al fin se había decidido y abierto la cuenta de Facebook que le reclamaba su hijo Marcos, y había colocado como portada la foto del Clan tomada la noche del 21 de enero de 1990, durante la celebración de sus treinta años. Y, como en aquella ocasión, otra vez todo se había precipitado, como si los efectos pendientes, tapiados, encadenados, solo esperaran esa precisa señal para soltar sus amarras.

Tres días después, a la mujer le llegó el primer rebote provocado por su anodina acción. Desde Hialeah, Marquitos la había llamado para reclamarle que le devolviera la imagen más nítida de un recuerdo extraviado, una visión que ahora lo obsesionaba y que para Clara resultaba un trance amargo: el del beso casi incestuoso que ella y Elisa se habían dado en la habitación donde había sido concebido Marcos y, por supuesto, Ramsés, donde ella había convivido por doce años con Darío y desde hacía casi veinte años dormía con Bernardo.

Solo nueve días después, la mañana del 25 de abril, poco antes de las once de la mañana, murió Bernardo. Clara lo había visto sufrir una noche agónica de toses, vómitos de sangre, sueros y respiración con la máscara de oxígeno, que apenas tuvo un reposo gracias al letargo al que lo lanzó la fortísima dosis de morfina administrada por el doctor Goyo. Dos horas antes del desenlace, quizás sin tener idea de lo que ocurría a su alrededor, el hombre había recibido la extremaunción administrada por el cura de la parroquia de Calabazar. Si Dios existía y lo había salvado, Dios debía sacarlo ya de su sufrimiento, había pensado Clara.

Esa misma tarde la mujer asistió, sola como lo deseaba, a la cremación del cadáver. Como Bernardo lo había pedido, las cenizas fueron depositadas en una urna rústica, de barro cocido, hecha por los alfareros del pueblo de El Cano, próximo a Fontanar.

Cuando el doctor Goyo la devolvió a su casa con las cenizas de Bernardo, Clara se dirigió al que había sido el estudio de sus padres arquitectos y, luego, el salón de estudios de ella, de Darío, de los amigos que iban a estudiar con alguno de ellos, y más tarde utilizaron sus hijos con sus compañeros. Sosteniendo contra su pecho la urna de barro, buscó el más apropiado de los nichos formados por los ladrillos descubiertos que ocupaban toda la pared que dividía el estudio del resto de la planta baja de la casa. Escogió uno. Entonces colocó la urna sobre el buró donde reposaba la laptop que había heredado de Marcos y tomó del nicho elegido uno de los grandes frascos de vidrio dentro del cual flotaba en solución de formol una masa encefálica medio deshecha. Con él a cuestas, abrió la puerta de vidrios que daba al patio lateral y lanzó el frasco a la tierra donde había crecido la hierba. Regresó, tomó el otro frasco también cargado con un cerebro humano y repitió la operación de arrojarlo al patio. Del buró levantó al fin la urna con las cenizas de Bernardo y la colocó en el pedestal escogido, ya vacío. La urna y los ladrillos tenían el mismo color. Aquel sería su sitio, su santuario, hasta tanto cumpliera una última voluntad y les diera su destino final a los restos físicos del hombre.

Convocando los remanentes de sus energías, Clara salió de la casa con la laptop y caminó las cuadras que la separaban del pequeño parque donde habían habilitado la zona wifi. Escribió con extremo cuidado unas líneas y colocó la noticia de la muerte de Bernardo en su muro de Facebook. En el texto pedía a sus hijos y a los amigos que no la llamaran en unos días. Los tranquilizaba diciéndoles que Bernardo había muerto en paz con Dios y sin dolor; que ella estaba bien, solo muy cansada y muy muy triste, necesitada de estar a solas consigo misma. Y les agradecía a todos los muchos soportes recibidos a lo largo de aquel último año de Bernardo en el mundo de los vivos. Antes de enviar el texto y cerrar el programa, Clara localizó en la memoria de la máquina la foto tomada por Marissa el 24 de diciembre anterior, un plano de medio cuerpo de Bernardo, sonriente, mientras hacía un brindis, alzando un vaso de ron con la mano. La marcó, la copió y la pegó sobre las líneas recién escritas, a las que agregó: «Somos polvo en el viento, hasta la victoria final». Envió el post y cerró la comunicación.

Regresó a la casa, se duchó, bajó a la cocina y se tomó los restos del jugo de mangos que tres días antes le había preparado a Bernardo. Allí mismo, en la cocina, viendo a través de los paneles de vidrio la mancha oscura del patio, buscó en la parte superior del estante colocado sobre el fregadero la cajetilla de cigarros que escondía de sí misma y de su falta de voluntad. Encendió uno de los dos cigarros sobrevivientes y el tabaco viejo le supo a hierba. La vida le sabía a mierda. ¿Por qué Bernardo y no tanto hijo de puta como había en el mundo? Que Dios me perdone, se dijo, pero es verdad.

Subió a su cuarto y solo cuando puso la cabeza en la almohada y vio la cama reclinable y el balón de oxígeno que aún ocupaba un rincón de la generosa habitación, Clara sintió el golpe tremendo de su soledad. El silencio que la envolvía y reinaba en la casa le resultó atronador. Y por fin se soltó a llorar, hasta que la venció el sueño.

10

La victoria final

La misma vieja canción
Es una gota de agua en un mar sin fin.
Todo lo que hacemos se desmorona al suelo
Aunque nos neguemos a ver.
Polvo en el viento,
Todo lo que somos es polvo en el viento.

Kansas, 1977

Desde el paño de vidrio del restaurante observó el panorama abarcable de la avenida principal de la ciudad: un Wendy's, una farmacia Walgreens, dos gasolineras, un banco local y uno federal, un McDonald's y, en cada esquina, unas imponentes iglesias de piedra y madera, de estructuras muy semejantes, aunque afiliadas a denominaciones protestantes diferentes, ambas desconocidas para ella. Al llegar, ese mediodía, y luego de alquilar una habitación en un motel de una calle aledaña, había salido a estirar las piernas y beberse un expreso doble en un Starbucks, y había podido contar, en un tramo de unas seis cuadras, los edificios siempre muy parecidos de otras ocho iglesias, todas protestantes, de denominaciones peculiares, y también seis farmacias, cinco estaciones de gasolina y otras tantas oficinas bancarias: la fe, los dolores, el dinero y la combustión parecían ser los componentes más prósperos de un sitio que podía competir, con argumentos sólidos, en la selección de la ciudad más fea, crédula y agreste del mundo.

No sabía muy bien cómo había llegado hasta allí, pero sí sabía que había querido llegar más o menos hasta allí. Unos meses atrás había leído una novela de Elmore Leonard, cuyo título había olvidado. La trama transcurría en la Oklahoma de los años anteriores y posteriores al *boom* petrolero, los tiempos de la Ley Seca y la Gran Depresión. Contaba la historia de un ayudante de sheriff que se había hecho notable porque, si sacaba su revólver, siempre tiraba a matar. El personaje era hijo de un norteamericano medio indio que había participado en la que en el libro llamaban la guerra de Cuba, cuando Washington había tomado como *casus belli* la voladura del acorazado *Maine*, en el puerto de La Habana. El autosabotaje había propiciado la intervención de los marines estadounidenses en el conflicto entre los insurrectos cubanos y el ejército colonial español, en 1898, con el propósito de joderlos a ambos: a los cubanos y a los españoles. Y bien que los habían jodido.

El padre del susodicho ayudante del sheriff se había salvado por los pelos de la explosión del buque y antes de regresar a Oklahoma se había casado con una cubana. La mujer se llamaba nada más y nada menos que Graciaplena (¡quién coño en Cuba se llamaba *Graciaplena!*), y había muerto en el parto del niño que sería el famoso ayudante del sheriff, bautizado Carlos, no Carl como insistían en llamarlo, sino Carlos, en honor a su abuelo materno, también cubano. En la novela, menos Carlos y su padre, dueño de un campo de nogales, todos los demás personajes, con excepción de los fundamentalistas católicos afiliados al KKK, se dedicaban a fabricar alcohol; las mujeres, a la prostitución, y los más ansiosos, a robar bancos. Y cada uno de ellos, incluidos por supuesto los fanáticos del Klan, tan religiosos, a tirar a matar. Una novela simpática, con gente divertida y desequilibrada que cuando sentían temor confesaban estar «cagados de miedo», justo como andaba ella desde hacía varias semanas.

Quizás motivada por esa lectura, en su viaje hacia cualquier parte, Loreta Fitzberg había recalado en la desangelada Norman, Oklahoma, a unas cuarenta millas de la capital del estado, Oklahoma City, que, a juzgar por lo visto en la región, debía de ser también un horror de ciudad. ¿Qué gentes, además de los estudiantes y profesores de la universidad, obligados por las circunstancias (las becas y los salarios), habitaban aquel sitio?

A la seis de la tarde Loreta se sentía famélica: fuera del expreso doble, no había probado bocado desde el desayuno hecho al abandonar el motel de carretera donde había pasado la noche. Por eso, luego de mirar muy por encima la raquítica carta del restaurante, la mujer optó por el *sirloin* de dieciséis onzas, término medio, con papas fritas y ración doble de ensalada de verduras, y un zumo de naranja natural, sin hielo ni pajita absorbente. Porque si algo bueno tenían aquellos parajes sin horizonte, de los cuales, viendo tanta iglesia protestante no se podía decir que estaban dejados de la mano de Dios, era la carne de sus reses. Hasta Bruno, furibundo nacionalista carnívoro, reconocía que se acercaba bastante a los cortes argentinos que, antes de la Ley Seca decretada contra la carne sudamericana, el hombre compraba para sus asados en una carnicería de especialidades argentinas y brasileñas de Brooklyn.

En el menú, Loreta encontró la clave para la conexión wifi del restaurante y la introdujo en su laptop. Como ahora utilizaba un teléfono de prepago, hacía dos días que no establecía ninguna conexión, y sentía que no lo necesitaba ni lo quería. En verdad, apenas sabía qué necesitaba o quería, a pesar de arrastrar un fuerte presentimiento al respecto. Al final tendría que entregarse, con las manos en alto y cagada de miedo. ¿O lo haría disparando los dos revólveres?

Desde que había salido de The Sea Breeze Farm, el día en que había muerto *Ringo,* y luego mantenido una dolorosa conversación con su hija y hecho una necesaria confesión a Miss Miller, solo en dos ocasiones había navegado por los espacios que la podían acercar a lo único que en esos momentos la ataba al mundo: su hija Adela. Por los caminos de Facebook había sabido que, tal como presumió en su momento, Adela había estado en la granja y luego regresado a la inmunda Hialeah, con toda seguridad odiándola un poco más, como ella se lo merecía. Días después, en el hotel de Kansas City donde durmió dos noches, entró de nuevo en la red y una exigencia que ya no pudo posponer la llevó a meterse en los perfiles públicos de Clara, de Irving, de Darío, de Horacio y de Marcos. Tuvo entonces la sensación de estar asomándose a un hoyo negro espacial, del cual conocía su existencia, pero no sus interioridades, donde identificaba a las figuras perceptibles en la distancia pero no conseguía establecer todos sus rasgos.

Con la curiosidad ya desvelada, logró fijar algo del destino que en veintiséis años habían construido personas con quienes en su juventud había convivido en intensa intimidad y a cuya existencia había renunciado de forma radical. No le sorprendió que el calvo y abofado Darío fuera un exitoso neurocirujano y tampoco que se manifestara como un furibundo reclamante de la independencia de Cataluña: como muchos cubanos que en la isla nunca abrieron la boca, al salir se transformaban en cotorras y hasta reescribían sus biografías y las cargaban de heroicidades y disidencias imaginadas, cuando, ellos también, habían vivido cagados de miedo, sin decir ni pío. En cambio, le gustó saber que Irving y Joel seguían viviendo en Madrid, una ciudad que le encantó y disfrutó hasta el momento en que se había topado con el mismísimo Irving y comprobado que su muralla podía ser derribada. Un Irving cuya lengua, según leía, seguía tan afilada como siempre y que se había convertido en una especie de exhibicionista digital: subía frases supuestamente inteligentes o divertidas, colocaba fotos nuevas y antiguas...

Menos fácil le resultó imaginar a Horacio puertorriqueñizado, casado, padre de unas gemelas. En varios post subidos en los últimos meses, el físico se había empeñado en una apasionada pelea (inútil, pensó Elisa) contra sus compatriotas de dentro y de fuera de la isla que desde sus posiciones criticaban al presidente Obama por haber viajado a La Habana: unos lo consideraban un intruso, otros un traidor, y a todos ellos Horacio los tildaba de enfermos de odio, representantes de lo peor del alma nacional o algo por el estilo. Leerlo, sin embargo, le resultó alentador: Horacio seguía siendo Horacio, tan ingenuo como siempre. ¿Pretendía que sus compatriotas fueran personas más o menos normales? ¿Creía posible la reconciliación nacional luego de tanta ofensa cruzada, de tanto odio acumulado y muy bien preservado? Pobre Horacio, pensó, y observó con insistencia la imagen del mulato lindo que ya no era tan lindo (aunque había envejecido con más dignidad que Darío, incluso que Irving, pero menos que Joel), y la contrastó con la de Adela y, para más ardor, con la de las mellizas de Horacio, que, definitivamente, jamás podrían negar que eran hermanas de Adela (o Adela negar que era hermana de ellas): a menos que todos fueran replicantes. ¿Se decía así?

A Loreta tampoco le sorprendió demasiado saber que Clara y Bernardo eran una pareja feliz, creyentes en Dios, habitantes empecinados de la casa de Fontanar, donde habían encallado como Robinson en su isla (el caracol que mencionaba Clara). Elisa sabía que, desde la llegada de Bernardo al grupo, Clara se había sentido atraída por él..., pero fue ella quien dio el primer paso para quedarse con el muchacho. Y supo, además, que Bernardo debía de sufrir de alguna enfermedad no especificada, supuso que grave. Lo que sí le pareció extraordinario fue que Ramsés y Fabiola hubieran terminado siendo marido y mujer, y estuvieran viviendo en Francia, donde se habían reencontrado y enamorado, luego de años sin verse. ¡Qué vueltas da la vida! Pero ¿por qué ninguno hablaba de Fabio y Liuba? ¿Se habrían distanciado del resto del grupo movidos por sus convicciones políticas? Con una nostalgia que la sorprendió por su avasallante intensidad, recorrió la galería de fotos del encuentro en Toulouse, durante los días posteriores al nacimiento del hijo de Ramsés y Fabiola, y los paseos por París, Madrid, Barcelona y Aix-en-Provence de Clara, Darío, Irving, Joel y Horacio. Y, de sitio en sitio, topó al fin con el comentario que le aclaraba la ausencia de Fabio y de Liuba de la red: habían muerto en un accidente, en Buenos Aires, hacía más de veinte años. Dios mío, musitó.

¿Cuánta vida y hasta muertes de gente cercana desconocía? ¿Cómo se hacen las vidas, los destinos de las personas? ¿Qué espacio habría tenido ella en la memoria o en la desmemoria de unos seres con los cuales, en otra encarnación, había compartido todo: felicidad, miedo, esperanzas, frustraciones, amores, traiciones, fidelidades, secretos, hambres y hartazgos? ¿Cómo había logrado mantenerse tantos años lejos de aquel mundo, impermeable a sus palpitaciones mayores y menores? ¿Qué mierda se había visto obligada a hacer con su vida y con la vida de otros de esos seres cercanos? ¿Ya sabrían ellos quién era Loreta

Fitzberg?, se había preguntado, y todavía se preguntaba dos días después cuando, en el restaurante de la horrorosa ciudad de Norman, Oklahoma, pulsó el icono preciso y accedió al perfil de Clara.

En el muro de entrada la recibió la foto del que había sido el bello Bernardo, demacrado y sonriente, con algunas pelusas enfermizas sobre el cráneo y un vaso sostenido en alto y mediado de lo que, tratándose de Bernardo, no podía ser otra cosa que ron. Entonces leyó que el día anterior, 25 de abril de 2016, a los cincuenta y siete años, había muerto de cáncer de pulmón. «Como lo pidió, en su casa de Fontanar, sin dolor, en paz con Dios, con los hombres y consigo mismo, más convencido que nunca de que somos polvo en el viento y que alguna vez, después de tantas derrotas, llegaremos a la victoria final», según advertía Clara, que agradecía a los amigos el apoyo ofrecido a ella y a Bernardo durante todo el proceso de la enfermedad.

Elisa comió con menos voracidad de la que había previsto. Debió reconocer que el *sirloin* era de primera calidad. Pero algo se había descolocado dentro de ella mientras flotaba sobre la superficie de un mundo que alguna vez había sido el suyo y que ahora, aun siendo tan visceralmente propio, le parecía encriptado, hasta exótico.

Del otro lado del paño de vidrio del restaurante la tarde caía sobre Norman, un paraje que ni siquiera la luz amable del crepúsculo conseguía hacerlo más humano, y no tuvo más opciones que preguntarse quién carajo era ella y qué coño hacía allí, en medio de la nada, sin nada.

Por primera vez desde que se estableciera en Estados Unidos, dos años atrás, Marcos sintió el abrazo asfixiante de la lejanía, la ausencia, el desarraigo, el abandono. Conocía sus fragilidades, pero equivocó la fortaleza de sus escudos ante los ardides de la nostalgia.

Mientras leía el post que su madre había subido a Facebook apenas una hora antes, en su mente pudo ver a Clara, cada vez más cerca de los sesenta, cada vez más sola, con menos libras que un año atrás, frente al horno donde incineraban el cuerpo de Bernardo. Construyó en su mente el instante en que unas cenizas aún calientes, recogidas con una cuchara parecida a la de los albañiles, eran depositadas en una urna de barro con la misma textura y color de las macetas que más de una vez compraron para plantar las caprichosas violetas que, sin mucho éxito, intentaba cultivar su madre, quien, en cambio, tan buena mano tenía para sembrar papayas, boniatos y tomates. La vio salir con la botija pardusca del lugar de la cremación, un sitio que apenas logró imaginar como el recinto con techo de zinc, bajo el cual se alzaba un horno, como esos de ladrillos refractarios donde desde hacía dos siglos los alfareros de El Cano cocían sus piezas de barro. Marcos sintió deseos de llorar porque apenas conseguía estar allí con sus sentimientos y su imaginación y no con su persona física, apuntalando el dolor de su madre en la despedida de los restos calcinados del hombre que había sido su compañero. ¿Su gran amor? Pensó que Clara les había dicho cuánto, pero nunca había confesado desde cuándo amaba a Bernardo. Quizás, pensó Marcos, desde los años remotos en que se conocieron, cuando cursaban el preuniversitario, y Elisa, la más bella y dispuesta, se interpuso en su camino y... Darío entró en juego, ¿solo para que él y Ramsés existieran?

Más fácil le resultó al joven ver entrar a su madre en la soledad de la casa de Fontanar, o imaginarla desde el banco de un parque enviar el post con la noticia de la muerte y la cremación de Bernardo, luego cerrar la laptop, apagar el celular, mirar al cielo por donde cruzaba un avión que se perdía en la distancia, en busca de otros mundos, con seguridad llevando a algunos cubanos en su intento de encontrar una vida nueva. Y vio a Clara saberse sola, cósmicamente sola, con su caracol a cuestas. Marcos sintió, en la noche todavía fresca de Hialeah, que su lugar, en ese preciso instante, estaba al lado de la persona a la que más había amado en su vida y a la que, unas semanas antes, él había tenido la crueldad de obligarla a enfrentar una revelación que solo a ella le pertenecía.

—Anoche te oí murmurar algo... Y te pasaste la noche dando vueltas en la cama —le dijo Adela a la mañana siguiente cuando entró en la cocina y vio a Marcos montando la cafetera para colar el expreso.

—De lo que tenía ganas era de gritar —confesó el joven—. ¿Te imaginas? Si cojo un avión aquí al lado, en cuarenta y cinco minutos de vuelo estoy a dos kilómetros de mi casa. ¿Cuatro, cinco horas máximo con los trámites y las esperas? A ese tiempo está mi madre... Pero la verdad es que para mí está como a mil años luz, en otra galaxia adonde no puedo llegar. Y me siento culpable... Mis disparates...

—Nada es culpa tuya. Sácate eso de la cabeza.

—Ojalá pudiera... Ojalá. ¿Sabes qué? Ahora sí ella tiene que hacer las gestiones y, si le dan la visa americana, venir un tiempo para acá con nosotros... Quedarse aquí para siempre si quiere. Romper ese caracol de mierda.

—¿Qué caracol?

—El suyo —dijo Marcos, e hizo un gesto con la mano: no te preocupes.

Mientras cumplía la rutina de verter en su pozuelo el falso yogur griego, quizás *light*, que de inmediato reforzaría con cereales y frutas, y ya respiraba el aroma del café revitalizador, Adela tuvo la noción precisa de cuánto envidiaba el dolor de su amante, incluso los sentimientos de culpa, una culpa de amor y propia, forjada no solo por las coyunturas, sino también por sus decisiones. Un amor inmensurable e invencible que le pertenecía y lo conectaba con una madre casi mítica, cubanamente sagrada, y a la vez con todo un mundo de relaciones reales, con gentes de verdad y recuerdos precisos. Porque aquellos constituían sentimientos que ella nunca habría podido alcanzar del mismo modo, pues de forma drástica y artera se había desvanecido como posibilidad, si es que alguna vez tales afectividades hubieran conseguido existir con una madre como la suya. Lo que sobrevivía de la relación con Loreta Fitzberg constituía apenas una suma de revelaciones dolorosas y dudas punzantes, todas sombrías, plagada de huecos irrellenables, conocimientos que pasaban por los extraños comportamientos de una casi indescifrable Elisa Correa, la madre otra vez en estampida, a la cual ahora sentía, sabía, que apenas conocía. Experiencias obtenidas de una mentira mayor y de incontables embustes, ocultamientos y supercherías complementarias.

Dos semanas atrás, luego de su fallido intento de atraparla en el rancho de Tacoma y de la conversación que había sostenido con Bruno Fitzberg, su padre legal y afectivo, al volver a Hialeah Marcos la había enfrentado a una evidencia que parecía incontestable: el tío Horacio, Horacio Forquet, tenía que ser su padre, aunque él mismo le repitiera a Marcos que solo podría haberlo sido por un desastre industrial (un condón permeable) o por un milagro mayor de la naturaleza, hasta ahora inexplicable, como buen milagro. ¿Aquello sería posible? ¿Qué más sería posible en la verdad o en la mentira de su vida?

Adoptando una actitud que ella misma reconocía como cercana a lo irracional, Adela había rechazado la propuesta de Marcos de viajar a San Juan para hablar con su presunto progenitor biológico. Como razones para su decisión, ella le recordó que

Horacio, según el propio Marcos, parecía tan desconcertado como ella y se confesaba sin responsabilidades en las determinaciones de su madre. Adela le confió, además, que tal encuentro le provocaba pavor y ella no lo propiciaría hasta sentirse en condiciones de manejarlo. Su miedo, dijo, no respondía solo a la lógica conmoción que le generaría el enfrentamiento físico con el hombre que, según las evidencias, la había engendrado. El hombre, en sí, era para ella solo eso, un hombre, al cual no la unía ningún lazo afectivo (incluso Marcos estaba más cercano a él, Horacio era su «tío»), y quizás nunca la uniera ningún nexo fuera del sanguíneo, si en realidad resultaba ser su padre. Su conflicto emanaba de la comprobación de que Horacio encarnaba un personaje de la novela que debió haber sido su vida, la vida que le habían robado, y cómo aquella sustracción destinada a envolverla, empeñada en superarla, estaba provocando los desajustes que resentían la otra existencia, aún más novelesca, que le habían construido. Al fin y al cabo, su vida.

—Antes de irse a San Juan, Horacio se hizo una prueba de ADN. Está esperando los resultados —le había advertido Marcos—. No quiso esperar a que tú regresaras... Me dejó con su hermana el recibo para recoger el informe... Me dijo que era para ti, por si tú querías saber...

—Yo no pienso hacerme ninguna prueba —sentenció Adela, y Marcos prefirió no revelarle que, junto con su muestra, Horacio había dejado un cabello de Adela.

—¿Qué pierdes con saber?

—¿Qué gano con saber?

—Puedes ganar la verdad, mi china. Es que con tanta escasez de verdad...

Como no podía dejar de ser, Irving le advirtió que iría a recibirlo al aeropuerto, y Horacio supo que no podría negarse. A pesar de sus protestas, Irving también le anunció que cargaría con una bufanda de lana sin florecitas y una chaqueta gruesa por si las prendas del viajero no resultaban suficientemente abrigadas. Y, por supuesto, le tenía listo el sofá cama (comodísimo) de la sala de su estudio. El invierno se había dilatado y en un Madrid que ya debía disfrutar de la primavera, todavía imperaba el frío, el cabrón frío este del coño de su madre que me la tiene pelada, lo llamaba Irving.

Desde que se vieron en La Habana, cuatro meses atrás, y Horacio le anunció su casi segura asistencia a un congreso académico en la Universidad Rey Juan Carlos, Irving había esperado el encuentro con el físico y poco después lo había alentado a que adelantara su llegada a Madrid para tener tiempo de estar juntos antes de que el amigo se trasladara al campus de Aranjuez, donde sesionaría el cónclave. Valiéndose del pretexto de lo mucho que lo afectaba el *jet lag,* aunque con segundas intenciones, Horacio había decidido complacer a Irving y desembarcó en Barajas el 26 de abril de 2016, dos días antes de su prevista presencia en Aranjuez. Irving, que había cargado con el dichoso abrigo, una gorra y una bufanda, lo recibió en el aeropuerto como había prometido y, apenas lo abrazó, le dio la noticia de que el día anterior, mientras él volaba, Bernardo había muerto en la casa de Fontanar.

—Pobre Bernardo.

—Pobre Clara, allá sola...

—Vamos a llamarla.

—No. No quiere que la llamen ni nada.

Horacio odiaba los vuelos largos, pues nunca lograba dormir ni un minuto. En el avión había conseguido hacerse con un par de periódicos españoles y leído cada trabajo que le llamó la atención. En uno de los diarios encontró un artículo relacionado con la considerada «histórica» visita del presidente Barack Obama a Cuba, un texto donde el autor lanzaba inquietantes interrogaciones sobre el futuro de las relaciones entre los dos países y se atrevía incluso a especular que Obama había abierto la brecha para que, de ganar las elecciones presidenciales, Hillary Clinton encontrara el ambiente propicio para proponer desmontar el inmemorial embargo comercial a la isla.

En las últimas semanas Horacio había seguido el curso de aquel acontecimiento, consumado el día 20 de abril, y le resultó compensatorio que un periodista español, desde una postura que parecía bastante aséptica y racional, pensara de un modo muy cercano al suyo: Obama estaba recorriendo un camino que, por los más diversos motivos, muchos no deseaban que transitara, que muchos ya luchaban por entorpecer o clausurar. Y hablaba de odios enquistados, de prebendas amenazadas, de fundamentalismos políticos desatados dentro y fuera de la isla. Aunque el comentarista olvidaba mencionar las reacciones que todo aquel proceso había lanzado contra quienes, a uno y otro lado del estrecho de la Florida, pensaban de una forma diferente a las de los atrincherados y vociferantes de siempre.

Horacio jamás podría olvidar aquel mediodía, para él justamente histórico, del 14 de diciembre de 2014, cuando había escuchado el primer tañido de lo que a partir de entonces sucedería. Estupefacto, el físico había sentido cómo entendía cada una de las palabras pronunciadas, se sentía incluso en condiciones de deglutir sus significados, pero su pensamiento lógico se había revelado sin posibilidades de racionalizar los contenidos, las proporciones de las causas y las dimensiones de los efectos. Porque lo que conseguía asimilar empujaba su memoria afectiva hasta el borde de las lágrimas. ¿Era posible?, se preguntaba.

Esa mañana, dos horas antes, Marissa lo había alertado: la Casa Blanca anunciaría algo importante relacionado con Cuba. Y Horacio se había desplazado hasta el decanato, donde se encontró con otros profesores, varios de ellos cubanos, que observaban la pantalla del televisor sintonizado en el canal de la cadena CNN y esperaban. A las doce en punto, Horacio, sus colegas y el mundo percibieron cómo eran superadas todas las expectativas cuando supieron que los gobiernos de Estados Unidos y Cuba no solo intercambiaban espías prisioneros, algo que ya flotaba en el ambiente, sino que iban mucho más allá, pues comenzarían a hablar para intentar restablecer las relaciones diplomáticas quebradas en 1960. ¿Aquello era posible?

Todavía sin poder pensar en las implicaciones de la decisión política, a la mente de Horacio había llegado la imagen de la tumba demasiado discreta de su padre, Renato Forquet, abandonada en un sombrío camposanto de Tampa. De inmediato se vio a sí mismo, en el pomposo cementerio de La Habana, la tarde en que colocaban en un modesto panteón familiar el cajón innoble, forrado de tela grisácea, de su madre. La trama de la relación de amor vivida por esas dos personas, trucidada por la Historia, constituía también la historia mínima de su propia e intrascendente vida personal y la de muchos de los temores y enmascaramientos entre los que había crecido. Todo aquel dolor se le reveló como un resultado trágico, casi macabro, de una disputa que ahora se pretendía resolver de un modo en que casi nunca se había contemplado: conversando y quizás hasta cediendo, de un lado y de otro. ¿Alguien cedería? ¿Y entonces los padres podrían vivir con sus hijos y los hijos reconocer a sus padres? ¿Su experiencia personal de huérfano con un padre vivo, la de su madre como viuda de un hombre que respiraba y hablaba, la de su padre quizás vencido por el cansancio de la espera y la derrota, ya nada de eso se repetiría otra vez? ¿Cuántas vivencias lamentables como la suya se habían producido, engendradas por la política y sostenidas por la intolerancia? ¿Sería posible la concordia de las personas, incluso de los países? ¿Voltear la página? ¿Darle su sitio al respeto y desmontar la prepotencia, superar el odio? Horacio se había sentido lúgubremente pesimista.

En el salón del decanato, y esa noche en la casa de sus suegros, el físico había comenzado a comprobar que si alguien como él y otros muchos de sus compatriotas podían asumir la salida política como una vía para curar heridas y saltar hacia delante, otros lo interpretaban como un acto que arrojaba sal en las llagas y provocaba un incontrolable escozor que se manifestaba con memorias ofendidas e incapaces no ya de olvidar, sino de perdonar y procurar la redención posible, la concordia constructiva. Como en cada ocasión crítica, los cubanos se dividían y no importaban las cantidades que se agruparan en cada bando: lo notable era la división y las descalificaciones que se lanzaban, el resentimiento que supuraban, las agresiones que se prometían. Estás conmigo o contra mí. Y tuvo más ingredientes para alimentar su pesimismo. ¿Quién cedería? Los que más gritaban, como resultaba previsible, eran los que reclamaban no ceder jamás.

Para Horacio resultó una sorpresa que su siempre amable y cubanísimo suegro, el balsero Felipe Martínez, calificara al presidente norteamericano de negro de mierda, comunista y traidor capaz de pactar con una dictadura feroz. Y, a la vez, constituyó una recompensa que la hija puertorriqueña de Felipe Martínez, esposa del también balsero Horacio Forquet, bisnieta de un tabaquero que en sus días estrechó la mano del José Martí que gestaba una guerra sin odio y aspiraba a una patria con todos y para el bien de todos, le dijera a su padre que se comportaba como un cavernícola, racista y fundamentalista, igual que los otros cubanos exiliados que hablaban como él, y se colocaban a la altura de los intransigentes que dentro de Cuba echaban fuego por la boca y gritaban que ningún principio era negociable, ningún agravio perdonable. Y para rematar le recordó que ella estaba casada con un negro, que sus nietas eran negras.

—A veces pienso que somos un país especial. Otras, que somos un pueblo maldito —le había dicho Horacio esa noche a Marissa, agotado por las emociones del día—. Desde siempre... Hubo cubanos que censuraron a un José María Heredia moribundo solo por querer volver a Cuba para ver por última vez a su madre. Hubo cubanos que mancillaron a Carlos Manuel de Céspedes y casi lo condenaron a muerte. Hubo cubanos que criticaron a Martí por asumir un liderazgo y una idea de nación en concordia y mira cómo terminó, muerto en una escaramuza de mierda, cuando más falta le hacía al país que soñaba construir. Y los que traicionaron a Chibás, y los que... Independentistas y autonomistas, regionalistas, proyanquis y antiimperialistas, comunistas y anticomunistas... Todos cubanos. Odiándose unos a otros, desde el principio y hasta la eternidad... Irving siempre lo dice: en Cuba no importa que brille el sol, que no haga calor y que el día esté precioso. En algún momento viene alguien y lo jode. ¿Será un castigo histórico?

Esta vez, en cambio, Horacio había sentido que no se podía callar. Se había callado ya demasiadas veces en su vida, dentro y fuera de Cuba. Tenía cincuenta y seis años y quería poder mirarse en el espejo sin sentirse avergonzado. Y desde los días finales de 2014 había utilizado sus espacios en la red para decir sus opiniones sobre las conversaciones, luego expresar su júbilo por el anuncio del restablecimiento de las relaciones diplomáticas y, más recientemente, poco antes de su viaje a España, anotar las esperanzas que podía generar la revulsiva visita del presidente Obama a Cuba, donde soltó un discurso que tanto había conmovido a Horacio, y en el cual el presidente había citado a Martí, ofrecía a los cubanos una rosa blanca y admitía que los problemas de Cuba eran cuestión de Cuba y los cubanos. Pero, en consecuencia y como no podía dejar de ser, Horacio había recibido las calificaciones que lo mismo lo tildaban de comunista que de anexionista, de infiltrado castrista que de agente de la CIA, de ingenuo que de hijo de puta, con ofensas que llegaban a las mentadas de madre y hasta amenazas de gentes anónimas que sin duda lo conocían y prometían partirle la cara al malagradecido que había alcanzado una cátedra universitaria norteamericana gracias a su privilegiada condición de refugiado cubano, de apátrida cubano. Pero no se había callado. No se podía callar. Esta vez no.

Sin comentar apenas la luctuosa noticia con que Irving lo recibía en Madrid, Horacio le dijo que necesitaba desayunar, sobre todo tomarse un café verdadero, luego de tantas horas sin comer casi nada (tampoco soportaba las comidas de los aviones, menos el café). En la cafetería del aeropuerto donde se acomodaron, Horacio al fin le pidió al amigo los detalles conocidos de la muerte de Bernardo. Irving le dijo que del desenlace solo sabía lo que Clara había subido a su perfil de Facebook: Bernardo había muerto en paz. Y confiado en la victoria final. Irving y Horacio tuvieron que sonreír y repetir sus lamentos.

—Pobre Clara.

—Pobre Bernardo. La victoria final... Pensar en victorias en este mundo de mierda —soltó Horacio.

—Además de café, ¿pido un poco de optimismo?

—Ya eso no lo fabrican en ningún lado.

En el estudio de Chueca, Joel los esperaba, listo para salir a su turno de trabajo, que ese día corría entre las cuatro de la tarde y las doce de la noche. Por alguna razón, con una turbación impropia de su temperamento, Joel le dio el pésame a Horacio, como si él fuera el principal deudo de Bernardo. Cuando estuvieron solos, Irving le preguntó al amigo cómo quería organizarse, y el físico le propuso que le permitiera ducharse, para luego dormir una hora, solo una hora, y salir a cenar temprano algo ligero, regresar, tomarse una píldora y tratar de dormir toda la noche. Para que pudiera tener más privacidad y condiciones para su descanso, Irving le ofreció su cama. Él y Joel se acomodarían en el sofá cama que siempre había sido comodísimo.

A las ocho fueron los primeros comensales en ocupar mesa en un restaurante especializado en arroces, cercano al estudio de la calle Santa Brígida. El camarero, que estaba montando las mesas, les advirtió que era muy temprano para la cena, el cocinero acababa de llegar y debían esperar a que el hombre estuviera listo y, luego, unos cuarenta y cinco minutos por la paella valenciana escogida.

—No hay problemas —dijo Horacio—. Tráenos mientras un poco de jamón y una botella de algún Rioja que esté muy bueno y no cueste más de treinta euros.

—Ese que me pides vale treinta y dos, pero te voy a hacer una rebaja y hasta te traigo de contra unas tapitas que van por la casa —dijo el mesero, con un tono cálido y cantarín.

—¿De dónde tú eres? —quiso saber Horacio cuando el hombre levantó las cartas del menú—. ¿Canario?

—Ne. Cubiche, igual que ustedes dos... De Pinar del Río..., ¿no se me nota en la cara? Es que viví cuatro años en Tenerife...

Los tres rieron.

—¿Y qué hacías en Cuba?

—Esto mismo..., camarero.

Con las copas servidas, Horacio e Irving brindaron por la memoria de Bernardo y comprobaron que el vino era en realidad excelente. Horacio bajó la primera copa como si tuviera prisa o sed, y volvió a servirse.

—Mi socio —dijo entonces, como si solo hubiera esperado ese momento de sosiego—, ¿tú has visto a la novia de Marcos?

Irving sonrió y asintió.

—Sé adónde vas, Quintus Horatius... Claro, la he visto en fotos, con Marcos... Y no he estado en Miami, pero quizás ya la vi personalmente. Tú lo sabes, te lo dije hace años y..., desde que Adela se empató con Marcos, eso me tiene pensando.

—¿Tú estás seguro de que Adela es la muchacha que viste de refilón con Elisa aquí en Madrid? ¿Cuánto hace de eso?

—Tiene que ser, chico... A ver, ¿por qué tú me preguntas si la he visto?

Horacio recuperó la copa y bebió otro trago largo.

—¿Tú de verdad crees que es posible? ¿Que Adela sea hija de Elisa y que no sé cómo también sea hija mía?

—Sería tremendo, ¿no? —dijo Irving, evadiendo la respuesta que el otro reclamaba con evidente ansiedad, la cuestión por la cual quizás había anticipado un par de días su llegada a Madrid.

—¿Tú crees que esa Loreta es Elisa? —siguió Horacio, negando con la cabeza, mientras sacaba de un bolsillo su teléfono celular. Lo manipuló hasta llenar la pantalla con la foto de Adela que tiempo atrás le había enviado Marcos con una pregunta ya sin duda capciosa—. Marcos piensa que sí, que es mi hija. Yo estuve con él en Miami hace unos días. Ella no estaba en la ciudad...

—Sí, Marquitos me lo contó.

—Marcos y yo hablamos de Adela. Ella andaba buscando a su madre y... Lo jodido es que estoy seguro de que Marcos sabe algo que no me dijo, no suelta prenda. Pero me juego la cabeza de que tiene que ver con la madre de Adela, la tal Loreta Fitzberg que según tú es Elisa.

—¿Según yo...? Oye, yo no sé nada de ninguna Loreta... Yo nada más sé que la mujer que yo vi aquí era Elisa... con una muchacha bonita... que puede ser Adela. Y aunque no lo dicen, Adela y Marcos piensan que Loreta es Elisa... Si es la madre de Adela, es Elisa...

Horacio volvió a asentir. Luego negó.

—¿Dónde coño se metió Elisa todos estos años? ¿Loreta Fitzberg?... ¿No te parece que todo esto es una locura?

Ahora fue Irving quien asintió.

—Quizás menos que a ti...

—Claro, porque antes de irse, Elisa te dijo algo que nunca me has dicho, so cabrón. Acaba de hablar. ¿Ella te dijo que el embarazo era mío?

—Te equivocas, genio. No fue Elisa antes de irse. Fue Bernardo cuando estuvimos en Cuba por el fin de año.

Horacio entrecerró los ojos, como tratando de focalizar mejor a su interlocutor.

—¿Bernardo? Yo hablé mucho con él... Me aseguró que Elisa nunca se había acostado con Walter. ¿Qué te dijo a ti?

—Lo de Walter que me dices, yo lo sabía. Lo otro no puedo decírtelo.

—No me jodas, Irving.

—Que no puedo...

—Oye, Bernardo está muerto. Adela está viva... Parece que Elisa también. Y si empezaste es...

—Sí, porque iba a decírtelo... Nada más quería torturarte un poquito... Te lo iba a decir, pero tenía que ser así, *face to face*, como se dice ahora, por eso te pedí que adelantaras tu viaje y a Joel que cambiara su turno de trabajo para nosotros poder...

—¡Qué clase de tipo tú eres!

—Ni te imaginas lo jodido que soy.

—Me lo sé de memoria... Dale, escupe.

Irving sonrió, terminó su copa y volvió a servirse.

—Vas a tener que pedir otra o nos vamos a atorar con el arroz —dijo, mirando a trasluz la botella—. Así te ahorras pastillas para dormir.

—Dale, coño, no des más vueltas —lo empujó Horacio—. Y acuérdate de que yo no soy Darío...

—Ese ha cambiado mucho, para que sepas.

—¡Acaba de hablar, chico!

Irving soltó un suspiro teatral. Él y Elisa eran los especialistas en tales artimañas.

—Voy pa'llá... Bernardo estuvo en la azotea con Walter la noche que pasó eso...

Horacio abrió la boca. Había sentido como un mazazo en la nuca.

—¿Bernardo mató a Walter?

—¡Yo no dije eso, coño!... A ver, óyeme primero... Bernardo había descubierto que entre Elisa y Walter pasaba algo raro. Algo que tenía que ver con el padre de Elisa, las drogas que se metía Walter y toda la jodienda esa de que lo vigilaban y su desesperación por irse de Cuba. Elisa tuvo que contárselo porque Walter casi la había golpeado. Y Bernardo fue a ver a Walter. Todos sabíamos que Bernardo era un alcohólico que iba en caída libre, pero todos sabíamos también que era una buena persona...

—Mejor que yo, seguro —logró comentar Horacio—. Te juro que fue Elisa la que provocó... Pero esa parte de la historia ya la sé. Bernardo también me la contó... ¡Por Dios, Irving! Dale, sigue... ¿Qué pasó con Walter?

—Bernardo fue a verlo y le dijo que si volvía a tocar a Elisa, si volvía a amenazarla, si nada más se acercaba a ella..., lo iba a matar. Y le enseñó el machete que llevaba envuelto en un trapo.

—¡Cojones, Irving!... Él también me lo dijo, pero no lo del machete... Sino que llevaba un trozo de cabilla... Llega al grano, coño...

—No te precipites... Él me dijo que te había contado todo eso para que no te sintieras culpable... Lo que no te dijo fue que él supo también que Walter se iba a ver otra vez con Elisa... dos días después de la bronca que tuvo conmigo. Se iba a encontrar con Elisa en ese edificio...

—¿Por qué en ese edificio?

—Bueno, debe de haber sido porque estaba cerca de la casa de Elisa, y Walter tenía llaves de la puerta de abajo y del candado de la azotea, ¿no? El caso es que había quedado con Elisa en verla allí y Bernardo fue para allá.

—¡Coño, Irving, por tu madre! ¿Quién ve a un tipo medio loco en una azotea? ¿En el techo de un edificio donde no vive?...

—Algo le habrá dicho Walter a Elisa para que ella fuera a verlo. Después de lo que había pasado entre ellos, de la bronca conmigo... Algo sobre su padre, ¿no?

—¿Elisa sabía que Bernardo había amenazado a Walter? ¿Sabía lo de la cabilla o el machete?

—Yo diría que sí...

—Entonces, ¿por qué coño le dijo a Bernardo que iba a ver a Walter? ¿Qué fue lo que pasó, Irving?

—No, ella no se lo dijo. Bernardo la oyó hablando por teléfono con Walter... El caso es que Bernardo la siguió, y cuando al fin entró en la azotea esa, vio a Elisa gritándole a Walter. Que la dejara en paz, que desapareciera y no jodiera más... Ya tú sabes, Walter quería que el padre de Elisa lo sacara de Cuba... Walter estaba medio borracho o borracho completo. Y...

—¿Y qué?

—Cuando Elisa vio llegar a Bernardo le gritó que se fuera, que ese era un problema de ella y el hijo de puta de Walter, que no se metiera... Y dice Bernardo que de pronto Walter saltó. Así, sin decir una palabra, saltó.

Horacio miraba a Irving. Dejó la copa en la mesa como si transmitiera electricidad.

—¿Se mató? ¿Así? ¿Delante de esta gente?

—Sí... Se tiró él solo... Eso es lo que me dijo Bernardo. Que Walter saltó... Entonces él y Elisa salieron de allí. Me dijo que ellos no cerraron la puerta ni el candado. Cuando bajaron a la calle vieron a la gente, la gritería, imagínate... Se fueron corriendo y se metieron en su casa, no podían decirle a nadie lo que ellos habían visto. Si lo decían, los iban a investigar y toda esa jodienda. No decir nada era la única forma de protegerse... Uno era la cortada del otro, el testigo de la inocencia del otro.

Horacio, abrumado por el asombro y el retorno de sus sospechas, permaneció en silencio, observando a Irving, barajando ideas y preguntas.

—Por Dios... Todo esto es muy raro... Demasiado... ¿Suicidarse un tipo como Walter? ¿No pasó otra cosa y a pesar de todo Bernardo protegía a Elisa?

—La protegía, pero no creo que me dijera una mentira. Bernardo sabía que se estaba muriendo. ¿Tú crees que me trató de tupir? ¿Que él había visto a Elisa empujar a Walter y por eso fue que Elisa desapareció? ¿O que él mismo fue el que empujó a Walter y me hacía un cuento chino? ¿Para qué?

Horacio recuperó la copa y bebió.

—No, no... Pero hay algo extraño en todo eso... No, muchas cosas extrañas.

—Coño, Horacio, ¿qué cosa más extraña que ver a un tipo delante de ti tirarse de un piso dieciocho y oír cómo se revienta contra el cemento?

—Pero si lo que quería era matarse, ¿por qué hacerlo delante de Elisa, cuando llegó Bernardo con ganas de matarlo?

—A lo mejor Walter ya tenía todo pensado y por eso quiso encontrarse allí con Elisa, ¿no? Y si las cosas pasaron así y Walter se tiró él solito, sin que nadie lo empujara..., para mí las cosas están muy claras. Walter tenía el agua al cuello, no podía salir de Cuba, estaba medio borracho, desesperado porque no tenía coca, qué sé yo, y era tan hijo de puta y egocéntrico que quería tener público hasta en ese momento.

—No, Irving, yo creo que es peor. Si eso fue lo que pasó, y no estoy para nada seguro, Walter quería dejarle a Elisa y Bernardo la mierda de haber sido testigos de esa cosa horrible. Hacerlos sentirse culpables. Y a lo mejor hasta que parecieran culpables y...

—Sí, eso suena más a Walter Macías... Mira, cuando Bernardo me contó todo esto empecé a entender de otra manera algunas cosas. La razón por la que Elisa se fue. Es porque tenía miedo. Si la interrogaban como a mí, no iba a aguantar ni media hora sin decir que había estado allá arriba con Walter, que Bernardo también había estado allí, que lo había amenazado con matarlo... También entendí mejor el alcoholismo de Bernardo, que se puso peor, y vivió un calvario completico... Y de contra entendí que después se hiciera católico y fuera a rezar a una iglesia y hasta confesara sus pecados. Cuando empezó en eso yo no podía concebir cómo un tipo con la inteligencia de Bernardo podía creerse el cuento de que el hijo de Dios había andado por la tierra porque un ángel preñó a su madre y todo lo que cuelga. Oye, Horacio, nada más que por una culpa o un remordimiento muy grande, Bernardo podía...

Horacio asintió. Bebió hasta el fondo de su copa, se sirvió los restos del vino y levantó la botella hacia el mesero pinareño con acento canario. Otra.

—¿Tú le preguntaste a Bernardo si él empujó a Walter? Así, directamente.

—No..., ¿cómo iba a hacer eso, viejo?

—¿Y tampoco le preguntaste si Elisa lo empujó? ¿O si él creía que Elisa pudo haberlo empujado sin él darse cuenta?

—Él me dijo... lo que yo te dije.

—Él protegía a Elisa. A pesar de todo la protegía. Y en algo así..., también iba a protegerla hasta el fin. ¿Tú no lo crees?

—Sí, claro que lo creo —admitió Irving.

—¿Por qué coño Elisa subió a esa azotea con Walter? ¿Qué le pudo decir Elisa a Walter para que se tirara desde allá arriba? ¿Por qué Bernardo te contó esta historia si se estaba muriendo y nadie iba a saberla nunca?... Te la contó para que tú la contaras, Irving. ¿No te das cuenta?

—¡Él me pidió que no la contara!

—¡Él sabía que la ibas a contar, coño! ¿O es que tú podías seguir viviendo con esa mierda dentro?

—Pues óyeme bien: de esto no puede enterarse nadie, Clara menos que nadie. Ni Joel... Y menos que nadie Adela, si por fin es la hija de Elisa.

Horacio aprovechó la pausa que abrió la llegada del mesero con la nueva botella del Rioja de treinta y dos euros rebajada a treinta y el anuncio de que la paella llegaba en cinco minutos, pues el camarada cocinero era el trabajador vanguardia de la unidad gastronómica. El chiste era aceptable, pero los otros no rieron y el pinareño se esfumó.

—¿Y por qué yo sí podía saberlo? —preguntó entonces.

—Porque tú siempre pensaste que a Walter lo habían matado... y porque de esa montaña de mierda, lo que queda es una Elisa que anda por ahí, y sobre todo una hija de ella que seguro que es tuya... Y porque a lo mejor esto que me contó Bernardo explica muchas cosas. Y porque tú tienes que hacer algo.

—Ya hice lo único que podía hacer. Una prueba de ADN que Marcos debe recoger en estos días...

—¿Y Adela?

—Yo hice lo mío. Lo otro es decisión de ella. Si su madre es Elisa. Coño, Irving, ¿y si la madre de Adela es una de las novias que tuve en Cuba, una de las que estaban casadas y...?

—Ay, Horacio, por tu madre, no te hagas..., ¡es Elisa! —sentenció Irving—. ¿Y por qué me miras con esa cara de mierda? Si es tu hija...

Horacio siguió mirando a Irving.

—Coño, Irving... Toda esta mierda del suicidio de Walter...,
no sé, no sé. Ahí yo huelo peste. Algo no cuadra... Yo tengo
todo este rollo metido en la cabeza desde... Óyeme, empujado o no... ¿Sabes qué tiempo estuvo Walter en el aire antes de
reventarse en el suelo?

—¿Cómo voy a saberlo, Horacio? ¿A qué viene eso ahora?

—Pues yo saqué la cuenta. Fui al edificio y lo medí, apro-
ximadamente... cuarenta metros. Y Walter estaba flaco, pesaría
unos sesenta kilos, ciento treinta libras... Oye bien: si no lo empujaron y saltó, la velocidad inicial vamos a decir que es cero
y de paso despreciamos la fricción del aire... Para saber lo demás se necesitan utilizar ecuaciones cuadráticas... No me mires
con esa cara, es fácil —aseguró Horacio, tomó el cuchillo como
un lápiz y comenzó a realizar trazos sobre el mantel que solo
él descifraba, y concluyó—: Si el edificio tenía cuarenta metros
y la gravedad es 9,81 m/s², pues el tiempo transcurrido es de
dos segundos y ochenta y seis centésimas... —Hizo unos nuevos trazos y miró a Irving—: La cuenta me da veintiocho metros por segundo, o sea, cayó a cien kilómetros por hora...

Irving, que había olvidado todas las ecuaciones de las clases
de Física, se pasó la mano por la cara.

—Una bala —susurró.

—Menos de tres segundos. Estuvo volando menos de tres
segundos... Y lo que siempre me he preguntado es que, con independencia de si lo empujaron o se tiró, Walter estuvo esos
casi tres segundos viendo cómo se acercaba a la muerte a una
velocidad de cien kilómetros por hora. Sí, como una bala.

Las noches de los viernes y, sobre todo, las de los sábados, a veces incluso las de los domingos, Marcos y Adela solían irse a algún sitio. La mayoría de las ocasiones se reunían en casas de amigos, por lo general cubanos. En la misma Hialeah, o en el South West, en Westchester, en la playa, como le llamaban a Miami Beach. Allí bebían cervezas y preparaban barbacoas o paellas o asaban una pierna de cerdo. A veces preferían encargar comida o picaderas a El Rinconcito Latino o Islas Canarias o La Carreta, a lo de Santa si se reunían en Hialeah. En otras ocasiones, en caso de que no los recogiera una pareja con un miembro como chofer designado, ellos pedían un Uber y se iban a algún club o discoteca, con esos mismos y otros amigos, y bailaban y bebían toda la noche. Y hablaban, mucho, casi siempre en voz alta y por lo general sobreponiendo protagonismos y argumentos. Hablaban del pasado, del presente, hasta del futuro, de Cuba, de Estados Unidos, del mundo. Hablaban de cosas serias (el trabajo, la familia, la política, el beisbol) o hablaban mierda, con preferencia por la mierda cubana: yo era, yo tuve, yo fui..., siempre el mejor o el más jodido, el más infeliz o lo máximo. Y se reían o no, discutían o no.

La mayoría de los amigos de Marcos eran profesionales graduados en Cuba, algunos con la fortuna de haber podido ubicarse en los universos de sus conocimientos ya adquiridos, incluso con títulos revalidados con mucho esfuerzo; otros, reciclados, como Marcos, en el espacio donde mejor podían ganarse el pan de cada día. A varios de ellos Marcos el Lince, también llamado Mandrake el Mago, los conocía de su vida anterior, a algunos los había encontrado en el exilio y, de cualquier modo, había surgido la afinidad a partir de los códigos del origen común, la pertenencia a la misma especie y generación. A algunos les iba muy bien en su vida económica, a otros no tanto. Algunos añoraban la isla, hasta soñaban con regresar cuando fueran viejos, tener una casa en la playa, mientras otros juraban que no volvían ni amarrados, para playa, Miami Beach. Para casi ninguno de ellos la política representaba una obsesión, sino solo un panorama, siempre una rémora que los perseguía... y de la que, aun sin quererlo, a veces conversaban, por lo general para discutir y, a veces, joderse la noche. Incluso, en ocasiones, para lacerar la amistad.

Marcos, necesitado de compañía, disfrutaba de esas reuniones, las propiciaba, se sentía en territorio propio y cerca de algo que le abría puertas conocidas: sin él saberlo, sin sus amigos pretenderlo, esos encuentros funcionaban como eficientes sesiones de terapia identitaria, alimentación de la memoria, construcción de su castillo cubano inexpugnable del cual no querían o no podían salir.

La estadounidense Adela, que en ocasiones era quien expresaba opiniones más contundentes sobre la política de su país hacia Cuba (la calificaba de prepotente, indecente, torpe y en los últimos meses estaba encantada con el giro dado por el presidente Obama, lo que le había valido el calificativo de comunista por alguno de esos amigos), también se deleitaba con esas tertulias de donde salía con la sensación de estar integrándose en una cofradía a la cual, cada vez más, sentía que se acercaba, aun cuando sabía que nunca lograría penetrar del todo en sus sinuosas interioridades. Por ejemplo, si alguien hablaba de los tenis *chupa-meao* que habían usado cuando eran niños, de los refrigeradores chinos, esos *lloviznaos* que sudaban, o de algo tan tremebundo como la mismísima Tormenta del Siglo (los cubanos siempre tenían algo más grande que los demás, lo cual incluía atributos sexuales masculinos o femeninos), se quedaba sin referencias, a pesar de que en ocasiones la joven gozara de la capacidad de columbrar ciertos detalles gracias al contexto y aproximarse al significado. Otras ni con las explicaciones de Marcos: ¡comer perro sin tripa!

También podía ser que Marcos y Adela se refugiaran en un restaurante de Brickell o Miami Beach, algún sitio no demasiado caro, pues también disfrutaban del hecho de estar solos, hablar, mirarse, tocarse por debajo de la mesa, besarse luego, mientras caminaban por calles como Ocean Drive o por la arena, cerca del mar, y, al volver a Hialeah, hacer el amor. Porque estaban enamorados y les gustaba, les importaba.

Esa noche de sábado, sin reunión planificada, habían decidido quedarse en casa. Justo esa mañana, Adela había terminado su período menstrual y, en la tarde y como si fuera la primera vez, se regalaron una intensa sesión de sexo para espantarse los deseos acumulados en cuatro días de abstinencia que estaban a punto de enloquecer al hombre. Y también liberarse de otros fantasmas empeñados en rejonearlos con sus malas influencias. Al terminar, aún jadeantes, a Marcos le había sido fácil convencer a su amante de que al día siguiente se fueran a la playa. La muchacha siempre prefería quedarse los domingos en casa, al menos en las mañanas, organizando y limpiando todo lo que se había desorganizado y ensuciado durante la semana. Si además se quedaban en la tarde, pues mejor: ella se arreglaba con calma las manos y los pies, mientras veía alguna película argentina o cubana viejas, aprovechando que Marcos hacía una larga siesta después de haber pasado la mañana con sus niños peloteros. Pero Marcos bien sabía que, en el estado de plenitud física y vulnerabilidad sentimental en que quedaba Adela tras sus embates sexuales, podía convencerla de casi cualquier cosa. Y a Marcos le encantaba la Golden Beach de Hallandale, donde (según él) el mar se parecía al de Cuba y había un restaurante en el que hacían (según él) el mejor pescado frito de todo el sur de la Florida y tenían unas tumbonas donde, luego de comer, él podía hacer su siesta frente al mar. Su paraíso encontrado.

Al levantarse ese domingo, ya decretado playero, habían desayunado y Adela había ido al baño a asearse y enfundarse la trusa, para luego preparar el bolso de playa con las toallas, los protectores solares, las caretas de buceo y cuanta cosa creyera necesaria. Marcos, que ya estaba listo *(short,* chancletas, camiseta y una gorra vieja contra la que llevaba encasquetadas unas gafas baratas que metía en el mar, la gorra y las gafas), sabiendo muy bien cuánto podía demorar el proceso de preparación de su novia, colocó el paño blanco sobre la mesa del comedor y buscó en su computadora los resultados de los partidos de beisbol de la noche anterior, pues, por alguna razón, siempre prefería navegar en su laptop más que en el teléfono. Empezó, como siempre, indagando por la actuación de los Kansas City Royals, el equipo en que desde el año anterior militaba Kendrys Morales, y que, por tanto, era su equipo (en realidad su equipo de Grandes Ligas podía ser cualquiera en el que hubiera un cubano de los que tuviera un pasado deportivo en la isla). Marcos había visto jugar a Kendrys, cuando se llamaba Kendry, en Cuba y con los Industriales de La Habana (su equipo de verdad verdad) y, como cientos de miles o millones de fanáticos de la isla, se había enamorado de aquel novato de cualidades excepcionales que provocó una verdadera kendrimanía. ¡Qué clase de peloterazo! Por eso había disfrutado como un loco la victoria de los Industriales en la temporada de 2004 y la del KC en la Serie Mundial del año anterior, en ambos casos con Kendrys en sus plantillas. Marcos pinchó «Resultados» justo cuando escuchó el timbre de la puerta y se preguntó a sí mismo quién podía ser, un domingo, a esa hora. Desde la mesa gritó:

—Negra, ¿tú estás esperando a alguien?

Desde el baño, Adela respondió:

—No, yo no... Mira a ver quién es...

Marcos miró la pantalla de su computadora: Kendrys se había ponchado dos veces, carajo.

—Voy..., pero sea quien sea, nos vamos pa'la playa ya, pero ya... Cojones, la gente no aprende que primero tiene que llamar antes de ir a tu casa, estos cubanos del coño de su madre llevan mil años viviendo aquí y no aprenden...

El joven cerró la tapa de la laptop y, todavía protestando, caminó hacia la puerta, cuando el timbre volvió a sonar y gritó un Vaaaaa de advertencia. Seguía preguntándose quién podía ser, tan insistente, y se decía que quien fuera no les jodería la mañana de playa, y abrió.

Marcos sintió la violencia de la conmoción. Nunca sabría qué pensó.

—¿Elisa...?

Y que la mujer le respondió:

—Por Dios, Marquitos..., cada día te pareces más a tu madre.

—Elisa... —repitió, aún sin afirmar, el anonadado Marcos.

—¿No me vas a dejar entrar?

Marcos se apartó.

—Claro, claro, pasa —dijo en el momento en que escuchó la voz de Adela.

—¿Quién es, mi amor?

Y Marcos gritó lo que en otro momento hubiera resultado un chiste ingenioso:

—¡Tu madre!

Adela no había vuelto a tener noticias de la mujer desde la mañana —que a la joven ya le parecía remota— en que su madre la había llamado para hablarle del necesario sacrificio de *Ringo*. El mismo y preciso día que se había cerrado con la revelación de que Adela era y no era Adela Fitzberg y que Loreta era en realidad alguien llamado Elisa Correa. Habían transcurrido treinta y siete días, durante los cuales todas las mañanas, incluidas las que pasó en The Sea Breeze, armada con una fe que se le fue diluyendo, la joven había esperado la llegada de una señal que al menos mitigara sus ansiedades. Mientras, en el transcurso de esas jornadas de silencio y expectación, ella había ido completando un retrato posible de Elisa Correa con los testimonios de Miss Miller y el iluminado Chaq, con las informaciones sacadas a su padre Bruno Fitzberg, pero, sobre todo, con la mina de los recuerdos de Marcos complementados con aportaciones de Clara, Darío y Horacio. Muy reveladoras resultaron varias conversaciones más dilatadas que, propiciadas por su novio, Adela se había atrevido a tener con Irving, mirándose a los ojos con el extrañamiento de los segundos de desajuste del Skype. Y había adquirido también la imagen de un clan, ahora disperso por el mundo y por la muerte, aunque en esencia irrompible.

En el primero de aquellos diálogos con un Irving alborozado por estar hablando con la ya casi segura hija de Elisa y Horacio, el hombre le había comentado que en el verano de 2004, cuando Adela y su madre habían viajado a España con Bruno Fitzberg, él los había visto en el parque del Retiro. ¿O solo fue la más vívida y persistente de sus alucinaciones? Adela recordaba muy bien aquellas vacaciones españolas —Madrid, Barcelona, San Sebastián y Sevilla, donde una gitana maldijo a su madre por devolverle el ramito de romero de la suerte que Adela le había aceptado—, recordaba el paseo por El Retiro, y por eso mismo no entendió el comentario de Irving. ¿Cómo era posible que Irving las hubiera visto si él mismo le había dicho que desde su desaparición en 1990 no había vuelto a saber de su amiga? Porque yo las vi y traté de acercarme y ella me lo impidió y huyó —fue la contundente respuesta del hombre—, y sirvió para confirmarle a Adela la esencia del carácter de su madre y hasta le hizo pensar que jamás volvería a verla ni a saber de ella. Porque el conocimiento que había ido adquiriendo del carácter de Elisa Correa podía apoyar la convicción de que quizás su madre había desaparecido para siempre, procurando que no la alcanzara un pasado que Adela ya sabía sórdido. Pero ese mismo conocimiento, empeñado en armar con trazos diversos la imagen que la joven ahora poseía de su progenitora, seguía sin darle la posibilidad de completar un retrato definitivo, fijar las razones tremendas por las cuales había escapado de Cuba y pretendido cortar todas sus amarras con el pasado hasta convertirse en otra persona.

Enfundada en su traje de baño, sobre el que llevaba una bata de cordones tejidos con puntos amplios, Adela asomó la cabeza en la habitación. El tono de la voz de Marcos le había revelado que no se trataba de un juego con el cual le mentaba la madre, algo que les encantaba hacer a los cubanos y lo mismo podía ser un chiste, una exclamación, que la peor de las ofensas.

—Sí, Cosi, soy yo... Tenía muchas ganas de verte. ¿Y tú?

La voz grave, inconfundible. Adela dio dos pasos hacia la sala de la casa de Hialeah. Miraba a su madre y también a Marcos. Después de tanto pensarlo, en ese instante no sabía qué pensar, ni qué deseaba, ni siquiera qué decir, cuando al fin habló, con el corazón más que con la mente.

—Ay, Madre..., cada vez lo siento más: es muy difícil quererte.

—Pues tú no sabes cómo yo te quiero...

Elisa se acercó a Adela y la abrazó, para luego besarla en la mejilla y acariciarle el rostro. La joven no respondió al gesto y mantuvo los brazos a sus costados. Adela parecía en *shock*, como equivocada de escenario. Se sentía ridícula con su cobertor de playa sobre el traje de baño y el sombrero de paja fina en la cabeza, y se dejó arrastrar por su madre hacia el sofá de la pieza. Marcos, que había permanecido junto a la puerta, aún no conseguía reaccionar.

—¿Quieres un café? ¿Ya desayunaste? —preguntó el joven cuando Elisa se acomodó, y descubrió que tenía las manos húmedas, se sentía nervioso. ¿Yo, Marquitos el Lince, nervioso?, se extrañó. Cómo le hacía falta un café, coño.

—Gracias, Marquitos —dijo Elisa—. Ya desayuné cerca de aquí, dando tiempo a que ustedes se levantaran. Hoy es domingo y...

—¿Se puede saber dónde estabas metida? —Adela se sintió intrigada.

—Anoche dormí en Naples. Estaba agotada... Vengo manejando desde Tacoma... He recorrido todo este cabrón país sin saber bien para dónde iba... Necesitaba estar sola. Pensar en lo mismo y no pensar en nada. Meditar mucho, limpiarme por dentro... Hasta que hace unos días estuve en una ciudad de Oklahoma que se llama Norman. Me pareció que era uno de los lugares más feos del mundo... Pero la verdad es que esta ciudad compite con Norman.

—¡Por Dios, Loreta! —exclamó Adela.

—Perdón, Cosi, perdón... ¡Pero es la verdad!

—Buena eres tú para hablar de verdades...

—En Norman me enteré de la muerte de Bernardo... y rectifiqué el rumbo. Ya era suficiente... Ya no puedo más...

—El pobre Bernardo —comentó Marcos, sin poder evitarlo—. Era una de las mejores personas que conocí.

Elisa asintió.

—Pero en algunas cosas demasiado débil, demasiado. Por eso se alcoholizó y se frustró. Yo tuve mucha culpa en eso, pero no soy la culpable de todo. Bernardo era puro, un creyente. No tenía carácter para algunas cosas y cayó en crisis. No me extraña que después se haya hecho católico —dijo, y se volvió hacia Marcos—. ¿De verdad llevaba veinte años sin emborracharse?

—Sí. Mi mamá lo ayudó y dejó de beber.

—Clara, Clara... —sonrió muy levemente—. ¿Cómo está tu madre?

—Jodida —confesó el joven—. Quería mucho a Bernardo...

Elisa asintió.

—Qué pena —dijo, y sin transición enfocó a Adela—. Hace dos días hablé con tu padre, Bruno... Le dije que venía a verte y a contarte algunas cosas, y le pedí que me dijera lo que había hablado contigo.

—Papá no sabe nada de ti. La verdad no la sabe.

—Sabe lo que te contó. La verdad verdad creo que ahora mismo no la sabe nadie. Bernardo está muerto.

—¿Y cómo pudiste vivir más de quince años con mi padre? No entiendo...

—Con todas estas puertas cerradas. Yo no era Elisa, sino Loreta. Una renacida...

—¿Viniste a hablar de budismo o para explicarme por qué te fuiste de Cuba? ¿Por qué te escondiste y me escondiste? Todas esas mentiras...

Elisa bajó la cabeza y luego miró a Marcos.

—¿Me puedes dar un vaso de agua? ¿Y el café que me brindaste ahorita? Me va a hacer falta.

—Claro, claro. —Marcos logró salir de su estado cercano a la catalepsia.

—Muy poca azúcar, por favor... Si tienes Stevia, mejor.

—No usamos eso... ¿No te gusta con azúcar prieta?

—Sí, está bien, pero muy poca. Me encantaba el café que hacía Clara... Siempre con azúcar prieta.

Marcos se dirigió a la cocina. En su mente había una tormenta de preguntas, pero algunas ahora lo atenazaban más que el resto: ¿la relación de su madre y la madre de Adela resultó más complicada de lo que él había visto y al fin llegado a saber? ¿De qué cosas sórdidas podía enterarse por boca de Elisa? ¿Qué quería decir la mujer con que ahora nadie sabía la verdad? Y, sobre todo: ¿Elisa al fin habría aparecido para joderles la vida a él y a Adela? Mientras preparaba la cafetera, buscaba las tazas de las visitas y llenaba vasos de agua, Marcos intentaba escuchar el diálogo que madre e hija sostenían en la sala.

—¿Hablaste con alguien más que con mi papá? ¿Con Horacio o con Irving?

—No. No quiero hablar con nadie. Nada más contigo.

—De verdad no entiendo cómo alguien puede hacer algo así... —se lamentaba Adela.

—Vas a entenderlo. Creo —afirmó, y se atrevió a quitarle el sombrero que la muchacha aún llevaba en la cabeza—. Además, vas a entender por qué siempre te decía que tu vida había sido mejor, que tú no habías sufrido...

—Con lo que le has hecho a mi vida, ¿de verdad tú crees que es mejor?

—Estoy convencida... Creo... Déjame tomarme el café... Huele bien, Marquitos —dijo, y parecía dueña del escenario, cuando vio que el joven se acercaba con la bandeja con vasos y tazas sobre platillos.

Elisa terminó el café y lo elogió. Marcos le dio las gracias.

Adela sintió deseos de fumar. ¿Una vida mejor?, se preguntó y se volvió hacia Elisa.

—Antes de seguir, dime una cosa..., ¿quién es mi verdadero padre?

—Supongo que ya sabes que es Horacio.

—¿Y por qué no hablaste con él? El hijo... —Adela se detuvo al darse cuenta de que se refería a sí misma—. Horacio tenía derecho a saberlo, ¿no?

—Hace veintiséis años estuve a punto de decírselo... Por cierto, faltan doce días para tu cumpleaños, mi Cosi... —Adela asintió, pero se mantuvo en silencio—. Bueno, quería preguntarle a Horacio de dónde había sacado aquellos preservativos de mierda, seguro eran soviéticos, esos rusos nada más hacían mierdas... Saber si él había hecho la cabronada de perforar uno... Quería encontrar una explicación, una responsabilidad en algo que no podía haber pasado y había pasado... —dijo, y señaló a su hija: la prueba viviente de lo que había ocurrido—. Pero la actitud de Bernardo en lugar de resolver las cosas las complicó. Ya era demasiado fuerte que decidiera autoengañarse para que además yo lo humillara divulgando y diciéndole...

—Pero dice Irving que le dijiste delante de Clara y de Darío que el embarazo no era suyo.

—Eso fue después. Cuando todo se complicó. Walter lo complicó. Y tuve que decir y hacer cosas... Adela..., lo que les voy a contar es tremendo. Tan tremendo que me jodió la vida.

Marcos, que devolvía las tazas y vasos a la bandeja, sintió un golpe en el estómago: ¿había entendido bien? Miró a su novia y encontró una mezcla de dolor y rencor en sus ojos. Observó a Elisa y la sintió insondable. Y decidió que aquella historia que se anunciaba tremenda pertenecía sobre todo a esas dos mujeres. Y hasta logró pensar que Elisa le había jodido el día de playa.

—Mejor yo me voy... —anunció.

—No te vayas —le pidió Adela.

—Te lo agradecería, Marcos, sí, es mejor —dijo Elisa—. Como después de que hable con Adela creo que me vuelvo a ir, déjame decirte que me alegra que Adela y tú se hayan encontrado. ¡Entre tantos cubanos...! Sí, mejor que hayas sido tú. Y, por favor, si no te veo, dile a tu madre que si puede me perdone lo que deba perdonarme y que siento mucho la muerte de Bernardo. Y que sí, que Bernardo siempre fue el mejor de todos nosotros.

Una raya. Casi siempre, blanca. Algunas veces roja, o negra. ¿Importaba el color? No, solo la raya.

¿Ese era su karma? En lo que sería el resto de su vida, Elisa Correa se preguntaría millones de veces por qué le había tocado aquel destino que de pronto y para siempre se tornaría tenebroso, sin posibilidades de ser borrado, apenas de aligerarlo con el tiempo y la distancia. Insistía y se preguntaba: ¿cómo podía haber sido tan imbécil y accedido a la exigencia de Walter? Y a veces se concedía una respuesta: por esa seguridad en ella misma que en ocasiones rondaba la autoconfianza y en el fondo solo funcionaba como manifestación de su prepotencia.

Para comenzar a entender la complejidad de una trama que terminaría adornada con muertes, desapariciones, engaños, desde el principio se empeñó en imaginar el escenario con una maniquea y satisfactoria simplicidad: el pintor, con uno de sus pinceles, había trazado una raya en el suelo. La cruzas o no la cruzas, así de sencillo. Y por ser como era, por intentar salvar un resto de dignidad (o por esa maldita prepotencia que empezaría a hacérsele patente), Elisa Correa había aceptado el desafío y atravesado la raya. Si después todo no hubiera terminado como terminó, ella jamás habría pensado en la existencia de tal raya ni en lo que implicaría la decisión de vulnerarla. Pero cruzó la línea y con su determinación le abrió las puertas a lo peor de su karma, a esa oscuridad que solo puede engendrar oscuridad, y a la condena de tener desde entonces todos los motivos posibles para preguntarse: ¿por qué?

Walter la había telefoneado el mediodía del 26 de enero de 1990 y Elisa le había preguntado qué diablos quería. Y le había repetido que no tenían nada de que hablar.

—Tú no tienes vergüenza, chico. Después del *show* que diste con mi padre, ¿de qué coño me vas a hablar? ¿Se te olvidó que me empujaste sabiendo que estoy embarazada? ¿Se te olvidó lo que te dijo mi padre?... ¿Y lo que le hiciste a Irving? ¿También eso se te olvidó, eh, Walter? ¿Quién tú te crees que eres? ¡Yo no me creo tus lágrimas de cocodrilo!

—Ay, Elisa, perdón... Es que ando como loco. Estoy en un punto en el que no tengo salida. Ahora mismo creo que soy capaz de cualquier cosa.

—¿Me estás amenazando, Walter? ¿Con qué? ¿Con denunciar a mi padre?... Pues denúncialo, y si es culpable de algo, que se joda. Él no es un niño y sabe requetebién lo que hace o lo que hizo. Yo no tengo nada que ver con eso, es que no quiero ni oír hablar de eso... Y de paso, jódete tú..., porque si te tiras contra él, de verdad te lo digo, no quisiera estar en tu pellejo. Tú no tienes ni puta idea de quién es mi padre...

—¿De qué me estás hablando?

—De que siendo lo que sea, mi padre tiene amigos con los brazos muy largos... Y a ninguno de ellos le gustan los tipos como tú.

—Yo no voy a decir nada de tu padre, te lo juro..., pero tenemos que hablar. Por lo que más quieras, Elisa, ahora tú eres la única que me puede ayudar —dijo el pintor mientras trazaba la raya en el suelo—. De esto no puedo hablar por teléfono. Por favor, Elisa...

—No hay favores, Walter...

—Van a ser diez minutos... Y la verdad es que creo que te conviene hablar conmigo. Yo sé cosas, Elisa, cosas feas... Sí, te conviene hablar conmigo... Mira, te espero hoy a las ocho en la entrada del edificio que está en E y 9ª. Tengo las llaves de un apartamento. Por favor, Elisa... La puerta está por la calle E... A siete cuadras de tu casa...

En ese instante, Elisa descubrió la raya marcada en el suelo.

Walter sabía cosas feas. ¿Hablaba de su padre o de ella? ¿Cuáles aún más feas que los desastres que ya la habían llevado a considerar la posibilidad de esfumarse? Pero decidió que no se dejaría tentar, no atravesaría la raya, no quería ni necesitaba saber qué había del otro lado. ¿Para qué? Walter y su padre eran lo que eran y sus problemas debían asumirlos y resolverlos ellos. Ya ella tenía demasiadas cargas con sus propios asuntos, se dijo, y ninguna posibilidad de ayudar a Walter, que, por lo demás, no se merecía la menor misericordia.

—No sé, no sé —dijo, y colgó mientras escuchaba otra súplica.

Pero la Elisa Correa de 1990, la mujer que había sido hasta entonces, o hasta poco antes, cuando había quedado embarazada del modo más absurdo y con el concurso del hombre menos apropiado; la misma Elisa Correa que, contra todas las banderas, había optado después por tener a su hijo y todo su organismo y su mente se desorganizaron, esa Elisa Correa reaccionó como Walter lo había previsto. Un sentimiento de culpa por haber acercado a su padre y a Walter varios años atrás, sumado a la vergüenza por haber traicionado a Bernardo e involucrado en sus turbulencias a Horacio y Clara, más unos temores todavía imprecisos pero actuantes, y el condimento de su confianza en sí misma la colocaron a las ocho y diez minutos de la noche frente a la torre de las calles E y 9ª, en cuyas escaleras de entrada la esperaba el abominable. Y también la raya.

—Coño, gracias por venir —dijo el hombre cuando la vio aparecer.

—A ver, que no tengo toda la noche. ¿Qué es lo que quieres?

—¿Le dijiste a Bernardo adónde venías?

—Por supuestísimo que no. Bernardo quiere matarte. ¿O de verdad tienes amnesia? Oye, ¿tú estás medio borracho?

—No, nada más me tomé dos tragos... A ver, lo primero es que quería pedirte disculpas por lo que pasó con Irving. Estoy con los nervios de punta y él...

—Vas haciendo amigos por el mundo, muchacho. Ya son unos cuantos los que quieren matarte.

Walter sonrió.

—Qué desastre. Y también por cómo me porté en casa de tu padre...

—Sí, dale... ¿Y entonces? ¿Qué quieres?

Walter miró a su alrededor.

—Ven, vamos para allá arriba. Aquí pasa gente... Es una cosa delicada...

—¿Allá arriba dónde?

—A la azotea... Hay unos bancos. Yo tengo la llave —dijo, y mostró el llavero que todo el tiempo había tenido en las manos: la figura de un perro metálico de cuyo lomo salían los eslabones de una pequeña cadena con un aro donde bailaban tres llaves amarillas. ¿O fue ese el instante, mientras mostraba el llavero, cuando Walter grabó la raya?

—Ni loca voy a subir ahí contigo.

Walter hizo tintinear las llaves y sonrió.

—¿No te interesa saber con quién te vi salir de la casa de la amiga tuya que tiene un gato? ¿No te importa que hable de eso?

Elisa trató de ocultar la conmoción. ¿Qué sabía Walter? ¿La había visto con Horacio? Ese cabrón, ¿pretendía chantajearla?

Cuando Elisa supo que estaba embarazada y tomó la decisión de seguir adelante, asumió que estaba jugando con una granada que cualquier manipulación podía activar. Porque aun conociendo de quién tenía que ser el embarazo, de quién sin duda era (¿un condón poroso?), si ella no lo revelaba, nadie conocería al responsable de su estado de gestación: ni el propio Horacio. Si nadie nunca lo sabía, entonces la humillación de Bernardo no resultaría tan brutal, ni su traición vergonzosa. ¿Walter le tiraba un farol o un disparo en la frente? La mujer, todavía aturdida, comprendió que Walter no podía estar haciendo disparos al aire y logró pensar que ella tenía que ser más fuerte que el otro y que debía recuperar el control.

Encontraron que la puerta principal del inmueble, de hierro y cristal, estaba abierta, y el recibidor, desierto. Quizás solo cerraban ese acceso al final de la noche. Abordaron el ascensor, un modelo de los años cincuenta, sin duda el que desde su construcción había tenido el edificio. El engendro mecánico se movió lento y renqueante en busca de la máxima altura.

—De verdad no sé de qué coño estás hablando... —Elisa procuró reponerse, parecer fuerte—. Ni qué hago aquí contigo...

—Ayudar a un amigo —dijo Walter—. Tú puedes hacerlo.

—No sé cómo...

Las puertas mecánicas chirriaron al abrirse en el vestíbulo del último piso, la planta dieciocho, y Walter se adelantó a salir del ascensor para tomar un último tramo de escaleras que conducía hacia la azotea. Una bombilla de pocos *watts* entregaba la única iluminación a aquel espacio muerto. Una puerta de metal, pintada con la misma pintura de agua de color amarillo, cortaba la salida hacia la azotea. En el pestillo de la puerta un candado mediano impedía el acceso. Con una de las llaves que antes le había mostrado a Elisa, Walter consiguió abrir el candado. La llave, sin duda una de las muchas copias hechas por los vecinos, se resistió a volver a salir del candado y Walter, quizás demasiado nervioso, un poco ebrio, maldijo por lo bajo, forcejeó con la llave hasta que logró extraerla. Tiró del pestillo, abrió la puerta, cedió el paso a Elisa hacia la azotea y la siguió. En un murete que corría junto a la puerta dejó el candado y el llavero a un lado. Elisa se fijó otra vez: tres llaves amarillas, un aro metálico, el perrito de metal pendiente de unos eslabones. Sobre el mismo muro, cerca del candado y las llaves, vio el pedazo de una barra de hierro, oscura, oxidada por el salitre del mar cercano.

En la penumbra de la azotea, Elisa observó la vista de La Habana nocturna que se alcanzaba desde la cúspide de la torre. Los edificios altos de El Vedado, todavía bien iluminados, las manzanas de mansiones de dos o tres plantas, la ruta de las luminarias de la avenida de los Presidentes que conducía hacia la mancha rotunda del mar. En un rincón del cielo una luna menguante ofrecía una mínima claridad. Desde aquella altura se estaba muy por encima de los desasosiegos de una ciudad para la que estaban llegando tiempos complejos, nadie podía predecir cuán difíciles. Muros que caían, la Historia que se alteraba.

Un viejo banco de soportes de hierro y barras de madera, sin duda traído de algún parque de la zona, había sido colocado cerca del borde de la azotea que daba a la calle 9ª, de cara a donde corría la línea de la costa delimitada por el Malecón. Quien lo hubiera acomodado allí tuvo la intención de dar las espaldas a la ciudad y, de día, tener la posibilidad de observar a placer el mar, hasta el más remoto horizonte, por donde cada tarde se ponía el sol. Elisa comprobó que, al sentarse, perdía parte de la visión del paisaje por la presencia del muro de celosías, de un metro de alto, que rodeaba la azotea.

—¿Quién te dio las llaves de este lugar? —dijo a la silueta sin rostro definido del hombre.

—Una novia que tuve en el piso doce... Hace como un año... A veces subíamos a fumarnos una marihuana... Nunca le devolví las llaves... Si ando por aquí, y si estoy muy jodido, a veces subo y miro el panorama. Eso me calma.

Ella creyó ver que Walter sonreía, mientras sacaba un cigarro de la caja que colocó sobre el banco mientras hurgaba en sus bolsillos buscando el encendedor.

—Bueno, dale, no tengo toda la noche...

Walter miró hacia la oscuridad del mar. Luego volteó la cara hacia Elisa.

—¿Cómo van tus cosas? ¿Con Bernardo?

—No vine a contarte mis cosas... A ti no te importan. Dime o me voy ya... ¿Qué mierda hablaste allá abajo?

—Los vi salir del apartamento... Pura casualidad... En el edificio de la esquina vive un pintor que conozco. Estábamos en el balcón dándonos unos tragos cuando ustedes salieron...

Elisa supo que Walter debía estar diciendo la verdad. Alguna vez él había mencionado a aquel pintor amigo suyo y Horacio no podía ser tan imbécil como para haber hablado con nadie de aquel episodio. Walter la amenazaba con delatarla. ¿De verdad pretendería chantajearla? Walter medía fuerzas. Walter no la conocía.

—Es bueno saber que tú sabes. Pero lo que no sabes es que a mí eso me importa un carajo. Yo hice lo que quería hacer... —dijo, y se tocó el vientre—. Pero, piensa, entre tu palabra de mentiroso y la mía, ¿a quién le van a creer? Lo que no me imaginaba es que tú pudieras ser tan bajo y tan hijo de puta, remaricón...

Walter reaccionó.

—Coño, Elisa, no, no, yo no te quiero chantajear. Quería que supieras, nada más. Y que me ayudaras... Te juro por mi madre que yo no le he dicho nada a nadie...

Elisa no pretendía creerle. Pero debía jugar con las cartas del otro. Darse tiempo para pensar. Saber. Controlar.

—Tú eres un cabrón...

—Está bien, está bien, lo que tú quieras... Pero, por favor, óyeme primero, si puedes hasta el final. Todo lo que te voy a decir tiene una lógica...

—A ver si puedo —aceptó Elisa.

—Es que me sacan de aquí por cinco mil dólares...

—Muy bien. ¿Y qué...? —lo interrumpió Elisa. En ese instante, Walter al fin encendió el cigarro y devolvió la fosforera al bolsillo del pantalón.

—Déjame terminar, coño... Un lanchero me saca la semana que viene. Por cinco mil dólares. Yo tengo casi tres mil... Me hacen falta dos mil... Y el que seguro tiene ese dinero es tu padre..., seguro lo tiene... Espera, espera, óyeme... Mira la lógica: para él mismo lo mejor es que yo me vaya pal carajo y no se sepa más de mí. Si me cogen y me aprietan, ahí sí voy a cantar. Cuando esa gente te coge, es como en el programa de televisión: allí todo el mundo canta.

—No sé de dónde sacas que mi padre tiene ese dinero...

—Porque sé que lo tiene, Elisa, lo sé. —La voz de Walter, aun cuando pretendía ser suplicante, conservaba restos de su prepotencia—. Siempre manejó mucha plata. Yo le valoré varios cuadros que él sacó de aquí... Algunos eran falsificaciones, ¿sabes? Y estoy seguro de que metió drogas en Cuba.

—¿Y con lo que se ha formado por esas drogas, lo van a

dejar a él en la calle? ¿Y con dinero, con dólares...? Ay, chico, olvídate de eso. A lo mejor mi padre metió la pata, pero no esa pata que tú dices. Él sabe demasiado...

—Y yo también sé mucho... y sé que tiene que tener dinero. Se movía mucho dinero...

—¿Y qué tú quieres? ¿Qué vaya y le diga que te regale dos mil dólares porque tú eres un cantante y lo vas a denunciar? ¿Después de lo que hiciste, después de lo que te dijo? Walter, si hubieran querido cogerte por lo que sea, ¿no lo habrían hecho hace rato?

—Es que... Les estoy dando cosas..., hablando de gentes...

—Chivateando —precisó Elisa, sin sorprenderse demasiado—. Mi padre tenía razón, eres...

—Sí, ¿y qué?... Tú no sabes lo que...

—¿También hablas de nosotros?

—No, ustedes no les interesan...

—¿Quiénes les interesan?

—Otras gentes..., pero está bueno ya, eso no importa. ¡Tengo la forma de irme y me tienes que ayudar! —clamó, y dejó caer el cigarro en el suelo y lo aplastó con violencia.

—Anjá, voy y le digo a mi padre que tú necesitas dos mil dólares y ya...

—¡Róbaselos!

Elisa todavía se atrevió a reír. Y después pensaría: todavía.

—Me voy al carajo. —Y se dispuso a ponerse de pie. Quizás aún estaba a tiempo de regresar al otro lado de la raya—. Estás más loco que... —Y cuando intentó incorporarse, Walter la tomó del brazo con fuerza y se lo impidió. En ese instante, con su acción, Walter borró la raya. Ya no habría lado seguro al que regresar.

—Coño, Elisa... Ayúdame y yo te ayudo. ¡Te puedo complicar la existencia, coño!

—¡Suéltame, Walter!

—¡Es un dinero de mierda...! ¡Y me saca de aquí y...!

—¡Qué me sueltes, coño! —gritó, y tiró de su brazo para soltarse de la tenaza de Walter.

Elisa logró ponerse de pie y Walter la imitó, para volver a aferrar uno de los brazos de la mujer.

—¡Está bueno ya, cojones! —gritó ella—. Desaparécete y no jodas más. Di de mí lo que quieras, maricón... ¡Que me sueltes, coño!

Del vano de la puerta, iluminada por la luz proveniente de la escalera, surgió la silueta de un hombre. De inmediato Elisa lo reconoció. En un primer momento Elisa y Walter se quedaron estáticos al descubrir la presencia inesperada que se aproximaba a ellos con una marcha rápida. Walter soltó a Elisa y dio un paso atrás, para colocar a la mujer entre él y el hombre que se acercaba. Elisa tuvo tiempo de gritar:

—¡Pero qué tú...! ¡Vete de aquí ahora mismo, Bernardo, esto no es problema tuyo!

—¡Oye, remaricón de mierda! —Elisa escuchó el grito del recién llegado, que estaba a apenas dos metros de ella, con la vista fija en Walter. Y consiguió ver que Bernardo cargaba en la mano derecha con lo que debía de ser una barra de hierro. La barra que había visto al entrar en la azotea.

Después Elisa sabría que Bernardo había escuchado parte de la conversación que ese mediodía ella había tenido con Walter. Y de que, por todo lo ocurrido entre ellos, el hombre estuvo convencido de que Elisa no acudiría al llamado del pintor. Pero cuando la vio salir al anochecer, comprendió que se había equivocado y tomó la mala decisión de seguirla. Porque antes ya se había bebido dos tragos, suficientes para nublar sus capacidades de razonamiento y alterar su sentido de las percepciones. Al llegar a la entrada del edificio se encontró que la puerta de acceso estaba cerrada y había tenido que esperar a que un vecino saliera. Por suerte, el hombre, quizás con prisa, la había dejado abierta y Bernardo pudo entrar sin que nadie lo viera. En la frontal del elevador vio marcado el piso dieciocho.

Todo ocurrió en segundos. Bernardo se acercaba, parecía fuera de sí, siempre con la barra de hierro en la mano. Mientras, Walter se parapetaba tras ella, buscando protección, quizás con miedo. Elisa, por su parte, no pensaba, aunque siempre recordaría haber recibido en su olfato el olor agrio del aliento etílico de Walter, muy cerca de ella. En ese instante solo veía venir el choque. La mujer tampoco sabría explicar nunca por qué en lugar de avanzar hacia Bernardo se volteó hacia Walter y vio cómo este comenzaba a extender las manos para aferrarse a la mujer. Elisa, al ver el movimiento del otro, simplemente lo evitó, y al hacerlo chocó con el pecho y una de las axilas de Walter. El golpe tomó al hombre en una posición de equilibrio precario y lo hizo retroceder uno, dos pasos, siempre de frente a ella, mirándola. Y todavía dio un tercer paso antes de que Elisa lo viera chocar contra el muro de columnitas ornamentales que delimitaba la azotea, perder la vertical y comenzar un vuelo de espaldas, a merced de la fuerza universal de gravedad.

Adela había perdido la posibilidad de replicar, casi la capacidad de respirar. Quería entender, racionalizar lo escuchado, pero las dimensiones de la carga recibida la aplastaban.

—Cosi, ¿ves por qué te decía que tú habías tenido una buena vida, mucho mejor que la mía? ¿Entiendes un poco ahora, verdad?

—Madre..., ¿esa es la verdad?

—¿Te parece poca verdad? —preguntó Elisa, y buscó algo en su bolso. Levantó lentamente la mano y colocó ante los ojos de su hija un llavero del que pendían tres llaves amarillas encerradas en un anillo unido a la figura metálica de un perro por cuatro o cinco eslabones pequeños—. Lo siento, Adela, sí, es la verdad.

—¿Y debo creerla? ¿Por qué?

—Pues... porque yo te lo juro... por ti...

Adela suspiró.

—Fue por lo que pasó con Walter que tú...

Elisa asintió y se mantuvo unos instantes en silencio.

—Todo pasó así, sin tiempo para pensar, te lo juro... Yo me quedé paralizada y Bernardo me agarró una mano y me arrastró hacia la salida. Me preguntó si yo había tocado algo y le dije que no... Al pasar por donde había quedado el candado con las llaves, recogió este llavero y se lo echó en el bolsillo...

—¿Y el candado?

—Se quedó allí... No sé si es verdad que alguien lo cerró después, como nos dijeron, no sé... Bernardo tampoco sabía por qué recogió estas llaves... Cuando salimos a la calle la gente gritaba, iban corriendo a ver el espectáculo. Nadie se fijó en nosotros. Bernardo no me soltó y doblamos en sentido contrario, hacia la calle E... Fue ahí cuando supe qué cosa llevaba Bernardo en la mano.

—La barra de hierro, ¿no?

—Un periódico doblado... Lo había comprado en el camino... No creo que Bernardo fuera capaz de agredir a nadie a machetazos, cabillazos...

—¿Y por qué huyeron? ¿No fue un accidente?

—¿Tienes una idea de lo que estábamos viviendo?... Bernardo no pensó. Yo tampoco... Nos dominó el miedo y nos fuimos. Así, sin pensar... ¿No había sido un accidente? ¿Quién tenía la culpa? Nadie tenía la culpa. Si acaso Walter, por su paranoia, por estar medio borracho, por amenazarme a mí y a mi padre. Por hijo de puta... Pero de todas formas nos había marcado la frente con una cruz negra. Llevo todos estos años sufriendo pesadillas, viéndolo trastabillar y perderse detrás del muro de esa azotea... Veo sus ojos.

—Por Dios —musitó Adela, sin dejar de mirar a su madre.

Elisa se apretó los párpados con las yemas de los dedos, como si quisiera enterrar sus visiones.

—Cuando llegamos a la casa, Bernardo me dijo que me olvidara de todo, que no había pasado nada de lo que había pasado... Y que nunca pasaría. Pero si alguna vez se sabía que nosotros habíamos estado allí, los dos diríamos siempre lo mismo: Walter nos había llamado, nos dijo que iba a matarse, y nosotros habíamos subido para salvarlo, pero Walter había saltado... Y que tuvimos tanto miedo que nos fuimos... Esa era casi la verdad... Cuando al fin pude pensar, tuve una sola idea: yo no era culpable de nada. Aunque si se sabía que yo había estado en esa azotea con Walter y con Bernardo, ¿alguien nos creería lo del suicidio o incluso lo del accidente y del miedo que habíamos tenido? ¿Alguien me creería por qué razón yo estaba allá arriba? No, difícilmente iban a creernos, sabiéndose lo que se sabía de Walter y después de haber salido de allí corriendo... Y me dije que no podía correr ese riesgo, tenía que salvarme y salvar a mi hijo..., a mi hija. ¿Y sabes lo peor? Pensé incluso que si me interrogaban iba a negar cualquier relación con lo que había pasado..., y hasta pensé que si en un momento no podía más, era capaz de decir que Bernardo había empujado a Walter. Era capaz de hacerlo, Cosi, sí, podía hacerlo, porque tenía que salvarme. Y me di cuenta de que lo mejor que podía hacer era irme...

Adela miró hacia los lados. Agradeció que Marcos hubiera salido. Cada revelación de su madre resultaba más dolorosa.

—Ya yo había pensado en la posibilidad de irme... ¿Y sabes quién fue el que me ayudó a salir de Cuba?

—Tu padre..., mi abuelo —dijo Adela.

—No... Ya ese estaba fuera de circulación. Mucho más de lo que pensaba Walter. De verdad no creo que estuviera metido en un tráfico de drogas, pero sí de otras cosas. A lo mejor venta de diamantes, marfiles que habían traído de Angola, obras de arte, cosas que le ordenaban sacar de Cuba... Y parece que se quedaba con algo. Pero de verdad no lo sé, no quería enterarme...

—¿Quién te ayudó entonces?

—Fue Bernardo. Sin él saberlo... Yo ya tenía preparada la ruta para largarme cuando le solté a Bernardo, delante de Clara y Darío, que él no era el responsable de mi embarazo. Lo hice porque quería alejarlo de una vez de todo lo que había pasado y de lo que yo había planificado que iba a hacer. Porque después de lo que había sucedido con Walter, Bernardo se estaba derrumbando, intentando anestesiarse con el alcohol, y había que cortar con la farsa de que podía ser el autor del embarazo... Yo casi lo había convencido de que hiciera otra cura alcohólica, y dos o tres días antes de que le dijera aquello delante de Darío y Clara, también le había cortado la fuente de abastecimiento de ron. Le escondí lo que quedaba de los dos mil y pico de dólares que su padre, el exviceministro, le había dado a guardar y de los que él se servía para sus borracheras. Bernardo proclamaba que ladrón que roba a otro ladrón tiene cien años de perdón, y con lo robado, ron bueno para tomar.

Elisa le explicó a su hija que la idea de salir de Cuba había partido de la posibilidad que le ofrecía la coyuntura de que, por algún descuido, al regresar por última vez a Cuba no le habían retenido el pasaporte trucado a nombre de Loreta Aguirre (¿o no se lo habían quitado por ser hija de su padre?), en el que tenía una visa inglesa, válida por diez años, estampada en 1981, cuando viajó por última vez con su progenitor. Entonces robó un papel timbrado y acuñado de las oficinas de la clínica veterinaria, falsificó una carta de invitación para asistir a un congreso en Londres y en Inmigración le volvieron a habilitar el bendito pasaporte. Con una parte de los dólares del padre de Bernardo compró el pasaje. Y, para vivir un tiempo imprecisable, se llevó también un dinero de su padre... El dinero que necesitaba Walter para escapar y que, en efecto, su padre tenía guardado en casa de su hermana, la tía de Elisa.

—¿Y Bernardo nunca dijo?... —comentó Adela—. Bueno, hasta donde yo sé... no dijo casi nada, o nada de todo esto.

—Yo estaba segura de que él no diría nada... ¿No te dije que Bernardo era el mejor de todos nosotros?... Yo lo traicioné, hasta pensé acusarlo si me interrogaban, pero él no. Bernardo siempre me protegió... Y él tuvo que saber que una parte de su dinero me había servido para irme... Y con el dinero me llevé este llavero y esa cruz de madera pintada que tú habrás visto. Fue la manera que se me ocurrió de decirle que se olvidara de todo, que se olvidara de mí... Por eso, cuando supe que había muerto..., pues me dije que ya no podía rodar más... Y ahora estoy en esta casa de Hialeah y acabo de contarte lo que no le había contado a nadie y no hubiera querido tener que contarte nunca. Y pidiéndote perdón, Adela... Si no puedes perdonarme, al menos intenta entenderme, por favor.

Adela miró a su madre por un tiempo dilatado.

—Es difícil... Entiendo que sintieras miedo, que estuvieras desesperada, hasta que te fueras de Cuba sin decírselo a nadie... Había una persona muerta de por medio... Pero ¿terminar con todo? ¿Cambiarme a mí la vida y hacerme vivir en una mentira? ¿Te puedes imaginar cómo me siento, cómo me he sentido en todos estos días...?

Elisa asintió. También demoró su respuesta, aunque debía conocerla muy bien desde hacía muchos años.

—El miedo fue lo que me impulsó, ya te lo dije. Pero sobre todo, me empujó la vida que tenía aquí dentro. —Se tocó el vientre—. Me decidió..., y lo que después me mantuvo en movimiento fue el asco, el hastío, el cansancio con lo que había vivido y con lo que yo misma era. Por accidente o no, yo había tenido que ver con la muerte de ese infeliz... Tenía que salir de Cuba y sin decírselo a nadie, por supuesto. Ni a Irving, ni a Clara, a nadie. Ni a Bernardo se lo podía decir. Una palabra podía frustrarlo todo. No podía confiar ni en la gente que más me quería... Allá, en esa época, uno sabía que cualquiera podía delatarte, querer irte casi era un delito. Y lo de Walter convertido en informante no fue un caso único... Marcos sabe de lo que hablo, pregúntale... Que te diga a cuánta gente le contó Darío que se iba a quedar en España... A lo mejor ni a Clara... Y como yo de contra era como una fugitiva... decidí seguir siéndolo. Adela, yo tenía que cortar con todo, ser radical... Tenía que mantenerte lejos de toda esa mierda. No sé si fue un disparate, no lo sé, pero yo necesitaba ser otra persona y esa otra persona no podía tener mi pasado y de contra endilgártelo a ti. Y fue lo que hice... Y cuando esa máquina empezó a moverse, ya no podía pararla. No, Adela, no te imaginas la tensión en que he vivido todos estos años.

Adela sintió cómo las lágrimas le corrían por las mejillas. Su vida estaba recibiendo de pronto los efectos de una iluminación cegadora. Debía recuperar la capacidad de ver, juzgar, pensar, reparar lo que aún resultara reparable.

—A los primeros que engañaste fue a mí y a mi padre. A Bruno...

—¿Qué más podía hacer, Cosi? Bruno fue un ángel que me mandaron del cielo. Y tú eras el milagro...

—Loreta... —dijo, y se detuvo—. Madre..., ¿y ahora qué?

—Ahora no sé. Ya tú sabes la verdad. Y yo solo sé que ahí estás tú, Cosi. Siempre lo pensé: un milagro de la naturaleza. Y no me niegues que has tenido una vida mejor... Puedes hacer con mi historia, con tu historia, lo que quieras. O inventar una mejor... Algo debes de haber aprendido de mí, ¿no?

Adela desvió la mirada. Su madre era realmente insondable. ¿En realidad le había contado la verdad?, siguió preguntándose, y continuaría haciéndolo, quizás por el resto de su vida. Adela se sintió superada, agotada.

—Nunca me has dicho por qué me pusiste Adela... Pude haber sido Milagros, ¿no?

—Tienes razón... O Graciaplena...

—¿Graciaplena?

—Sí... Nunca te he dicho muchas cosas, muchas... Algunas extrañas... Ya que estamos en eso... Por ejemplo, que soy bisexual, o más bien lesbiana —dijo.

—¿Miss Miller? —se asombró Adela.

—Sí... Desde hace siete años somos amantes. Y esa relación me ha ayudado mucho. Ella y Buda.

—¿Por qué me pusiste Adela, acaba de decírmelo?

—Porque no conocía a nadie con ese nombre. Ni familiares, ni amigos, ni nada. Solo tú. El nombre no me recordaba a nadie... Después que conocí a Bruno en Boston, pensé ponerte Aline, como la esposa de Renoir, la muchacha que aparece en *Le déjeuner des canotiers*. Pero al fin me decidí por Adela. Menos mal que no te puse Graciaplena. —Y Elisa sonrió por primera vez desde su llegada a la casa de Hialeah—. Y, por cierto, como dentro de unos días es tu cumpleaños... ¿Me dejas darte un beso, mi Cosipreciosa?

A las nueve de la noche del 2 de junio todavía hacía un calor húmedo y pegajoso. El cielo, ya oscuro, era cruzado por las frecuentes descargas de los relámpagos que delataban la mole nubosa encallada en el horizonte. Podía llover esa noche. Y si llovía en alguna parte de La Habana, ese sitio sería Fontanar. Desde la puerta de barras de acero que daba acceso a la casa, Clara observaba el cielo amenazador, casi apocalíptico. Sin embargo, ahora se sentía más tranquila, pues por fin había conseguido hablar con el vecino, dueño de un auto, que durante la enfermedad de Bernardo solía llevarlos al hospital. Habían quedado para las nueve de la mañana del día siguiente.

Una hora más tarde, a las diez de la noche, Clara se tomó las pastillas de antihistamínicos que le habían recomendado para combatir el insomnio y se dejó caer en la cama. Mientras le llegaba el sueño inducido, sin deseos de leer —había recuperado *La insoportable levedad del ser,* siempre intrigada por las posibilidades de un eterno retorno—, Clara pensó en la llamada que esa tarde le había hecho Marquitos, anunciándole que todo parecía indicar que su novia estaba embarazada. Todavía no estaban seguros seguros, le dijo Marcos, pero Adela tenía dos semanas de atraso, y la prueba del orine había dado positiva. Y si estaba embarazada, ellos ya lo habían hablado, querían tener ese hijo. ¡El nieto o la nieta norteamericana de Clara! ¿Los hijos de cubanos de Hialeah son americanos americanos? Al menos este, si era varón, seguro jugaría pelota, como su padre, y quizás hasta fuera una gran estrella, como el dichoso

Duque Hernández... Después de tantas conmociones y pérdidas, Clara había recibido una noticia que, con sus ribetes desconcertantes, no implicaba una desgracia. Un nieto francés, otro norteamericano o algo así. ¿Cómo era posible tanta dispersión, tanta vida diseñada con las más caprichosas alternativas? Unos días antes, Irving había colocado en su Facebook una frase premonitoria de Virgilio Piñera que había encontrado en la correspondencia del escritor con Jaime Soriano: «Una noche de 1965, en un banco del paseo del Prado habanero, Virgilio Piñera se lamentó al poeta Orlando Pozo: "Esta es la Gran Dispersión, piensa bien que ya no volveremos a encontrarnos"». Del carajo, ¿no?

En la conversación con su hijo, que ya le exigía iniciar los trámites para que viajara a visitarlos, Clara había aprovechado para preguntarle si habían vuelto a saber de Elisa. Había sido por Marcos y Adela que había conocido de la reaparición de la mujer y conocido los detalles que, según ella, impulsaron sus revulsivas decisiones y de algún modo las explicaban, las razones que, gracias a Irving, Clara ya conocía: Elisa y Bernardo habían visto saltar a Walter desde la azotea de aquel piso dieciocho y ambos, luego de tomar la decisión de ocultarlo, habían seguido sus propios caminos. Bernardo, el del alcohol; Elisa, el de la difuminación... Entonces Marcos le informó que «su querida suegra», después del cumpleaños de Adela, había regresado a su rancho equino de Tacoma. Allá practicaba cada día la meditación y dejaba transcurrir el tiempo impreciso que le había pedido a Adela para reparar su conciencia y, como le exigía la muchacha, quizás ponerse en contacto con los amigos y darles una explicación. Aunque él no confiaba en que algo así ocurriera.

—Por lo que he visto, Elisa puede prometer cualquier cosa y luego hacer otra diferente —había asegurado Marcos.

—Sí... Elisa es... —dijo ella.

—¿A ti te gustaría verla?

—No lo sé. Bernardo la perdonó muchas veces. Yo no sé si puedo hacerlo. Yo no soy Bernardo.

—Bueno, si te dan la visa americana y vienes a vernos, a lo mejor te encuentras acá con ella, ¿no?... Elisa va a ser la otra abuela... mami..., yo sé que no es asunto mío, pero... ¿pasó algo más entre ustedes dos?

En ninguno de sus diálogos de las últimas semanas Marcos había mencionado la confesión de sus preferencias sexuales hecha por Elisa a Adela. En su casa de Fontanar, Clara había pensado la respuesta.

—No. Nada más que eso que viste... No pasó otra cosa.

—Bueno, a lo mejor no la ves... Si no quieres... El tío Horacio, cuando al fin estuvo por acá hace unos días y habló con Adela, le dijo que él sí no quiere ver a Elisa. El que está loco por encontrársela...

—Irving.

—Claro, Irving... Mami, olvídate de Elisa, porque sería genial que pudieras estar aquí cuando naciera mi hijo... Sería tremenda basura que hayas estado cuando parió el comemierda de mi hermano y no estés cuando me toque a mí, ¿verdad?

Clara sonrió. Marcos siempre sería Marcos. Su hijo.

—Sería lindo... También que estuviera tu padre... ¿Ya le diste la noticia?

—No, tú eres la primera...

—Lástima que no pueda estar Bernardo.

—Sí, lástima..., ¿cuándo es, mami?

—Mañana —dijo Clara.

—Yo debería estar ahí contigo, mami...

—No. Acá está la muerte. Contigo está la vida... Por Dios, ya estoy hablando como Irving... Bueno, no gastes más dinero..., felicita a Adela y dile que les mando un beso muy grande a los tres. Chao.

—Mami, mami..., si vienes a vernos..., ¿por qué no te quedas aquí? Allá estás sola, en la casa... Ahora en Cuba se pueden vender las casas y con ese dinero tú...

—No me pidas eso, Marcos... Ahora no. Yo tengo que quedarme.

—¿Por qué? Mira cuántos se han ido, yo estoy acá, tu nieta...

—Yo tengo que quedarme. Es lo que me toca... ¿Dijiste nieta?

—Bueno, queremos una hembra, y le vamos a poner Clara.

—No, por favor... Búscale un nombre bonito... Y ya, ya, chao, chao.

Clara colgó y se sintió alarmada. Al final, ¿ella también se iría del país, atraída por sus hijos y sus nietos, espantada por la soledad? ¡Qué locura!, pensó.

A las seis de la mañana, cuando abrió los ojos, Clara vio cómo corrían los hilos de la lluvia por el paño de vidrio de la habitación. Recordó la madrugada de su cumpleaños treinta, los surcos de lluvia en el cristal. El beso de Elisa que la perseguía. ¿Un eterno retorno? Y pensó: aunque diluvie tengo que hacerlo.

Ese 3 de junio de 2016 se cumplían los cuarenta días de la muerte de Bernardo y a las nueve de la mañana había dejado de llover, incluso brillaba el sol. Aquella prometía ser otra jornada tórrida, potenciada por los efectos de la evaporación de las humedades acumuladas. Calzada con unas botas de trabajo, incongruentes con el vestido casi elegante que la ocasión le exigía, Clara esperó en el portal la llegada del chofer. El hombre siempre aparecía con diez minutos de retraso y alguna justificación.

Cargando la urna de barro que contenía las cenizas de Bernardo, Clara abordó el auto y le pidió al hombre que tomara un extraño destino: las inmediaciones del pueblo de Managua, donde se levantan las colinas conocidas como Lomas de Tapaste.

—¿Tapaste? ¿Qué cosa hay ahí, Clara? —preguntó el chofer.

—Un buen lugar.

La mujer guio al chofer desde que salieron de la carretera que unía Santiago de las Vegas con Managua, y luego le indicó que doblara a la derecha y tomara por un camino sin asfaltar. El hombre protestó porque se le iba a enfangar todo el carro, y Clara le recordó que ya el carro estaba bastante sucio, pero lo calmó diciéndole que le daría cinco dólares por encima de lo pactado. Que siguiera adelante.

—Para aquí. Creo que es aquí...

Clara abandonó el auto junto a la talanquera de alambres de una finca cercada, de aspecto abandonado. Soltó la valla de su agarre y avanzó hacia un monte bajo donde, por encima de los arbustos, se alzaban algunas palmas reales, una ceiba y un flamboyán con su copa incendiada de flores naranjas. Con las botas cargadas de fango entró en el monte y caminó por el suelo resbaladizo, ascendiendo una colina, hasta encontrar una pequeña poceta, al parecer formada por varios manantiales que debían de correr desde las lomas circundantes. Ese era el lugar.

Varias semanas atrás, con la ayuda de un excompañero de la universidad, especialista en hidrología, Clara había buscado la información necesaria para encontrar ese sitio preciso. Ahora sabía que el pequeño estanque de agua impoluta era una de las fuentes del río Almendares, el único que atraviesa una gran parte de La Habana, cortándola de este a oeste para luego desembocar, ya fétido y contaminado, en la costa norte de la isla. Desde aquel punto, por la ladera que se inclina hacia el otro lado del monte que Clara había atravesado, comenzaba a correr un arroyo discreto. Aquella cañada se cruzaría en su curso con otras similares y, un par de kilómetros más abajo, llegaría a convertirse en un río modesto pero mítico para los habaneros, el río que por siglos ha abastecido de agua a la ciudad, desde los días de la remota construcción de la Zanja Real, poco después de fundada la villa.

Clara respiró la paz de lugar. En un arbusto, un sinsonte cantaba, quizás para ella. También recibió el calor del sol de las diez de la mañana, que le ardía en el cuello y los brazos. Pensó si debía decir antes o después una oración, pero desechó la idea. Ningún dios iba a estar atento, dispuesto a escucharla. ¿O sí? El canto del sinsonte, en cambio, era la música de la vida, el canto del país. Clara cerró los ojos para apropiarse mejor de los trinos. Su mente entonces vio otro bosque, de cañas bravas mecidas por la brisa, y sintió en su piel la mano de Bernardo acariciándole el rostro y recuperó el momento en que sus labios y los del hombre se unieron por primera vez, debajo de aquella fronda. Allí, sin nada, ni siquiera expectativas de futuro, ellos habían descubierto que aún podían aspirar a la felicidad en medio de todos los desastres, las carencias, incluso las traiciones y abandonos. Ellos se lo merecían. Y lo habían logrado. Habían descubierto, además, cuánto habían demorado en saber que estaban predestinados a cruzar sus vidas. Clara abrió los ojos. El sinsonte había cambiado de arbusto pero insistía en acompañarla con su canto.

Entonces, como le había pedido Bernardo, la mujer vertió en las aguas puras de las fuentes del río las cenizas del que había sido su hombre y su bastón, el mejor ser humano que había conocido en su vida, para que fueran disueltas y arrastradas por la corriente. Una parte de Bernardo sería absorbida por la tierra de la isla y se fundiría para siempre con ella; y otra, como los ríos de la vida, iría a dar en el mar y recorrería el mundo. Hasta la victoria final.

—*Dust in the wind* —dijo—. *All we are is dust in the wind...*

Cuando regresaron a Fontanar, Clara le dio veinticinco pesos convertibles al chofer, que todavía protestó, y luego lo vio alejarse. Con la urna de barro vacía entre los brazos y sus botas manchadas de tierra, hurgó en su bolso, sacó sus llaves, abrió la puerta y entró en la casa donde la recibieron la soledad, el silencio y sus recuerdos. Clara y su caracol.

En Mantilla, abril de 2018-abril de 2020

NOTA Y GRATITUDES

Como polvo en el viento es una novela y debe leerse como tal. Los acontecimientos históricos a que se hace referencia en el libro ocurrieron en la realidad, pero su presencia en la novela está asumida desde la perspectiva de la ficción. Muchas de las coyunturas sociales recogidas también han sido tomadas de la realidad y de la experiencia personal y generacional, aunque su tratamiento fue mediatizado por los intereses dramáticos de una ficción. Los personajes y sus historias están inspirados en individuos reales, en ocasiones en sumas de varias personas concretas, pero sus biografías son ficticias. En cambio, los lugares por los que se mueve la trama —desde el barrio habanero de Fontanar hasta una granja equina en las afueras de Tacoma, en el noroeste de Estados Unidos— son sitios con existencia real y los he transformado lo necesario para ajustarlos a los fines dramáticos del relato. La obra de la imaginación apenas ha sido convocar todos esos elementos históricos, humanos y físicos de una época y diversos espacios, para darles forma de novela. Como escritor, me alimento de la realidad, pero no soy responsable de ella más allá de mis avatares individuales y mi compromiso civil, como ciudadano y como testigo con voz, que apenas pretende dejar un testimonio personal de mi tiempo humano.

Cada una de mis novelas es, de alguna manera, un fruto de la colaboración. Sin mis amigos lectores y mis editores, me habría sido imposible escribirla y llevarla al estado de decencia, para mí satisfactorio, en que ha sido publicada. En esta ocasión, sin embargo, creo que la lista resulta más abultada que en todas las otras ocasiones en que he escrito notas similares.

Para el conocimiento de espacios como el Miami y la Hialeah cubanos fue indispensable la colaboración de mis queridos y generosos amigos Miguel y Nilda Vasallo, con quienes recorrí lugares que ellos conocen por haberlos vivido, y que me hicieron ver con ojos propios los sitios donde colocaría a personajes y conflictos. También fueron decisivos los paseos por esos espacios de la novela que realicé con el pintor Orestes Gaulhiac, con mi viejo amigo mantillero Rafael Collazo, y las valiosas informaciones que me entregó con enorme desprendimiento el historiador Waldo Acebes. A mi viejo y siempre dispuesto amigo Wilfredo Cancio debo una acuciosa lectura y la conexión con Raúl Martínez, el primer alcalde cubano de Hialeah, El Alcalde, una verdadera enciclopedia viviente de la vida de esa ciudad. No menos importante resultó la colaboración de Javier Figueroa y su esposa Silvia, con sus conversaciones, contactos y, sobre todo, con la lectura de los originales, a los que hicieron decisivos aportes, en especial en lo relacionado con el mundo académico norteamericano.

Sin el apoyo de los profesores John Lear y su esposa cubana, Marisela Fuentes-Lear, habría sido imposible imaginar como uno de los escenarios de la novela un rancho equino en las afueras de Tacoma. Con ellos conocí el sitio, forjé el destino de un personaje y luego lo revisité: allí me recibieron Michael Wall, en su hermosa hacienda donde cría caballos Cleveland Bay, y también la muy amable criadora y entrenadora Asia Thayer, que me confió tantos secretos de su profesión y de las costumbres y personalidades de los caballos, entre los que ella ha vivido toda su vida, pues son su vida. Además, Marisela fue una implacable lectora de una de las versiones de la novela y ayudó mucho a que llegara al nivel que llegó.

Tengo siempre un grupo de lectores que generosamente me ayudan a encontrar los errores, excesos y entusiasmos innecesarios de mis textos. Entre ellos están, siempre, mis queridas Vivian

Lechuga y Lourdes Gómez. También mi traductor al griego, Kostas Athanassiou, y mi viejo amigo Alex Fleites, que marcó tantos detalles y me ayudó a salvarlos. Mi colega Arturo Arango con atinadas precisiones. Importantes fueron las lecturas de mis amigos José Antonio Michelena y su esposa, Ana María. Igual las del doctor en Física Mario Fidel García, el Ruso.

La más exhaustiva de mis lectores es siempre Elena Zayas, que ha traducido al francés varias de mis novelas y que es una generosísima amiga: dos veces Elena se leyó los manuscritos, en distintos momentos de su escritura, y siempre me aportó su mirada de lince, que tanto contribuye a mejorar lo que escribo.

Mis editores Anne-Marie Métailié y Juan Cerezo (Tusquets) me brindaron su apoyo entusiasta, y Juan hizo una despiadada lectura del original que mucho ayudó a evitar ciertos excesos estilísticos a los que soy propenso.

Y al principio, en el medio, en el final, arriba y abajo, a un lado y otro de mi trabajo... siempre está Lucía. Solo puedo repetir que sin ella esta novela (igual que el resto de mis libros) no hubiera sido escrita, sin sus lecturas no sería la novela que es. Digo más: sin ella yo no sería la persona que soy.